HEYNE <

W0365994

CONN IGGULDEN

DIE ROSEN KRIEGE

STURMVOGEL

ROMAN

Aus dem Englischen
von Christine Naegele

WILHELM HEYNE VERLAG
MÜNCHEN

Die Originalausgabe
WARS OF THE ROSES: STORMBIRD
erschien 2013 bei Penguin, London

MIX
Papier aus verantwortungsvollen Quellen
FSC® C014496
FSC
www.fsc.org

Verlagsgruppe Random House FSC® N001967
Das für dieses Buch verwendete
FSC®-zertifizierte Papier *Holmen Book Cream*
liefert Holmen Paper, Hallstavik, Schweden.

3. Auflage
Vollständige deutsche Erstausgabe 09/2014
Copyright © 2013 by Conn Iggulden
Copyright © 2014 der deutschsprachigen Ausgabe
by Wilhelm Heyne Verlag, München,
in der Verlagsgruppe Random House GmbH
Redaktion: Heiko Arntz
Printed in Germany 2014
Umschlagillustration: Nele Schütz Design
Farbige Karte und Stammbaum der königlichen Linien
© by Andrew Farmer
Satz: Schaber Datentechnik, Wels
Druck und Bindung: GGP Media GmbH, Pößneck

ISBN: 978-3-453-41796-0

www.heyne.de

Für Mark Griffith,
ein Nachkomme des John von Gaunt

England zurzeit der Rosenkriege

N
ENGLAND
London
Calais
Ärmelkanal
FLANDERN
NORMANDIE
Paris
Seine
BRETAGNE
Loire
Nantes
Angers
Saumur
BURGUND
FRANKREICH
50
100 Meile/n
100
150 km

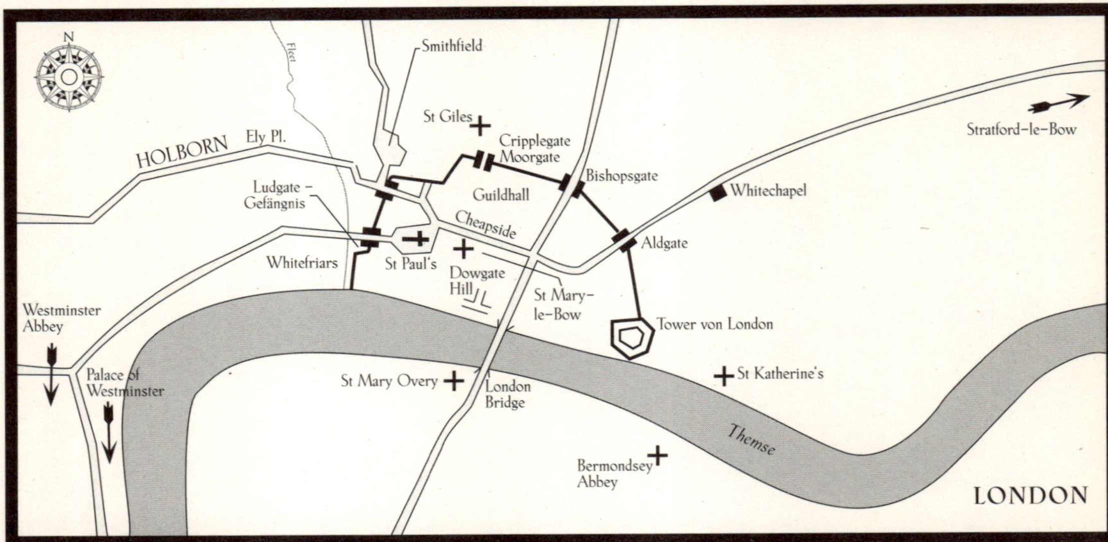
N
Smithfield
Fleet
St Giles
Cripplegate
Moorgate
HOLBORN
Ely Pl.
Bishopsgate
Whitechapel
Stratford-le-Bow
Ludgate -
Gefängnis
Guildhall
Cheapside
Aldgate
Whitefriars
St Paul's
Dowgate
Hill
St Mary-
le-Bow
Tower von London
Westminster
Abbey
Palace of
Westminster
St Mary Overy
London
Bridge
St Katherine's
Themse
Bermondsey
Abbey
LONDON

Haus Lancaster

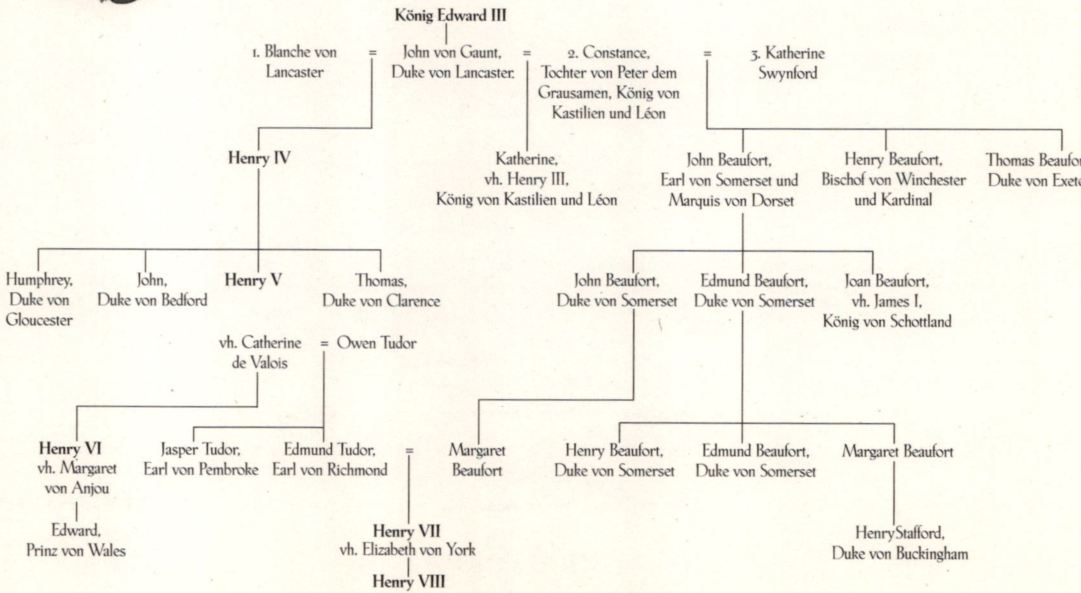

Haus York

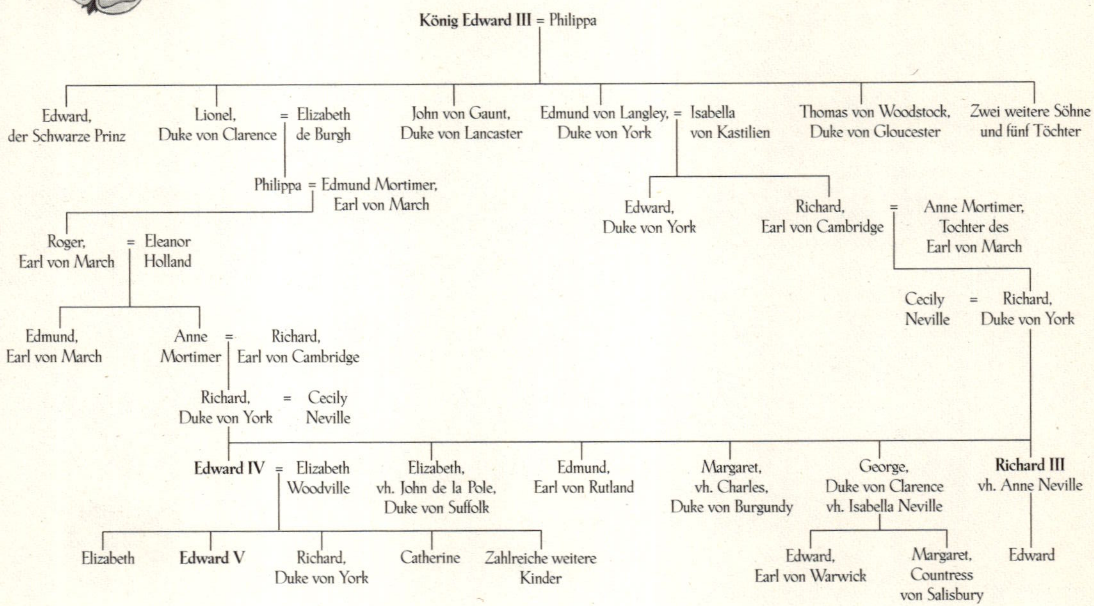
König Edward III = Philippa
Edward, der Schwarze Prinz
Lionel, Duke von Clarence = Elizabeth de Burgh
John von Gaunt, Duke von Lancaster
Edmund von Langley, Duke von York = Isabella von Kastilien
Thomas von Woodstock, Duke von Gloucester
Zwei weitere Söhne und fünf Töchter
Philippa = Edmund Mortimer, Earl von March
Edward, Duke von York
Richard, Earl von Cambridge = Anne Mortimer, Tochter des Earl von March
Roger, Earl von March = Eleanor Holland
Cecily Neville = Richard, Duke von York
Edmund, Earl von March
Anne Mortimer = Richard, Earl von Cambridge
Richard, Duke von York = Cecily Neville
Edward IV = Elizabeth Woodville
Elizabeth, vh. John de la Pole, Duke von Suffolk
Edmund, Earl von Rutland
Margaret, vh. Charles, Duke von Burgundy
George, Duke von Clarence vh. Isabella Neville
Richard III vh. Anne Neville
Elizabeth
Edward V
Richard, Duke von York
Catherine
Zahlreiche weitere Kinder
Edward, Earl von Warwick
Margaret, Countress von Salisbury
Edward

Haus Neville

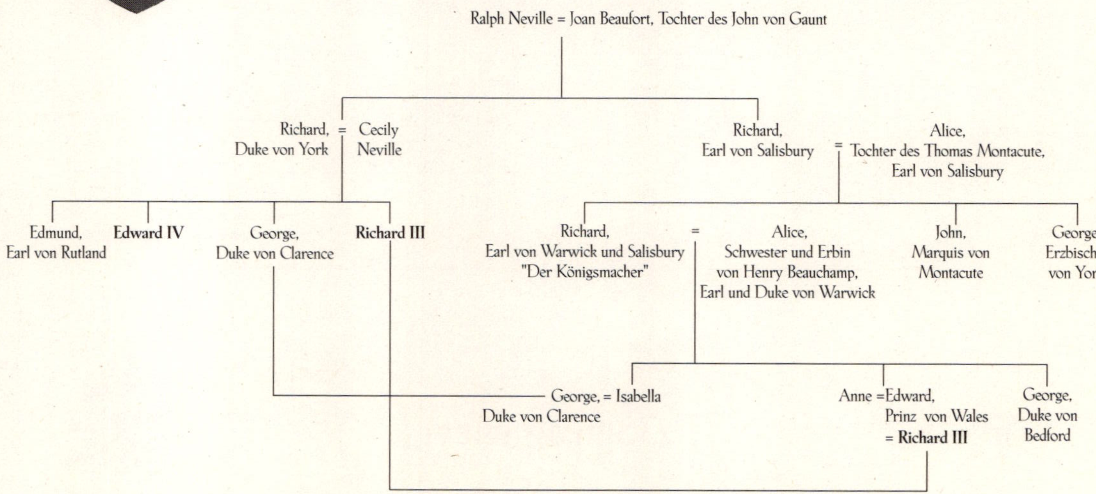

Haus Beaufort

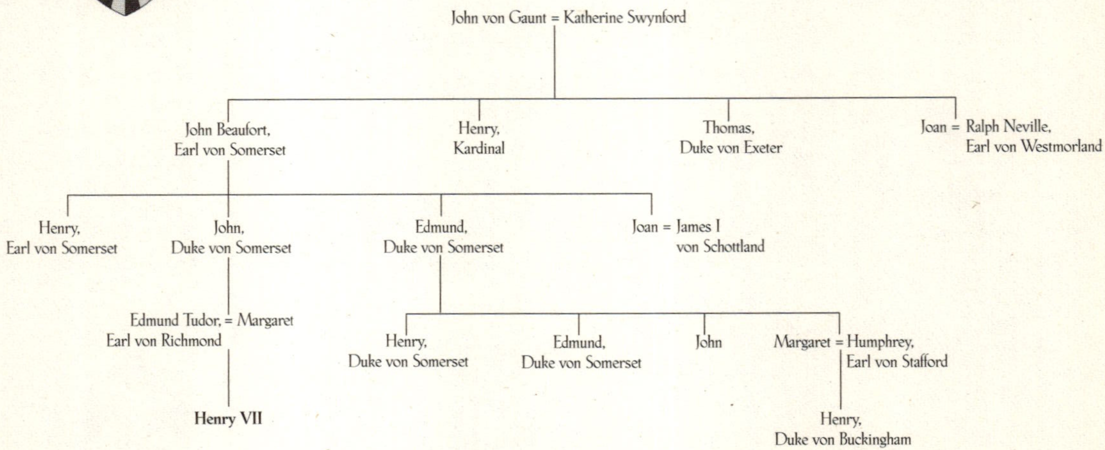

PROLOG

Anno Domini 1377

Unter dem Bett standen Schalen mit dunklem königlichen Blut, die der Arzt vergessen hatte. Alice Perrers saß zusammengesunken auf einem Stuhl, müde von der Anstrengung, dem König seine Rüstung anzulegen. Die Luft im Zimmer roch säuerlich nach Schweiß und Tod, und Edward lag da wie seine eigene Grabmalfigur, weißbärtig und bleich.

Alice blickte ihn an, in ihren Augen standen Tränen. Der Schlag, der Edward niedergestreckt hatte, war aus heiterem Himmel gekommen, unsichtbar wie ein warmer Windstoß. Leise beugte sie sich vor und wischte den Speichel ab, der aus seinem schlaffen Mundwinkel troff. Wie stark war er einst gewesen, ein Mann unter Männern, der von morgens bis abends kämpfen konnte. Noch glänzte seine Rüstung, aber sie war zerschrammt und voller Narben, wie der Körper, den sie bedeckte und dessen Fleisch und Muskeln verkümmert waren.

Sie war sich nicht sicher, ob er sie überhaupt noch hörte, deshalb wartete sie darauf, dass er die Augen öffnete. Sein Bewusstsein kam und schwand, Lebenszeichen, die im Laufe des Tages immer kürzer und schwächer wurden. Im Morgengrauen war er wach geworden und hatte flüsternd darum gebeten, dass man ihm seine Rüstung anlege. Der Arzt war aufgesprungen und hatte einen neuen Absud geholt, den der

König trinken sollte. Schwach wie ein Kind hatte Edward sich gegen das übel riechende Gebräu gewehrt und angefangen zu würgen, als der Arzt es ihm mit Gewalt einflößen wollte. Als Alice das merkte, hatte sie entschlossen eingegriffen. Trotz seiner wütenden Proteste hatte sie den Arzt aus den königlichen Gemächern gedrängt und seine Drohungen ignoriert, und schließlich war es ihr gelungen, die Tür hinter ihm zu schließen.

Edward hatte gesehen, wie sie seinen Kettenpanzer vom Ständer nahm, und über sein Gesicht war ein Lächeln gehuscht, dann hatten sich seine blauen Augen wieder geschlossen, und er war in die Kissen zurückgesunken. Eine Stunde hatte sie, hochrot vor Anstrengung und sich immer wieder den Schweiß abwischend, mit Lederriemen, Schnallen und Metall gekämpft, um den alten Mann, der sich aus eigener Kraft nicht mehr bewegen konnte, hin und her zu rollen. Doch ihr Bruder war ebenfalls ein Ritter, und es war nicht das erste Mal, dass sie einem Mann die Rüstung anlegte.

Als sie ihm schließlich noch die Panzerhandschuhe über die Hände gezogen hatte und sich dann erschöpft zurücklehnte, nahm er es kaum noch wahr, leise stöhnend schwankte er zwischen Bewusstsein und Ohnmacht. Seine Hände zuckten unruhig auf der zerwühlten Decke, und endlich begriff sie, was er wollte. Alice griff nach dem großen Schwert, das an der Wand lehnte, sie musste es mit beiden Armen hochheben, um es so hinzulegen, dass seine Hände den Griff umschließen konnten. Sie dachte zurück an die Zeit, da Edward diese Klinge geschwungen hatte, als sei sie federleicht. Sie wischte sich die Tränen ab, als seine Hand sich krampfhaft darum schloss, wobei der Panzerhandschuh in der Stille ein leise knirschendes Geräusch machte.

Jetzt sah er wieder aus wie ein König. Es war geschafft. Sie nickte zufrieden, denn wenn seine Stunde gekommen sein würde, sähe er aus wie früher. Sie zog einen Kamm aus der Tasche und fing an, ihm den weißen Bart und das wirre Haar zu kämmen. Es würde nicht mehr lange dauern. Die rechte Seite seines Gesichts war schlaff, sah aus wie geschmolzenes Wachs, und seine Atemzüge kamen röchelnd und unregelmäßig.

Mit ihren achtundzwanzig Jahren war sie fast vierzig Jahre jünger als der König, doch bis zu seiner Krankheit war Edward rüstig und stark gewesen, und es schien, als würde er ewig leben. Solange sie denken konnte, war er der Herrscher gewesen, und sie kannte auch niemanden, der sich an seinen Vater erinnerte, und noch viel weniger an den mächtigen »Schottenhammer«, der vor ihm regiert hatte. Mit ihren Schlachten, von denen niemand für möglich hielt, dass sie zu gewinnen seien, hatte die Familie der Plantagenets England zusammengeschweißt und Frankreich in Stücke gerissen.

Ihr Kamm blieb in seinem Bart hängen. Der König öffnete die blauen Augen und sah sie an. Alice erschauerte unter seinem ernsten Blick – ein Blick, der sie immer wieder hatte schwach werden lassen.

»Ich bin da, Edward«, sagte sie fast flüsternd. »Ich bin da. Du bist nicht allein.«

Die linke Seite seines Gesichts verzog sich zu einer Grimasse, und er hob seinen linken Arm, ergriff ihre Hand mit dem Kamm und ließ ihn wieder sinken. Jeder Atemzug bereitete ihm Mühe, und bei dem Versuch zu sprechen, lief er vor Anstrengung rot an. Alice beugte sich zu ihm hinunter, um ihn zu verstehen.

»Wo sind meine Söhne?«, fragte er, wobei er kurz den Kopf vom Kopfkissen hob. Seine rechte Hand lag zitternd auf dem Schwertgriff, was ihn zu trösten schien.

»Sie kommen, Edward. Ich habe Boten nach John ausgesandt, die ihn von der Jagd zurückrufen werden. Edmund und Thomas sind im anderen Flügel. Sie werden alle kommen.«

Noch während sie sprach, hörte sie polternde Schritte und Männerstimmen. Sie kannte seine Söhne gut und bereitete sich innerlich darauf vor, dass dieser intime Moment jetzt zu Ende war.

»Sie werden mich wegschicken, mein Geliebter, aber ich werde in deiner Nähe bleiben.«

Sie beugte sich hinab und küsste ihn auf den Mund. Seine Lippen glühten im Fieber.

Als sie sich wieder aufrichtete, hörte sie die laute Stimme Edmunds, der den beiden anderen von einer Wette erzählte, die er abgeschlossen hatte. Sie wünschte sich, der älteste Bruder wäre auch dabei, aber der Schwarze Prinz war vor knapp einem Jahr gestorben und würde das Königreich seines Vaters nie regieren. Sie war überzeugt, dass der Verlust des Erben ein Schicksalsschlag gewesen war, der alles andere ausgelöst hatte. Ein Vater sollte keine Söhne verlieren müssen, dachte sie. Es war ein grausames Schicksal, nicht nur für einen König.

Die Tür wurde krachend aufgestoßen, und Alice fuhr zusammen. Die drei Männer, die eintraten, sahen alle auf verschiedene Weise ihrem Vater ähnlich. Sie alle hatten das Blut des alten Longshanks in ihren Adern, und damit gehörten sie zu den stattlichsten Männern, die sie je gesehen hatte. Sie nahmen den ganze Raum ein, und Alice fühlte sich bedrängt, noch ehe die Männer etwas gesagt hatten.

Edmund von York, schlank und schwarzhaarig, machte ein unwilliges Gesicht, als er die Frau sah, die bei seinem Vater saß. Er hatte die Mätressen seines Vaters nie gebilligt, und als Alice ängstlich aufstand, verfinsterte sich sein Ausdruck noch mehr. John von Gaunt an seiner Seite hatte den gleichen Bart wie sein Vater, nur dass der seine noch voll und schwarz und spitz zugeschnitten war, sodass er den Hals verdeckte. Hoch aufgerichtet standen die Brüder am Lager ihres Vaters und blickten auf ihn hinunter, der die Augen wieder geschlossen hielt.

Alice zitterte.

Der König war ihr Beschützer gewesen, und sie war reich geworden durch diese Verbindung. Aber sie war sich nur zu bewusst, dass jeder dieser Männer ihr alles wieder nehmen konnte, ihren Besitz und ihre Ländereien. Der Titel des »Dukes« war so neu, dass seine Machtbefugnisse noch nicht ganz klar waren. Sein Status war höher als der eines Earls oder eines Barons und kam fast dem des Königs gleich.

Zwei Köpfe der fünf großen Häuser fehlten. Lionel, der Duke von Clarence, war vor acht Jahren gestorben und hatte nur eine kleine Tochter hinterlassen. Der Sohn des Schwarzen Prinzen, Richard, war ein Junge von zehn Jahren. Er hatte von seinem Vater das Herzogtum Cornwall geerbt, und später würde er auch das Königreich erben. Alice kannte beide Kinder und hoffte inständig, dass der Junge – im Schatten seiner mächtigen Onkel – lange genug leben würde, um König zu werden. Doch wenn sie ehrlich war, rechnete sie kaum damit. Der Jüngste der drei Brüder war Thomas, der Duke von Gloucester. Er war immer freundlich zu Alice gewesen, vielleicht, weil er ihr altersmäßig am nächsten war. Auch jetzt war er der Einzige, der ihre Anwesenheit zur Kenntnis nahm, als sie zitternd dastand.

»Ihr seid meinem Vater ein großer Trost gewesen, Lady Perrers«, sagte Thomas. »Aber dies ist die Stunde für die Familie.«

Alice sah ihn durch ihre Tränen an, dankbar für seine freundlichen Worte. Ehe sie antworten konnte, sprach Edmund von York.

»Er will sagen, dass du gehen kannst, Mädchen«, sagte er. Er sah sie nicht an, sein Blick ruhte auf der Gestalt seines Vaters, der in seiner Rüstung auf dem hellen Laken lag.

»Raus mit dir!«

Schnell verließ Alice den Raum, während sie sich die Tränen abwischte. Die Tür blieb offen stehen, und sie blickte zurück auf die drei Söhne, die um den sterbenden König standen. Leise machte sie die Tür zu und ging schluchzend zurück in ihre Gemächer, die sie im Palast von Sheen bewohnte.

Die drei Brüder blieben lange stumm. Ihr Vater war der Mittelpunkt in ihrem Leben gewesen, das einzig Beständige in einer turbulenten Welt. Fünfzig Jahre lang hatte er regiert, und das Land war unter ihm stark und wohlhabend geworden. Keiner von ihnen konnte sich eine Zukunft ohne ihn vorstellen.

»Sollte nicht ein Priester an seinem Bett sein – statt einer Hure?«, fragte Edmund viel zu laut. Er sah nicht, wie sich die Miene seines Bruders John verzog. Edmund bellte die Welt grundsätzlich laut an, er war einfach nicht fähig, leise zu sprechen – oder vielleicht wollte er es auch nicht.

»Wir können ihn immer noch bitten, die Letzte Ölung zu spenden«, erwiderte John mit absichtlich leiser Stimme. »Er ist draußen in dem kleinen Zimmer und betet. Er wird sich noch so lange gedulden.«

Wieder wurde es still, aber schließlich wurde Edmund unruhig. Er blickte hinab auf die reglose Gestalt, auf die Brust, die sich unter den mühsamen, rasselnden Atemzügen hob und senkte.

»Ich sehe nicht ein …«, fing er an.

»Ruhig, Bruder«, unterbrach John ihn leise. »Lass uns einfach nur … ganz still sein. Er hat seine Rüstung und sein Schwert verlangt. Jetzt dauert es nicht mehr lange.«

Als sein jüngerer Bruder sich im Zimmer nach einem Stuhl umsah und ihn laut schleifend heranzog, schloss John für einen Moment resigniert die Augen.

»Man braucht ja nicht die ganze Zeit zu stehen, oder?«, fragte Edmund selbstzufrieden. »Man kann es sich genauso gut bequem machen.« Er stützte die Hände auf die Knie und sah seinen Vater an. Als er weitersprach, klang seine Stimme überraschend gedämpft. »Ich kann es kaum glauben. Er war immer so stark.«

John von Gaunt legte Edmund die Hand auf die Schulter. »Ich weiß, Bruder. Auch ich liebe ihn.«

Mit gerunzelter Stirn sah Thomas die beiden an.

»Soll er wirklich mit eurem Gewäsch in den Ohren sterben?«, fragte er streng. »Seid endlich still oder betet, entweder – oder.«

John packte Edmunds Schulter etwas fester, denn er ahnte, dass sein Bruder eine patzige Antwort geben wollte, doch zu seiner Erleichterung blieb er still, wenn auch widerwillig. John ließ ihn los. Edmund sah zu ihm auf und funkelte ihn böse an.

»Hast du daran gedacht, John«, sagte er in gewohnter Lautstärke, »dass jetzt nur noch ein kleiner Junge zwischen dir und der Krone steht? Wenn es den kleinen Richard nicht gäbe, wärst du morgen König.«

Sofort wurde er von den beiden anderen ärgerlich aufgefordert, den Mund zu halten. Er zuckte die Schultern.

»Gott weiß, die Häuser York und Gloucester werden nicht auf den Thron kommen. Aber was ist mit dir, John? Du bist nur noch um Haaresbreite davon entfernt, mit Gottes Segen zum König gemacht zu werden. Daran würde ich an deiner Stelle jetzt denken.«

»Edward wäre der rechtmäßige Anwärter gewesen«, sagte Thomas. »Oder Lionel, wenn er am Leben geblieben wäre. Edwards Sohn Richard ist der einzige männliche Nachkomme, und dabei bleibt es, Edmund … Mein Gott, wie kannst du nur so reden, während unser Vater noch auf dem Totenbett liegt. Und was heißt hier, ›um Haaresbreite …‹ Du schweigst besser, Bruder, mir reicht es. Es gibt nur einen Nachfolger. Und es gibt nur einen König.«

Der alte Mann auf dem Bett öffnete die Augen und wandte den Kopf. Sie sahen es, und Edmund blieb die grobe Antwort im Hals stecken. Alle drei beugten sich vor, um besser hören zu können, während ihr Vater schwach lächelte, wobei der geöffnete Mund in seiner gesunden Gesichtshälfte den Blick auf seine gelben Zähne freigab.

»Seid ihr gekommen, um mich sterben zu sehen?«, fragte König Edward.

Sie lächelten über diesen Lebensfunken, und John merkte, wie seine Augen sich mit Tränen füllten, sodass sein Blick verschwamm.

»Ich habe geträumt, Jungs. Ich träumte von einem grünen Feld, über das ich ritt.« Die Stimme des Königs war dünn und näselnd und so schwach, dass sie ihn kaum hörten. Doch in seinen Augen sahen sie noch immer den Mann, den sie kannten. Er war noch immer da und hatte ein Auge auf sie.

»Wo ist Edward?«, fragte der König. »Warum ist er nicht hier?« John wischte sich ärgerlich die Tränen aus den Augen.

»Er hat uns verlassen, Vater. Voriges Jahr. Sein Sohn Richard wird König werden.«

»Ach. Ich vermisse ihn. Ich habe ihn in Frankreich kämpfen sehen, wusstet ihr das?«

»Ich weiß, Vater«, erwiderte John. »Ich weiß es.«

»Die französischen Krieger überrannten ihn, sie schrien und brachen hindurch. Edward stand ganz allein da, mit nur einer Handvoll Leute. Meine Barone fragten mich, ob sie Reiter schicken sollten, um meinem Erstgeborenen beizustehen. Er war sechzehn Jahre alt. Wisst ihr, was ich ihnen sagte?«

»Du lehntest ab, Vater«, flüsterte John.

Der alte Mann stieß ein heiseres Lachen aus, seine Miene verfinsterte sich. »Ich sagte nein. Ich sagte, er müsse sich seine Sporen verdienen.« Sein Blick wanderte zur Decke, in Erinnerung verloren. »Und das tat er! Er kämpfte sich heraus, zurück an meine Seite. Da wusste ich, dass er König werden würde. Ich wusste es. Kommt er noch?«

»Er kommt nicht, Vater. Er ist tot, und sein Sohn wird König sein.«

»Ja, ein Jammer. Ich wusste es. Ich habe ihn geliebt, diesen Jungen, diesen tapferen Kerl. Ich habe ihn geliebt.«

Der König atmete aus, und aus und wieder aus, bis ihn der Atem verließ. Die Brüder warteten in schmerzlicher Stille, John hielt schluchzend seinen Arm vor die Augen. König Edward der Dritte war tot, und die Stille lastete auf ihnen wie ein schweres Gewicht.

»Holt den Priester für die Letzte Ölung«, sagte John. Er schloss seinem Vater die Augen. Einer nach dem anderen beugten sie sich hinab, um dem Vater die Stirn zu küssen und ihn ein letztes Mal zu berühren. Als der Priester geschäftig hereinkam, verließen sie ihn. Sie traten hinaus in die warme Junisonne und in ihr neues Leben.

TEIL EINS

Anno Domini 1443

Sechsundsechzig Jahre nach dem Tode Edwards III.

Weh dir, Land, dessen König ein Kind ist.

PREDIGER 10,16

1

Es war kalt in England. Der Raureif ließ die Wege in der Dunkelheit weiß leuchten und hängte glitzernde Spitzengewebe an die Bäume. Die Wachen auf den Zinnen traten zitternd von einem Fuß auf den anderen, und in den hohen Gemächern hörte man den Wind seufzend und pfeifend um die Mauern streichen. Das Feuer im Kamin hätte ebenso gut gemalt sein können, so wenig Wärme erzeugte es.

»Ich erinnere mich gut an Prinz Hal, William! Ich erinnere mich an den Löwen! Noch zehn Jahre, und auch der Rest Frankreichs hätte ihm zu Füßen gelegen. Mein König war Henry von Monmouth und sonst niemand. Gott weiß, ich würde auch seinem Sohn folgen, aber dieser Junge ist nicht wie sein Vater, und das weißt du auch. Statt eines Löwen von England haben wir ein sanftes Lämmchen, das uns im Gebet anführt. Mein Gott, es ist zum Heulen.«

»Derry, bitte! Du hast eine laute Stimme. Und ich will diese lästerhaften Reden nicht hören. Ich erlaube sie meinen Leuten nicht, und von dir erwarte ich auch etwas Zurückhaltung.«

Der jüngere der beiden Männer blieb stehen und sah auf, einen harten Ausdruck im Gesicht. Er machte zwei schnelle Schritte und kam nahe heran, die Arme wie zum Kampf erhoben. Er war einen halben Kopf kleiner als Lord Suffolk, aber er war kräftig gebaut und muskulös.

»Manchmal könnte ich dich würgen, William!«, sagte er. »Das da draußen sind *meine* Leute. Oder denkst du etwa, ich will dich in eine Falle locken, hast du *davor* Angst? Sollen sie es ruhig hören. Sie wissen, was ich mit ihnen mache, wenn sie auch nur ein Wort davon wiederholen.« Er versetzte Suffolk einen spielerischen Schlag auf die Schulter und quittierte dessen gerunzelte Stirn mit einem Lachen.

»Lästerlich? Du bist schon ein Leben lang Soldat, William, aber du redest wie ein frommer Priester. Ich könnte dich mühelos aufs Kreuz legen, William. Das ist der Unterschied zwischen dir und mir. Du kämpfst gut, wenn du dazu aufgefordert wirst, aber ich kämpfe, weil es mir Spaß macht. Und darum wird das meine Aufgabe sein, William. Darum werde ich es sein, der die Stelle findet, wo er verwundbar ist, und das Messer hineinstößt. Wir brauchen keine sanftmütigen *Höflinge*, William, nicht für diese Aufgabe. Dazu ist jemand wie ich notwendig, jemand, der Schwächen erkennt und keine Angst hat zu handeln.«

Lord Suffolk machte ein düsteres Gesicht, er holte tief Luft. Der Meisterspion des Königs hatte eine ganz eigene Art, einem Beleidigungen und Komplimente gleichzeitig an den Kopf zu werfen. Doch Suffolk wusste, es hatte keinen Zweck, beleidigt zu sein, denn damit erreichte man nichts. Er war sich ziemlich sicher, dass Derihew Brewer selbst sehr gut wusste, wie weit er gehen konnte und wie weit nicht.

»Vielleicht brauchen wir keinen Höfling, Derry, aber auf jeden Fall brauchen wir einen Lord, um mit den Franzosen zu verhandeln. Und du hast *mir* geschrieben, weißt du noch? Ich habe in Orléans alles stehen und liegen gelassen und bin gekommen, um dich anzuhören. Ich wäre dir daher dankbar, wenn du mich in deine Pläne einweihen würdest, sonst reise ich wieder ab.«

»So stellst du dir das also vor? Ich finde die Lösung für all unsere Probleme, aber ich soll sie meinem hochwohlgeborenen Freund anvertrauen, damit der das Lob dafür erntet? Damit alle sagen können: ›Dieser William Pole, dieser Earl von Suffolk – was für ein kluger Bursche‹, während man Derry Brewer vergisst.«

»William *de la* Pole, Derry, wie du genau weißt.«

Derrys Antwort kam mit zusammengebissenen Zähnen und klang fast verächtlich.

»Ach ja? In Zeiten wie diesen brüstest du dich mit einem französisch klingenden Namen? Ich hatte dir wirklich mehr Verstand zugetraut. Die Sache ist nämlich die, William, dass ich es in jedem Fall tun werde, ganz gleich, was mit dem Lämmchen passiert, das uns jetzt regiert. Denn ich will nicht, dass mein Land von irgendwelchen Idioten und arroganten Hurensöhnen auseinandergerissen wird. Ich *habe* eine Idee, aber sie wird dir nicht gefallen. Ich will mir nur sicher sein, dass du weißt, welche Gefahr uns droht.«

»Ich weiß es«, sagte Suffolk, und seine grauen Augen wirkten hart und kalt.

In Derrys Grinsen war keine Spur von Humor zu entdecken, allerdings stellte Suffolk fest, dass er die weißesten Zähne hatte, die er je bei einem Erwachsenen gesehen hatte.

»Da bin ich mir nicht so sicher«, sagte er verächtlich. »Das ganze Land wartet darauf, dass der kleine Henry sich endlich auch nur zu einem halb so mutigen Mann entwickelt, wie es sein Vater war, damit er endlich dessen großes Werk vollendet, das uns die Hälfte Frankreichs einbrachte und den Dauphin in die Flucht jagte. Die Menschen warten, William.

Der König ist zweiundzwanzig. In dem Alter war sein Vater bereits ein echter Krieger. Erinnerst du dich? Der alte Henry hätte ihnen schon längst das Fell über die Ohren gezogen und sich Handschuhe draus gemacht. Aber nicht das Lämmchen. Nicht sein Sohn. Denn das Lämmchen kann weder führen, noch kann es kämpfen. Dem wächst ja nicht mal ein Bart, William! Wenn die erst merken, dass er nichts unternehmen wird, sind wir alle verloren, verstehst du? Wenn die Franzosen nicht mehr in der Angst leben, dass König Harry, der Löwe von England, zurückkommt, ist es aus. Vielleicht kommt dann in ein oder zwei Jahren ein französisches Heer die Themse herauf. Es gibt ein kleines Gemetzel, ein paar Vergewaltigungen, und von da an ziehen wir die Mütze und beugen das Knie, sobald wir eine französische Stimme hören. Willst du eine solche Zukunft für deine Kinder, William? Denn das ist die Gefahr, die uns droht, William Pole, du Engländer.«

»Dann sag mir, wie wir sie zum Waffenstillstand bewegen können«, sagte Suffolk langsam und eindringlich.

Mit seinen sechsundvierzig Jahren war er ein stattlicher Mann, mit einem eisengrauen Haarschopf, der ihm fast bis auf die Schultern fiel. Er hatte in den letzten paar Jahren an Leibesfülle zugenommen, und neben Derry kam er sich alt vor. Seine Glieder schmerzten bei jeder Gelegenheit, außerdem hatte er vor Jahren an einem Bein eine schwere Verletzung erlitten, und der Muskel war nie richtig geheilt. Im Winter hinkte er, und auch jetzt spürte er ein unangenehmes Ziehen im Knie. Er verlor langsam die Geduld.

»Genau das hat der Junge auch zu mir gesagt«, erwiderte Derry. »Erwirke einen Waffenstillstand, Derry, sorge dafür, dass wir Frieden bekommen. Frieden! Wo wir in einer guten

Kampfsaison *alles* gewinnen könnten. Ich könnte speien! Und sein armer alter Vater wird sich vermutlich im Grabe umdrehen … Jedenfalls habe ich mehr Zeit in den Archiven verschwendet, als es ein gesunder, kräftiger Mann jemals tun sollte. Und ich habe etwas gefunden, William Pole. Ich habe etwas gefunden, das die Franzosen nicht ablehnen können. Bring es ihnen! Sie werden jammern und klagen, aber sie werden nicht widerstehen können. Er wird seinen Waffenstillstand bekommen.«

»Und hättest du vielleicht die Güte, mir deine Entdeckung mitzuteilen?«, fragte Suffolk, der seinen Unmut nur noch mit Mühe zügeln konnte. Der Mann brachte ihn zur Weißglut, aber Derry ließ sich nicht hetzen, außerdem hatte er den Verdacht, der Meisterspion genieße es, einen Earl auf die Folter zu spannen. Suffolk wollte Derry auf keinen Fall die Freude machen, seine Ungeduld zu zeigen. Er ging zur anderen Seite des Tisches, wo ein Krug mit Wasser stand. Er schenkte sich einen Becher ein, den er in großen Zügen leerte.

»Unser lieber Henry braucht eine Frau«, erwiderte Derry. »Und wir können warten, bis die Hölle zufriert, ehe der französische König ihm eine Prinzessin an die Seite gibt, wie seinem Vater. Nein, der König der Franzosen wird seine Töchter mit Franzosen verheiraten, und ich werde ihm nicht die Genugtuung verschaffen, einen Antrag unsererseits abschlagen zu können. Aber es gibt noch ein weiteres Haus, William. Das Haus Anjou. Der dortige Duc hat theoretisch Ansprüche auf Neapel, Sizilien und Jerusalem. Der alte René nennt sich König und hat in den letzten zehn Jahren versucht, diese Ansprüche geltend zu machen und damit seine Familie in den Ruin getrieben. Er hat mehr an Lösegeldern gezahlt, als du oder ich je zusammen besitzen werden. Und er hat zwei Töchter, eine davon ist dreizehn, und sie ist noch niemandem versprochen.«

Suffolk schüttelte den Kopf und füllte erneut seinen Becher. Er hatte dem Wein und dem Bier abgeschworen, doch dies war so ein Moment, wo er beides vermisste.

»Ich kenne Duc René von Anjou«, sagte er. »Er hasst die Engländer. Seine Mutter war eine gute Freundin dieser Johanna von Orléans. Schon vergessen? Wir haben sie verbrannt.«

»Völlig zu Recht«, sagte Derry. »Du warst dabei, du hast sie gesehen. Wenn diese kleine Hexe nicht mit dem Teufel im Bunde war, dann weiß ich es auch nicht … Aber du verstehst nicht, William. Der König hört auf René. Dieser eitle französische Pfau verdankt René von Anjou nicht nur seine Krone, er verdankt ihm *alles*. Es war Renés Mutter, die ihm Zuflucht gewährt hat, als er vor Angst davongelaufen ist. Und sie war es auch, die die kleine Johanna nach Orléans geschickt hat, damit der Hasenfuß endlich angreift. Es ist nur dieser Familie zu verdanken, dass Frankreich überhaupt noch unter französischer Herrschaft ist, oder zumindest das, was noch davon übrig ist. Und das Haus Anjou ist der Schlüssel zum Ganzen, William. Mein Gott, der König von Frankreich ist mit Renés Schwester verheiratet! Diese Familie kann mit dem König machen, was sie will. Und sie hat eine unverheiratete Tochter! Ich sage dir, das ist unsere Gelegenheit. Ich habe sie mir alle angesehen, William, jeden kleinen französischen ›Lord‹, der auch nur drei Schweine und zwei Bedienstete hat. Margaret von Anjou *ist* eine Prinzessin, und ihr Vater ist arm geworden bei dem Versuch, das zu beweisen.«

Suffolk seufzte. Es war spät, und er war müde.

»Derry, es geht nicht, selbst wenn du recht hast. Ich kenne den Duc. Nicht nur einmal hat er sich bei mir beschwert, dass die englischen Soldaten über den Tapferkeitsorden spotten, den er vergibt. Er fühlt sich von uns gekränkt.«

»Dann hätte er ihn nicht ›Orden der Argonauten‹ nennen sollen, meinst du nicht?«

»Das ist auch nicht alberner als Hosenband-Orden, oder? Wie auch immer, Derry, er wird uns seine Tochter nicht geben, jedenfalls nicht im Gegenzug für einen Waffenstillstand. Vielleicht würde er sie für eine beträchtliche Summe hergeben, wenn es wirklich so schlecht um ihn steht, wie du sagst, aber für einen Waffenstillstand? So dumm sind sie nicht, Derry. Wir haben seit zehn Jahren keinen Feldzug mehr unternommen, und mit jedem Jahr wird es schwerer, die eroberten Gebiete zu halten. Sie haben einen Gesandten hier, und ich bin überzeugt, er hält die Augen offen und erzählt ihnen haarklein, was er sieht.«

»Er erzählt ihnen das, was ich ihn sehen lasse. Ich habe diesen parfümierten Knaben im Griff, mach dir keine Sorgen. Aber ich habe dir noch nicht gesagt, was wir dem alten René Schönes zu bieten haben. Warum ist er denn so arm wie eine Kirchenmaus? Weil er keine Pacht mehr von den Ländereien seiner Vorfahren bezieht. Und warum das? Weil sie *uns* gehören. Er besitzt zwei heruntergekommene alte Burgen, von denen aus er die besten Anbaugebiete Frankreichs überblickt – auf denen brave Engländer ihre Ernte einfahren. Große Teile der Provinz Maine und das gesamte Anjou, William! Wenn er die Möglichkeit hat, diese Gebiete zurückzubekommen, dann wird ihn das sehr schnell an den Verhandlungstisch bringen, und wir können unseren Waffenstillstand fordern. Zehn Jahre? Wir verlangen zwanzig! Und die verdammte Prinzessin obendrein. Der König wird auf René von Anjou hören. Die Froschfresser werden sich überschlagen, den Handel zu besiegeln.«

Suffolk rieb sich erschöpft die Augen. Er glaubte Wein im Mund zu schmecken, obwohl er seit über einem Jahr keinen mehr angerührt hatte.

»Das ist doch Wahnsinn. Du willst, dass ich mehr als ein Viertel unserer Gebiete in Frankreich weggebe?«

»Glaubst du, mir bereitet das Freude, William?«, fragte Derry ärgerlich. »Ich habe mir monatelang den Kopf nach einer anderen Möglichkeit zerbrochen, das kannst du mir glauben. Aber der König will auf Biegen und Brechen einen Waffenstillstand – nun, auf diesem Wege hätten wir ihn. Es ist der einzige Weg. Wenn es einen anderen gäbe, hätte ich ihn gefunden.« Derry verdrehte die Augen. »Wenn unser junger Herr König das Schwert seines Vaters führen könnte – mein Gott, wenn er es auch nur hochheben könnte –, tja, dann bräuchten wir dieses Gespräch überhaupt nicht zu führen. Dann wären wir dort draußen, würden in die Hörner stoßen, und die Franzosen würden davonrennen. Aber wenn er es nicht kann – und er *kann* es nicht, William, du hast ihn selbst gesehen –, dann ist dies der einzige Weg zum Frieden. Und gleichzeitig besorgen wir ihm eine Frau. Alles Übrige fällt dann nicht mehr ins Gewicht.«

»Hast du es dem König schon gesagt?«, fragte Suffolk, der die Antwort schon ahnte.

»Wenn ich es ihm gesagt hätte, wäre die Sache bereits besiegelt, oder nicht?«, erwiderte Derry spöttisch. »›Tu, was du für richtig hältst, Derry. Ganz wie du meinst, Derry.‹ Du weißt doch, wie er ist. Ich kann ihn zu allem überreden. Leider kann das auch jeder andere. Er ist schwach, William. Wir können nichts weiter machen, als eine Frau für ihn finden, abwarten und hoffen, dass er einen starken Sohn bekommt.« Er sah Suffolks zweifelndes Gesicht und schnaubte. »Bei den Schotten hat es doch auch funktioniert. Der Schottenhammer hatte einen Schwächling als Sohn, aber sein Enkel? Ich wünschte, ich hätte unter einem König wie ihm dienen können. Das heißt … ich *habe* ja unter einem solchen König gedient. Unter Harry – dem Löwen in der Schlacht von Azincourt. Vielleicht ist einem ein solches Glück nur einmal im Leben vergönnt. Aber solange wir auf einen geeigneten Monarchen warten müssen, solange brauchen wir einen Waffenstillstand. Mit etwas anderem wird dieser bartlose Jüngling nicht fertig.«

»Hast du von dieser Prinzessin schon mal ein Bild gesehen?«, fragte Suffolk und starrte in die Ferne.

Derry lachte verächtlich.

»Margaret? Dir gefallen diese jungen Dinger? Du bist doch ein verheirateter Mann, William Pole! Was interessiert es dich, wie sie aussieht? Sie ist fast vierzehn und Jungfrau, alles andere ist unwichtig. Und selbst wenn sie mit Warzen übersät wäre, würde unser Henry sagen: ›Wenn du es für richtig hältst, Derry …‹«

Derry stand jetzt dicht bei Suffolk und stellte fest, dass der Ältere gebeugter schien als bei seinem Eintreten.

»Sie kennen dich in Frankreich, William. Sie kennen deinen Vater und deinen Bruder – und sie wissen, dass deine Familie ihre Abgaben zahlt. Sie werden auf dich hören, wenn du ihnen den Vorschlag unterbreitest. Wir haben dann immer noch den Norden und die Küste. Wir haben immer noch Calais und die Normandie, die Picardie, die Bretagne – bis nach

Paris. Wenn wir das halten könnten und dazu noch Maine und das Anjou, würde ich die Fahnen schwenken und zusammen mit dir losmarschieren. Aber wir können es nicht.«

»Ich möchte es erst vom König selbst hören, ehe ich zurückreise«, sagte Suffolk mit düsterem Blick.

Derry sah weg, er schien nicht ganz glücklich.

»In Ordnung, William. Ich verstehe. Aber weißt du … Nein, ist schon gut. Er ist in der Kapelle. Vielleicht kannst du ihn bei seinen Gebeten unterbrechen. Aber er wird mir ohnehin zustimmen, William. Verdammt, er sagt doch zu allem ja.«

Der vereiste Rasen knirschte unter ihren Schritten, als die beiden Männer in der Dunkelheit zur Kapelle von Windsor gingen, die der Jungfrau Maria, Edward dem Bekenner und dem heiligen Georg geweiht war. Im schwachen Licht der Sterne, mit Atemwölkchen vor dem Gesicht, nickte Derry den Wachen an der äußeren Tür kurz zu, ehe sie in die von Kerzen erhellte Kirche eintraten, in der es fast ebenso kalt war wie draußen.

Auf den ersten Blick schien die Kirche leer, doch Suffolk ahnte, dass jemand da war, und sah schließlich auch die Männer zwischen den Statuen stehen. In ihren dunklen Roben waren sie fast unsichtbar, solange sie sich nicht bewegten. Ihre Schritte auf dem Steinboden hallten in der Stille wider, als sie auf die beiden Männer zuschritten, in ihren Gesichtern spiegelte sich die Verantwortung, die sie trugen. Derry wurde zweimal aufgehalten, bis sie ihn erkannten und er im Kirchenschiff weitergehen durfte, dorthin, wo die einsame Gestalt im Gebet versunken war.

Der Betstuhl des Monarchen war fast völlig umschlossen von vergoldeten Schnitzereien und nur schwach von den Lampen erhellt, die hoch über ihm hingen. Henry lag auf den Knien und hielt die gefalteten Hände vor sich ausgestreckt, fest ineinander verflochten und völlig bewegungslos. Er hatte die Augen geschlossen, und Derry seufzte leise. Eine Zeit lang standen er und Suffolk wartend da und sahen das erhobene Gesicht des Jungen an, auf dem in der Dunkelheit ein goldener Schimmer lag. Der König wirkte engelsgleich, aber fast brach es ihnen das Herz, als ihnen bewusst wurde, wie jung und zerbrechlich er aussah. Es hieß, seine Geburt sei für seine französische Mutter sehr schwer gewesen. Sie hatte Glück gehabt, dass sie selbst überlebte, und der Junge war blau und halb erstickt zur Welt gekommen. Neun Monate später war sein Vater, Henry V., gestorben, von einer eigentlich harmlosen Krankheit dahingerafft, nachdem er sein Leben lang Krieg geführt hatte. Manche waren der Meinung, es sei ein Segen, dass der alte Kriegerkönig nicht mehr miterleben musste, zu welcher Art von Mann sein Sohn heranwuchs.

In der Düsternis sahen Derry und Suffolk sich wortlos an, beide empfanden den Verlust. Derry trat näher.

»Es kann noch Stunden dauern«, flüsterte er Suffolk ins Ohr. »Du musst ihn unterbrechen, oder wir stehen bis morgen früh hier.«

Suffolk räusperte sich, und in dem hohen Kirchenraum klang es lauter, als er es erwartet hatte. Der König öffnete langsam die Augen, als komme er von weither in die Gegenwart zurück. Langsam wandte er den Kopf und sah die beiden Männer überrascht an. Er lächelte, bekreuzigte sich und murmelte ein kurzes letztes Gebet, ehe er aufstand, steifbeinig vom stundenlangen Knien.

Suffolk sah, wie er sich mit dem Riegel am königlichen Betstuhl abmühte, dann stieg er herab und kam näher. Er trat aus dem Lichtschein in die Dunkelheit, sodass sie sein Gesicht jetzt nicht erkennen konnten.

Beide Männer knieten nieder, Suffolks Knie protestierten, und über ihren gebeugten Köpfen ertönte das leise Lachen des Königs.

»Ich freue mich, Euch zu sehen, Lord Suffolk. Kommt, steht auf, der Boden hier ist zu kalt für alte Männer. Ich höre meine Kammerzofe immer darüber klagen, und ich glaube, sie ist jünger als Ihr. Also, auf, auf! Ehe Ihr Euch erkältet.«

Als Derry aufgestanden war, öffnete er die Laterne, die er mitgebracht hatte, und ihr Licht verbreitete sich in der Kapelle. Der König war denkbar einfach gekleidet, in dunklen Wollstoff und Lederschuhe mit flacher Kappe, wie ein ganz gewöhnlicher Stadtbewohner. Er trug keinen Goldschmuck, und mit seinem jungenhaften Aussehen hätte man ihn für einen Lehrbuben halten können, allerdings nur in einem Gewerbe, das nicht allzu viel Körperkraft erforderte.

Suffolk suchte in seinem Gesicht nach einer Ähnlichkeit mit dem Vater, aber der arglose Blick und die schmächtige Figur ließen nichts von der gewaltigen Kraft ahnen, über die seine Vorfahren verfügt hatten. Fast hätte Suffolk die Verbände an den Händen des Königs übersehen, doch als er sie schließlich erblickte, hielt der König sie hoch und wurde rot.

»Schwertübungen, Lord Suffolk. Der alte Marsden sagt, sie werden schon härter werden, aber sie bluten und bluten. Eine Zeit lang dachte ich …« Er unterbrach sich und tippte sich mit dem verbundenen Finger leicht auf den Mund. »Aber nein, Ihr seid bestimmt nicht aus Frankreich gekommen, um euch meine Hände anzusehen, oder?«

»Nein, Euer Gnaden«, erwiderte Suffolk leise. »Könnt Ihr mir einen Augenblick Zeit gewähren? Ich habe mit Master Brewer über unsere Zukunft gesprochen.«

»Eigentlich kann ich diesen Ort nicht verlassen. Ich darf jede Stunde eine Pause machen, um Wasser zu trinken oder den Topf aufzusuchen, aber dann muss ich zu meinen Gebeten zurückkehren. Kardinal Beaufort hat mir das Geheimnis verraten, und es ist keine große Last.«

»Ein Geheimnis, Euer Ehren?«

»Dass die Franzosen nicht kommen, solange der König betet, Lord Suffolk! Mit meinen betenden Händen, auch wenn sie blutig sind, halte ich sie zurück. Ist das nicht eine wunderbare Sache?«

Suffolk holte langsam tief Luft und verfluchte den Großonkel des jungen Mannes für seine Dämlichkeit. Es war völlig sinnlos, dass Henry sich auf diese Art und Weise seine Nächte um die Ohren schlug, obwohl Suffolk vermutete, dass es die Sache für alle, die um ihn waren, erleichterte. Kardinal Beaufort lag vermutlich irgendwo in der Nähe und schlief. Suffolk beschloss, ihn zu wecken und zusammen mit dem Jungen beten zu lassen. Schließlich konnten die Gebete eines Königs durch die eines Kardinals nur verstärkt werden!

Derry hatte aufmerksam zugehört und wartete darauf, sprechen zu können. »Ich schicke die Männer hinaus, Mylord Suffolk. Mit Eurer Erlaubnis, Euer Gnaden? Dies ist eine private Angelegenheit, die niemand hören sollte.«

Henry machte eine zustimmende Bewegung, während Suffolk sich über den förmlichen Ton amüsierte. Wenn Derry auch verbittert war und keinen Hehl aus seiner Verachtung machte, war er in Gegenwart des Königs doch vorsichtig. Hier in der Kapelle würde es von seiner Seite keine lästerlichen Reden geben.

Der König schien das halbe Dutzend Männer nicht zu bemerken, das Derry aus der Kapelle hinaus in die eiskalte Nacht komplimentierte. Suffolk vermutete, der eine oder andere werde sehr wohl zwischen den dunklen Säulen verborgen bleiben, aber schließlich kannte Derry seine Männer. Außerdem wurde Henry ungeduldig, und sein Blick wanderte ständig zurück zu seinem Betstuhl.

Suffolk merkte, wie ihn eine Welle der Zuneigung für seinen jungen König überflutete. Er hatte Henry aufwachsen sehen, auf dessen Schultern die Hoffnung eines ganzen Landes ruhte. Suffolk hatte erlebt, wie sich diese Hoffnungen zerschlagen und langsam in Enttäuschung aufgelöst hatten. Man konnte nur ahnen, wie schwer das alles für den Jungen selbst gewesen sein musste. Denn trotz seiner Eigenheiten war Henry nicht dumm, und die vielen Spöttereien und Verunglimpfungen dürften nicht unbemerkt an ihm vorübergegangen sein.

»Euer Gnaden, Master Brewer hat einen Plan, wie man eine Gemahlin und gleichzeitig einen Waffenstillstand aushandeln könnte, im Gegenzug für zwei große französische Provinzen. Er glaubt, die Franzosen wären im Tausch gegen Maine und Anjou damit einverstanden.«

»Eine Gemahlin?« Henry schien überrascht.

»Ja, Euer Gnaden, denn die Familie, um die es geht, hat eine heiratsfähige Tochter. Ich wünschte …« Suffolk zögerte. Er konnte den König schlecht fragen, ob er verstand, was er sagte. »Euer Gnaden, sowohl in Maine als auch im Anjou leben englische Untertanen von Euch. Man würde sie ausweisen, wenn wir die Provinzen aufgeben. Ich frage mich, ob das nicht ein zu hoher Preis für einen Waffenstillstand wäre.«

»Wir müssen einen Waffenstillstand haben, Lord Suffolk. Wir brauchen ihn. Das sagt auch mein Onkel, der Kardinal, und Master Brewer stimmt ihm zu. Doch erzählt mir von der Frau. Habt Ihr ein Bild?«

Suffolk schloss einen Moment die Augen, ehe er ihn ansah.

»Ich werde eins anfertigen lassen, Euer Gnaden. Doch zurück zum Waffenstillstand. Maine und Anjou sind die südlichsten Provinzen unserer Gebiete in Frankreich. Zusammen sind sie so groß wie *Wales*, Euer Gnaden. Wenn wir einen so großen Teil des Landes weggeben …«

»Wie heißt es, dieses Mädchen? Aber ich kann es wohl nicht gut ein Mädchen nennen. Aber ›Frau‹ auch nicht, nicht wahr, Lord Suffolk?«

»Nein, Euer Gnaden. Sie heißt Margaret. Margaret von Anjou.«

»Ihr werdet nach Frankreich gehen, Lord Suffolk, und sie Euch ansehen. Wenn Ihr zurückkommt, möchte ich alles über sie erfahren, bis ins letzte Detail.«

Suffolk ließ sich seinen Unmut nicht anmerken.

»Euer Gnaden, sehe ich das richtig, dass Ihr für den Preis des Friedens bereit seid, diese Gebiete in Frankreich aufzugeben?«

Zu seiner Überraschung beugte sich der König ganz nahe zu ihm, seine blauen Augen leuchteten.

»Wie Ihr schon sagtet, Lord Suffolk, wir brauchen unbedingt einen Waffenstillstand. Ich verlasse mich auf Euch, meine Wünsche auszuführen. Bringt mir ein Bild von ihr.«

Während dieses Gesprächs war Derry zurückgekommen, bemüht um einen neutralen Gesichtsausdruck.

»Ich glaube, Ihre Königliche Hoheit möchte jetzt zu Ihren Gebeten zurückkehren, Lord Suffolk.«

»Ja, das möchte ich«, stimmte Henry zu und hob zum Abschied eine verbundene Hand. Suffolk sah einen dunkelroten Blutfleck in der Mitte der Handfläche.

Sie verbeugten sich tief vor dem jungen König Englands, der wieder zu seinem Platz zurückging und sich hinkniete. Langsam schloss er die Augen und faltete die Hände.

2

Margaret musste nach Luft schnappen, nachdem jemand, der es offenbar eilig hatte, so heftig mit ihr zusammengestoßen war, dass sie beide umgerissen wurden. Undeutlich nahm sie fest zusammengebundenes braunes Haar und einen gesunden Schweißgeruch wahr, ehe sie mit einem Aufschrei hinfiel. Ein kupferner Topf war mit so lautem Scheppern auf die Pflastersteine des Schlosshofes gefallen, dass ihr die Ohren klangen. Noch im Fallen hatte die Magd versucht, den Kessel zu ergreifen, aber er war durch die Bewegung nur noch weiter weggeschleudert worden.

Die Magd sah sie verärgert an und wollte gerade zu einem deftigen Fluch ansetzen, doch als sie Margarets elegantes rotes Kleid mit den sich bauschenden weißen Ärmeln sah, wich das Blut aus ihrem Gesicht, das von den Küchenfeuern rot und erhitzt war. Einen Moment blickte sie um sich und überlegte, ob sie wegrennen sollte. Bei den vielen fremden Gesichtern im Schloss bestand immerhin eine kleine Möglichkeit, dass das Mädchen sie nicht wiedererkennen würde.

Seufzend wischte sich die Magd die Hände an der Schürze ab. Die Küchenmeisterin hatte sie vor den Brüdern und dem Vater gewarnt, aber sie hatte auch gesagt, das jüngste Mädchen sei ein nettes kleines Ding. Sie streckte die Hand aus und half Margaret auf die Beine.

»Es tut mir leid, meine Liebe. Ich hätte nicht so rennen sollen, aber heute sind alle so in Eile. Hast … habt Ihr Euch wehgetan?«

»Nein, ich glaube nicht«, erwiderte Margaret zögernd. Sie hatte Schmerzen in der Seite, und wahrscheinlich hatte sie sich den Ellbogen aufgeschürft, aber die Frau trat bereits ungeduldig von einem Bein aufs andere und wollte weiter. Als Margaret wieder auf den Füßen stand, lächelte sie die junge Magd an, deren Gesicht vor Schweiß glänzte.

»Ich heiße Margaret«, sagte sie, sich an ihre Manieren erinnernd. »Sagst du mir deinen Namen auch?«

»Simone, gnädiges Fräulein. Aber ich muss in die Küche zurück. Der König kommt, und es sind noch tausend Dinge zu erledigen.«

Margaret sah den Griff des Topfes, der zu ihren Füßen aus der Hecke ragte, und zog ihn hervor. Es freute sie, dass die Magd einen Knicks machte, als sie ihn nahm. Ein kurzes Lächeln, dann verschwand die Frau, die auch jetzt fast so schnell rannte wie vorher. Margaret starrte ihr nach. Im Schloss von Saumur war, so lange sie denken konnte, noch nie ein solcher Betrieb gewesen, und jetzt hörte sie ganz in der Nähe auch die Stimme ihres Vaters. Wenn er sie entdeckte, würde er ihr mit Sicherheit irgendeine Arbeit auftragen, also machte sie sich in entgegengesetzter Richtung davon.

Die plötzliche Rückkehr ihres Vaters nach Saumur hatte Margaret schon viele bittere, wütende Tränen gekostet. Sie verübelte es ihm, wie sie es jedem Fremden verübelt hätte, der plötzlich erschienen wäre und so tat, als sei er der Herr und Meister, hier, wo sie zu Hause war. In den zehn Jahren seiner Abwesenheit hatte ihre Mutter oft von seiner Tapferkeit und seinem Ruhm erzählt, aber Margaret waren auch die leeren Stellen auf dem vergilbten Putz nicht entgangen, wo einst Gemälde und Gobelins gehangen hatten, die stillschweigend eins nach dem anderen abgenommen und verkauft worden waren. Die Schmucksammlung war als Letztes verschwunden, und sie hatte den Schmerz ihrer Mutter gesehen, als Männer aus Paris gekommen waren, um die besten Stücke zu begutachten, sie durch ihre kleinen Röhrchen musterten und dann Münzen abzählten. Mit jedem Jahr waren der Luxus und die Annehmlichkeiten weniger geworden, bis alles Schöne aus Saumur verschwunden war und nur noch die kalten Mauern übrig waren. Während dieser Zeit hatte Margaret ihren Vater hassen gelernt, ohne ihn überhaupt zu kennen. Selbst die Bediensteten waren einer nach dem anderen entlassen, ganze Flügel des Schlosses waren stillgelegt worden und hatten Moder angesetzt.

Bei dem Gedanken blickte sie nach oben und überlegte, ob sie es dort hinauf und bis in den Ostflügel schaffen würde, ohne dass man sie entdeckte und ihr eine Arbeit zuwies. In einem der Turmzimmer gab es Mäuse, die in den Paneelen ihre Nester gebaut hatten. Sie hatte Brotkrumen in der Tasche, mit denen sie sie herauslocken könnte, dann könnte sie den Nachmittag dort verbringen. Es war ihre Zuflucht, ein Versteck, von dem niemand etwas wusste, nicht einmal ihre Schwester Yolande.

Als Margaret gesehen hatte, wie die Männer aus Paris in der herrlichen Bibliothek ihres Vaters die Bände zählten, hatte sie sich bei Nacht hineingeschlichen und so viele davon mitgenommen, wie sie tragen konnte. Sie hatte sie in das Turmzimmer gebracht, ehe auch sie verschwanden. Sie hatte dabei keinerlei Schuldgefühle, auch jetzt nicht, wo ihr Vater wieder da war und seine laute Stimme durchs Haus hallte. Margaret verstand nicht ganz, was ein Lösegeld war oder warum man es hatte zahlen müssen, um ihn zurückzubekommen, aber sie liebte die Bücher, die sie gerettet hatte, selbst das, welches die Mäuse gefunden und angenagt hatten.

Das Schloss Saumur bestand aus einem Gewirr von Treppen und Gängen, das Ergebnis aus vier Jahrhunderten Bauzeit, in denen es immer wieder erweitert worden war. Dadurch gab es Wege, die plötzlich im Nichts endeten, auch gab es Räume, die man nur über ein halbes Dutzend anderer Räume erreichen konnte. Doch das war ihre Welt, solange sie zurückdenken konnte. Margaret kannte jeden Gang, und nachdem sie sich den schmerzenden Ellbogen gerieben hatte, ging sie schnell los, durch einen Korridor und dann durch einen großen leeren Raum, der mit Eichenholz getäfelt war. Wenn ihre Mutter sie rennen sähe, würde es wieder eine Strafpredigt geben. Fast bildete Margaret sich ein, die Schritte ihrer Erzieherin hinter sich zu hören, doch zum Glück fiel ihr rechtzeitig ein, dass dieser Schrecken ihrer Kindertage ja zusammen mit allen anderen Bediensteten entlassen worden war.

Über zwei Treppen erreichte sie einen Absatz, von dem ein Gang direkt hinüber zum Ostturm führte. Hier waren die uralten Dielenbretter geschrumpft und verzogen und hatten sich von den tragenden Balken darunter abgehoben. Margaret hatte ganze Nachmittage damit verbracht, in komplizierten Figuren darauf herumzuhüpfen und ihre knarrenden Stimmen zum Sprechen zu bringen. Wegen dieser Geräusche nannte sie diesen Raum das Krähenzimmer.

Etwas atemlos blieb sie auf der Galerie unter dem Dachvorsprung stehen und sah in den oberen Saal hinab, wie sie es immer tat. Es war etwas Besonderes, sich über diesen riesigen Raum zu beugen, hier oben, auf gleicher Höhe mit den Kronleuchtern mit ihren dicken gelben Kerzen. Sie fragte sich, wer die wohl jetzt für den König anzünden würde, nachdem die Lichtputzer nicht mehr da waren, aber sie dachte, dass ihr Vater sicher schon eine Lösung gefunden hatte. Irgendwie musste er schließlich auch das Geld aufgetrieben haben, um die vielen neuen Dienstboten einzustellen. Sie huschten im Schloss umher wie die Mäuse im Turm, alle mit wichtigen, unbekannten Aufgaben beschäftigt, aber sie kannte niemanden von ihnen.

Weiter durch die Bibliothek, die jetzt so leer und kalt war, dass es sie fröstelte. Yolande hatte gesagt, in den größeren Häusern gebe es sogar im Erdgeschoss Bibliotheken, aber selbst als sie noch reich gewesen waren, hatte ihr Vater sich wenig aus Büchern gemacht. Jetzt trugen die Regale dicke Staubschichten, und mit dem Finger malte sie ein Gesicht hinein, ehe sie weiterlief. Vom Fenster blickte sie hinunter in den Schlosshof und sah mit gerunzelter Stirn, wie ihre Brüder sich im Schwertkampf übten. Jean hatte den kleinen Louis in die Knie gezwungen und lachte, Nicolas stand auf der Seite und ließ die Spitze seines Schwerts im Dreck schleifen, während er die beiden anderen anfeuerte. Mit einem schnellen Blick über die Schulter, um sich zu vergewissern, dass niemand ihr gefolgt war, streckte Margaret mit einem Fluch den Finger gegen ihren ältesten Bruder aus und bat Gott, ihm einen juckenden Ausschlag untenherum zu schicken. Noch schien es ihn nicht zu beeinträchtigen, aber er verdiente es, weil er sie am Morgen übel gezwickt hatte.

Sie erschrak, als Jean plötzlich nach oben schaute und ihre Blicke sich trafen. Er stieß einen lauten Schrei aus, den sie selbst durch die Butzenscheiben hörte. Margaret erstarrte. Ihre Brüder liebten es, sie zu verfolgen, wobei sie die Hände trichterförmig vor den Mund hielten und Jagdhörner imitierten, während sie durch die Korridore und Säle des Schlosses rannten. Aber waren sie nicht jetzt, wo der König kommen sollte, viel zu beschäftigt mit anderen Dingen? Ihr wurde bang, als Jean innehielt und nach oben zeigte, dann liefen alle drei los und verschwanden. Margaret verwarf den Gedanken an ihr geheimes Zimmer. Bis jetzt hatten sie es noch nicht entdeckt, aber wenn sie in die Bibliothek kamen, würden sie anfangen, diesen Teil des Schlosses zu durchstöbern. Es wäre besser, die Brüder möglichst weit von hier wegzulocken.

Ihre Röcke raffend, rannte sie los, wobei sie allen dreien Pickel an den Hals wünschte. Das letzte Mal hatten sie sie in der Küche in einen der großen Suppenkessel gesteckt und gedroht, sie würden ein Feuer unter ihr anzünden.

»Maman!«, schrie Margaret. »Mamaaan!«

Sie rannte so schnell, dass sie kaum die Stufen berührte, und hielt die Arme ausgestreckt, als sie ein Stockwerk tiefer durch einen dunklen Korridor jagte, geradewegs in die Gemächer ihrer Mutter. Eine Magd mit Eimer und Mopp sprang erschrocken zur Seite, als Margaret an ihr vorbeischoss. Irgendwo im Stockwerk darunter hörte sie die lauten Stimmen ihrer Brüder, aber sie blieb nicht stehen, sie sprang drei Stufen hinab, die plötzlich vor ihr auftauchten, dann wieder drei hinauf – eine dieser uralten Ungereimtheiten, die sich beim Umbau ergeben hatten. Keuchend hetzte sie in die Ankleidezimmer ihrer Mutter und suchte fieberhaft nach einem Versteck. Sie entdeckte einen riesigen Kleiderschrank, öffnete ihn blitzschnell und drückte sich darin ganz nach hinten. Die dicken Pelze und der Geruch nach dem Parfum ihrer Mutter trösteten sie.

Es wurde still, doch noch immer konnte sie hören, wie Jean in der Ferne ihren Namen rief. Der Staub, den sie aufgewirbelt hatte, verursachte einen Niesreiz, den sie nur mit Mühe unterdrücken konnte. Sie hörte, wie jemand ins Zimmer trat, und regte sich nicht. Es war Jean ohne Weiteres zuzutrauen, dass er Nicolas und Louis in eine andere Richtung geschickt hatte, während er allein herumpolterte, um sie in Sicherheit zu wiegen. Margaret hielt den Atem an und schloss die Augen. Immerhin war es warm im Schrank, und bestimmt würden sie es nicht wagen, in den Räumen ihrer Mutter nach ihr zu suchen.

Die Schritte kamen näher, und ohne Warnung wurde die Schranktür aufgerissen. Überrascht sah Margaret in das Gesicht ihres Vaters.

»Was machst *du* denn hier drin, Mädchen?«, fragte er. »Weißt du nicht, dass wir den König erwarten? Wenn du Zeit zum Spielen hast, bei Gott, dann hast du offenbar zu viel Zeit.«

»Ja, Herr, bitte um Vergebung. Aber Jean verfolgte mich und …«

»Deine Hände starren vor Dreck! Sieh dir bloß mal an, was du für Fingerabdrücke hinterlassen hast! Sieh sie dir an, Margaret! Der König ist auf dem Weg hierher, und du rennst hier herum wie ein Gassenbengel!«

Margaret ließ den Kopf hängen, kletterte aus dem Schrank und schloss die Tür sorgfältig. Es stimmte, ihre Hände waren schwarz vor Schmutz – Staub und Dreck aus den oberen Räumen. Ein heftiger Ärger stieg in ihr auf. Seigneur René mochte zwar ihr Vater sein, aber sie kannte ihn im Grunde gar nicht. Er war einfach nur ein großer, massiger Kerl von einem Mann, der ins Haus gekommen war und ihre Mutter wie eine Bedienstete herumkommandierte. Sein Gesicht hatte eine unnatürliche Blässe, vielleicht von den vielen Jahren, die er im Gefängnis verbracht hatte. Er hatte kalte graue Augen, die von den schweren Lidern halb verdeckt waren, sodass es immer wirkte, als sähe er sie gar nicht an. Doch offensichtlich hatte er im Gefängnis nicht hungern müssen, so viel war klar. Er hatte sich bei seiner Frau bitterlich über die Schneiderkosten für das Auslassen seiner Kleidung beklagt und sie damit zum Weinen gebracht.

»Wenn ich die Zeit dazu hätte, würde ich dich auspeitschen lassen, Margaret! Deine Kleider werden alle gewaschen werden müssen.«

Eine Weile stand er noch schimpfend und gestikulierend da, während Margaret den Kopf hängen ließ und versuchte, möglichst schuldbewusst auszusehen. Einst hatte es hier Mägde und Knechte gegeben, die jeden Stein und das Holzwerk aus französischer Eiche geputzt und poliert hatten. Wenn jetzt dicker Staub darauf lag, wessen Schuld war das, wenn nicht die des Mannes, der mit seiner Eitelkeit Saumur ruiniert hatte? Margaret hatte gehört, wie er sich bei ihrer Mutter über den Zustand des Schlosses beklagt hatte, aber ohne ein Heer von Dienstboten war Saumur einfach zu groß, um es sauber zu halten.

Margaret vergaß nicht zu nicken, während ihr Vater tobte. Er nannte sich König von Jerusalem, von Neapel und Sizilien, alles Orte, die sie noch nie gesehen hatte. Vermutlich bedeutete das, dass sie eine Prinzessin war, aber ganz sicher war sie sich nicht. Schließlich besaß er keinen dieser Orte, und ein Anspruch auf dem Papier war wertlos, solange man nichts weiter tun konnte, als zu toben und zu schnauben und nutzlose Briefe zu schreiben. Sie hasste ihn. Wie sie dort stand, erinnerte sie sich an ein Gespräch mit ihrer Mutter. Margaret hatte wissen wollen, warum er nicht einfach wieder gehen konnte. Ihre Mutter hatte streng die Augenbrauen zusammengezogen und Margaret in so scharfem Ton zurechtgewiesen wie noch nie zuvor.

Margaret merkte, dass das Teiggesicht gleich zum Ende der Tirade kommen würde.

»Ja, Herr«, sagte sie demütig.

»Was?«, wollte er wissen, und wieder erreichte seine Stimme eine gefährliche Höhe. »Was soll das heißen: ›Ja, Herr‹? Hast du mir überhaupt zugehört?« Rote Flecken erschienen auf seinen Wangen, als sein Zorn wieder aufloderte. »Verschwinde jetzt!«, fauchte er. »Und lass dich nicht blicken, bis du gerufen wirst, hast du verstanden? Ich habe heute Besseres zu tun, als dir Manieren beizubringen … Hier so wild herumzurennen! Wenn der König wieder fort ist, werde ich mir eine Strafe überlegen, die du so schnell nicht vergessen wirst. Raus jetzt! Scher dich fort!«

Margaret floh, zitternd und mit rotem Kopf. Draußen im Korridor begegnete sie ihrem Bruder Louis, der ausnahmsweise einmal Mitgefühl zeigte.

»Jean sucht dich im Festsaal«, sagte er leise. »Wenn du ihm nicht in die Arme laufen willst, geh bei der Küche vorbei.«

Margaret zuckte die Schultern. Louis hielt sich für schlau, aber sie kannte ihn besser. Jean würde in der Küche sein, oder zumindest in der Nähe, so viel war sicher. Man würde sie heute, wo so viele mit dem Festmahl für den König beschäftigt waren, nicht in einen Suppenkessel setzen können, aber zweifellos hatte ihr Bruder sich etwas ähnlich Schreckliches ausgedacht. Würdevoll und ohne zu rennen ging Margaret weiter und kämpfte mit den Tränen, was sie verwirrte.

Es konnte ihr doch völlig egal sein, dass das Teiggesicht wütend war, wieso sollte sie sich darüber aufregen? Sie wollte zu ihrer Mutter, die sie hier irgendwo im Mittelpunkt der allgemeinen Geschäftigkeit und des Lärms finden würde, wo es bis vor wenigen Tagen noch so still gewesen war. Wo um Himmels willen waren all diese Bediensteten nur hergekommen? Es war doch gar kein Geld dafür da, und zu verkaufen gab es auch nichts mehr.

Bei Sonnenuntergang hatten die Brüder ihre Verfolgungsjagd aufgegeben, um sich für das Festmahl umzuziehen. Die Zahl der Bewohner von Saumur hatte sich noch weiter erhöht, nachdem das Gefolge, das der König vorausgeschickt hatte, angekommen war. Außer den Köchen, die man schon aus dem Dorf und verschiedenen noblen Häusern geholt hatte, gab es jetzt auch Meisterköche, die jeden Schritt der Zubereitung überwachten, sowie ein halbes Dutzend Männer in Schwarz, die jedes Zimmer nach Spionen oder möglichen Mördern absuchten. Ausnahmsweise hatte ihr Vater keine Einwände, als seine Wächter von den Männern des Königs ausgefragt und auf ihre Posten eingeteilt wurden. Inzwischen war auch im ganzen Dorf bekannt, dass man königlichen Besuch erwartete. Als es dunkel wurde und die Schwalben auf der Jagd nach Insekten durch die Luft schossen, kamen die Bauern mit ihren Familien von den Feldern heim. Sie standen am Rand der Straße nach Saumur und reckten die Hälse in der Hoffnung, einen Blick auf den König zu erhaschen, und als er wirklich vorbeikam, schwenkten die Männer jubelnd ihre Mützen.

Die Ankunft von König Charles war nicht so eindrucksvoll gewesen, wie Margaret es sich vorgestellt hatte. Sie hatte vom

Turmfenster zugeschaut, wie ein kleiner Reitertrupp von Süden her die Straße heraufkam. Es waren nicht mehr als zwanzig Mann, in deren Mitte ein schlanker, dunkelhaariger Herr in einem hellblauen Mantel ritt. Soweit sie es sehen konnte, hielt der König nicht an, um den Willkommensgruß der Bauern zu erwidern. Margaret fragte sich, ob er vielleicht dachte, dass es überall in der Welt solch jubelnde Menschen gab, vielleicht hielt er sie für einen Teil der Landschaft, wie Bäume oder Flüsse.

Als der königliche Trupp durch das Haupttor ritt, hatte Margaret sich weit aus dem Fenster gelehnt, damit ihr nichts entging. Der König war ihr wenig bemerkenswert vorgekommen, als er im Schlosshof vom Pferd stieg und einem Diener die Zügel zuwarf. Seine Männer hatten harte, ernste Gesichter, und mehr als einer sah missbilligend um sich. Vom ersten Moment an empfand Margaret eine tiefe Verachtung für sie. Sie hatte beobachtet, wie ihr Vater herausgekommen war und sich vor dem König verbeugt hatte, ehe sie ins Haus gingen. Renés laute, polternde Stimme war bis zu den oberen Fenstern zu hören. Er übertreibt, dachte Margaret. Jemand wie der König musste derartige Schmeicheleien doch bestimmt längst satthaben.

Das Festmahl war eine Qual. Margaret und Yolande waren ans untere Ende der langen Tafel verbannt und mussten steife Kleider tragen, die nach Kampfer und Zedernholz rochen und so kostbar waren, dass man furchtbar aufpassen musste, um sie nicht zu bekleckern. Ihre Brüder saßen weiter oben und hatten ihre Köpfe dem König zugewandt wie Reisende, die im Wirtshaus vor einem guten Kaminfeuer saßen. Jean, als Ältester, versuchte sogar Konversation zu machen, aber er sprach derartig höflich und gestelzt, dass Margaret

Mühe hatte, nicht zu kichern. Alles war unerträglich langweilig, und natürlich musste Yolande sie unter dem Tisch zwicken, sodass sie aufschrie und sich schämen musste. Im Gegenzug stach Margaret sie mit der Gabel eines Tafelsilbers, das sie noch nie zuvor gesehen hatte.

Sie wusste, dass sie nicht sprechen durfte. Das hatte ihre Mutter Isabelle ihr mehr als deutlich zu verstehen gegeben. Also saß sie stumm da, während der Wein floss und der König ihren Vater oder Jean zwischen den Gängen ab und zu mit einem Lächeln bedachte.

Margaret fand, dass König Charles zu mager und seine Nase zu lang war, als dass man ihn hätte schön finden können. Seine Augen waren kleine schwarze Knöpfe und seine Brauen ganz feine Linien, fast als seien sie gezupft. Sie hatte gehofft, er würde ein Mann mit Vitalität und Ausstrahlung sein, oder dass er zumindest eine Art Krone tragen würde. Stattdessen stocherte der König nervös in seinem Essen herum, das ihm offenbar nicht schmeckte, und sein Lächeln war nur eine Andeutung, bei der er kaum merklich die Mundwinkel hob.

Ihr Vater füllte das Schweigen mit Geschichten und Erinnerungen an das Hofleben, einem endlosen Schwall derart seichter Plaudereien, dass es Margaret peinlich war. Die einzige Abwechslung wurde ihnen geboten, als ihr Vater durch sein Gestikulieren einen Weinkelch umwarf, aber die Diener hatten den Schaden schnell wieder beseitigt. Margaret sah, dass auch der König sich langweilte, wenn auch Seigneur René es nicht merkte. Sie aß wenig von jedem Gang und fragte sich, was das alles gekostet haben mochte. Der Saal war mit teuren frischen Wachsstöcken und sogar mit weißen Kerzen beleuchtet, die man sich normalerweise nur zu Weihnachten leistete. Sie vermutete, diese Kosten würden, nachdem der König abgereist war, eine monatelange Fastenzeit nach sich ziehen. Sie versuchte, dies alles zu genießen, aber der Anblick ihres lachenden Vaters machte sie wütend. Margaret trank ihren Cidre und hoffte, sie würden ihre Missbilligung spüren und sich vielleicht sogar schämen. Es war ein reizvoller Gedanke: Sie würden aufblicken und das ernste Mädchengesicht bemerken und dann auf ihre Teller sehen, beladen mit Speisen, die sie kaum anrührten, ehe der nächste Gang kam. Sie wusste, dass König Charles Johanna von Orléans kennengelernt hatte, und hätte ihn zu gern über sie ausgefragt.

An der Seite des Königs saß ihre Tante Marie, die René mit der gleichen Verachtung zuhörte wie Margaret. Margaret sah, wie der Blick ihrer Tante immer wieder zum Hals ihrer Mutter wanderte, an dem kein Schmuck zu sehen war. Den hatte René sich für diesen Abend nicht borgen können. Der gesamte Schmuck ihrer Mutter war verkauft worden, um seine erfolglosen Feldzüge zu finanzieren. Als Frau des Königs trug Marie ein herrliches Collier aus Rubinen, die bis hinunter zwischen ihren Brüsten hingen. Margaret versuchte, nicht zu auffällig hinzusehen. Damit wollte sie doch nur Aufmerksamkeit erregen, oder? Sie hatte gedacht, eine verheiratete Frau würde nicht wollen, dass Männer ihren Busen auf diese Art und Weise anstarren, aber offenbar gefiel es ihr. Marie und René waren in Saumur aufgewachsen, und Margaret sah, wie der abschätzige Blick ihrer Tante von dem kahlen Hals und den ebenso schmucklosen Ohren ihrer Mutter zu den kostbaren, großen Gobelins wanderte, die an den Wänden hingen. Margaret fragte sich, ob sie einige davon wiedererkannte. Genau wie die Dienerschaft waren auch sie nur für ein paar Tage geliehen. Fast konnte sie die Gedanken ihrer Tante lesen, die im Moment wahrscheinlich so emsig klickten wie ein kleiner Abakus. Ihre Mutter pflegte zu sagen, Marie sei hartherzig, aber immerhin hatte sie sich damit einen König geangelt, samt dem Luxusleben, das dazugehörte.

Nicht zum ersten Mal fragte Margaret sich, was König Charles nach Saumur geführt hatte. Sie wusste, dass es während des Essens keine ernsten Gespräche geben würde, vielleicht auch nicht, bis der König sich ausgeruht oder am nächsten Tag auf die Jagd gegangen war. Margaret beschloss, wenn sie zu Bett gehen durfte, würde sie sich auf die Galerie über der oberen Halle schleichen. Ihr Vater ging mit bedeutenden Gästen gern in diesen Saal, wo es ein großes Kaminfeuer und eine Auswahl guter Weine gab.

In diesem Moment bewegte sich Yolandes Arm über den Tisch zu ihr herüber, offensichtlich, um sie in den nackten Arm zu kneifen.

»Wenn du das machst, ziehe ich dir das Ohr lang, bis du schreist, Yolande«, zischte Margaret.

Ihre Schwester zog schnell die Hand zurück. Mit ihren fünfzehn Jahren war Yolande ihre engste Vertraute, obwohl sie in letzter Zeit angefangen hatte, sich gelegentlich wie eine junge Dame zu benehmen und wichtigtuerisch verkündete, sie habe keine Lust mehr zu albernen Spielen. Yolande hatte ihr sogar ihre wunderschön bemalte Puppe geschenkt, mit der herablassenden Bemerkung, das sei Kinderkram, den sie nicht mehr brauche.

»Gehst du mit mir nach dem Essen hoch auf die Galerie?«

Yolande legte den Kopf auf die Seite und dachte nach. In ihr stritten sich ihre neue Erwachsenenwürde und der Wunsch, den Vater im privaten Gespräch mit dem König zu belauschen.

»Vielleicht für ein Weilchen. Ich weiß ja, dass du im Dunkeln Angst hast.«

»Nein, *du* hast Angst, und das weißt du auch. Ich habe auch vor Spinnen keine Angst, selbst vor den großen nicht. Also kommst du mit?«

Margaret merkte, wie ihre Mutter sie missbilligend ansah, und sie beschäftigte sich mit dem zerkleinerten Obst, das auf Eis serviert wurde. Die schmalen Spalten waren halb gefroren und schmeckten köstlich.

»Ich komme mit«, flüsterte Yolande.

Margaret streckte die Hand aus und legte sie auf die Hand ihrer Schwester, sie wollte den Zorn ihrer Mutter nicht weiter herausfordern, also schwieg sie. Ihr Vater erzählte eine endlose Geschichte über einen seiner Pächter, und der König lachte leise, was wiederum an der übrigen Tafel eine Welle leisen Gelächters auslöste. Das Festmahl war für René offensichtlich nach Wünschen verlaufen, doch Margaret wusste, der König von Frankreich war nicht nur nach Saumur gekommen, um zu essen und zu trinken. Mit gesenktem Kopf sah sie dorthin, wo er saß. Er sah so gewöhnlich aus, aber Jean, Louis und Nicolas waren anscheinend fasziniert von ihm und vergaßen bei der leisesten Bemerkung seiner königlichen Lippen das Essen. Margaret grinste, damit würde sie die Brüder morgen früh wunderbar aufziehen können. Sie würde es ihnen heimzahlen, dass sie sie gejagt hatten wie einen jungen Fuchs.

3

Das Krähenzimmer gab keinen Laut von sich, als Margaret mit nackten Füßen über den Boden schlich. Sie hatte im vergangenen Sommer auf der Rückseite einer alten Karte mit Kohle eine Skizze angefertigt, auf der sie jedes knarrende Brett mit kleinen Kreuzen markiert hatte. Der Feuerschein vom Kamin im oberen Saal reichte bis zur Galerie hinauf, und wie eine Tänzerin durchquerte sie das Zimmer nach der Zeichnung, die sie im Kopf hatte. Die Krähen blieben still, und triumphierend erreichte sie die Galerie. Sie drehte sich um und gab Yolande ein Zeichen.

In der Dunkelheit, die nur ab und zu von einem goldenen Flackern erhellt wurde, sah sie die hilflosen Gesten ihrer Schwester, aber die Erregung über das verbotene Unternehmen hatte auch sie ergriffen, vorsichtig stahl sie sich über den polierten Fußboden und zuckte zusammen, genau wie Margaret, wenn es unter ihr knarrte. Die Mädchen erstarrten bei jedem Geräusch, aber ihr Vater und der König bemerkten nichts davon. Das Feuer sang und knisterte, und alte Häuser bewegten sich und seufzten immer, besonders bei Nacht. René von Anjou sah nicht nach oben, als Yolande sich neben ihrer Schwester niederließ und durch die hölzerne Balustrade die Szene unter sich betrachtete.

Der obere Saal hatte die allgemeine Plünderung fast unbeschadet überstanden. Vielleicht waren die Wandbehänge und die Eichenmöbel vor den Männern aus Paris sicher gewesen, weil hier der Mittelpunkt, das Herz des Familienlebens war. Der Kamin war so groß, dass ein erwachsener Mann aufrecht darin stehen konnte, und jetzt lag ein mächtiges Holzscheit darin, das lustig brannte und die Feuereisen zum Glühen brachte, die darauf lagen. Dicht davor saß König Charles in einem hohen, gepolsterten Stuhl, während ihr Vater mit Flaschen und Bechern hantierte. Fasziniert sah Margaret, wie René eins der glühenden Eisen in einen Becher tauchte, worauf zischend eine duftende Dampfwolke aufstieg. Sie roch Zimt und Nelken, und ihr lief das Wasser im Mund zusammen, als sie sich vorstellte, wie es schmecken musste. Nur leider drang von der Wärme nichts in ihr Versteck hinauf. Die Steinmauern des Schlosses schluckten alle Wärme, besonders bei Nacht. Margaret fröstelte, als sie dort saß, auf Knien hockend, bereit, sofort aufzuspringen, falls ihr Vater einen Blick nach oben werfen sollte.

Beide Männer hatten sich umgezogen. Ihr Vater trug einen gesteppten Schlafrock über einer bequemen Hose, an den Füßen hatte er Filzschuhe. Im flackernden Feuerschein kam er ihr vor wie ein Zauberer, der Feuer und Dampf über den Bechern erscheinen ließ. Der König trug ein schweres gegürtetes Gewand aus einem glänzenden Stoff. Ihr gefiel die Vorstellung, dass sie hier zwei Zauberer bei ihren geheimen Riten belauschte. Doch der geschäftige Ton ihres Vaters zerstörte die Illusion.

»Ihr habt die Engländer in diese Situation gebracht, Majestät, und sonst niemand. Wenn Ihr Euch Orléans nicht gesichert und die Armee nicht zu dem gemacht hättet, was sie jetzt ist, würden sie jetzt nicht mit der Bitte um Waffenstillstand an uns herantreten. Es ist ein Zeichen ihrer Schwäche und unserer Stärke. Die Engländer sind als Bittsteller gekommen, Majestät. Es gereicht allein Euch zur Ehre, und natürlich auch Frankreich.«

»Mag sein, René, vielleicht habt Ihr recht. Doch es sind schlaue Kerle, fast wie die Juden. Wenn ich am Verdursten wäre und ein Engländer mir einen Becher mit Wasser reichte, würde ich noch zögern und erst überlegen, welchen Vorteil er sich davon verspricht. Mein Vater war vertrauensvoller, und sie haben seine Gutgläubigkeit schändlich missbraucht.«

»Majestät, ich stimme Euch zu. Ich hoffe, ich werde nie so gutgläubig sein, dass ich einem Engländer die Hand schüttle, ohne hinterher meine Taschen zu untersuchen! Doch wir haben den Bericht Eures Gesandten. Er sagt, der König habe kaum mit ihm gesprochen, er durfte den Raum nur kurz betreten und wurde so schnell wieder hinauskomplimentiert, als sei ein Feuer ausgebrochen. Dieser Henry ist anders als sein Vater, sonst hätte er die mutwillige Zerstörung schon vor Jahren fortgesetzt. Ich glaube, hinter diesem Angebot steckt Schwäche – und mit dieser Schwäche können wir verlorene Gebiete wiedererlangen. Für das Anjou, Majestät, aber auch für Frankreich. Diese Gelegenheit dürfen wir uns nicht entgehen lassen!«

»Das ist genau der Grund, warum ich eine Falle vermute«, sagte König Charles säuerlich. Er nippte an seinem Glühwein und sog genüsslich den duftenden Dampf ein. »Oh, ich glaube schon, dass sie gern eine französische Prinzessin hätten, um ihr verdorbenes Blut aufzufrischen. Zwei meiner Schwestern sind bei den Engländern gelandet, René. Mein Vater war … wankelmütig, als er alt wurde. Ich bin sicher, er wusste nicht mehr genau, was er tat, als er ihrem Richard Isabelle zur Frau gab, und dem englischen Schlächter meine geliebte Catherine. Ist es da eine Überraschung, dass sie jetzt meinen Thron und mein Erbe beanspruchen? Eine Unverschämtheit, René! Dieser Junge, Henry, ist ein Mann, der aus zwei Hälften besteht: eine Hälfte Engel, die andere Teufel. Wenn ich mir vorstelle, einen englischen König zum Neffen zu haben! Da müssen doch selbst die Heiligen lachen – oder vielleicht weinen sie auch, ich weiß nicht.«

Der König trank aus, seine lange Nase verschwand fast vollständig im Becher. Als er beim Bodensatz angelangt war, verzog er das Gesicht, dann wischte er sich mit dem Ärmel den Mund ab. In Gedanken versunken machte er eine lässige Handbewegung, als Margarets Vater den Becher wieder füllte und einen neu erhitzten Eisenstab aus den Flammen zog.

»Ich will nicht, dass ihr Anspruch durch weiteres französisches Blut noch weiter gestärkt wird. Soll ich etwa meine Kinder wegen eines fremden Königs enterben? Und wofür? Für das kleine Anjou? Für Maine? Für einen Waffenstillstand? Viel lieber würde ich meine Truppen zusammentrommeln und sie grün und blau prügeln. Das ist die Antwort, die ich ihnen geben möchte, kein Waffenstillstand. Wo bleibt da die Ehre? Wo bleibt unsere Würde, wenn sie in Calais mit Weizen und Salz handeln und ihre Stiefel auf französische Tische legen? Der Gedanke ist mir unerträglich, René.«

Von der Galerie aus sah Margaret, dass der Gesichtsausdruck ihres Vaters sich veränderte, was der missmutige König aber nicht bemerkte. René dachte fieberhaft nach und wählte seine Worte äußerst vorsichtig. Margaret wusste, dass ihre Mutter ihm Öl und Sennesblätter-Tee gegeben hatte, weil er unter Verstopfung litt, wohl ebenfalls eine Folge seiner langen Gefangenschaft. Sie hatte das Gefühl, dass es in diesem Mann pausenlos rumorte, dass er unter einem ungeheuren Druck litt, was ihre Abneigung gegen ihn nur noch vertiefte, und gegen alle Vernunft hoffte sie, dass der König es ihm abschlagen würde, was immer sein Anliegen war.

»Majestät, ich bin Euch in allem zu Diensten. Wenn Ihr sagt, wir wollen Krieg führen, lasse ich im Frühling das Heer gegen England marschieren. Vielleicht ist uns ja noch einmal das Glück von Orléans hold.«

»Oder das Pech von Azincourt«, erwiderte König Charles bitter. Sein Arm zuckte, und einen Moment sah es aus, als wollte er seinen Becher ins Feuer schleudern. Es fiel ihm sichtlich schwer, sich zu kontrollieren. »Wenn ich mir des Sieges sicher sein könnte, würde ich noch morgen die Fahnen erheben, das schwöre ich Euch.« Eine Weile saß er brütend da und starrte in die Flammen. »Aber ich habe sie kämpfen sehen, die Engländer. Ich erinnere mich noch gut an diese rotgesichtigen, brüllenden Tiere mit ihrem Triumphgeheul. Sie haben keine Kultur, ihre Männer sind Wilde. Ihr wisst das, René. Ihr habt sie gesehen, diese Bestien mit ihren Schwertern und Bögen, diese großen Tölpel, die nichts weiter kennen, als zu morden.« Verärgert wedelte er bei der Erinnerung mit der Hand, aber Margarets Vater wagte es, ihn zu unterbrechen, ehe der König all seine Hoffnungen zunichtemachen konnte.

»Doch was für ein Triumph wäre es, wenn wir ein Viertel der englischen Gebiete in Frankreich ohne jeglichen Kampf zurückbekämen, Majestät! Für nichts weiter als einen Waffenstillstand und eine Heirat könnten wir mehr gewinnen, als wir in über zehn Jahren gegen sie erkämpft haben. Es gibt keinen Löwen von England mehr, und damit hätten wir ihnen das Herz Frankreichs wieder genommen.«

König Charles schnaubte.

»Es ist mir schon klar, was Ihr wollt, René. Ich verstehe sehr gut, dass Ihr Eure Gebiete wiederhaben wollt. Für Euch liegt der Vorteil auf der Hand. Für mich weniger!«

»Majestät, dem kann ich nicht widersprechen. Ihr seht klarer und weiter, als ich es jemals könnte. Doch mit Maine und Anjou in meinem Besitz werde ich Euch besser dienen können, als es mir zurzeit möglich ist. Mit den Erträgen dieser Gebiete kann ich meine Schulden an die Krone zurückzahlen, Majestät. Unser Gewinn ist der Verlust der Engländer, und jeder einzige Morgen französischer Erde ist dieses kleine Risiko wert, davon bin ich überzeugt.« Als er merkte, dass der König nicht gleich widersprach, fuhr er mit größerem Eifer fort. »Jeder Morgen wiedergewonnener französischer Erde ist dieses Risiko wert, Majestät, und umso mehr, wenn es unserem alten Feind abgenommen wird. Das wäre ein wahrer Sieg, ob er nun durch französisches Verhandlungsgeschick oder durch französisches Blut errungen wird. Eure Edelherren werden nur das Eine sehen, nämlich dass Ihr von den Engländern Land zurückgewonnen habt.«

Der König seufzte, er stellte seinen Becher auf den gefliesten Boden und rieb sich die Augen.

»Eure Tochter wird eine englische Königin werden, wenn ich zustimme. Ich nehme an, sie hat einen tadellosen Charakter?«

»Majestät, sie ist ein Muster edler Sittsamkeit. Es kann Eure Position nur stärken, wenn Ihr ein loyales Mitglied meiner Familie am englischen Hof habt.«

»Ja, da habt Ihr wohl recht«, sagte Charles. »Aber es ist doch fast Inzest, René, oder? König Henry ist mein Neffe. Eure Töchter sind meine Nichten. Ich müsste einen Dispens vom Papst erlangen – und der ist teuer, zumindest wenn wir ihn in weniger als zehn Jahren haben wollen.«

René lächelte, sie machten Fortschritte. Er wusste, die Engländer würden den Dispens aus Rom beantragen, wenn er darauf bestand. Er wusste auch, dass der König als Gegenleistung für seine Zustimmung ebenfalls seinen Anteil erwartete. Doch es machte ihm keine Sorgen, dass es im Moment in den Schatzkammern von Saumur nur leere Säcke und Spinnweben gab. Er konnte sich von den Juden jederzeit weiteres Geld leihen.

»Sire, es wäre mir eine Ehre, diese Kosten zu übernehmen. Ich glaube, wir sind der Lösung sehr nahe.«

Charles neigte langsam den Kopf, dabei verzog er den Mund, als wollte er etwas zwischen den Backenzähnen entfernen.

»Also gut. Ich werde mich in dieser Sache von Euch leiten lassen, René. Ihr werdet wieder Herr von Anjou und Maine sein. Ich hoffe, Ihr werdet Euch entsprechend dankbar zeigen.«

René beugte das Knie, ergriff die Hand des Königs und drückte sie an die Lippen.

»Ich bin Euer ergebener Diener, Majestät. Ihr könnt Euch bei jeder Aufgabe auf mich verlassen, und wenn es mich das Leben kosten sollte.«

Hoch oben auf der Galerie machte Margaret große Augen und sah Yolande an, die mit offenem Mund dasaß. Margaret streckte die Hand aus und schloss ihn sanft mit einem Finger.

»*Ich* bin schon versprochen«, flüsterte Yolande. »Vater würde meine Verlobung niemals auflösen.«

In stillschweigendem Einvernehmen krochen sie aus dem hellen Bereich weiter nach hinten, und Margaret zuckte zusammen, als die Fußbodenbretter unter ihnen knarrten. In sicherer Entfernung von der Galerie standen die Schwestern auf. Yolande zitterte vor Erregung, sie ergriff die Hand ihrer Schwester und hüpfte fast, als wollte sie anfangen zu tanzen.

»Du wirst einen König heiraten, Margaret. Es *muss* sich um dich handeln.«

»Einen englischen König«, erwiderte Margaret zweifelnd. Sie hatte immer gewusst, dass man einen Mann für sie auswählen würde, aber sie hatte angenommen, ihre Mutter würde die Wahl treffen oder wenigstens daran beteiligt sein. Irritiert sah sie ihre Schwester an, die in den Knien wippte wie ein Rotkehlchen.

»Sie haben um mich gefeilscht wie um eine Preiskuh, Yolande. Du hast es gehört. Es ist … unfassbar.«

Yolande zog sie mit sich fort, in ein anderes Zimmer, wo es noch dunkler war, weil das Licht von der Galerie nicht bis hierher drang. Im schwachen Mondlicht umarmte sie ihre Schwester.

»Du wirst eine *Königin* sein, Margaret. Und darauf kommt es an. Zumindest ist dieser Henry jung. Sie hätten dich auch einem fetten alten Lord geben können. Freust du dich denn gar nicht? Wenn wir erwachsen sind, werde ich mich vor dir verneigen müssen, wenn wir uns begegnen. Und unsere Brüder werden sich auch verneigen müssen!«

Auf Margarets Gesicht breitete sich langsam ein Lächeln aus bei dem Gedanken, dass ihr Bruder Jean ihren höheren Rang würde anerkennen müssen. Es war eine angenehme Vorstellung.

»Vielleicht könnte ich ihn von englischen Wächtern in einen Suppenkessel stecken lassen«, kicherte sie.

»Das könntest du, und keiner dürfte es dir verbieten, denn du wärst ja die Königin.«

Yolandes unbändige Freude sprang auf sie über, und die beiden Mädchen fassten sich in der Dunkelheit an den Händen.

Die Stadt Angers sah abends besonders schön aus. Obwohl es als Hauptstadt des Anjou unter englischer Herrschaft stand, sahen die Bewohner wenig von den fremden Besatzern, wenn sie es nicht gerade mit dem Magistrat oder den Steuereinnehmern zu tun hatten. Wie jedes Jahr hatte Ruben Moselle auch diesmal wieder viele englische Händler in sein Haus am Fluss eingeladen. Das Gastmahl machte sich schon allein durch die verbesserten Geschäftsbeziehungen bezahlt. Ruben betrachtete es als eine gute Investition.

Verglichen mit den Engländern und Franzosen kleidete er sich sehr einfach und trug immer dunkle Farben. Es war eine alte Gewohnheit von ihm, seinen Reichtum nicht durch Kleidung zur Schau zu stellen. Es tat nichts zur Sache, dass er viele der Männer im Raum hätte kaufen können, oder dass mindestens ein Drittel von ihnen ihm ein Vermögen in Gold oder Land schuldeten oder gar ihr ganzes Geschäft an ihn verpfändet hatten. Egal, ob in seinem Bankhaus oder außerhalb, er war stets ein Muster an Bescheidenheit.

Er sah, dass seine Frau mit Lord York sprach, den sie gerade willkommen hieß. Sara war ein Schatz, es fiel ihr viel leichter als Ruben, sich mit diesen rotgesichtigen englischen Wichtigtuern zu unterhalten. Im Großen und Ganzen zog Ruben die Franzosen vor, er liebte ihr unaufdringliches Gespür für die Feinheiten beim Abschluss eines Geschäfts. Doch York befehligte die englischen Soldaten in der Normandie, also musste er selbstverständlich eingeladen werden. Der Mann entschied über Verträge mit Riesensummen, allein um seine Soldaten zu verpflegen. Ruben legte sich seufzend seine englischen Sätze zurecht und ging durch die Schar der Gäste auf ihn zu.

»Mylord York«, sagte er lächelnd, »wie ich sehe, habt Ihr meine Frau schon kennengelernt. Es ist mir eine große Ehre, Euch in meinem Haus begrüßen zu dürfen.«

Der Edelmann wandte sich zu ihm um, und Rubens Lächeln traf auf einen Blick voller Herablassung. Der Moment schien endlos, bis York schließlich huldvoll den Kopf neigte und der Bann gebrochen war.

»Ah, der Gastgeber«, sagte York ohne erkennbare Wärme in der Stimme. »Monsieur Moselle, darf ich Euch meine Frau vorstellen, Cecily, Duchess von York?«

»Enchanté, Madame«, sagte Ruben und verbeugte sich.

Sie reichte ihm nicht die Hand, und Ruben, der die seine bereits ausgestreckt hatte, versuchte seine Verwirrung zu verbergen, indem er an seinem Weinglas herumfummelte. An ihrem Hals glitzerten Brillanten, und sie schien gut zu ihrem englischen Mann zu passen mit ihren kalten Augen und diesen Lippen, die kein Lächeln zustande brachten. Ihre Augenbrauen waren so stark gezupft, dass fast nichts mehr davon übrig war, und um ihre Stirn trug sie ein mit Edelsteinen besetztes Spitzenband.

»Ihr habt ein schönes Haus, Monsieur«, sagte die Duchess. »Mein Mann sagt, Ihr treibt *Handel.*« Sie sprach das Wort aus, als brächte sie es kaum über die Lippen.

»Ganz recht, Madame. Ich besitze ein kleines Bankgeschäft und ein Warenhaus, hauptsächlich für Geschäfte hier am Ort. Die tapferen Soldaten Eures Herrn Gemahls müssen im Winter gut verpflegt und warm gehalten werden. Es ist meine Aufgabe, für einige ihrer Bedürfnisse zu sorgen.«

»Für ein Vermögen in Gold«, fügte York hinzu. »Ich habe daran gedacht, mich nach anderen Lieferanten umzusehen, Monsieur Moselle, aber das ist jetzt nicht der richtige Ort, um darüber zu sprechen.«

Ruben erschrak nicht wenig bei diesen Worten.

»Ich hoffe, ich kann Euch davon abbringen, Mylord«, beeilte er sich zu sagen. »Es war doch ein höchst gewinnbringendes Geschäft für uns beide.«

Bei der Erwähnung von Gewinn verzog Yorks Gattin angeekelt den Mund, doch Ruben lächelte weiter, er wollte unbedingt ein guter Gastgeber sein.

»Das Essen wird bald serviert werden, Madame. Ich hoffe, unser bescheidenes Mahl wird Euren Beifall finden. Wenn Ihr einen Moment Zeit habt – die Orangerie ist bei Nacht besonders schön.«

Ruben wollte sich gerade entschuldigen, als er vom Garten her laute Stimmen hörte. Er presste die Lippen zusammen und verbarg seinen Ärger, indem er einen Schluck aus seinem Weinglas nahm. Einer der ansässigen Bauern versuchte schon seit geraumer Zeit, ihn vor den Magistrat zu bringen. Es ging um eine Banalität, und Ruben wusste, dass er sich wegen eines aufgebrachten Bauern keine Sorgen machen musste, er, Ruben, war ein angesehener Bürger der Stadt und genoss beim Magistrat hohes Ansehen. Aber es war durchaus möglich, dass dieser Dummkopf jetzt zu seiner traditionellen Feier gekommen war, um Unruhe zu stiften. Er drehte den Kopf zur Seite und wechselte einen Blick mit seiner Frau, der ihm bestätigte, dass sie verstanden hatte.

»Ich sollte mich jetzt um meine anderen Gäste kümmern, Mylord. Sie entschuldigen mich.«

Der Lärm wurde stärker, und er sah Dutzende von Köpfen, die sich umwandten. Ruben ging ruhig durch die Menge, lächelte und murmelte Entschuldigungen. Seine Frau würde sich um den englischen Lord und seine unnahbare Gattin kümmern und dafür sorgen, dass sie sich wohlfühlten, dachte er. Sara war ein Geschenk Gottes für einen frommen Mann.

Das Haus hatte früher einem französischen Baron gehört, doch nach mehreren katastrophalen Feldzügen war die Familie verarmt, und der Besitz musste verkauft werden. Ohne zu zögern hatte Ruben das Haus erworben, sehr zum Entsetzen der ansässigen adligen Familien, die empört waren, dass ein Jude das Haus eines Christen besaß. Die Engländer dagegen sahen das nicht so eng, oder zumindest waren sie leichter zu bestechen.

Ruben trat an das große Fenster aus klarem Glas, das man zum Garten hin öffnen konnte. An diesem Abend waren beide Flügel geöffnet, um die warme Luft hereinzulassen. Er runzelte die Stirn, als er die französischen Soldaten sah, die mit ihren Stiefeln das frisch gemähte Gras zertrampelten. Natürlich horchten jetzt alle Gäste auf, also sprach er ruhig und leise.

»Meine Herren, wie Ihr seht, gebe ich gerade ein Gastmahl für meine Freunde. Kann das nicht bis morgen früh warten?«

»Seid Ihr Ruben Moselle?«, fragte einer der Soldaten. Es klang herablassend, aber Ruben war diesen Ton gewohnt, und er blieb freundlich.

»Das bin ich. Ihr steht auf meinem Grund und Boden, Monsieur.«

»Euch scheint's ja nicht schlecht zu gehen«, sagte der Soldat mit einem Blick in den Saal.

Ruben räusperte sich, er spürte erste Anzeichen von Nervosität. Der Mann schien selbstbewusst, obwohl man normalerweise angesichts dieses Wohlstands eine gewisse Zurückhaltung von einem Soldaten erwartet hätte.

»Und mit wem habe ich das Vergnügen?«, erwiderte Ruben mit deutlich kühlerer Stimme. Der Soldat verdiente diese Höflichkeit nicht, aber noch immer waren zu viele neugierige Hälse in seine Richtung gedreht.

»Capitaine Recine aus dem Schloss von Saumur, Monsieur Moselle. Ich habe den Auftrag, Euch festzunehmen.«

»Wie bitte? Mit welcher Begründung? Das muss ein Irrtum sein, Capitaine. Der Richter ist übrigens gerade hier im Haus. Ich werde Euch zu ihm führen, er wird Euch erklären …«

»Ich habe meine Befehle, Monsieur. Ihr seid beim Gerichtshof der Provinz Saumurois angeklagt, also müsst Ihr es dem dortigen Richter erklären.«

Ruben starrte den Soldaten an. Der Mann hatte schmutzige Hände, und seine Uniform stank, aber noch immer hatte er diese Selbstsicherheit, die Ruben verunsicherte. Hinter ihm zeigten drei weitere Männer grinsend ihre gelben Zähne und genossen die Unruhe, die sie verbreiteten. Bei dem Gedanken, von solchen Männern abgeführt zu werden, brach Ruben der Schweiß aus.

»Kann ich irgendwie behilflich sein, Monsieur Moselle?«, sagte eine Stimme hinter ihm.

Er drehte sich um und sah Lord York, der mit einem Glas Wein in der Hand dastand. Erleichtert atmete Ruben auf. Der englische Edelmann sah aus wie ein Soldat, mit energischem Kinn und breiten Schultern. Sofort zeigten die französischen Soldaten Respekt.

»Dieser … Capitaine behauptet, ich solle festgenommen werden, Lord York«, sagte Ruben schnell, wobei er absichtlich den Titel gebrauchte. »Er hat mir noch nicht einmal gesagt, wessen ich beschuldigt werde, aber ich bin sicher, dass es sich um einen Irrtum handelt.«

»Nun, wie lautet die Anklage?«, fragte York.

Ruben merkte, dass der Soldat eine unverschämte Antwort geben wollte, doch schließlich zuckte er die Schultern. Es wäre nicht klug, einen Mann von Yorks Einfluss zu verärgern, zumindest nicht für einen kleinen Capitaine.

»Gotteslästerung und Hexerei, Mylord. Er wird sich vor dem Gericht in Nantes verantworten müssen.«

Ruben blieb vor Überraschung der Mund offen stehen.

»Gotteslästerung und … Aber das ist absurd, Monsieur! Und wer klagt mich an?«

»Darüber kann ich nichts sagen«, erwiderte der Soldat. Er beobachtete Lord York, denn er war sich bewusst, dass dieser, wenn er wollte, eingreifen konnte. Ruben wandte sich ebenfalls an den Engländer.

»Mylord, wenn Ihr diesen Männern sagt, dass sie morgen früh wiederkommen sollen, bin ich sicher, dass ich Zeugen und eidesstattliche Erklärungen beibringen kann, die bestätigen werden, dass diese Beschuldigung falsch ist.«

York sah ihn an, seine Augen glitzerten im Licht der Lampe.

»Ich glaube nicht, dass das eine Angelegenheit für die englische Rechtsprechung ist, Monsieur Moselle. Ich habe darauf keinen Einfluss.«

Das Grinsen des Soldaten wurde noch breiter. Er trat vor, packte Ruben mit festem Griff am Arm und machte Anstalten, ihn abzuführen. Ruben stolperte mit, er konnte nicht glauben, was hier mit ihm passierte.

»Der Richter ist in meinem Haus, Capitaine! Kann ich ihn nicht wenigstens herausbitten, um mit Euch zu sprechen? Er wird alles erklären!«

»Es ist keine örtliche Angelegenheit, Monsieur. Und wenn Sie jetzt nicht unverzüglich mitkommen, werden wir wohl Gewalt anwenden müssen.«

Ruben schüttelte den Kopf, stumm vor Entsetzen. Er war fünfzig Jahre alt, und sein Atem ging schwer. Diese unverblümte Drohung machte ihn sprachlos.

Richard, der Duke von York, sah amüsiert zu, wie sein Gastgeber abgeführt wurde. Seine Frau löste sich aus der Schar der Gäste und trat neben ihn. Sie schien hocherfreut, als sie den betagten Mann mit den Soldaten durch den Garten davonstolpern sah.

»Ich hatte befürchtet, dieser Abend würde schrecklich langweilig werden«, sagte sie. »Nun, das ist doch immer noch die einzige Art und Weise, mit Juden zu verfahren. Sie werden zu mächtig, wenn man sie nicht ab und zu daran erinnert, wer sie sind. Hoffentlich prügeln sie ihm seinen Hochmut aus dem Leib.«

»Ich bin sicher, das werden sie tun, meine Liebe«, sagte ihr Mann.

Im großen Saal hörte man einen Aufschrei, als Rubens Frau von der Verhaftung hörte. Cecily lächelte.

»Ich glaube, ich würde jetzt gern die Orangerie sehen«, sagte sie und streckte den Arm aus, damit ihr Mann sie hinführte.

»Die Anklage ist ziemlich ernst, meine Liebe«, sagte York nachdenklich. »Ich könnte dir das Haus kaufen, wenn du es möchtest. Angers ist herrlich im Sommer, und ich habe hier keinen Besitz.«

Sie verzog verächtlich die dünnen Lippen und schüttelte den Kopf.

»Nach diesem letzten Eigentümer ist es besser, man brennt es nieder und baut neu«, erwiderte sie, und lachend traten sie ein.

4

Ruben schmeckte Blut im Mund, als er quer über die Straße taumelte. Er roch die ungewaschene Menge, die ihn anschrie und anspuckte, ihn »Christusmörder« und »Gotteslästerer« nannte, die Gesichter rot vor selbstgerechtem Zorn. Einige warfen mit Schlamm, andere mit Steinen.

Ruben versuchte, die wütenden Bürger zu ignorieren. Sie konnten ihm kaum größere Schmerzen zufügen, als man ihm bereits zugefügt hatte. Alle seine Glieder waren blutunterlaufen und schmerzten, und sein rechtes Auge war nur noch eine klebrige Flüssigkeit, die ihm als dünnes Rinnsal über die Wange lief. Jetzt trieb man ihn durch die Straßen von Nantes, er hinkte stark und schrie auf vor Schmerzen, während das Blut von seinen Füßen durch die Lappen drang und rote Abdrücke auf den Pflastersteinen hinterließ.

In den Monaten seiner Gefangenschaft und Folter war ihm etwas abhandengekommen. Nicht sein Glaube an Gott. Er hatte keinen Moment daran gezweifelt, dass auf seine Peiniger dieselbe Strafe wartete. Gott würde sie finden und ihre Köpfe mit glühenden Eisen beugen. Doch sein Glaube an irgendein Gefühl von Anstand im Menschen war zerstört, genauso zuschanden gemacht wie seine Füße. Niemand war gekommen, um für ihn zu sprechen oder ihn zu befreien. Er kannte mindestens ein Dutzend Männer mit genügend Geld und Macht, die ihn hätten freikaufen können, aber sie waren alle stumm geblieben, als die Nachricht über seine vermeintlichen Untaten sich herumsprach. Müde und resigniert schüttelte Ruben den Kopf. Das alles ergab doch überhaupt keinen Sinn. Als ob ein angesehener Mann wie er seine Abende damit verbringen würde, das Blut von Christenkindern zu trinken! Wo er so viel guten Rotwein im Keller hatte.

Die Beschuldigungen waren so ungeheuerlich, dass er anfangs noch überzeugt gewesen war, sie würden sofort als die Lügen entlarvt werden, die sie waren. Kein vernünftiger Mensch konnte auch nur ein Wort davon glauben. Doch die Richter hatten nur ihre fetten Lippen geschürzt und auf den gebrochenen, geschundenen Mann herabgesehen, den man aus der Zelle gezerrt hatte. Sie betrachteten ihn mit Abscheu, als sei er absichtlich zu diesem humpelnden, stinkenden Geschöpf geworden, zu dem die Inquisitoren des Gerichts ihn gemacht hatten. Mit schwarzen Kappen auf den Köpfen hatten die Richter das Todesurteil gesprochen. Tod durch Häuten, hatten sie entschieden und dabei deutlich zu erkennen gegeben, dass sie mit ihrer Arbeit überaus zufrieden waren.

In seiner Gefängniszelle hatte Ruben sich eine gewisse Tapferkeit angeeignet. Sie hatten ihm einen Stiefel angezogen, der enger und enger gestellt werden konnte, bis seine Knochen brachen. In seinem ganzen Leben hatte er weder die Kraft noch den Willen zum Kämpfen gehabt. Mit den Gaben, die Gott ihm gegeben hatte, war er wohlhabend geworden: nämlich mit seiner Menschenkenntnis und seiner Intelligenz, mit der er heimlich diejenigen verachtete, die ihre Stärke dadurch bewiesen, dass sie Eisenstangen stemmten und herumschwangen. Doch selbst als der Schmerz unerträglich wurde und seine Kehle wund war vom Schreien, hatte er sich kein falsches Geständnis abpressen lassen. Er hatte nicht geahnt, dass er je eine derartige Tapferkeit beweisen könnte. Vielleicht war das die einzige Möglichkeit, die er noch hatte, ihnen seine Verachtung zu zeigen. Er wollte seiner Hinrichtung mit diesem noch intakten Rest Würde entgegengehen. Es war ein letztes Goldfädchen in einem ansonsten abgetragenen, zerschlissenen Mantel.

Nach vielen Tagen der Gefangenschaft war der oberste Richter von Nantes in seine Zelle gekommen. Jean Marisse war groß und dürr wie eine Vogelscheuche und hielt sich wegen des Gestanks eine Duftkugel mit getrockneten Blütenblättern vor die Nase. Verdreckt durch angetrocknetes Blut und seinen eigenen Unrat hatte Ruben ihn mit seinem guten Auge angesehen, in der Hoffnung, ihn durch eine gewisse Würde zu beschämen. Er konnte nicht mehr sprechen. Seine Zähne waren ihm alle eingeschlagen worden, und er konnte kaum noch die dünne Hafersuppe trinken, die man ihm jeden Tag brachte, um ihn am Leben zu erhalten.

»Wie ich sehe, trägt er immer noch seinen teuflischen Stolz in sich«, hatte Jean Marisse zu den Wächtern gesagt.

In dumpfem Hass hatte Ruben ihn angestarrt. Er kannte Jean Marisse, genauso wie er alle übrigen Würdenträger der Region kannte. Einst hatte er es für klug gehalten, sich mit ihren Gewohnheiten vertraut zu machen, aber es hatte ihn nicht gerettet. Unter den Huren der Stadt war dieser Mann bekannt als jemand, der lieber peitschte als küsste. Man sprach sogar davon, dass ein Mädchen nach einer Nacht mit ihm gestorben war. Sicher wäre Marisse' Frau über diese Nachricht entsetzt gewesen, sagte Ruben sich. Er dachte an die vielen Anklagen, die er selbst hätte erheben können, aber es gab niemanden, der ihm zuhörte. Außerdem hatte man ihm seine Zunge so weit wie möglich herausgezogen und sie mit speziell dafür angefertigten Zangen zerquetscht.

»Der Kerkermeister sagt mir, Ihr wollt Eure Sünden nicht gestehen«, hatte Jean Marisse gesagt. »Könnt Ihr mich hören, Monsieur Moselle? Er sagt, Ihr wollt nicht unterschreiben, obwohl sie Eure rechte Hand aus genau diesem Grund bisher nicht angerührt haben. Versteht Ihr nicht, dass dies alles eine Ende haben könnte? Euer Schicksal ist besiegelt, so viel steht fest. Es gibt keinen Ausweg. Gesteht und sucht Vergebung! Unser Herr ist ein barmherziger Gott, obwohl ich nicht glaube, dass Ihr Abrahamiten das versteht. Es steht zwar geschrieben, dass Ihr für Eure Ketzerei brennen müsst, aber wer kann es schon genau wissen? Wenn Ihr gesteht und bereut, kann Er Euch noch vor dem Feuer der Hölle bewahren.«

Ruben erinnerte sich, wie er zurückgestarrt hatte. Er hatte das Gefühl, er könne alle Schmerzen in diesen Blick legen, bis er die Lügen samt dem Fleisch dieses Mannes weggebrannt hatte und seine Knochen bloßlagen. Marisse war ohnehin nur Haut und Knochen, mit diesem mageren Gesicht und der Haut wie zerknittertes gelbes Pergament. Doch Gott streckte ihn nicht nieder. Jean Marisse schob sein Kinn vor, als sei diese Sprachlosigkeit allein schon ein Angriff auf seine Autorität.

»Euer Besitz ist gepfändet. Kein Mensch darf von seinen Machenschaften mit dem Teufel Nutzen haben. Eure Frau und die Kinder müssen jetzt sehen, wie sie ihr Auskommen finden. Ihr habt es ihnen schwer genug gemacht mit Euren geheimen Ritualen und der Zauberei. Wir haben einen Zeugen, Monsieur Moselle, einen ehrbaren Christen von untadeligem

Ruf. Versteht Ihr? In dieser Welt gibt es keine Hoffnung mehr für Euch. Wer wird sich um Eure Familie kümmern, wenn Ihr nicht mehr da seid? Sollen sie weiter für Eure Verbrechen leiden? Eure Schande schreit zum Himmel, Ruben Moselle. Sie schreit auf angesichts der Schmerzen, die Ihr den Unschuldigen zufügt. Gesteht, Mann, und all das hört auf!«

Auf der Straße taumelte Ruben gegen einen brüllenden Bauern, sein zerquetschter Fuß gab ihm keinen Halt mehr. Ein stämmiger Lehrjunge schlug sofort zu, und Rubens Kopf schnellte zurück, was einen neuen Blutstrom aus seiner Nase hervorrief. Helle, rote Tropfen fielen auf das dreckige Stroh der Straße, die zum Marktplatz führte. Einer der Wächter fauchte den Lehrjungen an, er hielt ihm die Stange seines Spießes quer vor die Brust und drängte ihn zurück in die Menge. Ruben hörte, wie der Kerl lachte, hocherfreut, weil er nun seinen Freunden erzählen konnte, dass er dem Juden einen Faustschlag versetzt hatte.

Er stolperte weiter, bald mehr, bald weniger bei klarem Bewusstsein. Die Straße schien sich endlos hinzuziehen und war von Stadtbewohnern gesäumt, die zusehen wollten, wie er starb. Ein rotznasiger Gassenbengel streckte seinen Fuß aus, und Ruben fiel stöhnend hin, seine Knie schlugen auf das Pflaster, sodass der Schmerz in seinen Beinen hochschoss wie ein Messerstich. Die Menge johlte, entzückt darüber, dass ein Teil des Geschehens sich schon hier vor ihnen abspielte. Sie standen sechs Mann tief am Weg und konnten es sich nicht leisten, durch Bestechung einen Platz näher am Marktplatz zu ergattern.

Ruben spürte, wie ein starker Arm ihm aufhalf, begleitet von einem Duft nach Knoblauch und Zwiebel, den er vom Gefängnis her gut kannte. Er versuchte, dem Wächter für seine Hilfe zu danken, aber seine Worte waren nicht zu verstehen.

»Auf die Beine«, brummte der Mann ihn an. »Es ist nicht mehr weit.«

Ruben dachte daran, wie Jean Marisse sich in der Zelle über ihn gebeugt hatte, wie eine Krähe, die einen Kadaver nach Resten absucht, die sich noch zu fressen lohnen.

»Man fragt sich, wie ein Jude derart dreckige Rituale und Zaubereien ausführen kann, ohne dass seine Frau und die Kinder es merken. Versteht Ihr mich, Monsieur Moselle? Es wird gemunkelt, dass die Frau doch bestimmt genauso schuldig ist wie ihr Mann, und dass die Kinder ebenso verdorben sind. Man sagt, es wäre ein Verbrechen, wenn man sie frei herumlaufen ließe. Wenn Ihr nicht gesteht, werde ich sie auch hierherbringen und befragen müssen. Könnt Ihr Euch vorstellen, was das für eine Frau bedeutet, Monsieur Moselle? Oder für ein Kind? Könnt Ihr Euch ihre Angst vorstellen? Und doch darf man einem solchen Übel nicht erlauben, dass es Wurzeln schlägt. Solches Unkraut muss man ausreißen und verbrennen, ehe der Wind die Samen davontragen kann. Versteht Ihr, Monsieur? Unterschreibt das Geständnis, und es wird ein Ende haben.«

Noch vor einem Jahr hätte Ruben über eine solche Drohung gelacht. Damals hatte er Freunde gehabt, war wohlhabend, sogar einflussreich. Es war eine wohlgeordnete Welt, in der unschuldige Menschen nicht festgehalten, erniedrigt und gefoltert wurden. Hier, in den Verliesen des Gefängnisses von Nantes, hatte er das Böse kennengelernt. Und während man seinen Körper versengte und zerquetschte, war seine Hoffnung gestorben.

Er hatte unterschrieben. Er erinnerte sich ganz deutlich daran, wie seine Hand gezittert hatte, als er seinen Namen unter all die Lügen gesetzt hatte, die er nicht einmal durchgelesen hatte. Jean Marisse hatte gelächelt, und als er sich vorbeugte, sah man seine verfaulten Zähne. Ruben erinnerte sich an den warmen Atem, und jetzt hatte seine Stimme fast freundlich geklungen.

»Gut gemacht, Monsieur«, hatte Marisse gesagt. »Es ist keine Schande, offen die Wahrheit zu sagen, das mag Euch ein Trost sein.«

Der Marktplatz war voll von Schaulustigen, sodass zwischen den Reihen der Soldaten nur eine schmale Gasse frei war. Ruben erschauerte, als er die Kessel mit kochendem Wasser sah, die auf beiden Seiten des Podests standen. Die Folterknechte hatten ihm diese Todesart genüsslich geschildert. Es hatte sie amüsiert, dafür zu sorgen, dass er auch wirklich verstand, was ihn erwartete. Man würde kochendes Wasser über ihn schütten, damit die Haut sich besser ablösen ließe und man sie ihm in langen, dampfenden Streifen von Brust und Armen abziehen konnte. Es würde eine stundenlange Tortur sein, zum Vergnügen des gaffenden Volks. Ruben bebte vor Angst, ihm war klar, dass er dies *nicht* tapfer ertragen würde. Er sah sich bereits als schreiendes Tier, dem auch die letzte Würde genommen worden war. Er wagte nicht, an seine Frau und seine Töchter zu denken. Man würde sie nicht im Stich lassen, sagte er sich zitternd. Bestimmt würde sein Bruder sie aufnehmen.

Selbst der Gedanke an seine Feinde musste jetzt in den hintersten Winkel seines Bewusstseins zurückgedrängt werden. Er war sich ziemlich sicher, wer für seinen Fall verantwortlich war, doch wer weiß, ob es ihm etwas nützen würde.

René, Duc von Anjou, hatte sich in den Monaten vor seiner Verhaftung ein Vermögen von ihm geliehen und das Schloss von Saumur als Sicherheit angeboten. Die erste Rate der Rückzahlungen wäre fällig gewesen, als die Soldaten kamen und ihn festnahmen. Rubens Frau hatte ihm abgeraten und gesagt, es sei allgemein bekannt, dass die Familie von Anjou kein Geld habe, aber schließlich konnte ein Edelmann wie René von Anjou jemanden wegen eines verweigerten Darlehens ebenso ruinieren.

Als Ruben vor den Augen der Menge an die Pfähle gebunden wurde, versuchte er, der Todesangst zu widerstehen, die ihn gepackt hatte. Es würde grausam werden, so grausam, wie es seinen Folterknechten nur möglich war. Er konnte nur noch hoffen, dass sein Herz versagen würde, sein armes Herz, das wild verzweifelt in seiner Brust hämmerte.

Die Männer auf dem Podest waren alles Einheimische, die für ihr Tagwerk ein paar Silberdenare bekamen. Ruben war dankbar, dass kein bekanntes Gesicht darunter war. Es war schon schlimm genug, wenn Fremde ihn anpöbelten. Er würde es nicht ertragen können, jetzt Menschen zu sehen, die er kannte. Grob band man seine Arme und Beine mit Stricken fest, und die Menge drängte fasziniert näher heran, um seine Wunden zu sehen. Sein Blick wanderte über die hasserfüllten, geifernden Gesichter, dann hielt er plötzlich inne, und sein gutes Auge sah ganz klar. Über dem Marktplatz ragte ein Erker hervor, hinter dessen weit geöffneten Fenstern eine kleine Gruppe von Männern und Frauen zu sehen war. Sie sahen dem grausigen Schauspiel zu und unterhielten sich dabei. Ruben erkannte Lord York, noch ehe dieser bemerkte, dass er ihn ansah. Interessiert erwiderte er den Blick. Ruben sah, wie er seine Frau aufmerksam machte, und jetzt blickte auch sie. Mit wohligem Schauer hielt sie die Hand vor den Mund, als seine magere Brust entblößt wurde.

Ruben schlug die Augen nieder, seine Demütigung war vollkommen. Die Männer auf dem Podest hatten ihm das Hemd heruntergerissen, man sah die Blutergüsse in allen Schattierungen, von Gelb über Violett bis hin zu Schwarz, dort, wo man ihm die Rippen gebrochen hatte.

»Baruch dayan ha-emet«, murmelte Ruben, er konnte die Worte nur mit Mühe aussprechen. Die Menge hörte nicht, wie er den einzigen wahren Richter anrief und pries. Er schloss die Augen, als die ersten Tonkrüge in das kochende Wasser getaucht wurden und die langen Messer für die Menge hochgehalten wurden. Er wusste, dass er es nicht ertragen würde, aber er würde auch nicht sterben können, ehe sie es ihm erlaubten.

Portsmouth war eine laute Stadt, die Straßenverkäufer schrien, und alles war erfüllt vom Lärm einer großen Hafenstadt. Trotz der Anonymität der belebten Straße hatte Derry Brewer darauf bestanden, dass sowohl Gäste als auch Bedienstete das Wirtshaus verließen, ehe er auch nur ein Wort über sein privates Anliegen verlauten ließ. Vor der Tür standen drei kräftige Wächter und kümmerten sich um die verärgerten Gäste, die nicht einmal ihr Bier hatten austrinken können.

Derry ging zur Theke und roch an einem Krug, ehe er sich daraus einen Holzbecher mit dunklem Bier füllte. Spöttisch hob er ihn hoch, als wollte er einen Toast ausbringen, dann setzte er sich hin und tat einen langen Zug. Lord Suffolk schenkte sich aus dem Krug auf dem Tisch einen Becher Wasser ein, leerte ihn und schmatzte laut, als er ihn nochmals füllte. Derry sah ihn an und zog eine Ledertasche hinter sich hervor, in deren Tiefen er kramte. Schließlich förderte er eine Pergamentrolle zutage, mit einem Goldband umschlungen und mit Wachs versiegelt.

»Offenbar ist der Papst einverstanden, William. Es überrascht mich schon, dass ein so frommer Mann mit dem Kasten Silber, den wir ihm geschickt haben, überhaupt etwas anfangen kann, aber vielleicht spendet er es ja den Armen, was meinst du?«

Suffolk würdigte diese spöttische Bemerkung mit keiner Antwort. Er nahm erneut einen langen Zug, um den Geschmack von Meersalz aus seinem Mund loszuwerden. Er hatte die letzten sechs Monate damit verbracht, zwischen England und Frankreich hin und her zu fahren, sodass die Hafenarbeiter in Portsmouth ihn bereits mit Namen begrüßten, wenn sie ihre Mützen zogen. Er war unbeschreiblich müde und hatte die endlosen Diskussionen und Streitereien in zwei Sprachen satt bis obenhin. Er betrachtete die Rolle in Derrys Hand und ahnte, dass damit nun endgültig Tatsachen geschaffen waren.

»Gratulierst du mir nicht?«, fragte Derry aufgeräumt. »Nicht mal ein ›Gut gemacht, Derry‹? Du enttäuschst mich, William Pole. Es gibt nicht viele, die das in so kurzer Zeit fertiggebracht hätten, aber ich habe es geschafft! Die Franzosen haben nach Füchsen gesucht, aber sie fanden nur harmlose Hühner, genau wie wir es wollten. Die Hochzeit wird stattfinden. Jetzt müssen wir den Engländern in Maine und Anjou nur noch schonend beibringen, dass die Krone ihre Dienste nicht mehr braucht. Oder kurz gesagt, dass sie zum Teufel gehen können.«

Suffolk zuckte zusammen, sowohl die Wortwahl als auch die Tatsache waren ihm unangenehm. Die Engländer in Maine und im Anjou besaßen florierende Geschäfte und stattliche Anwesen. Von den großen Lords mit Macht und Einfluss bis zum kleinsten Lehrbuben – es würde einen Aufstand geben, wenn die französische Armee kam und sie auswies.

»Aber da ist noch eine Sache, William. Ein etwas heikles Problem, das ich nur sehr ungern gegenüber einem großen Lord deines Standes erwähne.«

»Was für ein Problem, Derry?«, fragte Suffolk, der die Spielchen satthatte. Sein Becher war schon wieder leer, aber der Wasserkrug auch. Derry schwenkte sein Bier herum und starrte in den Becher.

»Sie wollen, dass die Hochzeit in der Kathedrale von Tours stattfindet. Tja. Ein Gebiet, auf dem die französische Armee kampiert und nur darauf wartet, den Friedenskönig festzusetzen. *Das* ist das Problem! Und solange ich lebe, werde ich Henry nicht erlauben, dort hinzugehen.«

»Du *erlaubst* es ihm nicht?«, erwiderte Suffolk mit hochgezogenen Brauen.

»Du weißt genau, was ich meine. Es wäre doch, als hielte man einer Katze ein Stück Beefsteak vor die Nase. Sie würden ihn nie wieder freilassen, das versichere ich dir.«

»Dann wähle einen anderen Ort. Vielleicht könnte man auf Calais bestehen. Wenn er dort nicht sicher ist, dann wäre er auch nicht mehr in England sicher.«

»Diese Briefe, die du seit Monaten hin und her getragen hast, enthielten nicht nur Höflichkeitsfloskeln, William Pole. Sie würden Calais niemals akzeptieren, und ich frage mich nur, warum! Aber vielleicht könnte es ja denselben Grund haben wie für uns, dass wir nicht nach Tours kommen wollen, weil nämlich ihre königliche Familie dort von der englischen Armee umgeben wäre? Nun, ich habe es wirklich versucht, aber sie haben keinen Zoll nachgegeben. Aber ganz gleich, wo wir die Hochzeit halten, wir haben dann immer noch ein Problem, nicht wahr? Denn unser Henry darf auf keinen Fall mit dem französischen König sprechen. Ein kleines Plauderstündchen mit unserem Lämmchen würde genügen, und sie würden wieder ins Horn stoßen und den Kanal ins Visier nehmen.«

»Verstehe. Das ist in der Tat ein Problem. Sowohl in Tours als auch in Calais. Ich sehe aber nicht … gibt es nicht ein neutrales Gebiet, irgendwo dazwischen?«

Derry sah den Älteren spöttisch an.

»Wie schade, dass ich deinen großen Verstand nicht hatte, als ich die Karten studierte, dann hätte ich vielleicht einen solchen Ort gefunden. Die Antwort ist *nein*, William. Es gibt englisches Territorium und französisches Territorium. Es gibt nichts *dazwischen*. Entweder *wir* geben nach oder *sie* tun es, oder die ganze Sache scheitert, dann gibt es keine Hochzeit und keinen Waffenstillstand. Ach ja, und wir haben noch immer das Problem, dass das Lämmchen während der ganzen Zeremonie stumm bleiben muss. Glaubst du, dass er das akzeptieren wird, William? Oder ist es nicht wahrscheinlicher, dass er ihnen erzählt, wie er jeden Abend mit seinen betenden Händen ihre Schiffe aufhält? Was meinst du?«

William sah, wie Derry grinste, während er ihm praktisch darlegte, dass seine ganze Arbeit der letzten Monate umsonst gewesen sei.

»Du hast eine Lösung«, sagte er. »Stimmt's?«

Derry hob wieder seinen Becher, tat einen langen Zug und stellte ihn leer hin.

»Gutes Bier. Ja, ich habe eine Antwort auf deine Gebete, William Pole. Oder vielleicht auch eine Antwort auf seine königlichen Gebete. Also – er wird in Tours heiraten. Nur wird er nicht dabei sein.«

»Was soll das? Ist das eine Art Scherzfrage, Derry?« Er sah, wie die Augen des anderen hart wurden. Er schluckte.

»Ich hab's nicht gern, wenn man an mir zweifelt, William Pole. Ich sagte, ich habe eine Antwort, und es gibt in ganz England bestimmt keine drei Menschen, die in diesem Nebel, den die Franzosen um diese Sache verbreiten, noch klar sehen. Du weißt doch, wie sie sind, so überzeugt von ihrer Überlegenheit, dass sie kaum begreifen, wie wir sie ständig aufs Kreuz legen. Es gehört schon eine gehörige Portion Arroganz dazu, es immer wieder zu ignorieren, dass man wieder einmal die Hucke voll bekommen hat, aber die bringen es fertig. Frag mich nicht, wie.« Er sah die Verwirrung in Lord Suffolks Gesicht und schüttelte den Kopf.

»Du bist zu anständig für die Politik, William. Das ist es ja auch, was ich an dir schätze, aber um mit diesen Froschfressern fertigzuwerden, muss man ein ausgebufftes Schlitzohr sein. Also – wir werden uns einverstanden erklären, in die Kirche von Tours zu gehen, aber unser Lämmchen wird eben im letzten Moment krank werden, wenn es schon zu spät ist, um alles abzublasen. Diese aufregende Nachricht dürfte dort die Zungen in Bewegung setzen.« Er bewegte affektiert die Hände und fuhr mit übertriebenem Akzent fort. »*Wie sein Vatär! Err iest krank! Peut-être err wird stärbön.* Aber du wirst dort sein, William, und an seiner statt die Ringe tauschen und das Ehegelübde sprechen. Du wirst *für ihn* die kleine Margaret heiraten.«

»Das werde ich *nicht*«, rief Suffolk aus. »Ich bin schon verheiratet! Wie kann so eine Sache denn legal sein? Ich bin siebenundvierzig, Derry, und ein verheirateter Mann!«

»Ja, das sagtest du bereits. Dumm, dass ich das nicht vorher berücksichtigt habe. Also wirklich, William, ich glaube doch nicht, dass du wirklich nicht zwei und zwei zusammenzählen kannst. Es ist doch nur symbolisch, verstehst du? Eine Trauung in Tours, bei der du Henry vertrittst, und später dann die richtige Hochzeit, wenn die junge Lady sicher in England angekommen ist. Ganz legal. Und sie werden mitmachen, denn sie werden schließlich monatelang nur über der Sitzordnung an der Festtafel gebrütet haben. Wir werden es so hinbiegen, dass sie gar keine andere Wahl haben, als mitzumachen.«

»Du lieber Gott«, sagte William mit schwacher Stimme. »Irgendjemand muss es dem Mädchen beibringen.«

»Nein, das ist genau das, was wir nicht machen werden. Wenn sie es vor dem Tag der Hochzeit erfährt, hat der französische König Zeit, alles abzublasen. Schau mal, William. Wir haben diese goldene Gans auf den Tisch gebracht, und ich werde sie nicht wieder wegfliegen lassen. Nein, es ist die einzige Möglichkeit. Sie erfahren es am Tag selbst, und die Trauung findet mit dir statt. Ist das kein Grund, mal wieder ein Bier zu trinken, William? Das hier ist Malzbier aus Kent, ein Viertelpenny das Pint – wenn ich es bezahlt hätte. Und wenn ich sie alle wieder reinlasse, machen sie auch ganz brauchbare Koteletts und einen guten Nierenbraten hier. Trinken wir auf deine zweite Hochzeit, William Pole! Jubelt dir bei dem Gedanken nicht das Herz wie eine verdammte Heidelerche? Meins jubelt.«

5

In Windsor ging die Sonne klar über dem Horizont auf und tauchte die dicken Mauern in ein rotgoldenes Licht. Die Stadt erwachte. Richard von York war müde und schmutzig nach dem langen Ritt von der Küste hierher, aber sein aufgestauter Zorn verlieh ihm noch immer genug Energie, um die Müdigkeit zu verdrängen. Die drei Soldaten an seiner Seite waren alles altgediente Kämpfer aus den französischen Kriegen, kräftige Männer, die er wegen ihrer einschüchternden Körpergröße ausgewählt hatte und die in abgewetztem Leder und eisernen Rüstungen steckten. Es war nicht schwer zu erraten, warum der Duke diese zu allem entschlossenen Gesellen für die nächtliche Überquerung des Kanals und den langen Ritt mitgenommen hatte. Vermutlich würde es zum Kampf kommen, vielleicht würde es Tote geben. Seinen Männern gefiel das Ansehen, das sie als Begleiter eines Dukes genossen. Sie wechselten amüsierte Blicke, als ihr Herr laut und gebieterisch die Wachen der beiden äußeren Burgmauern anwies, ihm den Weg frei zu machen. York hatte keine Geduld mit Dummköpfen, und er würde sich an diesem Morgen von niemandem davon abhalten lassen, zum König vorzudringen.

Irgendwo in der Nähe wurden Befehle gebrüllt, und man hörte den Gleichschritt und das Waffengeklirr marschierender Soldaten. Also würde York auf seinem Weg zu den Privatgemächern des Königs von Bewaffneten aufgehalten werden.

Die drei an seiner Seite lockerten ihre Schwerter in den Scheiden, ließen ihre Fingerknöchel knacken und reckten erwartungsvoll die Hälse. Im Gegensatz zu den Wachen des Königs waren sie nicht durch jahrelanges Nichtstun verweichlicht. Sie freuten sich darauf, hier auf Leute zu treffen, bei denen man kaum noch das Gefühl hatte, dass sie eigentlich auf derselben Seite standen.

Mit langen, selbstbewussten Schritten ging der Duke voraus. Er traf auf zwei entschlossen aussehende Pikeniere, die eine Tür vor ihm bewachten, und blieb dicht vor ihnen stehen.

»Tretet zur Seite. Ich bin York und muss in einer dringenden Angelegenheit den König sprechen.«

Die Wachen blieben unbeeindruckt stehen und starrten ihn an. Der eine sah seinen Kameraden an, der seinen Spieß fester packte. Er würde abgelöst werden, sobald die Sonne über den Zinnen stand, und jetzt sah er missmutig auf den goldenen Strich am Horizont. Nur ein paar Minuten später, und er hätte in der Wachstube beim Frühstück gesessen und sich gefragt, was das da draußen für ein Lärm war.

»Mylord, ich habe keine Order, Euch einzulassen«, sagte der Mann. Er schluckte nervös, als York ihn wütend ansah.

»Es geht um eine Sache von äußerster Dringlichkeit. Tritt zur Seite, oder ich werde dich auspeitschen lassen.«

Der Wächter schluckte und schüttelte den Kopf. Gerade als er seine Weigerung wiederholen wollte, verlor York die Geduld. Er machte eine kurze Handbewegung, und einer seiner Soldaten packte den Mann mit der gepanzerten Hand an der Kehle und warf ihn krachend gegen die Tür, sodass der Lärm von den äußeren Mauern widerhallte. Draußen schrie jemand laut auf.

Der Wächter bemühte sich, wieder aufzustehen, während sein Gefährte seinen Spieß quer vor die Tür hielt. Der zweite von Yorks Männern ging auf ihn zu und versetzte ihm einen Kinnhaken, der ihn scheppernd zu Boden gehen ließ. Der erste Mann, der sich wieder aufgerappelt hatte, wurde genauso schnell wieder ausgeschaltet, zwei Faustschläge brachen ihm die Nase.

Ein Wachtrupp bog in fünfzig Metern Entfernung um die Ecke, angeführt von einem rotgesichtigen Sergeanten mit gezogenem Schwert. York bedachte sie lediglich mit einem hochmütigen Blick, öffnete die Tür und ging hinein.

Drinnen blieb er stehen und sah sich um.

»Francis, halte die Tür. Ihr beiden kommt mit mir«, befahl er.

Der größte der drei Männer warf sich mit seinem ganzen Gewicht gegen die Tür, ließ die Querstange in die Halterung fallen und hielt sie mit beiden Händen fest. Sofort fing sie an zu erzittern, als jemand von außen dagegen schlug. Ohne ein weiteres Wort hastete der Duke durch die Räume, die vor ihm lagen. Die Privatgemächer des Königs lagen ganz am Ende. York kannte Windsor so gut, dass er nicht lange zu überlegen brauchte. Eilig lief er durch einen hohen, leeren Saal, dann eine Treppe hinauf, wo er so abrupt stehen blieb, dass seine beiden Männer ihn fast umgerannt hätten. Alle drei keuchten vor Anstrengung, als York Derihew Brewer erblickte, der an der Brüstung eines niedrigen Fensters lehnte und auf den großen Park von Windsor hinaussah.

»Guten Morgen, Mylord. Ich fürchte, der König fühlt sich nicht wohl genug, um Besuch zu empfangen, wenn Ihr das vorhattet.«

»Nehmt gefälligst Haltung an, wenn Ihr mit mir sprecht, Brewer«, bellte der Duke, indem er näher trat und vor ihm stehen blieb. Misstrauisch sah er sich um, er suchte nach einer Erklärung für die Selbstsicherheit des Meisterspions. Seufzend stieß Derry sich vom Fenstersims ab und gähnte. Im Untergeschoss hörte man ein rhythmisches Wummern, die Wachen hatten begonnen, die Tür aufzubrechen.

Derry warf einen Blick nach draußen, wo jetzt Soldaten in alle Richtungen liefen.

»Dort draußen ist heute Morgen ziemlich viel los, Mylord. Ist vermutlich Euch zu verdanken, was?«

York sah auf die Tür, von der er wusste, dass sie direkt in die königlichen Gemächer führte. Sie war fest verschlossen, und hier im Vorzimmer war nur Derry. Doch das unverschämte Grinsen des Mannes verunsicherte ihn.

»Ich bin gekommen, um den König zu sprechen«, sagte der Duke. »Geht hinein und meldet mich, oder ich tue es selbst.«

»Nein, ich denke, das werde ich nicht tun, Richard, alter Knabe. Und ich glaube, du tust es auch nicht. Der König *lässt dich rufen*, oder du gehst nicht zu ihm. Hat er dich gerufen? Nein? Dann weißt du, was du zu tun hast, nicht wahr?«

Derrys Worte hatten Yorks Gesicht dunkelrot vor Wut werden lassen. Seine Männer waren genauso überrascht wie er, dass hier ein Lord mit seinem gewöhnlichen Namen angeredet wurde. Die beiden Männer traten auf Derry zu, der sich mit einem schwer zu deutenden Lächeln vor ihnen aufbaute.

»Nur zu, Jungs. Wenn ihr mich anrührt, werdet ihr schon sehen, was passiert.«

»Wartet!«, befahl York. Er wurde das Gefühl nicht los, dass dies eine Falle war. Hier stimmte etwas nicht. Fast schien es ihm, als würde er beobachtet werden, von Augen, die er nicht sehen konnte. Die beiden Soldaten überragten Derry zwar, doch hatte er genauso breite Schultern wie sie.

»Gut, dass hier noch irgendjemand Vernunft bewahrt«, sagte Derry. »Also, Jungs, die Tür da unten wird nicht mehr lange standhalten. Wenn *ich* nicht verhindere, dass sie euch umbringen, denke ich, dass auch der Titel eures Herrn euch nicht schützen wird, ist euch das klar? Jedenfalls nicht hier, direkt vor der Tür der königlichen Privatgemächer.«

York fluchte leise, er merkte plötzlich, dass Derry Zeit gewinnen wollte. Er schritt auf die Eichentür zu, entschlossen, den König noch an diesem Morgen zu sprechen, komme, was da wolle.

Etwas schoss an seinem Kopf vorbei, gefolgt von einem Krachen wie berstendes Holz. Die Hand schon nach der Türklinke ausgestreckt, blieb er erschrocken stehen. York starrte auf den schwarzen Eisenbolzen, der in Höhe seines Kopfes aus dem Eichenholz ragte.

»Das ist die letzte Warnung, Richard, alter Knabe«, hörte er Derry sagen. »Der nächste geht durch deinen Hals.«

Der Duke fuhr herum, gerade noch rechtzeitig, um zu sehen, wie ein kurzer dunkelvioletter Vorhang zu Boden fiel. Er gab den Blick frei auf einen langen Schlitz, der fast über die gesamte Länge des Raumes unter der Decke entlanglief. Dahinter lagen drei Männer, von denen er nur Köpfe und Schultern sah, samt den schrecklichen Waffen, die sie auf ihn gerichtet hatten. Zwei von ihnen starrten ihn über das Visier ihrer Armbrüste an und ließen ihn nicht aus den Augen. Der dritte stützte sich auf die Ellbogen, um wieder zu laden. Entgeistert sah York zu den Männern hoch, deren hochpolierte Bolzen in der Sonne glänzten. Er schluckte, und Derry lachte.

»Ich habe es dir ja gesagt, Richard. Man *geht nicht* zum König, wenn man nicht gerufen wird.«

Unten verriet ein lautes Krachen, dass die Tür endlich nachgegeben hatte. Die beiden Soldaten des Dukes sahen sich besorgt an, ihre gute Laune hatte sich verflüchtigt.

»Jungs!«, sagte Derry und ging einen Schritt auf sie zu. »Ich bin sicher, dass es nur ein Missverständnis ist, dass ihr euch *bewaffnet* in der Nähe des *Königs* befindet! Nein, ihr braucht nicht zurückzuweichen. Es gibt da noch etwas, das ich euch sagen möchte, ehe wir hier fertig sind.«

Die Schritte der rennenden Soldaten wurden lauter. Jemand gab einen Befehl, und die Männer stürmten in den Saal.

»An eurer Stelle würde ich mich hinlegen«, riet Derry den beiden Soldaten.

Schnell ließen sie sich zu Boden fallen und streckten die leeren Hände aus, um von den rotgesichtigen, schreienden Männern, die den Raum stürmten, nicht aufgespießt zu werden. York blieb mit verschränkten Armen stehen und sah sie mit kaltem Blick an. Er wusste, die bewaffneten Männer würden es nicht wagen, ihn anzurühren. Als seine beiden Soldaten gefesselt am Boden lagen, sahen alle Derry an, als erwarteten sie neue Befehle.

»Das ist doch schon viel besser, Richard«, sagte Derry. »Findest du nicht auch? Ich schon. Also, ich möchte nicht dafür verantwortlich sein, dass der König heute Morgen vor der Zeit aufwacht, wenn das nicht schon geschehen ist. Wie wär's, wenn wir jetzt alle nach draußen gehen? Und zwar so leise wie möglich, Jungs.«

Mit dunkelrotem Gesicht schritt der Duke durch die Reihen der aufmarschierten Wachen. Niemand hielt ihn auf, als er die Treppe hinunterging. Derry kam es fast komisch vor, als die Soldaten ihre gefesselten Gefangenen so behutsam wie möglich aufhoben und ihm folgten.

York blieb nicht stehen, als die Leiche seines größten und stärksten Soldaten ihm an der Außentür den Weg versperrte. Francis lag in einer Blutlache, ihm war die Kehle durchgeschnitten worden. Ohne ihn auch nur eines Blickes zu würdigen, stieg York über ihn hinweg. Die gefesselten Männer stöhnten vor Angst, als sie ihren Gefährten sahen, und einer von den Wachen holte aus und gab dem, der ihm am nächsten war, eine kräftige Ohrfeige.

Nach der Dunkelheit drinnen war es entsetzlich grell hier draußen in der Sonne. Derry kam ohne Eile hinter den anderen her, und sofort wandte sich der Sergeant an ihn, ein Mann mit einem riesigen weißen Schnurrbart, der vor Zorn bebte. Derry erwiderte seinen Gruß.

»Nichts passiert, Hobbs. Eure Männer haben sich heute Abend ein Bier auf meine Kosten verdient.«

»Ich wollte Euch danken, Sir, für die Warnung«, sagte der Sergeant mit einem düsteren Blick auf York, der sie beobachtete. Trotz aller Rangunterschiede war es der Sergeant, der persönlich die Verantwortung für die Sicherheit von Schloss Windsor trug, und er war außer sich vor Empörung über diese Eindringlinge.

»Aber dafür bin ich doch da, Hobbs«, erwiderte Derry. »Ihr müsst nur eine Leiche fortschaffen, mehr nicht. Ich glaube, wir haben uns deutlich genug ausgedrückt.«

»Wie Ihr meint, Sir, aber ich mag gar nicht daran denken, wie weit er gekommen ist. Ich werde trotzdem eine offizielle Beschwerde einreichen, wenn es Euch recht ist, Sir. Das ist nicht hinzunehmen, und der König wird davon hören.« Dies sagte er, um den Duke zu beeindrucken, doch York nahm es unbewegt zur Kenntnis.

»Lasst diese zwei hier ins Wachhaus bringen, Hobbs. Ich möchte ein Wörtchen mit ihnen reden, ehe ich sie zu ihrem Schiff zurückschicke. Um Seine Lordschaft kümmere ich mich selbst.«

»In Ordnung, Sir. Danke, Sir.«

Mit einem letzten wütenden Blick führte Hobbs Yorks Männer ab, und Derry und der Duke blieben allein zurück.

»Es ist fraglich, Brewer, ob Ihr es überleben werdet, mich zum Feind zu haben«, sagte York. Seine Gesichtsfarbe war wieder normal, aber seine Augen funkelten böse.

»Oh, ich denke nicht, dass ich mich vor einem aufgeblasenen Windbeutel wie dir fürchten muss.« Derry trat drohend dicht vor den Duke hin. »Du hättest in Frankreich bleiben und die Befehle des Königs ausführen sollen«, sagte Derry und stieß ihn mit dem Finger hart gegen die Brust.

York ballte wütend die Fäuste, aber er wusste, dass Derry ihn bei der geringsten Provokation niederstrecken würde. Es war bekannt, dass der Meisterspion des Königs ein häufiger Gast auf den Londoner Kampfplätzen war, wo er Faustkämpfe austrug, und er sorgte dafür, dass seine Feinde dies wussten.

»Sind *das* seine Befehle?«, knurrte York. »Eine Eheschließung und ein Waffenstillstand? Und dass meine Leute in Calais bleiben sollen? Ich befehlige die Armee, Brewer, und trotzdem habe ich bis jetzt nichts gehört. Wer soll denn den König schützen, wenn sich seine Soldaten dreihundert Meilen weiter nördlich befinden? Habt Ihr daran mal gedacht?«

»Waren die Befehle denn nicht echt?«, fragte Derry scheinheilig.

York grinste spöttisch.

»Die Siegel waren echt, Brewer, das wisst Ihr nur zu gut. Und es würde mich gar nicht überraschen, wenn Eure Hand dabei im Spiel war und Ihr das Wachs dazu selbst geschmolzen habt. Ich bin nicht der Einzige, der denkt, dass Ihr zu viel Einfluss auf König Henry habt. Ihr habt keinen Rang, keinen Titel, und doch erteilt Ihr Befehle im Namen des Königs. Wenn sie denn überhaupt vom König kommen. Und wenn Ihr mich noch einmal berührt, lasse ich Euch aufhängen.«

»Ich könnte einen Titel haben«, erwiderte Derry. »Er hat mir einen angeboten. Aber ich glaube, ich bin auch ohne Titel ganz glücklich, zumindest vorläufig. Vielleicht gehe ich ja mal als Duke von York in den Ruhestand, wer weiß?«

»Ihr könntet meine Position nie ausfüllen, Brewer. Ihr würdet nicht einmal meine Schamkapsel ausfüllen, so ein armseliger …« Der Duke wurde von Derrys Gelächter unterbrochen.

»Deine Schamkapsel! Wirklich ein guter Witz. Hör zu, warum gehst du nicht zurück auf dein Schiff? Du musst nächsten Monat bei der Hochzeit des Königs anwesend sein, und ich möchte nicht, dass du das verpasst.«

»Werdet Ihr dabei sein?«, fragte York plötzlich interessiert.

Derry war die Bedeutung der Frage nicht entgangen. Es war eine Sache, den Mann hier in Windsor seine Verachtung spüren zu lassen, wo man von den königlichen Wachen umgeben war. Eine ganz andere Frage war es, wie York sich in Frankreich verhalten würde.

»Ich würde mir ein solch freudiges Ereignis nicht entgehen lassen«, erwiderte Derry. Er sah, wie York grinste.

»Ich werde meine Leibwachen mitbringen, Brewer. Daran können mich auch Eure königlichen Befehle nicht hindern.

Wo sich so viele Banditen auf den Straßen herumtreiben, werde ich mich mit weniger als tausend Mann bestimmt nicht sicher fühlen, vielleicht brauche ich sogar noch mehr. Ich werde dann auch mit dem König sprechen. Ich frage mich, ob er auch nur über einen Bruchteil Eurer Machenschaften informiert ist.«

»Ich bin nur der ausführende Arm des königlichen Willens«, sagte Derry mit einem Grinsen, das seine Bestürzung über diese Drohung verbergen sollte. »Ich glaube, der König möchte nichts weiter als eine Gemahlin und ein paar Jahre Frieden. Aber wer kann wirklich wissen, was in ihm vorgeht?«

»Ihr könnt mich nicht für dumm verkaufen, Brewer. Und dieser kriecherische Suffolk erst recht nicht. Was immer Ihr mit den Franzosen ausgehandelt habt, was immer Ihr zusammen ausgeheckt habt, es ist ein Fehler! Wir bieten einen Waffenstillstand, und Ihr glaubt, die Franzosen werden uns daraufhin in Ruhe lassen? Wie töricht!« Seine Stimme war laut geworden. »Wir zeigen auf diese Weise nur unsere Schwäche. Wenn diese Heirat tatsächlich zustande kommt, dann haben wir Krieg, noch ehe der Sommer vorbei ist!«

Derry sah den Duke verächtlich an. »Ich bin versucht, den Zorn des Königs auf mich zu laden und Euch hier und jetzt zum Schweigen zu bringen, Mylord«, sagte er und näherte sich dem anderen wieder. »Lasst mich nur einen Moment das Für und Wider abwägen. Es wäre mir wahrlich eine große Genugtuung, aber schließlich seid Ihr ein Duke und genießt einen gewissen Schutz, sogar noch nach diesem Bockmist, den Ihr Euch heute Morgen hier geleistet habt. Natürlich könnte ich immer sagen, Ihr seid gestürzt, als die Wachen Euch fortjagten …«

»Ihr könnt sagen, was Ihr wollt, Brewer. Eure Drohungen beeindrucken mich nicht. Wir sehen uns in Frankreich wieder.«

»Ach, heißt das, dass Ihr gehen wollt? Bestens. Ich lasse Eure Männer bald nachkommen. Ich freue mich darauf, die Unterhaltung bei der Hochzeit fortzusetzen.«

York machte sich auf zum Haupttor des Schlosses. Nachdenklich sah Derry hinter ihm her. Die Sache war knapp gewesen. Er hatte schon vor zwei Tagen gehört, dass der Duke im Anmarsch war, aber die Wachen am äußeren Tor hätten gewarnt werden müssen. York hätte nie in den inneren Schlosshof gelangen dürfen, ganz zu schweigen vom Vorzimmer der königlichen Gemächer. Zufällig war Henry noch immer in der Kapelle und betete, ein wichtiges Detail, von dem der Duke nichts wusste.

Einen Augenblick dachte Derry über das Gespräch nach. Er bereute nichts. Jemand wie York hätte ihn schon allein wegen der Szene vor der Tür des Königs umbringen lassen. Es änderte auch nichts, dass Derry es mit seinen Drohungen und Beleidigungen noch schlimmer gemacht hatte, denn schlimmer als vorher konnte es gar nicht mehr werden. Er seufzte. Doch er hatte um jeden Preis verhindern müssen, dass der aufgebrachte Duke mit dem König sprach. York hätte es fertiggebracht, Henry umzustimmen, und damit wäre ihre monatelange Planung für die Katz gewesen. Derry hatte schon beim Aufstehen gewusst, dass es ein schlimmer Tag werden würde, und seine Erwartungen hatten sich bestätigt. Er überlegte, wie hoch seine Aussichten stünden, die Hochzeit in Tours zu überleben, und er kam zu dem Ergebnis, dass es klug wäre, Vorkehrungen zu treffen, für den Fall, dass er nicht zurückkehrte.

Er dachte an den alten Bertle, der dies mehrfach getan hatte. Der Meisterspion vor ihm hatte drei Giftanschläge überlebt und einen weiteren, als ein Mann mit einem Dolch ihn in seinen Gemächern erwartete. Derry erinnerte sich, wie Bertle zu ihm gesagt hatte, das gehöre einfach zu seinem Beruf. Wenn man wichtig war, hatte man Feinde, so war es nun mal. Und wenn man für einen König wichtig war, dann waren diese Feinde von ganz besonderer Qualität. Derry erinnerte sich daran, wie genüsslich der alte Mann das gesagt hatte.

»Seht euch seine Kleidung an, Jungs. Seht mal, dieses Messer! Das ist *Qualität*, Jungs«, hatte er gesagt und stolz gegrinst, als sie um die Leiche des Mannes standen, der in seine Wohnung eingedrungen war. »Das ist doch ein Kompliment, dass sie mir einen solchen Edelmann schicken!«

Der alte Bertle war ein gerissener Hund, und er war Derry von Anfang an sympathisch gewesen. Sie genossen es beide, andere nach ihrer Pfeife tanzen zu lassen, besonders wenn diese gar nicht merkten, wie sie manipuliert wurden. Bertle hatte das als eine Kunst betrachtet. Und auf Derry, den jungen Kerl, der gerade vom Krieg in Frankreich heimgekehrt war, wirkte dieses Wissen wie Wasser auf einen trockenen Schwamm.

Derry holte tief Luft, er merkte, dass er allmählich ruhiger wurde. Wenn Bertle seine sechs besten Männer zu sich rief und einem von ihnen seine Befugnisse übertrug, für den Fall, dass er nicht zurückkehrte, dann wusste man, es war ernst. Es war jedes Mal ein anderer, sodass sie sich nie sicher sein konnten, welchen von ihnen er zu seinem Nachfolger machen würde. Doch irgendwann war der alte Mann einfach in seinem Bett gestorben – friedlich eingeschlafen. Derry hatte drei Ärzte dafür bezahlt, seine Leiche nach Gift zu untersuchen, nur um ganz sicherzugehen, dass er keinen Mord rächen musste.

Derry war wieder völlig mit sich im Reinen und ließ die Fingerknöchel knacken, als er ins Wachhaus ging. Es konnte nicht schaden, wenn er die beiden Soldaten ordentlich verprügeln ließ. Außerdem war er dazu gerade so richtig in Stimmung.

Die Sonne ging auf, und es versprach ein herrlicher Sommertag zu werden. Bereits jetzt war es warm, und der Himmel war klar. Im Schloss von Saumur war Margaret schon wach, ehe es hell wurde. Sie wusste nicht genau, ob sie überhaupt geschlafen hatte, nachdem sie so lange in der Hitze und der Dunkelheit wach gelegen hatte. Sie hatte ständig an ihren zukünftigen Mann denken müssen, und ihr war ziemlich bang. Vor ein paar Monaten war sie vierzehn geworden, der Geburtstag war im Schloss fast unbemerkt vorübergegangen. Doch Margaret selbst hatte ihn bemerkt, nicht zuletzt, weil sie am nächsten Morgen zum ersten Mal geblutet hatte. Dieser Schreck steckte ihr noch immer in den Gliedern, als sie badete und sich im Licht der Nachtlampe betrachtete. Ihre Zofe hatte gesagt, das würde nun jeden Monat passieren, ein paar überaus lästige Tage, wo man Binden von alten Lumpen in die Unterwäsche stopfen müsse. Sie sah es als symbolisch für die Veränderungen in ihrem Leben an, die jetzt immer schneller aufeinander folgten. Kaum hatte sie sich an eine Situation gewöhnt, trat schon wieder etwas Neues auf den Plan und forderte ihre volle Aufmerksamkeit. Waren ihre Brüste voller geworden? Sie hatte jedenfalls den Eindruck und versuchte vor dem Spiegel, sie so weit zusammenzudrücken, dass es nach einem annehmbaren Dekolleté aussah.

Im Schloss war es heute lauter als sonst. Selbst zu dieser frühen Stunde hörte Margaret in der Ferne bereits Stimmen und Schritte und Türenschlagen. Ihrem Vater war in den vergangenen Monaten das Geld wie Wasser durch die Finger geronnen. Er hatte nicht nur jede Menge Diener eingestellt, sondern sogar Schneiderinnen aus Paris kommen lassen – schließlich galt es, den knabenhaft dürren Körper seiner Tochter möglichst vorteilhaft auszustaffieren. Näherinnen hatten bis tief in die Nächte gearbeitet, sie hatten zugeschnitten und genäht, auch für ihre Schwester und ihre drei Cousinen, die aus dem Süden angereist waren und ihre Brautjungfern sein würden. Die Mädchen hatten Margaret in den letzten Tagen mit ihrer Putzsucht und ihrem Gekicher ziemlich genervt. Aber irgendwie war die Hochzeit immer noch in so weiter Ferne gewesen, und jetzt war plötzlich der Tag gekommen, und Margaret hatte keine Ahnung, wo die Zeit geblieben war. Sie konnte immer noch nicht glauben, dass heute der Tag war, an dem sie den König von England heiraten würde. Wie würde er wohl sein? Der Gedanke daran war so furchteinflößend, dass sie es nicht in Worte fassen konnte. Man sagte, sein Vater sei ein Grobian gewesen, ein roher Klotz, der ein furchtbares Französisch sprach. Würde sein Sohn genauso sein? Sie versuchte sich vorzustellen, wie dieser Engländer sie in seinen starken Armen hielt, aber ihre Vorstellungskraft versagte. Es war ein zu fremder Gedanke.

»Guten Morgen, mein … Gemahl«, sagte sie langsam.

Ihr Englisch war gut, hatte ihre alte Gouvernante versichert, aber schließlich war diese dafür bezahlt worden, es ihr beizubringen. Margaret wurde rot bis unter die Haarwurzeln bei dem Gedanken, dass sie sich vor König Henry blamieren könnte.

Sie stand vor dem Spiegel und betrachtete ihre wirre braune Haarmähne.

»Ich nehme dich zu meinem angetrauten Ehemann«, murmelte sie.

Sie wusste, dies waren die letzten Minuten, die sie allein sein würde. Sowie die Zofen hörten, dass sie wach war, würden sie sich auf sie stürzen und sie frisieren, schminken und herausputzen. Sie hielt den Atem an und horchte, ob sie draußen schon Schritte hörte.

Es klopfte, und Margaret erschrak und wickelte sich rasch in ein Laken. Schnell ging sie zur Tür.

»Ja?«, flüsterte sie. Die Sonne war noch nicht einmal aufgegangen, also konnte es doch noch nicht so weit sein?

»Ich bin's, Yolande«, hörte sie. »Ich kann nicht schlafen.«

Margaret öffnete die Tür einen Spalt, ließ ihre Schwester herein und schloss sie leise wieder.

»Ich *glaube*, ich habe geschlafen«, flüsterte Margaret. »Ich hatte einen merkwürdigen Traum, also muss ich wohl eine Weile geschlafen haben.«

»Bist du aufgeregt?«

Yolande sah sie fasziniert an, und etwas schamhaft zog Margaret das Laken fester um ihre Schultern.

»Ich schlottere vor Angst. Was ist, wenn er mich nicht mag? Was ist, wenn ich etwas Falsches sage und alle über mich lachen? Der König wird da sein, Yolande.«

»Zwei Könige!«, sagte Yolande. »Und der halbe Adel von Frankreich und England. Es wird herrlich sein, Margaret. Mein Frédéric wird auch da sein!« Sie seufzte theatralisch und ließ den Saum ihres Nachthemds über den eichenen

Fußboden fegen. »Ich bin sicher, er wird großartig aussehen. Ich hätte ihn dieses Jahr geheiratet, wenn nicht deine Hochzeit dazwischengekommen wäre, aber … O Margaret, so habe ich es nicht gemeint! Ich warte ja gern. Wenigstens hat Vater einen Teil unseres Vermögens wiederbekommen. Letztes Jahr wäre es noch eine sehr armselige Hochzeit geworden. Ich hoffe nur, es bleibt noch genug für meine Hochzeit mit Frédéric übrig. Ich werde eine Comtesse, Margaret, aber du wirst eine Königin. Natürlich nur von England, aber immerhin. Und noch heute!« Yolande schnappte nach Luft, als es ihr plötzlich bewusst wurde. »Du wirst *heute* eine Königin, Margaret! Kannst du dir das vorstellen?«

»Und Kinder werde ich wohl auch kriegen«, sagte Margaret trocken.

Im Korridor erklangen Schritte. Auf ihrem Gesicht breitete sich Panik aus.

»Sie kommen, Yolande. Ach, *bloody 'ell*, ich bin noch nicht so weit!«

»Bloody 'ell?«

»Es ist ein englischer Ausdruck. Jean hat ihn mir beigebracht. Er sagt, es ist ein Fluch, so ähnlich wie unser ›*sacrebleu*‹.«

Yolande strahlte ihre Schwester an.

»*Bloody 'ell!* Das gefällt mir!«

Die Tür ging auf, und eine Schar von Zofen kam herein, mit dampfenden Wassereimern, die Arme voll unbekannter Werkzeuge, um ihr Haar und ihr Gesicht herzurichten. Margaret wurde wieder rot und bereitete sich resigniert auf eine stundenlange Tortur vor, ehe man ihr erlauben würde, sich in der Öffentlichkeit zu zeigen.

»Ach, *bloody 'ell!*«, murmelte Yolande beim Anblick der vielen geschäftigen Frauen.

6

Die Sonne ging unter, und Derry ließ müde den Kopf hängen und fluchte nur ab und zu leise, wenn die Räder des Ochsenkarrens mal wieder durch tiefe Löcher fuhren und er von einer Seite zur anderen geworfen wurde. Er war jetzt seit achtzehn Tagen unterwegs und ließ sich mitnehmen, wo immer sich eine Gelegenheit bot, aber sobald er Hufgetrappel hörte, waren seine Nerven aufs Äußerste angespannt. Seit seiner Konfrontation mit dem Duke von York hatte er keine Ruhe mehr gefunden, denn er hatte dessen Drohung nicht auf die leichte Schulter genommen. Sein eigenes Netz von Informanten und Spionen rund um die Festung von Calais hatte ihm unangenehme Neuigkeiten gebracht. Die Männer des Dukes machten kein Geheimnis daraus, dass sie zu gern ein Wort mit Derry Brewer gewechselt hätten. In beruflicher Hinsicht war es ganz interessant, einmal auf der anderen Seite solcher Aktivitäten zu stehen, statt wie gewöhnlich selbst die Fäden zu ziehen. Doch das war jetzt ein schwacher Trost, dachte Derry, als er auf dem knarrenden Wagen saß und seine Flohbisse kratzte.

Der Fuhrmann, der vor sich hinstarrte, gehörte nicht zu seinen Leuten. Wie Hunderte weiterer Neugieriger, die von der Normandie nach Süden reisten, um den König zu sehen, hatte Derry für einen Platz auf dem Wagen ein paar Münzen bezahlt und den Gedanken aufgegeben, schnell nach Anjou zu reiten. Im Hafen war es ein Leichtes gewesen, Yorks Männern zu entkommen, denn schließlich wimmelte Calais nur so von Menschen, die es eilig hatten. Auf den Straßen und Wegen, die in Richtung Süden nach Anjou führten, war es einfacher, einen einzelnen Reisenden aufzuspüren und – möglichst ohne Zeugen – festzunehmen. Immerhin würde diese Hochzeit vor dem nächsten Sonnenuntergang endlich vorbei sein. Derry hatte bisher nicht gewagt, in einem Wirtshaus abzusteigen. Es wäre zu leicht für einen Wachtrupp gewesen, ihn zu schnappen, während er ahnungslos schlief. Stattdessen hatte er zwei Wochen lang in Straßengräben und Ställen geschlafen – und inzwischen roch er auch entsprechend. Er hatte nicht vorgehabt, ganz so spät anzukommen, aber diese Art zu reisen war eben langsam, fast so langsam wie zu Fuß. Er hatte die Tage gezählt und wusste, dass die Hochzeit am nächsten Tag stattfand. Der Gedanke, dass er fast angekommen war, bereitete ihm neues Unwohlsein. Mit jeder Meile spürte er, wie sich Yorks Netz enger um ihn zog.

Derry rieb sich mit der schmutzigen Hand das Gesicht und wusste, dass er noch bäuerischer aussah als die meisten echten Bauern. Ein verbeulter Strohhut beschattete sein Gesicht, und seine Kleider waren, seit das Tuch den Webstuhl verlassen hatte, nicht ein einziges Mal gewaschen worden. Es war eine Verkleidung, die er schon früher benutzt hatte, und er verließ sich darauf, dass die Maskerade aus Dreck und Gestank ihn schützen würde.

Auf dem Weg nach Süden waren ihnen mehrmals Ritter mit dem Wappen des Dukes begegnet. Derry hatte jedes Mal neugierig den Hals gereckt, um sie zu begaffen, wie jeder Bauer es getan hätte. Die Männer hatten alle Reisenden, an denen sie vorbeikamen, scharf gemustert und nach einer Spur des Meisterspions Ausschau gehalten.

Falls sie ihn entdecken sollten, würde er sein Rasiermesser zum Einsatz bringen, hatte er sich überlegt. Es war eine fingerbreite Klinge aus feinstem Stahl mit einem Griff aus Schildpatt. Er würde dafür sorgen, dass sie ihn nicht lebend bekamen, das hatte er sich geschworen. Er wollte weder den Folterknechten des Dukes ausgeliefert sein, noch die Genugtuung des Mannes selbst erdulden müssen, dass ihm ein solcher Fisch ins Netz gegangen war. Doch die Ritter des Dukes waren beim Anblick eines weiteren dreckigen Bauern, der auf einem Ochsenkarren daherrumpelte und sie anstarrte, nicht einmal stehen geblieben.

Man hätte es als demütigend empfinden können, dass man gezwungen war, auf diese Art und Weise zu reisen, aber in Wirklichkeit hatte Derry seinen Spaß an dieser Art Versteckspiel. Er überlegte, dass es wohl diese Veranlagung in ihm gewesen war, die damals die Aufmerksamkeit des alten Bertle geweckt hatte, als Derry nichts weiter war als einer von vielen Informanten, ein ehemaliger Soldat in zerlumpten Kleidern. Derry hatte im überfüllten Armenviertel von London Boxveranstaltungen organisiert und ganz gut dabei verdient, denn er hatte nicht nur Wetten angenommen, sondern auch den Ausgang der Kämpfe manipuliert, indem er vorher klar festlegte, wer zu gewinnen oder zu verlieren hatte.

Als der alte Mann zu einem der Kämpfe gekommen war, hatte Derry ihn nur einmal vorher gesehen. Wie immer in Schwarz gekleidet, hatte Bertle einen Penny für seinen Platz bezahlt und sich alles angesehen: von den Fingerzeichen, die Derry den Kämpfenden gab, bis zu der Tafel, auf der mit Kreide die Gewinnaussichten vermerkt wurden, die sich ständig veränderten. Als die Zuschauer gegangen waren, war der alte Mann dageblieben. Mit begeistertem Gesicht war er auf Derry zugekommen, der gerade vier oder fünf grün und blau geschlagenen Männern ihren Gewinnanteil auszahlte. Derry erkannte ihn und bedeutete den Männern, sie könnten gehen, denn normalerweise hätten sie den Fremden vor die Tür gesetzt. Er ließ Bertle Platz nehmen und einfach zusehen. Es war schon nach Mitternacht, bis alles aufgeräumt war und nichts mehr verriet, was in diesem Lagerhaus stattgefunden hatte. Wer immer der Eigentümer war, ahnte nicht, dass er an diesem Abend der Gastgeber einer solchen Veranstaltung gewesen war. Er würde es nie wissen, es sei denn, er hätte Blut unter den frischen Sägespänen entdeckt, aber sie benutzten sowieso nie zweimal dasselbe Lagerhaus.

Schon damals hatte Derry gespürt, welches Vergnügen es Bertle bereitete, dort unter diesen raubeinigen Zuschauern zu sitzen. Er wartete, bis alle gegangen waren und nur noch der alte Mann übrig war.

»Nun, Alter, was willst du?«, hatte Derry ihn schließlich gefragt. Er erinnerte sich, wie sich ein Grinsen auf Bertles Gesicht ausgebreitet hatte. Er war ein zäher kleiner Kerl, der so ziemlich alle Bösartigkeiten der Welt gesehen und sie mit einem Schulterzucken abgetan hatte.

»Ein gerissener kleiner Halunke bist du, was, mein Junge? Du weißt, wie man die Leute übers Ohr haut«, hatte Bertle gesagt.

»Es läuft ganz gut. Ich lege mich nicht mit den Banden an. Und es reicht zum Überleben.«

»Du verdienst damit dein Brot?«

»Von irgendwas muss man leben«, hatte Derry geantwortet.

Bertle hatte nichts gesagt und nur die Augenbrauen hochgezogen und gewartet. Derry erinnerte sich, wie der alte Mann zufrieden gelacht hatte, als schließlich die ehrliche Antwort kam. Er wusste noch immer nicht, warum er es damals zugegeben hatte.

»Ich mache es, weil es mir Spaß macht, alter Mann, in Ordnung? Denn egal, wer gewinnt, *ich* verliere nie. Zufrieden?«

»Vielleicht. Komm morgen zu mir, Derry Brewer. Vielleicht habe ich etwas für dich, etwas, das sich wirklich lohnt.«

Damit war der Mann gegangen, und Derry starrte ihm nach. Er war sich keinesfalls sicher gewesen, ob er hingehen würde, aber dann ging er doch, aus Neugier.

Derry verscheuchte die Erinnerungen. Er konnte es sich nicht leisten, vor sich hin zu dösen, auch wenn der Ochse noch so langsam ging. Er hatte sich schon mehrere Arten der Begrüßung für den Duke überlegt, wenn er ihn bei der Hochzeit treffen würde. Natürlich nur, falls er vorher eine Möglichkeit zum Waschen und Umziehen hätte. Der schmuddelige Leinensack, gegen den er sich lehnte, enthielt sorgfältig gefaltete Kleidungsstücke, mit denen er sich vollständig verwandeln konnte, vorausgesetzt, er erreichte sein Ziel, ohne dass man ihm vorher die Kehle durchschnitt. Er fragte sich, was der Bauer von seinem merkwürdigen Passagier hielt, der aussah, als könne er sich seine nächste Mahlzeit nicht mehr leisten, aber für diese Nachtfahrt immerhin mit gutem Silber bezahlt hatte. Bei dem Gedanken musste Derry grinsen, als er den breiten Rücken des Mannes betrachtete. Nach Sonnenuntergang war die Straße leer geworden, aber sie waren weitergefahren, denn Derry musste rechtzeitig ankommen. Er war eingedöst, vom Schaukeln des Wagens in den Schlaf gewiegt und nur einmal aufgewacht, als der Ochse einen gewaltigen Furz losließ. Derry musste leise lachen, als er über seine absurde Situation nachdachte.

Im Osten nahm der Himmel verschiedene Grautöne an, schon lange, ehe er einen Lichtstreifen am Horizont ausmachen konnte. Derry war schon einige Male im Anjou gewesen, als er Botschaften hin und her getragen hatte. Er wusste, dass es vor etwa einem Monat eine Verhandlung und anschließende Hinrichtung eines jüdischen Geldverleihers gegeben hatte, und er konnte sich ungefähr vorstellen, welche Schulden René von Anjou angehäuft hatte. Der Mann hatte seine Position mit einer Skrupellosigkeit gefestigt, die Derry imponierte, aber er überlegte, ob er sich den Besitz dieses Adligen nicht etwas genauer ansehen sollte. Er würde verwundbar sein, ehe die Pachtgelder aus Anjou und Maine hereinkamen. Ein oder zwei niedergebrannte Geschäfte, vielleicht einen versalzenen Acker, sodass die Ernte auf dem Halm verfaulte – es gab viele Möglichkeiten. Man brauchte gar nicht viel nachzuhelfen, und René von Anjou müsste den frischgebackenen Gatten seiner Tochter um ein Darlehen bitten – und damit hätten sie ein Druckmittel gegen das französische Königshaus in der Hand. Immer vorausgesetzt natürlich, dass Derry den Hochzeitstag überlebte. Die Lords von Suffolk und Somerset hatten ihre Anweisungen, falls Derry nicht eintreffen sollte. Doch das war nur ein schwacher Trost.

Als der Morgen dämmerte, bestand der Fuhrmann darauf, dass der große schwarze Ochse, der ihn zwei Tage lang gezogen hatte, ausgespannt und getränkt werden müsse. In der Ferne sah Derry bereits die großen Doppeltürme von Tours, sie konnten nicht mehr weiter als ein paar Meilen entfernt sein. Seufzend sprang er vom Wagen und reckte sich. Zum Glück war die Straße nach beiden Richtungen hin leer. Er vermutete, dass alle, die die Hochzeit sehen wollten, inzwischen angekommen waren. Er war der Einzige, der noch unterwegs war, vielleicht mit Ausnahme der Ritter des Dukes, die noch immer die Gegend nach ihm absuchten.

Während er noch darüber nachdachte, bemerkte er in der Ferne eine Staubwolke und trat an den Straßenrand, wo er im hohen Gras verschwand und sich so tief hineinduckte, wie er nur konnte.

»Drei Silberdenare, wenn du nichts sagst«, rief er auf Französisch. Lord Suffolk wäre überrascht gewesen, wenn er gehört hätte, wie fließend Derry diese Sprache beherrschte.

»Elf«, erwiderte der Bauer, der dem Ochsen gerade den Futtersack vor das sabbernde Maul hängte.

Empört richtete Derry sich auf.

»Elf! Dafür bekommst du ja einen neuen Ochsen, du Halsabschneider!«

»Mein Preis ist elf Denare«, sagte der Mann, ohne sich umzusehen. »Sie kommen immer näher, mein feiner englischer Lord!«

»Ich bin kein Lord«, knurrte Derry aus dem hohen Gras. »Also gut, elf. Du hast mein Wort.«

Die Sonne stieg höher, und er zitterte um jede verlorene Minute. Mit den immer näher kommenden Rittern konnte er keinen Schritt weiter Richtung Kathedrale tun. Er überlegte, ob er kriechend weiterkommen konnte, aber wenn sie von ihren Sätteln aus eine Bewegung im Gras sähen, wäre es aus mit Derry Brewer. Also blieb er, wo er war, und versuchte, die Fliegen und Grashüpfer zu ignorieren, die ihn umschwirrten.

Als er das Trappeln und Geklirr der Ritter hörte, die sich dem Wagen näherten, duckte er sich noch tiefer. Jetzt waren sie so nahe, dass er, hätte er den Arm ausgestreckt, sie fast hätte berühren können. Er hörte eine laute englische Stimme, die dem Bauern in miserablem Französisch mehrere Fragen stellte. Derry atmete erleichtert auf, als der Mann sagte, er habe niemanden gesehen. Er war lediglich ein weiterer dreckiger Bauer mit seinem Ochsen, und die Ritter verschwendeten nicht viel Zeit mit ihm. Sie trabten rasch weiter, dann war es wieder still auf der Straße. Derry hörte wieder die Vögel singen und die Bienen summen. Er stand auf und sah hinter dem Trupp her, der in dieselbe Richtung verschwunden war, die auch er nehmen musste.

»Elf Denare«, sagte der Fuhrmann und hielt seine riesige Pranke auf.

Derry griff in seinen Beutel, zählte die Münzen ab und gab sie ihm.

»Manche würden das Straßenraub nennen«, sagte er.

Der Mann zuckte die Schultern und grinste erfreut über den Lohn, den er kassiert hatte. Als er sich zum Wagen umdrehte, sah er allerdings die Keule nicht, die Derry aus seinem Sack zog. Ein Schlag gegen den Hinterkopf ließ den Mann taumeln. Ein weiterer Schlag auf die Schädeldecke, und Derry sah zufrieden, wie er zusammenbrach.

»Aber das wäre nicht ganz richtig«, sagte Derry zu dem Bewusstlosen. »Es war lediglich eine Vereinbarung unter Umständen, die man wohl als *force majeure* bezeichnet. *Das* hier ist Straßenraub.«

Und damit nahm er ihm das Geld wieder ab und richtete sich auf. Er blickte die Straße nach Tours hinab, dann auf den Sonnenstand. Der Ochse kaute zufrieden und sah ihn durch lange Wimpern an, um die ihn jede Frau beneidet hätte. Der Wagen war zu langsam, entschied Derry. Er würde die letzten paar Meilen einfach stramm zu Fuß gehen müssen, der Fuhrmann würde schon von selbst wieder aufwachen.

Derry hatte kaum zehn Schritte getan, als er fluchend stehen blieb und wieder umkehrte. Der Fuhrmann hatte angefangen zu stöhnen.

»Du musst einen verdammt harten Schädel haben«, sagte Derry zu ihm. Er zählte drei Silbermünzen ab, drückte sie dem Mann in die Hand und schloss seine Finger darum.

»Das mache ich nur, weil du mich an meinen alten Dad erinnerst, falls du denkst, ich bin nicht mehr ganz richtig im Kopf«, murmelte er. »In Ordnung?«

Der Fuhrmann machte ein Auge auf und sah ihn benommen an.

»Also dann …«, sagte Derry. Er holte tief Luft und lief erneut los.

Margaret wagte kaum, sich in dem Kleid zu bewegen. Der neue Stoff juckte und fühlte sich so steif an, als stecke sie zwischen zwei Brettern. Doch sie konnte es nicht leugnen, sie sah in dem großen Spiegel umwerfend aus. Der Stoff war über und über mit Perlen besetzt, die bei jeder Bewegung leise klirrten. Ihr Schleier war dünn wie Spinnweben, und sie staunte, dass sie hindurchsehen konnte. Leider konnte sie sich nicht hinunterbeugen, um die wunderschönen Satinschuhe zu betrachten, die sie trug. Ihre Füße schienen sehr weit weg, als gehörten sie zu jemand anderem, während sie selbst nur noch aus einem Kopf zu bestehen schien, der auf einem riesigen Berg weißer Seide thronte. Eine Dienerin fächelte ihr Kühlung zu, sonst wäre ihr in der zunehmenden Hitze schon längst der Schweiß ausgebrochen.

Margaret hatte einen hochroten Kopf, als man ihr endlich gestattete, in die Sonne hinauszutreten. Von Saumur bis zur Kathedrale von Tours waren es fast vierzig Meilen, und im Schlosshof wartete eine prächtige Kutsche auf sie. Schwarz gestrichen, auf Hochglanz poliert und mit einem Paar ausgesucht schöner, glänzend brauner Wallache davor. Über die offenen Sitze war ein Baldachin gespannt, um sie vor Staub und Sonne zu schützen.

Ihre Mutter kam aus dem Hauptgebäude, man sah ihr die Anstrengung der letzten Tage an, aber dazu gesellte sich jetzt der Stolz auf ihre Tochter. Unbeholfen stand Margaret da, als sie ihr vor dem Einsteigen das Kleid noch einmal zurechtzupfte.

»Halt dich gerade und hebe den Kopf hoch«, sagte ihre Mutter. »Die Würde der Familie ruht heute auf dir, Margaret. Mach uns keine Schande. Yolande! Hilf deiner Schwester!«

Yolande eilte herbei und hob die Stoffmassen hoch, damit sie nicht am Boden schleiften, während Margaret vorsichtig auf die Kutsche zuging. Ein Lakai, den sie nicht kannte, half ihr auf den Tritt, dann hielt sie die Luft an, als sie sich vorsichtig durch den schmalen Einstieg schob und erleichtert auf den Sitz fallen ließ. Sie war drin, und Yolande bemühte sich, ihre Schleppe so zu drapieren, dass sie nicht zu stark knitterte. Im Schlosshof wartete bereits eine zweite Kutsche, und Margaret hatte den Eindruck, als sei der gesamte Hofstaat herausgekommen, um ihr zuzuwinken. In dem beengenden Kleid konzentrierte sie sich darauf, möglichst flach zu atmen, wovon ihr ein wenig schwindelig wurde. Sie hätte nicht entspannt sitzen können, selbst wenn sie es versucht hätte: die versteiften Stoffbahnen hielten sie aufrecht. Sie hob grüßend die Hand, und die Mägde und Diener brachen pflichtschuldigst in Jubel aus. Ihr Blick fiel auf ein bekanntes Gesicht, es war die Magd, die sie damals während des königlichen Besuchs umgerannt hatte. Die junge Frau winkte mit dem Taschentuch und hatte Tränen in den Augen. Verglichen mit dem kleinen Mädchen, das sie damals gewesen war, kam Margaret sich jetzt vor wie eine angemalte Puppe.

Strahlend und atemlos vor Aufregung kletterte Yolande jetzt ebenfalls in die Kutsche und nahm neben ihr Platz.

»Es ist einfach unglaublich«, sagte sie, als sie in die Runde blickte. »Und alles wegen dir! Bist du aufgeregt?«

Margaret überlegte und stellte fest, dass sie nur nervös war. Sie machte ein bedauerndes Gesicht. Vielleicht käme die Aufregung noch während der Fahrt, aber schließlich sollte sie einen jungen Mann heiraten, den sie noch nie gesehen hatte. Ob dieser englische Henry auch nervös war? Sie bezweifelte es. Schließlich war ihr zukünftiger Mann ein König, der solche Zeremonien gewohnt war.

Zwei weitere Lakaien in schwarzen, glänzenden Stiefeln nahmen auf beiden Seiten der Kutsche ihre Plätze ein. Theoretisch waren sie da, um Banditen und Wegelagerer zu vertreiben, aber diese Gefahr war heute gering. Der Kutscher war ein kräftiger Mann mit rotem Gesicht, der sich tief vor den beiden Mädchen verbeugte, ehe er sich auf den Kutschbock setzte und die lange Peitsche ergriff.

Die Kutschen setzten sich in Bewegung, noch ehe Margaret innerlich bereit dazu war. Sie sah die Mauern von Saumur entschwinden und lehnte sich so weit wie möglich aus der Kutsche, um ihrer Mutter zu winken. Ihr Vater und die Brüder waren schon am Tag zuvor nach Tours gefahren. Dieser Morgen gehörte den Frauen, aber er war so schnell vergangen, dass sie es kaum mitbekommen hatte. Die Stunden seit dem Aufwachen schienen zu wenigen Momenten geschrumpft zu sein, und sie hätte dem Kutscher am liebsten zugerufen, er solle anhalten, denn ihr Kopf war voll von tausend Dingen, die sie nicht vergessen durfte.

Sie sah, wie ihre Mutter der nächsten Kutsche ein Zeichen gab, sie dachte bereits an die Cousinen und an die viele Arbeit, die noch zu tun war, um das Festmahl vorzubereiten, das am Abend auf Saumur geplant war. Margaret lehnte sich zurück und sah zwei weitere Kutschen, die darauf warteten, Hochzeitsgäste nach Tours zu bringen. Als Margaret und ihre Schwester auf die Straße hinausrollten, hörten sie, wie ihr Kutscher mit der Zunge schnalzte und die Peitsche knallen ließ, sodass die Pferde in einen gleichmäßigen Trab verfielen. Der Fahrtwind auf ihrem Gesicht war angenehm. Es würde noch Stunden dauern, ehe sie die Kathedrale sah. Zum ersten Mal empfand sie so etwas wie freudige Aufregung.

Als die Kutsche am Nordtor das Gebiet von Saumur verließ, wurde die Straße breiter. Die Mädchen waren sprachlos über die Menschenmengen, die sich eingefunden hatten. Niemand hatte Margaret erzählt, wie weit die Menschen gereist waren, nur um sie zu sehen. Engländer und Franzosen standen am Straßenrand, schwenkten ihre Mützen, riefen ihren Namen und jubelten ihr zu. Margaret errötete vor Freude, und beide Mädchen reckten die Hälse und lachten.

»Oh, *bloody 'ell*«, murmelte Yolande begeistert. »Das ist einfach wunderbar.«

Suffolk versuchte nach Kräften, sich seine Sorge nicht anmerken zu lassen, als er vor der Kathedrale stand. Er starrte hoch zu den Doppeltürmen, als fände er sie besonders faszinierend, und tat, was er konnte, um ganz entspannt und unbefangen zu wirken. Seine neue Hose und der Wams kratzten, aber er fand, dass der Schnitt ihn schlanker machte. Er musste sich den Schweiß abwischen, denn der Stoff des Überrocks schien von Stunde zu Stunde schwerer zu werden, und der Pelzbesatz juckte am Hals. Die englische Mode, mehrere Stoffschichten übereinander zu tragen, war im französischen Sommerwetter vollkommen fehl am Platze, aber er sah, dass die Franzosen ebenso warm angezogen waren, ihre Gesichter waren genauso rot wie die der englischen Adligen, die dem starken Wein schon reichlich zugesprochen hatten.

Suffolk beneidete York um seine schlanke Figur, als dieser durch die Menge schritt, dann stehen blieb und einem seiner Bewaffneten eine Anweisung gab. Der Duke hatte ein ganzes Heer an Leibgardisten mitgebracht, das größer war als das aller anderen englischen Lords zusammen. Es wurde nur von der Anzahl der französischen Soldaten übertroffen, die rund um die Stadt lagerten.

Suffolk sah, wie Yorks Untergebener salutierte und sich auf den Weg machte. Suffolk legte die Hände auf den Rücken und versuchte den Eindruck zu erwecken, als könne er sich von den gotischen Türmen und den prächtigen Steinmetzarbeiten gar nicht losreißen. Er wünschte, seine Frau wäre hier, aber Alice hatte schon die bloße Vorstellung entsetzt. Es war schwer genug gewesen, ihr zu erklären, dass er, wenn alles klappte, an diesem Tag eine vierzehnjährige französische Prinzessin heiraten würde. Aber seine eigene Frau noch dabeizuhaben wäre eine Verhöhnung der Kirche, wie sie ihm wortreich klargemacht hatte.

Eine noch größere Verhöhnung wäre das Gemetzel, das bei der leisesten Provokation entstehen könnte, dachte Suffolk. Im Moment ignorierten Yorks Männer die französischen Soldaten um Tours herum noch, während ihre edlen Herren umherschlenderten und höflich plauderten. Suffolk wusste, dass die Franzosen hier waren, um im selben Moment, in dem die Hochzeit vorüber war, die Herrschaft von Anjou und Maine an sich zu reißen. Zu gern hätte er es York erzählt, besonders weil dieser die Soldaten dauernd mit seinen bedeutenden Blicken bedachte. Angesichts dieses französischen Heeres fand York offenbar, dass seine Vorsicht voll und ganz gerechtfertigt gewesen war. Als sie sich im Hof der Kirche kurz begegnet waren, hatte er Suffolk zugezischt, ob er wirklich vorgehabt habe, König Henry mit dem versprengten Häuflein Leibwachen zu beschützen. Suffolk hatte nur hilflos gemurmelt, dass an dessen Hochzeitstag doch bestimmt keine Gefahr für ihn bestand. York hatte ihn mit einem wütenden Blick bedacht, es war offensichtlich, dass er misstrauisch war.

Dies hier war eine aufreibende Situation, und Suffolks Nerven wurden von Stunde zu Stunde angespannter. York wusste ja nicht, dass der König nicht kommen würde, und auf den Feldern standen sich zwei Armeen gegenüber. Es genügte, dass irgendein Idiot ein falsches Wort sagte oder sich zu einem üblen Schabernack hinreißen ließ, und keine Macht der Erde würde eine Schlacht verhindern können. Suffolk musste sich mit seinem weichen Tuch abermals den Schweiß abwischen.

Gerade als er sich mit einer belanglosen Bemerkung an einen Gast wandte, sah er, wie York auf ihn zukam.

»Komm endlich, Derry«, murmelte Suffolk leise und beschwörend auf Englisch, worauf der Franzose neben ihm ihn verwirrt anschaute. »Ich brauche dich. Komm schon.« Er strahlte York an, als dieser vor ihm stehen blieb.

»Richard! Was für ein herrlicher Tag für eine Hochzeit. Habt Ihr Nachricht vom König?«

York bedachte den Älteren mit einem säuerlichen Blick.

»Das wollte ich Euch auch gerade fragen, William. Ich habe aus den Häfen keine Nachricht darüber, dass er auf dem Weg ist. Habt Ihr Derry Brewer gesehen?«

»Noch nicht. Vielleicht ist er beim König. Ich glaube, sie wollten zusammen herüberkommen.«

York machte ein missmutiges Gesicht, während er die Menge der französischen und englischen Adelsfamilien betrachtete, die hier den Sonnenschein genossen.

»Ich verstehe es nicht. Er müsste schon längst auf dem Weg sein, es sei denn, ihm sind Flügel gewachsen. Es kann meinen Männern doch kaum entgangen sein, als die königliche Reisegesellschaft durch Calais kam, aber ich habe nichts davon gehört.«

»Vielleicht haben sie die Boten überholt, Richard. Habt Ihr daran schon gedacht? Sie werden ganz bestimmt rechtzeitig hier sein.«

»Das sieht ganz nach Brewers Handschrift aus«, sagte York aufgebracht. »Geheime Routen und Täuschung, als könne man selbst den Lords des Königs nicht vertrauen. Euer Freund Brewer würde ziemlich dumm aussehen, wenn die Reisegesellschaft des Königs überfallen und festgenommen werden würde, während wir hier aufgeputzt rumstehen.«

»Ich bin sicher, das wird nicht passieren. Derry liegt nur die Sicherheit des Königs am Herzen, genau wie uns allen.«

»Ich werde keine ruhige Minute haben, ehe er endlich verheiratet und wieder auf dem Heimweg ist. Sicher habt Ihr die Soldaten gesehen, die hier überall lagern? Gott sei Dank, dass ich einen eigenen Trupp mitgebracht habe! Dies ist eine heikle Situation, William. Denn wenn sie einen Überraschungsangriff planen sollten, dann könnte auch mein Trupp Leibgardisten nichts ausrichten.«

»Ich bin sicher, sie wollen nur König Charles und seine Lords beschützen«, log Suffolk, der immer nervöser wurde. Er fürchtete den Moment, wo die tatsächlichen Einzelheiten über diese Hochzeit ans Licht kommen würden. Er hoffte nur, der französische König würde kein allzu großes Aufhebens darum machen, wenn er die Befehlshoheit über seine neuen Gebiete zurückerhielt. Aber wie er die Franzosen kannte, war das wohl eine vergebliche Hoffnung.

»Die Stadt ist wie eine bewaffnete Garnison, dabei ist der französische König noch nicht einmal hier«, sagte York. »Ich habe ein komisches Gefühl, als sei ich in irgendetwas nicht eingeweiht, William. Bei Eurer Ehre, könnt Ihr mir versichern, dass ich mir unnötige Sorgen mache?«

»Ich … das kann ich nicht, Richard.« Er sah, wie sich die Augen des Dukes verengten.

»*Könnt* es nicht? Also *gibt* es etwas, das man mir nicht gesagt hat. Ich *muss* es wissen, William, wenn ich den englischen König auf französischem Grund und Boden schützen soll. Zum Teufel mit diesem Derry! Sagt mir, Lord Suffolk, was hat man mir verschwiegen?«

Auf der Straße nach Westen ertönte lauter Jubel. Erleichtert sah Suffolk in die Ferne und wischte sich erneut den Schweiß von der Stirn.

»Wer ist das?«, fragte er. »Doch bestimmt noch nicht die Braut. Ist es der französische König?«

»Oder König Henry«, erwiderte York, indem er ihn genau beobachtete.

»Ja, ja, natürlich«, sagte Suffolk rasch. »Ich gehe besser und vergewissere mich, wenn Ihr mich entschuldigt.«

Mit etwas steifen Schritten ging der Ältere davon, und York sah ihm nach. Ratlos schüttelte er den Kopf und winkte eine Wache heran.

»Kontrolliert die Umgebung der Stadt noch einmal. Derry Brewer muss möglichst unauffällig festgenommen werden. Bringt ihn zu mir, sobald Ihr ihn habt.«

»Zu Befehl, Mylord.«

Der Mann salutierte und zog davon. Yorks Gesichtsausdruck wurde noch ärgerlicher, als er die Menge jubeln hörte und merkte, dass der Jubel dem französischen König galt, der in der Stadt angekommen war. Die Sonne hatte ihren Höchststand erreicht, und noch immer gab es keine Spur von der Braut oder vom Bräutigam.

Derry bemühte sich, so gemächlich wie möglich durch das Feldlager der französischen Soldaten zu schlendern, die alle Mittagspause machten und aßen. Das letzte Mal, als er so viele von ihnen versammelt gesehen hatte, war auf einem Schlachtfeld gewesen, und es war keine schöne Erinnerung. Er wusste genau, warum sie hier waren. Die gut gelaunten Soldatentrupps, die hier plaudernd und kauend in der Sonne saßen, würden im Nu zu einer Streitmacht werden, sobald der Befehl kam, die großen Gebiete von Anjou und Maine wieder in Besitz zu nehmen.

Derry hatte erwartet, dass man ihn aufhalten und befragen würde, aber einer plötzlichen Eingebung folgend hatte er sich am Rande des Feldes einen schweren Suppenkessel geschnappt und war damit weitergewankt. Mit diesem einfachen Requisit war er unbehelligt durch das Feldlager gegangen. Es gab Dutzende anderer Bediensteter, die alles Mögliche hin und her trugen, und immer, wenn er einen misstrauischen Blick auf sich spürte, blieb er stehen und ließ die Männer ihre Näpfe füllen, wobei er sie angrinste und sich verbeugte wie ein stummer Trottel.

Es war Mittag, als er das Lager endlich durchquert hatte. Den leeren Suppenkessel überließ er einer Gruppe alter Frauen, dann ging er weiter. Man hatte die Kutschen des französischen Königs auf der Straße entdeckt, und niemand kümmerte sich um die abgerissene Gestalt, die vom Feldlager kam.

Derry ging auf der Straße, bis er in der Nähe der Kathedrale ebenfalls Soldaten sah. Es war nur noch ein kurzer Weg, aber Derry wusste, dass er es nicht schaffen würde. Er blickte um sich, ob er beobachtet würde, dann sprang er bei einem alten Holztor in den Straßengraben, der dicht mit hohem Gras bewachsen war.

Hochbefriedigt, dass er geradewegs durch das französische Soldatenlager marschiert war, sah Derry zu, wie die Soldaten zwei Wagen anhielten und durchsuchten. Yorks Leute schienen überall zu sein. Derry verzog das Gesicht, als er fühlte, wie das knietiefe Grabenwasser durch seine Kleider drang, aber er hielt seinen Sack so, dass er nicht nass wurde, und duckte sich noch tiefer. Er war vom Torpfosten gedeckt und wartete auf einen günstigen Moment. Er merkte, dass die Bewaffneten sich nicht direkt an der Kathedrale aufhielten. Zum Kirchengebäude gehörte auch ein Garten, der von einer Mauer mit einem Tor umgeben war. Er brauchte nur durch diese äußere Abgrenzung zu kommen, dann wäre er in Sicherheit. Die Kathedralen in Frankreich und England hatten alle mehr oder weniger den gleichen Grundriss, sagte er sich. Wenn er erst drinnen war, würde er sich schon zurechtfinden.

Er spähte durch das Gras und sah die herausgeputzten Hochzeitsgäste, die sich vor der Kirche versammelt hatten. Wie nahe sie waren! Er konnte einzelne Gesichter erkennen. Einen Moment war er versucht, einfach aufzustehen und einen seiner Verbündeten zu rufen, zum Beispiel Suffolk. York würde ihn doch sicher nicht in aller Öffentlichkeit festnehmen lassen. Derry betrachtete seine durchweichte Hose und seine vor Dreck starrenden Hände. Er war so schmutzig, wie man nach tagelanger Fahrt auf staubigen Straßen nur sein konnte. Wenn ein Bauer, der so dreckig war wie er, es wagen würde, sich der Hochzeitsgesellschaft zu nähern, würden die Soldaten ihn ergreifen und abführen, ehe die meisten der Edelleute es überhaupt bemerkten. Außerdem widerstrebte ihm die Vorstellung, von Wachen festgehalten zu werden, während er nach Suffolk rief. Derry war entschlossen, sauber und elegant gekleidet vor Richard von York zu treten und so zu tun, als sei das alles ein Kinderspiel gewesen. Der alte Bertle hatte ihn wegen seines Stils immer bewundert. Er würde es mit Eleganz machen, im Gedenken an den alten Meisterspion.

Derry hob ein wenig den Kopf und beobachtete zwei Wachen, die vor dem Tor des Gartens Posten bezogen hatten und sich eine Pastete teilten. Sie standen dicht beieinander, brachen sie von Hand auseinander und kauten.

Hinter der Mauer lag das Wohnhaus des Bischofs, mit Küchen und Kammern und Wohnräumen, die einem Lord Ehre gemacht hätten. Derry spähte umher und versuchte, auch die anderen Soldatentrupps im Auge zu behalten, die hier patrouillierten. Vorsichtig langte er in seinen Sack und zog die schwere Keule heraus. Doch der Gedanke, mit nur einer Holzkeule an zwei bewaffneten Soldaten vorbeizukommen, schien aussichtslos. Einer ja, den könnte er immer mit einem Schlag aufs Ohr überraschen, aber er konnte es nicht riskieren, dass der andere Alarm schlug. Dann wäre er verloren.

Der Nachmittag war gekommen, und noch immer lag Derry im Graben und verzweifelte langsam. Schon dreimal war ein halbes Dutzend Soldaten im rotgoldenen englischen Wappenrock am Gelände der Kathedrale vorbeimarschiert. Sie waren mit der Art von Bogen bewaffnet, die sie in der Schlacht von Azincourt berühmt gemacht hatte, und Derry wusste, dass sie damit aus hundert Schritt Entfernung ein Kaninchen treffen konnten, ganz zu schweigen von einem erwachsenen Menschen. In seinen verdreckten braunen Kleidern war er fast unsichtbar, aber trotzdem hielt er jedes Mal den Atem an, wenn sie in zwanzig Yards Entfernung an ihm vorbeimarschierten, denn den Spähern unter ihnen würde auch die leiseste Bewegung im Gras nicht entgehen.

Die Zeit verstrich so langsam, dass es fast schmerzhaft war. Etwas Großes kroch über Derrys Gesicht, und er ignorierte es, auch als es ihn in den Hals biss und anfing, sein Blut zu saugen. Es gab nur eins, was die Wachen um die Kathedrale herum ablenken konnte, und darauf wartete er. Eher würde er sich nicht von der Stelle rühren.

Der Moment kam etwa zwei Stunden nach dem Höchststand der Sonne, soweit er es abschätzen konnte. Männer und Frauen aus den umliegenden Dörfern erschienen auf der Straße, und in der Ferne hörte er lauten Jubel. Ein paar Augenblicke später war alles in Bewegung, überall liefen und drängten sich aufgeregte Menschen, die versuchten, für die Ankunft der Braut einen möglichst günstigen Platz zu ergattern. Als wieder eine Gruppe an ihm vorbeiging, stand Derry auf und benutzte sie als Sichtschutz. Niemand durfte sehen, wie der Meisterspion Englands mit rotem Kopf diesem stinkenden Graben entstieg. Er ging zum Tor, dort wo die Wachen standen, und segnete im Stillen die Braut, weil beide Männer ihr ebenfalls voll Neugierde entgegenblickten. Sie hatten noch nie eine Prinzessin gesehen, und nun würde diese sogar Königin von England werden.

Derry wich einem rennenden Kind aus und zog der einen Wache seine hölzerne Keule übers Ohr. Der Mann brach zusammen, als hätte man ihm die Beine weggeschlagen. Die andere Wache drehte sich gerade überrascht um, als Derrys Keule mit seiner Schläfe zusammentraf. Der Soldat tat im Fallen einen Grunzer, und Derry war sich ziemlich sicher, dass eine englische Stimme in der Nähe erschrocken etwas rief. Er stieß das Tor auf und rannte hindurch, wobei er sich bereits den schmutzigen Hut vom Kopf riss und ihn in den nächsten Busch warf.

Die Wohnräume des Bischofs lagen getrennt von der Kathedrale, doch sie waren nicht sein Ziel, stattdessen hielt er auf die Sakristei zu. Er stellte sich bereits darauf ein, sie aufbrechen zu müssen, doch sie ließ sich ganz leicht öffnen – er hob den Riegel und war drin. Er sah auf und erblickte die massige Gestalt eines Mannes, der halb nackt in Unterkleidern dastand. Neben ihm verharrte mit offenem Mund ein Geistlicher, der die weiße Robe eines Bischofs in den Händen hielt, die der andere offensichtlich gerade anlegen wollte.

»Bitte um Vergebung, Hochwürden. Lassen Sie sich nicht stören. Ich bin spät dran. Lord Suffolk wird für mich bürgen.«

Noch während er sprach, zerrte Derry seine guten Sachen aus dem Sack, und nur der Anblick der pelzbesetzten Kleidungsstücke hielt den Bischof davon ab, laut um Hilfe zu rufen.

Derry spürte, wie jemand hinter ihm gegen die Tür stieß, und schnell verriegelte er sie von innen.

»Dürfte ich Euch auch um einen Krug Wasser bitten? Die Braut ist schon da, und ich fürchte, ich bin zu schmutzig von der Reise, um mich ihr zu zeigen.«

Die beiden Geistlichen starrten ihn an, dann machte der noch immer halb nackte Bischof eine Handbewegung zum Nebenraum hin. Derry hastete durch die Tür, wo auf einem Marmortisch eine große Schüssel stand. Das Wasser und der Waschlappen wurden schwarz, als er sich in großer Hast wusch.

Als er herauskam, war der Bischof allein, vermutlich war der andere Geistliche gegangen, um die Legitimtät des Fremden zu überprüfen, der da so plötzlich hereingeplatzt war. In seinen offiziellen Gewändern sah der Bischof noch massiger aus, ein Mann wie ein großes Zelt. Er sah interessiert zu, wie Derry mit nassen Händen seine Haare glattstrich und den zusammengeknüllten Sack mit dem Fuß in eine Ecke stieß.

»Gott segne Euch, Hochwürden«, sagte Derry. »Ich hatte schon befürchtet, dass ich es nicht mehr schaffe.«

Er trat hinaus in die Kirche.

»Da ist er!«, rief jemand auf Englisch.

Ohne sich umzusehen, woher der Ruf kam, setzte Derry sich in Bewegung und sprintete durch das lange Kirchenschiff zum Hauptportal, durch das die Sonne hereinschien.

7

Margarets Kutsche beschrieb vor der Kathedrale erst einen eleganten Bogen, ehe sie anhielt. Die Menge jubelte, und Margaret wurde rot vor Verlegenheit, als man ihr und Yolande beim Aussteigen half. Der feine Schleier bedeckte ihr Gesicht, aber sie konnte die Menschen ganz deutlich sehen. Und sie alle waren ihretwegen hierhergekommen! Ihre Nervosität nahm noch zu, als sie König Charles erblickte, der strahlend zusammen mit ihrer Tante Marie auf der Seite stand.

Ihr Lächeln unter dem Schleier wurde etwas gedämpft, als sie ihren Vater erblickte, der neben dem König stand, in einem blutroten Rock über cremefarbener Hose und mit glänzenden schwarzen Stiefeln. Der Rock war aus mehreren Stoffschichten mit eingewebten Goldfasern gearbeitet, und seine Körperfülle wölbte sich unter dem steifen Kleidungsstück. René von Anjou wirkte äußerst zufrieden über die Anwesenheit der vielen adligen Gäste, die zur Hochzeit seiner Tochter angereist waren. Während Margaret vor jedem der Männer einen tiefen Knicks machte, fragte sie sich im Stillen, ob ihrem Vater die Trauungszeremonie überhaupt wichtig war, oder ob er nur an die Gebiete dachte, die er damit zurückgewinnen würde.

Gerade als sie sich wieder aufrichtete, trat ein Mann aus der Menge und verneigte sich tief vor ihr. Er war groß und breitschultrig, sein Haar eisengrau. Er war weniger protzig gekleidet als ihr Vater und der König, und Margaret wusste, dass er ein Engländer war, noch ehe er ihr die Hand geküsst und ein Wort gesprochen hatte.

»Prinzessin Margaret, es ist mir eine große Ehre«, sagte er. »Ich bin Suffolk, aber es wäre mir eine Ehre, wenn Ihr mich William nennen würdet.« Zu ihrer Überraschung verneigte er sich abermals, und jetzt merkte sie, dass dieser hochgewachsene englische Lord genauso nervös war wie sie.

Er wollte weitersprechen, aber ihre Schwester Yolande streckte ihm ebenfalls die Hand hin und kicherte, als Suffolk Anstalten machte, sie zu küssen, und sich ein drittes Mal verbeugte.

»Ihr müsst Prinzessin Yolande sein, meine Teuerste. Stets zu Diensten«, sagte er. Sein Blick ging zurück zu Margaret, und er biss sich auf die Unterlippe.

»Würdet Ihr die Freundlichkeit haben und mir ein Wort unter vier Augen gewähren, Mylady? Ich habe eine Nachricht, die Ihr vor der Trauungszeremonie hören müsst.«

Margaret sah, wie ihr Vater und König Charles sich verwundert anschauten.

»Was hat das zu bedeuten, Lord Suffolk?«, fragte René, der eilig auf ihn zutrat. »Es gehört sich nicht, die Trauung zu verzögern. Wo ist der Bräutigam? Ist er in der Nähe?«

Margaret erschrak, als sie ihren Vater vernahm. Der englische König war nicht da? Sie sah sich bereits unverheiratet nach Saumur zurückkehren, wo sie zeitlebens ein Opfer von Gespött und Geflüster sein würde. Tränen traten ihr in die Augen. Sie spürte, wie Yolande stumm ihre Hand nahm und sie tröstend drückte.

»Eure Majestät, Mylord Anjou, ich habe eine bedauerliche Nachricht. Würdet Ihr die Güte haben, Eure Tochter in die

Kirche zu begleiten, wo es nicht ganz so heiß ist? Was ich zu sagen habe, ist nicht für alle Ohren bestimmt.«

Suffolk war beim Sprechen rot geworden angesichts der allgemeinen Aufmerksamkeit, die auf ihn gerichtet war. Plötzlich gab es am Hauptportal der Kathedrale einen Aufruhr. Suffolk war der Erste, der es bemerkte, und Margaret sah, dass sich auf seinem Gesicht Erleichterung ausbreitete, als Derry Brewer aus der Kirche gerannt kam und abrupt stehen blieb. In der Menge vor der Kirche gingen Diener mit Krügen und kostbaren Gläsern umher und schenkten Weißwein aus. Im Vorbeigehen griff Derry sich eines der Gläser und schritt zu den Kutschen, die im Halbkreis dastanden.

»Master Brewer!«, sagte Suffolk und wischte sich mit einem Tuch den Schweiß von der Stirn.

Margaret sah, dass sich bei diesen Worten ein weiterer hochgewachsener Lord umdrehte und durch die Menge auf sie zugeschritten kam.

»Was für ein herrlicher Tag«, sagte Derry auf Englisch und leerte sein Glas in einem Zug. Er verbeugte sich vor den französischen Adligen, die ihn misstrauisch beäugten. »Eure Majestäten, Lord Suffolk. Und diese französischen Rosen müssen die Prinzessinnen Margaret und Yolande sein.«

Derry verbeugte sich vor den beiden Mädchen noch tiefer und küsste beiden die Hände, immer mit demselben Lächeln auf den Lippen. Er schwitzte, und Margaret bemerkte, dass er sich große Mühe gab, ruhig zu atmen. War er so aufgeregt, sie zu sehen? Fast schien es, als sei er gerannt. Die umstehenden Edelleute flüsterten sich Fragen zu.

Suffolk streckte die Hand aus und ergriff Derry am Arm, wobei sich sein Gesicht vor Spannung und Hitze noch stärker rötete.

»Ich habe der Prinzessin gerade erklärt, Master Brewer, dass wir uns vor der Trauung an einen etwas abgeschiedeneren Ort zurückziehen sollten.«

»Ausgezeichnet«, sagte Derry. Bei einem vorbeieilenden Diener tauschte er sein leeres Glas gegen ein volles, das er ebenfalls in einem Zug leerte. »Es ist viel zu heiß hier draußen. Ah, Lord York! Was für ein Vergnügen, Euch an diesem schönen Tag so wohlauf zu sehen.«

Margaret fand, dass Lord York viel eher so aussah, wie sie sich einen englischen Lord vorgestellt hatte. Er war rank und schlank, mit ernstem, kantigem Gesicht und kurz geschnittenem schwarzen Haar. Seine dunklen Augen blitzten, als er näher trat, und alle Umstehenden verstummten, als ahnten sie, dass mit diesem englischen Lord nicht zu spaßen war. Wieder wechselte ihr Vater einen Blick mit König Charles, ihm wurde offenbar von Minute zu Minute mulmiger zumute.

»Eure Majestät, Lord René, Lord Suffolk«, sagte York, sich verbeugend. »Wie schön, auch Euch hier zu sehen, Brewer. Ich würde mich freuen, wenn wir später eine Gelegenheit hätten, unser letztes Gespräch fortzusetzen.«

»Oh, ganz wie Ihr wünscht, Mylord. Aber heute geht es doch nicht um unsere unwichtigen kleinen Sorgen, nicht wahr? Heute ist ein Festtag, wo zwei große Nationen sich in jugendlichem Versprechen vereinen.«

Immer noch schweißüberströmt strahlte Derry alle an. Es war offensichtlich, dass er über irgendetwas hocherfreut war. Margaret hatte dem auf Englisch geführten Gespräch nur mit Mühe folgen können und sah von einem zum anderen. Suffolk hatte freundlich mit ihr gesprochen, und er war ihr sympathisch, Lord York dagegen hatte sie nicht einmal zur Kenntnis genommen.

»Hier herein, Mylords, Ladys. Schützen wir uns in der Kathedrale vor der heißen Sonne.«

Derry ging voraus zu dem offenen Portal, wobei er, als er an einem Trupp schwitzender englischer Soldaten vorbeikam, sein Glas erhob und ihnen zutrank. Sie starrten ihn mit kalten Augen an.

Im Inneren der Kirche herrschte eine wohltuende Kühle. Margaret atmete tief durch. Sie hatte Angst, ohnmächtig zu werden. Sie lehnte sich an Yolande, als die merkwürdige kleine Versammlung jetzt darauf wartete, aufgeklärt zu werden.

Derry wischte sich mit einem feinen Tuch die Stirn ab, ehe er das Wort ergriff. Er war sich bewusst, dass alle Aufmerksamkeit jetzt ihm galt. Er wusste, alles Planen der letzten Monate wäre umsonst gewesen, wenn er jetzt etwas Falsches sagte. Er hob den Kopf und steckte das Tuch ein.

»Ich fürchte, es gibt da ein kleines Problem, Mylords. König Henry ist letzte Nacht plötzlich erkrankt. Nichts Ernstes. Die königlichen Ärzte haben ihn nach allen Regeln der Kunst purgiert, aber vergebens. Sehr gegen seinen Willen sah er sich gezwungen, nach Calais und von dort nach England zurückzukehren. Er ist außerstande, heute hier anwesend zu sein, und kann nichts weiter tun, als Prinzessin Margaret und ihrem Vater sein tiefstes Bedauern mitzuteilen.«

»Ein *kleines* Problem?«, sagte König Charles entgeistert. Derry bemerkte, dass sein Englisch ausgezeichnet war, wenn auch mit starkem Akzent. »Habt Ihr eine Vorstellung davon, welche Vorbereitungen nötig waren, um diesen heutigen Tag zu ermöglichen? Und jetzt sagt Ihr uns, Euer König sei krank? Das ist eine Katastrophe!«

»Eure Majestät, es ist noch nicht alles verloren«, erwiderte Derry. »Ich habe eine besondere Vollmacht von König Henry.

Wir sind gewillt, alles Menschenmögliche zu tun, um dieses Problem zu lösen.«

»Ihr habt keinen Bräutigam!«, protestierte Lord René. »Wie wollt Ihr *das* lösen?«

»Ihr bringt die Sache genau auf den Punkt, Lord Anjou«, sagte Derry. Sein Lächeln hatte ihn nicht eine Sekunde im Stich gelassen. »Mit Königen ist es nicht wie mit gewöhnlichen Menschen, Gott sei Dank. Lord Suffolk hier hat die Genehmigung des Königs, das Ehegelübde an seiner statt abzulegen. Auf diese Weise kann die Hochzeit stattfinden, und später wird es in England eine richtige Trauung geben. Auf jeden Fall aber ist der Waffenstillstand und die Übergabe der Gebiete damit gesichert.«

»Übergabe der Gebiete?«, platzte York heraus.

Mit überrascht erhobenen Augenbrauen wandte Derry sich zu ihm um.

»Mylord York, ich stelle fest, der König hat Euch nicht in all seine Pläne eingeweiht, was allerdings sein gutes Recht ist. Vielleicht solltet Ihr Euch nach draußen begeben. Die genauen Einzelheiten dürften Euch schwerlich interessieren.«

York knirschte mit den Zähnen, seine Kaumuskeln waren deutlich angespannt.

»Ich werde bleiben und den Rest auch noch mit anhören, Brewer. Als Befehlshaber der Truppen in der Normandie glaube ich allerdings, dass die *Einzelheiten* mich interessieren dürften.«

Derry schien einen Moment zu überlegen, ob er den Mann hinauswerfen lassen sollte. Yorks Gesicht rötete sich unter den Blicken des französischen Königs und des Duc von Anjou noch stärker.

»Na schön, Lord York. Bleibt, wenn Ihr wollt, aber dann gestattet bitte, dass wir König Henrys Pläne ohne weitere Unterbrechung erörtern.«

Margaret dachte, der hagere englische Lord würde vor Wut explodieren, aber York behielt mit Mühe seine Fassung. Sie selbst sah sich der Situation weit weniger gewachsen. Sie kämpfte mit den Tränen. Henry würde nicht kommen! Ihr Englisch reichte nicht aus, um dem schnellen Gespräch zu folgen. Während sie noch versuchte, die Lage zu erfassen, schien man schon wieder etwas anderes zu beschließen.

»Verzeihung, Mylords, Eure Majestät«, murmelte sie, während Derry noch sprach. Niemand schien sie zu hören. »Entschuldigung, Vater«, sagte sie jetzt auf Französisch. Sie gab es auf, weiterhin Englisch zu sprechen, denn sie hatte ein Gefühl, als breche ihr das Herz. »Wird es heute keine Hochzeit geben?«

Suffolk sah sie voll Kummer und Mitgefühl an. Er antwortete ihr in fließendem Französisch.

»Meine Teuerste, es tut mir sehr leid. Es stimmt, dass König Henry nicht hier sein kann. Aber ich habe seine Genehmigung, in seinem Namen das Ehegelübde abzulegen. Das ist möglich, und es erfüllt dann auch die weiteren Bedingungen des Abkommens. Ihr werdet heute zumindest verlobt werden, und später werdet Ihr in England ordnungsgemäß heiraten. Ich hätte alles darum gegeben, meine Liebe, wenn ich Euch diese Nachricht hätte ersparen können, aber die Sache ist zu weit gediehen, um jetzt alles abzublasen. Wenn Ihr erlaubt, werde ich heute den Platz König Henrys einnehmen.«

Margaret starrte ihn mit offenem Mund an. Plötzlich glaubte sie, hinter ihrem Schleier zu ersticken. Sie hob ihn mit einer energischen Bewegung.

»Mylord, könnt Ihr mir bei Eurer Ehre versichern, dass das rechtmäßig ist? Werde ich heute heiraten oder nicht?«

Suffolk zögerte, und Derry antwortete für ihn.

»Es ist ein rechtmäßiger Austausch des Ehegelübdes, Prinzessin. Ohne den Bräutigam kann man es nicht Trauung nennen, aber es reicht zunächst.«

»Aber Lord Suffolk trägt einen Ehering!«, sagte Margaret kopfschüttelnd. »Wie kann er in einer Kirche stehen und ein Ehegelübde ablegen, wenn er schon verheiratet ist?«

»Könige beschließen ihre eigenen Gesetze, Prinzessin. Wenn Henry es so will – und wenn König Charles zustimmt, dass es so sein soll –, nun, dann werden wir es so machen.«

Aller Augen ruhten jetzt auf dem französischen König, der etwas verwirrt, aber auch fasziniert zugehört hatte.

»Eure Majestät«, sagte der Duc von Anjou leise. »Die Sache ist in der Tat schon zu weit gediehen. Es ist nur noch ein kleiner Schritt …«

Der König kratzte sich an der Nase und dachte nach.

»Ich habe da gewisse Vereinbarungen mit Eurem König Henry«, sagte er. »Vereinbarungen, die in Kraft treten, sobald Prinzessin Margaret verheiratet ist. Ihr sagt, Ihr werdet diese … Verlobung als Eheschließung mit den damit verbundenen Bedingungen anerkennen?«

»Das werde ich«, sagten Suffolk und Derry wie aus einem Munde.

Der König von Frankreich zuckte die Schultern.

»Dann bin ich einverstanden.« Er verfiel in schnelles Französisch und sprach wieder mit Margaret. »Die Engländer sind etwas linkisch und undiplomatisch, meine Liebe, aber wenn ihr König krank ist, dann ist es Gottes Wille, dem man sich als Mensch nur beugen kann. Könnt Ihr diese Bedingungen akzeptieren? Es wäre eine große Ehre für Euren Vater.«

Margaret knickste.

»Wenn es Euer Wunsch ist, Majestät.«

Bei dieser Antwort schien die Spannung von allen abzufallen. Lord Suffolk tätschelte etwas unbeholfen ihre Hand.

»Nun, dann werde ich wohl mal meinen Platz vor dem Altar einnehmen, meine Liebe. Der Bischof wartet darauf, dass der Bräutigam endlich kommt. Wahrscheinlich wird er denken, ich hätte ein ziemlich ausschweifendes Leben geführt, um so alt auszusehen.«

Er lächelte sie an, versuchte ihr die Sache leichter zu machen, doch Margaret ließ nun den Tränen freien Lauf. Sie sah, wie er mit etwas Mühe einen Goldring vom Finger zog und ihn sorgfältig in der Tasche verstaute. Sie bemerkte die weiße Linie an seinem Finger, wo er ihn jahrelang getragen hatte.

Ehe Suffolk seinen Platz in der Bank einnahm, sah sie, wie Lord York nahe an ihn herantrat. Zwar lächelte der hagere Lord, als er sprach, aber was auch immer er sagte, es ließ Suffolk erblassen.

Yolande tupfte Margaret die Tränen ab, dann zog sie ihr fast ehrfürchtig den Schleier wieder vor das Gesicht. Mühsam holte Margaret tief Luft.

Sie war vierzehn Jahre alt und befahl sich energisch, an ihrem Hochzeitstag – oder was immer dies für ein Tag war – keine Schwäche zu zeigen oder gar ohnmächtig zu werden. Im Stillen nahm sie sich vor, ihrem englischen König ein paar passende Worte zu flüstern, wenn sie ihn endlich persönlich kennenlernen würde. Sie an ihrem Hochzeitstag ganz allein zu lassen – das müsste doch mindestens ein Schloss als Wiedergutmachung wert sein.

Bei dem Gedanken musste sie leise lachen, und Yolande sah sie überrascht an. Die Männer hatten sich im Gestühl verteilt, und endlich kamen auch die Gäste vor draußen herein. Man sah Margaret nervös an und flüsterte sich Fragen zu, die niemand beantworten konnte.

Am Ende des Kirchenschiffs war William de la Pole durch den Lettner aus dunklem Eichenholz geschritten, der den Chorraum mit dem Allerheiligsten vor der Gemeinde verbarg. Durch die Türöffnung sah sie den breiten Rücken des Engländers, wie er dort stand und auf die französische Prinzessin wartete. Ungläubig schüttelte Margaret den Kopf.

»Was für ein merkwürdiger Tag«, flüsterte sie ihrer Schwester zu. »Ich habe das Gefühl, als sei ich nichts weiter als ein hübscher Ball, der all diesen mächtigen Herren zum Spiel dient.«

Dann machte sie ein entschlossenes Gesicht, sah aber ihren Vater nicht an, als er kam und ihren Arm nahm. Yolande und ihre Cousinen reihten sich hinter ihr ein, und es erklang Musik, als drei Harfenistinnen anfingen zu spielen. Am Arm ihres Vaters und mit hoch erhobenem Kopf schritt Margaret langsam den Mittelgang entlang. Zusammen gingen sie durch den Lettner, dessen Tür hinter ihnen geschlossen wurde. Lord Suffolk drehte sich um und musste lächeln beim Anblick dieses tapferen Mädchens, das noch so jung war. Ob durch Glück oder die Gnade Gottes, vielleicht auch nur durch die Gerissenheit Derry Brewers – auf jeden Fall fand Suffolk, dass König Henry hier eine ganz besondere Braut gefunden hatte.

In Tours läuteten die Glocken von Saint-Gatien. Es war ein Freudengeläut, unaufhörlich und in immer neuen komplizierten Tonfolgen, die sich niemals wiederholten.

Derry sah zufrieden zu, als die französische Prinzessin aus der Kathedrale kam und zu ihrer Kutsche geführt wurde, während die Glocken und die begeisterte Menge einen ohrenbetäubenden Lärm verbreiteten. Sie lächelte und weinte gleichzeitig, und Derry lachte leise in sich hinein. Doch dann musste er an seine eigene Tochter denken. Wenn sie noch lebte, wäre sie jetzt etwa so alt wie die neue Königin. Und dieser Gedanke versetzte ihm einen Stich in der Brust.

Der König von Frankreich und seine mächtigsten Lords kamen ebenfalls heraus, um die Abfahrt der Braut zum Schloss von Saumur zu erleben, aber der Monarch war bereits in Gespräche vertieft und von Boten umgeben, die den Kontakt mit der Armee hielten, die vor der Stadt lagerte.

Derry wurde von einer Hand aus seinen Gedanken gerissen, die schwer auf seiner Schulter landete. Wäre er in einem Wirtshaus im Osten von London gewesen, hätte er die Hand gepackt und ihr den kleinen Finger gebrochen, aber hier unterdrückte er diesen Reflex.

»Was in aller Welt habt Ihr da angerichtet, Derry Brewer?«, zischte York ihn an. »Sagt mir, dass es nicht wahr ist. Sagt mir, dass wir nicht soeben Länder weggegeben haben, die der tapfere Henry von Monmouth für England erobert hat.«

»Sein Sohn, unser *König*, wollte einen Waffenstillstand, Lord York, und genau den haben wir erwirkt«, erwiderte Derry. Er nahm die Hand von seiner Schulter, wobei er absichtlich so fest wie möglich zudrückte. York verzog schmerzhaft das Gesicht, widerstand aber dem Bedürfnis, sich die Hand zu reiben.

»Das ist Hochverrat. Dafür werdet Ihr hängen, zusammen mit diesem Dummkopf Suffolk.«

»Und der König mit uns, vermute ich? Lord York, ist es möglich, dass Ihr das Abkommen einfach nicht verstanden habt? Maine und Anjou sind der Preis für zwanzig Jahre Frieden. Wollt Ihr dem König widersprechen? Denn *er* wollte es so. Als seine untertänigsten Diener sind wir lediglich Instrumente des königlichen Willens.«

Er war überrascht, als York mit kaltem Lächeln einen Schritt zurücktrat.

»Das wird Konsequenzen haben, Derry Brewer. Egal, was Ihr glaubt, erreicht zu haben. Von all Euren geheimen Absprachen werden die Leute nur verstehen, dass König Henry Gebiete weggegeben hat, die sein Vater erobert hat – und zwar mit englischem Blut, das hier auf den Schlachtfeldern vergossen wurde. Man wird sagen … Ach, Ihr könnt Euch selbst vorstellen, was die Leute sagen werden. Ich wünsche Euch viel Glück, aber erinnert Euch daran, dass ich Euch gewarnt habe.« York lachte kurz auf und schüttelte den Kopf. »Denkt Ihr denn, die Engländer hier werden gutwillig das Feld räumen, nur weil ein fetter französischer Seigneur ihnen befiehlt, in die Normandie zurückzugehen? Ihr habt Euch verkalkuliert, Brewer. Und es wird viele Menschen das Leben kosten.«

»Verkauft Ihr zusammen mit Euren Prophezeiungen auch Lavendelsträußchen? Ich frage nur, weil ich gern eins hätte und nirgendwo eine Zigeunerin sehe.«

Derry dachte, jetzt würde York wirklich der Kragen platzen, aber wieder lächelte der nur.

»Ich und meine Männer werden Euch im Auge behalten, Derry Brewer. Ich wünsche Euch Glück für Eure Reise zurück nach Calais, aber wenn wir Euch auf der Straße erst gefasst haben, wird Euch Euer kluges Geschwätz auch nicht mehr helfen.«

»Ziemlich merkwürdig, was Ihr da sagt, Lord York! Ich bin sicher, wir werden uns in Calais oder London wiedersehen. Jetzt hat mich der französische König allerdings erst einmal zur Jagd eingeladen. Ich mag ihn, Richard. Er spricht sehr gut Englisch.«

Derry hob die Hand, um die Aufmerksamkeit der französischen Edlen zu wecken. Einer der Barone sah es, er winkte zurück und rief ihn zu sich. Derry zog die Augenbrauen hoch, warf York einen unbekümmerten Blick zu und ließ ihn stehen.

Vor der Stadt rüstete sich die französische Armee zum Abmarsch. Sie hatten an diesem einen Tag mehr Land gewonnen als in den letzten zehn Jahren. Duc René strahlte, als Derry hinzutrat. Mehr als ein Dutzend Adlige umringten den Duc, schlugen ihm auf die Schulter und gratulierten ihm. Derry war überrascht, dass dem Franzosen Tränen über die bleichen Wangen liefen. Er lachte über Derrys Gesichtsausdruck.

»O Ihr Engländer, Ihr seid so kühl. Versteht Ihr nicht, dass ich heute die Länder meiner Vorfahren zurückerhalten habe? Dies sind Freudentränen, Monsieur.«

»Das sind die besten Tränen«, erwiderte Derry. »Aber wurde da nicht von einer Jagd gesprochen, zu der Seine Majestät mich eingeladen hat?«

Duc Renés Ausdruck veränderte sich kaum merklich.

»Ich fürchte, Seine Majestät, König Charles, hat sich einen Scherz auf Eure Kosten erlaubt, Monsieur. Heute werden weder Wildschweine noch Wölfe gejagt werden. Doch Seine Majestät wird die Armee begleiten, wenn sie nach Norden zieht und durch meine Ländereien kommt. Wer weiß, welches englische Wild wir in meinen Feldern und Weinbergen aufspüren werden?«

»Ich verstehe«, sagte Derry, dessen gute Laune schlagartig verflogen war. »Ich fürchte, dabei werde ich Euch nicht begleiten, Monsieur. Wenn es Euch nichts ausmacht, werde ich hierbleiben, um meine Vorbereitungen für die Heimreise zu treffen.«

Er sah, wie Richard von York sich entfernte, um dem tausend Mann starken Heer, das er mitgebracht hatte, seine Befehle zu geben. Auch sie würden sich in die Normandie zurückziehen müssen, der Duke hatte keine andere Wahl. Einen Augenblick hatte Derry das unbestimmte Gefühl, dass York doch nicht so dumm war, wie er gedacht hatte. Es gab viele englische Siedler in Maine und im Anjou, das war richtig. Aber die würden doch sicher nicht so töricht sein, Widerstand zu leisten? Das Abkommen, das König Henry unterzeichnet hatte, sah einen friedlichen Rückzug der englischen Familien aus den französischen Gebieten vor. Doch die Adligen hier schienen tatsächlich eher vom Jagdfieber ergriffen zu sein. Sie zeigten die Zähne, und er nahm eine fieberhafte Aktivität wahr, die ihm Sorgen machte. Derry merkte, wie es ihm sauer aufstieß.

Wenn die Engländer in Maine und Anjou sich weigerten abzuziehen, könnte es doch noch zu einem Krieg kommen. All seine Mühe und Arbeit, all die Monate des Verhandelns wären vergeblich gewesen. Der schwer erkämpfte Frieden würde nicht länger halten als Raureif im Sommer.

8

Drei Tage lang zogen die französische Armee und Yorks Soldaten in gebührendem Abstand und von Spähern argwöhnisch beobachtet durch das Anjou gen Norden. Danach gewannen Richards Leute einen großen Vorsprung, nicht zuletzt, weil der König von Frankreich seine Reise in jeder Stadt unterbrach, um Hof zu halten oder wenn er eine Kirche mit den Gebeinen eines Heiligen besuchen wollte. Aber auch das Tal der Loire, mit seinen Zuflüssen und den Weinbergen, die sich meilenweit bis zum Horizont hinzogen, bereiteten ihm große Freude.

Im Anjou wurden Hunderte von englischen Familien von groben französischen Soldaten vertrieben, die vor der eigentlichen Armee herzogen. Verstört und verzweifelt machten sie sich auf den Weg, mit Karren oder zu Fuß, ein täglich stärker anschwellender Strom von Flüchtlingen, die über Nacht alles verloren hatten. York zog seine Männer zurück bis in die Grenzgebiete der Normandie, wo die Flut der Vertriebenen jedes Dorf und jede Stadt mit ihrer Not und ihren Klagen überschwemmte. Aufgebracht über den Verlust ihres Eigentums verlangten einige von ihnen, König Henry solle für Gerechtigkeit sorgen, aber die meisten waren zu verängstigt, gaben sich einer stummen Resignation hin.

Die Vertreibungen nahmen ihren Lauf, und bald berichteten die ankommenden Familien von Vergewaltigungen und

Mord, was das allgemeine Chaos noch vergrößerte. Es dauerte nur wenige Wochen, bis kleinere Gutsherren zornige Briefe verfassten, in denen sie verlangten, die englische Armee müsse ihr Eigentum verteidigen, aber der Duke von York legte sie dem König nicht vor. Auch wenn die Ausweisungen nicht dem Willen Seiner Majestät entsprochen hätten, wollte er, dass die Flüchtlinge, wenn sie heimkamen, von ihren Demütigungen erzählten. Das würde in England Öl ins Feuer gießen und einen Flächenbrand entfachen, dem Derry Brewer und Lord Suffolk mit Sicherheit zum Opfer fallen würden. Diese beiden hatten das Ganze angezettelt und verdienten, dafür öffentlich gedemütigt und zur Rechenschaft gezogen zu werden.

York stieg jeden Abend auf den Kirchturm der kleinen französischen Stadt Jublains, um nach Süden über die Felder zu blicken. Bei Sonnenuntergang sah er, wie sich Hunderte englischer Männer, Frauen und Kinder in Richtung der sicheren Grenze schleppten, und jeder konnte seine persönliche Geschichte von Gewalt und Grausamkeit erzählen. Er wünschte sich nur, Derry Brewer oder Suffolk oder vielleicht gar König Henry selbst könnten sehen, was sie hier angerichtet hatten.

Er hörte Schritte auf der Steintreppe hinter sich, als er heute, am dreiundvierzigsten Tag nach der Hochzeit, den Sonnenuntergang beobachtete. Überrascht drehte York sich um und sah, dass seine Frau heraufgekommen war.

»Was machst du hier?«, sprach er sie an. »Du solltest dich ausruhen und nicht diese kalte Treppe hochsteigen. Wo ist Percival? Dem werde ich die Ohren abschneiden.«

»Beruhige dich, Richard«, erwiderte Cecily, leicht außer Atem. »Ich weiß, was ich mir zutrauen kann, und Percival habe ich geschickt, um mir frisch gepressten Saft zu holen. Ich wollte doch auch einmal die Aussicht genießen, die dich jeden Abend hier festhält.«

York deutete auf das offene Fenster. Unter anderen Umständen hätte er den rosa-goldenen Himmel dieses Sonnenuntergangs vielleicht genossen, aber wie die Dinge jetzt standen, hatte er für Naturschönheiten keine Augen.

Cecily hatte sich an der großen bronzenen Glocke vorbeigedrückt und lehnte an der Fensterbrüstung.

»Oh, all die Menschen«, sagte sie, als sie am Horizont den lang gestreckten Zug der Flüchtlinge erblickte. »Klein wie Ameisen … Sind das die Engländer, von denen du sprachst?«

»Ja, und sie ziehen alle nach Norden in die Normandie, mit all ihren Sorgen und ihrem Zorn, als ob ich nicht schon genug Ärger hätte. Ich bin aber nicht hier oben, um ihnen zuzusehen. Ich bin hier, weil ich die französische Armee erwarte, die einmarschieren wird, noch ehe das Jahr zu Ende ist.«

»Und, werden wir sie aufhalten können?«, fragte Cecily und riss angstvoll die Augen auf.

»Natürlich werden wir sie aufhalten können! Englische Familien auszuweisen ist leichter, als sich englischen Bogenschützen zu stellen. Wir werden sie zurückweisen und wieder nach Süden schicken, sobald sie auch nur einen Fuß auf englisches Land setzen.«

Seine Frau nickte erleichtert.

»Die Frau von Lord Derby sagte, es sei alles ein schreckliches Durcheinander. Ihr Mann ist der Ansicht, wir sollten die Verträge zerreißen, die da geschlossen wurden, und alles rückgängig machen. Er meint, der König könne nicht ganz richtig im Kopf gewesen sein …«

»Still, meine Liebe! Egal, was der Grund ist, wir haben keine andere Wahl, als die neue Grenze zu verteidigen. Vielleicht bekomme ich in einem oder zwei Jahren die Möglichkeit, dies hier in einer Schlacht zurückzugewinnen. Wir haben Maine und Anjou schon einmal verloren, unter König John. Wer weiß schon, was die Zukunft bringt?«

»Aber haben wir denn jetzt nicht Frieden, Richard? Lord Derby meint, wir hätten jetzt zwanzig Jahre Frieden.«

»Mir scheint, Lord Derby plaudert ein bisschen viel mit seiner Frau.«

York trat nah an seine Frau heran und strich mit der Hand über ihren Bauch, in dem ihr Kind heranwuchs.

»Die Stimmung unter den Leuten ist schlecht, meine Liebe. Ich habe Meldungen von Unruhen, und es fängt ja erst an. Mir wäre es lieber, du wärst zu Hause, in Sicherheit. König Henry hat das Vertrauen seiner Lords verspielt. Dies hier nimmt kein gutes Ende, wenn es sich erst herumgesprochen hat, dass all das in seinem Namen geschieht – und dass Suffolks Name auf dem Vertrag steht. Aber ich werde dafür sorgen, dass William de la Pole wegen Hochverrats angeklagt wird, das schwöre ich dir. Mein Gott – wenn ich daran denke, dass nur *ein* Bruder zwischen mir und dem Thron steht! Wenn mein Großvater Edmund vor John von Gaunt geboren wäre, trüge *ich* jetzt die Krone, die so schlecht auf Henrys Kopf passt. Ich sage dir, Cecily, wenn ich König wäre, ich würde den Franzosen keinen Fußbreit Land zurückgeben. Da könnten sie bis zum Jüngsten Tag warten! Das hier ist *unser* Land, und ich muss tatenlos mit ansehen, wie es von Schwachköpfen und Intriganten verspielt wird. Himmel, Henry ist so ein Narr! Ich wusste es schon, als er noch ein Kind war. Er hat zu viel Zeit mit Mönchen und Kardinälen zugebracht, und zu wenig Zeit mit dem Schwert. Die haben ihn verdorben, Cecily. Sie haben den Sohn meines Königs mit ihren Gebeten und frommen Sprüchen verdorben.«

»Dann lass sie fallen, Richard«, sagte Cecily, indem sie ihrem Mann die Hand auf die Brust legte und seinen starken Herzschlag spürte. »Lass sie ernten, was sie gesät haben, während du immer stärker wirst. Wer weiß, vielleicht ist eines Tages tatsächlich die Krone für dich in Reichweite? Wenn Henry so schwach ist, wie du sagst?«

York wurde blass und legte seiner Frau schnell die Hand auf den Mund.

»Nicht einmal hier, Liebling. Nicht laut, und nicht einmal geflüstert. Das darfst du nicht aussprechen, verstehst du?«

Ihre Augen glänzten, als er die Hand wegnahm. Die letzten Strahlen der Abendsonne beleuchteten den Turm, während der Himmel in dunklem Weinrot und sanftem Lila erstrahlte.

»Meine Liebe, egal was nächstes Jahr passiert, jetzt muss erst dieser Sommer zu Ende gehen. Während König Henry *betet*, nehmen diese französischen Hurensöhne uns gute Flüsse und Täler weg … Entschuldige, Cecily. Aber mir läuft bei diesem Gedanken einfach die Galle über.«

»Schon vergessen. Aber unserem Kind wirst du solche Ausdrücke hoffentlich nicht beibringen.«

»Niemals. Du bist fruchtbar wie ein Weinberg, meine schöne Neville-Braut«, sagte er, indem er die Hand ausstreckte und über ihren Bauch strich. »Übrigens, wie geht es dem Neville-Clan?«

Cecily ließ ein helles, silbernes Lachen hören.

»Meinem Neffen Richard geht es gut, habe ich jedenfalls gehört. Er hat dieses Beauchamp-Mädchen geheiratet, erinnerst du dich? Ein zänkisches kleines Ding, aber ihn scheint sie zu verehren. Ihr Bruder ist Earl Warwick, und wie ich höre, geht es schneller mit ihm zu Ende, als die Ärzte ihn zur Ader lassen können.«

»Ist das der, der keinen Sohn hat? Den kenne ich. Ich hoffe, dein Neffe kommt uns trotzdem noch besuchen, Cecily. Wie alt ist er jetzt, achtzehn, neunzehn? Halb so alt wie ich und schon fast ein Earl!«

»Oh, er verehrt dich, das weißt du doch. Selbst wenn er als Earl die Nachfolge antritt, wird er dich trotzdem noch um Rat fragen. Mein Vater sagte immer, Richard sei derjenige in der Familie, der den Verstand geerbt hat.«

»Damit hat er bestimmt mich gemeint«, sagte ihr Mann grinsend.

Sie schlug ihn spielerisch auf den Arm.

»Damit hat er überhaupt nicht dich gemeint, Richard York. Es ist der Sohn meines Bruders, der den Verstand geerbt hat.«

Der Duke sah zum Fenster hinaus. Mit seinen vierunddreißig Jahren war er gesund und stark, aber wieder spürte er diese zunehmende Verzweiflung bei dem Gedanken an die französische Armee, die aus der Ferne immer näher rückte.

»Vielleicht hast du recht, meine Liebe. Dieser Richard hier kann kaum weiter als bis zum nächsten Tag denken, zumindest im Moment.«

»Du wirst sie alle besiegen, da bin ich mir sicher. Wie ich dich kenne, verlierst du nicht leicht – und du gibst nie auf. Das ist aber auch eine der Eigenschaften der Nevilles. Unsere Kinder dürften ziemliche Dickköpfe werden!«

Er legte seine kühle Hand auf ihre Wange, plötzlich stieg eine große Zärtlichkeit in ihm auf. Der Himmel war jetzt dunkelviolett und grau, es war Abend geworden. Er zog ihren Umhang fester um sie.

»Ich komme mit dir hinunter«, sagte er. »Ich will nicht, dass du auf der Treppe womöglich stürzt.«

»Ich danke dir, Richard. Was kann mir schon passieren, wenn du bei mir bist?«

Margaret stand im Schlosshof von Saumur und sah zu, wie der Mann, der sich zu ihrem Beschützer gemacht hatte, ihre Brüder im Schwertkampf unterrichtete. Ihr Vater war unterwegs, um die Rückgabe des Anjou zu überwachen, wobei tausenderlei Dinge seine Aufmerksamkeit erforderten.

Als sie nach Saumur zurückgekehrt waren, schien es zunächst, als habe sich nichts verändert. Nach der merkwürdigen Zeremonie war sie noch keine richtige Königin, und England schien so weit weg wie eh und je.

Sie beobachtete, wie Suffolk den kleinen Louis korrigierte.

»Deckung, Junge! Wo ist deine Deckung?«, rief Suffolk, und seine Stimme hallte von den Mauern wider.

Margaret spürte eine Welle der Zuneigung für diesen großen englischen Lord. Ihr Vater war ebenfalls nach Saumur gekommen, nachdem er eine Woche lang mit dem König durchs Land geritten war. Als er seine Töchter sah, befahl er ihnen in seinem üblichen barschen Befehlston, ihre Mutter zu holen. Der Moment, als Suffolk ihm entgegengetreten war und sich dezent geräuspert hatte, war einer der schönsten Augenblicke in ihrem jungen Leben gewesen.

»Mylord Anjou«, hatte Suffolk gesagt. »Ich muss Euch daran erinnern, dass Ihr nicht länger über Königin Margaret gebieten könnt. Als ihr Beschützer und Vertreter ihres Gatten muss ich darauf bestehen, dass sie mit dem Respekt behandelt wird, der ihrem Rang zukommt.«

Mit offenem Mund hatte René von Anjou diesen Engländer angesehen, der da in seinem eigenen Schlosshof vor ihm stand. Er hatte den Mund aufgemacht, um etwas zu erwidern, doch dann besann er sich. Er blickte um sich, bis er die arme Yolande entdeckte.

»Hol deine Mutter, Mädchen! Ich bin müde und hungrig und habe keine Lust zu diesen englischen Spielchen.«

Yolande hatte ihre Röcke gerafft und war davongeeilt. Ihr Vater ging mit rotem Kopf ins Haus, die Unterlippe vorgeschoben wie eine gereizte Bulldogge. Drei Tage später war er wieder abgereist, und während dieser Zeit hatte er kein weiteres Wort mit Margaret oder ihrem englischen Lord gewechselt.

Margaret errötete bei der Erinnerung daran. Für sie war es ein Augenblick reinster Freude gewesen, als das alte Teiggesicht gezwungen war, nachzugeben. Sie zweifelte nicht daran, dass Suffolk ihre Ehre verteidigen würde. Der Mann nahm seine Aufgabe als ihr Beschützer sehr ernst, und sie war sich ziemlich sicher, dass er bei den Schwertübungen mit ihren Brüdern einen ähnlichen Zweck verfolgte.

Sie sah auf, als die Schwerter aufeinander trafen. Ihre drei Brüder waren vielleicht schneller als der englische Duke, aber er war ein altgedienter Kämpfer, ein Mann, der bei Harfleur verwundet wurde und bei der Belagerung von Orléans Befehlshaber gewesen war. Er wusste mehr darüber, wie man kämpfte, als Jean, Nicolas und Louis zusammen und war gegen alle drei zusammen angetreten, um ihnen zu zeigen, wie nützlich eine Panzerung im Nahkampf sein kann. Dennoch, er war kein junger Mann mehr, und Margaret hörte, wie er keuchte, als er Louis abwehrte und dessen Schild traf.

Sein Schwert schien Margaret riesig, vier Fuß solider Stahl, das er mit beiden Händen führte. Die Waffe wirkte plump, aber in Suffolks Händen schien sie zum Leben zu erwachen, er schwang sie mit so eleganten Bewegungen, dass es schien, als sei sie federleicht. Mit dieser Klinge verwandelte sich der gütige englische Lord in einen furchterregenden Krieger. Fasziniert sah Margaret zu, wie Suffolk Louis zwang, Hieb um Hieb abzuwehren, bis ihrem Bruder die Klinge aus den kraftlosen Händen fiel.

»Ha! Du musst an deinem Griff arbeiten, Junge«, sagte Suffolk.

Sie trugen dick gepolsterte Tuniken und Beinschützer, darüber an besonders gefährdeten Stellen Teile eines leichten Metallpanzers. Während Louis seine tauben Finger rieb, nahm Suffolk den Helm ab, unter dem sein hochrotes, schweißüberströmtes Gesicht zum Vorschein kam.

»Es gibt keine bessere Möglichkeit, deinen Schwertarm zu trainieren, als immer wieder die Klinge zu schwingen«, erklärte Suffolk ihrem atemlosen Bruder. »Sie muss sich leicht anfühlen, und mit der Kraft kommt auch die Geschwindigkeit. Bei manchen Kämpfen kannst du siegen, wenn du im entscheidenden Moment auf den Zweihandgriff verzichtest und das Schwert mit nur einer Hand führen kannst. Jean, komm mal her, damit ich es deinem Bruder zeigen kann.«

Ihr Bruder Jean wirkte frisch und selbstsicher, als er Louis' Platz einnahm und die Klinge hochhielt, während Suffolk seinen Übungshelm wieder aufsetzte, ein ziemlich schweres, mit Rosshaar gepolstertes Teil aus Eisen. Der Träger musste durch ein durchbrochenes Visier atmen, und sein Gesichtsfeld war auf einen schmalen Schlitz beschränkt, der mit glänzendem Messing eingefasst war. Suffolk, dem schon jetzt viel zu warm war, betrachtete angewidert die schweißgetränkte Polsterung. Vorsichtig legte er sie hinter sich auf die Steine.

»Dreh deinen rechten Fuß etwas weiter nach außen«, sagte er zu Jean. »Du musst bei jedem Schritt im Gleichgewicht sein, und deine Füße müssen fest auf dem Boden stehen. So ist's richtig. Ausfallschritt mit rechts. Bereit?«

»Bereit, Mylord«, erwiderte Jean.

Er hatte bereits ein Dutzend Mal mit Suffolk gekämpft, und immer hatte der Engländer gewonnen. Doch Jean verbesserte sich ständig, und mit seinen siebzehn Jahren war er sehr schnell, selbst wenn ihm noch die Kraft fehlte, die ein Mann nur nach jahrzehntelanger Praxis entwickelte.

Jeans Hiebe kamen schnell, und jedes Mal schlug Suffolk ihm mit leisem Lachen die Klinge weg. Noch zweimal trafen sie klirrend aufeinander. Margaret bemerkte, dass Suffolk ständig in Bewegung war, seine Füße standen nie still. Jean neigte dazu, wie angewurzelt an seinem Platz stehen zu bleiben und wild loszuschlagen, wodurch Suffolk langsam den Abstand zwischen ihnen vergrößern konnte, sodass Jean sein Gleichgewicht verlor.

»Da! Halt!«, rief Suffolk plötzlich.

Jeans Klinge hatte gerade in Kopfhöhe einen Bogen beschrieben, und Suffolk hielt sie mit seinem aufrecht gehaltenen Schwert in der Luft fest. Bei dem Befehl war Jean reglos stehen geblieben, und in diesem Moment war seine Brust ungeschützt.

»Siehst du, Louis? Er steht völlig offen. Wenn ich jetzt die Kraft habe, seinen Hieb mit einer Hand zu parieren, kann ich meine rechte Hand vom Griff nehmen und zuschlagen. Und ein Schlag würde genügen.« Er machte es vor, indem er mit der gepanzerten Faust Jeans Helm berührte. »Da würde er ganz schön die Glocken läuten hören, stimmt's? Noch besser ist natürlich ein Dolch, den man in der Faust hält, die Klinge zwischen den gekrümmten Fingern. Wenn man damit fest genug zusticht, durchbricht es seinen Ringkragen.« Jeans Verlegenheit wurde noch größer, als Suffolk Louis einen weiteren Schlag gegen den ungeschützten Hals zeigte. »Oder selbst in den Sehschlitz seines Helms, doch der ist schwer zu treffen, wenn er in Bewegung ist. Doch das alles hängt von der Kraft seines Armes ab – außerdem musst du dafür sorgen, dass er es nicht mit dir genauso macht. Lass jetzt los, Jean, und ich zeige dir, wie man diese Angriffe abwehren kann.«

Suffolk war beim Sprechen etwas zurückgetreten und bemerkte, dass Margaret ihnen zusah. Er trat auf sie zu, ließ sich auf ein Knie fallen und hielt sein Schwert vor sich wie ein aufgerichtetes Kreuz. Margaret errötete noch mehr, weil das vor ihren Brüdern passierte, aber sie konnte auch einen gewissen Stolz darüber nicht unterdrücken, dass dieser große Mann sich ihr unterwarf.

»Mylady, verzeiht, ich habe Euch nicht gesehen«, sagte Suffolk. »Ich hoffe, ich habe meine Pflicht nicht vernachlässigt. Ich wollte Euren Brüdern ein paar neue Techniken zeigen, die man jetzt in England anwendet.«

»Ich bin sicher, sie haben eine Menge dabei gelernt, Lord Suffolk.«

»William, bitte, Mylady. Ich bin Euer Diener.«

Margaret dachte einen Moment darüber nach, wie befriedigend es wäre, wenn sie William jetzt befehlen würde, Jean in der Schlossküche in einen Suppenkessel zu stecken. Sie hatte keinen Zweifel, dass er es tun würde, doch mit leisem Bedauern versagte sie sich diesen Spaß. Schließlich war sie jetzt eine verheiratete Frau, nun ja, halb verheiratet, oder zumindest verlobt.

»Meine Mutter bat mich, Euch mitzuteilen, dass ein Freund von Euch aus England eingetroffen ist. Ein Monsieur Brewer.«

»Ah, ja. Ich habe mich schon gefragt, wann er sich blicken lassen würde. Vielen Dank, Mylady. Mit Eurer Erlaubnis würde ich mich dann gern zurückziehen.«

Margaret gestattete Suffolk, ihr die Hand zu küssen. Er ging ins Schloss und ließ sie mit ihren Brüdern zurück.

»Keine Jagd heute, Jean?«, fragte Margaret mit honigsüßer Stimme. »Willst du deine Schwester gar nicht verfolgen? Vermutlich würde Lord Suffolk auch im Ernst sein Schwert gegen dich erheben, wenn ich ihn darum bäte, was meinst du?«

»Er ist ein englischer Lord, Margaret. Ich würde nicht zu viel Vertrauen in ihn setzen«, sagte Jean. »Unser Vater sagt, das sind alles heimtückische Schlangen. Er meint, die Schlange im Paradiesgarten habe bestimmt englisch gesprochen.«

»Unser Vater? Pfui! Der würde in seiner Habgier doch selbst mit der Schlange im Paradies Geschäfte machen.«

»Beleidige ihn nicht, Margaret! Dazu hast du kein Recht. Du bist noch immer meine Schwester und ein Teil dieses Hauses, und bei Gott …«

»Das bin ich nicht, Jean. Ich bin jetzt Margaret von England. Soll ich William zurückrufen, damit er die Sache klarstellt?«

Jean runzelte ärgerlich die Stirn, aber er wollte nicht riskieren, dass sie ihren Beschützer zurückrief.

»Deine Heirat hat der Familie das Anjou und Maine zurückgegeben. Das ist die Hauptsache – und das war der einzige Grund dafür. Darüber hinaus kannst du machen, was du willst.«

Jean drehte sich auf dem Absatz um und schritt davon. Nicolas folgte ihm, nur der kleine Louis blieb noch einen Moment, und sie zwinkerten sich lächelnd zu, um sich über das wichtigtuerische Benehmen ihres Bruders zu mokieren. Dann war Margaret allein. Sie sah sich im leeren Schlosshof um, hocherfreut, dass sie diesmal die Siegerin war.

Suffolk amüsierte sich im Stillen, dass man ihn in den großen Saal von Schloss Saumur geleitete. Seit der Hochzeit waren die Bediensteten nicht ganz sicher gewesen, wie sie mit ihm umgehen sollten. England war ihr Feind, und doch waren die Familien jetzt durch die Heirat miteinander verbunden. Es würde eine Weile dauern, bis sie begriffen hätten, dass jetzt wirklich Frieden war, dachte er. Bis jetzt war nur eine kleine Gruppe von Edelleuten zu beiden Seiten des Kanals eingeweiht.

Suffolk unterdrückte ein amüsiertes Prusten, als der Haushofmeister sich an der Tür widerwillig vor ihm verbeugte. Vielleicht war das Ansehen eines englischen Lords inzwischen ja etwas gestiegen, zumindest auf Saumur.

Derry erhob sich von einem gepolsterten Stuhl, um ihn zu begrüßen.

»Man hat dich ganz offensichtlich bereits in den Schoß der Familie aufgenommen, William«, rief er ihm zu. »Aber natürlich hast du auch eine ihrer Töchter geheiratet, also ist es nur recht und billig.«

Suffolk grinste über den Scherz und blickte gleichzeitig nach oben, ob die Kinder auf der Galerie lauschten. Er sah niemanden, aber er hielt es für möglich, dass Margaret das Gespräch, in dem es auch um sie ging, mit anhörte. Hatte sich da im Schatten nicht etwas bewegt?

Derry folgte seinem Blick.

»Merkwürdige Bauweise. Ist das eine Galerie für Musikanten?«

»Keine Ahnung. Also, Derry, was führt dich nach Saumur?«

»Keine Begrüßung? Keine Frage, wie es mir geht? Meine Arbeit macht mich wirklich einsam, William Pole. Nie zeigt sich jemand erfreut, mich zu sehen. Komm, setzen wir uns ans Feuer. Ich werde ganz nervös, wenn ich sehe, wie du da stehst, in deinem gepolsterten Rock, als ob du dich jeden Moment wieder in die Schlacht stürzen wolltest.«

Suffolk zuckte die Schultern, setzte sich aber auf die Armlehne eines hohen Stuhls, wo er die Wärme des Kaminfeuers spüren konnte. Er dachte einen Moment nach, dann machte er eine Kopfbewegung zur Galerie hinauf.

»Wahrscheinlich sind wir hier doch nicht ganz unter uns, Derry«, sagte er leise.

»Oh, ich verstehe. Nun gut, dann werde ich also meinen berühmten Scharfsinn anwenden müssen. Bist du bereit?« Derry beugte sich weit vor. »Der größte Frosch, der *königliche* Frosch, wenn du mir folgen kannst, macht ein ziemliches Aufhebens um Anjou.«

»Derry, um Himmels willen! Du bist doch nicht hergekommen, um Spiele zu spielen.«

»Gut, Lord Suffolk, wenn Ihr es nicht verschlüsselt hören wollt, muss ich Klartext reden. König Charles lässt sich Zeit im Anjou. Es sind ein paar ziemlich schlimme Geschichten nach England durchgesickert, aber im Großen und Ganzen hält er sich an das Gesetz und daran, was wir über die Ausweisung vereinbart haben. Das Einzige, was die Sache verlangsamt, ist das Verteilen der Beute an seine Günstlinge. Dem alten René mögen die Provinzen zwar wieder gehören, aber die Geschäfte kann König Charles übertragen, an wen er will. Es scheint ihm Spaß zu machen, die englischen Geschäftsleute vor die Tür zu setzen. Ein halbes Dutzend von ihnen hat sich bereits an Henrys Kanzler gewandt mit der Bitte, der König möge eingreifen. Ein weiteres Dutzend ruft nach Soldaten, um ihren Besitz zu verteidigen, aber Lord York sitzt warm und trocken in der Normandie und rührt keinen Finger, um ihnen zu helfen. Und das kann nur von Vorteil sein.«

»Wenn alles eingetroffen ist, wie du es erwartet hast, warum bist du dann hier?«, fragte Suffolk stirnrunzelnd.

Zum ersten Mal schien Derry verunsichert. Er schickte einen misstrauischen Blick zur Galerie hinauf, rückte dichter heran und senkte seine Stimme zu einem Flüstern, das im Prasseln des Feuers fast unterging.

»Einer meiner Männer hat mir eine Warnung geschickt, was Maine anbetrifft. Bei den vielen Reisen des Königs zum Hof und wieder zurück kommt das französische Heer derart langsam voran, dass sie es vielleicht nicht bis nächstes Jahr dorthin schaffen. Wie dem auch sei, man glaubt, dass Maine sich nicht widerstandslos ergeben wird. Die Provinz ist nicht weit entfernt von der Normandie, und gerade in Maine leben viele alte Schlachtrosse, die dort ihren Ruhestand genießen. Sie haben Hunderte von Freibauern und Landarbeiter und gehören nicht gerade zu der Sorte, die brav das Knie beugen werden, nur weil ein französischer Lord ihnen irgendeinen Vertrag unter die Nase hält.«

»Also muss König Henry York befehlen, die Sache mit der englischen Armee zu erledigen«, erwiderte Suffolk. »Die Sache ist zu weit gediehen, um sie jetzt noch scheitern zu lassen.«

»So viel ist mir auch klar, William. Aber York reagiert weder auf Briefe noch auf Befehle. Ich habe ihm unter dem Siegel des Königs Befehle geschickt, aber ich hätte sie genauso gut gleich in die Latrine werfen können. Er lässt die Dinge treiben und ist darauf bedacht, sich die Hände nicht schmutzig zu machen. Eine gute Strategie, das muss man ihm lassen. Aber keine Sorge, ich habe schon Pläne für Richard, aber die lösen das Problem Maine nicht. Wenn es zu Kämpfen kommt, wird deine junge Mademoiselle im Handumdrehen zur Geisel, und das dürfen wir nicht riskieren.«

Suffolk sah ins Feuer und dachte nach.

»Du willst, dass sie nach England kommt.«

»Ich will sie in England haben, ja. Ich will, dass sie rechtmäßig mit Henry verheiratet wird, ehe sich die ganze Sache wieder zerschlägt. Später kann ich dann jemand anderes schicken, um das Kommando in der Normandie zu übernehmen, möglicherweise Lord Somerset, oder vielleicht sogar dich, William. Wenn der König York woanders hinschickt – nach Irland zum Beispiel –, dann muss er gehen. Wir werden den Rückzug Maine schon noch schaffen, im nächsten Jahr und ohne dass einem Franzosen dabei ein Haar gekrümmt wird. Ich kümmere mich auch um die Hochzeit in England, aber dafür brauche ich die Braut. Solange die Ausweisungen weitergehen, dürfen wir diese wertvolle Spielfigur nicht in Frankreich belassen.«

»Die ältere Schwester soll in einem Monat heiraten. Ich bin sicher, Margaret wird noch solange hierbleiben wollen. Wird man sie denn überhaupt weglassen?«

»Das müssen sie«, erwiderte Derry. »Schließlich ist sie schon so gut wie verheiratet. Der Rest ist nur noch eine Formalität. Henry wird eine Ehrengarde und eine ganze Flotte schicken, um seine französische Braut heimzuholen. Wir machen eine richtig große Sache daraus. Es muss nur passieren, ehe es Winter wird und alles zum Erliegen kommt.« Derry rieb sich die Schläfen, und Suffolk merkte, wie erschöpft er war. »Kann ja sein, dass alles reibungslos und ohne Zwischenfälle verläuft, vielleicht ist ja nichts dran an all den Berichten. Aber es wäre leichtsinnig, keine Vorbereitungen getroffen zu haben, wenn es zum Schlimmsten kommt.«

»An *all* den Berichten?«, fragte William. »Ich dachte, du sagtest, von *einem* deiner Männer? Wie viele Berichte hast du über Maine bekommen?«

»Bisher acht«, gab Derry zu. Er rieb sich mit zwei Fingern die Nasenwurzel im vergeblichen Versuch, dadurch seine Müdigkeit zu bekämpfen. »Ich brauche den Feuerschein nicht zu sehen, um zu wissen, dass mein Haus brennt, William Pole. Aber ich glaube, ich kann noch eine Weile jonglieren und die Bälle lange genug in der Luft halten, bis du deine kleine Prinzessin nach England gebracht hast.«

»Wie viel Zeit habe ich dafür?«, fragte Suffolk.

Derry machte eine unbestimmte Handbewegung.

»Im Höchstfalle fünf Monate, vielleicht auch nur drei. Geht zur Hochzeit der Schwester, trinkt Wein und seid nett zu den Franzosen – aber dann seid bereit zum Aufbruch, sobald ich Euch eine Nachricht schicke. Tatsächlich hängt alles davon ab, wie schnell die Franzosen nach Norden vorrücken – und wie viele unserer eigenen Leute wir bis dahin überreden können, ihre Häuser und Ländereien zu verlassen, die sie in gutem Glauben gekauft haben.«

»Dafür sorge ich schon, Derry. Darum brauchst du dir keine Gedanken zu machen.«

»Ich mache mir trotzdem Gedanken, wenn es dir nichts ausmacht, William Pole. Denn ich kann nicht anders.«

9

Die Straße stieg leicht an, bis zu einem Kamm, der in einem Hain aus knorrigen Eichen lag. Aus seinem Versteck, auf halber Höhe eines nahen, dicht mit Farnkraut bewachsenen Hügels, sah Thomas Woodchurch, wie die Bäume ihre Schatten auf die Steine warfen, die sich wie ein graues Band durch den kleinen Wald zogen. Es war ein perfekter Ort für einen Überfall. Hier hatten englische Soldaten die Grasnarbe abgetragen und behauene Steine von einer Stadt zur anderen gelegt. Die Straßen dieser Gegend hatten sich auf natürliche Art und Weise über Jahrhunderte hinweg wie von selbst gebildet. Sie schlängelten sich um Hindernisse herum, um Hügel und uralte Bäume. Nicht so die Straßen der Engländer. Wie vor ihnen die Römer, hatten auch diese von längst vergessenen Arbeitskolonnen schnurgerade Routen anlegen lassen, wobei sie alles, was ihnen dabei im Weg war, ausgerissen oder niedergebrannt hatten.

Thomas duckte sich noch tiefer. Er wusste, dass er in seinen Kleidern aus braunem Wollstoff und Leder auf diesem Hügel so gut wie unsichtbar war, während er das umliegende Tal meilenweit überblicken konnte. Der Kamm des Hügels mochte zwar menschenleer sein, aber heute Morgen hatte er bei einem Gatter frische Hufabdrücke entdeckt und war ihnen einen halben Tag lang gefolgt. Die Abdrücke von metallbeschlagenen Pferdehufen waren ein Hinweis darauf, dass es sich nicht um Reiter aus dieser Gegend handeln konnte, denn hier besaßen die meisten Menschen nicht einmal ein Pony.

Thomas hatte einen bestimmten Verdacht, was für ein Rittertrupp hier über sein Land geritten war. Deshalb trug er auch seinen Langbogen an der Seite, sorgsam mit geöltem Leder geschützt. Er hatte keine Ahnung, ob die Leute des Barons wussten, dass er früher Soldat gewesen war, ehe er anfing, mit Wolle zu handeln. Wie auch immer – falls sie auftauchen sollten, würde es Tote geben. Bei dem Gedanken strich er mit der Hand über den Bogen, was ihn beruhigte. Von frühester Jugend an hatte man ihm erzählt, dass es in der Welt nur drei Arten von Menschen gebe. Es gab die, die kämpften: die Earls, ihre Ritter und ihre Armeen. Dann gab es jene, die beteten: das war eine Gruppe, die Thomas nicht sehr gut kannte, aber zumeist schien es sich bei ihnen um jüngere Söhne aus vornehmen Häusern zu handeln. Schließlich gab es die, die arbeiteten. Bei dem Gedanken lächelte er. Zu zweien dieser Stände hatte er bereits gehört. Er hatte gekämpft, und er hatte gearbeitet. Und wenn er jetzt ein halbes Dutzend Ritter überraschen sollte, die versuchten, sich an seinen Schafen zu vergreifen, dann könnte es passieren, dass er vor Verzweiflung auch noch anfangen würde zu beten.

Thomas lag reglos im Farnkraut, ihm würde keine Bewegung entgehen. Als er sie wahrnahm, vermied er es, eine plötzliche Kopfbewegung zu machen. Diese Art von Unvorsichtigkeit konnte einen das Leben kosten. Zu seiner Rechten bewegte sich etwas, und langsam wanderte sein Blick dorthin. Sein Herz rutschte ihm in die Hose, als er abermals den Kamm der Straße mit der dunklen Stelle unter den Eichen ins Visier nahm, die ihm plötzlich unheimlich vorkam.

Der junge Mann, der da unten durchs Dickicht strich, war sein Sohn Rowan. Er sah sich nach allen Seiten spähend um, offenbar auf der Suche nach seinem Vater. Dieser stöhnte leise auf, als er merkte, dass Rowan der Straße folgte und geradewegs auf den Eichenhain zulief.

Thomas sprang auf und hob seinen verhüllten Bogen hoch über den Kopf, um sich zu zeigen. Rowan bemerkte ihn, und selbst aus dieser Entfernung konnte Thomas sehen, wie er grinste, als er die Richtung wechselte und jetzt auf den Hügel zuhielt.

Thomas sah, wie sich im Eichenwäldchen etwas bewegte. Sein Magen verknotete sich vor Furcht, als sich ein Ritter in scharfem Trab aus dem Schatten löste. Zwei weitere folgten ihm, und Thomas brauchte einen bangen Moment, um die Entfernung abzuschätzen.

»Lauf!«, schrie er Rowan zu, wobei er auf den Hügel zeigte.

Zu seinem Entsetzen blieb der Junge stehen und starrte den Rittern entgegen, die jetzt von den Bäumen her auf sie zukamen. Thomas sah, dass sie ihre Schwerter gezogen hatten, die sie flach zwischen den Ohren der Pferde hielten, die Spitzen auf seinen Sohn gerichtet. Erleichtert sah er, dass Rowan jetzt kehrtgemacht hatte, er flog förmlich über den unebenen Boden. Thomas atmete schwer. Wenigstens konnte der Junge rennen. Rowan war auf dem Hof ziemlich wild aufgewachsen und hatte noch mehr Zeit in den Bergen verbracht als sein Vater.

»Jesus, beschütze ihn«, murmelte Thomas.

Während er sprach, zog er den Bogen aus Eibenholz aus der ledernen Umhüllung und steckte Spitzen von Kuhhorn auf beide Enden. Er beherrschte die Handgriffe im Schlaf, und während er hantierte, beobachtete er Rowan, der sich jetzt anschickte, den Hügel hinaufzurennen, verfolgt von den Rittern, die ihr Tempo beschleunigten.

Es waren sechs, die sich in dem Eichenwäldchen versteckt hatten. Thomas kannte die Soldaten des Barons und hätte sie wahrscheinlich sogar mit Namen benennen können. Ruhig und mit äußerster Konzentration befestigte er die Sehne aus Leinen und prüfte ihre Spannung, dann öffnete er die Röhre aus weichem Leder, in der ein Köcher voller Pfeilschäfte steckte. Er hatte, wenn er abends im Haus saß, jeden von ihnen selbst befiedert, hatte jede Feder zugeschnitten, ehe er sie mit Leim bestrich und mit festem Faden umwickelte. Die Pfeilspitzen waren auf seinem eigenen Amboss geschmiedet worden, sie waren messerscharf und mit Widerhaken versehen, die es unmöglich machten, sie herauszuziehen, ohne das Fleisch weiter aufzureißen.

Unter ihm verlangsamten die Ritter jetzt ihr Tempo, weil sie das hohe Farnkraut erreicht hatten. Sie hatten den Mann oben auf dem Hügel entdeckt, aber sie vertrauten auf ihre Überzahl und ihre Ausrüstung und konzentrierten sich ganz auf den Jungen, der vor ihnen den Hügel hinaufhetzte. Thomas hatte seine Lippen zurückgezogen und zeigte die Zähne, wahrlich kein freundliches Gesicht. Seit er sieben Jahre alt war, hatte er sich jeden Sonntag nach der Kirche zwei Stunden lang im Bogenschießen geübt. Die Ballspiele waren eingestellt worden worden, weil die Jungen darüber das Bogenschießen vernachlässigt hatten. Thomas' Schultern waren ein einziges festes Muskelpaket, und wenn die Soldaten des Barons ihn für einen Wollhändler hielten, dann sollte es ihm nur recht sein. Aber vor allem war er ein englischer Bogenschütze. Er legte sich den langen Lederriemen über die Schulter, damit der Köcher tief hing, fast in Kniehöhe. Die

Pfeile ragten seitlich heraus, sodass er sie mit einer kleinen Bewegung erreichen konnte. An der verschiedenfarbigen Umwicklung sah er, um welche Art es sich handelte. Er hatte breite, flache Spitzen für Rotwild, aber die Hälfte seiner Pfeile trug Vierkantspitzen, kleine messerscharfe Dolche, so lang wie sein Daumen. Thomas wusste genau, was die anrichten konnten, wenn die Kraft eines guten Bogens aus Eibenholz dahintersaß. Er wählte einen dieser Vierkantpfeile und legte ihn auf die Sehne.

»Abfallendes Gelände«, sagte er leise zu sich. »Böiger Wind von Ost.«

Das Spannen des Bogens geschah ganz mechanisch, sodass er gar nicht lange über den Schaft anvisieren musste, stattdessen konzentrierte er sich ganz auf das Ziel, nämlich auf die Ritter, die den Berg heraufkamen und seinen Sohn verfolgten.

Der erste Pfeil zischte durch die Luft, über Rowans Kopf hinweg. Er traf den Anführer direkt in die Brust, und schon hatte Thomas den zweiten Pfeil auf der Sehne. Als er noch wesentlich jünger gewesen war, hatte er in Reihen von Bogenschützen gekämpft und den französischen Angriff mit Tausenden von Pfeilen erwidert, bis dieser zusammenbrach. Heute war er allein, aber sein Körper erinnerte sich noch immer an die Bewegungen. Mit gnadenloser Genauigkeit schickte er Pfeil um Pfeil los.

Der Ritter hinter dem ersten dachte vielleicht, sein Vordermann sei gestürzt, weil sein Pferd gestolpert war, Thomas wusste es nicht. Jedenfalls ritten sie weiter und kamen näher. Rowan war schließlich vernünftig genug, aus der Fluglinie der Pfeile auszuscheren, und Thomas ließ die Ritter noch näher herankommen. Der nächste Pfeil drang hoch in den Hals eines Pferdes, das sich aufbäumte und vor Schmerz wieherte.

Rowan keuchte, als er seinen Vater endlich erreicht hatte. Er stand gebeugt, die Hände auf den Knien, und mit weit aufgerissenen Augen sah er die Ritter herankommen. Er hatte schon gesehen, wie sein Vater Wild erlegt hatte, aber das waren sorgfältig überlegte Schüsse in der Stille des Waldes gewesen. So etwas wie das hier hatte er noch nie erlebt, wie sein Vater Pfeil um Pfeil losschickte, als sei die Kraft, die er zum Spannen brauchte, nicht der Rede wert.

Die Pfeile trafen die Männer mit einem dumpfen Geräusch, als klopfe jemand auf einen dicken Teppich. Zwei waren bereits erledigt. Die Ritter würgten und schrien, und Thomas fing an zu keuchen, als er das alte Brennen im Rücken spürte. Es war schon einige Jahre her, seit er das letzte Mal im Zorn geschossen hatte, aber der Rhythmus war immer noch da. Nur wenige Herzschläge, dann abermals anlegen und schießen, unerbittlich und gnadenlos. Jetzt waren vier Ritter gefallen, und zwei reiterlose Pferde trabten ziellos und mit hängenden Zügeln umher. Den beiden letzten Männern war jetzt klar, dass es Wahnsinn wäre, weiterzureiten, und sie schrien in Panik auf die Männer am Boden ein.

In diesem Moment stürmte Thomas los. Zwanzig Schritte brachten ihn so nahe heran, dass er sie unmöglich verfehlen konnte. Seine Finger tasteten nach dem Köcher, es waren noch drei Pfeile darin. Ein kurzer Blick auf die Umwicklung zeigte ihm, dass es sich um zwei Dolchspitzen und eine breite Spitze handelte. Er schoss zwei ab und hielt die letzte Dolchspitze auf der Sehne bereit.

Alle sechs Ritter des Barons waren jetzt von ihren Pferden abgeworfen worden. Vier von ihnen lagen still und mit leerem

Blick da, die Schäfte mit den steifen Federn in der Brust. Die beiden letzten stöhnten und versuchten sich aufzurichten. Insgesamt hatte Thomas elf Pfeile mit Gänsefedern verschossen. Er empfand so etwas wie Stolz, als er das Durcheinander von Männern und Rüstungen sah, das er angerichtet hatte, obwohl er im selben Moment an die Konsequenzen denken musste.

»Sieh jetzt nicht her, Rowan!«, rief er über die Schulter. »Das ist kein schöner Anblick.«

Er drehte sich um, um sich zu vergewissern, dass sein Sohn sich in Richtung Tal gewandt hatte.

»Du hältst jetzt lieber deine Augen auf die Berge gerichtet, Junge, ist das klar?«

Rowan nickte, aber sowie sein Vater zu den Männern ging, wandte er sich wieder um. Mit seinen sechzehn Jahren war Rowan fasziniert von dem, was er hier erlebt hatte. Zum ersten Mal verstand er, warum sein Vater ihn üben ließ, bis seine Finger anschwollen und seine Schulter- und Rückenmuskeln sich anfühlten wie brennende Seile. Rowan erschauerte, als sein Vater ein kurzes Sax-Schwert zog und sich vorsichtig den beiden Männern näherte, die noch am Leben waren. Beide waren von Pfeilen mit breiten Spitzen getroffen worden. Einer hatte seinen Helm vom Kopf genommen, und man sah seinen kupferroten Bart, der von dem Blut getränkt war, das aus seinem offenen Mund floss.

»Dafür wirst du hängen«, keuchte der Mann.

Thomas blickte ihn wütend an.

»Du bist auf *meinem* Land, Edwin Bennett. Und das ist *mein* Sohn, den ihr wie ein Stück Wild gejagt habt.«

Der Mann wollte antworten, aber Thomas beugte sich hinunter und packte ihn bei seinem langen, fettigen Haar. Er ignorierte die gepanzerte Hand, die ihn umklammerte, und schnitt dem Mann die Kehle durch. Er stieß die Leiche zur Seite, ehe er sich dem Letzten zuwandte.

Dieser Ritter hatte von allen die leichteste Verwundung. Zwar steckte auch in seiner Rüstung einer von Thomas' Pfeilen, aber hoch oben, wo er ihm die rechte Schulter verletzt hatte.

»Frieden, Woodchurch! Hab Erbarmen, Mann. Frieden!«

»Mit dir mache ich keinen Frieden«, sagte Thomas grimmig, indem er näher trat. Der Mann rappelte sich auf und hob mit der linken Hand ein Messer, mit dem er in der Luft herumfuchtelte, während er stolpernd zu entkommen versuchte.

Thomas folgte ihm und blieb ihm so nahe wie möglich auf den Fersen, als der Mann fiel und wieder aufstand und versuchte, den Abstand zu vergrößern. In Hüfthöhe sickerte Blut aus seiner Rüstung, sein totenblasses Gesicht war eine panische Grimasse. Die Furcht ließ ihn schneller laufen, und Thomas war vorsichtig. Mit leisem Fluch griff er nach dem letzten Pfeil. Der Mann sah es, er drehte sich um und wollte fortrennen.

Der Schaft traf ihn unter dem wild rudernden Arm, die Dolchspitze hatte aus dieser geringen Entfernung die Rüstung durchschlagen, als sei sie aus Wolle. Der Mann brach zusammen, und Thomas beobachtete ihn, bis er kein Lebenszeichen mehr von sich gab.

Er hörte hinter sich das Farnkraut rascheln, als sein Sohn ankam und neben ihm stehen blieb.

»Was wirst du jetzt machen?«, fragte Rowan.

Sein ganzes Leben lang hatte er seinen Vater als freundlichen Mann wahrgenommen, einen geduldigen und ehrlichen

Schafzüchter und Wollhändler, der in der Stadt mit seinen Ballen handelte und damit reich geworden war. In diesem Gewand aus braunem Tuch, das linke Handgelenk mit Leder geschützt und den Langbogen in der Hand, war sein Vater eine Furcht einflößende Erscheinung. Während Rowan noch wartete, frischte der Wind erneut auf, und Thomas schloss einen Moment die Augen und holte tief Luft. Als er die Augen wieder aufmachte, war sein Zorn fast verflogen.

»Zunächst schneide ich jetzt meine Pfeile heraus, soweit das möglich ist. Und die Leichen werde ich begraben. Lauf du zurück zum Haus und hole Jamison und Wilbur … und Christian am besten auch. Und sag ihnen, sie sollen Schaufeln mitbringen.«

Thomas blickte nachdenklich auf die Pferde. Eines hatte er getroffen, und es schmerzte ihn zu sehen, wie das Pferd mit dem Pfeil im Hals graste. Man sah das Weiße in seinen Augen. Das Pferd wusste, dass es verletzt war, und seine Flanken zuckten vor Schmerz, eine Bewegung, die sich wie eine Welle fortpflanzte. Thomas schüttelte den Kopf. Die Leichen der Männer konnte er verschwinden lassen, aber mit den Pferden war es eine andere Sache. Einen Augenblick war er versucht, den Schinder rufen zu lassen, aber man würde ein halbes Dutzend Jungen und zwei oder drei Karren benötigen, um das Fleisch fortzuschaffen. Und schließlich würde der Baron doch davon Wind bekommen. Pferde waren wertvoll, und Thomas bezweifelte, dass es in Frankreich einen Markt gab, auf dem man sechs Rassepferde verkaufen konnte, ohne dass es jemandem zu Ohren kam, der davon nichts wissen sollte.

»Mein Gott, ich weiß nicht, was ich tun soll, Rowan. Ich kann sie in den Ställen verstecken, aber wenn der Baron nach ihnen sucht, wird man mir die Schuld geben. Er wird mich vor den Magistrat zerren, und der Mann ist ein viel zu guter Freund von ihm, als dass er mir auch nur ein Wort glauben würde.«

Thomas stand da und dachte nach. Es schien eine Ewigkeit zu vergehen, während der Wind zunahm und die grauen Wolken sich über ihnen ballten. Es fing an, in großen Tropfen zu regnen. Das verwundete Pferd erzitterte und schickte sich an, den Berg hinabzutrotten.

»Fang es ein, Junge, kannst du das? Ich will nicht, dass es in seinen Stall zurückläuft, wenn es Hunger hat. Nähere dich ihm vorsichtig, damit du es nicht erschreckst. Für heute Nacht stellen wir es in die alte Scheune. Ich kenne jemanden, der vielleicht eine Lösung hat, falls ich ihn erreichen kann. Derry Brewer – er kann mich vielleicht noch vor dem Galgen retten.«

Er sah, wie sich Erleichterung auf Rowans Gesicht ausbreitete, ehe der Junge den Abhang hinabstieg und mit leiser Stimme das Pferd rief. Es hob den Kopf und sah ihn mit aufgestellten Ohren an, dann fuhr es ruhig fort zu grasen. Der Junge hatte ein gutes Gespür für Pferde, worauf Thomas nicht wenig stolz war.

»Wo bin ich da nur hineingeraten?«, murmelte er.

Er hatte den Verdacht, dass Baron Strange gar kein echter Adliger war, zumindest wurde das gemunkelt. Es gab da ein Gerücht von einem Adelstitel, der ausgestorben war, und von einem illegitimen Zweig der Familie, aber Thomas hatte die Einzelheiten nie genau verstanden. Auf jeden Fall würde Strange den Mord an sechs seiner Soldaten nicht ungerächt lassen, egal auf wessen Land sie sich befunden hatten oder was sie sonst im Schilde geführt haben mochten. Der Streit um die nebeneinander liegenden Ländereien schwelte nun schon seit Monaten, seit nämlich die Leute des Barons ein Stück Weideland eingezäunt hatten, das eigentlich Thomas gehörte. Zumindest sah er es so. Die Männer des Barons erzählten eine andere Geschichte.

Der Anfang war eigentlich eine Lappalie gewesen, und zwar hatte es zwischen seinen Bediensteten und denen des Barons immer Prügeleien gegeben, wenn sie sich in der Stadt begegneten. Vor einem Monat war es dann eskaliert, als einer von Thomas' Männern bei einer dieser Prügeleien ein Auge verlor. In der folgenden Nacht wollten sich ein paar Freunde des Mannes dafür revanchieren, sie hatten eine Scheune des Barons niedergebrannt und auf der Weide ein paar seiner walisischen Schafe getötet. Thomas hatte sie zwar dafür züchtigen lassen, aber diese Übergriffe waren eine unausgesprochene Kriegserklärung gewesen. Er hatte seine Männer gewarnt, nie allein unterwegs zu sein – und dann hatte er plötzlich auf seinem Land Hufabdrücke entdeckt und genau das getan, was er ihnen angedroht hatte. Jetzt verfluchte er sich, dass er sich dazu hatte hinreißen lassen.

Rowan kam zurück, er führte zwei Pferde am Halfter und klopfte ihnen den Hals.

»Das sind große, starke Burschen«, sagte er. »Könnten wir nicht vielleicht einen davon behalten?«

»Auf keinen Fall. Man darf sie nicht bei uns finden. Ein, zwei Nächte sind schon riskant genug. Ich warte hier, bis du mit den Jungs zurückkommst. Vielleicht werden wir fertig, ehe es dunkel wird, vorausgesetzt, der Regen wird nicht schlimmer.«

Dann fiel ihm etwas ein. Er sah auf.

»Warum bist du überhaupt hier aufgetaucht? Du wusstest doch, dass ich bis zum Abend fortbleiben wollte.«

»Ach ja, richtig! Heute Abend ist in der Stadt eine Versammlung. Hat etwas mit den Franzosen zu tun. Mutter schickte mich, um es dir zu sagen, damit du es nicht vergisst. Sie meinte, es sei wichtig.«

»Himmel!«, sagte Thomas bitter. »Wie soll ich das denn schaffen? Mein Gott, manche Tage sind wirklich …«

»Du könntest den Pferden Fußfesseln anlegen oder sie an den Zügeln zusammenbinden. Ich kann Jamison, Wilbur und Christian holen. Und ich kann auch helfen. Wir können zusammen die Leichen begraben, und du gehst zu der Versammlung.«

Thomas sah seinen Sohn an. Wie erwachsen er im Laufe des letzten Jahres geworden war. Trotz seiner Verärgerung musste er lächeln, er war stolz auf ihn, und das verscheuchte für einen Moment seine dunklen Gedanken.

»Gut, dann macht ihr das. Und wenn ihr Reiter seht, dann rennt ihr, als sei der Leibhaftige hinter euch her, verstanden? Wenn die Männer des Barons ihre verschwundenen Kameraden suchen, möchte ich nicht, dass ihr unter Verdacht geratet. Ist das klar?«

»Natürlich.« Rowan war noch immer ein bisschen blass um die Nase nach allem, was er heute gesehen hatte, aber er war entschlossen, sich vor seinem Vater keine Blöße zu geben. Er sah zu, wie Thomas seinen Bogen wieder in die Lederhülle steckte und sich dann in Richtung Stadt auf den Weg machte.

Der Regen wurde stärker, als Rowan auf dem Hügel zurückblieb. Die Regentropfen prasselten auf das offene Land herab, und er blickte unglücklich um sich, als ihm bewusst wurde, dass er ganz allein mit einem halben Dutzend Toter war. Er fing an, die Pferde zusammenzutreiben, und versuchte, nicht auf die bleichen, starren Gesichter zu sehen, die mit zunehmender Nässe langsam tiefer ins Farnkraut sanken.

Die Luft in der Halle war warm und stickig, es roch nach feuchter Wolle. Unter normalen Umständen trieben die Bauern hier ihren Handel, hierher brachten sie ihre Säcke voll fettiger Vliese, um sie von Fachleuten aus London und Paris befühlen und begutachten zu lassen, ehe nach jeder Schafschur die Preise neu festgesetzt wurden. Die blökenden Schafe waren eine Gottesgabe für die Bauern, die Wolle, die sie produzierten, so wertvoll wie Fleisch, und von der Schafmilch konnte man sogar Käse machen, obwohl der sich nur in bestimmten Regionen Südfrankreichs durchgesetzt hatte. Die letzten Bestellungen waren vor einem Monat abgewickelt worden, zu Beginn des Sommers. Vielleicht machte das Gold in den Taschen die Männer jetzt so angriffslustig, jedenfalls wirkten diejenigen, die zu der Versammlung gekommen waren, verärgert und irgendwie auch verunsichert. Sie hatten in dem dämmerigen Saal Bänke aufgestellt, die sonst nur dazu benutzt wurden, um Verkaufsstände voneinander abzutrennen. Die lautstarke Diskussion war bereits in vollem Gange, als Thomas leise durch die rückwärtige Tür eintrat. Sein sauberes Hemd fühlte sich nach dem schweißtreibenden Tag steif an und juckte ihn.

Er kannte jeden Mann hier, einige besser als andere. Derjenige, der sich Baron Strange nannte, sprach gerade zu den Anwesenden, als Thomas leise einen Nachbarn grüßte und sich vorn einen Platz suchte. Er merkte, wie der Baron ihn ansah. Thomas setzte sich und hörte eine Weile zu. Er musste herausfinden, welche Stimmung in der Halle herrschte. Er merkte, wie ihm in der Wärme der Wollhalle erneut der Schweiß ausbrach. Hier drängten sich so viele menschliche Körper wie sonst nur am Markttag, und er rutschte unbehaglich auf seinem Platz herum. Es war ihm stets eine der Freuden seines Lebens gewesen, dass er frei und ungestört auf den Hügeln seines eigenen Landes in der frischen Luft arbeiten konnte.

»Wenn jemand Genaueres weiß, dann soll er vortreten«, sagte der Baron gerade.

Thomas hob den Kopf, der Mann sah ihn nicht länger an. Er sah, dass Baron Strange sein Haar wieder mit Öl eingerieben hatte, wodurch seine schwarzen Locken, die sein wettergegerbtes Gesicht einrahmten, glänzten. Zumindest stimmte seine Erscheinung, ob sein Anspruch auf den Adelsstand nun berechtigt war oder nicht. Bei seinen Bewegungen bemerkte Thomas, wie die starken Muskeln im Hals und der rechten Schulter des Mannes spielten, das Ergebnis jahrzehntelanger Übung mit dem Schwert. Baron Strange war kein Schwächling, und er verfügte auch über die Arroganz eines Vornehmen. Dennoch hatte Thomas immer das Gefühl gehabt, als sei an dem Mann etwas nicht ganz echt, er war wie eine Glocke, die einen unreinen Ton hatte. Thomas schwor sich, wenn sie diese Krise überlebten, würde er in den Londoner Archiven über ihn nachforschen lassen, egal, was es kostete. Er hatte gehört, dass dort eine Wappensammlung aufgebaut werden sollte, in der man die Stammbäume aller Familien des ganzen Landes zusammentragen wollte. Es würde nicht billig sein, aber Thomas wollte wissen, ob Strange bluffte oder wirklich Anspruch auf den Titel eines Barons hatte. Denn damit hatte Strange sich eine Machtposition über diese Gruppe englischer Siedler verschafft, und es erklärte auch, warum er jetzt zu ihnen sprach und alle ihm zuhörten.

»Normalerweise«, fuhr Strange fort, »habe ich meine Leute, die mich mit Nachrichten versorgen. Doch seit geraumer Zeit ist aus dem Anjou nichts mehr zu erfahren. Das Letzte, was ich hörte, war, dass der französische König höchstpersönlich im Loire-Tal unterwegs ist. Wir alle haben die ausgewiesenen Familien gesehen, die hier durch Maine gezogen sind! Und jetzt sind diese englischen Schwarzröcke plötzlich auch hier in unseren Städten und verlangen, dass wir unsere Sachen packen und gehen. Ich sage euch, wir sind von unseren eigenen Lords verraten und verkauft worden!«

In der Halle wurde es unruhig, und der Baron hob beschwörend die Hände.

»Ich sage ja gar nicht, dass König Henry davon weiß. An seinem Hof gibt es Männer mit genügend Macht, um ein solches Abkommen zu treffen, ohne dass der König davon erfährt. Das aber wäre Hochverrat!« Die Unruhe nahm zu, und der Baron musste laut rufen, um sich noch Gehör zu verschaffen. »Ja, Hochverrat! Oder wie würdet ihr es nennen, wenn englische Gutsherren von ihrem eigenen Grund und Boden verjagt werden? Ich habe meinen Besitz in gutem Glauben erworben, Gentlemen. Ich zahle dem König jedes Jahr meinen Zehnten. Viele von Euch waren Soldaten, die vernünftig genug waren, ihr Beutegeld in Land und Schafen anzulegen. Unser Land, Gentlemen! Wollt Ihr wirklich ein paar räudigen französischen Soldaten Euer Eigentum überlassen? Land und Besitz, wofür Ihr hundertfach geschwitzt und geblutet habt?«

Ein zorniges Gebrüll war die Antwort, und Thomas blickte nachdenklich um sich. Strange wusste, wie man Stimmung machte, aber in Wahrheit war es doch nicht ganz so einfach. In Wirklichkeit gehörte das Land immer noch König Henry, vom kleinsten Dorf in Wales bis zu den weiten Landstrichen in Frankreich. Seine Earls und Barone verwalteten große Gebiete, sammelten den Zehnten und die Steuern ein und sorgten im Gegenzug dafür, dass der König Soldaten hatte. Und wenn den Männern hier die Wahrheit auch nicht gefallen würde, sie waren alle, wenn man es objektiv betrachtete, nichts als Pächter des Königs.

Thomas rieb sich die Nasenwurzel, er war todmüde. Politik hatte ihn noch nie interessiert. Er verbrachte seine Zeit lieber auf seinem Hof und ging nur in die Stadt, wenn Markttag war oder wenn er etwas zu besorgen hatte. Er hatte von den Amtmännern gehört, die auf den Märkten für Unruhe sorgten, weil sie davon berichteten, dass sie alle angeblich vertrieben werden sollten. Thomas spürte einen schwelenden Hass auf die Lords, die sie, wie es aussah, verraten hatten, während sie schufteten und ihre Familien ernährten. Thomas hatte schon vor Wochen ähnliche Gerüchte aus dem Anjou gehört, und jetzt schienen sie sich zu bestätigen.

»Vielleicht sind sie bereits Weihnachten hier, Gentlemen«, sagte Baron Strange, als der Lärm sich allmählich legte. »Wenn es stimmt, dass Anjou und Maine der Preis für diesen Waffenstillstand waren, dann werden wir, ehe das Jahr zu Ende ist, auch zu diesen vertriebenen Familien auf den Straßen gehören.« Er ließ wütend seine Knöchel knacken, als würde er seine Hände am liebsten um einen Hals legen und zudrücken. »Entweder wir lassen alles zurück, was wir uns hier aufgebaut haben, oder wir verteidigen es. Und ich sage Euch, hier und jetzt, ich *werde* es verteidigen. Ich habe …«

Er konnte nicht weiterreden, denn seine Stimme ging im zustimmenden Gebrüll der Bauern unter.

Es dauerte eine Weile, bis er fortfahren konnte.

»Ich habe achtundsechzig Familienväter, die auf meinen Ländereien arbeiten: alles alte Soldaten, die zu mir halten werden. Dazu kann ich zwei Dutzend Ritter in Gang setzen, und ich habe genug Geld, um noch mehr aus der Normandie kommen zu lassen. Wenn wir alle unser Gold zusammenlegen, können wir uns bewaffnete Krieger leisten, die hier nach Süden kommen und uns beistehen.«

Dieser Vorschlag ließ die Männer verstummen. Sie überlegten, ob es sich lohnte, ihr hart verdientes Gold für eine Sache zu opfern, die vielleicht schon verloren war.

Thomas stand auf, und Baron Strange sah ihn stirnrunzelnd an.

»Ihr wollt sprechen, Woodchurch? Ich dachte, Ihr haltet Euch aus allem heraus?«

»Ich habe einen Hof, Baron, genau wie Ihr. Ich habe das Recht zu sprechen.«

Er fragte sich, wie der Baron reagieren würde, wenn er merkte, dass er sechs berittene Kämpfer weniger hatte, als er dachte. Nicht zum ersten Mal bereute Thomas seine Tat.

Ungnädig machte Strange eine kurze Handbewegung, worauf Thomas vortrat und sich zu den Anwesenden umdrehte. Auch wenn er gern für sich blieb, er kannte diese Engländer, Waliser und Schotten, die sich hier versammelt hatten, und mit vielen von ihnen stand er auf gutem Fuß.

»Ich danke Euch«, sagte Thomas. »Also. Wie Ihr alle habe ich in der letzten Woche mehr Gerüchte gehört als sonst in einem ganzen Jahr, und wie Ihr alle will ich endlich Klarheit darüber haben. Wenn die Franzosen tatsächlich noch in diesem Jahr nach Norden kommen, wo ist dann unsere Armee, um ihnen die Köpfe einzuschlagen und sie zum Teufel zu jagen? Dieses Gerede von einem Waffenstillstand ist doch nur heiße Luft. Warum ist York nicht hier, oder Suffolk, oder Somerset? Wir haben drei hochrangige Adlige hier in Frankreich, die uns Soldaten schicken könnten, und von keinem hört man auch nur einen Ton. Haben wir Boten in die Normandie geschickt? Weiß das jemand?«

»Ja, auf meinen Befehl«, sagte Strange. Bei dem Gedanken daran verzog er missmutig den Mund. »Aber vom Duke von York habe ich keine Antwort bekommen, kein Wort. Sie haben uns im Stich gelassen, offenbar sollen wir allein damit fertigwerden.«

Er hätte noch weitergeredet, aber Thomas ergriff mit seiner tiefen, ruhigen Stimme sofort wieder das Wort. Er hatte seine Entscheidung bereits getroffen. Es ging ihm sehr gegen den Strich, den Baron zu unterstützen, aber er hatte keine andere Wahl. Sein Land war seine Lebensgrundlage. Wenn er seinen Hof verließ, müsste er mit seiner Familie auf den Straßen von Portsmouth oder London betteln gehen.

»Ich werde meine Frau und die Mädchen nach England schicken, aber wir bleiben hier und warten ab, was passiert. Ich schlage vor, Ihr macht es ebenso, falls Ihr noch Verwandte in England habt. Und wenn nicht, dann habt Ihr bestimmt genug Geld, um sie in der Normandie oder in England in einem Gasthof unterzubringen. Uns sind sonst die Hände gebunden, wenn wir gleichzeitig unsere Frauen beschützen müssen.«

»Ihr wollt an meiner Seite kämpfen?«, fragte Baron Strange. »Trotz aller Differenzen?«

»Nein, ich wollte *Euch* fragen, ob Ihr an *meiner* Seite kämpfen wollt«, erwiderte Thomas mit einem schiefen Grinsen. Die Männer lachten, und der Baron wurde rot. »Wie auch immer, ich werde meinen Hof nicht aufgeben, das verspreche ich Euch. Wir werden unser Gold zusammenlegen, damit wir Soldaten bezahlen können, aber wir werden auch einen oder zwei erfahrene Offiziere brauchen. Noch besser wäre es, wenn wir einen alten, schlachterprobten Lord hätten, um unserer kleinen Rebellion etwas Gewicht zu verleihen.«

Bei diesen Worten machte sich unter den Anwesenden eine gewisse Ernüchterung breit. Thomas sah in die Runde, alles brave, solide Bauern mit rauen Arbeitshänden.

»Nun, auf eine *kleine* Rebellion wird es wohl hinauslaufen, oder? Zugegeben, ich habe schon erlebt, wie Engländer mit einer Überzahl fertiggeworden sind. Auch mir ist es schon passiert, dass mehrere französische Soldaten vor mir davongelaufen sind.« Er wartete, bis sich das Gelächter wieder gelegt hatte. »Aber wir können mit den Männern, die wir haben, unser Land nicht auf Dauer halten. Wir können nur dafür sorgen, dass die Franzosen einen möglichst hohen Preis dafür bezahlen.«

»Wie?«, rief Baron Strange aus. »Ihr wollt Euch geschlagen geben, ehe es überhaupt zum Kampf kommt?«

»Ich sage nur, wie ich es sehe«, sagte Thomas achselzuckend. »Für mich macht es keinen Unterschied. Ich werde trotzdem meine Pfeile auf sie abschießen, wenn sie kommen. Ich würde kämpfen, auch wenn ich allein wäre. Wisst Ihr, ich war ein Bogenschütze, ehe ich Bauer wurde – und zwar ein englischer Bogenschütze. Wir laufen nicht davon, nur weil unsere Aussichten gering sind.« Er schwieg und dachte nach. »Es könnte sein, dass, wenn wir sie aufhalten oder zurücktreiben, die englischen Lords uns unterstützen *müssen*. Ich kenne jemanden, der mir offen und ehrlich sagen wird, ob wir eine Aussicht haben und auf Hilfe aus dem Norden rechnen können. Er spricht mit dem König persönlich, und er wird uns sagen, wie es steht.«

»Wer ist das?«, fragte Strange. Er war es gewohnt, dass er derjenige mit den nützlichen Verbindungen war, oder zumindest behauptete er, sie zu haben. Es verunsicherte ihn, dass ausgerechnet Thomas Woodchurch jetzt Freunde an höchster Stelle haben sollte.

»Ihr werdet den Namen nicht kennen, Baron, und es wäre ihm auch nicht recht, wenn ich ihn nennen würde. Aber wir haben vor Jahren Seite an Seite gekämpft. Er wird mir die Wahrheit sagen, denn er ist mir einen Gefallen schuldig.«

»Dann behaltet Eure Geheimnisse, Woodchurch. Aber Ihr lasst es mich wissen, wenn Ihr etwas von ihm erfahrt, verstanden?«

»Natürlich. Gebt mir einen Monat. Wenn ich ihn bis dahin nicht erreicht habe, dann will er nicht erreicht werden, und wir sind auf uns gestellt.«

Baron Strange kaute auf seiner Unterlippe. Er mochte Thomas Woodchurch nicht, weiß Gott nicht. Woodchurch war ein Mann, der sich von nichts und niemandem einschüchtern ließ, schon gar nicht vom Titel eines Barons. Doch er würde zu seinem Wort stehen, das stand für Baron Strange fest.

»Auch ich werde an verschiedene Leute Briefe schicken«, erwiderte der Baron. »Und wer von Euch Freunde in der Armee hat, sollte es ebenfalls tun. In einem Monat kommen wir hier wieder zusammen, und dann werden wir hoffentlich wissen, woran wir sind.«

Jemand schlug Thomas von hinten auf die Schulter. Als er sich umdrehte, sah er in das Gesicht des alten Bernard, einer der wenigen Männer hier, die er als seinen Freund bezeichnen würde.

»Kommst du mit, was trinken, Junge? Meine Kehle ist völlig ausgedörrt.«

Thomas lächelte spöttisch. Er mochte den alten Bogenschützen, obwohl ein Abend im Wirtshaus mit ihm bedeutete, dass er sich wieder irgendwelche Geschichten aus Azincourt würde anhören müssen. Thomas wollte viel lieber sofort die acht Meilen nach Hause laufen, aber er zögerte, ehe er ablehnte. Die meisten der Männer würden jetzt ein Bier trinken, ehe sie nach Hause gingen. Thomas wusste, er würde sie vielleicht darum bitten müssen, mit ihm zu kämpfen, ehe der Frühling kam. Es könnte nicht schaden, sich ihre Meinung anzuhören.

»In Ordnung«, sagte er.

Die Freude des alten Mannes hellte Thomas' düstere Stimmung etwas auf.

»Das wollte ich auch gehofft haben, Junge. Du musst dich jetzt öfter sehen lassen. Die Jungs brauchen einen Anführer, und so, wie ich es sehe, ist dieser Strange nicht der richtige Mann dafür. Ein Titel hilft da auch nicht, obwohl manche da wohl anders denken. Nein, Junge. Die brauchen einen Bogenschützen, jemanden, der das Land liebt. Trinken wir ein Bier zusammen, und ich werde dir sagen, wie ich mir das vorstelle.«

In einer größeren Gruppe zogen sie ins Wirtshaus. Thomas schickte ein stummes Gebet zum Himmel, dass man Derry Brewer schnell finden würde – und dass der seinem alten Freund rasch antworten würde.

10

Der Wind heulte und peitschte den Regen vor sich her. Derry Brewer hockte reglos in der Dunkelheit und wartete. Er wollte ganz sicher sein, dass es keine Falle war. Er war überzeugt, dass höchstens eine Eule ihn sehen könne, aber trotzdem widerstand er der Versuchung, sich die Regentropfen aus den Augen zu wischen. Er konnte nicht sehr deutlich sehen, trotzdem bewegte er keinen Muskel. Er trug einen dunklen Umhang aus gewachstem Tuch, aber Derry merkte, dass er nicht ganz dicht war, und das eindringende Regenwasser war eiskalt. Er saß schon stundenlang hier, und die Schmerzen in seinem Rücken und in den Knien wurden langsam unerträglich.

Erst hatte es noch ein wenig schwaches Mondlicht gegeben, ehe die Wolken sich über ihm zusammengeballt hatten und die ersten schweren Tropfen auf die Blätter fielen. Er hatte sofort gesehen, dass das Land rings um das Bauernhaus gerodet und von erfahrener Hand bestellt war. Auch das Haus sah auf den ersten Blick ganz normal aus, aber die Büsche waren so gepflanzt, dass es nur einen Weg zu seinem Tor gab – einen Weg, den zwei Bogenschützen leicht gegen eine große Zahl anrückender Soldaten verteidigen könnten. Derry musste lächeln, es erinnerte ihn an eine ähnliche Situation, an einem anderen Ort. Er hatte auch den Holzstapel bemerkt, der genau an der richtigen Stelle eine Barrikade bildete – in ihrem Schutz würde man sich notfalls ins Haus zurückziehen können. Thomas Woodchurch war ein vorsichtiger Mann, genau wie Derry Brewer. Mit Vorsicht und Bedacht handeln – das hatte beiden mehr als einmal das Leben gerettet.

Der Regen ließ etwas nach, aber der Wind heulte noch immer in den Bäumen und ließ die gelben Blätter wie nasse Goldmünzen durch die Luft wirbeln. Und noch immer wartete er, hellwach und konzentriert, allerdings auch völlig durchgefroren. Er beobachtete, in welchen Räumen des Hauses sich Schatten bewegten, und überlegte, wie viele Menschen sich wohl drin befinden mochten.

Ohne jede Warnung überkam ihn plötzlich ein unheimliches Gefühl. Er hatte weder etwas gehört noch gesehen, aber Derry hatte in der Dunkelheit den einzigen Punkt gewählt, von dem aus man eine gute Sicht auf Haustür und Wohnräume des Bauernhauses hatte. Sein Herz klopfte plötzlich wie wild, und er fragte sich, ob er nach dem langen Hocken in derselben Stellung überhaupt rennen könnte. Im Stillen verfluchte er seine Dummheit, und sein Gehirn arbeitete auf Hochtouren. Seine Hand wanderte zu dem schweren Sax an seinem Gürtel, und er umklammerte den glatten Griff. Er wusste, dass niemand es bei diesem Wind und dem Regen hören würde, wenn er tief Luft holte. Dennoch geboten ihm sein Stolz und sein Instinkt, auch jetzt mit ganz normaler Stimme zu sprechen.

»Wie lange willst du hier noch mit mir warten?«, sagte Derry laut.

Er war sich sicher, dass er richtig vermutet hatte, aber trotzdem blieb sein Herz vor Schreck fast stehen, als er hinter sich ein leises Lachen hörte. Derry machte sich bereit, aufzuspringen, entweder um zu rennen oder sich auf den anderen zu stürzen.

»Dasselbe frage ich mich auch schon die ganze Zeit, Derry«, sagte Thomas. »Es ist verdammt kalt, und dort drinnen gibt's Bier und etwas zu essen. Wenn du jetzt fertig bist mit deinen Spielchen, können wir vielleicht hineingehen?«

Derry fluchte leise.

»Hier in Frankreich gibt es ein paar Leute, die zu gern wüssten, wo ich heute Abend bin«, sagte er. Seine Hüften und Knie protestierten heftig, als er aufstand. »Ich musste mir erst sicher sein, dass du nicht einer von ihnen bist.«

»Wenn ich das wäre, hättest du schon längst einen Pfeil im Leib stecken«, sagte Thomas. »Ich musste mir sicher sein, dass du allein bist, aus demselben Grund. Auch ich habe ein paar Feinde, Derry.«

»Brave Männer wie wir haben immer Feinde«, erwiderte Derry. Obwohl Thomas ganz nahe war, war es noch immer schwer, ihn in der Dunkelheit zu erkennen.

»Ich bin kein braver Mann, Brewer. Und ich weiß, dass du auch keiner bist. Aber Friede, mein Junge. Komm jetzt und iss einen Happen mit mir, und ich erzähle dir, was ich vorhabe.«

Thomas schlug Derry freundschaftlich auf die Schulter und ging dann voran zum Haus.

»Woher wusstest du, dass ich hier bin?«, fragte Thomas, sich umwendend.

»Ich wusste noch, wie du immer gejagt hast«, sagte Derry, der ihm folgte. »Wie bist du so dicht herangekommen, ohne dass ich dich gehört habe?«

Er hörte seinen alten Freund kichern.

»Wie du schon sagtest, ich bin ein Jäger, Derry. Rehe oder Menschen, das macht keinen Unterschied.«

»Nein, im Ernst. Wie hast du das gemacht?«

Die beiden Männer gingen über den offenen Hof, an dem Holzstapel vorbei, und näherten sich dem Haus.

»Ich benutze den Wind als Deckung, aber es gehört noch etwas mehr dazu. Wenn du mal zwanzig Jahre Zeit hast, bringe ich es dir bei.«

Als sie an die Tür kamen, sah Derry im Lichtschein durch das Fenster endlich das Gesicht des Freundes. Er wartete, als Thomas einen leisen Pfiff in Richtung Hof von sich gab.

»Noch jemand?«, wollte Derry wissen.

»Mein Sohn Rowan«, erwiderte Thomas und lächelte, weil Derry irritiert schien. »Dies ist mein Land, Derry – und auch seines. Man kann sich nicht an mich heranschleichen, ohne dass ich es merke.«

»Dann kommst du bestimmt nicht viel zum Schlafen«, murmelte Derry.

In dem Moment trat ein hochgewachsener junger Mann zu ihnen, er trug einen ähnlichen Umhang wie Derry. Ohne ein Wort ergriff Rowan Bogen und Köcher seines Vaters. Die Waffen waren besser vor dem Regen geschützt als ihre Besitzer.

»Öl alles gut ein und sieh dir die Schäfte an, ob sie verzogen sind«, rief Thomas hinter ihm her, als sein Sohn sich abwandte und wieder ging. Er erhielt nur ein unbestimmtes Brummen zur Antwort, worüber er leise lachte.

»Du siehst gut aus«, sagte Derry, und er meinte es ehrlich. »Das Leben als Bauer scheint dir zu bekommen. du hast zugelegt.«

»Mir geht es ganz gut. Und jetzt komm rein. Es gibt wichtige Dinge zu besprechen.«

In der Küche des Bauernhauses war es warm, in der Feuerstelle knisterte ein kleines Feuer. Derry zog seinen gewachsten Umhang aus, ehe das Wasser auf den Steinboden tropfen konnte, und machte eine respektvolle kleine Verbeugung vor der Frau mit dem strengen Gesicht, die am Tisch saß. Sie ignorierte ihn, nahm einen Topflappen und hob damit einen Kessel vom Haken überm Feuer.

»Dies ist Joan, meine Frau«, sagte Thomas. »Ein Wildfang aus London, der sich nicht davon abhalten ließ, einen Bogenschützen zu heiraten.« Er lächelte ihr liebevoll zu, doch ihr Gesicht blieb misstrauisch. »Joan, das ist Derry Brewer. Wir waren früher Freunde.«

»Das sind wir noch immer, sonst hätte ich meine Haut nicht riskiert, indem ich hier zu dir herauskomme. Du hast John Gilpin in Calais eine Nachricht geschickt, und ich bin gekommen. Und das bei strömendem Regen.«

»Warum sollten wir jemandem trauen, der stundenlang dort draußen hockt und uns beobachtet?«, sagte Joan. Trotz der langen Jahre in Frankreich war ihr Akzent noch immer unüberhörbar, als sei sie erst gestern aus dem Londoner Armenviertel gekommen.

»Schon gut, Joan, er war nur vorsichtig«, beruhigte Thomas sie, während Derry unter ihrem Blick ein unangenehmes Gefühl überkam. »Und ein vorsichtiger Mann war er schon immer.«

Die Antwort war nur ein ärgerliches Schnauben, während sie sich daranmachte, die zwei Becher, in die sie Branntwein gegossen hatte, mit heißem Wasser aufzufüllen. Derry bemerkte, dass sie ihm nur etwa halb so viel Branntwein eingeschenkt hatte wie ihrem Mann, aber er hütete sich, etwas zu sagen.

»Wenn du willst, kannst du jetzt zu Bett gehen, Joan«, sagte Thomas. »Da draußen ist sonst niemand, das hätte ich gesehen.«

Sie runzelte die Stirn und sah ihn an.

»Ich will mich nicht länger wie eine Gefangene in meinem eigenen Haus fühlen, Thomas Woodchurch. Morgen reise ich mit den Mädchen ab. Und wenn ich wiederkomme, dann will ich, dass hier wieder Ruhe ist. Ich will mich nicht dauernd umsehen müssen, das mache ich nicht länger mit. Und du, pass gut auf Rowan auf. Er ist zwar groß wie ein Mann, aber er ist immer noch ein Junge.«

»Ich sorge dafür, dass ihm nichts passiert, Liebes. Vertraue mir.«

Thomas küsste seine Frau auf die Wange, die sie ihm hinhielt, aber noch immer betrachtete sie den Gast mit misstrauischem Blick.

Als sie gegangen war, griff Derry nach der Branntweinflasche und goss sich noch etwas nach, um schneller warm zu werden.

»Sieht aus, als hättest du da einen kleinen Drachen geheiratet, Tom«, sagte er und setzte sich. Der Stuhl war gut gearbeitet, wie er feststellte, er knarrte kein bisschen unter seinem Gewicht. Und der Küche merkte man an, dass sie mit Liebe eingerichtet war, sie wirkte warm und anheimelnd. Es gab Derry einen kleinen schmerzhaften Stich, dass er selbst keinen Ort besaß, wo er sich zu Hause fühlen konnte.

»Ich wäre dir verbunden, wenn du deine Ansichten über meine Frau für dich behalten würdest, Derry. Es gibt andere Dinge, über die wir uns unterhalten müssen, und du wirst ja wohl noch vor Sonnenaufgang wieder fortwollen, oder?«

»Du willst mich vor die Tür setzen? Ich hatte gehofft, hier etwas zu essen und ein Bett zu bekommen. Ich war eine Woche lang unterwegs.«

»Nun gut«, sagte Thomas widerwillig. »Dort am Feuer ist ein Eintopf. Pferdefleisch. Ob du hier schläfst, hängt davon ab, was du mir erzählen kannst.«

Derry schlürfte das heiße Getränk und merkte, wie es ihn innerlich aufwärmte.

»Also schön, was gibt es so Wichtiges, dass du dich an deinen alten Freund erinnert hast? Gilpin hätte mich beinahe verpasst, musst du wissen. Ich war schon im Hafen auf dem Weg nach England, als er mich fand. Zum Glück weiß er, in welche Schenken ich gehe, sonst wäre ich jetzt nicht hier.«

Thomas sah den Mann an, den er vierzehn Jahre nicht gesehen hatte. Die Zeit und die Sorgen hatten Derry Brewers Gesicht gezeichnet. Trotzdem wirkte er kräftig und agil, selbst jetzt, wo ihm sein nasses Haar am Kopf klebte, in dem sich ein paar rotgoldene Blätter verfangen hatten.

»Ich habe gehört, du bist in London auf die Füße gefallen, Derry.«

»Mir geht es nicht schlecht«, sagte Derry vorsichtig. »Was brauchst du?«

»Für mich selbst nichts. Ich möchte nur wissen, was passiert, wenn die Leute in Maine anfangen zu kämpfen, Derry. Wird König Henry Soldaten schicken, um uns beizustehen, oder sind wir auf uns allein gestellt?«

Derry verschluckte sich an seinem Grog und hustete, bis sein Gesicht rot anlief.

»Hör zu, Tom. Im Anjou überwintern französische Truppen. Wenn die sich nächstes Frühjahr in Bewegung setzen, will deine Frau sie dann etwa mit dem Besen verscheuchen?«

Er sah seinem Freund fest in die grauen Augen und seufzte, bevor er fortfuhr.

»Ich wünschte, es wäre anders, aber Maine und Anjou waren nun mal der Preis für den Waffenstillstand. Verstehst du? Es ist beschlossen, unterschrieben und besiegelt. Aber dafür wird dein Sohn nicht in den Krieg ziehen müssen, ehe er einen respektablen Bart hat, so wie wir es mussten.«

»Es ist *mein* Land, Derry. *Mein* Land, und man hat es weggegeben, ohne dass ich auch nur ein Wort davon höre!«

»Was sagst du da? Es ist *nicht* dein verdammtes Land, Tom! Dieser Hof gehört König Henry, zusammen mit weiteren sechzigtausend Höfen. Ihm gehört dieses Haus, genau wie der Becher hier, den ich in der Hand habe. Anscheinend hast du das vergessen. Du zahlst jedes Jahr deinen Zehnten. Tust du das etwa freiwillig? König Henry und die Kirche sind die einzigen Landbesitzer, oder gehörst du etwa zu denen, die der Meinung sind, es sollte alles verteilt werden? Ist es das? Bist du ein Brandstifter, Tom? Ein Aufwiegler? Mir scheint, du hast dich verändert, seit du den Hof besitzt.«

Voll Zorn sah Thomas den Mann an, der einst sein Freund gewesen war.

»Ja, vielleicht hat es mich verändert. Es ist *meine* Arbeit, die die Wolle bringt, Derry. Ich bin mit meinem Sohn dort draußen, bei Wind und Wetter, und wir sorgen dafür, dass die Lämmer am Leben bleiben. Ich arbeite nicht, um den Beutel irgendeines Lords zu füllen, das sage ich dir. Ich arbeite für meine Familie und für meinen Hof. Als Mann muss man arbeiten, oder man ist kein Mann. Wenn du es jemals versucht hättest, würdest du dich jetzt nicht über mich lustig machen. Dann würdest du wissen, dass es mir um jeden Penny leidtut, den ich als Zehnten zahle, und zwar jedes verdammte Jahr.

Jeden Penny, den *ich* verdient habe. Es ist *meine* Arbeit, und deshalb ist es *mein* Land, Derry. Es sind *meine* Entscheidungen und meine Fähigkeiten. Mein Gott, wir sind hier nicht in Kent mit seinen uralten Besitztümern, wo die Familie eines Lords über Generationen hinweg regierte. Wir sind hier nicht in England, Derry! Das hier ist für uns ein neues Land und besiedelt von einem neuen Menschenschlag.«

Derry nahm einen Schluck aus seinem Becher und schüttelte den Kopf über den Zorn des Freundes.

»Es geht um mehr als nur ein paar Hügel, Tom. Euch wird niemand zu Hilfe kommen, verlass dich drauf. Das Vernünftigste, was du tun kannst, ist, alles zu verladen, was du mitnehmen kannst, und dich auf den Weg nach Norden zu machen, ehe die Straßen zu voll werden. Wenn es das war, was du wissen wolltest, dann tue ich dir wirklich einen Gefallen damit, wenn ich es dir so unverblümt sage.«

Eine lange Zeit sprach niemand. Thomas trank aus und füllte beide Becher erneut. Er war großzügiger mit dem Branntwein als seine Frau, und Derry sah interessiert zu, wie er ein kleines Stück Zimtrinde in die Becher krümelte, ehe er Derry den seinen zurückgab.

»Dann tue ich *dir* einen Gefallen, Derry, und sage dir, dass wir kämpfen werden«, sagte Thomas. Es war keine bloße Wichtigtuerei, er sprach mit ruhiger Überzeugung. Derry horchte auf, seine Müdigkeit und die Wirkung des Branntweins waren im Nu abgeschüttelt.

»Dann wird man dich umbringen. Hier werden zwei- bis dreitausend Franzosen einfallen, Thomas Woodchurch. Und was habt ihr denen entgegenzusetzen? Ein paar Dutzend Bauern und Veteranen? Es wird ein Blutbad geben, und wenn es vorbei ist, werden sie trotzdem eure Höfe haben. Jetzt hör mir mal gut zu. Es ist beschlossene Sache, verstehst du? Und ich könnte nichts mehr daran ändern, auch wenn ich es wollte. Aber du kannst etwas ändern. Willst du, dass dein Junge von französischen Soldaten umgebracht wird? Wie alt ist er? Siebzehn, achtzehn? Mein Gott! Es gibt Situationen, wo ein Mensch einfach zusammenpacken und rennen muss. Ich weiß, du lässt dich nicht gern zu etwas zwingen, Tom. Aber wir sind doch auch gerannt, als der Kavallerietrupp uns entdeckte, weißt du das noch? Nur wir drei gegen fünfzig? Wie verdammte Hasen sind wir damals gerannt, und es war keine Schande, denn wir blieben am Leben und konnten weiterkämpfen. Das hier ist doch dasselbe. Die Könige regieren. Und wir anderen können uns nur damit abfinden und hoffen, dass wir es überleben.«

»Bist du jetzt fertig? Gut. Und jetzt hör *mir* mal gut zu, Derry. Du sagst, wir werden keine Hilfe bekommen, und das habe ich zur Kenntnis genommen. Aber ich sage dir, wir werden uns wehren. Dies *ist* mein Land, und mir ist es egal, auch wenn König Henry selber käme und mir sagte, ich solle verschwinden. Dem würde ich genauso Widerstand leisten. Diesmal werde ich nicht wegrennen.«

»Dann bist du so gut wie tot«, sagte Derry knapp, »und Gott möge dir helfen, denn ich kann es nicht.«

Die Männer funkelten sich wütend an, keiner war bereit nachzugeben. Schließlich leerte Derry seinen Becher und fuhr fort.

»Wenn du kämpfst, werden deine Leute umgebracht werden. Und noch schlimmer, du verletzt den Waffenstillstand, den ich ausgehandelt habe, noch ehe er richtig in Kraft tritt. Verstehst du das nicht, Tom? Wenn deine Freunde das vorhaben, dann musst du zu ihnen gehen und ihnen sagen, was ich dir gesagt habe. Sag ihnen, sie sollen es bleiben lassen. Sag ihnen, es ist besser, am Leben zu bleiben und noch mal anzufangen, als alle Möglichkeiten zu vergeuden und als Leiche im Straßengraben zu enden. Von dieser Sache hängt weit mehr ab, als du ahnst. Wenn du alles wegen ein paar Bauernhöfen hier zum Scheitern bringst, dann bringe ich persönlich dich um.«

Thomas gab ein humorloses Lachen von sich.

»Das wirst du nicht machen. Du verdankst mir dein Leben, Derry. Du schuldest mir mehr als Altweiberklatsch und dunkle Prophezeiungen.«

»Hiermit rette ich *dir* das Leben, weil ich dir sage: Verschwinde von hier!«, sagte Derry. »Warum kannst du nicht wenigstens einmal auf mich hören, du alter Dickschädel?«

»Damals hatten wir keine Pfeile mehr, weißt du noch?«

»Tom, bitte …«

»Du hattest die Verwundung am Bein und konntest nicht rennen – und der französische Ritter sah dich im Gras liegen und kam zurück, weißt du noch?«

»Ich weiß«, sagte Derry widerwillig.

»Aber mich hatte er nicht gesehen, also bin ich auf ihn losgegangen und habe ihn runtergerissen, ehe er dir mit seinem schönen französischen Schwert den Schädel spalten konnte. Ich nahm mein kleines Messer und steckte es in seinen Sehschlitz, und du hast dagestanden und zugesehen. Und jetzt sitzt derselbe Mann in meiner Küche, auf meinem Grund und Boden, und sagt mir, er wird mir nicht helfen? Ich hatte wirklich etwas anderes von dir erwartet. Wir waren Kameraden, und damals *bedeutete* das etwas.«

»Der König kann nicht kämpfen, Tom. Er ist nicht wie sein Vater, er kann nicht kämpfen. Er könnte nicht einmal Leute im Kampf anführen. Er ist wie ein Kind, und es könnte mich den Hals kosten, wenn du jemals verlauten lässt, dass ich dir das erzählt habe. Und als mein König mich bat, für Frieden zu sorgen, habe ich es getan. Weil es das Richtige war. Denn sonst würden wir *sämtliche* Gebiete in Frankreich verlieren. Es tut mir leid, denn ich kenne dich, und du kannst mir glauben, wie schmerzlich es für mich ist, dass ich in deiner Küche sitze und dir sagen muss, dass es hoffnungslos ist, aber so ist es.«

Thomas starrte ihn über seinen Becher hinweg an.

»Willst du damit sagen, dass die ganze Sache *deine* Idee war?«, sagte er fassungslos. »Wer zum Teufel bist du eigentlich, Derry Brewer?«

»Ich bin jemand, mit dem man sich nicht anlegen sollte, Tom. Niemals. Ich bin jemand, auf den man hören sollte, denn ich weiß, wovon ich rede, und ich verzeihe nicht leicht. Ich habe dir gesagt, was ich weiß. Wenn du hier wegen ein paar Feldern und einer Handvoll Schafe einen Krieg anfängst … Tu es nicht, Tom, ich meine es ernst. Ich werde dafür sorgen, dass du dir im Norden etwas Neues kaufen kannst, der alten Zeiten wegen. Wenigstens das kann ich für dich tun.«

»Milde Gaben für einen Bettler? Deine Wohltätigkeit brauche ich nicht!« Fast spuckte Thomas die Worte aus. »Ich habe mir mein Land hier sauer verdient. Ich habe es verdient, mit Blut und Schmerzen, und ich habe dafür getötet. Es gehört mir, Derry, denn es sind keine Schulden darauf, nichts. Du sitzt in meinem Haus, das ich mit diesen Händen gebaut habe.«

»Es ist doch nur ein gepachteter Hof, einer von vielen«, knurrte Derry, in dem erneut der Ärger aufstieg. »Geh von hier fort, Tom!«

»Nein. Du gehst jetzt besser fort, Derry. Du hast alles gesagt, was zu sagen ist.«

»Du wirfst mich hinaus?«, fragte Derry ungläubig. Er ballte die Fäuste, und Thomas senkte den Kopf und sah ihn mit drohend gerunzelter Stirn an.

»So ist es. Ich hatte mir mehr von dir erhofft, aber du hast dich klar genug ausgedrückt.«

»In Ordnung.«

Derry stand auf, und Thomas erhob sich ebenfalls. Sie standen sich gegenüber in der kleinen Küche, die von ihrem Zorn angefüllt schien. Derry griff nach seinem gewachsten Umhang und zog ihn wütend und mit hastigen Bewegungen über.

»Der König will Frieden, Tom«, sagte er, als er die Tür aufstieß. »Er hat etwas von seinem Land dafür hergegeben, und damit ist die Sache erledigt. Stelle dich nicht in den Weg wie ein Dummkopf. Rette lieber deine Familie.«

Ein Windstoß drang in die Küche. Das Feuer flackerte auf und zischte. Derry ließ die Tür offen und verschwand in der Dunkelheit. Thomas stand einen Moment nachdenklich da, dann ging er zur Tür und machte sie zu.

Das Schiff schoss so steil in das Wellental hinab, dass Margaret das Gefühl hatte, sie würde fliegen wie eine Seemöwe. Gischt spritzte über das Deck und bildete neue Schichten auf der Salzkruste, die schon auf der Reling und jeder ungeschützten Holzfläche in der Sonne glitzerte. Hoch über Margarets Kopf knarrten die Taue und blähten sich die Segel, und sie konnte sich nicht erinnern, wann sie das letzte Mal etwas so Herrliches erlebt hatte. Der zweite Maat brüllte einen Befehl, und die Matrosen zogen an Tauen so dick wie ihr Handgelenk, um die Rah in die richtige Position zu bringen, damit der Wind voll in den Segeln blieb. Sie sah William übers Deck kommen, immer eine Hand dicht über der Reling, als er auf sie zukam.

»Eine Hand fürs Schiff, eine für dich«, murmelte sie, erfreut darüber, eine englische Redensart gelernt zu haben, die gleichzeitig nützliches seemännisches Wissen enthielt. Wie konnte sie vierzehn Jahre alt werden, ohne je auf einem Schiff gewesen zu sein? Das Schloss von Saumur lag so weit entfernt von allem. Der Kapitän behandelte sie mit verlegenem Respekt und vielen Verbeugungen und hörte ihr zu, als sei jedes ihrer Worte ein kostbarer Juwel, den man sorgfältig hüten müsse. Sie wünschte sich nur, ihre Brüder könnten sie jetzt sehen, oder noch besser Yolande. Der Gedanke an ihre Schwester gab ihr einen Stich, aber sie war tapfer, sie hielt den Kopf hoch erhoben und atmete in tiefen Zügen die Seeluft ein, die so kalt und frisch war, dass ihre Lunge schmerzte. Ihr Vater hatte sich geweigert, ihr auch nur eine Dienerin mitzugeben, worauf William so zornig wurde, dass sie dachte, er würde gegen Conte René von Anjou tätlich werden.

Es war kein schöner Abschied gewesen, aber William hatte schließlich seine Empörung überwunden und in Calais auf seine Kosten zwei Dienerinnen für sie eingestellt.

Margaret musste lachen, als Suffolk schwankend nach der Reling griff. Das Schiff taumelte auf der grauen See, gepeitscht von den kalten Herbststürmen aus dem Westen. Calais war so neu und aufregend gewesen, geradezu überwältigend. Der Hafen innerhalb der Festungsmauern war von Engländern überfüllt gewesen. Sie hatte Händler und Bettler gesehen, dazu Hunderte von rauen Seeleuten, die mit ihren Seekisten hin und her geeilt waren. Als sie den letzten Kutscher bezahlt hatten, hatte William sie hastig an ein paar stark geschminkten Frauen vorbeigesteuert, als hätte Margaret noch nie etwas von Huren gehört. Sie musste lachen, wenn sie an diese sonderbare englische Schamhaftigkeit dachte.

Über ihr kreischte eine Möwe, und Margaret war entzückt, als sie sich fast in Reichweite auf ein Tau der Takelage setzte, die sie an ein großes Spinnennetz erinnerte. Der Vogel beobachtete sie mit seinen kleinen schwarzen Augen, und Margaret bedauerte, dass sie kein Brot hatte, um ihn zu füttern.

Als William zu ihr trat, erschrak die Möwe und flog mit schrillem Schrei davon. William lächelte, als er ihr Gesicht sah.

»Mylady, ich dachte, Ihr würdet vielleicht gern einen ersten Blick auf England tun. Der Kapitän sagt, wenn Ihr Euch immer gut an der Reling festhaltet, können wir zum Bug gehen – das heißt zur Spitze des Schiffes.«

Margaret machte sich eifrig auf den Weg, schwankte jedoch etwas, und er legte seinen starken Arm auf den ihren, um ihr Halt zu geben.

»Verzeiht meine Zudringlichkeit, Mylady. Ist Euch warm genug?«, fragte er. »Keine Übelkeit?«

»Bis jetzt nicht«, erwiderte Margaret. »Ich habe offenbar einen eisernen Magen, Lord Suffolk!«

Er lachte leise, und sie gingen über das schwankende Deck. Margaret hörte das Zischen des Wassers unter ihnen. Welche Geschwindigkeit! Es war ganz unglaublich. Sie beschloss, wenn sie erst in England und richtig verheiratet wäre, würde sie so bald wie möglich wieder mit einem Schiff fahren. Bestimmt könnte eine Königin doch ihr eigenes Schiff haben, oder nicht?

»Kann eine Königin ein eigenes Schiff haben?«, rief sie, weil sie sich gegen Wind und Möwen Gehör verschaffen musste.

»Ich bin sicher, eine Königin kann eine ganze Flotte haben, wenn sie es möchte«, rief William lachend zurück.

Der Wind frischte auf, und die Matrosen brüllten Kommandos. Sie waren schon wieder sehr beschäftigt, lösten Segel, rollten die großen, nassen Teile auf und schnürten sie zusammen, ehe sie alles von Neuem festzurrten.

Mit Williams Hand sicher auf ihrer Schulter hatte Margaret den Bug erreicht. Außer dem Stagsegel und dem hohen Ballonsegel war dort nur noch das Bugspriet mit dem Netz. Rhythmisch tauchte es in die Wellen ein, tauchte wieder auf und hob sich, um sich im nächsten Moment wieder zu senken. In freudigem Schrecken hielt sie die Luft an, als sie in der Ferne die weißen Klippen sah, die hell und rein aus dem Seenebel auftauchten. Margaret wusste, was sie jetzt atmete, war die Luft Englands. Sie war noch nie vorher aus Frankreich herausgekommen. Nicht einmal aus Anjou war sie herausgekommen. Ihr schwindelte fast vor so viel neuen Erlebnissen und Eindrücken.

»Magnifique, Monsieur! Sie sind wunderschön!«

Die Matrosen hörten sie. Sie lachten und jubelten, sie hatten das Mädchen bereits in ihre Herzen geschlossen, das ihre Königin sein würde und das Meer genauso liebte wie sie.

»Seht, dort unten, Mylady!«, sagte William.

Margaret blickte ins Wasser und stieß einen entzückten Schrei aus, als sie glatte graue Delfine sah, die über die Wasseroberfläche sprangen und sich dabei genau der Geschwindigkeit des Schiffes anpassten. Sie tauchten und sprangen, als spielten sie und forderten sich gegenseitig auf, sich noch näher an das Schiff heranzuwagen. Doch als eine Holzlatte an einer Kette vom Bugspriet ins Wasser tauchte und eines der Tiere berührte, verschwanden alle wie auf einen Schlag, und es war, als seien sie nie dagewesen. Margaret war völlig überwältigt von diesem Wunder, und William lachte, froh darüber, ihr all das zeigen zu können.

Der Wind heulte, er stand dicht neben ihr und musste trotzdem schreien. »Es wird noch ein paar Stunden dauern, ehe wir den Hafen erreichen. Soll ich Euren Zofen auftragen, trockene Kleider für Euch bereitzulegen?«

Margaret blickte auf die weißen Klippen. Auf das Land, dessen König sie noch nie gesehen hatte und den sie bald zum zweiten Mal heiraten würde. England. Ihr England.

»Noch nicht, William«, sagte sie. »Ich möchte erst noch ein Weilchen hier bleiben.«

TEIL ZWEI

Ich bin bereit, und fest ist mein Entschluss,
Dass dieser Rose ich jetzt dienen muss,
Wie's mir mit treuem Herzen möglich sei,
Ohn' Unterlass, und ohne Heuchelei.
Denn paradiesisch ist die Freude dann,
Wenn diese Knospe sich entfalten kann
In Rot und Weiß, mit Farben frisch und neu.

William de la Pole
(Margaret von Anjou gewidmet)

11

Hände und Hals warm in Pelz gehüllt, ging Margaret hinaus in den winterlichen Garten. Wetherby House war ihr erstes Zuhause in England, seit fast drei Monaten war sie nun hier. Die Bäume waren immer noch kahl, aber es zeigten sich schon die ersten Schneeglöckchen, und bald würde es Frühling sein. Es war fast wie in Frankreich, und der Spaziergang hier draußen milderte ihr Heimweh.

Auf den Bauernhöfen der Umgebung wurden Schweine geschlachtet und Fleisch eingesalzen. Margaret nahm den Rauchgeruch wahr, sie wusste, die toten Tiere wurden mit Stroh bedeckt, das dann angezündet wurde, um die Borsten abzubrennen. Der beißende Geruch weckte plötzlich eine so lebhafte Erinnerung, dass sie stehen blieb und vor sich hin starrte. Sie hatte wieder denselben Geschmack im Mund wie damals, wenn ihre Mutter den Stallburschen erlaubte, das frische Blut mit Zucker zu einer Paste zu vermischen, fast wie eine Creme. Ihre Schwester Yolande und ihre Brüder hatten sich diese seltene Delikatesse geteilt und sich meist um den Löffel gestritten, bis dieser in den Schmutz fiel. Dann hatten sie ihre Finger eingetaucht und weiter genascht, bis ihre Lippen und Zähne rot waren.

Margaret spürte, wie ihr die Tränen kamen. In Saumur würde es diesen Sommer stiller zugehen ohne sie. Und es fiel ihr schwer, nicht an die gefüllten Sardinen oder das Hähnchen mit Fenchel ihrer Mutter zu denken, wenn man wie hier nur ein riesiges Stück Schweinefleisch vor sich hatte, das wie ein Fels aus einem Meer aus in Sahne gekochten Erbsen herausragte. Anscheinend liebten es die Engländer, alles zu kochen. Das war eine weitere Eigenheit, an die sie sich gewöhnen musste.

Lord William war ihr ein Trost, er war für sie fast das einzige vertraute Gesicht, seit sie angekommen war. Er hatte ihr geholfen, ihr Englisch zu verbessern, obwohl er auch fließend in gutem Französisch parlieren konnte, wenn er wollte oder ihr ein Wort erklären musste. Doch er war meist unterwegs und kam nur alle paar Tage vorbei, um ihr weitere Neuigkeiten über die Hochzeitsvorbereitungen zu bringen.

Es war eine sonderbare Wartezeit in Margarets Leben, wo so viele wichtige Leute damit beschäftigt waren, ihre zweite Hochzeit vorzubereiten. Als sie an der Südküste bei der Burg von Porchester gelandet war, hatte sie gehofft, dass Henry sie dort begrüßen würde. Sie hatte sich vorgestellt, ein schöner junger König aus London würde zu der mächtigen Burgruine geritten kommen, um sie vielleicht sogar schon am ersten Abend in seine Arme zu schließen. Stattdessen hatte man sie hierher nach Wetherby gebracht und anscheinend vergessen. Die Tage und Wochen waren verstrichen ohne ein Zeichen des Königs, nur Suffolk und sein Freund, Earl Somerset, waren gekommen, ein kleiner, drahtiger Mann, der sich so tief verbeugt hatte, dass sie dachte, er käme nie wieder hoch. Sie musste lächeln, als sie daran dachte. Ehe Somerset ankam, hatte Derry Brewer ihn als einen »großspurigen Gockel« beschrieben. Entzückt hatte sie sich diesen Ausdruck gemerkt und noch mehr Spaß daran gehabt, als der Earl dann schließlich ankam, in leuchtendes Blau und Gelb gewandet. Sie mochte alle drei Männer, und jeden aus einem anderen Grund. Derry war charmant und höflich und hatte ihr, ohne dass William es bemerkte, eine Tüte mit Süßigkeiten zugesteckt. Sie schwankte zwischen Empörung einerseits, weil er sie wie ein Kind behandelte, und Freude andererseits über die Zitronenbonbons, die so herrlich sauer waren, dass sich der Mund zusammenzog.

Weihnachten war gekommen und vorübergegangen, mit merkwürdigen und prunkvollen Geschenken, die ihr von Hunderten fremder Edelleute geschickt worden waren, die damit die Gelegenheit nutzen wollten, sich ihr bekannt zu machen. Mit William als ihrem Begleiter und Beschützer hatte sie an einem Ball teilgenommen, der in ihrer Erinnerung zu einem Nebel aus Tanz und duftendem Cidre verschmolz. Sie hatte gehofft, dort endlich ihrem Mann zu begegnen und die romantische Vorstellung gehabt, wie bei der Ankunft des Königs alle Anwesenden verstummen würden. Doch Henry war nicht erschienen, und langsam fragte sie sich, ob er wohl jemals kommen würde.

Von der anderen Seite des Hauses vernahm sie das Geräusch von Wagenrädern auf Kies. William war an diesem Tag nicht da, und Margaret fürchtete, es würde sich wieder um den Besuch irgendeiner adligen Dame handeln, die sie beäugen oder um irgendeine Gefälligkeit bitten wollte, weil man offenbar annahm, dass sie solche Wünsche erfüllen könne. Sie hatte schon mehrere solche Besuche über sich ergehen lassen müssen, bei denen man dasaß, in Wein getauchte Gewürzplätzchen knabberte und angestrengt nach Antworten auf völlig belanglose Fragen suchte. Am schlimmsten war die Duchess Cecily von York gewesen, eine hochgewachsene Frau, und so selbstbewusst, dass Margaret sich in ihrer Gegenwart fühlte wie ein Kind mit klebrigen Händen. Margarets Englisch war noch immer nicht fließend, und die Duchess gab vor, kein Französisch zu können, deshalb war es einer der peinlichsten Nachmittage ihres Lebens gewesen, an dem weitaus mehr geschwiegen als geredet wurde.

»Am besten, ich bin wieder krank«, murmelte Margaret beim Gedanken an einen weiteren Besuch dieser Art. »Ja, ich denke, ich werde … indisponiert sein.«

Sie war tatsächlich nach ihrer Ankunft eine Zeit lang krank gewesen. Vielleicht war es das ungewohnte schwere Essen, vielleicht auch die Luftveränderung, sie hatte jedenfalls unter heftigem Erbrechen gelitten, sodass die gelehrten Ärzte ihr fast zwei Wochen Bettruhe verordnet hatten. Damals hatte sie gedacht, die Langeweile würde sie bestimmt umbringen, aber merkwürdigerweise erschien ihr diese erzwungene Ruhepause jetzt als eine glückliche Zeit, die sie schon halb vergessen hatte.

Sie hatte eine unbestimmte Vorstellung davon, dass eine Königin ihrem Gatten helfen müsse, indem sie seinen Bewunderern schmeichelte, aber falls Cecily von York ein typisches Beispiel für diese Bewunderer sein sollte, dann würde Margaret es nicht leicht haben. Sie erinnerte sich noch an den sauren Geruch, der von dieser Frau ausging, und es schüttelte sie.

Sie sah auf, als jemand ihren Namen rief. Du lieber Gott, schon wieder rief man sie! Sie sah Diener im Haus herumlaufen und ging schnell auf dem Gartenweg weiter, damit man sie von den Fenstern aus nicht sehen konnte. William hatte gesagt, die Hochzeit würde in wenigen Tagen stattfinden. Er war guter Dinge gewesen, und seine graue Haarmähne war sorgfältig gebürstet und glänzte fast, als er kam, um Bericht zu erstatten. Wenn er das nächste Mal käme, würde sie zur Abtei von Titchfield fahren, die keine zehn Meilen entfernt war. Und dort würde endlich auch Henry sein und sie erwarten. Wie sehr wünschte sie, sich sein Gesicht vorstellen zu können, wenn sie an diesen Moment dachte! Im Geiste hatte sie ihn schon tausendmal geheiratet und jede Einzelheit deutlich vor sich gesehen, bis auf diese.

»Margaret!«, rief jemand.

Sie sah auf, plötzlich hellwach. Als die Stimme nochmals rief, tat ihr Herz einen Freudensprung. Sie raffte ihre Röcke und rannte zum Haus zurück.

Ihre Schwester Yolande stand am Gartentor, und als sie Margaret sah, hellte sich ihr Gesicht auf, und sie rannte ihr entgegen. In dem frostigen Garten mit dem weiß bereiften Gras fielen sich die Schwestern in die Arme. Yolande ließ einen Wortschwall auf Französisch los und hüpfte vor Freude, als sie ihre jüngere Schwester festhielt.

»Wie ich mich freue, dich wiederzusehen! Ich schwöre, du bist gewachsen, und wie rosig deine Wangen sind. Ich glaube, England bekommt dir!«

Als das Geplapper gar nicht aufhören wollte, legte Margaret ihrer Schwester die Hand auf den Mund, und beide lachten.

»Wie kommt es, dass du hier bist, Yolande? Ich bin so glücklich, dich zu sehen, dass es mir fast den Atem nimmt, aber wie bist du hierhergekommen? Du musst mir alles erzählen.«

»Ich komme zu deiner Hochzeit, Dummerchen! Dein Lord William hat mir so eine schöne Einladung nach Saumur geschickt. Vater war natürlich dagegen, aber dann war er abgelenkt, weil er schon wieder eine neue Reise plant. Und unsere liebe Mutter meinte, dass die Familie *natürlich* vertreten sein müsse, und sie hat sich durchgesetzt, Gott sei Dank. Dein englischer Freund hat ein Schiff für mich geschickt, so wie du oder ich jemandem eine Kutsche schicken würde. Ach ja, und ich bin nicht allein gekommen! Frédéric ist mitgekommen. Er lässt sich gerade einen albernen Backenbart stehen. Du musst ihm sagen, er sähe schrecklich aus, denn er kratzt mich, und ich mag ihn nicht mit Bart.«

Margaret wandte den Blick ab, plötzlich wurde ihr klar, wie seltsam ihre Situation war. Sie hatte Monate vor ihrer Schwester geheiratet und ihren Mann noch nicht ein einziges Mal gesehen. Aufmerksam und fragend sah sie Yolande an.

»Auch du siehst ... blühend aus, Schwester. Bist du schwanger?«

Yolande errötete tief.

»Ich hoffe es. Wir haben uns große Mühe gegeben, und, o Margaret, es ist wunderbar! Beim ersten Mal ist es etwas unangenehm, aber so schlimm auch wieder nicht, vielleicht wie ein Bienenstich. Und danach, also ...«

»Yolande!«, rief Margaret, die jetzt fast so tief errötet war wie ihre Schwester. »Das will ich nicht hören!« Sie unterbrach sich, überlegte kurz und stellte fest, dass sie es doch hören wollte, und zwar unbedingt. »Schon gut. Ich vermute, Frédéric wird auch bald herauskommen und dich suchen. Erzähle mir alles, damit ich weiß, was ich zu erwarten habe. Was meinst du mit ›etwas unangenehm‹?«

Yolande kicherte leise, als sie sich bei ihrer Schwester einhakte, und zusammen schlugen sie den Weg ein, der vom Haus wegführte.

Alles war anders, und doch war alles wie beim ersten Mal. Margaret hatte das Gefühl, dies alles schon einmal wie im

Traum erlebt zu haben, als sie in dem Hochzeitskleid, das sie in Tours getragen hatte, in der Kutsche Platz nahm. Aber wenigstens war es kalt heute, ein Segen in diesem Kleid, das ihr den Atem nahm.

Yolande saß ihrer Schwester gegenüber. Margaret fand, dass sie erwachsener aussah, so als übte die Ehe irgendeine geheime Wirkung auf sie aus, oder vielleicht auch deshalb, weil Yolande jetzt eine echte Duchesse war. Frédéric, ihr Mann, saß auf der Bank, in seiner dunklen Tunika und mit dem Schwert auf den Knien wirkte er fast streng. Er trug immer noch seine Bartkoteletten, die sich von den Ohren fast bis zum Kinn hinzogen. Er sagte, der Bart seines Vaters werde in der ganzen Pfarrei bewundert, und Margaret fragte sich, ob Yolande es jemals schaffen würde, ihn zum Abrasieren dieses Bartes zu bewegen. Doch sein strenges Gesicht veränderte sich, als er Yolande ansah. Die beiden empfanden offenbar eine tiefe Zuneigung füreinander, und es war rührend anzusehen, wie sie sich an den Händen hielten, während sie auf der unebenen Straße mit der schwankenden Kutsche dahinfuhren.

Der Vormittag war voll wirbelnder Hektik gewesen. William war mehrmals zwischen dem Haus und der Abtei hin und her geritten, um die letzten Vorbereitungen zu überwachen, dann hatte er sich in den oberen Räumen gewaschen und umgezogen. Wetherby House füllte sich mit lachenden, schwatzenden Hochzeitsgästen, und Margaret war bereits einem Dutzend Männern und Frauen vorgestellt worden, die sie noch nicht kannte. Ihr Rang war eine etwas heikle Angelegenheit, wenn es darum ging, sie den hohen Herren und Frauen bekanntzumachen. Da sie noch keine rechtmäßige Königin war, hatte Margaret vor der Duchess von York geknickst, wie sie es vor jeder Frau aus der Generation ihrer Mutter gemacht hätte. Vielleicht war es auch nur Einbildung gewesen, dass die Duchess geringschätzig geklungen hatte, als sie ihr im Gegenzug ein Kompliment über ihr Kleid gemacht hatte. Lord York hatte sich vorbildlich verhalten. Er hatte sich vor ihr verbeugt und gesagt, wie er sich freue, nach ihrer ersten Hochzeitsfeier auch bei der zweiten dabei zu sein. Seine Frau hatte etwas gemurmelt, das Margaret nicht ganz verstand, aber sie sah, dass York lächelte, als er sich über ihre Hand beugte und sie küsste. Margaret war sich nicht sicher, ob in seiner Bemerkung nicht Spott mitgeschwungen hatte.

Sie gab sich alle Mühe, diese Gedanken beiseitezuschieben. Heute würde sie ihren Mann kennenlernen. Sie würde sein Gesicht sehen. In der schwankenden Kutsche betete sie darum, dass er nicht hässlich oder missgestaltet sein möge. William hatte ihr versichert, Henry sei ein gut aussehender Mann, aber natürlich hätte er auch nichts anderes sagen dürfen. Sie empfand gleichermaßen Angst und Hoffnung und konnte zunächst nichts weiter tun, als die Hecken zu betrachten, die hier alle Wege säumten, und den schwerfällig auffliegenden Raben zuzusehen. Ihre Stirn juckte an den Stellen, wo die Zofen ihr Haare ausgezupft hatten, aber sie wagte nicht, an dem weißen Puder zu kratzen, und biss sich tapfer auf die Lippen. Man hatte ihr Blumen ins Haar geflochten, und ihr Gesicht fühlte sich starr an mit all der Schminke und dem Parfum, das man aufgetragen hatte, nachdem sie heute Morgen ihr Bad genommen hatte.

Margaret wusste, dass sie sich jetzt der Abtei näherten, die den Namen »St. Marien und St. Johannes Evangelist« trug, denn die Bauernfamilien der Umgebung waren gekommen, um sie vorbeifahren zu sehen, sie standen auf der Straße, die zu den großen Feldern des Klosters führte. Die Lehrjungen hatten ihr zu Ehren einen freien Tag, und die Stadtbewohner hatten sich in ihren Sonntagsstaat geworfen, nur um hier zu stehen und auf die Frau zu warten, die Königin von England werden sollte. Margaret fuhr an der jubelnden, winkenden Menschenmenge vorbei, dann bog die Kutsche auf eine Straße ab, die meilenweit durch Wälder und an frisch gepflügten Äckern vorbei führte.

Die Zuschauer überschritten diese unsichtbare Grenze nicht, und als die Straße abfiel, sah Margaret vor und hinter sich weitere Kutschen, vierzehn im Ganzen, die zu der Abteikirche fuhren. Ihr Herz hämmerte so stark gegen den festen Kleiderstoff, dass sie es zu hören meinte. Henry würde dort sein, ein dreiundzwanzigjähriger König. Sie schaute an ihrer Schwester und Frédéric vorbei und strengte ihre Augen an, um vielleicht einen ersten Blick auf ihn zu erhaschen. Sie wusste, dass es sinnlos war. König Henry wusste sicher, dass sie sich näherten, und würde bestimmt in der Kirche sein. Vielleicht wartete er schon vor dem Altar, neben sich William.

Margaret fühlte sich benommen und hatte Angst, ohnmächtig zu werden, noch ehe sie ankam. Yolande bemerkte, dass es ihr nicht gut ging, und fächelte ihr Luft zu, während Margaret sich mit geschlossenen Augen zurücklehnte und tief durchatmete.

Die Kirche der Abtei gehörte zu einer weitläufigen Anlage von Wohn- und Wirtschaftsgebäuden. An diesem Tag arbeiteten die Mönche nicht, aber Margaret sah Fischteiche, Gartenmauern und Weinberge, außerdem Ställe und Scheunen. Sie nahm es kaum wahr, als sie aus der Kutsche stieg.

Frédéric war auf die andere Seite geeilt, um ihr behilflich zu sein.

Die Kutschen vor ihnen hatten sich bereits geleert, und obwohl viele der Gäste unterdessen in die Kirche gegangen waren, standen noch immer viele draußen an der Tür, lachend und plaudernd. Sie sah Derry Brewer, der ganz in der Nähe des Dukes von York stand. Derry winkte ihr zu, als Margaret mit ihrer Schwester und einem Schwarm Brautjungfern an ihm vorbeirauschte. Sie sah, wie er etwas zu York sagte, worauf sich dessen Gesicht verdüsterte. Nachdem Margaret an der Kirchentür angelangt war, gingen alle hinein in den düsteren Raum, wie eine Herde Gänse, die von einer Gänsemagd angetrieben wurde. Schließlich stand sie allein mit ihrer Schwester und den Brautjungfern vor dem Portal.

»Gott sei Dank, dass du hier bist, Yolande«, sagte sie aus tiefstem Herzen. »Ich würde jetzt nicht gern allein hier stehen.«

»Pfui Teufel! Eigentlich müsste unser Vater hier sein, aber der jagt lieber seinen albernen Titeln nach. Er gibt sich nie zufrieden. Mein Frédéric sagt … Nein, das ist jetzt nicht wichtig. Ich wünschte so sehr, Maman könnte hier mit uns stehen, aber Vater bestand darauf, dass sie zu Hause bleibt und in Saumur nach dem Rechten sieht. Aber sie betet für dich, Margaret, da kannst du dir sicher sein. Bist du bereit, deinem König gegenüberzutreten? Bist du nervös?«

»Ich bin bereit … und ja, ich bin nervös. Mir ist ganz schwindelig. Dieses Kleid ist so eng.«

»Du bist gewachsen seit letztem Sommer, Margaret, daran liegt es. Es war dir ja vorher nicht zu eng. Aber ich sehe, du bekommst einen Busen, und ganz bestimmt bist du auch größer geworden. Vielleicht stimmt es ja wirklich, dass das englische Fleisch dir guttut.«

Dabei kniff sie ein Auge zu, aber Margaret schnappte empört nach Luft und schüttelte den Kopf.

»Du bist unmöglich, Schwester. Solche Witze zu machen, wo ich gerade getraut werden soll!«

»Das ist doch der beste Moment«, sagte Yolande fröhlich. Mit blitzenden Augen fuhr sie auf Englisch fort: »Bloody 'ell, willst du jetzt wohl endlich heiraten?«

Margaret musste grinsen. Dann holte sie tief Luft und neigte den Kopf vor den Mönchen, die an der Tür standen. In der Kirche wurde der Blasbalg getreten, um die komplizierteste Erfindung, die es je gegeben hatte, mit Luftdruck zu versorgen. Dann brausten die ersten Orgeltöne durch den hohen Raum, und alle drehten die Köpfe, als die Braut einzog.

Baron Jean de Roche war hochzufrieden, auch wenn der Branntwein gegen den kalten Wind nicht viel ausrichten konnte. Es wurde Frühling, das fühlte er ganz deutlich. Im Winter kämpfte niemand. Nicht nur war es während der kalten Monate so gut wie unmöglich, eine Armee auf dem Marsch zu verpflegen, es war auch eine grausame Zeit, um Krieg zu führen. Die Hände wurden taub vor Kälte, und man wurde vom Regen durchnässt, außerdem bestand immer die Gefahr, dass die Männer sich in der Dunkelheit einfach auf und davon machten. Er blickte auf sein kleines Häuflein Raufbolde, und sein Mund verzog sich zu einem breiten Lächeln, sodass man den bloßen Oberkiefer sah, wo man ihm sämtliche Zähne gezogen hatte. Wie hatte er diese Zähne gehasst! Sie hatten ihm so zugesetzt, dass er sie immer noch gehasst hatte, als sie schon nicht mehr da waren. Der Tag, als er sich endlich entschlossen hatte, sich vom Zahnreißer alle Zähne ziehen zu lassen, war einer der glücklichsten Tage seines Lebens gewesen. Ein blutiger Mund und in Milch eingeweichtes Brot waren ein kleiner Preis dafür, dass er diese Qual nun los war. Er war überzeugt, dass sein Leben von nun an nur besser werden könne. Er saugte an seiner Oberlippe, als er auf seinem Gaul dahintrabte, er zog sie nach innen und kaute auf den Bartstoppeln herum. Unten hatte er sich auch ein paar Zähne ziehen lassen, aber nur die großen Backenzähne, die verfault waren. Die vorderen Zähne hatte er noch, und er hatte sich ein Lächeln angewöhnt, bei dem nur diese vollständige untere Reihe zu sehen war.

Es war ein gutes Leben für jemanden mit gesunden Zähnen, dachte er zufrieden. Er griff nach hinten und klopfte auf seine Satteltaschen, die sich erfreulich prall anfühlten. Es war auch ein gutes Leben für jemanden, der so vorausschauend und klug war, vor der Armee in Maine anzukommen. De Roche konnte es noch immer nicht fassen, wie ertragreich die Plünderungen im Anjou waren. Es schien, als hätten die Engländer, diese kleinen Krämerseelen, nichts weiter getan, als Geld zu scheffeln. De Roche hatte erlebt, wie Ritter an einem einzigen Tag reich geworden waren, und die französischen Edelleute hatten schnell erfasst, dass es sich lohnte, die Karren zu durchsuchen, die aus dem Anjou nach Norden zogen. Die Familien nahmen nur ihre wertvollsten Besitztümer mit und ließen den Rest zurück. Warum also sollte man sich damit aufhalten, Häuser aufzubrechen, wenn die, die es besser wussten, schon das Wertvollste mitgenommen hatten? Natürlich traten die Adligen einen Teil ihrer Beute an den König ab, aber genau das war das Problem. Diese hohen Herren konnten es sich leisten. Sie waren sowieso schon reich, und nachdem sie sich die englischen Höfe und Städte wieder angeeignet hatten, würden sie noch reicher sein.

Sein Gesicht verfinsterte sich, wenn er nur daran dachte. Er selbst kam sich vor wie ein Strauchdieb daneben, aber er war kein gemeiner Räuber, denn da gab es immer noch sein Familienwappen. Nachdenklich sog er an seiner Lippe, es waren bittere Erinnerungen. Die Höfe seiner Familie waren alle mit dem Bezahlen von Schulden draufgegangen, Jahr um Jahr waren es weniger geworden, bis fast nichts mehr übrig war. Dann hatte er das Kartenspiel entdeckt, ein Freund hatte ihn mit dieser neuen Mode bekannt gemacht. Dem Freund selbst hatte man längst die Kehle durchgeschnitten. De Roche dachte an die bunten kleinen Bildchen und fragte sich, ob es wohl in Maine jemanden geben würde, den man zu einem Glücksspiel überreden könnte. Zwar hatte er eine Pechsträhne gehabt, aber jetzt hatte er wieder Geld, und außerdem beherrschte er das Spiel so gut wie kein anderer. Mit ein bisschen Glück könnte er die Summe verdoppeln, die seine Männer für ihn erbeutet hatten, vielleicht sogar verdreifachen. Er grinste und zeigte seine unteren Zähne. Er würde das Schloss seines Vaters zurückkaufen und den Alten verjagen, als Strafe für seinen Spott. Und das wäre erst der Anfang.

Der Feldweg, auf dem der kleine Trupp ritt, verwandelte sich jetzt in eine Pflasterstraße, ein sicheres Zeichen, dass es sich hier um wohlhabende Leute handelte. De Roche ließ sein Pferd gemächlich dahintrotten und überlegte, ob es das Risiko wert sei, eine Stadt zu betreten. Er hatte nur ein Dutzend Männer, genug, um sich von einem abgelegenen Bauernhof oder aus einem kleinen Dorf alles zu holen, was sie haben wollten. Doch Städte konnten sich manchmal eine Miliz leisten, und de Roche hatte keine Lust, sich auf einen regelrechten Kampf einzulassen. Andererseits war er kein Dieb, der gesucht wurde. Er war lediglich eine Vorhut der siegreichen französischen Armee. Und zwar vierzig Meilen voraus, ehe seine Landsleute sich die besten Stücke aneignen konnten. De Roche fasste einen schnellen Entschluss. Er würde sich unter den ansässigen englischen Händlern kurz umsehen und dann entscheiden, ob der Boden hier zu heiß für ihn und seine Männer werden könnte.

»Reitet in die Stadt«, rief er den anderen zu. »Wir sehen uns mal um, und wenn keine Gefahr droht, sehen wir nach, was es zu holen gibt. Falls es hier eine Wache oder eine Miliz gibt, suchen wir nur ein gutes Wirtshaus für die Nacht, wie andere müde Reisende.«

Seine Männer waren müde nach diesem langen Tag auf der Straße, aber sie schwatzten und lachten beim Reiten. Auch sie würden ihren Teil des Silbers abbekommen, und in der vergangenen Nacht hatten sie sogar ein Bauernhaus mit drei Schwestern gefunden. Bei der Erinnerung kratzte de Roche sich im Schritt, hoffentlich hatte er sich nicht wieder Filzläuse eingefangen. Er hasste es, wenn er sich den Schritt rasieren und absengen lassen musste. Natürlich war er bei den Schwestern als Erster drangekommen, wie es sein gutes Recht war. Seine Männer wussten über diese Begegnung Geschichten zu erzählen, die sie noch monatelang beschäftigen würden, und sie wurden mit jeder Schilderung wilder und unwahrscheinlicher. De Roche hatte darauf bestanden, das Haus am nächsten Morgen niederzubrennen. Lebende Zeugen konnten ihm möglicherweise Schwierigkeiten machen, aber eine weitere ausgebrannte Ruine würde von der nachfolgenden Armee ignoriert werden, denn bei Gott, davon hatten sie bereits selber genug hinterlassen.

Er sah, dass Albert sein Pferd näher heranlenkte. Der Alte war schon im Dienst der Familie de Roche, solange er denken konnte, als Gärtner und Pferdeknecht, aber de Roche erinnerte sich, dass Albert auch ein paar Sonderaufträge für seinen Vater ausgeführt hatte. Albert trug keine Rüstung, aber er hatte ein langes Messer, fast wie ein Schwert, und genau wie schon sein Vater vor ihm konnte er in schwierigen Situationen sehr nützlich sein.

»Was gibt's, Albert?«, fragte er.

»Ich kenne diese Gegend. Als ich ein Junge war, hatte ich hier eine Tante. Ein paar Meilen weiter westlich gibt es eine Burg, mit Soldaten.«

»Und?«, fragte de Roche unwirsch. Er durfte nicht zulassen, dass ein Untergebener vor den anderen Männern seinen Mut in Zweifel zog.

»Um Vergebung, Herr. Ich dachte nur, Ihr solltet wissen, dass es etwas schwieriger werden könnte als bei Bauernhäusern, in denen nur Frauen sind.«

De Roche blickte den alten Mann an. War das etwa eine Beleidigung? Er konnte es nicht glauben, aber Albert sah ihn ernst an.

»Muss ich dich daran erinnern, dass unser kleiner Ausflug nichts weiter ist als das, was den Engländern vom König und der Armee ohnehin blüht? Sie hätten ja gehen können, Albert. Viele sind auch schon gegangen. Und die, die geblieben sind, sind illegal hier, egal ob Mann, Frau oder Kind. Nein, noch schlimmer! Sie rebellieren gegen die Befehle ihres Königs, und deshalb sind es Verräter, Albert. Im Grunde tun wir hier nur das Werk Gottes.«

Während er sprach, kamen sie an einem Bauern vorbei, der mit gebeugtem Kopf dastand. Der Wagen des Mannes war hoch mit Rüben beladen, und ein paar der Männer griffen zu und bedienten sich. Der Bauer ärgerte sich, aber er wusste, dass es keinen Zweck hatte aufzubegehren. Irgendwie besänftigte der Anblick de Roche. Ihm fiel ein, dass Albert sich auch in der vergangenen Nacht bei den Frauen nicht beteiligt hatte, also kritisierte er ihn wahrscheinlich *doch*.

»Reite nach hinten, Albert. Ich bin kein Kind mehr, dass ich mir von dir mit dem Finger drohen lasse.«

Albert zuckte die Schultern und lenkte sein Pferd zur Seite, um die anderen vorbeizulassen. De Roche setzte sich im Sattel zurecht, noch immer wütend über die Unverschämtheit des Mannes. Albert sollte von den Reichtümern in Maine nicht profitieren, beschloss er. Wenn sie zur Armee zurückkehrten, würde er ihn zurücklassen, schwor er sich. Sollte er doch um seinen Unterhalt betteln, schließlich hatte er bei seiner Familie lange genug im Warmen und Trockenen gesessen.

Als sie den Stadtrand erreichten, stand die Sonne im Westen schon tief. Es war ein kurzer Wintertag, und es würde eine lange Nacht werden, ehe die Sonne wieder aufging. Inzwischen war de Roche müde und verschwitzt, doch beim Anblick eines gemalten Wirtshausschildes, das im Wind schaukelte, wurde seine Laune besser. Er und seine Männer überließen die Pferde den Stallburschen und losten aus, wer von ihnen bei den Tieren wachen würde, während die anderen sich ausschlafen durften. De Roche rief sie ins Haus und bestellte mit lauter Stimme Speisen und Wein. Er merkte nicht, dass das Kind des Wirts ein paar Minuten später das Haus verließ und in die Stadt rannte, als sei ihm der Teufel auf den Fersen.

12

Margaret hatte unbewusst die Luft angehalten, jetzt atmete sie wieder durch. Zwei kleine Knaben, Söhne irgendeiner Adelsfamilie, hatten sich eingefunden und gingen vor ihr her, als sie die Kirche betrat. Der eine drehte sich immer wieder nach ihr um, als sie gemessenen Schrittes zur Orgelmusik durch die Menge hindurch zum Lettner schritt, hinter dem der Altar verborgen war. Die Jungen waren ganz in Rot gekleidet und trugen Kränze aus getrocknetem Rosmarin an den Armen, Margaret nahm den würzigen Duft wahr, als sie hinter ihnen her schritt. Auch die Anwesenden in der Kirche auf beiden Seiten hielten getrocknete Blumen oder goldene Getreidegarben von der letzten Ernte in den Händen, die hier und da raschelten, als sie an den Menschen vorbeikam, die sich nach ihr umdrehten und ein Lächeln oder geflüsterte Bemerkungen austauschten.

Die Knaben und die Brautjungfern blieben vor dem Lettner stehen. Yolande drückte ihr noch einmal aufmunternd den Arm, dann trat auch sie zur Seite und ging an ihren Platz. In diesem Moment sah Margaret Henry zum ersten Mal, und ein berauschendes Gefühl der Erleichterung durchströmte sie. Selbst durch ihren Schleier hindurch konnte sie sehen, dass er weder verunstaltet noch hässlich war. Henry sah vielmehr gut aus, mit seinem schön geformten Kopf, den dunklen Augen und dem schwarzen Haar, das lockig über seine Ohren fiel. Er trug eine schlichte Goldkrone und ein fast schmuckloses Hochzeitsgewand, eine rote Tunika, wadenlang und in der Hüfte gegürtet, dazu weiße Wollstrümpfe. Darüber trug er einen goldgestickten Mantel, der an der Schulter mit einer schweren Brosche zusammengehalten wurde. Das Schwert hing an seiner linken Seite wie ein silberglänzendes, mit Gold ziseliertes Band. Der Gesamteindruck zeugte von einer fast übertriebenen Schlichtheit – dann erschien ein Lächeln auf seinem Gesicht. Sie errötete, plötzlich wurde ihr bewusst, dass sie ihn angestarrt hatte. Henry wandte sich wieder dem Altar zu, und sie zwang sich, langsam zu gehen.

Die Orgelmusik verklang, und die leise schwatzenden Gäste atmeten auf, als das Portal sich hinter ihnen schloss. Nur wenige von ihnen hatten einen freien Blick auf den Altar, aber sie hatten die Braut gesehen und waren zufrieden.

Der Chor hinter dem Lettner war wesentlich kleiner. Im Gegensatz zum Kirchenschiff standen hier Stühle, und Margaret ging an den Reihen kostbar gekleideter Lords und Ladys vorbei.

Margaret zitterte, als sie endlich neben Henry stand. Er war größer als sie, wie sie erfreut feststellte. Alle Ängste, die sie sich nicht einmal selbst hatte eingestehen können, waren wie weggeblasen, als der alte Abt mit sonorer Stimme auf Lateinisch zu sprechen begann.

Sie erschrak, als Henry die Hand ausstreckte, ihren Schleier hob und über ihr Haar zurückschlug. Sie blickte ihn an, als er sie nun seinerseits ansah, und ihr wurde bewusst, dass auch er sie ja bis zu diesem Tag noch nie gesehen hatte. Sie hatte Herzklopfen. Sie zitterte noch heftiger, aber gleichzeitig war ihr so heiß, dass sie das Gefühl hatte, es müsste ausreichen, um die ganze Kirche zu wärmen. Als Henry sie anlächelte, war ihr, als löse sich in ihrem Inneren etwas, und plötzlich hatte sie Tränen in den Augen, sodass sie kaum noch etwas sehen konnte.

Der Abt war ein gestrenger Mann, oder zumindest schien es ihr so. Seine Stimme hallte durch die Kirche, als er fragte, ob es Hinderungsgründe für diese Ehe gäbe, wie etwa eine anderweitige Verlobung oder Blutsverwandtschaft. Margaret sah, wie William ihm den päpstlichen Dispens überreichte, der mit einem Goldband zusammengehalten war. Mit einer Verbeugung nahm der Abt das Dokument entgegen, obwohl er es längst gelesen hatte und der Blick darauf nur noch eine Formalität war, ehe er es einem seiner Mönche weiterreichte. Obwohl die Brautleute Vetter und Cousine waren, waren sie nicht blutsverwandt.

Margaret kniete nieder, wenn Henry kniete, sie stand auf, wenn er aufstand. Die lateinische Zeremonie war wie ein einlullender, rhythmischer Singsang, der den ganzen Kirchenraum erfüllte. Sie hob den Kopf und sah das bunte Licht, das durch die Fenster fiel und ein Muster aus Grün, Rot und Blau auf den Steinboden vor dem Altar warf. Plötzlich riss sie die Augen auf, als sie ihren Namen hörte. Henry hatte sich ihr zugewandt, und als sie ihn erschrocken ansah, nahm er ihre Hand. Er sprach ruhig und mit Wärme.

»Ich nehme dich, Margaret von Anjou, als meine angetraute Frau, von diesem Tag an, in guten wie in bösen Tagen, in Reichtum wie in Armut, in Gesundheit wie in Krankheit, bis dass der Tod uns scheidet, nach dem Willen der heiligen Kirche. Dazu helfe mir Gott.«

Margaret geriet fast in Panik, als sie sich unter den Blicken der englischen Lords und Ladys bemühte, sich an die Worte zu erinnern, die sie zu sagen hatte. Henry nahm ihre Hand und küsste sie.

»Jetzt bist du dran, Margaret«, flüsterte er.

Die Panik ließ nach, und die Worte kamen ihr wieder.

»Ich nehme dich, Henry von England, als meinen angetrauten Mann, von diesem Tag an, in guten wie in bösen Tagen, in Reichtum wie in Armut, in Gesundheit wie in Krankheit, in Demut und Gehorsam, im Bett und am Tisch, bis dass der Tod uns scheidet, nach dem Willen der heiligen Kirche dazuhelfemirgott …« Die letzten Worte purzelten nur so aus ihr heraus, denn sie war glücklich, dass ihr alles ohne Fehler gelungen war. Sie hörte William leise lachen, und sogar der griesgrämige Abt konnte ein Lächeln nicht unterdrücken.

Margaret stand reglos da, als ihr frisch angetrauter Mann ihre linke Hand ergriff und ihr einen Goldreif mit einem Rubin an den Ringfinger steckte. Wieder wurde ihr schwindelig, und sie bemühte sich, in dem engen Kleid, in dem sie wie in einem Futteral steckte, tief Luft zu holen. Als der Abt sie abermals aufforderte, sich vor dem Altar auf die Knie zu werfen, wäre sie beinahe wirklich gestürzt, wenn Henry sie nicht gehalten hätte. Ein weißes Tuch wurde über ihre Köpfe gelegt und mit einer Kordel zusammengebunden, sodass es sich einen Augenblick anfühlte, als sei sie wirklich allein mit ihrem Mann. Als die Messe anfing, merkte sie, wie Henry sich ihr zuwandte. Sie sah ihn an und legte wie in stummer Frage den Kopf leicht auf die Seite. »Du bist sehr schön«, flüsterte er. »William hatte mir geraten, dir das zu sagen, aber es ist wirklich wahr.«

Margaret wollte etwas sagen, aber als er abermals ihre Hand nahm, konnte sie nicht anders – sie musste weinen. Henry sah sie erstaunt von der Seite an, während der Abt über ihren gebeugten Köpfen die Trauungszeremonie zum Abschluss brachte.

»Wenn wir das machen, gibt es kein Zurück mehr«, sagte Thomas leise zu Baron Strange. »Wenn der französische König hört, dass in Maine Widerstand geleistet wird, wird er außer sich sein vor Wut und sofort entschlossen zuschlagen. Dann werden sie sich nicht mehr lange in den Weinbergen und Gutshöfen aufhalten, um Mädchen und Wein zu genießen. Jetzt kommt der Frühling, das bedeutet Blutvergießen und Zerstörung, und es wird nicht aufhören, ehe wir entweder alle tot sind oder seiner Armee das Rückgrat gebrochen haben.«

»Das kann ich meinen Männern so nicht sagen«, erwiderte Strange, der sich müde das Gesicht rieb. »Das nimmt ihnen ja die letzte Hoffnung. Sie stehen auf meiner Seite, um es den Franzosen heimzuzahlen und vielleicht ein paar Kehlen durchzuschneiden. Aber sich mit einer ganzen Armee einlassen? Die meisten hoffen doch, dass König Henry nachgeben wird, oder vielleicht Lord York. Sie glauben noch immer, dass englische Soldaten kommen und uns retten werden. Und falls das nicht passiert, werden sie alle davonrennen.«

Thomas Woodchurch schüttelte den Kopf und lächelte bitter.

»Sie werden nicht davonrennen, es sei denn, sie sehen Euch auch rennen oder mich tot. Ich kenne diese Männer, Baron. Sie sind nicht stärker als die Franzosen, und sie können auch nicht ausdauernder kämpfen, sie ermüden genauso schnell. Aber sie können *töten*, Baron, jeder Einzelne von ihnen. Sie sind glücklich, wenn sie Seite an Seite mit ihren Kumpanen jemandem eine gute Stahlklinge in den Leib stoßen können. Sie hassen Feiglinge wie den Teufel – und sie laufen nicht davon.«

Sie wurden von einem leisen Pfiff unterbrochen. Thomas begnügte sich mit einem vielsagenden Blick, dann trat er in den Schatten. Der Mond war herausgekommen, und er konnte die Straße gut überblicken.

Er sah einen barhäuptigen Ritter, der mit dem Helm unter dem Arm aus dem Wirtshaus gestolpert kam und mit seiner freien Hand im Schritt fummelte. Zwei weitere Männer folgten ihm, woraus Thomas schloss, dass sie einen Ort suchten, wo sie sich erleichtern konnten. Es dauerte etwas, bis der erste seine metallene Schamkapsel abgenommen hatte. Thomas erinnerte sich an den Gestank in der Schlacht, wenn Ritter ihre Notdurft einfach in ihren Kleidern verrichteten und sich auf ihre Knappen verließen, die die Sauerei hinterher schon wieder in Ordnung bringen würden.

Thomas nahm sich Zeit, einen Pfeil auf die Sehne seines Bogens zu legen. Er wollte sie alle herauslocken und überlegte fieberhaft, wie sich das am besten bewerkstelligen ließ. Wenn die französische Kompanie sich im Wirtshaus verbarrikadierte, könnten sie tagelang dort ausharren, schließlich gab es genug zu essen und zu trinken, und es war auch sonst recht gemütlich. Seufzend wandte er sich um und sah den Baron an.

»Ich werde sie schon rausholen«, sagte er. »Ihr braucht nur den Befehl zum Angriff zu geben, wenn es so weit ist. Niemand rührt sich, und niemand kommt, um mich zu holen, egal was passiert. Verstanden? Gebt es weiter. Ach ja, und sagt den Leuten, sie sollen mir gefälligst nicht in den Rücken schießen.«

Während Baron Strange in der Dunkelheit verschwand, steckte Thomas den Pfeil wieder in den Köcher und lehnte seinen Bogen an eine Mauer. Er klopfte an seine Hüfte, um sich zu vergewissern, dass dort sein Sax-Schwert hing. Sein Herz schlug ihm bis zum Hals, als er in das Mondlicht hinaustrat und auf die drei französischen Ritter zuging. Einer von ihnen seufzte gerade erleichtert auf, während sein Urinstrahl auf die Straße plätscherte. Die anderen lachten, sodass sie nicht hörten, wie Thomas sich von hinten näherte, bis er nur noch wenige Schritte entfernt war. Der Mann, den er als ersten erreichte, fuhr zusammen und fluchte, doch als er sich nur einem Mann gegenübersah, musste er über seine Angst lachen.

»Noch so ein Bauer! Die scheinen sich zu vermehren wie die Karnickel. Aus dem Weg, Monsieur, Ihr stört vornehme Personen bei einer wichtigen Amtshandlung.«

Thomas sah, dass der Mann nicht mehr ganz sicher auf den Beinen stand. Er gab ihm einen kräftigen Stoß, und der Mann landete in einem Haufen klirrenden Metalls mitten auf der Straße.

»Ihr französischen Bastarde!«, rief Thomas. »Macht, dass ihr wegkommt!«

Einer der beiden anderen sah ihn überrascht an, aber Thomas ging auf ihn los und trat ihm kräftig gegen das Bein. Auch er ging zu Boden und versuchte mühsam, wieder auf die Beine zu kommen.

»Da hast du einen entscheidenden Fehler gemacht, Junge«, sagte der dritte Ritter. Er schien etwas standfester zu sein als die beiden anderen, und Thomas wich zurück, als er sah, wie er sein Schwert zog.

»Ihr denkt, Ihr könnt einen Ehrenmann beleidigen, ohne dass das Konsequenzen hätte?«

Der Ritter kam näher.

»Hilfe!«, schrie Thomas, dann, einer plötzlichen Eingebung folgend, rief er: *»Aidez-moi!«*

Der Ritter schwang sein Schwert, aber Thomas wich geschickt aus. Er hörte den Mann schnaufen, der offenbar einen sehr feucht-fröhlichen Abend im Wirtshaus hinter sich hatte. Wenn alles schiefgehen sollte, überlegte Thomas, könnte er immer noch wegrennen.

Der erste Mann, den er umgestoßen hatte, kam gerade klirrend wieder auf die Beine, als die Wirtshaustür aufflog und ein Dutzend Männer in Rüstungen mit erhobenen Schwertern herausgestürmt kam. Sie sahen einen Bauern, der um einen Ritter herumtänzelte, der offenbar nicht mehr weiterwusste, und einige von ihnen fingen spöttisch an zu lachen.

»Wirst du mit dem Tölpel nicht fertig, Pierre? Ausfallschritt, Mann! Spieß ihn auf!«

Der Ritter antwortete nicht, er war völlig auf den Bauern fixiert, der ihn gedemütigt hatte.

Thomas brach der Schweiß aus. Er sah, dass ein anderer jetzt einen schmalen Dolch gezogen hatte, und versuchte, sich ihm von der Seite zu nähern, entweder um selbst anzugreifen, oder um diesem Pierre Gelegenheit zu geben, ihn mit der langen Klinge selbst zu erledigen. Thomas hörte, wie der Mann albern vor sich hin kicherte. Er war zu betrunken, um gerade stehen zu können, doch er näherte sich ihm stetig.

Thomas hörte, wie Strange einen Befehl gab, und warf sich im selben Moment zu Boden.

»Er ist am Boden!«, hörte er jemanden jubelnd auf Französisch rufen. »Oder ist er nur umgefallen? Pierre?«

Die Stimme brach abrupt ab, als plötzlich Pfeile durch die Luft schwirrten. Pfeile, die von kraftvoll gespannten Sehnen abgeschickt wurden, und man hörte jedes Mal ein schmatzendes Geräusch, wenn ein Ritter getroffen war und fiel. Sie brüllten und riefen um Hilfe, aber immer noch flogen die Pfeile und drangen durch Rüstungen und Kettenpanzer, dass das Blut nur so spritzte. Thomas bemerkte, dass der Mann mit dem Dolch, der sich ihm genähert hatte, fassungslos auf den befiederten Schaft starrte, der hinter seinem Schlüsselbein herausragte, ein weiterer steckte in seinem Oberschenkel. Der Mann stieß einen Laut des Entsetzens aus und versuchte, sich zu seinen unsichtbaren Angreifern umzudrehen. Doch gerade als er sich mühsam mit seinem verletzten Bein umwandte, rappelte Thomas sich auf. Mit wütendem Gesicht zog er seinen Sax, trat dicht hinter ihn und legte den Arm fest um seinen Helm. Er zog den Kopf des Mannes zurück, der vor Angst wie gelähmt war und einen Metallkragen aus Eisenringen um den Hals trug. Thomas benutzte die schwere Klinge wie einen Hammer und hieb mit der ganzen Kraft seines Bogenarms dagegen, sodass die Klinge die Eisenringe durchschnitt und tief eindrang. Der Ritter erstarrte, er würgte und heulte, bis Thomas ihn losließ und er zu Boden glitt.

Die meisten der Ritter waren erledigt, doch ein paar der Verwundeten sammelten sich um einen Mann, der ihr Anführer zu sein schien. Mit Schrecken sah de Roche, wie Dutzende von dunkel gekleideten Männern mit Langbogen jetzt aus den Seitenstraßen kamen und von den Dächern kletterten. Schweigend kamen sie näher und bildeten einen Kreis.

Der Wirt war an die Tür gekommen und bekreuzigte sich, als er die Toten sah. Thomas machte eine ärgerliche Handbewegung, er solle wieder ins Haus gehen, und der Mann verschwand in der Geborgenheit seines warmen Wirtshauses.

»Monsieur!«, rief de Roche ihm zu. »Ihr könnt mich gegen Lösegeld gefangen nehmen. Braucht Ihr Gold?«

»Ich habe Gold«, erwiderte Thomas.

De Roche blickte in die Gesichter der Männer, die ihn und seine vier Ritter, die schlimm zugerichtet waren, umringten.

»Ihr wisst, dass der König von Frankreich nur ein paar Meilen von hier entfernt ist, Monsieur? Er und ich sind praktisch wie Brüder. Lasst mich am Leben, und man wird Euch für Eure Tat nicht belangen, zumindest nicht für diese Stadt.«

»Das versprecht Ihr? Bei Eurer Ehre?«, fragte Thomas.

»Bei meiner Ehre, ich schwöre es.«

»Und was ist mit dem übrigen Maine? Werdet Ihr das Gebiet ebenfalls in Frieden lassen? Wird der König seine Truppen zurückziehen?«

De Roche zögerte. Er hätte gern zugestimmt, aber es wäre eine zu offensichtliche Lüge gewesen. Doch seine Stimme klang nicht mehr ganz so hoffnungslos.

»Monsieur, wenn ich das veranlassen könnte, würde ich es tun. Aber es ist unmöglich.«

»Na gut. Dann Gott befohlen, Mylord.«

Thomas gab den Bogenschützen einen leisen Befehl, der französische Baron schrie auf und hob die Hände, worauf einer der Pfeile seine Handfläche durchschoss.

»Jetzt durchsucht die Leichen«, sagte Thomas schließlich, der sich plötzlich alt und müde fühlte. »Und schneidet ihnen die Kehlen durch, um ganz sicher zu sein. Wir können keine Zeugen brauchen.«

Die Männer machten sich an die Arbeit, als handle es sich um geschlachtete Gänse oder Schweine. Der eine oder andere der Ritter zuckte noch mit den Beinen, als sie ihn festhielten, aber nicht mehr lange.

Rowan trat zu seinem Vater, den Bogen in der Hand. Im Mondlicht sah er sehr blass aus. Thomas schlug ihm leicht auf die Schulter.

»Keine besonders angenehme Arbeit«, sagte er.

Rowan sah auf die Straße voller Leichen.

»Ja. Sie werden ziemlich wütend sein, wenn es sich herumspricht«, sagte Rowan.

»Gut. Sollen sie wütend sein. Am besten wäre es, sie würden so wütend werden, dass sie keinen vernünftigen Gedanken mehr fassen können und uns angreifen, wie in Azincourt. Damals war ich noch ein Kind, Rowan. Fast zu jung, um dem alten Sir Hew den Wassereimer zu tragen. Aber ich erinnere mich noch gut daran. Damals habe ich angefangen, mit dem Bogen zu üben. Und ich habe bis heute nicht aufgehört.«

London war einfach überwältigend, es war fast zu viel, um es auf einmal in sich aufzunehmen. Margaret war mit ihrem frisch angetrauten Gemahl von der Abtei in Titchfield nach Blackheath gefahren, wo sie zum ersten Mal die Themse gesehen hatte, auf der ausgerechnet in diesem Moment eine aufgedunsene Wasserleiche vorbeitrieb.

Der Reisegesellschaft des Königs war ein sonniger Tag beschert worden. Zwar war es kalt, aber der Himmel war strahlend blau. Der Bürgermeister und seine Ratsherren, alle in blauen Mänteln mit roten Kapuzen, hatten sie hier begrüßt. Die Prozession verbreitete eine Atmosphäre von großer Festfreude, als Margaret an der Hand des Bürgermeisters zu einer Kutsche geführt wurde, deren Zugpferde mit Schabracken aus weißer Seide geschmückt waren. Darin wurde sie jetzt dem staunenden Londoner Volk präsentiert, doch immer wieder musste sie ihren Mann ansehen, der neben ihr ritt. Als sie an der einzigen gemauerten Brücke angekommen waren, die die Hauptstadt mit den südlichen Grafschaften und der Straße zur Küste verband, war diese Stelle so verstopft, dass die Prozession zum Stillstand kam. Margaret bemühte sich, nicht neugierig Mund und Augen aufzusperren wie ein Mädchen vom Lande, aber die Londoner Brücke war so unglaublich, fast eine Stadt für sich, die sich hier auf weißen Steinbögen über den Fluss erstreckte. Sogar öffentliche Latrinen gab es hier, und Margaret errötete, als sie die Bretter mit den runden Sitzlöchern sah, die über dem Fluss hingen. Ganz langsam bewegte ihre Kutsche sich weiter, und sie entdeckte ein Wunder nach dem anderen, bis sie mitten auf der Brücke anhielten. Dreistöckige Gebäude drängten sich an beiden Seiten aneinander, aber auf einer kleinen Freifläche hatte man eine Art Bühne errichtet und den Unrat am Boden mit sauberem Schilf zugedeckt. Hier warteten zwei Frauen, als griechische Göttinnen geschminkt und kostümiert. Margaret riss die Augen auf, als die beiden an die Kutsche traten und ihr Blumengirlanden um die Schultern legten.

Eine der Frauen fing an, trotz des Lärms, den die vielen Menschen machten, Verse zu deklamieren, von denen Margaret nicht viel verstand, außer dass es sich um ein Loblied auf den Frieden zu handeln schien. Dann knallten die Peitschen wieder, und man fuhr weiter. Sie reckte den Hals, um Yolande zu sehen, die neben ihrem Mann Frédéric im Damensattel ritt. Als sich ihre Blicke trafen, mussten beide sehr an sich halten, um nicht vor Aufregung und Entzücken laut loszulachen.

Die Ratsherren zogen weiter mit ihnen durch die Straßen, begleitet von mehr Menschen, als Margaret jemals in ihrem ganzen Leben gesehen hatte. Die ganze Stadt schien gekommen zu sein. Ganz bestimmt konnte es doch außer all diesen Menschen nicht noch mehr Bewohner in London geben! Die Leute kämpften um die besten Plätze, sie kletterten auf Dächer und nahmen sich gegenseitig auf die Schultern, nur um einen Blick auf Margaret von England zu erhaschen. Fast glaubte sie, den Lärm und den Jubel auf der Haut zu spüren, und ihr schmerzten die Ohren.

Margaret hatte seit Stunden nichts mehr gegessen, ein kleines Detail, das man in der Organisation der Prozession durch die Hauptstadt vergessen hatte. Zwar war der Gestank auf den Straßen nicht geeignet, ihr Appetit zu machen, aber als sie in der Abtei von Westminster ankam, war sie schwach vor Hunger. Die Pferde, die ihre Kutsche gezogen hatten, durften sich ausruhen, und Henry selbst nahm jetzt ihre Hand, um sie in die Kirche zu führen.

Es war ein seltsames Gefühl, seine warme Hand auf der ihren zu spüren. Sie war sich nicht sicher gewesen, was sie nach der Hochzeit in Titchfield zu erwarten hatte, aber sie war in den Tagen danach nicht eine Minute mit dem jungen König allein gewesen. Besonders William und Lord Somerset schienen entschlossen, den König bei jeder Gelegenheit von ihr fernzuhalten. Nachts schlief sie allein, und als sie erst gefragt und schließlich energisch Auskunft verlangt hatte, wo der König denn sei, teilten ihr die verlegenen Diener mit, er sei zur nächsten Kapelle geritten, um dort die Nacht im Gebet zu verbringen. Allmählich fragte sie sich, ob ihr Vater mit seiner Ansicht über die Engländer nicht doch recht hatte. Es gab bestimmt nicht viele Französinnen, die eine Woche nach ihrer Hochzeit immer noch Jungfrau waren. Margaret drückte Henrys Hand, und er sah sie an. Auf seinem Gesicht lag ein Ausdruck großer Freude, als er mit ihr über die Fliesen der ältesten Abtei Englands schritt.

Margaret wollte sich nicht anmerken lassen, wie überwältigt sie war, als sie in dieses Kirchengebäude trat, das mit seinem hohen Deckengewölbe aus Steinbögen noch viel großartiger war als die Kathedrale von Tours. Spatzen flogen in der kalten Luft umher, und sie glaubte, in diesem Raum wirklich die Gegenwart Gottes zu spüren.

Das gesamte Kirchenschiff war mit Menschen gefüllt, die auf Holzbänken saßen. Beim Anblick dieser Menschenmenge wurde ihr Schritt unsicher, sodass Henry seinen Arm um sie legte.

»Jetzt haben wir es bald geschafft«, sagte er und lächelte sie an.

Eine Gruppe von Bischöfen mit vergoldeten Hirtenstäben ging vor ihnen her, und Margaret wurde zu den zwei Thronsesseln geführt, wo sie und Henry erst vor dem Altar niederknieten, um den Segen zu empfangen, ehe sie sich zu den fremden Gesichtern umwandten und Platz nahmen. Margarets Blick schweifte über die Menge, wo sie in der ersten Reihe ihren Vater entdeckte, der einen äußerst selbstzufriedenen Eindruck machte. Sein Anblick verdarb ihr diesen schönen Tag ein wenig, aber sie überwand sich und nickte dem alten Teiggesicht artig zu. Vermutlich würde jeder Vater dabei sein wollen, wenn seine Tochter zur Königin gekrönt wurde. Doch zu ihrer Hochzeit war er nicht gekommen, noch hatte er es für nötig befunden, ihr mitzuteilen, dass er seine Reise unterbrechen würde, um nach England zu kommen.

Die Menschen in der Kirche aßen und tranken und genossen die Feiertagsstimmung. Margaret knurrte der Magen beim Anblick eines kalten Brathähnchens, das man sich in einer Kirchenbank weiterreichte. Dann wurde ein großer weißgoldener Mantel um ihre Schultern gelegt, und der Erzbischof begann auf Lateinisch mit der Krönungszeremonie.

Sie schien eine Ewigkeit dazusitzen und versuchte, nicht zappelig zu werden. Wenigstens gab es für sie als Ehefrau und Königin jetzt kein Gelöbnis mehr, das sie auswendig hersagen musste. Es war nicht ihre Aufgabe, für die Sicherheit des Königreiches zu sorgen. Die Worte des Erzbischofs nahmen kein Ende und dröhnten durch den großen Raum.

Margaret spürte das Gewicht der Krone, die man ihr aufs Haupt gedrückt hatte. Unwillkürlich hob sie die Hand und berührte das kalte Metall, genau in dem Moment, als die Menge in der Kirche in donnernden Applaus und Jubelrufe ausbrach. Sie fühlte sich benommen, doch sie biss sich auf die Lippen und gab sich alle Mühe, nicht ohnmächtig zu werden. Jetzt war sie Königin von England, und Henry nahm ihren Arm und führte sie durch das Kirchenschiff nach draußen.

»Ich bin so glücklich«, sagte er unter dem Jubel und dem Applaus der Menge. »Wir brauchen den Waffenstillstand dringend, Margaret. Ich kann nicht jede Nacht im Gebet verbringen. Manchmal muss ich auch schlafen, und ohne Waffenstillstand fürchtete ich das Schlimmste. Doch jetzt, wo du Königin bist, kann ich meine Vigil beenden.«

Verwirrt sah Margaret ihn an. Er sah wirklich glücklich aus, also neigte sie nur den Kopf und ging an seiner Seite hinaus in den Sonnenschein, um sich abermals den Londonern zu zeigen.

An den Bäumen zeigten sich die ersten grünen Knospen, doch der Wind, der an den Zweigen und Ästen zerrte, war noch kalt wie im Winter. Thomas sehnte sich nach wärmerem Wetter, obwohl er wusste, dass damit auch die Franzosen nach Maine kommen würden. Es war jetzt einen Monat her, seit er und seine Leute die französischen Ritter und ihren Baron umgebracht hatten. Selbst Strange musste zugeben, dass ihr erster Racheakt gut für die Anwerbung gewesen war. Nach diesem ersten Erfolg hatten sich ihnen Männer angeschlossen, die alle im Begriff gewesen waren, Frankreich zu verlassen. Sie hatten sich der kleinen Gruppe angeschlossen und ihre Anzahl verdoppelt.

Thomas sah zur Seite auf seinen Sohn, der auf dem Bauch im hohen Ginster lag. Er war stolz auf Rowan, aus dem ein Mann geworden war, doch dann ernüchterte ihn dieser Gedanke. Er wollte nicht, dass der Junge getötet würde, aber andererseits konnte er ihn auch nicht wegschicken. Gerade jetzt nicht. Es waren zu viele Menschen, für die Thomas der letzte Strohhalm war, an den sie sich klammern konnten. Falls er Rowan zu seiner Mutter und den Schwestern ins sichere England schickte, würde das von den anderen als ungutes Zeichen aufgefasst werden.

Thomas nahm in der Ferne eine Bewegung wahr und setzte sich auf. Wer auch immer dort ankam, würde seinen Kopf nicht sehen können. Er sah Reiter in gemächlichem Schritttempo näher kommen, offenbar wollten sie die Männer, die zu Fuß neben ihnen gingen, nicht zurücklassen.

»Siehst du sie, Rowan? Der Himmel meint es heute gut mit uns, Junge. Er meint es sogar verdammt gut mit uns.«

Rowan, noch immer im grünen Dickicht verborgen, lachte leise. Zusammen sahen sie zu, wie die Gruppe langsam die Straße entlangzog. Es waren vielleicht vierzig Ritter, aber Thomas widmete besonders dem Fußvolk seine Aufmerksamkeit. Auf sie hatte er gewartet. Diese Leute trugen Bogen, die aussahen wie sein eigener. Es waren doppelt so viele wie die anderen Bewaffneten, die sie begleiteten, und sie waren nicht mit Gold aufzuwiegen.

Als der Trupp nur noch ein paar Hundert Meter entfernt war, stand Thomas auf und erwartete sie. Er sorgte dafür, dass sein Bogen gut sichtbar, aber nicht gespannt war, denn er wusste, dass sie so weit im Inneren von Maine mit Überfällen rechnen würden. Er sah, wie eine Bewegung durch die Reihen ging, als sie die beiden Fremden an der Straße entdeckten, und Thomas sah, wie ein Mann den anderen jetzt Befehle gab. Er hatte Baron Strange zurückgelassen und wünschte sich jetzt fast, er hätte ihn hierher mitgenommen. Die Edelleute hatten ihre eigenen Manieren und Umgangsformen, aber dieser hier war Fremden gegenüber ganz besonders misstrauisch.

»Wenn dies eine Falle ist«, murmelte Thomas, »flüchtest du, hast du verstanden?«

»Verstanden«, sagte Rowan.

»Gut, mein Junge. Bleib jetzt hier – und wenn sie mich festnehmen, lauf, was du kannst.«

Thomas ging auf die Gruppe zu, die bei seinem Anblick stehen geblieben war. Ihm war mulmig, als er sah, dass mehr als hundert Augenpaare ihn anstarrten, aber er versuchte es zu ignorieren und konzentrierte sich auf den Anführer.

»Woodchurch?«, rief der Mann, als er etwa zwanzig Schritt entfernt war.

»Das bin ich«, erwiderte Thomas.

Der Lord wirkte erleichtert.

»Baron Highbury. Das hier sind meine Leute. Man sagte mir, Ihr würdet einen kleinen Jagdausflug organisieren, wenn ich hier auf Euch treffe.«

»Da habt Ihr ganz recht, Mylord.«

Thomas war bei dem Mann angekommen und ergriff die gepanzerte Hand, die dieser ihm entgegenstreckte. Highbury hatte einen großen schwarzen Bart, der unten gerade geschnitten war, wie das Blatt eines Spatens.

»Der Duke von York hat entschieden, dass es keine privaten Ausflüge nach Maine geben soll, Master Woodchurch. Das heißt – wir sind nicht hier, wenn Ihr wisst, was ich meine. Aber da wir nun einmal auf der Jagd sind und wenn wir dabei zufällig auf ein paar französische Mordbrenner treffen, dann kann ich für das Verhalten meiner Leute nicht garantieren. Nein, jedenfalls nicht unter solchen Umständen.«

Das Lachen des Mannes war grimmig, und Thomas fragte sich, ob er auch zu denen gehörte, deren Familien oder Freunde unter den Franzosen gelitten hatten. Er nickte, diese Regeln konnte er akzeptieren.

»Seid Ihr von weither gekommen, Mylord?«

Highbury schnaufte leise.

»Jetzt aus der Normandie. Aber ursprünglich komme ich aus dem Anjou. Ich hoffe, dass ich meinen Landsitz eines Tages wiedersehe.«

»Dazu kann ich nichts sagen, Mylord. Aber Maine ist ein gutes Jagdgebiet, so viel kann ich Euch versprechen.«

»Dann muss das im Moment wohl genügen, nicht wahr? Geht also voran, Woodchurch. Ich vermute, Ihr habt irgendwo ein Lager? Meine Männer müssen sich ausruhen.«

Thomas lachte leise. Der Mann war ihm auf Anhieb sympathisch.

»Das habe ich, Mylord. Ich zeige es Euch.«

Er schlug einen leichten Hundetrab an, und die englischen Bogenschützen folgten ihm. Er bemerkte, dass sie ohne ein Zeichen der Ermüdung liefen. Rowan erschien bei ihm, und er stellte den Männern seinen Sohn vor. Die zeigten mehr Interesse an Rowans Bogen als an dem Jungen selbst, was Thomas amüsierte.

»Ihr könnt an den Zielscheiben gegen meinen Sohn antreten, Jungs. Ich setze ein Goldstück auf ihn.«

Bei dieser Aussicht hob sich die Laune der mürrischen Bogenschützen ein wenig.

»Ihr seid also einer kleinen Wette nicht abgeneigt?«, rief Highbury von hinten. »Dann setze ich zwei Goldstücke auf meine Männer.«

Thomas führte grüßend die Hand an die Stirn, zum Zeichen, dass er einverstanden sei. Der Tag hatte gut angefangen, und er würde noch besser werden. Er versuchte, nicht an die französische Armee zu denken, die über Täler und Hügel auf dem Marsch nach Maine war.

13

Mit Überraschungen ist das so eine Sache, dachte Thomas. Es ist, als hätte man Münzen in der Tasche, schwer und wertvoll, aber man kann sie nur auf einmal ausgeben. Thomas hatte schon früher französische Soldaten gesehen, aber das war nichts gegen die gut organisierten Trupps, die sich jetzt in Reih und Glied auf einer der Hauptstraßen von Maine näherten. Was er aus seiner Jugend kannte, waren elende Bettler, halb verhungert, und jeder hatte das an, was er irgendwo hatte auftreiben können. Es war windstill, er konnte sie singen hören und schüttelte unwillig den Kopf. Er empfand dieses französische Lied wie eine gezielte Beleidigung.

Die Soldaten der englischen Armeen rekrutierten sich gewöhnlich aus den Bewohnern der Armenviertel von Städten wie Newcastle, York, Liverpool oder London, sie kamen aus dem Bergbau und von den Äckern, oder es waren Lehrlinge, die ihrem Meister davongelaufen waren und keine andere Bleibe hatten. Er selbst war freiwillig gegangen, aber es gab viele, die einfach zu betrunken gewesen waren, um den Werbern zu entkommen, die durch die Dörfer zogen. Es spielte keine Rolle, wie es passierte. Wenn man erst mal drin war, war man drin, egal, welche Zukunftspläne man gehabt haben mochte. Natürlich war es für manche unerträglich, aber wer sich davonmachte, auf den warteten schwere Strafen. Selbst wenn es jemand schaffte, in einer stockfinsteren Nacht zu desertieren, wurde er meist zu Hause von seiner eigenen Familie gemeldet, verführt durch die Belohnung, die es gab, wenn man den Truppen des Königs einen Mann zurückbrachte.

Thomas dachte nicht gerne an die ersten Monate seiner militärischen Ausbildung zurück. Er hatte sich freiwillig gemeldet, nachdem er seinem Vater eine längst überfällige Abreibung verpasst hatte. Wenn er nicht zum Militär gegangen wäre, hätte er riskiert, vor den Richter gezerrt zu werden, sobald das alte Ekel aufwachte und merkte, dass ihm die Schneidezähne fehlten. Selbst jetzt, nach so vielen Jahren, bereute Thomas es noch immer, dass er ihn damals nicht umgebracht hatte. Doch sein Vater war längst tot und hatte ihm nichts hinterlassen außer seiner Veranlagung zum Jähzorn, der auch bei Thomas stets unter der Oberfläche schwelte.

Er hatte Derry Brewer gleich am ersten Tag kennengelernt, als sie zusammen mit vierhundert jungen Männern übten, im Gleichschritt zu marschieren. Sie hatten in diesem ersten Monat keine einzige Waffe in die Hand bekommen, stattdessen gab es endlosen Drill, um Kraft und Ausdauer zu steigern. Schon damals konnte Derry länger und schneller rennen als alle anderen und hatte danach noch immer genügend Kraft, um einen Mann mit den bloßen Fäusten niederzuschlagen. Thomas schüttelte den Kopf, diese Erinnerung war ihm jetzt verleidet. Er und Derry waren damals Freunde gewesen, aber Derry hatte den Besitz der Familie Woodchurch weggegeben, er war verantwortlich für das, was jetzt in Anjou und Maine passierte. Egal, was die Zukunft bringen mochte, sie standen nicht mehr auf derselben Seite.

Thomas sah hinüber zu seinen Leuten, die am Waldrand standen. Er hatte sich über ihre grün gefärbten Kleider lustig gemacht und gesagt, das habe Robin Hood schließlich auch nicht geholfen. Sie hatten viel Zeit damit verbracht, das Blau des Färberwaids mit gelber Stofffarbe zu mischen, bis sie das gewünschte Tiefgrün erzielt hatten. Thomas hätte es lieber gesehen, wenn sie ihre Zeit mit Schießübungen verbracht hätten, aber schließlich musste er zugeben, dass Strange mit dieser Idee recht gehabt hatte. Selbst wenn man wusste, dass sie da waren, waren die Bogenschützen noch immer verdammt schwer zu erkennen, wie sie dort hockten und warteten. Thomas versuchte, Rowan unter ihnen auszumachen. Der Junge zeigte bisher noch keinerlei Anzeichen, dass er den väterlichen Jähzorn geerbt hatte, vielleicht hatte er zusammen mit der Muttermilch auch den mütterlichen Gleichmut in sich aufgenommen statt die väterliche Galle. Vielleicht würde es sich auch erst herausstellen, wenn es ans Töten ging, wie es bei Thomas selbst auch gewesen war. Das war eine weitere Gemeinsamkeit mit Derry gewesen. Sie konnten beide bei Kämpfen geradezu in Raserei verfallen. Egal, wie hart sie zuschlugen, sobald ihr Zorn erwacht war, war er nicht mehr zu bändigen, wie ein wildes Tier, das an den Käfigstangen rüttelt und freigelassen werden will.

Langsam wandte Thomas sich wieder den Truppen zu, die zu Fuß und zu Pferde auf der Straße daherkamen, als seien sie auf dem Weg zu einem Volksfest. Sie hatten keine Späher vorausgeschickt, alle waren gut und warm angezogen und trugen solide Schwerter und Lanzen. Sogar ein Trupp Armbrustschützen war dabei, sie hatten ihre Waffen entspannt und über die Schulter gelegt und liefen scheinbar sorglos neben den anderen her. Thomas biss die Zähne zusammen, der Anblick gefiel ihm gar nicht.

In der Ferne entdeckte er den Geleitzug des französischen Königs. Auf schönen grauen Pferden mit blauem oder rotem

Kopfschmuck kamen sie angetrabt. Es war Frühling, und das Anjou lag hinter ihnen. Dort hatten sie sich monatelang aufgehalten und reichlich dem Wein zugesprochen. Thomas wusste, dass sie ihn nicht sehen konnten. Seine zwei Dutzend Pfeile warteten. Er hatte einen Teil seines Ertrags von der Wolle und dem Fleisch dafür geopfert, im Laufe des Winters so viele Pfeile wie möglich befiedern zu lassen. Denn so viel war sicher – diese Pfeile würden sich seine Männer hinterher nicht wieder zurückholen können.

Einen Augenblick überlegte er, ob er mit dem Angriff warten sollte, bis er den König vor sich hatte. Ein Pfeil im königlichen Hals könnte der Sache nur dienlich sein, wie ein donnernder Glockenschlag würde es durch Frankreich dröhnen und allen Menschen zeigen: Maine kämpft. Doch die Leibgarde des Königs hatte Brustpanzer aus dickerem Eisen. Viele von ihnen trugen zusätzliche Schichten aus Leder und Polsterung unter ihren Rüstungen. Diese Kleidung wog furchtbar schwer, aber es waren ausnahmslos große, kräftige Männer, die auch mit diesem zusätzlichen Gewicht noch kämpfen konnten.

Thomas zögerte, wieder dachte er an seine Verantwortung – und an den Vorteil des Überraschungsmoments. Wenn der vorüber war, wenn dieser Trumpf ausgespielt war, würden er und seine Männer es mit einer rasenden Armee zu tun bekommen, die man aus ihrer Ruhe und Beschaulichkeit herausgerissen hatte. Mit einer Armee aus Hunderten von Rittern, die sie wie Füchse auf der Jagd verfolgen und zur Strecke bringen würden. Das hatte er schon so manches Mal erlebt, wenn Bogenschützen sich im offenen Gelände nicht mehr verteidigen konnten und schließlich einfach abgeschlachtet wurden.

Thomas wusste gar nicht so recht, wann er eigentlich zum Anführer dieses zusammengewürfelten Haufens geworden war, aber selbst Highbury akzeptierte ihn in dieser Position, besonders nachdem er und Strange sich in einem Streit über ihre gemeinsamen Vorfahren fast an die Gurgel gegangen wären.

Thomas grinste. Das war ein guter Abend gewesen, an dem seine Männer im Wald um ein riesiges Feuer gesessen und gesungen hatten. Vielleicht hatte Robin Hood mit seinen grün gewandeten Männern auch solche Abende erlebt.

Er traf seine Entscheidung. Er müsste sich gezielt den König vornehmen. Es brauchte nur einen glücklichen Pfeil, und alles wäre zu Ende, ehe es richtig angefangen hatte, diese Gelegenheit konnte er sich nicht entgehen lassen. Die französischen Soldaten marschierten weiter, nur durch zweihundert Yards Gebüsch und Heideland von ihnen getrennt, ehe die Bäume sich hinter ihnen zu einem ausgedehnten Wald verdichteten. Bei Azincourt hatten die Engländer sechstausend Bogenschützen gehabt, die aus dieser Entfernung einen Gegenstand von der Größe eines Kopfes trafen und ohne Unterbrechung schießen konnten, zehn- bis zwölfmal in der Minute. Er hatte Highburys Bogenschützen und seine eigenen Veteranen jeden Tag üben lassen, bis sie seine persönliche Prüfung bestanden – nämlich wenn ihr rechter Arm stark genug war, um zwei Walnüsse in der Ellenbeuge zu zerdrücken.

Thomas stand langsam auf und atmete tief durch. Die Reihe der Bogenschützen, eine Viertelmeile lang, erhob sich mit ihm. Die Männer trommelten nervös auf ihre Bogen und Pfeile, was angeblich Glück bringen sollte. Er hob sein Jagdhorn an die Lippen, das er an einem Lederband um den Hals trug, und entlockte ihm einen rauen Ton. Dann ließ er es fallen und legte auf sein erstes Ziel an.

Die französischen Soldaten, die in unmittelbarer Nähe an ihm vorbeigingen, blickten bei dem Hornsignal überrascht um sich. Thomas visierte an seinem Pfeil entlang einen Mann mit Rüstung an, der an der Reihe der geschulterten Spieße entlanggeritten kam, um zu sehen, was da los war. Einige von ihnen zeigten auf die Baumreihe, und der Mann riss sein Pferd herum, klappte sein Visier hoch und starrte herüber.

Thomas' Sehkraft hätte ihm das Lesen unmöglich gemacht – wenn er denn je lesen gelernt hätte –, denn die Buchstaben wären alle verschwommen. Aber auf die Entfernung hatte er die Augen eines Falken. Er sah, wie der Ritter zusammenzuckte, als er offenbar etwas gesehen hatte oder zumindest ahnte, was ihnen drohte.

»Überraschung«, flüsterte Thomas. Er ließ die Sehne los, und der Pfeil traf den Ritter mitten ins Gesicht, gerade als er seine Leute warnen wollte. Er stürzte rücklings über die Kruppe seines Pferdes und ging zwischen den Lanzenträgern zu Boden.

Jetzt ließen die Männer, die in langer Reihe am Waldesrand gewartet hatten, ihre Pfeile los. Der Rhythmus der Sehnen war Thomas so vertraut wie sein Atem. Das war der Grund, weshalb er sie so unerbittlich gedrillt hatte, bis ihre Fingerspitzen unförmig angeschwollen waren. Seine Bogenschützen bückten sich zu den Pfeilen hinunter, die in der schwarzen Erde steckten, zogen einen heraus, legten an und spannten die Sehne. Das Zurückschnellen der Sehne war ein Ton, den er liebte. Zweihundert Männer, eine Viertelmeile lang, die wieder und wieder in die dicht gedrängte Menge von Soldaten schossen.

Die Franzosen liefen in Panik und mit hilflosem Geschrei noch dichter zusammen, und die Pfeile pfiffen und trafen. Hunderte von ihnen fielen oder stürzten verletzt zu Boden, und in Thomas' Kopf dröhnte wortlos ein Schlachtruf, als er sah, wie die Männer der königlichen Leibgarde getroffen wurden und unter dem Aufprall taumelten.

Unter diesem schweren Beschuss hielten die Ritter schützend ihre Schilde über König Charles und brüllten Kommandos. Hornsignale tönten durchs Tal, und Thomas sah tausend Mann oder mehr, die jetzt angestürmt kamen. Französische Reitertrupps gaben ihren Tieren die Sporen und galoppierten mit gezogenen Schwertern auf die Lücke zu, die in ihre Reihen geschlagen worden war, eine blutige Schneise, wie der Fußabdruck eines Riesen, der alles unter sich zermalmt hatte.

Thomas schickte drei seiner kostbaren Pfeile mit Dolchspitzen in Richtung des Königs, ehe er sich wieder auf die Männer vor ihm konzentrierte. Ihre Verluste waren größer, als er zu hoffen gewagt hatte, aber das bedeutete jetzt auch, dass die Ziele geringer wurden, und er sah Dutzende von Pfeilen, die durch die Menge flogen und nichts trafen.

»Zielt auf Reiter und Pferde!«, brüllte er die Reihe entlang. Er sah, wie hundert Bogenschützen sich fast gleichzeitig umdrehten und auf dieselben Ziele anlegten. Mancher Ritter, der zu Hilfe eilten wollte, wurde gleich von einem Dutzend Pfeile getroffen und war schon tot, noch ehe er am Boden aufschlug. Thomas fluchte, als er sah, wie der König im Sattel gestikulierte, immer noch höchst lebendig, obwohl die Rüstungen der Edelleute um ihn herum fast alle rot vom Blut waren. Sie versuchten, durch die Menge der ankommenden Kämpfer einen Weg für den König in die entgegengesetzte Richtung freizumachen, und immer noch schossen die Bogenschützen, bis sie sich bückten und kein Pfeil mehr übrig war.

Thomas sah in seinen Köcher, wie er es immer tat, auch wenn er wusste, dass er leer war. Vierundzwanzig Pfeile waren verschossen, in einer Zeitspanne, die ihm nicht länger als ein Herzschlag erschienen war. In der französischen Armee ging es jetzt zu wie in einem Bienenkorb, den irgendein Tölpel umgestoßen hatte. Sie waren gerade dabei, sich über den Bergen von Toten neu zu sammeln, als der Ansturm der Pfeile nachließ.

Jetzt wurde es Zeit zu rennen. Thomas hatte mit wachsender Freude beobachtet, was für ein Chaos sie angerichtet hatten. Diesen Anblick würde er nie vergessen. Doch jetzt mussten sie ihre Aufmerksamkeit anderen Dingen zuwenden. Ein letzter kurzer Blick bestätigte ihm, dass der französische König noch lebte und von seinen Männern eilig in Sicherheit gebracht wurde. Thomas keuchte schwer und musste erst ein paarmal tief Luft holen, ehe er ins Horn stoßen konnte.

Bei dem Signal löste sich die Reihe der Bogenschützen sofort auf, die Männer machten kehrt und rannten durch den Wald davon. Weitere Hornsignale ertönten jetzt hinter ihnen, und wieder einmal überfiel Thomas die Angst des Gejagten.

Sein Atem ging laut und rasselnd, als er durch das dichte Unterholz lief. Seine Schulter blieb an einem Ast hängen, unter dem er sich hindurchducken wollte, er stürzte, rappelte sich wieder auf und lief im selben Tempo weiter. Er hörte das Schnauben und Stampfen der Pferde, als die Ritter den Wald erreicht hatten und anfingen, sich einen Weg hindurchzubahnen.

Links sah er in einiger Entfernung einen seiner Männer stolpern, und wie aus dem Nichts erschien ein französischer Ritter und stieß dem Mann, der gerade aufstehen wollte, seine Lanze in den Rücken. Thomas legte einen weiteren Spurt ein, entsetzt darüber, wie schnell die Franzosen sich wieder gesammelt hatten. Verzweifelt hoffte er, dass es sich bei diesem Ritter nur um einen einzelnen handelte, der den anderen voraus war. Wenn sie alle so schnell mit dem Gegenangriff waren, würde er die Hälfte seiner Männer verlieren, ehe sie die Aue auf der anderen Seite des Waldes erreicht hatten.

Dicht hinter sich hörte er Hufgetrappel und das Klirren von Pferdegeschirr. Instinktiv wich er aus, dann hörte er jemanden auf Französisch fluchen, weil er sein Ziel verfehlt hatte. Die Lanzenspitze des Mannes bohrte sich in den Boden, aber der Mann war zu klug, um sich daran festzuhalten. Thomas wagte nicht, sich umzusehen, aber neben dem Knacken seiner eigenen Schritte hörte er jetzt, wie ein Schwert gezogen wurde. Er duckte sich und erwartete den Hieb, als sich plötzlich der Wald vor ihm lichtete.

Thomas hetzte aus dem Wald hinaus und sah sich in der Frühlingssonne einer Reihe seiner eigenen Bogenschützen gegenüber, die ihre Pfeile auf ihn gerichtet hatten. Schnell warf er sich zu Boden, und die Salve schwirrte über seinen Kopf hinweg. Er hörte ein Pferd schmerzhaft aufwiehern, und zum ersten Mal wagte er es, hinter sich zu blicken, wo sein Verfolger gerade in vollem Galopp abgeworfen wurde, als sein Pferd mit durchschossener Lunge zusammenbrach.

Thomas zwang sich aufzustehen und weiterzulaufen und kam mit rotem Kopf und völlig außer Atem bei seinen Männern an, die längst den zweiten Vorrat an Pfeilen erreicht hatten, die hier bereit gelegen hatten. Er dankte Gott, dass die jüngeren Männer in dem unwegsamen Gelände schneller vorangekommen waren als er selbst. Der abgeworfene Ritter schickte sich gerade an aufzustehen, als Thomas einen neuen Pfeil anlegte und den Hals des Mannes durchschoss.

Die Lichtung war breiter als tief, eigentlich war es nur ein offener Streifen Land, dicht bewachsen mit Farn, Dornenhecken und ein paar alte Eichen, die um einen Teich standen. Für seine Männer war es ein naheliegendes Rückzugsgebiet gewesen. Sie hatten den Vorteil, die Gegend zu kennen, weil sie als Jungen hier gespielt, geangelt und Eidechsen gefangen hatten.

Thomas suchte unter den Männern nach Rowan und atmete erleichtert auf, als er ihn bei den anderen stehen sah, denn bei der wilden Flucht durch den Wald hatten sie Verluste gemacht. Doch noch ehe er seinem Sohn etwas zurufen konnte, hörte man Äste krachen, und schon brachen die Reiter aus dem Wald hervor.

Sie starben praktisch im selben Moment, da sie auf die Lichtung kamen. Schließlich stolperten die letzten von Thomas' Bogenschützen unter ihnen umher, einige selbst zu Tode verwundet. Der eine oder andere wurde auch von den eigenen Leuten getötet, die jetzt auf alles schossen, was sich noch bewegte.

Thomas wartete, dass sich sein wildes Herzklopfen beruhigte. Aus dem Wald drang das Knacken von Ästen, und man hörte Hornsignale, aber die Anzahl der Männer, die es noch bis zu ihnen schaffte, nahm weiter ab.

Das war also ihre Überraschung für die Franzosen gewesen. Ihr Trumpf war ausgespielt. Jetzt wussten die Franzosen, dass sie mit Maine rechnen mussten. Aber Thomas ließ einen lauten Fluch los, weil der französische König den Angriff überlebt hatte. Ein einziger Pfeil am richtigen Ort, und sie hätten an einem Tag alles gewonnen, vielleicht wären sogar Hof und Familie gerettet gewesen.

Er wartete noch eine Weile, aber es kamen keine Soldaten mehr aus dem Wald. Thomas wollte nach seinem Horn greifen, musste aber feststellen, dass er es verloren hatte, nur ein schmerzender Striemen am Hals erinnerte daran, wo es gehangen hatte. Er hatte nicht bemerkt, wie es abgerissen worden war, und rieb sich verwundert den Hals. Dann steckte er zwei Finger in den Mund und tat einen lauten Pfiff.

»Rückzug!«, rief er und gestikulierte mit seinem schmerzenden rechten Arm.

Sofort drehten die Männer sich um und liefen so schnell es ging in Richtung des Waldes auf der anderen Seite. Thomas sah zwei Männer, die einen Freund trugen, während andere Verletzte vergeblich um Hilfe riefen, sie mussten zurückgelassen werden und verbluteten. Auch er musste sich ihnen gegenüber taub stellen.

Margaret war überwältigt vom Londoner Tower. Nicht nur, weil das Schloss von Saumur im Vergleich dazu eine Köhlerhütte war. Der Tower war so groß wie ein ganzes Dorf, umschlossen von mächtigen Mauern mit Torhäusern. Es war eine alte Festung, die zum Schutz der mächtigsten Stadt Englands gebaut worden war, und Margaret hatte sich daran gemacht, jeden Winkel zu erkunden, so wie sie es als Kind im Schloss von Saumur getan hatte.

Der Frühling zog ein, alles grünte und spross, doch den Gestank der Stadt konnten die lauen Lüfte auch nicht forttragen. Selbst dort, wo es noch römische Abwasserkanäle gab, spülten die schweren Regengüsse nur alten Dreck nach oben, der sich mit der Masse stinkenden Schlamms über die Straßen der Stadt ergoss. In allen Gassen wurden Töpfe mit Urin und Kot entleert, wobei sich ein tiefer Morast aus menschlichem und tierischem Unrat bildete, der sich mit den verfaulenden Eingeweiden und dem Blut von geschlachteten Tieren vermischte. Der Gestank war unbeschreiblich, und Margaret hatte gesehen, dass die Londoner über ihren Stiefeln hölzerne Galoschen trugen, mit denen sie wie auf Stelzen gingen.

Man hatte ihr erzählt, wenn die Planeten in einer besonderen Konstellation zueinander stünden, würden giftige Dämpfe aufsteigen und unter der Bevölkerung die Sommerpest ausbrechen. William hatte ihr erzählt, als sein Vater noch ein Kind war, hätten in London noch viel mehr Menschen gelebt, aber Kriege und Pest hatten zahllose Opfer gefordert. Außerhalb der Stadt gab es viele verlassene Dörfer, die langsam von der Natur zurückerobert wurden, weil die Bewohner entweder geflohen waren, oder, wenn sie krank waren, von ihren Mitbewohnern in den Häusern eingeschlossen worden waren, bis sie starben und man sie vergaß. Doch London hatte überlebt. Man sagte, die Menschen hier seien dagegen abgehärtet, sie konnten diese Luft atmen und essen, was sie wollten, sie überlebten trotz allem.

Margaret erschauerte bei dem Gedanken. An diesem Frühlingstag im Tower erschien ihr der blaue Himmel mit den weißen Wölkchen wie ein Gemälde. Vögel schwirrten umher, und auch die Luft schien ganz erträglich hier oben auf der Mauer, wo sie spazieren gehen konnte und mit den errötenden Soldaten sprach, die sich plötzlich einer fünfzehnjährigen Königin gegenübersahen.

Sie blickte nach Süden und stellte sich vor, dass dort irgendwo jenseits des Meeres das Schloss von Saumur war.

Ihre Mutter hatte in einem ihrer Briefe die finanzielle Situation zu Hause geschildert. Nun, das war eine Sache, bei der Margaret Abhilfe schaffen konnte. Ein Wort von ihr hatte genügt, und Henry hatte zwölfhundert Pfund in Silber geschickt, genug, um den Besitz mindestens zwei weitere Jahre zu finanzieren. Margaret runzelte die Stirn, als sie daran dachte. Ihr Mann war wirklich sehr großzügig. Er erfüllte ihr jeden Wunsch – und doch stimmte irgendetwas nicht mit ihm, das spürte sie. Yolande war wieder in die Heimat ihres Mannes zurückgekehrt, und sie wagte nicht, sich einem anderen Menschen anzuvertrauen. Sie überlegte, ob sie ihr einen Brief schreiben sollte, aber sie vermutete, dass man ihre Briefe lesen würde, zumindest während der ersten paar Jahre. Sie fragte sich, ob es eine Möglichkeit gäbe, ihr bestimmte Fragen über Männer zu stellen, ohne dass Derry Brewer es durchschaute. Sie stand da und schüttelte den Kopf. Sie bezweifelte, dass es ihr jemals möglich sein würde, etwas zu äußern, ohne dass dieser irritierende Mensch etwas davon erfuhr.

Wenn man vom Teufel spricht!, dachte Margaret, denn in diesem Moment sah sie ihn, wie er auf den höchsten Punkt der Mauer kletterte und lächelte, als er sie entdeckte.

»Königliche Hoheit!«, rief er. »Ich hörte, dass Ihr hier seid. Ich muss Euch gestehen, mir ist fast das Herz stehen geblieben bei dem Gedanken, dass Ihr hier zu Tode stürzen könntet. Es würde auf der Stelle einen Krieg auslösen, und alles nur wegen eines losen Steins oder eines kleinen Fehltritts. Ich wäre sehr beruhigt, wenn Ihr mit mir nach unten kommen würdet, und ich glaube, die Soldaten wären es auch.«

Er trat zu ihr, nahm sanft ihren Arm und versuchte, sie vorsichtig zur nächsten Treppe zu geleiten. Margaret empfand plötzlich einen großen Widerwillen und weigerte sich mitzukommen.

»Mylady?«, fragte Derry und machte ein verletztes Gesicht.

»Ich falle schon nicht, Master Brewer. Und ich bin auch kein Kind mehr, das man in Sicherheit bringen muss.«

»Ich glaube, der König wäre nicht sehr glücklich bei dem Gedanken, dass seine junge Frau hier oben auf der Mauer herumklettert, Mylady.«

»Wirklich? Ich glaube eher, er wäre ganz zufrieden damit. Ich denke, er würde sagen: ›Wenn Margaret es will, Derry, dann bin ich damit einverstanden.‹ Glaubt Ihr nicht auch?«

Einen Augenblick funkelten sie sich böse an, dann ließ Derry ihren Arm los und zuckte die Schultern.

»Nun, wie Ihr meint. Wir sind alle in Gottes Hand, Mylady. Ich sprach heute Morgen mit Eurem Gatten, wir haben Staatsgeschäfte besprochen, die nicht aufgeschoben werden können. Ich zögere, es auszusprechen, aber ich habe den stillen Verdacht, dass er eine Bemerkung Eurerseits missverstanden haben könnte. Auf jeden Fall hat er mir geraten, Euch aufzusuchen. Gibt es etwas, das Ihr mir sagen wollt?«

Margaret blickte den Mann an. Sie wünschte sich, William wäre da. Fieberhaft überlegte sie, wie weit sie Derry Brewer trauen konnte.

»Ich freue mich, dass er daran gedacht hat, Master Brewer. Das macht mir Hoffnung.«

»Ich habe Dokumente, die er siegeln muss, Mylady, und möglichst noch heute. Ich kann es nicht verantworten, dass es …«

Margaret konnte ihre Wut nur mühsam unterdrücken.

»Master Brewer, ich möchte, dass Ihr mir jetzt zuhört. Schweigt und hört mir einfach nur zu.«

Derry sah sie erstaunt an.

»Sehr wohl, Mylady. Ich verstehe. Ich habe nur …«

Sie hob die Hand, und er verstummte.

»Ich saß dabei, als mein Mann die Lords und die Ratsherren empfing – das … Parlament, wie ihr es nennt. Ich habe gesehen, wie sie ihre Bittschriften vorbrachten und lang und breit über die Finanzen berieten. Ich habe Euch kommen und gehen sehen, Master Brewer, mit Euren zahllosen Dokumenten. Ich habe gesehen, wie Ihr Henrys Hand geführt habt, wenn er das königliche Siegel auf das Wachs drückte.«

»Ich verstehe nicht, Mylady. Ich war dabei, als wir Eurer Mutter ein Vermögen schickten. Ist es das, was Euch Sorgen macht? Der König und ich …« Wieder musste Derry seinen Wortschwall unterbrechen, als sie die Hand hob.

»Ja, Master Brewer, auch ich habe die Königliche Schatulle in Anspruch genommen. Schließlich ist er mein Mann.«

»Und er ist mein König«, erwiderte Derry, dessen Ton jetzt härter wurde. »Ich habe mit ihm zusammengearbeitet und ihn beraten, solange Ihr auf der Welt seid.«

Margaret merkte, wie sie unter seinem kalten Blick die Nerven verlor. Ihr Atem stockte, und ihr Herz klopfte ihr bis zum Hals. Doch es war zu wichtig, sie durfte jetzt nicht nachgeben.

»Henry ist ein guter Mensch«, sagte sie. »Er ist völlig arglos und wäre selbst nicht fähig, etwas Unrechtes zu tun. Wollt Ihr das etwa abstreiten? Er liest die Anträge und die Gesetze nicht, die er da unterschreibt, er überfliegt sie höchstens, wenn überhaupt. Er ist zu vertrauensselig, Master Brewer. Er möchte allen helfen, die mit ihren dringenden Anliegen und Bitten zu ihm kommen. Leute wie Ihr.«

Jetzt war es heraus, und zum ersten Mal schien Derry peinlich berührt. Er sah sie nicht an, sondern starrte über die Mauer und den Burggraben hinüber zur Themse. Hinter dem Wassertor unter dem St.-Thomas-Turm waren Boote, von denen aus Männer mit Stangen, an denen Haken waren, Fische fingen. Derry wusste, dass sich in der vergangenen Nacht wieder ein schwangeres Mädchen von der Themsebrücke ins Wasser gestürzt hatte. Die Menge hatte gesehen, wie sie ihren dicken Bauch gehalten hatte, als sie über die Brüstung geklettert war. Natürlich hatte man sie angefeuert, bis sie sprang und vom dunklen Wasser verschluckt wurde. Jetzt suchten die Männer nach der Leiche, um sie an die Chirurgen-Gilde zu verkaufen. Dort zahlte man für Schwangere besonders gute Preise.

»Hoheit, es ist nicht ganz unrichtig, was Ihr sagt. Der König ist sehr vertrauensselig, deshalb ist es umso wichtiger, dass er einen klugen Berater um sich hat. Glaubt mir, ich prüfe aufs Sorgfältigste, wer zu ihm vorgelassen wird.«

»Ihr seid also eine Art Aufpasser? Ist das Eure Rolle, Master Brewer? Seid Ihr der Wächter meines Mannes?« Margaret merkte, wie ihre Nervosität nachließ, und ihre Stimme wurde fester. »Wenn das so ist, *quis custodiet ipsos custodes?* Versteht Ihr Latein, Master Brewer? Wer wacht aber über die Wächter?«

Derry schloss einen Moment die Augen und wartete, bis die Brise, die hier wehte, seine Stirn getrocknet hatte, auf der ihm der Schweiß ausgebrochen war.

»Ich habe als Junge nicht viel Latein gelernt, Mylady. Eure Hoheit, Ihr seid gerade fünfzehn Jahre alt, während ich schon mehr als zehn Jahre für die Sicherheit des Königreichs sorge. Findet Ihr nicht, dass meine Ehrlichkeit inzwischen außer Frage stehen sollte?«

»Vielleicht«, sagte Margaret, die sich weigerte nachzugeben. »Obwohl es wohl kaum einen Mann geben dürfte, der das völlige Vertrauen des Königs genießt und es *nie* ausnutzen würde.«

»Dieser Mann bin ich, Mylady. Bei meiner Ehre, das bin ich. Ich habe alle meine Kraft eingesetzt, zu seinem Ruhm, wie auch zum Ruhme seines Vaters.«

Es schien, als hätte Derry sich diese Worte abringen müssen, wie er da stand, die gespreizten Hände auf der Burgmauer. Plötzlich schämte Margaret sich, obwohl sie sich immer noch nicht ganz sicher war, ob Derry Brewer sie nicht genauso leicht manipulierte wie den König. Sie fasste einen Entschluss.

»Wenn das, was Ihr sagt, der Wahrheit entspricht, dann werdet Ihr sicher nichts dagegen haben, wenn ich die Dokumente zu lesen bekomme, die Ihr Henry vorlegt, nicht wahr, Master Brewer? Wenn Ihr der Ehrenmann seid, der Ihr zu sein behauptet, kann das niemandem schaden. Ich bat Henry um seine Erlaubnis, und er hat sie mir erteilt.«

»Ja, ja, natürlich hat er das«, sagte Derry säuerlich. »Ihr wollt alles lesen? Das Schicksal des Königreichs soll von dem Urteil eines fünfzehnjährigen Mädchens abhängig gemacht werden, das nichts von der Gesetzgebung versteht und keine Erfahrung darin hat, wie man mehr als ein Schloss verwaltet – wenn überhaupt? Versteht Ihr, was Ihr da verlangt und was die sicheren Folgen sein werden?«

»*Ich* habe gar nichts verlangt, Master Brewer!«, fuhr Margaret ihn an. »Ich habe Euch mitgeteilt, was der König von England gesagt hat. Ihr könnt seinen Befehl ignorieren oder auch nicht, je nachdem, ob Ihr eure Rolle weiterspielen wollt – oder auch nicht! Jedenfalls will ich alles lesen, ja. Ich will jedes Dokument sehen, jedes Gesetz, unter das mein Mann sein Siegel setzt. Ich *werde* alles lesen!«

Derry sah sie an, in seinen Augen stand kalte Wut. Er war ohnehin schon außer sich, seit König Henry heute früh völlig überraschend einen Antrag abgelehnt hatte. Abgelehnt! Er hatte den König gebeten, sich ein Bündel von Dokumenten anzusehen, und der Mann hatte den Kopf geschüttelt, anscheinend in ehrlichem Bedauern, und ihn, Derry Brewer, an seine Frau verwiesen, an dieses Kind! Derry konnte es noch immer kaum glauben. Doch anscheinend war es kein Irrtum gewesen, wie er jetzt grimmig feststellte.

Margaret hielt seinem Blick stand, er sollte nur wagen, es ihr abzuschlagen. Schließlich senkte Derry den Kopf.

»Also gut, Mylady. Wenn Ihr bitte mitkommen würdet, dann werde ich Euch zu erklären versuchen, was das bedeutet.«

Sie gingen die Treppe hinab in den Burghof, wo es von Soldaten und Bediensteten nur so wimmelte. Derry ging voran über den Rasen, und Margaret folgte ihm, entschlossen, nichts von ihrem gewonnenen Privileg preiszugeben, egal, was es *bedeutete*.

Der Weiße Turm war der älteste Teil der Festung, er war vor vier Jahrhunderten für William den Eroberer aus weißem Caen-Stein gebaut worden, den man extra aus Frankreich hatte kommen lassen. Derry machte ihr Zeichen, ihm die Holztreppe hinauf zu folgen, die zu der einzigen Tür führte. In Kriegszeiten konnte man die Treppe hochziehen, was den Turm praktisch uneinnehmbar machte. Innerhalb der dicken Mauern gingen sie an Wachen vorbei, stiegen noch mehr Treppen hinauf und durchquerten ein Dutzend Kammern und Korridore, ehe Derry an einer dicken Eichentür stehen blieb und den Türknauf drehte.

Der Raum war voller Schreiber. Hoch über der Festung, unter den Balken des spitzen Turmes, der schwarz war von jahrhundertealtem Ruß, saßen sie und schrieben mit kratzendem Kiel auf Pergament oder schlangen verschiedenfarbige Bänder um Rollen, die sie dann an ihre Vorgesetzten weiterreichten. Margaret riss die Augen auf, als sie die vielen Pergamentrollen sah, die zum Teil bis unter die Decke gestapelt waren oder auf hölzernen Wagen darauf warteten, an ihren Bestimmungsort gebracht zu werden.

»Das alles ist nur die Schreibarbeit von einigen wenigen Tagen, Mylady«, sagte Derry leise. »Und mit diesen Pergamenten, Mylady, wird das Königreich regiert. Sie kommen herein und verlassen uns wieder und gehen an alle Edlen, alle Kaufleute, alle Pächter und Bauern – Hunderte von alten Streitereien und Pachtangelegenheiten, Mylady. Alles, vom Lohn einer Magd über Petitionen von Soldaten bis hin zu den Schulden eines großen Schlosses – alles läuft hier durch. Und dies ist nur einer der Räume. Es gibt weitere im Palast von Westminster und in Windsor.«

Er sah sie an. Alle hatten aufgehört zu arbeiten, als die Schreiber merkten, dass die Königin persönlich in ihre engen und stickigen Kammern gekommen war.

»Kein Mann kann das alles lesen, Mylady«, fuhr Derry selbstzufrieden fort. »Und eine Frau auch nicht, wenn Ihr mir die Bemerkung erlaubt. Und der kleine Teil davon, der den König erreicht, ist bereits von den ranghöchsten Schreibern geprüft worden und wird dann dem Kämmerer des Königs und dem Haushofmeister übergeben. Leute wie Lord Suffolk lesen einiges davon, er ist ja einer der Haushofmeister. Er beantwortet einiges davon und trifft seine Entscheidungen, aber auch er wird einiges weiterreichen. Soll das alles zum Stillstand kommen, Mylady? Wollt Ihr wirklich mit Euren Händen und Augen aufhalten? Ihr würdet jahrelang kein Tageslicht mehr sehen. Das wäre kein Schicksal, das ich mir selbst wünschen würde, das kann ich Euch versichern.«

Margaret zögerte, überwältigt von diesem Raum, in den jetzt tiefe Stille eingekehrt war. Sie konnte die Augen der Schreiber förmlich auf der Haut spüren, wie Käfer, und sie erschauerte. Sie spürte auch Derrys Genugtuung, ihr so eindrücklich vor Augen geführt zu haben, dass diesen Berg von Schriften in der Tat ein einzelner Mensch unmöglich lesen konnte. Schon allein die Dokumente in diesem Raum würden für ein Leben ausreichen, und er sagte, dies sei nur die Arbeit von ein paar Tagen? Es widerstrebte ihr jedoch, ihm recht zu geben, und so antwortete sie nicht gleich. Die Lösung war natürlich, nur die wichtigsten Anträge und Petitionen zu lesen, also die, die in Henrys Hände gelangten. Doch wenn sie das tat, würde Derry Brewer immer noch den größten Teil der Dokumente vor Henry zurückhalten. Langsam begriff sie, wie mächtig und gefährlich dieser Mann war.

Sie lächelte, mehr für die Schreiber als für Derry. Sie legte eine Hand auf seinen Arm und sprach ruhig und freundlich.

»Ich werde die Pergamente lesen, die meinem Mann zur Unterschrift vorgelegt werden, Master Brewer. Ich werde William, Lord Suffolk, bitten, mir zu sagen, was in den anderen steht, wenn er in seinem neuen Amt wirklich so viele zu sehen bekommt. Ich bin sicher, er kann mir sagen, welche wichtig sind und welche man ruhig dem Haushofmeister und den anderen überlassen kann. Ist das nicht eine gute Lösung für so einen Berg Arbeit? Ich bin Euch dankbar, dass Ihr mir diesen Raum gezeigt habt, in dem so viele meiner Untertanen ohne Lohn arbeiten. Ich werde sie meinem Mann gegenüber lobend erwähnen.«

Sie sah, wie die Schreiber bei diesen Worten strahlten, doch Derry räusperte sich nur.

»Wie Ihr befehlt, Mylady.«

Er fuhr fort zu lächeln, doch innerlich kochte er. Bei allem anderen hätte er Henry leicht umstimmen können, aber wenn seine eigene Frau ihm ein Anliegen vortrug? Die junge Frau, mit der er jeden Abend allein in den königlichen Gemächern verbrachte? Er fragte sich, ob sie immer noch Jungfrau war, das könnte vielleicht erklären, warum sie es für nötig befand, ihre Zeit mit diesen Dingen auszufüllen. Doch unglücklicherweise war dies ein Thema, an das er nicht zu rühren wagte.

Derry führte sie über die Treppe des Weißen Turmes nach unten. Auf den letzten Stufen nach draußen wollte er ihr eigentlich die Hand reichen, um sie sicher hinauszuführen, doch er besann sich rechtzeitig. Margaret raffte ihre Röcke und nahm die Stufen ohne seine Hilfe.

14

Jack Cade geriet ins Stolpern, als er versuchte, auf dem gepflegten Rasen einen Jig zu tanzen. Es gab keinen Mondschein, und das einzige Licht auf Meilen im Umkreis wurde von dem brennenden Haus gespendet, das er angezündet hatte. Er fuchtelte wild mit den Armen, und der Tonkrug, den er getragen hatte, fiel zu Boden. Fast hätte Jack aufgeschrien, als der Krug in zwei Stücke zerbrach und der kostbare Inhalt im Boden versickerte. Aus der einen Scherbenhälfte konnte er noch einen Schluck des starken Getränks retten, er setzte sie an den Mund und trank, ohne auf die scharfe Kante Rücksicht zu nehmen.

Er beugte sich zurück und brüllte, rot im Gesicht, zu den Fenstern hinauf, in denen sich schon die Flammen widerspiegelten, die bald das Dach erreichen würden.

»Ja, ich *bin* ein kentischer Hurensohn, du walisischer Feigling! Ich bin alles, was du mich genannt hast, als du mich das letzte Mal hast auspeitschen lassen! Ich *bin* ein Mordbrenner und Strauchdieb! Und jetzt habe ich dein Haus angezündet! Komm raus und sieh dir an, was ich für dich habe! Bist du dort drinnen, Richter? Kannst du sehen, wie ich hier draußen auf dich warte? Wird es dir langsam heiß, du alte Memme?«

Jack schleuderte seinen Tonscherben mit solcher Wut in die Flammen, dass er taumelte. Sein Gesicht war tränenüberströmt, und als die zwei Männer hinter ihm angerannt kamen, drehte er sich zähnefletschend um, ballte die Fäuste und nahm instinktiv die geduckte Haltung eines Faustkämpfers ein.

Der erste Mann, der ihn erreichte, hatte die gleiche stämmige Statur wie er, dazu eine blasse, sommersprossige Haut und einen wilden roten Haarschopf, der in einen ebensolchen Bart überging.

»Jetzt mal langsam, Jack!«, sagte er, als er versuchte, den Arm des anderen festzuhalten, der zu einem wuchtigen Schlag ausgeholt und seinen Kopf nur knapp verfehlt hatte. »Ich bin's, Patrick. Paddy. Ich bin doch dein Freund, weißt du noch? Um Himmels willen, du musst von hier verschwinden. Sonst hängen sie dich auch noch auf.«

Mit einem Aufbrüllen schüttelte Jack ihn ab und drehte sich wieder zum Haus um.

»Ich will hier sein, wenn dieser Feigling endlich rauskommt.« Seine Stimme wurde zu einem heiseren Kreischen. »Hörst du mich, du kleines walisisches Arschloch? Ich bin hier draußen und warte auf dich!«

Ein zweiter Mann trat zu ihnen. Er war hager und schien nur aus Knochen und spitzen Ellbogen zu bestehen, mit hohlen Wangen und langen, nackten Armen. Robert Ecclestone war genauso blass und zerlumpt wie die beiden anderen, seine Hände hatten von irgendeiner scharfen Lauge schwarze Flecken bekommen und sahen im Widerschein der Flammen wie tanzende Schatten aus.

»Ja, jetzt hast es ihm gezeigt, Jack«, sagte Ecclestone. »Bei Gott, du hast es ihm wirklich gezeigt. Es wird die ganze Nacht brennen. Aber Paddy hat recht. Du musst verschwinden, ehe die Vögte kommen.«

Jack war zu ihm herumgefahren, noch ehe er fertig gesprochen hatte. Er packte ihn am Wams und hob ihn in die Höhe.

Die Antwort war eine blitzschnelle Handbewegung, und Ecclestone hielt Jack ein langes Rasiermesser an die Kehle. Betrunken, wie er war, hatte diese Berührung mit dem kalten Stahl augenblicklich eine ernüchternde Wirkung.

»Du drohst mir mit dem Messer, Rob Ecclestone? Deinem eigenen Freund?«

»Du hast zuerst Hand an mich gelegt, Jack. Lass mich sofort los, und das Messer verschwindet, verstanden? Wir sind Freunde, Jack! Hörst du?«

Jack öffnete die Faust, mit der er ihn gehalten hatte, und wie versprochen klappte Ecclestone die Klinge zusammen und steckte sie wieder in seinen Gürtel. Jack wollte gerade etwas sagen, als sie Schreie aus dem Haus hörten. Über dem Knistern und Heulen der Flammen hörten sie die Stimmen von Kindern, die um Hilfe riefen.

»Oh, scheiße, Jack. Seine Jungs sind dort drin«, sagte Paddy und fuhr sich durch den Bart, als wollte er ihn abreißen. Er betrachtete das Haus näher, dessen gesamtes Erdgeschoss schon in Flammen stand. Die Fenster darüber waren noch unversehrt, aber wenn man hineinging, würde man nicht lebend wieder herauskommen.

»Ich hatte auch einen Sohn«, knurrte Jack. »Ehe er von diesem verfluchten Richter Alwyn gehängt wurde. Vor einen walisischen Magistrat hat man ihn gebracht, nicht etwa vor einen Mann aus Kent. Und der hat ihn für nichts und wieder nichts aufhängen lassen. Wenn ich in Kent gewesen wäre, ich hätte ihn da rausgeholt.«

Paddy sah Robert Ecclestone an und schüttelte den Kopf.

»Wir müssen gehen, Rob. Nimm ihn am Arm. Wir sollten uns beeilen. Sie werden morgen kommen, vermutlich sind sie schon unterwegs.«

Ecclestone rieb sich das Kinn.

»Wenn das da drin meine Jungs wären, hätte ich schon längst die Scheiben zertrümmert und sie rausgelassen. Warum tut er das nicht?«

»Vielleicht, weil wir drei hier stehen und unsere Messer wetzen«, erwiderte Paddy. »Vielleicht will der Richter lieber, dass seine Kinder im Feuer umkommen, als dass sie hier von uns abgeschlachtet werden, was weiß ich. Jetzt pack ihn schon, sonst kommt er nicht mit.«

Wieder packte Paddy Jack Cade am Arm und fiel beinahe hin, als dieser sich heftig losriss. Über sein Gesicht, schwarz von Ruß und Dreck, liefen Tränen.

Über ihnen zerbarst ein Fenster, und sie brachten sich vor dem fliegenden Glas in Sicherheit. Sie konnten jetzt den Richter sehen, der in einem schmutzigen Nachthemd und mit wilden Haaren am Fenster stand. Die Öffnung war zwar zu klein für ihn, aber er steckte den Kopf heraus.

»Ich habe hier drei Jungen«, rief Richter Alwyn zu ihnen hinunter. »Sie sind unschuldig. Werdet ihr sie auffangen, wenn ich sie springen lasse?«

Keiner antwortete. Paddy sah in Richtung Straße und wünschte sich, er wäre schon auf und davon. Ecclestone sah Jack an, der schwer atmete; ein Mann so stark wie ein Ochse, der im Moment nicht klar denken konnte, weil er betrunken war. Finster sah er zu seinem Feind hinauf.

»Warum kommst du nicht runter, du walisischer Bastard?«, fragte Jack.

»Weil meine Treppe brennt, Mann! Also, wollt ihr jetzt barmherzig sein und meine Jungen nehmen?«

»Die werden dich an die Vögte verraten, Jack«, murmelte Paddy leise. »Wenn diese Jungen am Leben bleiben, werden sie dafür sorgen, dass wir alle an den Galgen kommen.«

Jack keuchte, als er mit geballten Fäusten dastand.

»Schmeiß sie runter!«, brüllte er. »Ich werde barmherziger sein, als du gegen meinen Sohn gewesen bist, du verfluchter Teufel.«

»Habe ich dein Wort?«

»Du wirst einem Mann aus Kent einfach vertrauen müssen, Alwyn.«

Falls der Richter noch Zweifel gehabt haben sollte, wurden diese jetzt von dem schwarzen Rauch zerstreut, der aus dem Fenster quoll und seinen Kopf einhüllte. Er zog sich ins Zimmer zurück, und sie hörten ihn husten.

»Bist du ganz sicher, Jack?«, sagte Ecclestone leise. »Sie sind alt genug, um uns wiederzuerkennen. Vielleicht sollten Paddy und ich lieber verschwinden.«

»Ich hab nicht gewusst, dass da diese verdammten Kinder drin sind. Man hatte mir gesagt, der Mann lebt allein dort in diesem großen Haus, während bessere Menschen als er wildern gehen müssen, um zu überleben. Menschen wie mein Junge, mein Stephen. O Gott, mein *Junge!*«

Jack krümmte sich unter einer neuen Welle des Schmerzes, die ihn ergriff. Er stöhnte, und ein langer Speichelfaden tropfte auf das Gras. Er sah erst wieder auf, als das erste verängstigte Kind unsanft über seinem Kopf durchs Fenster geschoben wurde und sich heulend an den zerbrochenen Rahmen klammerte.

»Spring schon, Junge!«, rief er nach oben. »Jack Cade fängt dich auf.«

»Um Gottes willen, Jack!«, rief Paddy. »Keine Namen, Mann. Hör auf, ihm deinen verdammten Namen zu nennen!«

Der kleine Junge über ihnen sprang so weit hinaus, wie er konnte, und segelte, von den Flammen beleuchtet, wie ein Schatten durch die Luft. Obwohl er betrunken war, fing Jack Cade ihn mühelos auf und setzte ihn ins Gras.

»Warte dort«, sagte er barsch. »Rühr dich nicht vom Fleck, oder ich reiß dir die Ohren ab.«

Paddy fing den zweiten Jungen auf, der kleiner war als der erste und noch immer schluchzte, als Paddy ihn neben den anderen setzte. Zusammen sahen sie jetzt hoch und warteten.

Der dritte Junge, offensichtlich der älteste, schrie vor Schmerz auf, als der Vater ihn durch das zerbrochene Glas zwängte. Das Fenster war fast zu klein für ihn, und der Vater musste ihn mit Gewalt hindurchschieben, wobei er die blutenden Schnittwunden ignorierte. Mit einem Ruck ließ der Junge los und stürzte schreiend herab. Auch ihn fing Jack auf, als wäre er eine Ballen Wolle.

Wieder erschien der Kopf des Richters im Fenster, auf seinem Gesicht lag eine Mischung aus Hoffnung und Wut.

»Ich … ich danke dir, Jack Cade, obwohl du für das, was du heute Nacht hier angerichtet hast, in der Hölle schmoren wirst.«

»Was war das? Was sagst du da zu mir, du räudiger walisischer …«

Aufbrüllend wie ein sterbender Stier stürzte Jack auf das Haus zu. Paddy und Robert Ecclestone packten ihn, aber er wand sich aus ihren Händen und warf sich mit seinem ganzen Gewicht gegen die Tür. Sie gab nach, und er fiel mit ihr ins Haus. Flammen loderten über ihm auf und trieben seine Freunde zurück. Die beiden Männer sahen erst einander an, dann die Kinder, die mit angstvoll aufgerissenen Augen im Gras saßen.

»Ich geh da nicht rein«, sagte Paddy, »nicht für Geld und gute Worte.«

Er und Rob starrten in das Inferno und gingen vor der Gluthitze auf Abstand.

»Da kommt niemand lebend raus«, sagte Paddy. »Bei Gott, er hat ja immer gesagt, er wollte ein furioses Ende, jetzt hat er, was er wollte, oder? Erst rettet er die Jungs, dann geht er wieder rein und bringt den Richter um.«

Sie hörten, wie Jack sich krachend im Haus einen Weg bahnte, aber sehen konnte man ihn in den Flammen nicht. Schließlich ließ der Lärm nach, und Ecclestone schüttelte den Kopf.

»Ich habe gehört, oben in Lincoln suchen sie Arbeiter, da soll eine Brücke gebaut werden. Hier wird für uns ja wohl allmählich der Boden zu heiß.« Er unterbrach sich und merkte, dass dieser Ausdruck wohl etwas unglücklich gewählt war, da sein Freund gerade in dem brennenden Haus umgekommen war.

»Kann sein, dass ich mit dir nach Norden gehe«, erwiderte Paddy. Er wandte sich an die drei Jungen, die auf das brennende Haus starrten. »Na, Jungs, werdet ihr auch alles haarklein den Vögten erzählen? Es war wirklich keine große Hilfe, euch das Leben zu retten …«

Die beiden jüngeren schüttelten verwirrt und verängstigt den Kopf, aber der Älteste stand auf und funkelte ihn wütend an.

»Ich erzähle es ihnen«, sagte er. Die Tränen rannen ihm übers wutverzerrte Gesicht, als sie jetzt hörten, wie über ihnen der Richter entsetzt aufschrie. »Ich sorge dafür, dass ihr gehängt werdet für das, was ihr getan habt.«

»Ach, ist das wirklich dein Ernst?«, sagte Paddy und schüttelte den Kopf. »Wenn ich ein hartherziger Mann wäre, Junge, würde ich dir für diese alberne Drohung jetzt die Kehle durchschneiden. Glaub mir, ich hab schon schlimmere Sachen gemacht. Ach, setz dich hin, Junge. Ich bringe dich nicht um, jedenfalls nicht in dieser Nacht. Und nicht, wo mein Freund vor Trauer stirbt. Weißt du, warum er das getan hat, Junge? Weil dein Vater heute früh seinen Sohn hat aufhängen lassen. Wusstest du das? Weil der Junge zwei Lämmer gestohlen hatte, aus einer Herde von sechshundert Schafen. Wie findest du das? Was sagt dein Gerechtigkeitsgefühl dazu? Sein Junge ist tot, aber euch hat er aufgefangen, als ihr aus dem Fenster geworfen wurdet.«

Der älteste Junge sah zu Boden, er konnte dem ernsten Blick des Iren nicht länger standhalten. Ein mächtiges Krachen ertönte über ihnen, und alle sahen hoch, als eine brennende Wand einstürzte. Paddy warf sich vor die Kinder, um sie zu schützen, wobei er den Ältesten umriss. Ecclestone trat zurück, damit die Wand aus Ziegel, Kalk und altem Stroh nicht auf ihn stürzte. Er drehte sich um und sah, wie der Ire die Söhne des Richters mit seinem mächtigen Körper schützte.

»Du bist verrückt, Paddy, das ist dein Problem. Mein Gott, du kannst doch nicht …«

Er unterbrach sich, und die Kinnlade fiel ihm runter, als Jack Cade in der Öffnung über ihnen erschien, auf den Armen einen menschlichen Körper.

Die beiden schlugen hart auf, und Jack stieß einen lauten Schmerzensschrei aus. Er rollte am Boden, und im Feuerschein sahen sie den Rauch, der aus seinen Kleidern und seinem Haar aufstieg. Der Richter lag da wie eine zerbrochene Puppe. Er war bewusstlos, während Jack sich auf den Rücken rollte und zu den Sternen hinaufschrie.

Robert Ecclestone ging zu ihm hin und starrte ihn ungläubig an. Er sah, dass die Hände seines Freundes von Brandwunden und vom Ruß geschwärzt waren. Jeder unbedeckte Teil seines Körpers schien aufgerissen. Cade lag im Gras und hustete und keuchte und spuckte immer wieder aus.

»Mein Gott, es tut so weh!«, stöhnte er. »Meine Kehle …«

Er versuchte, sich aufzusetzen. Sein Blick wanderte hinüber zu dem kleinen Teich, der zu dem Anwesen gehörte. Mühsam stand er auf und wankte davon.

Paddy stand da und sah die drei Kinder an, aber die hatten nur Augen für ihren Vater.

»Ist er …«, flüsterte der älteste Junge.

»Du siehst ja, dass er atmet, aber nach dem vielen Rauch wacht er vielleicht nicht mehr auf. Ich habe so einige auf diese Art und Weise sterben sehen.«

In der Ferne hörte man ein Klatschen, als Jack Cade ins kalte Wasser des Teiches fiel oder sich hineinstürzte.

Die Jungen standen um ihren Vater, sie kniffen ihn in die Wangen und schlugen auf seine Hände. Die beiden Jüngsten fingen wieder an zu weinen, als der Richter schließlich stöhnte und die Augen öffnete.

»Was …?«, sagte er.

Ehe Alwyn weitersprechen konnte, wurde er von einem krampfartigen Hustenanfall ergriffen, der nicht mehr aufzuhören schien, sein Gesicht wurde dunkelrot, und er war kurz davor, wieder ohnmächtig zu werden. Er konnte nur flüstern und rieb seinen Hals mit der verbrannten Hand, auf der sich Blut und Ruß vermischten.

»Wie …?«

Er sah, dass neben seinen Jungen zwei Männer standen. Mit übermenschlicher Anstrengung schaffte Alwyn es, auf die

Beine zu kommen. Er konnte nicht gerade stehen und stützte die Hände auf die Knie.

»Wo ist Jack Cade?«, krächzte er.

»In Eurem Teich«, erwiderte Ecclestone. »Er hat Euch gerettet, Euer Ehren. Und er hat Eure Söhne aufgefangen und sein Wort gehalten. Aber er sollte sich wohl besser keine Hoffnung machen, oder? Ihr werdet Eure Vögte schicken, und wir werden alle festgenommen werden, und unsere Köpfe kommen auf den Pfahl.«

Das brennende Haus brannte noch immer prasselnd und knisternd, aber sie alle hörten das Hufgetrappel, das von der Straße durch die kühle Nachtluft drang. Richter Alwyn hörte es zur gleichen Zeit wie Jack Cade, der sich gerade mit einem Stöhnen aus dem Teich zog.

»Nimm die Jungen und geh«, sagte Rob Ecclestone plötzlich zu Patrick. »Geh mit ihnen zur Straße und lass sie dort, damit seine Männer sie finden.«

»Wir sollten uns lieber gleich aus dem Staub machen, Rob. Wir müssen rennen, was das Zeug hält, das ist unsere einzige Chance.«

Ecclestone sah seinen alten Freund an und schüttelte den Möglichkeit.

»Nimm sie einfach und geh los.«

Der große Ire hielt es für klüger, nicht zu widersprechen. Er nahm die Kinder bei der Hand, und als der Älteste sich wehren wollte und anfing zu schreien, packte er ihn beim Kragen und gab ihm eine kräftige Ohrfeige, damit er still war. Halb trug er sie, halb zerrte er sie durch den Garten.

Der Richter verfolgte es mit hilfloser Wut.

»Ich könnte euch freies Geleit erwirken«, sagte er.

Ecclestone schüttelte den Kopf, seine Augen funkelten im Feuerschein.

»Ich gebe nichts auf Eure Worte. Ich habe zu viele von Euresgleichen kennengelernt. Meine Männer und ich werden ohnehin gehängt werden, also kann ich vorher auch noch etwas Gutes tun.«

Der Richter wollte etwas erwidern, aber Ecclestone trat auf ihn zu, das Rasiermesser in der Hand. Mit einer raschen Bewegung schnitt er dem Mann die Kehle durch. Er wartete einen Moment, dann ging er davon.

Jack Cade schleppte sich gerade zurück durch den Garten, als er sah, wie sein Freund den Richter umbrachte. Er wollte rufen, aber seine Kehle war so wund, dass nur sein rasselnder Atem zu hören war. Dann war Ecclestone an seiner Seite, und Jack konnte sich auf ihn stützen, als sie das brennende Haus hinter sich ließen.

»Paddy?«, krächzte Jack, der jetzt zitterte.

»Der kommt nach, Jack, mach dir keine Sorgen um den alten Gauner. Aber bei Gott, Jack, ich dachte wirklich, diesmal hätte es dich erwischt.«

»Das … das dachte ich auch«, stöhnte Jack Cade. »Bin froh … dass du ihn erledigt hast. Bist ein braver Kerl.«

»Ich bin kein braver Kerl, Jack, das weißt du genau. Aber ich bin wütend. Er hat deinen Jungen an den Galgen gebracht, und dafür hat er bezahlt.« Er sah sich um. »Und, wohin jetzt?«

Jack Cade holte tief Luft, um zu antworten.

»Zum Haus vom Henker. Wir sind noch nicht fertig.«

Die beiden Männer stolperten in die Dunkelheit davon.

Der Morgen war kalt und grau, und der leichte Nieselregen war auch nicht geeignet, um fettigen Ruß von den Händen zu waschen. Als die drei Männer in die Stadt zurückkamen, wollte Jack sich sofort auf den Marktplatz begeben, auf dem sich eine große Menschenmenge versammelt hatte. Paddy musste ihn mit seiner kräftigen Pranke gegen eine Mauer drücken, um ihn davon abzuhalten.

»Unter diesen Menschen sind bestimmt Vögte, die dich suchen, Jack. Ich habe noch ein paar Münzen, lass uns in einem Wirtshaus oder irgendeinem Stall abwarten, bis diese Versammlung vorüber ist, was immer sie zu bedeuten hat. Du kannst auf den Platz gehen, wenn es dunkel ist, um deinen Jungen abzuschneiden.«

Der Mann, der ihn ansah, war im Laufe der langen Nacht wieder nüchtern geworden. Jacks Haut war rot und geschwollen, die Augen entzündet. Sein schwarzes Haar war versengt und stellenweise hellbraun, und seine Kleider waren in einem Zustand, dass selbst ein Bettler gezögert hätte, sie anzuziehen.

Er röchelte immer noch etwas, als er tief Luft holte und mit den Schultern rollte. Seine Stimme war drohend, als er schließlich sprach.

»Hör mir gut zu, Paddy. Ich habe nichts mehr zu verlieren, verstehst du? Sie haben mir meinen Jungen genommen. Ich werde ihn abschneiden und ihn oben bei der Kirche begraben. Und daran wird mich niemand hindern. Auch du nicht. Verstanden?«

Sie funkelten sich böse an, und Ecclestone räusperte sich laut, um sie zur Vernunft zu bringen.

»Hör zu, Jack, alter Knabe«, sagte er. »Ich denke, wir sollten erst mal ausschlafen. Hier in der Nähe sind Ställe, und ich kenne den Stallburschen. Wenn ich dem einen Penny gebe, drückt der beide Augen zu, das hat er schon oft für mich gemacht. Wir sollten uns wirklich nicht unter den Leuten sehen lassen. Vermutlich reden sie gerade über die Häuser, die letzte Nacht abgebrannt sind. Und so wie wir nach Rauch stinken … Du könntest dich genauso gut gleich selbst an den Galgen hängen.«

»Ich hab dich nicht gebeten mitzukommen, also sag mir nicht, was ich zu tun und zu lassen habe«, knurrte Jack.

Er sah die Gasse hinunter, die auf den Marktplatz mündete. Die Menge lärmte, und es waren zu viele Menschen, als dass man den Jungen hätte sehen können, der dort am knarrenden Seil hing. Trotzdem sah Jack ihn deutlich vor sich. Sah den Jungen, den er großgezogen hatte, der ihm immer wieder Scherereien bereitet hatte, weil er hier einen Fasan, dort einen Hasen jagte und ständig auf der Flucht vor den Vögten war.

»Nein. Es geht nicht, Rob. Bleib du hier, wenn du willst, aber ich habe mein Messer dabei, und ich schneide ihn jetzt ab.«

Er reckte das Kinn vor, und mit seinen geröteten Augen sah er Ecclestone herausfordernd an.

»Versuch nicht, mich aufzuhalten, ich warne dich.«

Ecclestone seufzte resignierend. »Himmel«, murmelte er. »Also schön … Kommst du mit, Paddy?«

»Hast du denn jetzt auch den Verstand verloren? Hast du schon mal eine geifernde Menschenmenge erlebt, Rob Ecclestone? Die werden uns in Stücke reißen!«

»Also, was ist? Kommst du nun mit oder nicht?«, sagte Ecclestone.

»Ja doch. Hab ich etwa gesagt, dass ich *nicht* komme? Wie würdet ihr denn ohne mich zurechtkommen.« Er warf einen flehentlichen Blick nach oben. »Herr im Himmel, beschütze uns arme Narren.«

Jack lächelte, glücklich wie ein kleiner Junge. Er klopfte ihnen auf die Schultern und strahlte.

»Auf wahre Freunde ist eben Verlass. Und jetzt kommt, bringen wir's hinter uns.«

Er richtete sich hoch auf, straffte sich und schritt auf die Menge zu, wobei er versuchte, nicht zu humpeln.

Thomas sah fast ehrfürchtig zu, wie Baron Highbury ins Horn stieß, worauf sein Rittertrupp den Abhang hinunterstürmte. Die galoppierenden Pferde dampften in der Kälte des frühen Morgens, und als sie zwischen den Bäumen auftauchten, sah es aus, als würden sie durch flüssiges Silber preschen. Die französischen Ritter, die seine Bogenschützen verfolgten, wurden kalt erwischt, als ihre Flanken von Highburys Pikenieren aufgerissen wurden. Augenblicklich verwandelten sich die Verfolger, die nur ihre Beute im Auge hatten, in einen panischen Haufen, der im Gelände eingeschlossen und von Highburys Männern zermalmt wurde. Thomas schrie in wilder Freude, als er sie fallen sah und sowohl Pferde als auch Männer von Lanzenspitzen durchbohrt wurden. Doch Highburys Männer waren zahlenmäßig unterlegen, und noch während ihres Angriffs sah Thomas immer mehr französische Ritter auftauchen. Der anfangs so stürmische Überraschungsangriff kam ins Stocken, jetzt wurden Schwerter und Äxte geschwungen, und es war alles nur noch ein grausames Gemetzel.

»Zuschlagen und zurückziehen«, flüsterte Thomas. »Kommt jetzt, Highbury. Zuschlagen und zurückziehen.«

Diese drei Worte hatten sie während der zwei Wochen fast ununterbrochenen Kampfes, bei denen es auf beiden Seiten große Verluste gab, zum Durchhalten motiviert. Auch bei den Franzosen wurde längst nicht mehr gesungen. Die Truppen des Königs setzten unbarmherzig ihren Weg durch die Provinz Maine fort, schickten Späher voraus und brannten alles nieder. Städte und Dörfer wurden verwüstet und blieben in beißenden Qualm gehüllt zurück, doch sie mussten dafür bezahlen. Dafür sorgten Thomas und seine Leute. Die Vergeltungsangriffe wurden von Tag zu Tag brutaler, auf beiden Seiten regierte längst nur noch blinder Zorn.

Highbury hatte ihm Zeit verschafft zu entkommen, und Thomas dankte Gott für diesen Mann, der sich so verhielt, wie Thomas es von einem Lord erwartet hatte. Irgendetwas trieb diesen bärtigen Edelmann an, so viel war Thomas klar geworden. Was immer es war, wofür er sich rächen wollte, Highbury kämpfte mit tollkühnem Mut und verschonte keinen, der leichtsinnig genug war, in Reichweite seines großen Schwertes zu kommen. Die Männer schätzten ihn wegen seiner Furchtlosigkeit, nur Baron Strange hatte einen abgrundtiefen Hass auf ihn, was Thomas ganz und gar nicht begreifen konnte.

Thomas hastete den Hang hoch, nahm den Weg durch die Bäume, den seine Männer markiert hatten. Kurz blieb er stehen und griff nach dem Stofffetzen, der an einen Ast gebunden war, und blickte zurück. Er kannte das Gelände. Er war nicht mehr als ein Dutzend Meilen von seinem Hof entfernt, hier war er oft mit seiner Frau und den Kindern gegangen und hatte das Flussufer erkundet. Diese Tatsache machte es für die französische Armee noch schwerer, sie ausfindig zu machen, und trotzdem blieben sie ihnen auf den Fersen, wobei sie Überfälle aus dem Hinterhalt hinnehmen mussten und jeden umbrachten, der ihnen über den Weg lief. Für einen kurzen Moment spürte Thomas, wie ihm aller Mut schwand. Er und seine Männer hatten im Umkreis von vierzig Meilen den Boden mit französischem Blut getränkt, und trotzdem schienen es nicht weniger zu werden.

»Zurückziehen, verdammt«, sagte Thomas, als könnte Highbury ihn hören.

Die Männer des Adligen verteidigten ihre Position, aber die Franzosen wurden kühner, immer mehr von ihnen ritten unerschrocken drauflos in dem Versuch, den kleinen englischen Trupp einzukesseln. Der einzige Ausweg war den Berg hinauf, doch Thomas befürchtete, dass Highbury diese Rückzugsmöglichkeit einfach nicht erkannt hatte. Oben angekommen, sah Thomas sich um.

Der Kampf konzentrierte sich auf ein Knäuel von Männern um Highbury. Es wurden Keulen geschwungen und Schädel samt Helmen eingeschlagen. Sie waren nur etwa dreihundert Yards entfernt, und Thomas sah jetzt, wie Highburys Helm mit einem einzigen klirrenden Schlag heruntergerissen wurde, sodass sein Gesicht ungeschützt war. Aus seiner Nase strömte Blut, und sein Haar wehte ihm in schweißnassen Strähnen um den Kopf. Thomas war es, als höre er Highbury lachen, als er Blut ausspuckte und sich auf den Mann warf, der ihn angegriffen hatte.

»Scheiße … Hau ab, jetzt sofort!«, schrie Thomas.

Es schien, als habe Highbury ihn gehört, denn er drehte sich nach ihm um. Er wirkte wie besessen. Ein Dutzend seiner vierzig Männer lagen am Boden, einige bewegten sich noch und hieben noch immer auf jeden Franzosen ein, der in ihre Reichweite kam.

Thomas fluchte leise. Zwischen den Bäumen jenseits des Tales sah er eine Bewegung, silbernes Metall blitzte auf. Der französische König hatte offenbar für diese Aktion ein riesiges Heer abgestellt. Das hieß, dass die Bogenschützen, die Thomas in die nächste Stadt geschickt hatte, um dort aus dem Hinterhalt anzugreifen, es mit wesentlich weniger französischen Soldaten zu tun haben würden, aber hier im Tal würde der Kampf durch ihre schiere Überzahl entschieden werden. Thomas packte seinen Bogen fester und prüfte seine verbliebenen Pfeile, ohne hinzusehen. Er wusste, wenn er sich noch einmal nach dort unten wagte, würde er abgeschlachtet werden.

Er hörte jemanden rennen und drehte sich um, einen Augenblick lang befürchtete er, der Feind könnte es hinter die Linie seiner Leute geschafft haben. Er atmete erleichtert auf, als er Rowan sah, der merkwürdig lächelte. Ein weiteres Dutzend Männer stand hinter ihm und wartete darauf, dass Thomas sie über den Berg und in Sicherheit bringen würde.

Rowan sah den Gesichtsausdruck seines Vaters, als sie zusammen beobachteten, wie Highbury sein Schwert wie einen Dreschflegel auf die Feinde niedergehen ließ. Er grinste, und seine Augen waren weit aufgerissen.

»Du kannst ihn nicht retten«, sagte Rowan. »Wenn du jetzt dort runtergehst, wäre das dein sicherer Tod.«

Thomas sah seinen Sohn an und schüttelte den Kopf.

»Es sind zu viele, Vater«, sagte Rowan. Er sah, wie die Finger seines Vaters mit einer zuckenden Bewegung über die restlichen Pfeile in seinem Köcher fuhren, was ein trockenes, schabendes Geräusch machte. Sechs Dolchspitzen und eine Breitspitze, mehr hatte er nicht mehr.

Thomas fluchte in ohnmächtiger Wut. Er mochte Highbury. Der Mann verdiente es, dass man ihm beistand.

»Bring die anderen in Sicherheit, Rowan. Gib mir deine Pfeile und geh mit den Jungs über den Berg. Halte dich an das, was Strange anordnet, aber gebrauch auch deinen eigenen Verstand.« Ohne sich umzusehen, streckte er die Hand nach Rowans Pfeilen aus.

»Nein«, sagte Rowan. Er packte seinen Vater am Arm, der sich mit seinen harten Muskeln anfühlte wie ein Ast. »Komm mit uns. Du kannst ihn nicht retten.«

Thomas drehte sich um, packte seinen Sohn vorn an seinem grünen Wams und schob ihn zurück. Obwohl sie fast gleich groß waren, hob er den Jüngeren ein Stück hoch, sodass nur seine Fußspitzen das nasse Laub berührten.

»Wenn ich dir etwas sage, hast du zu gehorchen«, knurrte Thomas. »Und jetzt gib mir deine Pfeile!«

Rowan sah seinen Vater zornig an. Mit seinen großen Händen packte er die Hände seines Vaters, die ihn noch immer hielten. Reglos standen sich die beiden Männer gegenüber und maßen ihre Kraft, während die anderen mit ungläubig aufgerissenen Augen zusahen. Beide ließen sich gleichzeitig los und standen mit geballten Fäusten da. Thomas hielt dem Blick seines Sohnes stand, und Rowan nahm seinen Köcher ab und warf ihn zu Boden.

»Da, nimm sie! Nützen werden sie dir nichts.«

Thomas nahm eine Handvoll der befiederten Pfeile und steckte sie zu seinen eigenen.

»Ich komme zu dir auf den Hof, wenn ich es schaffe. Mach dir keine Sorgen.« Sein Sohn sah ihn noch immer voller Zorn an, aber er schien sich fügen zu wollen. »Habe ich dein Ehrenwort, dass du mit den anderen zum Hof gehst?«

»Nein«, sagte Rowan.

»Verdammter Bengel. Versprich es mir! Ich will nicht, dass du heute hier stirbst.«

Rowan neigte den Kopf, gespalten zwischen trotziger Wut und Angst um seinen Vater. Thomas seufzte erleichtert auf.

»Erwarte mich auf dem Hof.«

15

Thomas Woodchurch trat aus dem Wald und blickte den Abhang hinunter, den Bogen bereit. Er hatte ein Dutzend Pfeile im Köcher und einen auf der Sehne, als er sich an die Ritter heranschlich, die sich verbissen auf ihren Kampf konzentrierten und nichts um sich her wahrnahmen. Mit jedem Schritt, den er vorwärts ging, wurde der Lärm lauter, bis er das Klirren und Schrammen von Metall auf Metall fast unerträglich war.

Die Franzosen kämpften auf ihre Art auf dem Schlachtfeld, ehrenvoll Mann gegen Mann. Jeder, der aus dem Wald galoppiert kam, brüllte beim Anblick des Gemetzels seinen Schlachtruf und trieb sein müdes Pferd zu einer letzten wilden Anstrengung an, um so nahe wie möglich an die geharnischten englischen Ritter heranzukommen. Sobald sie Highburys Leute erreicht hatten, kämpften sie mit den Lanzen, bis diese zersplitterten, dann zogen sie ihre Äxte oder breiten Schwerter, um ihnen den vernichtenden Schlag zu versetzen.

In zweihundert Yards Entfernung stand Thomas da, noch immer unbemerkt. Er blickte auf die grausamen Szenen, die sich hier abspielten, während er seine Pfeile vor sich in den weichen Boden steckte. Einen Moment wartete er noch, er ließ die Schultermuskeln spielen.

»Also dann«, murmelte er. »Mal sehen, wie euch das hier gefällt.«

Sorgfältig visierte er über den ersten langen Pfeil sein Ziel an, während er ihn auf die Sehne legte. Highburys Männer waren umringt von französischen Rittern, und da alle Rüstungen von Blut und Schlamm verdreckt waren, war es schwierig, sie auseinanderzuhalten.

Thomas holte tief Luft und spannte die Sehne, er genoss das Gefühl der Kraft in Arm und Schulter, als seine Fingerknöchel die Wange berührten. Manche Männer bevorzugten einen geteilten Griff, wobei der Pfeil zwischen zwei Fingern liegt. Thomas hatte immer den Griff von unten her als natürlicher empfunden, bei dem der befiederte Schaft auf seinem Zeigefinger lag. Dann brauchte er nur noch die Hand zu öffnen. Es war so mühelos wie Atmen. Und aus zweihundert Schritt Entfernung fiel es ihm nicht schwer, sich sein Ziel sorgfältig auszusuchen.

Der Bogen knarrte leise, und er ließ los. Der Pfeil drang in den Rücken eines Mannes, der sich gerade auf Highbury werfen wollte. Das Metall der Rüstungen war am Rücken nie so dick wie vorn am Brustpanzer, sodass ein Kämpfer, der sich umdrehte und wegrannte, stärker gefährdet war, als wenn er dem Feind gegenüberstand. Die gehärtete Pfeilspitze drang so tief ein, dass die Federn abrissen und als kleines weißes Schneegestöber umherflogen.

Der Ritter schrie auf und stürzte seitlich vom Pferd, sodass eine Lücke entstand, durch die Highbury Thomas sehen konnte. Der bärtige Lord lachte, Thomas hörte es deutlich, als er den Bogen abermals spannte und in den altgewohnten Rhythmus verfiel, der ihn sein ganzes Leben lang begleitet hatte.

Er hatte nur zwölf schwere Pfeile, einschließlich derer, die Rowan ihm dagelassen hatte. Thomas zwang sich, langsamer zu machen, damit jeder Schuss saß. Mit den ersten vier Pfeilen erledigte er die Männer, die Highbury am nächsten waren, was dem Lord eine Atempause verschaffte. Thomas hörte das wütende Geschrei der Franzosen, die weiter entfernt waren. Sie fuhren in ihren Sätteln herum und spähten durch ihre Helmschlitze, um zu erkennen, woher die Pfeile kamen. Er merkte, wie ihm der Mund trocken wurde, als er zwei weitere Pfeile losschickte und feststellte, dass sie ihre Ziele trafen, Ritter, die die Bedrohung durch den Mann, der da auf sie schoss, gar nicht wahrgenommen hatten.

Aus dem Augenwinkel sah Thomas silberglänzende Rüstungen auf sich zukommen. Er wusste, sie würden schnell da sein, die Lanzen auf ihn gerichtet, und ihn niederreiten. Er pflanzte beide Füße fest auf den Boden, um im Gleichgewicht zu bleiben, legte an, zielte sorgfältig und schoss. Wieder fielen ein paar Männer, und endlich reagierte auch Highbury, er nutzte seine Chance und brüllte seinen wenigen Männern, die noch übrig waren, Befehle zu. Einer der französischen Ritter galoppierte mit erhobenem Morgenstern auf Highbury zu, um dessen ungeschützten Kopf einzuschlagen. Thomas traf ihn mit einem so schnellen Schuss, dass er kaum Zeit zum Zielen gehabt hatte. Der Pfeil traf den Mann in seinen Arm, und der Morgenstern wurde ihm aus der plötzlich kraftlos gewordenen Hand geschleudert. Highbury schwang das Schwert, und mit grausamer Genugtuung versetzte er dem Hals des Mannes den tödlichen Hieb.

Von seinem Sattel aus sah Highbury die einsame Gestalt, die dort im grünen Gras stand, vor sich nur noch wenige Pfeile. Eine furchterregende Erscheinung. Doch jetzt sah Highbury die ganze Reihe französischer Ritter auf ihn zugaloppieren. Sie hassten die englischen Bogenschützen, hassten sie wie die Pest. Sie empfanden Abscheu vor der Tatsache, dass gewöhnliche Männer solch schlagkräftige Waffen beherrschten und es wagten, sie auf so ehrlose Weise auf dem Schlachtfeld zu gebrauchen. Die französischen Soldaten erinnerten sich lebhafter als andere an diese großen englischen Bogen, mit denen sie es auf den verschiedensten Schlachtfeldern zu tun bekommen hatten. Einige von ihnen ließen in ihrer Wut jetzt sogar von Highburys Männern ab, um erst mal diesen Bogenschützen zu erledigen.

Highbury riss sein Pferd herum, plötzlich spürte er empfindlich seine Verletzungen, die er bisher kaum wahrgenommen hatte. Der Waldrand war oben auf dem Berg, und er gab dem Pferd die Sporen, worauf erneut Blut aus den Flanken des Tieres drang.

»Zurück, Jungs! Zurück jetzt, in den Wald!«, schrie er.

Er galoppierte den Abhang hinauf, gleichzeitig versuchte er, sich umzusehen. Seine Männer folgten ihm, erschöpft keuchend in ihren schweren Rüstungen. Ihre müden Pferde gehorchten ihnen nicht mehr, sie kamen kaum voran. Schließlich wurden sie von den Franzosen abgeschnitten. Die Keulen sausten auf sie herab, schlugen große Beulen in die Rüstungen, die sie hatten schützen sollen, und brachen ihnen die Knochen. Äxte schlugen Löcher ins Metall, aus denen Blut quoll, bis die Männer auf ihren schwitzenden, dampfenden Pferden tot waren.

Thomas griff nach einem neuen Pfeil, aber seine Hand blieb leer. Er sah zwei französische Ritter auf sich zugaloppieren, die Lanzen auf seine Brust gerichtet. Er wusste nicht, ob er bereits genug erreicht hatte. Trotzig und wütend hob er den Kopf und versuchte, seine Angst zu unterdrücken, als der Lärm der donnernden Hufe immer lauter wurde.

Die Sonne beschien grell die Szenerie, sodass er jede Einzelheit der Pferde und ihrer Reiter erkennen konnte, die jetzt auf ihn zupreschten, um ihn zu töten. Er überlegte, ob er dem ersten von ihnen seinen Bogen entgegenschleudern sollte, vielleicht würde sein Pferd sich aufbäumen und seinen Reiter abwerfen. Doch seine Hand konnte den Bogen nicht loslassen, und er stand hilflos da, im weit offenen Gelände. Er wusste, egal ob er stehen blieb oder wegrannte, es würde keinen Unterschied machen.

Rowan stand allein im Schatten der Eichen und beobachtete das Kampfgetümmel unten im Tal. Die anderen waren fortgegangen, aber er war geblieben und hatte durch das Laub der Büsche das Geschehen verfolgt. Rowan hatte die trostlose Resignation im Gesicht seines Vaters wahrgenommen, daher konnte er weder weggehen noch wegsehen. Mit wildem Stolz hatte er beobachtet, wie sein Vater ein halbes Dutzend Reiter erledigte. Doch dann hatte ihn die Angst gepackt, als die Reiter den einsamen Bogenschützen entdeckten und auf ihn zuhielten, um ihn abzuschlachten. Rowans Atem ging schwer, als er sah, wie sein Vater die letzten Pfeile verschoss, mit denen er Highbury gerettet hatte statt sich selbst.

»Lauf, Vater, lauf!«, flüsterte er heiser.

Doch sein Vater stand einfach nur da, während sie auf ihn zuritten und bereits anfingen, die Lanzen zu senken.

Rowan hob seine rechte Faust und zählte die Längen von der Horizontalen bis nach unten, indem er sie dreimal drehte. Er schüttelte den Kopf und versuchte sich zu erinnern, wie man beim Zielen das abschüssige Gelände einkalkulierte. Verzweifelt spannte er den Bogen. Die anderen Schützen hatten ihm jeweils einen Pfeil gegeben, bis er zwölf Stück beisammenhatte. Dann hatten sie ihm viel Glück gewünscht und waren über den Berg verschwunden, er war zurückgeblieben und hörte nur seinen Atem und das Krachen und Gebrüll von unten.

Es war eine Entfernung von mindestens vierhundert Schritt. Das war weiter, als Rowan je zuvor geschossen hatte, so viel war sicher. Es ging eine leichte Brise, nicht stark, aber auch sie musste er berücksichtigten, als jetzt die Gänsefedern seine Wange kitzelten und er die Kraft des Bogens in Brust und Schulter spürte. Er bog sich aus der Hüfte etwas zurück und vergrößerte seinen Schusswinkel um zwei Handbreit.

Er wollte den Pfeil schon abschießen, da hörte er, wie jemand angerannt kam. Er entspannte den Bogen wieder und drehte sich um, sein Magen zog sich zusammen bei dem Gedanken, dass er es jetzt vielleicht mit einem bewaffneten Pikenier aufnehmen müsste. Erleichtert atme er aus, als er sah, dass es nur der Trupp seiner Bogenschützen war, die leise lachten, als sie sahen, wie sie ihn erschreckt hatten. Der erste, der bei ihm ankam, schlug Rowan auf die Schulter und spähte ins Tal hinunter.

»Wir haben zusammen etwa zwei Dutzend Pfeile, mehr nicht. Bert hier hat nur noch einen.«

Es war keine Zeit mehr, ihnen zu danken, dass sie noch einmal ihr Leben riskierten, statt sich in Sicherheit zu bringen. Erneut spannte Rowan den Bogen, jetzt waren seine Hände ganz ruhig.

»Vierhundertfünfzig Yards ungefähr. Drei Handbreit, abschüssiges Gelände.«

Noch während er sprach, schickte er den ersten Pfeil los und wusste sofort, dass er sein Ziel verfehlen würde. Die anderen verfolgten die Flugbahn mit fachmännischem Blick.

Im Laufe der vergangenen Monate hatte Thomas versucht, Highburys Bogenschützen Dreiecke und Fallschüsse zu erklären. Rowans Vater hatte sein Handwerk von einem Ausbilder der Armee gelernt, der sich für Mathematik interessierte. An den Abenden im Lager hatte Thomas Figuren auf den Boden gezeichnet, um sein Wissen weiterzugeben: Kurven, Linien und Winkel, versehen mit griechischen Buchstaben. Highburys Bogenschützen hatten höflich zugehört, aber nur wenige mit der nötigen Aufmerksamkeit. Sie alle waren gestandene Männer, sorgfältig vom Baron ausgewählt. Sie alle schossen schon seit zwanzig oder gar dreißig Jahren. Ihr Geschick und ihre Kraft waren ihnen zur zweiten Natur geworden und konnten auch durch die Mathematik nicht mehr besser werden, es war ein so müheloser Vorgang für sie wie für andere das Wasserlassen. Rowan löste seinen zweiten Pfeil, und sie alle spannten gleichzeitig ihre Bogen, sodass eine Sekunde später ein Dutzend Pfeile durch die Luft schwirrten.

Rowan musste sich schnell umstellen, um ein Gefühl für diese neue Situation zu bekommen. Sein zweiter Pfeil fühlte sich falsch an, aber er schoss vier weitere hinterher, die mehr oder weniger die Flugbahn nahmen, die er im Kopf hatte. In der Ebene hätte er die Männer, die auf seinen Vater zuritten, nicht erreicht. Aber hier, von der erhöhten Ebene aus, konnte er so zielen, dass er sie erreichte. Doch als sein letzter Pfeil verschossen war, verließ ihn wieder der Mut. Er starrte ins Tal.

»Jetzt renn, Vater! So renn doch!«, flüsterte er.

Thomas hatte die Pfeile gehört, noch ehe er sie sah. Die Schäfte vibrierten, er hörte das surrende Geräusch, als sie näher kamen.

Instinktiv sah er nach oben, gerade als sie wie ein dunkler Blitz vom Himmel schossen.

Mit einem Schlag bohrten sich die ersten beiden Pfeile bis an die Federn vor den Reitern in den Boden. Die nächsten waren aus dieser Entfernung schon besser gezielt, einer prallte von einer Schulter ab, ein anderer traf ein Pferd in die Kruppe. Einen Augenblick später kamen drei weitere Pfeile an. Einer prallte von einem Sattelknauf ab, während die beiden anderen fast senkrecht auf Pferde trafen. Die schweren Metallspitzen drangen tief ein, und die Tiere wieherten laut auf und taumelten. Thomas sah Blut spritzen, als ein Pferd sich mit zerrissener Lunge vor Schmerz aufbäumte.

Zwei der Reiter, die auf ihn zukamen, hielten abrupt an und sahen hinauf zum Wald. Das starre Entsetzen, das Thomas erfasst hatte, war plötzlich wie weggeblasen. Blitzschnell blickte er um sich, sein Herz klopfte wild.

»Scheiß drauf!«, rief er laut und rannte los, den Abhang hinauf. Er war darauf gefasst, im nächsten Moment eine Lanze zwischen die Schulterblätter zu bekommen, aber als er sich umsah, waren die französischen Ritter stehen geblieben und starrten hasserfüllt hinter ihm her. Ihm wurde klar, dass sie es für einen Hinterhalt hielten, mit ihm als Lockvogel. Aber er war zu sehr außer Atem, um beim Rennen auch noch lachen zu können.

Als der Abend dämmerte, wagte es König Charles, sich im Tal von den schrecklichen Verlusten zu überzeugen, die dieser Tag gebracht hatte. Seine Fußsoldaten hatten die Gegend abgesucht und sie als sicher für den König erklärt, obwohl seine Leibgarde auf der Hut war und nicht von seiner Seite wich. Sie waren im Laufe der vergangenen Wochen zu oft in einen Hinterhalt geraten. Jetzt waren hier nur noch Tote und Verletzte, die schreiend und wimmernd am Boden lagen. Wenn es Engländer waren, wurden sie an Ort und Stelle erwürgt, oder man schnitt ihnen die Kehle durch. Französische Kämpfer trug man weg, um sie von den Wundärzten behandeln zu lassen. Ihre Klagelaute bildeten einen grausigen Chor in der einbrechenden Dunkelheit.

Der König war blass, als er zu Fuß über das Schlachtfeld ging. Er blieb dort stehen, wo Highbury angegriffen hatte, dann ging er weiter, um die Stelle zu sehen, wo ein einziger Bogenschütze es aus sicherer Entfernung fertiggebracht hatte, so viele Männer zu töten. Der König kratzte sich am Kopf. Er war überzeugt, dass er sich wieder Läuse eingefangen hatte. Die verdammten Viecher kamen von den Toten, hatte er gehört. Und davon gab es hier genug.

»Also, Le Farges«, sagte er, »diese Engländer sind also nur ein kleiner versprengter Haufen? Und für meine tapferen Ritter wird es nicht anders sein als eine vergnügliche Wildschweinjagd im Loire-Tal?«

Der so Angesprochene wagte es nicht, seinen König anzusehen. Er fürchtete, bestraft zu werden, deshalb kniete er nieder und beugte den Kopf, ehe er antwortete.

»Die Engländer haben Bogenschützen, die ihr Handwerk verstehen, Majestät. Damit war nicht zu rechnen. Sie müssen aus der Normandie gekommen sein …«

»So muss es wohl sein«, erwiderte Charles und rieb sich das Kinn. »Das würde erklären, wie ich Hunderte von Rittern verlieren konnte und dass meine teuren Armbrustschützen fast bis auf den letzten Mann abgeschlachtet wurden. Doch egal, wer diese Leute sind und woher sie kommen, mir wurde gesagt, es handle sich höchstens um ein paar Hundert. Davon haben wir wie viele, vielleicht sechzig, gefangen oder getötet? Wisst Ihr, wie viele meiner Männer für diese paar Leute ihr Leben gelassen haben?«

»Ich kann die Listen kommen lassen, Majestät. Ich … ich bin …«

»Mein Vater hat in Azincourt gegen diese Bogenschützen gekämpft, Le Farges. Ich habe mit eigenen Augen gesehen, wie sie Edelleute und Ritter wie Vieh abgeschlachtet haben, bis die, die noch am Leben waren, vom Gewicht der eigenen Toten erdrückt wurden. Ich habe gesehen, wie ihre kleinen Trommler zwischen den Männern in Rüstung herumgelaufen sind und sie erdolcht haben, während die Bogenschützen zusahen und lachten. Und jetzt sagt mir eins – wie kommt es, dass wir selbst keine Bogenschützen haben?«

»Majestät?« Le Farges klang verwirrt.

»Ich höre nur immer, diese Schützen seien ehrlose Feiglinge. Aber sie können töten, Le Farges. Und das aus Entfernungen, wo unsere Armbrüste noch gänzlich unwirksam sind. Und wenn ich Ritter schicke, kann ein einziger Bogenschütze vier oder fünf von ihnen erledigen, ehe er selbst umgebracht wird – wenn er nicht flieht und aufs Neue zur Gefahr wird! Also klärt Euren König auf, Le Farges – warum, bei allen Heiligen, haben wir keine Bogenschützen?«

»Majestät, kein Ritter würde eine solche Waffe benutzen. Es wäre … unmännlich. Einfach unehrenhaft.«

»Dann eben Bauern! Was kümmert es mich, *wer* kämpft, solange ich jemanden habe, der es tut!«

Der König bückte sich und hob einen Langbogen auf, den jemand zurückgelassen hatte. Mit angewidertem Gesicht versuchte er, die Sehne zurückzuziehen, was ihm nicht gelang.

Er stöhnte, aber der starke Bogen aus Eibenholz bog sich keinen Zoll, und er gab es auf.

»Ich bin nicht stark genug für diese Arbeit, Le Farges. Aber wir haben doch genügend große, starke Bauern gesehen. Warum bilden wir sie nicht für diese Art des Tötens aus, wie es die Engländer machen?«

»Majestät, ich glaube, es braucht jahrelange Übung, bis man stark genug ist, um einen solchen Bogen zu bedienen. Aber Majestät, wollt Ihr Euch wirklich derart erniedrigen? Es ist einfach gegen die Ritterehre, eine solche Waffe zu gebrauchen.«

Mit einem Fluch schleuderte der König die Waffe fort.

»Vielleicht habt Ihr recht. Vielleicht sind bessere Rüstungen die Antwort. Meine Leibgarde kommt bei einem Angriff dieser Bogenschützen ungeschoren davon. Gutes französisches Eisen hält ihnen stand.«

Wie zur Bestätigung klopfte er mit den Knöcheln gegen seinen eigenen Brustpanzer, dass es dröhnte. Le Farges hütete sich, den König darüber aufzuklären, dass sein prächtig verzierter Brustpanzer einem englischen Pfeil auf keinen Fall standhalten würde.

»Unsere Armbrustschützen haben Pluteus-Schutzwände und Schilde aus Korbgeflecht, Le Farges. Aber das ist keine Lösung für Ritter, die mit Schwert und Lanze kämpfen. Bessere Rüstungen und stärkere Männer, das ist es, was wir brauchen. Dann können meine Ritter weit in ihre Reihen eindringen und die Köpfe rollen lassen.«

König Charles schwieg und wischte sich den Mund ab. Er holte tief Luft und blickte in die untergehende Sonne.

»Auf jeden Fall haben sie das Friedensabkommen gebrochen. Ich habe meine Getreuen benachrichtigt, Le Farges.

Jeder Ritter und jeder Waffenknecht in Frankreich ist bereits auf dem Weg nach Norden.«

Baron Le Farges sah erleichtert aus, er wagte es, sich wieder zu erheben.

»Es wäre mir eine Ehre, sie anzuführen, Majestät. Auf Euren Befehl hin würde ich mit den Regimentern der Edlen auch die letzten Nachzügler vernichten und ganz Maine in einem Monat einnehmen.«

König Charles sah ihn mit kaltem Blick an.

»Es geht nicht um die Provinz Maine, Dummkopf. Die Engländer haben den Waffenstillstand gebrochen! Ich will *alles* zurückhaben. Ich werde mir auch die Normandie zurückholen, und wenn ich jeden einzelnen Engländer im Meer ersäufen müsste. Ich habe elftausend Mann, die nach Norden ziehen. Sie haben Pluteus-Schutzwände und Schilde. Und ich werde nicht zusehen, wie sie niedergemetzelt werden, Le Farges. Egal ob sie Bogenschützen haben oder nicht, ich bereite ihrem Treiben ein für alle Mal ein Ende. Ich werde Frankreich zurückerobern, ehe das Jahr um ist. Das schwöre ich bei der Heiligen Jungfrau.«

Der Baron hatte Tränen in den Augen, als er sich völlig überwältigt wieder hinkniete. Der König legte kurz die Hand auf seinen verfilzten Kopf. Einen Moment lang verspürte er größte Lust, diesem Dummkopf die Kehle durchzuschneiden. Seine Finger verkrallten sich in seinem Haar, sodass Le Farges einen leisen Schmerzenslaut ausstieß, dann ließ der König ihn los.

»Ich brauche Euch, Le Farges. Ich brauche Euch an meiner Seite, wenn wir die Engländer endgültig aus Frankreich vertreiben. Ich habe genug gesehen. Sie haben den Frieden gebrochen, und ich werde sie vernichten, damit wir endlich

Ruhe haben, wenigstens für eine Generation. Das ist *mein* Land, Le Farges. *Mein* Land und *meine* Rache!«

Jack Cade hatte große Mühe, sich einen Weg durch die Menschenmenge zu bahnen. Seine beiden Freunde folgten ihm durch die Gasse, die er sich mit Ellbogen und seinen breiten Schultern schuf. Mehr als einmal fuhr blitzschnell ein Ellbogen heraus, um Paddy oder Rob Ecclestone zu treffen, was diese mit einem Fluch quittierten. Die Menge war wütend und bedachte die drei Männer mit zornigen Blicken. Wer sie kannte, zog sich langsam an den äußeren Rand der Menge zurück, um notfalls fortlaufen zu können. Ihr Ruf verschaffte ihnen ebenso viel Platz wie ihre Ellbogen und verhalf Jack Cade dazu, schließlich die Mitte des Marktplatzes zu erreichen.

Da stand er nun und betrachtete die Menge, keuchend und schwarz vom Ruß. Der Mann, der bis eben zu der Menge gesprochen hatte, verstummte, als hätte er ein Gespenst gesehen. Auch die anderen verstummten beim Anblick der Ankömmlinge.

»Bist du es, Cade?«, fragte der Redner. »Himmel, was ist mit dir passiert?«

Der Mann war groß, und der hohe spitze Hut ließ ihn noch größer wirken. Jack kannte Ben Cornish gut, er hatte ihn nie gemocht. Er antwortete nicht, seine Blicke schweiften zu der Gestalt, die am Ende des Platzes an einem Galgen hing. Die Menschen hatten während der Versammlung gelacht und gegrölt wie immer, niemand hatte weiter Notiz von dem Toten genommen. Jack hatte keine Ahnung, warum Cornish und die anderen hier waren, aber unter ihrem aufdringlichen Starren flammte sein Ärger wieder auf.

»Ich bin gekommen, um meinen Jungen abzuschneiden«, sagte er barsch. »Und niemand wird mich davon abhalten.«

Cornish plusterte sich auf. »Immer langsam, Jack, hier geht es um wichtigere Dinge, der Richter ...«

Jacks Augen blitzten.

»Der Richter ist tot, Cornish. Und du wirst es auch bald sein, wenn du mich aufhalten solltest. Richter und Vögte – die können mich alle mal. Und Gerichtsdiener wie du auch. Ihr seid doch nichts als elende Speichellecker. Ich hoffe, du hast mich verstanden, Cornish, und jetzt mach hier Platz, ehe ich meinen Gürtel abnehme.«

Jack und seine beiden Freunde waren überrascht, wie seine Worte von der Menge mit zustimmendem Brummen aufgenommen wurden. Cornish wurde dunkelrot, sein Mund bewegte sich, aber es kam kein Ton heraus. Jack griff nach dem breiten Ledergürtel, der seine Hose festhielt, und Cornish ergriff die Flucht, er drängte sich durch die Menge hindurch und verschwand blitzschnell in einer der Gassen, die vom Marktplatz wegführte.

Unter dem Blick der Menge war Jack fast ebenso rot geworden.

»Was zum Teufel soll diese Versammlung hier?«, wollte er wissen. »Hat man die Steuer auf Kerzen oder Bier erhöht?«

»Du erinnerst dich vielleicht an mich, Jack«, rief eine Stimme. Eine stämmige Gestalt mit Lederschürze drängte sich vor.

Jack sah den Mann an.

»Dunbar, ja, ich erinnere mich an dich. Aber ich dachte, du bist in Frankreich und verdienst dir da eine goldene Nase.«

»War ich auch, bis sie mir über Nacht das Land weggenommen haben.«

Jack zog die Brauen hoch. Im Stillen freute er sich, dass der Mann gescheitert war.

»Tja, *ich* habe nie Land besessen, Dunbar, darum weiß ich nicht, wie das ist.«

Der Schmied ging nicht darauf ein. »Du hast also den Richter umgebracht? Nun, er hat nichts weiter bekommen, als er verdient hat.«

»Ich habe ihn nicht …«, fing Jack an, aber die Menge brüllte bereits Beifall, und er blickte überrascht um sich.

»Wir brauchen jemanden, der unsere Beschwerde in Maidstone vorbringt, Jack«, sagte Dunbar und nahm ihn bei der Schulter. »Jemanden, der diese Adelstypen am Genick packt und schüttelt, bis sie sich darauf besinnen, was Recht und Gerechtigkeit eigentlich bedeuten.«

»Derjenige bin ganz bestimmt nicht ich«, erwiderte Jack und befreite sich von dem Griff. »Ich bin wegen meinem Jungen hier, und das ist alles. Und jetzt mach Platz, Dunbar, oder ich werde ungemütlich …«

Entschlossen schob er den Schmied zur Seite und ging zum Galgen. Er stand unter der sanft pendelnden Leiche seines Sohnes und sah mit schmerzlichem Gesicht nach oben.

»Wir werden trotzdem nach Maidstone gehen, Jack«, sagte Dunbar mit lauter Stimme. »Wir sind zwar nur sechzig Mann, aber aus Frankreich kommen Tausende zurück. Wir werden denen zeigen, dass sie mit den Männern von Kent nicht einfach machen können, was sie wollen.«

Die Menge jubelte bei seinen Worten, aber gleichzeitig sahen sie alle auf Jack, der seinen alten Sax gezogen hatte und an dem Seil säbelte, an dem sein Sohn hing. Paddy und Ecclestone traten hinzu, fingen die Leiche auf und legten sie vorsichtig auf das Pflaster. Jack sah auf das aufgedunsene Gesicht seines Jungen und wischte sich die Tränen aus den Augen, ehe er aufblickte.

»Bin noch nie in Maidstone gewesen«, sagte er leise. »Dort werden Soldaten sein. Du riskierst es, umgebracht zu werden, Dunbar, du und die anderen mit dir. Männer von Kent oder nicht – man wird euch töten. Sie werden ihre Hunde auf euch hetzen, und am Ende werdet ihr eure Mützen ziehen und euch entschuldigen, da bin ich mir sicher.«

»Das werden sie mit tausend Mann nicht machen können, Jack. Sie werden uns anhören müssen. Wir werden sie zwingen, uns anzuhören.«

»Nein, Freundchen, sie werden ihre Schergen losschicken, das werden sie machen. Sie selbst werden in ihren schönen, eleganten Häusern bleiben, und sie werden gedungene Henkersknechte aus London kommen lassen, um euch die Köpfe einzuschlagen. Lass dich warnen, Dunbar, von jemandem, der sich damit auskennt.«

Der Schmied rieb sich den Nacken und dachte nach.

»Vielleicht, vielleicht auch nicht. Aber versuchen müssen wir es. Was ist, kommst du mit?«

»Habe ich mich nicht klar ausgedrückt? Wie kannst du mich so etwas fragen, wo mein Sohn hier liegt? Tu, was du für richtig hältst, Dunbar. Ich habe andere Sorgen.« Er kniete sich neben seinen Sohn, den Kopf gebeugt vor Erschöpfung und Trauer.

»Du hast bereits einen hohen Preis gezahlt, Jack, das ist klar. Aber vielleicht fehlt es dir auch an Mumm, mit uns loszuziehen, um die Männer des Königs aufzufordern, uns an der Gerechtigkeit teilhaben zu lassen, die sonst nur den Edlen vorbehalten ist.«

Jack Cade richtete sich auf. Er hatte noch immer seinen hässlichen großen Sax in der Hand, mit einer Klinge so lang wie sein Unterarm.

»Immer mit der Ruhe, Jack«, sagte Dunbar und hob die Hände. »Aber es ist nun mal so – wir brauchen erfahrene Männer. Du warst doch Soldat, oder?«

»Ich habe meine Pflichten erfüllt.«

Nachdenklich betrachtete Jack die Menge und sah, dass viele von ihnen gesund und stark waren. Das waren keine Stadtmenschen, diese Flüchtlinge. Man sah, dass sie ausnahmslos ein hartes Leben gewohnt waren. Er spürte, wie sie ihn ansahen, als er sich im Nacken kratzte. Sein Hals war wie ausgetrocknet, und seine Gedanken kamen heute nur langsam voran, wie treibende Boote auf einem breiten, trägen Fluss.

»Tausend Mann?«, fragte er schließlich.

»Oder noch mehr, Jack, vielleicht viel mehr!«, sagte Dunbar. »Genug, um ein paar Feuer zu legen und ein paar Köpfe einzuschlagen. Bist du dabei, Jack?«

Jack sah Ecclestone an, der sah ihn an, sagte aber nichts. Paddy grinste, typisch für einen Iren, der hocherfreut war über das Chaos, das an diesem schönen Morgen über sie hereingebrochen war. Jack verzog den Mund, als er antwortete.

»Ich denke, das könnte etwas für mich sein, Dunbar. Ich habe letzte Nacht zwei Häuser niedergebrannt. Kann sein, dass ich auf den Geschmack gekommen bin.«

»Das klingt gut, Jack!«, strahlte Dunbar. »Zuerst ziehen wir durch die Dörfer und nehmen alle mit, die aus Frankreich vertrieben wurden – und wer sonst noch mitkommen will …«

Der Schmied verstummte, als er zum zweiten Mal an diesem Morgen Jacks starke Hand auf seiner Brust spürte.

»Moment mal, Dunbar. Von dir lasse ich mir nichts befehlen. Du wolltest einen erfahrenen Mann? Du bist noch nicht mal aus Kent. Du magst hier wohnen, Dunbar, aber geboren bist du woanders, in irgendeinem Dorf, wo die Schafe vor den Menschen davonrennen.« Er holte tief Luft, und die Umstehenden kicherten. »Nein, Jungs. *Ich* führe euch nach Maidstone, und ich werde, wie gewünscht, Köpfe einschlagen. Du hast mein Wort darauf, Dunbar.«

Der Schmied war dunkelrot geworden, aber er neigte den Kopf.

»Klar, Jack. Natürlich.«

Cade ließ den Blick über die Menge schweifen, er suchte bekannte Gesichter.

»Ich kann dich sehen, Ronald Pincher, du alter Gauner. Hast du heute Morgen etwa dein Wirtshaus geschlossen, obwohl es hier so viele durstige Leute gibt? Ich komme um vor Durst, und du bist der Mann, der etwas dagegen tun kann, obwohl dein Bier schmeckt wie Pisse.« Er zog die Brauen hoch, gerade kam ihm eine Idee. »Bestimmt gibt's heute doch Freibier für die Männer von Kent, habe ich recht?«

Der angesprochene Wirt sah alles andere als begeistert aus, wie er mit den Augen rollte und die Backen aufblies, aber er musste sich damit abfinden. Die Männer brüllten vor Lachen und leckten sich bereits in Vorfreude die Lippen. Als sie loszogen, blickte Dunbar zurück zu Jack und seinen Freunden, die noch immer beim Galgen standen.

»Kommt ihr?«, rief Dunbar.

»Geht schon, wir kommen nach«, erwiderte Jack, ohne aufzusehen. Seine Stimme klang heiser.

Als die Menge sich zerstreut hatte, bückte er sich. Dunbar sah, wie der große Mann sich die Leiche seines Sohnes über die Schulter legte und sanft streichelte. Mit Paddy auf der einen und Ecclestone auf der anderen Seite machte Jack sich auf den langen Weg hinauf zum Friedhof, um seinen Jungen zu begraben.

16

William de la Pole stieg die Wendeltreppe hinauf in das Turmzimmer. Es war eine spartanische Unterkunft für den Mann, der das Kommando über die bedeutende Garnison von Calais innehatte. Ein kleiner Tisch, von dem aus man durch die engen Schlitze in der Steinmauer das bleigraue Meer sehen konnte. In der Ferne sah William die Wellen mit ihren weißen Schaumkronen, er hörte das unaufhörliche Geschrei der Möwen, die sich über der Küste vom Wind tragen und treiben ließen. Obwohl ein Feuer im Kamin brannte, war es kalt im Raum.

Bei Williams Eintreten erhob sich der Duke von York. Die Männer schüttelten sich die Hände, dann deutete York auf einen Stuhl, und die beiden Männer setzten sich. Er faltete die Hände über dem Gürtel, und auf seinem Gesicht lag ein spöttischer Ausdruck, als er sich zurücklehnte.

»Wie muss ich Euch jetzt anreden, William? Der König hat Euch mit vielen neuen Titeln ausgestattet. Admiral der Flotte, das ist doch wohl einer davon? Truchsess? Earl von Pembroke? Oder vielleicht jetzt sogar *Duke* von Suffolk und damit mir gleichgestellt? Ihr seid wahrlich aufgestiegen! Ich kann nur ahnen, welche wertvollen Dienste Ihr dem Königreich erwiesen haben müsst, um auf diese Weise belohnt zu werden.«

William blickte ihn ruhig an und ignorierte den spöttischen Ton.

»Vermutlich wisst Ihr, dass ich geschickt worden bin, um Euch abzulösen, Richard. Wollt Ihr den königlichen Befehl sehen?«

York machte eine wegwerfende Handbewegung.

»Wieder so eine Geschichte, die Derry Brewer ausgeheckt hat? Ich bin sicher, es ist alles korrekt. Gebt es meinem Diener, wenn Ihr geht, William, falls das alles ist, weswegen Ihr gekommen seid.«

Langsam und bedächtig nahm William die Rolle aus seiner ramponierten Ledertasche und schob sie über den Tisch. York betrachtete unwillig das große Siegel.

»König Henry hat es in meinem Beisein mit eigener Hand gesiegelt, Mylord. Es tritt mit meiner Ankunft in Calais in Kraft. Egal ob Ihr es jetzt lest oder nicht, Ihr seid hiermit Eures Amtes enthoben.«

William wunderte sich selbst. Schließlich verlor der Duke von York seinen wichtigsten Posten. In einer solchen Situation könnte man wohl auch etwas gnädiger verfahren. Er sah zum Fenster hinaus, auf das Meer mit den weiß gekrönten Wellen. Bei klarem Wetter konnte man die englische Küste von hier aus sehen.

»Ich bedauere sehr … dass ausgerechnet ich der Überbringer dieser Nachricht sein muss, Richard«, sagte er.

Zu seiner Überraschung brach York in ein unbändiges Gelächter aus. Es schüttelte ihn geradezu.

»Oh, William, tut mir leid, aber ich muss einfach über Euer todernstes Gesicht lachen, über diese Leichenbittermiene! Glaubt Ihr, damit sei für mich alles zu Ende?«

»Ich weiß nicht, was ich denken soll, Richard«, erwiderte William. »Die Armee sitzt in Calais und rührt sich nicht vom Fleck, während die Untertanen des Königs in ganz Maine und

Anjou auf der Flucht sind. Was habt Ihr anderes erwartet, als dass Ihr abgelöst werdet? Gott weiß, mir wäre es lieber, wenn Euch diese Demütigung erspart geblieben wäre, aber der König hat es befohlen, und darum bin ich hier. Ich verstehe wirklich nicht, warum Ihr lacht.«

York hatte sich wieder gefangen.

»Oh William, immer müsst Ihr für andere die Kastanien aus dem Feuer holen. Habt Ihr das noch nicht gemerkt? Wenn es je einen Schierlingsbecher gegeben hat, dann ist dies einer. Was werdet Ihr denn mit meinen Soldaten in Calais anfangen? Werdet Ihr sie losschicken? Sollen sie etwa Kindermädchen spielen für die englischen Nachzügler, die in die Heimat zurückkehren? Sie werden es Euch nicht danken. Habt Ihr eigentlich schon von den Unruhen in England gehört, oder haben die vielen neuen Titel Eure Ohren taub gemacht? Ich sage Euch eines, mit diesem Schreiben hier tut man Euch keinen Gefallen, egal, was drin steht. Ich wünsche Euch Glück in Calais, William. Davon werdet Ihr viel brauchen.«

Mit einer schnellen Bewegung erbrach York das Siegel, entrollte das Schriftstück und las. Er zuckte die Schultern.

»Ich werde Lord Lieutenant von Irland, als Vertreter des Königs. Nun, das ist so gut wie jeder andere Ort, um zuzusehen, wie hier alles zusammenbricht, findet Ihr nicht auch, William? Eigentlich wäre mir eine wärmere Gegend lieber gewesen, aber andererseits besitze ich dort im Norden ein kleines Anwesen. Ja, das passt mir ganz gut.«

Er stand auf, steckte die Schriftrolle in seine Tunika und gab William die Hand.

»Ich habe gehört, in Maine wird gekämpft, William. Ihr werdet merken, dass wir mit Jenkins hier einen guten Mann haben. Er hat Leute, die er bezahlt, damit sie uns mit Informationen versorgen. Ich werde ihm sagen, dass Ihr hier in Frankreich sein neuer Herr seid. Also denn. Meine besten Grüße an Eure Gemahlin. Und Euch wünsche ich viel Glück.«

William erhob sich langsam, ergriff die ausgestreckte Hand und schüttelte sie. York hatte einen festen Händedruck, seine Hand war trocken. William schüttelte den Kopf, verblüfft über die schnell wechselnde Stimmung dieses Mannes.

»Meine Grüße auch an die Duchess Cecily, Richard. Ich habe gehört, sie sei *enceinte?*«

Richard lächelte.

»Es kann jeden Moment so weit sein. Sie hat angefangen, Kohle zu lutschen, ist das nicht unglaublich? Vielleicht wird das Kind ja während der Kanalüberquerung geboren. Oder auf der Irischen See, wer weiß? Es wird, außer dem Blut der Plantagenets, Salz und Ruß in den Adern haben. Das wäre ein gutes Vorzeichen, William. Gebe Gott, dass beide am Leben bleiben.«

William, der bei diesen Worten andächtig den Kopf gebeugt hatte, erschrak, als York ihm auf die Schulter schlug.

»Ihr werdet bestimmt mit der Arbeit anfangen wollen, William. Ich hatte es mir zum Prinzip gemacht, stets ein vollständig bemanntes Schiff für den Kommandanten der Garnison von Calais bereitzuhalten. Ich gehe davon aus, dass Ihr nichts dagegen habt, wenn ich damit nach Hause fahre?« Er wartete, und William de la Pole schüttelte den Kopf. »Danke, mein Bester. Dann will ich Euch nicht länger aufhalten.«

Der Duke verließ den Raum, und William blieb allein in dem hohen Turm zurück, den die Möwen schreiend umkreisten.

Baron Highbury keuchte schwer und zog die Zügel an. Seine Lunge schmerzte von der Kälte, und jeder Atemzug fühlte sich an, als sei er innerlich wund. Sein blasses Gesicht über dem dichten Bart war mit Schlamm bespritzt, den die Hufe des Pferdes aufwarfen. Er war auf einem Feld stehen geblieben, auf dem irgendetwas Grünes wuchs und ein eiskalter Wind ihm und seinen Männern schneidend durch die Kleider fuhr. Die Männer waren genauso verdreckt und erschöpft wie er. Highbury fuhr sich mit der Zunge im Mund herum, der vor Trockenheit wie zusammengeklebt war. Ihre Wasserflaschen waren leer, und obwohl sie am Vormittag an zwei Bächen vorbeigekommen waren, hatten sie nicht zu halten gewagt. Die Franzosen waren ihnen unbarmherzig auf den Fersen, und sie hätten die kurze Pause zum Trinken wahrscheinlich mit dem Leben bezahlt.

Highbury dachte mit großer Trauer daran, wie wenige von ihnen es geschafft hatten. Vierzig Mann hatte er im vergangenen Winter nach Maine mitgebracht. Sie hatten im Dienst seiner Familie gestanden. Sie hatten um das Risiko gewusst und waren trotzdem mitgekommen. Jetzt waren noch sechzehn von ihnen übrig, die anderen würden auf den Feldern Frankreichs verfaulen. Heute früh noch waren es zwanzig gewesen, aber vier von den Pferden hatten gelahmt, und als die Franzosen ins Horn stießen, waren sie einfach überrannt worden.

Daran musste Highbury denken, als er stöhnend vom Pferd stieg. Einen Augenblick stand er da, den Kopf gegen den Sattel gedrückt, und wartete, bis sich der Krampf in seinen Beinen löste. Dann fuhr er mit den Händen über die Beine seines braunen Wallachs, um festzustellen, ob er heiße Stellen spürte, die auf Entzündungen hindeuteten. Leider gab es sie, und zwar in jedem der geschwollenen Gelenke. Bei der Berührung wandte sein Pferd schnuppernd den Kopf nach hinten um, und er wünschte sich, er hätte einen Apfel oder sonst einen Leckerbissen für das Tier. Highbury zog sich wieder hoch in den Sattel, kratzte sich den schwarzen Bart und fing eine fette Laus, die er zwischen den Zähnen knackte. Dann sah er sich nach den anderen um.

»Das wär's, Jungs«, sagte er. »Ich glaube, es reicht. Wir haben ihnen die Nasen blutig geschlagen und dafür gute Leute verloren.«

Seine bewaffneten Ritter horchten auf. Sie wussten, ihr Leben hing davon ab, ob der Baron glaubte, dass seiner Familienehre Genüge getan sei oder nicht. Sie alle hatten die Scharen von französischen Kämpfern gesehen, die während der letzten paar Tage in das Land einmarschiert waren. Es schien, als hätte der König von Frankreich jeden Bauern, Ritter oder Waffenknecht nach Maine geschickt, und damit war eine Streitmacht entstanden, die seine ursprüngliche Armee um ein Vielfaches übertraf.

»Hat jemand Woodchurch gesehen? Oder Strange, diesen Angeber? Niemand?«

Highbury kratzte sich verärgert den Bart. Er war an diesem Morgen meilenweit geritten, beharrlich verfolgt von französischen Soldaten. Er wusste nicht, wo Woodchurch sich versteckt hielt oder ob er überhaupt noch am Leben war. Doch Highbury wollte sich nicht einfach ohne ein Wort aus dem Staub machen. Allerdings, Woodchurch war nicht dumm. Wenn er am Leben war, würde er den Weg nach Norden auch allein finden, jetzt, wo die Städte und Dörfer von Maine von den Franzosen überlaufen waren.

Auf Highburys Gesicht breitete sich ein müdes Lächeln aus. Er hatte den Mord an seinem Neffen doppelt und dreifach gerächt. Er hatte Lord Yorks Befehl missachtet und war nach Maine gezogen, und er rechnete damit, dass das Konsequenzen haben würde. Dennoch, er hatte immerhin erreicht, dass der französische König vor englischen Rittern und Bogenschützen geflohen war. Er hatte Hunderte von französischen Soldaten fallen sehen. Es war längst nicht genug, aber es war zumindest etwas – und weitaus besser, als tatenlos in Calais herumzusitzen, während die Welt ringsum in Scherben ging.

»Wir sind noch dreißig Meilen von der Normandie entfernt, vielleicht auch etwas weniger. Unsere Pferde sind am Ende, und wenn es euch geht wie mir, dann würdet ihr euch am liebsten hier hinlegen und sterben.« Ein paar seiner Männer lachten leise, als er fortfuhr. »Etwa vier Meilen östlich von hier gibt es eine gute Straße. Wenn wir es bis dahin schaffen, kommen wir darauf geradewegs nach Norden.«

Ein Hornsignal ertönte, und die Köpfe der Männer fuhren suchend herum. Highbury unterdrückte einen Fluch. Die Hecke, die hier die Wege säumte, war so hoch, dass er auch vom Sattel aus nicht darüber hinwegsehen konnte, also nahm er die Füße aus den Steigbügeln und kniete sich auf den Pferderücken, wobei seine Knie und Hüften mit Schmerzen protestierten. Wieder ertönte das Hornsignal, diesmal schon näher. Highbury fluchte leise, als er ungefähr achtzig Reiter sah, die ganz in der Nähe über einen Hügel ritten. Jetzt bogen sie ab und kamen über das gepflügte Feld direkt auf Highburys Trupp zu, was den Pferden bei dem weichen Ackerboden nicht leichtfiel.

»Mein Gott, sie haben uns entdeckt«, sagte er bitter. »Schnell, Jungs, reitet! Und möge den Letzten der Teufel holen – sonst holen ihn die Franzosen.«

Thomas Woodchurch lag flach auf dem Boden. Er hatte die Hand auf Rowans Arm gelegt, damit er sich nicht bewegte, aber auch, weil es ihn irgendwie tröstete.

»Jetzt«, sagte er.

Zwei Männer rappelten sich aus dem Graben auf und überquerten die Straße. Thomas sah sichernd nach beiden Seiten, während sie rannten und auf der anderen Seite wieder in Deckung gingen. Atemlos warteten sie auf das Kommando weiterzugehen oder auf das Hornsignal, das ihnen sagte, dass französische Ritter ihnen auf der Spur waren. Es vergingen mehrere Sekunden, dann atmete Thomas auf.

»Hilf mir auf, Junge«, sagte er, und auf Rowans Arm gestützt humpelte er unter die Bäume. Bei jedem Schritt spürte er seine klaffende Wunde an der Hüfte. Die Hose war von Blut getränkt, und der Schmerz ließ nicht nach. Irgendwo hatte er Nadel und Faden in einem Saum stecken, er brauchte nur einen sicheren Ort, wo er sich ausruhen und die Nacht verbringen konnte. Wenn er allein gewesen wäre, hätte er sich im tiefen Farnkraut versteckt und mit etwas Draht Kaninchenfallen gestellt. Bei dem Gedanken daran knurrte ihm der Magen, aber er musste sich um Rowans Sicherheit kümmern, also stolperte er weiter.

Sie erreichten den Rand eines umgepflügten Ackers. Thomas sah im Schutz der Bäume und Sträucher hinaus auf die offene Fläche, wo es für ihre Verfolger leicht wäre, sie zu entdecken. In der Ferne waren Ritter zu sehen, die aber zum Glück in die andere Richtung zogen.

»Kopf runter, Rowan. Hier haben wir gute Deckung, also bleiben wir erst mal hier liegen.«

Sein Sohn nickte mit müden Augen. Keiner von ihnen hatte seit dem Angriff am Vortag geschlafen. Die Bogenschützen waren von einem gewaltigen Trupp Pikeniere angegriffen worden. Auch Dutzende von Franzosen waren dabei gefallen, aber es schien, als hätten ihre edlen Herren ihnen noch mehr Angst eingeflößt als die englischen Bogenschützen. Hätten sie eine Möglichkeit gehabt, an neue Pfeile zu kommen – Thomas war sicher, sie hätten sie erledigen können. Aber wenn der Köcher leer ist, ist ein Bogen nicht mehr viel wert.

Sie hatten sich zerstreut und waren über Höfe und Äcker entkommen, die Thomas alle vertraut waren. An einer Stelle hatte er sogar im Westen eins seiner eigenen Felder überquert, wobei er eine ganz neue Art von Schmerz verspürte. Die Franzosen hatten sein Haus niedergebrannt. Es war ihm, als begleite ihn der Brandgeruch noch meilenweit.

Schwer atmend lag er auf dem Rücken und sah zu den grauen Wolken hinauf. Rowan blieb in der Hocke, seine Augen schweiften unablässig umher. Sie hatten beide gesehen, wie Baron Strange getötet worden war, aber keiner von ihnen hatte ein Wort darüber verloren. Thomas musste zugeben, dass der Mann tapfer gekämpft hatte. Man hatte ihn eingekesselt und mit Äxten vom Pferd geholt, doch er hatte gekämpft bis zum Ende. Thomas hatte es in den Fingern gejuckt, aber seine Pfeile waren alle verschossen, und er zwang sich weiterzurennen, als man dem Baron den Kopf abschlug.

»Kannst du eine Wunde nähen?«, fragte Thomas leise, ohne seinen Sohn anzusehen. »Hier«, er wies auf die blutige Stelle an der Hüfte. »Ich komm da nicht ran. In meinem Kragen steckt eine Nadel, du kannst sie fühlen.«

Seine Glieder waren schwer wie Blei, und er wünschte sich nichts weiter, als hier zu liegen und schlafen zu können. Er merkte, wie Rowan an seinem Hemdkragen tastete und schließlich die kostbare Nadel mit dem Faden herauszog.

Sein Sohn hielt die Luft an, als er die tiefe Wunde in der Hüfte seines Vaters genauer betrachtete.

»Wie sieht es aus?«, fragte Thomas.

»Nicht gut. Es blutet stark. Aber ich glaube, ich kann es nähen. Ich habe das ja schon bei den Hunden gemacht.«

»Na, das beruhigt mich«, sagte Thomas matt und schloss für einen Moment die Augen. Seine Hüfte fühlte sich an, als stünde sie in Flammen, und wahrscheinlich hatte er sich auch zwei Rippen gebrochen. Er hatte den französischen Soldaten nicht einmal gesehen, bis der Mistkerl sich auf ihn gestürzt hatte und ihn beinahe ausgeweidet hätte. Wenn die Klinge nicht seinen Hüftknochen getroffen hätte, wäre er jetzt tot.

Eine Welle von Übelkeit erfasste ihn, keuchend lag er da.

»Junge, es könnte sein, dass ich kurz ohnmächtig werde. Wenn …«

Seine Stimme erstarb, und Rowan saß neben seinem Vater und wartete, ob er weitersprechen würde. Er spähte durch das Gebüsch und hielt erschrocken den Atem an. Auf der anderen Seite des Feldes marschierten Soldaten. Er sah die Spitzen ihrer Spieße, die über die Hecke hinausragten. Er gab sich einen Ruck, dann begann Rowan, die Wunde seines Vaters zu nähen.

Highbury wusste, dass er nicht weiter als ein paar Meilen von der Grenze der englischen Normandie entfernt war. Die Straßen waren voll von Flüchtlingsfamilien, und seine hastige Flucht bildete einen merkwürdigen Kontrast zu den Menschen, die hier neben ihren hoch beladenen Wagen und Karren schwerfällig dahintrotteten.

Nach einem weiteren langen Tag waren von seinen sechzehn Männern nur noch acht übrig. Angesichts der vielen

Soldaten, die ihn jetzt verfolgten, war ihm klar, dass er nicht mehr gegen sie kämpfen konnte. Andererseits wollte er sich auch nicht völlig verausgaben, um schließlich widerstandslos wie ein Kind gefangen genommen zu werden. Sein Bart war schweißnass, und sein Pferd stolperte und taumelte, ein sicheres Zeichen, dass es bald zusammenbrechen würde.

Highbury blieb an einer Wegkreuzung stehen und sah zurück auf die glänzenden Rüstungen der Männer, die ihn verfolgten. Die Franzosen hatten zwar keine Ahnung, wer er war, dessen war er sich fast sicher, aber sie wussten, dass er vor ihnen floh und ins englische Gebiet gelangen wollte. Und das genügte, um ihn zu verfolgen.

Er sah einen Meilenstein, der die Entfernung nach Rouen anzeigte. Nur noch sechs Meilen, aber selbst das war zu weit entfernt. Er war erledigt, seine Hände halb erfroren und taub, sein Körper von einem schmerzhaften Husten geschüttelt.

»Ich glaube, sie haben mich, Jungs«, sagte er, nach Luft ringend. »Wenn ihr noch könnt, solltet ihr ohne mich weiterziehen. Es ist nicht mehr als eine Stunde, vielleicht sogar weniger. Ich werde sie aufhalten, so gut ich kann. Ich bin stolz auf euch, und ich bereue nichts.«

Drei von seinen Männern waren nicht stehen geblieben. Geschwächt durch ihre Verwundungen und mit hängenden Köpfen ritten sie auf ihren großen Pferden langsam weiter. Die fünf anderen waren nur geringfügig besser dran. Sie blickten einander an, dann die Straße hinunter. Der Mann, der Highbury am nächsten stand, zog seinen Panzerhandschuh aus und wischte sich übers Gesicht.

»Mein Pferd ist am Ende, Mylord. Ich bleibe hier, wenn es Euch recht ist.«

»Ich kann mich ergeben, Rummage«, sagte Highbury. »Aber dich werden sie einfach umbringen. Also verschwinde jetzt! Ich halte sie so lange auf, wie ich kann. Lasst mir wenigstens die Genugtuung, dass ich ein paar meiner Männer retten konnte.«

Rummage neigte den Kopf. Er hatte mit dem Angebot seine Pflicht getan, aber das englische Gebiet war doch verlockend nahe. Er gab seinem müden Pferd die Sporen, und das Tier trabte los, vorbei an einer elenden Flüchtlingsfamilie, die ihren Karren schob.

»Gott sei mit Euch, Mylord«, rief einer der anderen, der sich ebenfalls aufmachte. Highbury blieb allein an der Kreuzung zurück. Er hob zum Abschied die Hand, dann drehte er sich um und sah seinen Verfolgern entgegen.

Es dauerte nicht lange, bis sie den einsamen englischen Lord erreicht hatten. Die französischen Ritter blockierten die schmale Straße und kreisten ihn ein, wobei sie über eine Familie fluchten, die sich voller Angst in die Hecken drückte, um sie vorbeizulassen.

»Pax! Ich bin Lord Highbury. Wem ergebe ich mich?«

Die französischen Ritter hoben ihre Visiere, um sich den großen bärtigen Lord genauer anzuschauen. Der erste hatte sein Schwert gezogen, während er sein Pferd an Highburys Seite lenkte und ihm die Hand auf die Schulter legte.

»Sieur André de Maintagnes. Ihr seid mein Gefangener, Mylord. Könnt Ihr Lösegeld zahlen?«

Highbury seufzte.

»Das kann ich.«

Das Gesicht des französischen Ritters hellte sich auf, erfreut über diesen Glücksfall.

»Und Eure Männer?«

»Nein, die nicht. Das sind nur Soldaten.«

Der Ritter zuckte die Schultern.

»Dann bleibt mir nur, Eure Unterwerfung anzunehmen, Mylord. Wenn Ihr mir Euer Schwert aushändigen wollt und mir Euer Ehrenwort gebt, könnt Ihr an meiner Seite reiten, bis ich Euch an einen sicheren Ort bringen kann. Könnt Ihr schreiben, um das Lösegeld anzufordern?«

»Natürlich kann ich schreiben«, erwiderte Highbury. Mit leisem Fluch löste er sein Schwert vom Gürtel und händigte es aus. Schon hatte sich die Hand des Ritters darum geschlossen, aber Highbury hielt es noch fest.

»Werdet Ihr meine Männer ziehen lassen, gegen mein Ehrenwort?«

Sieur André de Maintagnes lachte.

»Mylord, es gibt keinen Ort, wohin sie flüchten könnten. Habt Ihr es nicht gehört? Der König kommt, und er wird nicht eher haltmachen, als bis er euch Engländer ins Meer getrieben hat.«

Mit einem Ruck nahm er Highbury die Scheide aus der Hand.

»Bleibt dicht an meiner Seite, Mylord«, sagte er, als er sein Pferd umwandte.

Seine Gefährten hatte die Aussicht auf ein hohes Lösegeld in Hochstimmung versetzt, denn sie würden es untereinander teilen.

Highbury überlegte kurz, ob er um etwas zu essen und zu trinken bitten sollte. Als sein Geiselnehmer hatte der französische Ritter die Pflicht, ihn mit Speis und Trank zu versorgen, aber im Moment ließ Highburys Stolz es nicht zu, und er zog es vor, zu schweigen.

Sie ritten auf derselben Straße zurück, der Highbury den ganzen Nachmittag gefolgt war, und sie trafen auf immer mehr Berittene und marschierende Soldaten, sodass er völlig verwirrt wurde und bestürzt um sich blickte. Sie waren so schnell und so weit geritten, dass er gar nicht gemerkt hatte, dass die gesamte französische Armee hinter ihm nach Norden zog. Die Gegend war förmlich überlaufen von Soldaten, und alle hatten dasselbe Ziel: die neue Grenze des englischen Gebiets in Frankreich festzulegen.

17

William de la Pole schritt auf und ab, seine Hände, die er auf den Rücken gelegt hatte, zitterten. Die Möwen strichen kreischend um die Festung, und langsam kam ihm ihr Geschrei wie Gespött vor. Er hatte den ganzen Vormittag Befehle gebrüllt, aber im Laufe des Nachmittags war seine Stimme immer leiser geworden. Eine gefährliche Ruhe hatte ihn ergriffen.

Der letzte Bote, der eben angekommen war, kniete am Boden und hielt in einer Art Selbsterhaltungstrieb den Kopf demütig gesenkt.

»Mylord, ich habe zu dieser Sendung keine mündliche Nachricht erhalten, die es auszurichten gäbe.«

»Dann gebrauche deinen Verstand«, knurrte William ihn an. »Sag mir, warum keine Verstärkung bereitsteht, um über den Kanal nach Calais zu kommen, wenn meine Streitkräfte zahlenmäßig unterlegen sind und eine französische Armee durch die englische Normandie zieht.«

»Ich soll eine Vermutung äußern, Mylord?«, erwiderte der Bote verwirrt. William bedachte ihn mit einem vernichtenden Blick, und der junge Mann schluckte schwer, dann fuhr er stotternd fort. »Ich … ich glaube, sie sammeln sich gerade, Mylord, um nach Südengland zu marschieren. Als ich Dover verließ, sah ich eine ganze Flotte von Schiffen im Hafen. Ich hörte, es seien Soldaten ausgeschickt worden, um Unruhen niederzuschlagen, Mylord. In Maidstone hat es Unruhen gegeben, vielleicht sind ja …«

»*Genug*. Das reicht«, entgegnete William und rieb sich müde die Schläfen. »Du erzählst mir nichts, was ich nicht in jedem Wirtshaus auch hören könnte. Ich habe Briefe, die sofort in die Heimat gebracht werden müssen. In Gottes Namen, nimm sie, und geh jetzt.«

Der junge Bote war froh, dass er entlassen war, und verschwand, so schnell er konnte. William saß an Yorks Tisch und kochte vor Wut. Jetzt, ein paar Wochen nachdem er das Kommando übernommen hatte, verstand er die Worte seines Vorgängers. Die englischen Gebiete in Frankreich zerfielen, und er wunderte sich nicht mehr, dass Richard von York so sonderbar, ja, geradezu heiter reagiert hatte, als er seinen Posten hier aufgeben musste.

William wünschte, Derry wäre da. Trotz allem Spott und aller Schärfe hätte er gewiss einen Vorschlag für ihn, zumindest aber wäre er besser informiert als diese Diener. Ohne seinen Rat fühlte William sich hilflos, erdrückt von dem Gewicht der Erwartungen, die auf ihm lasteten. Als Befehlshaber des englischen Heeres in Frankreich sollte er jeder Einmischung des französischen Königs mit Entschiedenheit entgegentreten. Sein Blick fiel auf die Landkarten auf dem Tisch, die mit kleinen Bleimarken übersät waren. Er wusste, dass sie nur ein unvollständiges Bild boten. Die Fußsoldaten und die Reiterei drangen schneller vor als die Berichte, deshalb waren die kleinen Metallmarken nie an der richtigen Stelle. Doch auch wenn nur die Hälfte der Berichte der Wahrheit entsprach, dann befand sich der König bereits in der Normandie, und der zerbrechliche, schwer errungene Waffenstillstand war dahin, als hätte es ihn nie gegeben.

William ballte die Fäuste und nahm seine unruhige Wanderschaft wieder auf. Er hatte nicht mehr als dreitausend Bewaffnete in der Normandie, dazu vielleicht tausend Bogenschützen. In Friedenszeiten war das eine große und teure Streitmacht, aber im Krieg? Mit einem Kriegerkönig als Anführer mochte auch das noch genug sein. Mit einem Mann wie Edward in der Schlacht von Crécy oder Henry in der Schlacht von Azincourt hätte man die französischen Truppen demütigen und in die Flucht schlagen können, da war sich William sicher. Sehnsüchtig starrte er auf die Karten, als ob dort die Lösung verborgen wäre. Es half alles nichts, er musste ins Feld ziehen. Er *musste* kämpfen! Seine einziger Ausweg bestand darin, die Franzosen aufzuhalten, ehe sie vor den Toren von Rouen standen oder, was Gott verhüten möge, vor Calais selbst.

Er zögerte und biss sich auf die Lippen. Er könnte eventuell Rouen evakuieren und damit Hunderten von Engländern das Leben retten, ehe die Franzosen angriffen. Wenn er schon akzeptieren musste, dass es unmöglich war, gegen eine solche Übermacht ins Feld zu ziehen, könnte er sich stattdessen zumindest darauf konzentrieren, Calais zu verteidigen. Er könnte Zeit und einen genügenden Vorsprung gewinnen, damit die englischen Untertanen sich dem Netz entziehen konnten, das sich um sie zusammenzog. Er schluckte nervös. Jede dieser Möglichkeiten war entsetzlich und schien geradewegs in eine Katastrophe zu führen.

»Himmelherrgott«, fluchte er. »Ich brauche sechstausend Mann.«

Er stieß ein kurzes, bitteres Lachen aus und blies die Backen auf. Da es um Streitkräfte ging, die er sowieso nicht bekommen würde, konnte er sich genauso gut sechzigtausend

Mann wünschen. Er hatte eine flehentliche Bitte sowohl an Derry Brewer als auch an König Henry gesandt, aber offenbar hatten die Flüchtlinge aus Maine und Anjou in der Heimat eine gewaltige Angst verbreitet. Die Soldaten des Königs waren damit beschäftigt, in England für Frieden zu sorgen, und William saß mit einer viel zu kleinen Streitmacht hier in Frankreich. Es war zum Verzweifeln. Denn bis der englische Hof die ganze Tragweite der Bedrohung erfasst hatte, würde die Normandie ebenfalls verloren sein.

William wischte sich den Schweiß von der Stirn. Calais war eine mächtige Festung an der Küste, mit doppeltem Graben und Mauern, die an der Basis achtzehn Fuß dick waren. Die Anlage grenzte direkt ans Wasser und wurde vom Meer aus versorgt, sodass die Besatzung nie ausgehungert werden konnte. Und doch hatte König Edward sie einst eingenommen, vor hundert Jahren. Und sie könnte wieder eingenommen werden, man brauchte nur viele Soldaten, riesige Belagerungsmaschinen und genügend Zeit.

»Wie kann ich sie aufhalten?«, fragte William sich laut.

Die beiden Bediensteten, die ihn gehört hatten, kamen eilig herein, weil sie dachten, der Kommandant wolle neue Befehle erteilen. Er wollte gerade abwinken, doch dann besann er sich anders.

»Überbringt Baron Alton meinen Befehl. Er soll die Garnison zum Abmarsch bereit machen.«

Die Diener verschwanden eilig, und William blickte hinaus aufs Meer.

»Gott stehe uns allen bei«, flüsterte er. »Es ist schon einmal passiert. Es kann wieder passieren.«

Er wusste, die zahlenmäßige Stärke war nicht alles. In fast jeder Schlacht, in der englische Könige gegen die Franzosen gekämpft hatten, war ihr Heer zahlenmäßig unterlegen gewesen. Er schüttelte den Kopf, dass sein dichtes Haar im Nacken hin und her flog. Das war das Problem, mit dem er es jetzt zu tun hatte. Für die Engländer war es inzwischen selbstverständlich, dass sie gegen die Franzosen siegen würden, egal, wie wenige sie waren oder wo die Schlacht ausgetragen wurde. Wenn er es nicht schaffte, nach dem Chaos in Maine und Anjou die Normandie zu halten … William lief es kalt über den Rücken. Dann gab es nur noch eine einzige englische Region in Frankreich – die Gascogne im Südwesten. Und wenn der französische Feldzug erfolgreich war, würde die ebenfalls verschlungen werden. Er schlug mit der Faust auf die Tischplatte, dass die Bleimarken auseinanderflogen und herunterfielen. Sein Vater und sein Bruder waren den Franzosen zum Opfer gefallen. Jede Adelsfamilie hatte Verluste erlitten, und trotzdem waren die englischen Gebiete gehalten und vergrößert worden. Man würde einen Mann verachten, der nicht bewahren konnte, was mit englischem Blut erobert worden war.

Jetzt verstand William auch, was York mit dem »Schierlingsbecher« gemeint hatte. Aber diesen plötzlichen Vorstoß in die Normandie konnte auch York nicht vorausgesehen haben, dachte er. Er holte tief Luft und rieb sich das Gesicht. Es gab für ihn keine andere Wahl, als sich dem französischen König in der Schlacht zu stellen und, was den Ausgang betraf, auf Gott zu vertrauen. Schließlich hatte er sich diese Katastrophe nicht selbst ausgesucht, sie war ihm aufgezwungen worden.

Er rief seine Kammerdiener, drei junge Männer, die ihm treu ergeben waren.

»Bringt mir meine Rüstung, Jungs«, sagte William, ohne von den Karten aufzusehen. »Es sieht so aus, als müsste ich in den Krieg ziehen.«

Unter freudigem Jubel rannten sie hinaus zur Waffenkammer, um seine Ausrüstung zu holen. William blickte ihnen nach und musste lächeln darüber, wie begeistert sie den anderen diese Neuigkeit zuriefen, und über den Jubel, der in der Festung von Calais ausbrach. Trotz seiner trüben Stimmung freute er sich über ihren Eifer und ihr Vertrauen in seine Fähigkeiten. Er teilte dieses Vertrauen nicht, doch konnte er diesen Kelch, der ihm da gereicht wurde, auch nicht von sich weisen.

Thomas stöhnte und dachte, er müsse ersticken, als sich eine große Hand fest auf seinen Mund legte. Er kämpfte gegen das Gewicht an und bog die Finger zurück, bis er einen Schmerzenslaut hörte. Doch der Druck ließ nach, und Thomas schnappte nach Luft. Der Morgen dämmerte herauf, und als sein Kopf langsam klarer wurde, schämte er sich plötzlich, als er sah, dass sein Sohn neben ihm saß. Rowans Gesicht war wütend, und er rieb sich die schmerzende Hand.

Inzwischen war Thomas klar genug im Kopf, um zu verstehen, dass er nicht sprechen durfte. Er sah die Augen seines Sohnes, der mit einer Kopfbewegung andeutete, dass jemand ganz in ihrer Nähe war. Thomas geriet in Panik, er merkte, wie es in seiner Kehle bitter hochstieg, ein Rest des Fiebers, das ihn heftig durchgeschüttelt hatte. Das Letzte, woran er sich erinnern konnte, war, wie sein Sohn ihn im Mondlicht über einen Acker geschleift hatte.

Das Fieber war weg, das spürte Thomas. Die schreckliche Hitze, die seinen Mund ausgetrocknet hatte und jedes Gelenk schmerzen ließ, hatte aufgehört. Doch er merkte, wie der Brechreiz ihn packte, und er hielt sich mit beiden Händen den Mund zu, als wieder alles um ihn zu schwanken begann und er abermals Gefahr lief, in Ohnmacht zu fallen. Seine Hände waren eiskalt und feucht.

Rowan erstarrte vor Angst, als er die würgenden Geräusche seines Vaters hörte. Der junge Mann spähte durch die Ritzen der Scheune, um zu sehen, wer dort draußen herumlief, sah aber nicht viel. In friedlicheren Zeiten wäre es nur irgendein Bauernbursche auf dem Weg zu seiner Arbeit gewesen, aber sie hatten seit vielen Tagen keinen Hof mehr gesehen, der nicht verlassen worden war. Die Straßen nach Norden waren erneut von Flüchtlingen verstopft, aber diesmal gab es kein Schönreden mehr, keine Ausflüchte über einen Waffenstillstand und private Absprachen. Rowan wusste, dass er und sein Vater längst in der Normandie waren, doch es hatte lange gedauert, bis sie sich auf eine Hauptstraße getraut und das Moos von einem Meilenstein gekratzt hatten. Rouen lag irgendwo im Norden, mehr wusste Rowan nicht. Und dahinter würde Calais kommen, der geschäftigste Hafen Frankreichs.

In dem Staub und Hühnerdreck konnte Thomas gegen das krampfhafte Würgen, das sein leerer Magen verursachte, nicht ankämpfen. Mit seinen schwarzen, verdreckten Händen versuchte er, die Geräusche zu unterdrücken, aber ganz gelang es ihm nicht. Rowan zuckte zusammen, als plötzlich ein Brett knarrte. Er hatte nicht gehört, dass jemand in die Scheune gekommen wäre, und die Franzosen würden es nicht für nötig befinden zu schleichen. Die französischen Soldaten, die nach Norden marschierten, waren dank ihrer großen Überzahl so voller Selbstvertrauen, dass sie schon von weither laut zu hören waren. Allerdings war es auch möglich, dass Thomas und Rowan noch immer von ihren ursprünglichen Verfolgern gejagt wurden. Sie kannten diese sturen, dickköpfigen Männer inzwischen gut genug, um sie zu fürchten, Männer, die den beiden Bogenschützen bei Tag und Nacht sechzig Meilen weit gefolgt waren. In Rowans Vorstellung hatten die flüchtigen Schatten in der Ferne oft Fleisch und Blut angenommen. Seine Fantasie ließ sie zu rachedurstigen Teufeln werden, die ihnen folgen würden bis ans Ende der Welt.

Verzweifelt blickte Rowan auf den ausgelaugten Körper seines Vaters, der seit dem verlorenen Kampf noch weiter abgemagert war. Sie hatten schon vor Tagen ihre Bogen weggeworfen, eine so schmerzhafte Überlebensstrategie, als reiße man sich gesunde Zähne aus. Doch es war nicht nur die Erleichterung, dieses Gewicht nicht mehr schleppen zu müssen, die Bogen hätten ihnen ohnehin nichts mehr genützt, wenn sie gefangen genommen worden wären. Die Franzosen suchten gezielt nach Bogenschützen mit ihrem typischen Körperbau. Sie hassten sie wie die Pest und hielten grausame Foltermethoden für sie bereit. Und die Hornhaut auf den Händen eines Bogenschützen war leider nicht zu übersehen.

Rowans Hände vermissten noch immer die Waffe, die er jetzt nicht mehr hatte, instinktiv tastete er jedes Mal danach, wenn ihn die Angst überfiel. Mein Gott, er konnte es kaum aushalten! Aber noch hatte er seinen Sax mit dem Horngriff. Fast wünschte er sich, er könnte sich aus dem dunklen Stall auf den Kerl werfen, der dort draußen herumschlich. Sein Herz klopfte stark, und vor Anspannung glaubte er, Sterne zu sehen.

Wieder raschelte es. Sein Kopf fuhr herum, fast hätte er laut geflucht. In einer Scheune voller Strohballen bewegte sich ja immer etwas. Ratten natürlich, oder vielleicht auch Katzen, die sie jagten, Insekten und Vögel, die im Frühjahr ihre

Nester bauten. Rowan redete sich ein, dass es wahrscheinlich bloßes Getier war, das hier raschelte, allerdings konnte er sich nicht recht vorstellen, dass eine Ratte mit ihrem Gewicht den Boden zum Knarren bringen konnte.

Plötzlich ertönte draußen ein Lärm, ein Poltern, als ob ein Stapel Zinnteller zu Boden gefallen wäre, die noch lange am Boden kreiselten. Rowan stand auf und spähte wieder durch die Ritzen. Jetzt hörte er Schritte und blickte schnell auf den Hof hinaus, wo ein französischer Soldat lachend versuchte, die Teller einzusammeln, die in alle vier Winde davongerollt waren. Es waren also nicht die gefürchteten Männer, die sie verfolgt hatten, sondern lediglich französische Plünderer.

Doch noch immer hörte er diese Schritte, hier in der Scheune. Rowan blickte hinab auf seinen Vater, dessen Kleider schweißnass waren und vor Dreck starrten. Als er wieder aufsah, blickte er in das überraschte Gesicht eines jungen Mannes in Kleidern aus grobem blauem Stoff. Einen Augenblick starrten sie sich gegenseitig an, dann stürzte Rowan sich auf den anderen, und mit einem Schrei stieß er ihm sein Messer in die Brust.

Sein Gewicht warf den anderen zu Boden, und der Sax drang noch tiefer ein, bis Rowan spürte, wie die Rippen des Mannes brachen, aus dessen Brust ein langer Luftstrom entwich. Was er hatte sagen wollen, war durch das Messer in seiner Brust abgeschnitten worden. Rowan blickte entsetzt auf die zuckenden Beine des Mannes, der wie festgenagelt am Boden lag. Er konnte nichts weiter tun, als sich mit seinem ganzen Gewicht auf ihn legen und ihn festhalten.

Draußen im Hof rief jemand etwas, vielleicht war es eine Frage oder der Name des Mannes. Rowans Gesicht verzog sich, als wollte er anfangen zu weinen, während er seine Stirn gegen die Wange des anderen drückte und verzweifelt darauf wartete, dass das Zucken und Strampeln und Stöhnen aufhörte. Er zitterte, als er endlich den Kopf hob und in die weit geöffneten Augen des anderen sah, die voll vom Staub auf Rowans Tunika waren.

Die Stimme rief wieder etwas, diesmal aus der Nähe. Rowan duckte sich und bleckte die Zähne, wie ein Hund, der seine Beute verteidigt. Er zog dem Toten das Messer aus den Rippen, hielt es hoch und wartete auf den nächsten Angriff. Möglicherweise war ein Dutzend Soldaten in ihrer Nähe, oder gar hundert, vielleicht aber auch nur einer oder zwei. Er hatte absolut keine Ahnung, wie viele, aber er empfand eine überwältigende Todesangst und gleichzeitig Ekel. Er wollte nichts weiter tun als rennen, wegrennen vor dem Entsetzen, das ihn gepackt hatte, als er den anderen Mann umbrachte.

Er nahm ein leises Geräusch zu seinen Füßen wahr und merkte, dass sich die Blase und der Darm des jungen Mannes entleert hatten. Der Penis des jungen Soldaten war erigiert, was sich in seiner Hose, die sich langsam dunkel färbte, ganz klar abzeichnete. Rowan merkte, wie es ihn würgte. Seine Augen füllten sich mit Tränen. Er hatte schon von solchen Dingen gehört, aber die Wirklichkeit war viel, viel schlimmer. Verglichen damit war es gar nichts, einen Menschen aus großer Entfernung mit einem guten Eibenbogen und einem meterlangen Pfeil zu treffen.

Wieder erklang ein Ruf von draußen. Rowan erschrak und huschte in die Scheune zurück. Die Stimme wurde lauter und drängender, offenbar verlor der Mann draußen die Geduld mit seinem Gefährten. Rowan spähte durch die Ritzen, ob noch weitere Männer dabei waren. Er sah zwar niemand, doch bildete er sich ein, dass die baufällige, alte Scheune womöglich längst umstellt war. Es überlief ihn kalt, und seine Rückenmuskeln zuckten. Er musste weg von hier, hinaus auf die Felder, aber sein Vater war zu schwer, um ihn noch weiter zu tragen.

Kurz entschlossen hockte Rowan sich neben ihn und klopfte ihm leicht auf die Wangen. Thomas öffnete die Augen, seine dunkle Iris hatte einen gelblichen Schimmer, als er Rowans Hand wegschob.

»Kannst du laufen?«, flüsterte Rowan.

»Ich glaube schon«, sagte Thomas, aber ganz sicher war er sich nicht. Ihm fiel eine Geschichte aus seiner Kindheit ein, von Samson, nachdem er sein Haar verloren hatte. Er lächelte mühsam, als er sich am Griff eines alten Pflugs festhielt und mühsam in die Höhe zog. Dann musste er sich ausruhen, von seiner Stirn fielen große Schweißtropfen in den Staub.

Rowan kreuzte die Sonnenstrahlen, die schräg durch die Ritzen der Wände fielen, als er zur Tür ging und stehen blieb. Er sah in den herrlichen Morgen hinaus und forderte seinen Vater mit einer Bewegung auf nachzukommen. Thomas raffte sich auf, ihm war, als hätte er am Abend zuvor eine gewaltige Tracht Prügel bezogen. Er musste schlafen oder vielleicht einfach sterben. Die Vorstellung von Ruhe war äußerst verlockend, er fühlte sich so schwach, dass er schwarze Muster vor den Augen schwimmen sah. Er schlurfte über den schmutzigen Boden und versuchte, nicht laut zu stöhnen, als abermals große Wellen von Übelkeit über ihn hereinbrachen.

Rowan fuhr erschrocken zurück, als eine Stimme fast neben ihm einen Wortschwall auf Französisch losließ.

»Versteckst du dich, Jacques? Wenn du da irgendwo ein Nickerchen machst, dann schwöre ich …«

Die Tür öffnete sich, und Rowan kniff die Augen zusammen. Er sah, wie die Überraschung des Mannes beim Anblick der kräftigen Gestalt mit dem Messer in Entsetzen umschlug.

Der Mann machte kehrt und wollte wegrennen, doch in seiner Panik stolperte er und fiel hin. Er wollte aufstehen und öffnete den Mund, um Hilfe zu rufen, aber mit einem Satz war Rowan bei ihm und stieß ihm den Sax in den Rücken. Mit der Kraft der Verzweiflung legte er dem Mann seinen linken Arm um den Hals und drückte zu, sodass der Hilferuf zu einem leisen Röcheln wurde. Rowan merkte, dass er schluchzte, als er immer und immer wieder zustieß und das Blut spritzte. Endlich ließ er den Toten fallen und stand völlig benommen in der Morgensonne.

Der Bauernhof war leer, zwischen den gesprungenen Steinplatten wuchs Gras. Er sah ein halb verfallenes Haus, das ihm in der Nacht nicht aufgefallen war und dessen Tür mit der kaputten Lederaufhängung offen stand. Rowan blickte um sich, dann auf das hellrote Blut am Boden und an seinem Messer. Nur zwei Männer, die sehen wollten, ob es hier was zu holen gab, während ihre Hauptmänner schliefen. Rowan wusste, dass er die zweite Leiche in die Scheune ziehen musste, doch stattdessen stand er im Hof, mit geschlossenen Augen, das Gesicht der Sonne zugewandt.

Er hörte, wie sein Vater herauskam und neben ihn trat. Rowan sah ihn nicht an, er wollte jetzt nur die wärmende Sonne in sich aufnehmen. Er erinnerte sich, wie er zusammen mit dem Vater auf dem heimatlichen Hof Tiere geschlachtet hatte. Und auf der Jagd hatten sie Rehe getötet und ihre leblosen Körper noch draußen ausgeweidet, sie hatten sich mit Blut besudelt und dabei gelacht.

Thomas holte tief Luft, er wusste nicht, ob sein Sohn von ihm erwartete, dass er jetzt etwas sagte. Er hatte großen Hunger und fragte sich, ob die beiden Soldaten etwas Essbares bei sich gehabt hatten. Ein weiteres Zeichen, dass sein Körper das Fieber der letzten Tage überwunden hatte.

»Hat es dir Freude gemacht?«, fragte er.

Rowan riss die Augen auf und sah ihn an.

»Was?«

»Das Töten. Ich habe Männer gekannt, denen hat es Spaß gemacht. Ich habe es nie gern gemacht. Es war mir immer rätselhaft, wie man so etwas *wollen* kann. In Notwehr, natürlich, aber sonst …«

Rowan schüttelte fassungslos den Kopf.

»Nein … ich nicht … o Gott, nein … so war es nicht.«

Er war überrascht, als sein Vater ihm auf die Schulter schlug.

»Gut. Ist schon in Ordnung. Aber jetzt habe ich einen schrecklichen Hunger. Ich bin immer noch so schwach, dass ich wohl vor einem kleinen Jungen mit einem Stock davonlaufen würde, also könntest du vielleicht mal das Haus nach etwas Essbarem durchsuchen? Wir müssen etwas finden, wo wir uns tagsüber ausruhen und verstecken können, aber mit leerem Magen schaffe ich das nicht, ich habe ja tagelang nichts gegessen.«

»Warum sollten wir nicht in der Scheune bleiben?«, fragte Rowan, der ängstlich auf die dunkle Haustür sah.

»Doch nicht mit den zwei toten Soldaten und dem ganzen Blut hier am Boden, mein Junge. Denk nach! Wir müssen ein paar Meilen hinter uns bringen. Aber vorher brauche ich etwas zu essen, und einen Franzosen möchte ich nicht annagen, zumindest heute nicht.«

Rowan zwang sich zu einem Lachen, aber in seinen Augen stand noch immer das Entsetzen. Auch Thomas fand es auf Dauer zu mühsam, ein heiteres Gesicht zu machen.

»Was ist?« Er sah, dass sein Sohn nervös zuckte, wie ein Pferd, das von Bremsen geplagt wird. Jetzt schien er eine Gänsehaut zu bekommen.

»Der Soldat in der Scheune ... seine Mannheit ... sie war steif ... o Gott, Vater, es war entsetzlich.«

»Ach so«, erwiderte Thomas. Er stand da und ließ sich ebenfalls von der Sonne wärmen. »Vielleicht fand er dich nett?«

»Vater! Um Gottes willen!« Rowan erschauerte bei der Erinnerung und rieb sich fröstelnd die Arme. Sein Vater lachte.

»Ich musste mal Wache halten, nach einer Schlacht«, sagte er. »Ich glaube, ich war damals so zwölf Jahre alt. Ich saß die ganze Nacht da, und überall tote Soldaten. Nach einer Weile hörte ich sie rülpsen und furzen, als ob sie noch lebten. Und zweimal setzte sich einer auf, wie ein Mensch, der plötzlich hochfährt, wenn ihm etwas einfällt. Ein plötzlicher Tod ist schon etwas Merkwürdiges, Junge. Der Körper scheint es anfangs noch nicht richtig zu begreifen, dass er tot ist. Und das ... was du gesehen hast, habe ich auch mal gesehen, an einem Erhängten, als ich noch ein Junge war. Bei dem Galgen war eine alte Frau, und als alle gegangen waren, fing sie an, unter seinen Füßen in der Erde zu scharren. Ich fragte sie, was sie da macht, und sie sagte, aus dem Samen eines Erhängten wachse eine Alraunwurzel. Da bin ich gerannt, Rowan, das kannst du mir glauben. Ich bin gerannt wie ein Wahnsinniger, bis ich zu Hause war.«

Beide Männer schwiegen, bis die Stille von einem Rascheln unterbrochen wurde. Langsam drehten sie sich um und sahen zwischen den Bäumen beim Haus eine ältere Gans auftauchen. Das Federvieh pickte am Boden und sah die Männer an.

»Rowan?«, murmelte Thomas. »Wenn du einen Stein siehst, hebe ihn auf, aber ganz langsam. Vielleicht kannst du ihr einen Flügel brechen.«

Rowan fand einen faustgroßen Stein und hob ihn auf.

»Sie scheint keine Angst vor uns zu haben«, sagte er und ging auf den Vogel zu, der anfing zu zischen und die Flügel ausbreitete. Rowan schleuderte den Stein, die Gans brach mit einem lauten Schrei zusammen, und man sah die mit Dreck verkrustete Unterseite. Im nächsten Moment hatte Rowan sie am Hals gepackt und zerrte den wild flatternden und laut protestierenden Vogel zu seinem Vater, ehe er ihm mit einem kräftigen Ruck den Hals brach.

»Vielleicht hast du mir gerade zum zweiten Mal das Leben gerettet«, sagte Thomas. »Wir können es nicht riskieren, ein Feuer anzuzünden, also schneide ihr den Hals durch und trink, solange es warm ist. Gut gemacht, mein Junge. Ich glaube, ich wäre in Tränen ausgebrochen, wenn sie uns entwischt wäre.«

Sein Sohn lachte. Die merkwürdig beklommene Stimmung, die ihn erfasst hatte, ließ langsam nach. Sorgfältig wischte er das Messer an dem Mann ab, der im Hof auf dem Gesicht lag, ehe er es für den Vogel benutzte.

»Ich wünschte, dein Großvater wäre jetzt hier«, sagte York und nahm einen Schluck Wein aus seinem Becher. »Der alte Mann war immer ganz gerührt, wenn ein Kind geboren wurde. Er war also ziemlich oft gerührt – schließlich hatte er selber zweiundzwanzig Kinder. Nun ja, die Vorzeichen stehen gut, wie ich mir habe sagen lassen. Es wird bestimmt ein Junge.«

Er stand im Innenhof, der mit Balken aus Eichenholz und Ziegeln überdacht und von sandfarbenen Mauern umschlossen war. Alles war mit der weißen Rose des Hauses York geschmückt, die als Wappen auf die Dachbalken gemalt oder in den Stein gemeißelt war. Aus den Räumen über ihnen drang ein durchdringender Schrei.

Richard Neville zuckte zusammen. Er war so groß wie sein Onkel, aber der Bartwuchs ließ noch immer auf sich warten. Tatsächlich hatte sein Großvater in seinen zwei Ehen so viele Kinder gezeugt, dass Richard Tanten hatte, die noch Kinder waren, und Neffen, so alt wie er selbst. Der alte Neville war ein potenter Mann gewesen, und seine zahlreiche Nachkommenschaft ließ so manchen vor Neid erblassen.

Ehe Richard etwas sagen konnte, sprach York weiter.

»Aber wie vergesslich ich geworden bin! Ich muss dir ja noch zu deinem neuen Titel gratulieren, den du dir wirklich verdient hast. Dein Vater muss stolz auf dich sein, dass du jetzt Earl von Warwick bist.«

»Ihr seid sehr freundlich, Mylord. Ich lerne erst nach und nach, was das bedeutet. Mein Vater freut sich natürlich, dass der Titel und die Ländereien jetzt in unsere Familie gekommen sind, wie Ihr Euch vorstellen könnt. Ich habe ja meinen Großvater leider nicht mehr gekannt.«

York lachte leise. Er leerte seinen Becher und reichte ihn einem Diener, um ihn wieder füllen zu lassen.

»Wenn du nur halb so ein Kerl bist, wie es Ralph Neville war, bist du immer noch doppelt gesegnet. Er hat mich großgezogen, als ich Waise wurde und auf die Barmherzigkeit anderer angewiesen war. Der alte Neville hat sich um meinen Besitz und meine Titel gekümmert, bis ich erwachsen war. Er verlangte auch nichts dafür, aber ich wusste, er wollte, dass ich Cecily heiratete. Doch selbst dabei überließ er die Entscheidung mir allein. Er war ein wahrer Ehrenmann. Ein größeres Lob kann ich ihm nicht aussprechen. Ich hoffe nur, du verstehst das. Ich schulde ihm mehr, als ich es mit Worten ausdrücken kann, lieber Richard … nein – Mylord Warwick!«

York sah seinen Neffen freundlich an. Aus dem Gebärzimmer drang ein weiterer markerschütternder Schrei, und die Männer fuhren zusammen.

»Ihr macht Euch keine Sorgen?«, fragte Richard von Warwick, der nervös mit seinem Becher spielte und nach oben sah, als könne er durch die Mauern hindurchsehen, was sich dort oben Geheimnisvolles abspielte.

York zog langsam die Schultern hoch.

»Nun ja, fünf sind tot, aber sechs leben! Wenn ich eine Spielernatur wäre, ich würde auf einen gesunden männlichen Erben des Hauses York setzen. Die zwölfte Geburt, die Anzahl der Apostel, wie mein gelehrter Arzt gern sagt. Er ist überzeugt, dass es eine bedeutsame Zahl ist.«

York verstummte, er erinnerte sich daran, dass der zwölfte Apostel Judas war. Die Miene des jüngeren Mannes verdüsterte sich. Gerade war ihm derselbe Gedanke gekommen, aber er sprach ihn nicht aus.

»Dann wird der Siebente am Leben bleiben«, sagte Warwick, um die Stille zu beenden. »Eine Glückszahl, da bin ich ganz sicher.«

York wurde etwas entspannter. Er hatte, seit seine Frau in den Wehen lag, reichlich dem Wein zugesprochen, auch wenn er sich den Anschein großer Gelassenheit gab. Wieder ließ er die Becher füllen, Warwick musste schnell trinken und merkte, wie ihm warm wurde. Aber das war auch gut, denn die Burg von Fotheringhay war stark und gut bewehrt, doch selbst im Schutz des überdachten Innenhofes war es sehr kalt. In einem der Kamine hatte man zwar ein Feuer angezündet, in dem man später Nachgeburt und Nabelschnur des Neugeborenen verbrennen würde. Doch die Wärme des Feuers verflüchtigte sich, noch ehe sie die Männer erreichte.

»Ich bin mir nicht ganz sicher, Mylord, ob ich Euch nicht ebenfalls gratulieren müsste«, sagte Warwick. York sah ihn fragend an, als er fortfuhr. »Zu Irland, Mylord. Mein Vater sagt, man habe Euch dort zum Stellvertreter des Königs gemacht.«

York machte eine wegwerfende Handbewegung.

»Ich habe Feinde, die mich für die nächsten paar Jahre aus England entfernen wollen, Richard. Ich werde gehen, wohin man mich schickt – irgendwann! Im Moment bin ich ganz zufrieden damit, erst einmal hierzubleiben und zuzusehen, wie sie übereinander herfallen. Ich habe oft auf meinem Platz unter den weltlichen Lords gesessen, nur um zu beobachten und zuzuhören. Ich rate dir, es ebenfalls zu tun, damit du siehst, was für Narren dort in London am Werke sind.« Er dachte einen Moment nach, ehe er fortfuhr. »Für die, die Augen haben zu sehen, wird dies ein lehrreiches Jahr werden, Richard. Und wer es überlebt, tja, der kann davon nur Nutzen haben.«

»Mylord York!«, rief eine Stimme.

Die Männer lehnten sich zurück, um zu der schmalen Galerie hochzusehen. Beide trennte eine ganze Generation, aber jetzt waren sie vereint in ihrer Sorge um Lady Cecily Neville und das Kind. Sie warteten, bis eine Hebamme durch den dicken Vorhang trat, die mit einem Lappen die letzten Blutspuren vom Gesicht des Kindes wischte. Das Neugeborene war fest in dunkelblaue Wickelbänder gehüllt. Es gab keinen Laut von sich, als sie es dem Vater und dem jungen Onkel entgegenhielt.

»Es ist ein Junge, Mylord, ein Sohn!«

Erleichtert und hocherfreut atmete York auf.

»Habt Ihr schon einen Namen für das Kind?«, fragte Warwick lächelnd. Er sah, wie stolz Richard von York war, der in seiner Freude fast jungenhaft wirkte.

»Ich habe einen Zehnjährigen namens Edward, der Nächste heißt Edmund, und einen süßen kleinen Kerl, der George heißt. Und die armen Seelen, die nicht überlebt haben, sollen auch nicht vergessen werden – Henry, John, William oder Thomas gehen also auch nicht. Nein, ich glaube … ich glaube, dieser wird Richard heißen.«

Richard, Earl von Warwick, lachte laut auf vor Überraschung und ehrlichem Entzücken.

»Dann sind wir also drei Richards. Richard, wie König Löwenherz. Drei Löwen, Mylord! Ein schönes Omen.«

York wirkte etwas überrascht über diese schnelle Gedankenverbindung. Zwei Jahrhunderte zuvor hatte König Richard Löwenherz die drei Löwen zu seinem königlichen Wappen gemacht. Und in jüngerer Vergangenheit hatte dieses Wappen bei Azincourt über dem Haus von Lancaster und dem Vater König Henrys geflattert. Es war eine Assoziation, die York nicht gerade begeisterte.

»Es ist ein guter Name«, sagte er etwas widerwillig und hob bekräftigend seinen Becher. »Er wird schon passen.«

18

Die Stadt Rouen lag etwa hundert Meilen südwestlich von Calais. Unter normalen Umständen hätte William sie für ein Bollwerk gehalten. Als Hauptstadt der englischen Normandie war sie Zeuge vieler englischer Siege gewesen, einschließlich der Hinrichtung Johannas von Orléans nach ihrem Aufstand. William war mit seiner Armee bis hierher geritten, durch eine Landschaft, die so vertraut wirkte, als handle es sich um englische Dörfer mit ihren Bauernhöfen in Kent oder Sussex. Vor drei Tagen hatte er die Seine überquert, an einem so kalten Morgen, dass der Raureif unter den Hufen seines Pferdes geknirscht hatte.

Die Stadt hatte ihnen alles andere als ein freundliches Willkommen bereitet, die großen Stadttore waren fest geschlossen geblieben. William hatte nach oben zu den Toten geschaut, die zu Dutzenden an der Stadtmauer aufgehängt waren und leise im Wind schaukelten. Es waren fast einhundert, die dort an knarrenden Seilen pendelten, an vielen von ihnen sah man Spuren der Gewalt in Form von angetrocknetem braunem Blut. William hatte sich bei ihrem Anblick bekreuzigt und ein kurzes Gebet gesprochen für diese armen Seelen, gute Menschen, die sich nichts hatten zuschulden kommen lassen, außer am falschen Ort geboren zu sein.

Die Einwohner von Rouen wussten, dass der französische König zu ihnen unterwegs war, und das hatte ihnen Mut gemacht. William war außer sich vor Zorn, wenn er sich das Blutvergießen und die Grausamkeiten vorstellte, die sich innerhalb dieser Stadtmauern abgespielt haben mussten. In Rouen hatte es Hunderte von englischen Familien gegeben. Er hatte schon früher Städte fallen sehen, und die Erinnerungen daran gehörten zum Schlimmsten, was er jemals erlebt hatte. Er nahm an, dass diese Gehängten sogar noch Glück gehabt hatten.

Da er nicht hoffen konnte, in der Stadt Unterstützung zu finden, war er gezwungen gewesen, für Nachschub aus Calais zu sorgen. Dazu musste er die Straßen bewachen lassen, und er entbehrte durch diese Transporte viele Männer, die anderswo wichtiger gewesen wären. Doch wenigstens hatten sie Wasser. Rouen lag an der Seine, die Stadt war fast vollständig umschlungen von der großen Schleife des Flusses, der hier die fruchtbare Provinz in zwei Hälften teilte.

Williams Armee überquerte den Fluss auf den Steinbrücken und schlug dann auf den offenen Feldern im Süden der Stadt ihr Lager auf. Mit Rouen im Rücken fingen sie an, zur Verteidigung gegen die erwartete Kavallerie spitze Holzpfähle in den Boden zu schlagen. Außerdem wagte sich ein Teil seiner Leute im Schutz fahrbarer hölzerner Sturmwände an die reglose Stadt heran, um die Tore von außen mit schweren Holzbohlen zu verschließen, mit Nägeln, die so lang waren wie der Unterarm eines Mannes. So müssten sie zumindest nicht mit Überraschungsangriffen in ihrem Rücken rechnen. William hoffte allerdings auf eine Gelegenheit, sich an den Bewohnern der Stadt für ihre grausamen Taten zu rächen.

Den ganzen Tag über trafen die Späher mit ihren Berichten ein, jeder unheilvoller als der vorige. William war überzeugt, dass der französische König den Anmarsch so vieler gut ausgebildeter Soldaten nicht geheim halten konnte. Die Hälfte der Soldaten, mit denen er es zu tun bekommen würde, waren gedungene Bauern, und denen war es in der Vergangenheit im Kampf mit englischen Armeen schlecht ergangen. Es war eine schwache Hoffnung, aber mit Rouen im Rücken gab es nicht viel, was seine Stimmung hätte heben können.

In dieser weiten, offenen Landschaft schrumpften selbst Armeen zu winzigen Ameisenhaufen, und so dauerte es fast einen Monat, ehe William in der Ferne die ersten Soldaten ankommen sah. Mit einem Dutzend hochrangiger Adliger ritt er weiter nach vorn, um den Feind zu beobachten, aber was sie sahen, war nicht sehr ermutigend.

Offenbar hatten seine Späher nicht übertrieben. Tausende und Abertausende marschierten auf die Stadt und den Fluss zu. William sah ganze Bataillone von Kavallerie, Ritter in Rüstungen, dazu, wie erwartet, ein Heer von Pikenieren, die der französische König so schätzte. Von einem Hügel aus sah William sie ankommen, gleichzeitig stellte er Schätzungen über ihre Anzahl an und versuchte zu beurteilen, wie sie vorankamen. Es dauerte nicht lange, da sah er ein zweites Bataillon, mit bunten Schilden und flatternden Fahnen. Der Trupp des Königs hatte sich an die Spitze gesetzt. Aus einer Entfernung von mehr als einer Meile beobachtete William, wie ein junger Narr sein Pferd zum Aufbäumen brachte, sodass seine Hufe in die Luft schlugen. Er überdachte seine eigene Situation noch einmal, und mit einem mulmigen Gefühl kam er zu dem Schluss, dass er die Brücken über die Seine würde offen halten müssen, damit seine Männer nicht mit einer Stadt im Rücken gefangen wären, von der sie keinerlei Hilfe erwarten konnten.

William wandte sich im Sattel nach Baron Alton um, der mit grimmiger Miene verfolgte, wie der Feind näher kam.

»Was schätzt du, David?«, fragte William.

Sein oberster Feldherr zuckte vielsagend die Schultern.

»Wie viele es sind? Sehr viele«, erwiderte er. »Könnte sein, dass uns die Pfeile ausgehen, ehe wir sie alle erledigt haben.«

William lachte pflichtschuldigst, doch witzig fand er die Bemerkung nicht. So viele französische Soldaten hatte er seit der Schlacht von Patay vor zwanzig Jahren nicht mehr gesehen. Er kam sich alt vor bei dem Gedanken, wie lange das schon her war, aber er erinnerte sich noch gut daran, was für eine Katastrophe es gewesen war – und wie die englischen Bogenschützen schließlich abgeschlachtet worden waren. Er nahm sich vor, einen derartigen Fehler nicht wieder zu machen, und unwillkürlich drehte er sich nach hinten um, wo seine Bogenschützen auf dem Schlachtfeld bereitstanden. Keiner würde lebend an sie herankommen, solange seine Schwertkämpfer in der Mitte standhalten konnten. Er schüttelte den Kopf und wünschte, er hätte mehr Vertrauen in seine eigenen Fähigkeiten. Er war in der Lage, einen guten Verteidigungskampf zu führen, denn damit kannte er sich aus. Zumindest dafür musste er dem französischen König dankbar sein, dass er nicht innehielt und sie zum Angriff zwang. Bestimmt war König Charles äußerst optimistisch, aber bei diesem Riesenheer hatte er auch allen Anlass dazu.

»Ich habe genug gesehen«, sagte William entschlossen. »Wir sollten jetzt zu unseren Männern zurückkehren. Mylords, Gentlemen, mir nach.« Damit wandte er sein Pferd um, und sie ritten zurück zu den englischen Linien. William musste sich zwingen, sich beim Reiten nicht umzudrehen, aber den

Feind im Rücken zu haben, war ein höchst unangenehmes Gefühl.

Als sie an den Reihen der spitzen Pfähle vorbeikamen, winkte William zwei Earls und ein halbes Dutzend Barone zu sich heran. Jeder von ihnen befehligte mehrere Hundertschaften kampferfahrener Männer, die schwere Rüstungen unter ihren Tuniken trugen. Sie hatten ihre Pferde auf der anderen Seite des Flusses gelassen, und William fragte sich im Stillen, ob dies nicht vielleicht als Fluchtmöglichkeit gedacht war. Bei den Bogenschützen, die keine Pferde hatten, würde das ganz und gar nicht gut ankommen. William erinnerte sich wieder daran, wie in Patay die Ritter auf ihren Pferden geflohen waren, während die bedauernswerten Bogenschützen hilflos zurückblieben. So etwas durfte auf keinen Fall wieder passieren. Andererseits, dort drüben standen die Pferde. Mehrere Tausend, die bereit waren, loszugaloppieren, sobald die Lage hoffnungslos werden sollte.

Während die französische Armee näher kam, ritt William noch einmal die Linien entlang, wechselte ein paar Worte mit den Befehlshabern und besprach ihre Positionen. Zur Verteidigung der Flussniederungen konnten sie jetzt nichts weiter tun als warten. William trank Wasser aus seiner Feldflasche, und die Franzosen kamen unaufhaltsam näher. Schließlich nahm er seinen Platz in der Mitte unter den Männern ein, wo er einer der wenigen Berittenen in der Schar der Kämpfer mit Schwert und Schild war. Seine Kavallerie hielt den rechten Flügel. Aber sie würde nicht angreifen, es sei denn, der französische König wäre ungeschützt oder die Franzosen wären in Unterzahl. Doch William bezweifelte, dass es eine solche Situation geben würde. Er schluckte schwer beim Anblick der Massen, die dort heranzogen, um sie alle zu töten.

William sah die vielen Plutei, die die französischen Armbrustschützen vor sich herschoben. Diese schweren hölzernen Sturmwände hatten Räder und mussten von jeweils drei Mann geschoben werden, aber sie boten Schutz vor dem Hagel der Pfeile, mit denen er sie begrüßen würde. William runzelte die Stirn beim Anblick der Kolonnen, die sich langsam voranwälzten, die Sturmwände vor sich wie gepanzerte Helme. Er sah französische Edelleute neben den Kolonnen herreiten und Befehle brüllen. Sie wirkten fest entschlossen, aber noch immer wäre er bereit gewesen, auf seine Bogenschützen zu setzen. Seine Leute hatten ihre eigenen schweren Holzschilde, die sie je nach Bedarf höher oder niedriger halten konnten, um sich vor den Bolzen der Armbrüste oder den Steinen aus den Schleudern zu schützen. William dankte Gott, dass die Franzosen wenigstens keine Belagerungsmaschinen oder Kanonen mitgebracht hatten. Er hatte zwar schon gehört, dass dies unwahrscheinlich sei, aber trotzdem war er erleichtert. Die Franzosen wollten schnell vorwärts kommen, sie wollten die Normandie zurückgewinnen, noch ehe der Sommer zu Ende war. Die schwere Kriegsmaschinerie würde erst später nachkommen, wenn die Belagerungen folgten. Bis dahin waren die englischen Bogenschützen die stärkste Waffe auf dem Schlachtfeld.

Bei den Franzosen blieb die Kavallerie im Zentrum und dicht beisammen. William, der schon unzählige Male in die Schlacht gezogen war, musste grinsen, als er das sah. Er konnte sich ihr Gespött und das nervöse, übertrieben laute Gelächter gut vorstellen, als sie sich jetzt den Engländern näherten. Er schickte ein kurzes Gebet an seinen Schutzheiligen und an die Jungfrau Maria, dann klappte er sein Visier herunter, sodass sein Gesichtsfeld bis auf den schmalen Sehschlitz eingeschränkt war.

»Bogenschützen bereit!«, brüllte er übers Feld.

William beobachtete, wie die französischen Armbrustschützen ihre Sturmwände in einer gestaffelten Linie positionierten, um sich den bestmöglichen Schutz zu verschaffen. Doch wenn die feindlichen Ritter die englischen Linien angreifen wollten, würden sie diesen Schutz verlassen müssen. Er fletschte die Zähne, und im Helm klang sein Atem laut. Er würde den französischen König vor Rouen aufhalten. Er musste es schaffen.

In der Ferne hörte er, wie Befehle gebrüllt wurden, dünne Stimmen, die der Wind davontrug. Die Menge der feindlichen Pikeniere machte halt, und die Kavallerie in ihrer Mitte blieb ebenfalls stehen. Die Armeen standen sich gegenüber, wobei die Stärke der französischen Streitmacht fast das Fünffache von Williams Heer betrug, ein wahres Meer aus eisernen Waffen und Schilden. William bekreuzigte sich, als die Reihen der Armbrustschützen weitermarschierten. Es war ein Segen, dass seine Bogenschützen für sie außer Reichweite waren, während sie, um treffen zu können, in Reichweite der Eibenbogen kommen mussten. Ein Moment, auf den seine Bogenschützen in ihren weiten Tuniken und Hosen nur warteten.

Die letzten zweihundert Meter wurden von den französischen Soldaten »die Hand des Teufels« genannt. William hatte diesen Ausdruck vor Jahren gehört und erinnerte sich jetzt wieder daran, als die Armbrustschützen mit ihren Waffen über der Schulter näher rückten, immer noch zu weit weg, um die englischen Linien mit ihren Pfeilen zu erreichen. Sie konnten nicht schneller vorrücken, denn sie mussten ihre schweren Sturmwände vor sich herschieben. Immer wieder hatten Soldaten, die es nicht erwarten konnten und vorgeprescht waren, schwer dafür büßen müssen. Stattdessen mussten sie auch auf den letzten zweihundert Metern ihr mäßiges Tempo einhalten, immer in dem Bewusstsein, jetzt in Reichweite der Bogenschützen zu sein.

William hob die Hand und senkte sie mit einem Ruck, worauf gleichzeitig Tausende von Pfeilen losschwirrten, sofort gefolgt von einer zweiten und dritten Salve. Seine Bewunderung für diese Männer hatte nie nachgelassen, obwohl er wusste, dass die meisten seiner gepanzerten Ritter sie verachteten, als Männer, die auf »feige Art« töteten. Dabei hatten diese Bogenschützen in ihrem Leben genauso viel Zeit damit verbracht, Ausdauer und Geschick zu üben, wie jeder andere Berufssoldat. Sie waren überwiegend Waliser und Engländer, hier und da ein paar Iren und Schotten dazwischen, und sie konnten einen Menschen aus einer Entfernung von vierhundert Metern tödlich treffen. Auf der ganzen Welt gab es nichts, was mit ihnen vergleichbar war, und William verspürte eine überwältigende Freude, als er die ersten Armbrustschützen fallen sah.

Die Sturmwände, die viele der Feinde schützten, krochen ständig näher heran. Doch die Langbögen schossen über die hölzernen Schilde hinweg, sodass die Pfeile auf die zusammengedrängten Männer dahinter niedergingen, hundert Pfeile gleichzeitig, die auf die Menge trafen. William hörte Schreie und sah, wie eine Bewegung durch die französische Kavallerie ging. Es waren stolze Männer, Ritter und edle Herren, die es nicht zulassen wollten, dass die verhassten englischen Bogenschützen hier ein Massaker anrichteten.

»Lass sie angreifen«, flüsterte William. Er hatte es früher schon erlebt, dass Ritter, aufs Äußerste provoziert, versuchten, sich dem Ansturm der Pfeile entgegenzuwerfen. Sie fürchteten sich vor den schwirrenden, pfeifenden Geschossen – und auf diese Furcht reagierten sie mit Wut.

»Bitte«, flüsterte William wieder, »Jesus und heiliger Sebastian, lasst sie angreifen.«

Die »Hand des Teufels« war überwunden, und die Armbrustschützen hatten ihre Sturmwände nahe genug herangebracht, um sich zu formieren und den Angriff zu erwidern. Zum ersten Mal war die Luft voll von schwarzen Bolzen, kaum länger als ein Finger, aber mit tödlicher Wirkung. In den englischen Linien wurden Schilde angehoben und dicht ineinandergeschoben. Das Auftreffen der Bolzen klang wie Hagel, ein lautes Prasseln, dem die Männer in den Lücken unter Schreien zum Opfer fielen.

William hob seinen eigenen Schild an, obwohl er wusste, dass die Eisenbolzen seine Rüstung nicht durchschlagen konnten, es sei denn, es wäre ein besonders glücklicher – oder eher unglücklicher – Treffer. Er hatte Schlachten erlebt, in denen der Austausch von Pfeilen und Bolzen sich über Tage hingezogen hatte, ehe die Armeen aufeinandertrafen, aber er zählte darauf, dass die Franzosen sich auf ihre Überzahl verließen. Er war überzeugt, dass auf ihrer Seite bereits Rufe nach einem Angriff laut wurden, dass man den französischen König beschwor, er möge ihnen gestatten, die Bogenschützen damit zu überraschen. Das hatte William eingeplant.

Weiße Pfeilschäfte, mit Gänsefedern bestückt, wuchsen rund um die französischen Sturmwände aus der Erde wie eine unbekannte Pflanzenart. Die Armbrustschützen hatten für ihre fehlende Sorgfalt und Schlagkraft büßen müssen. Hunderte von ihnen lagen am Boden oder schleppten sich mit tiefen Wunden zurück hinter ihre Linien. Wieder sah William, wie eine Bewegung durch die französischen Ritter ging, als sie auf ihren schnaubenden und stampfenden Pferden vorrückten.

Er gab den Befehl, den er mit Baron Alton abgesprochen hatte. Der wurde an die Bogenschützen weitergegeben, die, wie erwartet, verächtliche Gesichter machten. Einige spuckten sogar in seine Richtung auf den Boden, aber William war es gleichgültig, was sie von seiner Taktik hielten, solange sie gehorchten.

Als die nächste Salve eiserner Bolzen angeschwirrt kam, warfen sich Hunderte von Bogenschützen zu Boden, als seien sie getroffen worden. Die Armbrustschützen brachen daraufhin in lauten Jubel aus, in den die Reiter in ihrer Mitte einstimmten. Williams Herz schlug bis zum Hals, als die Reiter sich jetzt in Bewegung setzten und mitten durch die Reihen der Armbrustschützen angaloppiert kamen. In ihrer Freude, die Bogenschützen so geschwächt zu sehen, ignorierten sie alle Befehle zum Stehenbleiben. Immerhin waren sie zahlenmäßig weit überlegen und kämpften hier im Feld zusammen mit ihrem König, den es jetzt unbedingt zu beeindrucken galt.

William wartete, während sein Herz vor Aufregung zu zerspringen drohte, bis sie nahe genug herangekommen und in Reichweite der Bogenschützen waren. Trotz ihrer anfänglichen Bedenken genossen diese jetzt das Täuschungsmanöver, sie schickten sogar ein paar vereinzelte Pfeile los, als sei der große Ansturm völlig in sich zusammengebrochen.

»Halt! Warten!«, brüllte William.

Er sah, wie die Männer am Boden blöde grinsten. Baron Altons Gesichtsausdruck war wütend und unbarmherzig, als er mit weit aufgerissenen Augen auf Williams Befehl wartete.

»Auf! Bogenschützen auf!«, rief William.

Er sah, wie die »Toten« auf die Füße sprangen und neue Pfeile auf ihre Sehnen legten. Die französischen Ritter konnten jetzt weder anhalten noch umkehren. Sie waren bereits an den Sturmwänden vorbei oder ritten dazwischen umher, wild entschlossen, den Feind im Nahkampf zu stellen und auszuschalten. Sie waren vor ihre eigenen Armbrustschützen geraten, genau wie es damals bei Crécy geschehen war. William ballte die gepanzerte Faust, dass Leder und Metall knirschten.

Die voranstürmenden Ritter starrten auf das Heer von Schwertkämpfern, das sie empfing. Sie hoben ihre Waffen und forderten sie mit Gesten und Schmährufen lauthals heraus, näher zu kommen. Da lösten sich aus den Flanken mit dumpfem Ton Hunderte von Pfeilen, was für die französischen Ritter katastrophale Folgen hatte.

Die ersten Reihen brachen völlig in sich zusammen, als Reiter und Pferde wieder und wieder getroffen wurden. Es schien, als seien die französischen Ritter in Halshöhe auf ein schwarzes Band geprallt, das über eine leere Straße gespannt war. Sie fielen in Scharen, bis der ständig anwachsende Haufen Toter und Verletzter die nachfolgenden Reiter zum Anhalten zwang.

William brüllte einen Befehl, und jetzt rückten seine Fußsoldaten vor. Er ritt mit den Schwert- und Axtkämpfern, die mit erhobenen Waffen rannten, so schnell sie konnten. Im Nu hatten sie die Linien der Toten erreicht und kletterten über Pferde, die in Todesfurcht ausschlugen, und warfen sich den Reitern dahinter entgegen. Und ununterbrochen schwirrten über ihren Köpfen Pfeile und töteten Männer, noch ehe sie überhaupt gemerkt hatten, dass sie getroffen worden waren.

William beobachtete, wie eine Gruppe kräftiger englischer Axtkämpfer sich auf ein Dutzend Ritter stürzte und die Männer aus den Sätteln rissen. Der große Vorteil eines Pferdes lag in seiner Geschwindigkeit und Wendigkeit, aber jetzt waren die Linien so eng zusammengedrängt, dass die französischen Ritter sich kaum bewegen noch wehren konnten.

William sah, wie sie die Lanzen verärgert fortwarfen und dafür Schwerter zogen, um sich zu verteidigen, während die brüllenden englischen Schlächter, alles um sich her niedermetzelnd, immer tiefer in die französischen Linien vordrangen. Er jubelte innerlich, als er sah, welchen Schaden sie anrichteten, aber von der Höhe seines Sattels aus hatte er einen weiteren Blick als die Männer am Boden. Er blickte auf, und der Mut, den er gerade gefasst hatte, wollte ihn augenblicklich wieder verlassen. Der brutale Angriff hatte die gewaltige französische Armee kaum angekratzt. Diese hatte jetzt neue Befehle erhalten und formierte sich, um die Flanken anzugreifen. Und es waren so unsäglich viele! Dagegen waren sein kluges Täuschungsmanöver und der Überraschungsangriff nichts weiter als ein unbedeutendes Scharmützel.

Er wandte sich an die Boten an seiner Seite.

»Sucht Baron Alton und grüßt ihn von mir. Sagt ihm, es wäre gut, wenn unsere berittenen Truppen sich jetzt an den Flanken den feindlichen Reitern entgegenstellen würden.«

Einer von ihnen rannte los, und für William schien die Zeit stillzustehen, während seine Leute die Waffen schwangen und töteten. Er wartete auf Altons Antwort. Die französische Kavallerie schien sich endlich aus dem unmöglichen Gedränge in der Mitte zu lösen, und William sah, wie neue Pikeniere ankamen, dort, wo die Schlacht tobte. Es war ein beeindruckendes Manöver in dieser gefährlichen Situation, und er vermutete, dass der König selbst den Befehl dazu gegeben haben musste, er war der einzige Mann mit der Befugnis, seine Ritter zum Rückzug aufzufordern.

Die englischen Schwertkämpfer stürmten vorwärts und töteten alles, was sich ihnen in den Weg stellte. Sie waren jetzt zu weit von den Bogenschützen entfernt, um von ihnen unterstützt zu werden, und darum zögerte William. Bei ihrem Angriff hatten sich seine Krieger in einer langen Kolonne vorwärtsgeschoben. Sie waren nicht nur an den Flanken ungeschützt, sie liefen jetzt auch Gefahr, von ihren eigenen Leuten abgeschnitten zu werden. Er blickte in die Ferne und schüttelte den Kopf über die ungeheure Masse an Soldaten, die bisher mit der Schlacht noch nicht einmal in Berührung gekommen waren. Gegen alle Wahrscheinlichkeit hatte er gehofft, ihnen eine Schlappe zufügen zu können, hatte gehofft, dass sich die französischen Linien, überrascht von dem plötzlichen heftigen Angriff, zurückziehen würden. Aber das war nicht geschehen, und er wusste, dass es jetzt an ihm war, sich zurückzuziehen. Doch nun erschien Altons schwere Kavallerie an den Flanken, und als er um sich blickte, sah er Hunderte von Bogenschützen, die langsam nachrückten und versuchten, immer nahe genug am Geschehen zu bleiben, um doch noch etwas ausrichten zu können.

William fing an zu schwitzen. Zwar waren sie den Franzosen zahlenmäßig katastrophal unterlegen, doch sie rückten unaufhaltsam gegen die feindlichen Pikeniere vor. Gegen deren grausame Waffen konnte die Kavallerie unmöglich etwas ausrichten, aber seine Schwert- und Axtkämpfer würden dazwischengehen, sie würden sich an den Spitzen vorbeidrücken und dann gegen die ungeübten Männer vordringen, die nichts weiter konnten als die langen Stangen festhalten und ein Massaker unter ihnen veranstalten. Er wusste, dass er einen geordneten Rückzug befehlen sollte, aber jetzt noch nicht. Noch war es nicht so weit.

Die Ränge der Pikeniere senkten ihre schweren Eisenspitzen und gingen zu einem Angriff über, sie boten eine Front aus scharfem Metall und stampfenden Füßen, die jedem Angst einflößen musste. Die englischen Kämpfer hoben ihre Schilde, sie wussten, dass man die Lanzenspitze vor sich mit der Klinge zur Seite drücken und sich dann ohne zu zögern zwischen die Schäfte drängen musste, um den Mann dahinter zu erledigen. Es war keine leichte Aufgabe, wenn einem das Herz zum Zerspringen schlug und die Hände nass und klebrig von Schweiß und Blut waren. Vielen misslang dieses schnelle erste Parieren, und sie wurden aufgespießt, wobei die schweren Lanzen teils durch die Kämpfer selbst, zum Teil aber auch durch die Wucht der von hinten andrängenden Männer vorwärts geschoben wurden. Hunderte von Männern entkamen den Lanzen und schafften es an den Spitzen vorbei, aber der Druck von hinten war so stark, dass auch sie niedergewalzt wurden, umgerissen von der schieren Gewalt des Angriffs. William fluchte laut, er rief seinen Männern zu, sich zurückzuziehen und neu zu formieren. Er wendete sein Pferd und trabte etwa hundert Schritt zurück, ehe er sich wieder dem Feind zuwandte. Immer noch kamen sie, und trotz ihrer großen Verluste brüllten sie vor Angriffslust.

»Bogenschützen!«, schrie William und hoffte von ganzem Herzen, dass seine Leute ihn über dem Schlachtenlärm hören konnten.

Er hörte den dumpfen Ton, als hinter ihm die Sehnen der Bögen losgelassen wurden, und in den Linien der Pikeniere entstanden neue Lücken. Diese Männer mussten mit beiden

Händen ihre schweren Lanzen halten. Sie waren Bauern, die keine Schilde hatten, und ihre Brustpanzer aus Leder boten keinen Schutz gegen die Pfeile, wenn sie trafen. Die Menge der Fußsoldaten schien zu wanken, als Salve um Salve von den Eibenbögen sie erreichte.

Trotz dieses grausamen Angriffs war es vor allem der Anblick der verhassten Bogenschützen, weshalb die französischen Pikeniere nicht aufgaben. Diese Männer, die wie Bauern aussahen in ihren einfachen braunen Kitteln und in weit gezogenen Linien in lockerer Formation dastanden, waren der Schrecken der Heere. Verzweifelt versuchten sie jetzt, diese Männer zu erreichen, die so seelenruhig dastanden und aus sicherer Entfernung ihre Kameraden töteten. Etwas anderes konnten sie nicht – das war die einzige Schwäche eines Bogenschützen. Wenn man nahe genug an ihn herankam, konnte man ihn mühelos ausschalten.

William sah sich abermals gezwungen zurückzuweichen. Die Linien seiner Schwertkämpfer zogen sich ebenfalls zurück, als die Pikeniere ihre Toten hinter sich ließen und sich neu formierten. Schritt für Schritt verloren die Engländer an Boden, den sie mit ihrem ersten Angriff gewonnen hatten, bis sie zu ihren Ausgangspositionen zurückgedrängt waren. Dort verschanzten sie sich und warteten keuchend, mit erhobenen Schwertern und Schilden.

Einige der Bogenschützen hatten sich zu langsam zurückgezogen und gingen in der Flut wütender Männer unter. Doch etwa achthundert von ihnen schafften es, hinter ihre eigenen Sturmwände und die spitzen Pfähle zurückzukehren. Wieder wandten sie sich den Pikenieren zu, Mordlust in den Augen. Jetzt schwirrten die Pfeilsalven nicht mehr hoch in die Luft. Die Pikeniere drängten immer näher, und die Pfeile kamen als kurze, kraftvolle Geschosse, bei denen so manchem Mann der Schlachtruf in der Kehle stecken blieb, während er in die Knie ging. Große Lücken bildeten sich in den Rängen, und Lanzen fielen zu Boden oder zeigten plötzlich sinnlos gen Himmel. Die französische Linie unternahm jetzt den Versuch, langsamer vorzudringen, statt überstürzt in die Pfeilsalven zu laufen. Doch die nachrückenden Männer wurden von hinten so dicht zusammengeschoben, dass ihre Speere wirkten wie die Stacheln eines Igels, ein dichter Wald aus Holz und Eisen.

Die Pikeniere kamen schließlich taumelnd zum Stillstand, worauf die Bogenschützen frische Pfeile aus ihren Köchern zogen und schossen, bis ihnen die Hände bluteten und Schultern und Rücken mit jedem neu abgeschossenen Pfeil schmerzten. Es war ein grausames Gemetzel an einem stillstehenden Feind, dem sie sich mit wahrer Wonne hingaben.

Da ein weiteres Vordringen nicht möglich erschien, zogen sich die französischen Regimenter schließlich zurück. Eilig machten sie sich davon, den Feind im Rücken, und die Angst schien ihnen Flügel zu verleihen. Die Bogenschützen hinter ihnen johlten und stimmten ein triumphierendes Wolfsgeheul an.

William verspürte eine Welle der Freude, die aber nicht lange währte. Er betrachtete sein Heer. Schon beim ersten Angriff hatte er viele Leute verloren, vielleicht etwas über sechshundert. Ihm wurde übel, und für einen Moment musste er die Augen schließen. Vor ihm sammelten sich die französischen Ritter abermals, ihr König hatte sogar kleine Gruppen vorgeschickt, um die Sturmwände besser zu positionieren. Williams Bogenschützen nutzten die Gelegenheit und schickten ein Dutzend Jungen hinaus aufs Schlachtfeld, um

Pfeile aus dem Boden zu ziehen, von denen sie ganze Arme voll zurückbrachten. William musste zusehen, wie einer der Armbrustschützen anlegte und auf einen Jungen schoss, der gerade umkehren wollte. Im Fallen ließ er die Pfeile los, die wie weiße Flügel zu Boden fielen, begleitet vom wütenden Gebrüll der Bogenschützen.

William war überzeugt, dass die Franzosen aufs Neue angreifen würden. Er sah mehr als achttausend feindliche Soldaten, die an diesem Tag noch gar nicht zum Kämpfen gekommen waren. Seine Soldaten hatten ihnen große Verluste zugefügt, aber sie hatten teuer dafür bezahlt. Es waren einfach zu viele auf der anderen Seite, die noch immer frisch und zum Angriff bereit waren.

»Der zweite Angriff kommt, Alton!«, brüllte William über das Feld.

Noch während er sprach, gab sein Pferd ein schnaufendes Geräusch von sich und ging in die Knie, sodass er fast über den Kopf des Tieres gestürzt wäre. Mit der schweren Rüstung stieg William mühsam ab. Das Pferd hatte zwei blutende Löcher in der Brust, wo es von den Bolzen einer Armbrust getroffen worden war. Es hatte Blutstropfen am Maul, und William klopfte traurig den starken Hals, sah sich aber bereits nach einem neuen Pferd um, das ihn tragen könnte.

»Ein Pferd, hierher!«, rief er und wartete geduldig, bis ein Bote ihm eines der Reservepferde brachte. Es war das erste Mal an diesem Tag, dass er das Schlachtfeld aus der gleichen Perspektive wie seine Kämpfer sah, und er erschrak über die Breite der Ränge, denen er sich auf Augenhöhe gegenübersah. Soweit er sehen konnte, hatten die Franzosen wohl zweitausend Mann verloren – gegen ein paar Hundert auf seiner Seite. In jeder anderen Situation wäre er jetzt der Sieger gewesen. Doch der König lebte noch, und seine Wut und sein Hass mussten größer sein denn je.

»Ein Angriff noch«, murmelte William, als man ihm beim Aufsitzen half. Insgeheim wusste er, dass er sich danach bestimmt würde zurückziehen müssen. Er würde den überlebenden Bogenschützen befehlen, auf die Brücken zu gehen, während seine Ritter und die Fußsoldaten mit den hinteren Truppen kämpfen würden. So viel konnte er tun, sagte er sich, um seine Ehre wenigstens so weit zu verteidigen. Doch bis dahin musste er noch einem weiteren Ansturm des Feindes standhalten, der gemerkt hatte, dass sie schwächelten.

»Bogenschützen bereit!«, brüllte er.

Von den Armbrustschützen hatten nur wenige die Nahkämpfe bei den Sturmwänden überlebt. Wenn die Franzosen heute noch siegen wollten, würden sie, verdammt noch mal, die Bogenschützen angreifen müssen, die sie so hassten. William zog sich den Helm vom Kopf, er wollte frei atmen und klar sehen. Sie kamen, und wieder legten die Bogenschützen an und warteten. Es waren diese Männer, die immer noch einen Funken Hoffnung in ihm wachhielten – und nur sie allein.

19

»Ich verstehe kein Wort von dem, was Ihr da sagt!«, entgegnete Margaret wütend. »Was soll denn dieses Geschwätz von Winkelgraden, Bogen und Schatten? Ist es nun eine Krankheit oder nicht? Hört mir doch zu! Manchmal spricht Henry ganz klar und vernünftig, als fehle ihm gar nichts. Aber es gibt Zeiten, wo das, was er sagt, keinen Sinn ergibt, wie bei einem kleinen Kind. Dann ist er ganz verändert, und seine Augen werden trüb. Versteht Ihr? Das kann Minuten, Stunden oder gar tagelang so gehen, dann erholt er sich und ist wieder *mein Gemahl*, der mich ansieht. *Das* sind die Anzeichen, Master Allworthy! Und, habt Ihr dagegen kein Kraut in Eurer Apotheke? Dieses Gerede von Strömungen und von … Planeten – das nimmt Euch doch niemand ab! Sollte ich meinen Mann vielleicht aus London fortbringen lassen, wenn die Luft hier so ungesund ist? Könnt Ihr mir wenigstens das beantworten, wenn Ihr ihm schon nicht helfen könnt?«

Der Leibarzt des Königs hatte sich hoch aufgerichtet, mit jedem ihrer Worte hatte sich sein Gesicht mehr gerötet.

»Eure Königliche Hoheit«, fing Master Allworthy würdevoll an. »Ich habe dem König Laxans gegeben, damit er sich erleichtern kann. Ich habe ihm Schwefel und eine Tinktur aus Opium, gelöst in Alkohol, verabreicht, die ich für äußerst wirkungsvoll halte. Ich habe seine Gnaden mehrfach zur Ader gelassen und ihm meine besten Blutegel an die Zunge gesetzt. Und doch sind seine Körpersäfte nicht im Lot! Ich versuchte lediglich, Euch zu erklären, dass ich mir wegen der Konjunktion von Mars und Jupiter schon tagelang Sorgen mache, da ich weiß, was sie mit sich bringen kann. Die Zeiten sind ernst, Mylady. Seine Gnaden leiden *stellvertretend* für sein Volk, versteht Ihr?« Der Arzt zwirbelte mit Daumen und Zeigefinger seinen Ziegenbart, während er nachdachte. »Es könnte sogar sein Seelenadel sein, seine Frömmigkeit, die ihm Probleme bereiten. Königliches Blut ist nicht wie das Blut anderer Menschen, Mylady. Es ist ein Leuchtfeuer in der Dunkelheit, ein Freudenfeuer auf einem Berg, das uns leuchtet im Kampf gegen die dunklen Mächte. In diesen Zeiten der Verwirrung und des Umsturzes … nun ja, wenn Gott Seine Königliche Hoheit in Seine Arme nehmen will, dann kann kein Sterblicher sich dem göttlichen Willen entgegenstellen.«

»Oh, dann tretet wenigstens zur Seite, Master Allworthy«, sagte Margaret, »wenn das alles ist, was Ihr zu sagen habt. Ich werde mir Euer Geschwätz über Planeten nicht weiter anhören, solange mein Mann derart leidet. Bleibt hier und denkt meinetwegen weiter über Mars und Jupiter nach. Ich wünsche Euch viel Vergnügen dabei.«

Der Arzt öffnete den Mund, doch er kam nicht mehr dazu, denn Margaret war schon an ihm vorbei und in den königlichen Gemächern verschwunden.

Henry saß im Bett, als sie eintrat. Das Zimmer war düster, und als Margaret ans Bett treten wollte, verfing sich ihr Fuß in einem Gerät, das der gelehrte Arzt liegen gelassen hatte. Krachend fiel es um, und sie stolperte, dann gab sie ihm einen wütenden Fußtritt. Der komplizierte Apparat aus Messing, Eisen und Glas rutschte über den Fußboden. In ihrem Zorn auf den Arzt war sie versucht, ihm noch einen gehörigen Tritt zu verpassen.

Langsam drehte ihr Mann den Kopf, er sah sie müde an. Er hielt seine bandagierten Hände hoch, und Margaret erschrak, als sie sah, dass sie mit frischem Blut getränkt waren. Sie hatte seine Wunden schon oft gereinigt und verbunden, aber sie wusste, wenn er allein war, kratzte und biss er daran herum. Er konnte sie nicht in Ruhe lassen. Auch in dieser Hinsicht war er wie ein Kind.

Vorsichtig setzte Margaret sich auf das Bett, aber als sie ihrem Mann in die Augen sah, war in ihnen nichts als Trauer und Schmerz. Seine nackten Arme hatten frisch vernarbte Schnittwunden, wo das kleine Messer des Arztes ihm die Venen geöffnet hatte. Er war abgemagert und hatte dunkle Ringe unter den Augen, unter seiner bleichen Haut zeichneten sich blau die Adern ab.

»Wie geht es dir, Henry?«, sagte sie. »Kannst du aufstehen? Ich glaube, hier liegen Krankheiten in der Luft. Wärst du nicht lieber außerhalb der Stadt, am Fluss, vielleicht in Windsor? Dort ist die Luft besser, weit weg von dem Londoner Gestank. Dort könntest du zur Jagd gehen, gutes frisches Fleisch essen und wieder zu Kräften kommen.«

Zu ihrem Entsetzen fing ihr Mann an zu weinen. Er versuchte, es zu unterdrücken, doch sein Gesicht verzog sich in einer zitternden Grimasse. Sie wollte ihn umarmen, aber er hielt seine bandagierten Hände vor sich, als wollte er sie abwehren. Seine Hände zitterten, als ob er Schüttelfrost hätte, obwohl das Gemach stark geheizt war und sein Gesicht vor Schweiß glänzte.

»Diese Suppen und Arzneien machen mich ganz benommen, Margaret, und trotzdem kann ich nicht schlafen. Ich bin jetzt seit … oh, ich weiß gar nicht mehr, wie lange ich schon wach bin. Ich darf nicht schlafen, bis ich weiß, dass mein Königreich in Sicherheit ist.«

»Es *ist* in Sicherheit!«, sagte Margaret, die verzweifelt versuchte, ihn zu beruhigen.

Henry schüttelte vorwurfsvoll den Kopf.

»Meine Leute sind unruhig, sie wissen nicht, was ich für sie tue. Sie haben die Waffen gegen Gesalbte erhoben und sie getötet! Ist meine Armee noch da? Kannst du mir das sagen, oder bringst du mir Nachrichten, die ich nicht ertragen könnte? Haben sie mich alle verlassen, Margaret?«

»Niemand hat dich verlassen! *Niemand,* verstehst du? Deine Soldaten würden selbst beim Jüngsten Gericht an deiner Seite stehen, wenn du es wolltest. London ist sicher, Henry, das schwöre ich dir! England ist sicher! Sei ganz ruhig, und bitte, *bitte,* versuche zu schlafen.«

»Ich kann nicht, Margaret. Selbst wenn ich es wollte, es geht so weiter und immer weiter, ich brenne herunter wie eine Kerze, bis sie gelöscht wird.« Er sah sich im dunklen Zimmer um. »Wo sind meine Kleider? Ich sollte mich und meine Arbeit erledigen.«

Er wollte aufstehen, aber Margaret hielt ihn mit der Hand zurück. Sie zuckte zusammen, als sie spürte, wie er glühte. Jetzt empfand sie einen ganz anderen Schmerz wegen des Mannes, der sie geheiratet, aber noch immer nicht Besitz von ihr ergriffen hatte. Er wehrte sich nicht gegen ihre Berührung, als sie sein Gesicht liebkoste, was ihn zu beruhigen schien, in ihr jedoch ein ganz anderes Feuer entfachte. Er schloss die Augen und lehnte sich in die Kissen zurück. Sie wurde mutiger, es war ihr jetzt egal, dass der Arzt noch immer vor der Tür stand.

Margaret beugte sich vor und küsste den Hals ihres Mannes, wo das offene Nachthemd die Kehle freigab. Seine Brust war weiß und unbehaart wie die eines Knaben, seine Arme dünn. Er roch nach starken Pulvern, nach Schwefel und bitterem Kalk. Seine Haut fühlte sich auf ihren Lippen heiß an, fast so, als hätte sie sich verbrannt.

Mit angehaltenem Atem ließ sie ihre Hand in seinen Schoß fallen und rückte näher an ihn heran, sodass sie sich über ihn beugen und fest auf den Mund küssen konnte. Sie merkte, dass seine Lippen zitterten, als er die Augen öffnete und sie verwundert anstarrte. Sie streichelte ihn, und er stöhnte auf. Sie merkte, wie seine Muskeln sich spannten, und fuhr fort, ihn sanft zu liebkosen.

»Bleib still liegen und lass mich machen«, flüsterte Margaret ihm ins Ohr. »Ich will versuchen, dir etwas Frieden zu bringen.«

Ihr wurde der Hals eng und ihre Stimme klang heiser, ihr Gesicht und ihr Hals wurden tiefrot. Aber ihre Berührungen schienen ihn tatsächlich zu beruhigen, und sie wagte nicht aufzustehen, um sich zu entkleiden. Stattdessen fuhr sie fort, ihn zu küssen, während ihre Hände mit Bändern und Haken beschäftigt waren und am Stoff zerrten, um ihre Schultern zu entblößen. Es war unmöglich. Sie hatte Angst, dass er ihr Einhalt gebieten oder gar aufstehen und sie vom Bett werfen würde. Aber so konnte sie ihr Kleid nicht ausziehen! Sie drückte den Kopf an seinen Hals, als sie damit kämpfte, sodass ihr Haar über sein Gesicht fiel.

»Ich …«, fing er an, doch sie ließ ihn nicht weiterreden und küsste ihn wieder. Sein Mund war blutig von den Wunden der Blutegel und schmeckte nach Eisen.

Mit einer Hand zog sie ihr Kleid hoch und zerrte am Stoff darunter, sodass ihr Hintern frei lag. Sie stellte sich kurz vor, der gelehrte Arzt würde die Tür öffnen, und sie konnte ein Grinsen nicht unterdrücken, als sie ein Bein über ihren Mann schwang und versuchte, sich unter all den Stoffmassen mit ihm zu vereinigen. Als sie endlich wagte, Henry anzusehen, hatte er die Augen wieder geschlossen, aber in ihren Händen hatte sie den Beweis, dass wenigstens sein Körper willens war. Mein Gott, wie viele Tiere hatte sie im Laufe ihres Lebens schon bei dieser einfachen Beschäftigung beobachtet! Ihre Situation war so absurd, dass sie am liebsten laut gelacht hätte, als sie sich auf ihn setzte und versuchte, eine geeignete Stellung zu finden.

Es passierte so plötzlich und unerwartet, dass beide nach Luft schnappten und Henry die Augen aufriss. Doch selbst jetzt schien er sich nicht sicher zu sein, ob dies alles nicht nur ein Traum war. Margaret keuchte, als sie seinen Kopf festhielt und spürte, wie er die Hand nach unten schob und auf ihren nackten Oberschenkel legte. Sie fühlte die rauen Verbände auf ihrer Haut und erschauerte. Sie schloss die Augen und errötete, als sie plötzlich Williams Bild vor Augen hatte. William de la Pole, der so alt war, dass er ihr Vater sein könnte! Sie versuchte, dieses Bild zu verdrängen, aber sie sah ihn im Schlosshof von Saumur, stark und lachend, mit rauen, kräftigen Händen.

Mit fest geschlossenen Augen bewegte sie sich, wie Yolande es ihr im Garten von Wetherby House beschrieben hatte, sie atmeten im Gleichtakt, vereint durch Hitze und Schweiß, und sie vergaß den Arzt, der ungeduldig vor der Tür wartete. Als Henry laut aufstöhnte, durchfuhr Margaret eine Welle, die sie zitternd erschauern ließ. Es war wie ein Schmerz, der eigentlich nichts Schmerzhaftes hatte. Sie merkte, wie ihr Mann sich aus den Kissen aufbäumte, wie seine Arme und sein Rücken erstarkten, als er sie hielt. Dann erschlaffte er plötzlich und sank zurück wie ein Toter. Er atmete schnell und flach, und Margaret spürte, wie sich eine Wärme in ihren Lenden ausbreitete.

Sie legte den Kopf auf die Brust ihres Mannes, bis sie wieder ruhig atmete. Die lebhafte Vorstellung von William verblasste, hinterließ aber vage Schuldgefühle.

Sie musste lächeln, als Henry leise zu schnarchen anfing, und als sich die Tür öffnete und der Arzt hereinsah, öffnete sie die Augen nicht, bis er wieder gegangen war. Sie wollte sein entsetztes Gesicht gar nicht sehen.

Jack Cade blickte in die Runde der Männer, die auf seine Befehle warteten. Natürlich waren auch Paddy und Rob Ecclestone darunter, seine getreuen Lieutenants, die ihre Genugtuung darüber, wie gut alles lief, kaum verbergen konnten. Er hatte schnell gemerkt, dass ein Haufen aufgebrachter Bauern keine Aussichten hätte, falls der Sheriff von Kent Soldaten gegen sie ins Feld schickte. Seine Lösung war, Flüchtlinge aus Frankreich so weit auszubilden, dass sie in einer geraden Reihe stehen und marschieren konnten, und natürlich Befehle ausführen und töten.

»Holt mir jemand ein Schwarzbier, oder muss ich mit trockenem Hals reden?«, sagte Jack.

Er hatte schnell gelernt, dass es günstig war, wenn man in den Wirtshäusern, in denen man übernachtete, rechtzeitig mit dem Trinken anfing. Seine Männer waren immer durstig, und wenn sie weiterzogen, waren die Fässer meist leer. Sie stöhnten zwar jeden Morgen und klagten über Kopfschmerzen, aber das machte Jack nichts aus. Wenn er vor Jahren bei den Kämpfen in Frankreich etwas gelernt hatte, dann war es die

Tatsache, dass Männer aus Kent mit Bier im Bauch besser kämpften, und wenn sie richtig betrunken waren, noch besser.

Die Witwe hinter dem Tresen war nicht sehr glücklich über die Männer, die sich hier mit Freibier bedienten. Jack musste zugeben, Flora hielt auf ein ordentliches Haus. Auf dem Boden lagen saubere Binsen, und die Tische und Fässer waren vom jahrelangen Schrubben sauber und glatt poliert. Flora selbst war sie keine Schönheit, doch sie hatte ein energisches Kinn und diesen gewissen Eigensinn, der Jack bei Frauen immer gefiel. In friedlicheren Zeiten hätte er vielleicht um sie geworben. Schließlich war sie nicht davongerannt, auch nicht, als zweitausend Mann die Straße heraufmarschierten und auf ihr Wirtshaus zukamen. Das war typisch kentisch. Jack wartete geduldig, während sie seinen Zinnkrug füllte, den sie ihm reichte, um den Schaum herunterzublasen.

»Danke, meine Liebe«, rief er erfreut.

Sie bedachte ihn mit einem säuerlichen Blick und verschränkte die Arme auf die typische Art, die er von all den Herbergen und Wirtshäusern kannte, wo man ihn im Laufe der Jahre abgewiesen hatte. Dieser Gedanken löste eine große Befriedigung in ihm aus. Heutzutage würde niemand mehr den alten Jack Cade in die Nacht hinausschicken, o nein. Mit großen Zügen trank er den Krug leer bis auf den Grund, dann holte er tief Luft und wischte sich den Schaum vom Bart.

Im Wirtshaus drängten sich etwa achtzig Mann, die er in den vergangenen Wochen ausgesucht hatte. Meist waren es Männer wie er: breitschultrig, mit kräftigen Beinen und großen Händen. Mit Ausnahme von Paddy waren alle in Kent geboren, das verstand sich von selbst. Jack fühlte sich mit ihnen einfach wohler. Er wusste genau, wie sie dachten, und er sprach ihre Sprache. Und deshalb konnte er mit ihnen reden, obwohl er sonst kein Mann der großen Worte war.

Jack sah zufrieden in die Runde, sie alle warteten auf sein Wort.

»Also, Männer – wer mich kennt, weiß, dass ich nicht so reden kann wie manche andere, aber dafür wisst ihr auch, dass es kein leeres Geschwätz ist.«

Alle sahen ihn an, Paddy kicherte. Der riesige Ire trug neue Kleider und Schuhe, die sie in einer Stadt mitgenommen hatten, durch die sie gezogen waren, er war jetzt besser angezogen als je in seinem Leben. Jack ließ die Augen in die Runde schweifen, bis er ganz hinten Rob Ecclestone entdeckte. Er zog es stets vor, im Hintergrund zu bleiben, von wo aus er die anderen besser beobachten konnte. Es schien bei den Männern ein unbehagliches Gefühl hervorzurufen, wenn Ecclestone morgens sein Rasiermesser abzog – und das konnte durchaus nicht schaden, wie Jack fand.

»Bringst du mir noch eins, Flora?«, rief Jack und reichte ihr den Krug.

Er wandte sich wieder den Männern zu, er genoss diesen Moment.

»Ich habe euch rennen und marschieren lassen, damit ihr Ausdauer bekommt. Ich habe euch schwitzen lassen, mit Sensen, Äxten und allem, was wir an Waffen für euch finden konnten. Warum habe ich das gemacht? Nun, wenn der Sheriff von Kent sich uns in den Weg stellt, dann wird er Soldaten dabei haben, so viele, wie er nur auftreiben kann. Aber ich bin nicht bereit, das bisher Erreichte jetzt wieder zu verlieren.«

Ein Murmeln lief durch die Gruppe. Die Leute steckten die Köpfe zusammen und tauschten leise Bemerkungen aus. Jack wurde rot.

»Ich kenne eure Geschichten, Jungs. Ich habe gehört, was diese Hurensöhne in Frankreich mit euch gemacht haben, wie sie euer Land weggegeben und dann zugesehen haben, wie französische Soldaten eure Frauen vergewaltigt und eure Alten umgebracht haben. Ich habe von den Steuern gehört, ich weiß, dass da drüben ein Mensch sein ganzes Leben lang hart arbeiten kann und trotzdem nichts mehr übrig hat, wenn sie erst ihren Teil von eurem hart verdienten Geld eingesackt haben. Nun, Leute, jetzt ist eure Gelegenheit, es ihnen heimzuzahlen. Ihr werdet auf einem schlammigen Feld stehen und mit euch die Männer, die ihr hier seht – und natürlich auch die anderen, die dort draußen sind. Und ihr werdet sehen, wie die Soldaten des Sheriffs aufmarschieren, mit ihren Schwertern und Bogen, und ihr werdet nicht mehr daran denken, wie verdammt wütend ihr auf sie seid. Ihr werdet wegrennen wollen und sie siegen lassen, und ihr werdet euch in die Hosen pissen vor Angst.«

Die Männer fingen an zu protestieren, sie riefen, nichts dergleichen würden sie je tun. Jack verzog amüsiert den Mund, als er den frisch gefüllten Bierkrug ergriff und ihn genauso schnell leerte wie den ersten.

»Ich kenne diese Angst, Jungs, also erzählt mir nicht, wie furchtlos ihr seid, solange ihr hier sicher im Warmen sitzt. Eure Gedärme werden sich ineinander verknoten, und euer Herz wird rasen, und ihr werdet euch wünschen, sonst wo zu sein.« Seine Stimme wurde härter, und seine Augen funkelten, als das Bier seine Wirkung tat und der alte Zorn wieder in ihm aufstieg. »Aber wenn ihr euch so benehmt, dann seid ihr keine Männer aus Kent. Dann seid ihr nicht einmal Männer. Ihr bekommt nur *eine* Chance, ihnen die Zähne auszuschlagen, nur *eine* Schlacht, wo sie von euch erwarten, dass ihr wegrennt und euch vor Angst in die Hose pisst. Wenn ihr aber entschlossen handelt, werden sie kaum wissen, wie ihnen geschieht, und wir werden sie niedermähen, das schwöre ich euch. Wir werden den Kopf dieses Sheriffs auf eine Stange stecken und wie ein verdammtes Banner vor uns hertragen! Wir werden nach London marschieren, Jungs, wenn ihr nur standhaft bleibt.«

Er sah sich im Raum um, und als er ihre Gesichter sah, war er zufrieden.

»Wenn ihr jetzt rausgeht, möchte ich, dass sich jeder von euch ein Dutzend Männer aussucht. Die gehören dann zu euch, also lernt ihre Namen und sorgt dafür, dass sie sich auch gegenseitig kennenlernen. Sie sollen genau wissen, wen sie im Stich lassen, wenn sie wegrennen, versteht ihr? Keine Fremden, sondern *Kameraden*. Lasst sie jeden Tag zusammen trinken und zusammen üben, bis sie sich so nahe stehen wie Brüder. Dann erst haben wir eine Aussicht auf Erfolg.«

Einen Moment senkte er den Kopf, fast als betete er. Als er wieder sprach, klang seine Stimme heiser.

»Wenn ich dann einen Befehl gebe – oder Paddy oder Rob –, dann gehorcht ihr. Macht, was man euch sagt, und ihr werdet sehen, wie die Soldaten des Sheriffs fallen. Ich werde euch sagen, was zu tun ist, denn ich weiß, wie es geht. Ihr ergreift jede Gelegenheit, und ihr werdet Erfolg haben. Ihr werdet die, die sich gegen uns stellen, unter euren Füßen zermalmen.«

Paddy und Rob brachen in lauten Beifall aus, in den die anderen einstimmten. Jack winkte Flora, die angewidert auf den Boden spuckte, dann aber doch neue Krüge voll Bier herumreichte. Über dem Lärm erhob Jack abermals seine Stimme, aber er sah nicht mehr ganz klar. Das Schwarzbier hatte es in sich.

»Und täglich schließen sich uns mehr Männer aus Kent an, Leute. Inzwischen weiß die ganze Grafschaft, was wir vorhaben, und auch aus Frankreich stoßen täglich mehr dazu. Sie berichten, dass die Normandie fällt und dass unser feiner Herr König uns wieder mal verraten hat. Nun ja, wir werden darauf zu antworten wissen!«

Er hob das Beil, das zu seinen Füßen gelegen hatte, und hieb es in das Holz der Theke. Es wurde schlagartig still, nur Flora fluchte, doch dabei gebrauchte sie ein Wort, das alle wieder zum Lachen brachte, und laut johlend tranken sie weiter. Jack hob seinen Krug und trank ihnen zu.

Seit seiner Verletzung humpelte Thomas leicht. Die Naht hatte sich zu einem geschwollenen Wulst über seiner Hüfte zusammengezogen, der bei jedem Schritt schmerzhaft gedehnt wurde. Nach einer Woche, in der sie nur über Felder gelaufen waren und sich in Gräben versteckt hatten, war es ungewohnt, wieder auf einer Straße zu gehen. Er und Rowan fielen nicht weiter auf in dem traurigen Flüchtlingszug, der nach Calais unterwegs war. Auf den meisten der Wagen war kein Platz mehr, und die Wagenbesitzer ließen sich diese Plätze teuer bezahlen. Thomas und Rowan hatten kein Geld, also schleppten sie sich mit hängendem Kopf weiter und versuchten lediglich, jeden Tag so viele Meilen wie möglich hinter sich zu bringen. Hunger und Durst setzten ihnen zu, und an manchen Abenden wusste Thomas nicht mehr, wie er an diesen Ort gekommen war. Es beunruhigte ihn, auf offener Straße entlangzuziehen, aber sie hatten seit Tagen keinen französischen Soldaten mehr gesehen. Die waren woanders und hatten wahrscheinlich Besseres zu tun, als die englischen Flüchtlinge zu schikanieren oder auszurauben, die Frankreich in Scharen verließen.

Die Dämmerung ging gerade in völlige Dunkelheit über, als Thomas plötzlich zusammenbrach. Mit einem leisen Stöhnen sackte er einfach zusammen und lag auf der Straße. Die Nachfolgenden stiegen einfach über ihn hinweg. Rowan zog seinen Vater mühsam hoch und bot einem Fuhrmann seinen Sax mit dem Horngriff an, der dafür bereit war, zwei weitere Leute auf seinen Wagen zu quetschen. Er teilte an diesem Abend sogar seine dünne Suppe mit ihnen, die Rowan seinem Vater einflößte. Sie waren nicht schlimmer dran als viele andere, aber es half, dass sie fahren konnten.

Ein weiterer Tag verging, Rowan hatte dagesessen und aus dem Wagen geschaut. Nachdem er beobachtet hatte, wie ein hilfloser Mensch von drei Männern zusammengeschlagen und ausgeraubt wurde, wandte er angewidert den Blick ab. Niemand war dem Mann zu Hilfe gekommen, und sie rollten weiter.

Als der Wagen anhielt, schliefen sie nicht, sie litten unter einer Art Benommenheit, die den Tag wie im Nebel verschwimmen ließ. Rowan fuhr erschrocken hoch, als der Fuhrmann gegen die Seite des Wagens schlug. Neben den beiden Bogenschützen waren noch drei weitere Passagiere im Wagen, zwei alte Männer und eine alte Frau. Die alten Leute kamen nur langsam in Bewegung, als der Fuhrmann abermals an den Wagen klopfte, um sie zu wecken.

»Warum haben wir angehalten?«, murmelte Thomas, der gegen die seitlichen Bretter gelehnt dasaß, ohne sich zu rühren.

Rowan kletterte vom Wagen und blickte in die Ferne. Nach dieser langen Zeit war es merkwürdig, plötzlich die Festungsmauern von Calais vor sich zu sehen, die nicht mehr als eine Meile entfernt waren. Die Straße hier war so voll von Menschen, dass einfach kein Vorankommen mehr war. Rowan beugte sich in den Wagen und schüttelte seinen Vater an der Schulter.

»Zeit zum Absteigen«, sagte er. »Ich rieche schon das Meer.«

In der Ferne hörte man Möwen kreischen, und Rowan spürte, wie sich seine Stimmung hob, obwohl er nicht mehr Geld besaß als ein Bettler und jetzt nicht einmal mehr ein Messer hatte, um sich zu verteidigen. Er half seinem Vater vom Wagen und dankte dem Fuhrmann, der ihnen Lebewohl sagte und sich dann wieder seinen Eltern und dem Onkel auf dem Wagen zuwandte.

Rowan legte den Arm um seinen Vater und merkte, wie mager er geworden war, überall standen die Knochen heraus.

Die Mauern von Calais ragten mächtig vor ihnen auf, als sie sich in dem dichten Menschenstrom langsam vorwärtsdrängten. Zumindest besaßen sie jetzt nichts mehr, was man ihnen hätte stehlen können. Immer wieder hörten sie jemanden empört aufschreien, wenn ein dreister Dieb versuchte, unerkannt zu entkommen. Rowan sah kopfschüttelnd, wie zwei Männer einen dritten, der am Boden lag, mit Füßen traktierten. Als Rowan vorbeiging, sah einer von ihnen auf und starrte ihn herausfordernd an. Rowan sah in die andere Richtung, und der Mann fuhr fort, sein Opfer zu treten.

Thomas stöhnte, und sein Kopf sank ihm auf die Brust. Wie viele Menschen waren hier! Rowan, der auf einem einsamen Bauernhof aufgewachsen war, brach in diesem Gedränge der Schweiß aus, denn alle wollten zum Hafen. Sie wurden von der Menge mitgezogen und hätten weder stehen bleiben noch die Richtung ändern können.

Als Rowan mit seinem Vater durch das große Stadttor trat und die Hauptstraße entlang zum Meer wankte, wurde das Gedränge schier unerträglich. Doch er hatte nur Augen für die hohen Schiffsmasten in der Ferne und hob voller Hoffnung den Kopf.

Es dauerte Stunden, bis sie den Hafen erreicht hatten. Rowan war mehr als einmal gezwungen gewesen zu rasten, sobald er einen freien Treppenabsatz oder auch nur ein Stück Mauer sah, gegen das sie sich lehnen konnten. Ihm war schwindelig, und er war völlig erschöpft, aber der Anblick der Schiffe trieb ihn vorwärts. Der Zustand seines Vaters war wechselhaft, mal schien er hellwach und redete, nur um dann wieder in völlige Apathie zu versinken.

Die Sonne sank. Wieder hatten sie nichts Vernünftiges zu essen bekommen. Sie hatten Mönche getroffen, die hartes Brot und eine Kelle Wasser an die Flüchtlinge verteilten. Rowan hatte ihnen für ihre Nächstenliebe von Herzen gedankt, aber seitdem waren Stunden vergangen. Seine Zunge war immer trockener und schwerfälliger geworden, und sein Vater hatte seitdem kein Wort mehr von sich gegeben. Als die Sonne sich dem Horizont näherte, reihten sie sich in eine Schlange ein, die sich langsam dorthin schob, wo eine Gruppe kräftiger Männer die Laufplanke zu einem Schiff bewachten. Das Abendrot leuchtete golden, als Rowan seinem Vater auf den letzten Schritten half. Er wusste, selbst in dieser armseligen Gesellschaft mussten sie wie Bettler wirken.

Einer der Männer sah auf und musterte die beiden abgemagerten, zerlumpten Vogelscheuchen, die vor ihm standen.

»Namen?«, fragte er.

»Rowan und Thomas Woodchurch«, erwiderte Rowan. »Habt Ihr Platz für uns?«

»Habt Ihr Geld?«, fragte der Mann. Den ganzen Tag hatte er diese Frage gestellt, seine Stimme klang gleichgültig.

»In England haben wir Geld«, sagte Rowan, den bereits der Mut verließ.

Sein Vater, den er mit einem Arm umschlungen hielt, hob den Kopf. Der Matrose zuckte die Schultern und blickte bereits auf den Nächsten hinter ihnen.

»Ich kann leider nichts für euch tun, mein Junge. Morgen oder übermorgen gehen auch noch Schiffe. Eins davon wird euch schon mitnehmen.«

Thomas Woodchurch beugte sich so weit vor, dass er seinen Sohn fast umriss.

»Derry Brewer«, flüsterte er, obwohl es ihn schmerzte, den Namen auszusprechen. »Derry Brewer oder John Gilpin. Sie bürgen für mich. Sie bürgen für jeden Bogenschützen.«

Der Matrose, der gerade die nächste Gruppe vorbeiwinken wollte, hielt inne. Prüfend blickte er auf das Kerbholz, das er in Händen hielt.

»Also schön. In Ordnung, Sir, geht nur an Bord. An Deck ist noch Platz. Dort seid Ihr sicher, solange der Wind nicht zu stark ist. Wir legen bald ab.«

Rowan blieb vor Staunen der Mund offen, als der Mann mit seinem Messer die Kerben für zwei weitere Passagiere in sein Holzscheit schnitt.

»Danke«, sagte er und half seinem Vater über die Laufplanke. Der Matrose hob kurz die Hand zum Gruß. Mit etwas Mühe erstritt Rowan sich an Deck schließlich ein freies Plätzchen nahe am Bug, wo sie sich erleichtert niederlegten und darauf warteten, nach England gebracht zu werden.

20

Derry blickte zum Fenster des Juwelenturms hinaus, um nicht in das unfreundliche Gesicht von William Tresham sehen zu müssen. Auf der anderen Straßenseite sah er den mächtigen Palast von Westminster mit seinem Uhrturm und der berühmten Glocke, die »Edward« genannt wurde. Bewacht von vier Wächtern des Parlaments hatte er den ganzen Morgen hier gesessen, bis es dem Sprecher des Unterhauses endlich gefallen hatte, ihn mit seiner Gegenwart zu beehren.

Derry seufzte und sah hinaus durch das grüne Glas, durch das die ganze Welt verschwommen erschien. In der Westminster Hall würde es jetzt sehr lebhaft zugehen, die Händler würden ihre Geschäfte treiben mit Perücken, Papier, Schreibfedern und allem, was man im Parlament so benötigte, um die Länder des Königreichs zu verwalten. Derry wäre jetzt auch lieber dort draußen gewesen. Der Juwelenturm war von Schutzmauern und einem Burggraben umgeben. Ursprünglich war er zur sicheren Verwahrung der Kronjuwelen König Edwards gebaut worden, aber es genügten nur wenige Wächter, um ihn zu einem ebenso sicheren Verwahrungsort für Menschen zu machen.

Nachdem Tresham hinter dem ausladenden Schreibtisch aus Eiche Platz genommen hatte, räusperte er sich demonstrativ. Widerwillig wandte Derry sich vom Fenster ab, und die beiden Männer starrten sich mit tiefem gegenseitigen Misstrauen an. Der Sprecher des Unterhauses war noch keine fünfzig Jahre alt, doch seit seiner ersten Wahl mit neunzehn Jahren hatte er schon einem Dutzend Parlamente vorgestanden. Tresham befand sich auf der Höhe seiner Macht, und da er für seine Intelligenz bekannt war, musste Derry umso mehr auf der Hut sein. Der Mann sah ihn schweigend an. Seinem kalten Blick entging nichts, weder Derrys schmutzige Stiefel noch sein ausgefranstes Mantelfutter. Es war schwer, unter diesem Blick die Nerven zu behalten.

»Master Brewer«, sagte Tresham schließlich. »Vergebt mir, dass ich Euch so lange habe warten lassen, aber das Parlament ist ein gestrenger Herr, wie man so sagt. Trotzdem will ich Euch nicht länger als nötig aufhalten. Ich darf Euch versichern, dass Ihr mir mit Eurer Gegenwart einen Gefallen erweist, wofür ich Euch danke. Ich kann nur hoffen, dass ich Euch die Wichtigkeit meines Anliegens deutlich machen kann. Ich möchte nicht, dass Ihr den Eindruck bekommt, ich würde einem Diener des Königs kostbare Zeit stehlen.«

Tresham lächelte bei diesen Worten, er wusste sehr wohl, dass Derry von den bewaffneten Soldaten hierhergebracht worden war, die jetzt zwei Stockwerke tiefer die Tür des Turmes bewachten. Der Meisterspion des Königs hatte keine Wahl gehabt, er war auch nicht gewarnt worden, wahrscheinlich weil Tresham gewusst hatte, dass er sich beim ersten Verdacht klammheimlich aus dem Staub gemacht hätte.

Derry blickte den Mann, der da vor ihm saß, finster an. Er wusste, dass Sir William Tresham, ehe er in der Politik Karriere gemacht hatte, als Jurist ausgebildet worden war. Insgeheim beschloss er, sich gegenüber diesem alten Teufel mit dem Pferdegesicht und den kleinen Mäusezähnen äußerst vorsichtig zu verhalten.

Tresham räusperte sich erneut und wühlte in dem Papierstapel, der auf dem Schreibtisch lag.

»Euer Name erscheint in keinem dieser Dokumente, Master Brewer. Dies ist kein Verhör, zumindest, soweit es Euch betrifft. Doch ich hatte gehofft, Ihr würdet mir bei meinen Untersuchungen behilflich sein. Es geht immerhin um eine Anklage wegen Hochverrats. Ich glaube, man könnte sagen, es ist geradezu Eure Pflicht, Sir, meint Ihr nicht?«

Tresham zog seine buschigen Augenbrauen in die Höhe und wartete auf einen Kommentar. Derry knirschte mit den Zähnen, blieb aber stumm. Sollte der Ältere ruhig erst mal preisgeben, was er wusste. Als Tresham ihn nun seinerseits anstarrte, wurde Derrys Geduld auf eine fast unerträgliche Probe gestellt.

»Wenn das alles ist, Sir William, dann mache ich mich lieber wieder an meine Arbeit. Wie Ihr sagt, stehe ich in Diensten des Königs und sollte deshalb nicht länger hier festgehalten werden. Ich habe wirklich Wichtigeres zu tun.«

»Master Brewer, es steht Euch jederzeit frei, zu gehen …«

Sofort wandte Derry sich zur Tür, aber Tresham hob warnend einen knochigen Finger.

»*Aber* … tja, Master Brewer, es gibt doch immer ein ›Aber‹, nicht wahr? Ich habe Euch rufen lassen, damit Ihr mir bei meinen ganz legitimen Untersuchungen behilflich seid. Wenn Ihr geht, muss ich annehmen, Ihr seid einer von den Männern, die ich suche! Ein Unschuldiger würde doch sicher nicht vor mir davonlaufen.«

Derry fluchte innerlich. Es war eine Illusion zu glauben, er könne einfach fortgehen, denn unten standen ja Wachen, die ihn aufgehalten hätten. Er wandte sich um.

»Ihr sucht einen Sündenbock, Sir William. Ihr könnt König Henry nicht in diese falsche Anklage wegen Hochverrats verwickeln, deshalb sucht Ihr einen anderen, den Ihr zum Vergnügen des Londoner Pöbels hängen und vierteilen lassen könnt. Ihr macht mir nicht vor, Sir William. Ich kenne Eure Absichten!«

Der Ältere lehnte sich zurück. Seine verschränkten Hände ruhten auf den Knöpfen seines alten Mantels, er sah an die Decke.

»Sehr schön. Ich kann also offen mit Euch sprechen. Das überrascht mich nicht, nach allem, was ich über Euren Einfluss bei Hofe gehört habe. Ihr seid nur ein Diener des Königs, doch Eure Dienste erstrecken sich über einen weiten Bereich und sind, wie ich gehört habe, erstaunlich vielfältig. Nun, Ihr wisst, worum es dem Parlament geht. Wer immer für die Katastrophe in Frankreich verantwortlich ist, muss zur Rechenschaft gezogen werden. Maine, Anjou und jetzt auch die Normandie sind verloren. Nein, sie wurden ihren rechtmäßigen Eigentümern entrissen, mit Feuer, Schwert und Blutvergießen! Es versteht sich von selbst, dass jemand für diese verfehlte Politik, für dieses Chaos bezahlen muss.«

Derry merkte, in welche Ecke dieser Mann ihn manövrieren wollte. Er hob eine Hand, um Einspruch anzumelden.

»Die französische Hochzeit war ein Wunsch des Königs, und die Bedingungen sind bis auf den letzten Federstrich mit Seiner Majestät ausgehandelt worden. Alles trägt das königliche Siegel, Sir William. Wollt Ihr derjenige sein, der jetzt den König anklagt? Dann wünsche ich Euch viel Glück. Ich denke, die königliche Zustimmung genügt als Immunität angesichts der Ereignisse, die Ihr erwähnt. Ich streite nicht ab, dass Gebiete verloren gegangen sind, und ich trauere um jeden Hof und jedes Stück Land, aber diese Suche nach einem Schuldigen, einem Sündenbock, ist für einen Sprecher des

Parlaments unter seiner Würde. Sir William, es gibt Zeiten, in denen England triumphiert, und Zeiten, in denen es, sagen wir, das Nachsehen hat. Wir müssen es ertragen und weitermachen. Es steht uns nicht an, den Zeigefinger zu erheben und zu sagen: ›*Dies* hätte nicht passieren dürfen, und *das* hätte man nicht zulassen dürfen.‹ Das ist die Sichtweise von Menschen, die nur zurückblicken, Sir William. Für uns aber, die nach vorn blicken, ist das, als gingen wir mit verbundenen Augen in ein dunkles Zimmer. Man kann im Nachhinein nicht jedes Stolpern und jeden Fehltritt unter die Lupe nehmen, und man sollte es auch nicht.«

Sir William Tresham schien Derrys Rede amüsant zu finden. Der alte Rechtsgelehrte löste seinen Blick von der Decke, und Derry hatte das Gefühl, als schauten ihm diese Augen, die viel zu viel sahen und verstanden, auf den Grund seiner Seele.

»Nach Eurer Argumentation, Master Brewer, dürfte keine Untat eine Strafe nach sich ziehen! Wenn es nach Euch ginge, müssten wir mit den Schultern zucken und jeden Misserfolg als Schicksal hinnehmen. Es ist eine interessante Ansicht, und ich muss zugeben, auch ein interessanter Einblick in Eure Denkweise. Fast wünschte ich mir, die Welt wäre wirklich so, Master Brewer. Aber leider ist sie es nicht. Diejenigen, die den Ruin und den Tod von Tausenden auf dem Gewissen haben, müssen zur Rechenschaft gezogen werden. Es muss eine Gerechtigkeit geben, und sie muss sichtbar sein!«

Derry ballte die Fäuste. Er wagte kaum zu atmen.

»Und der königliche Schutz?«, fragte er mit gepresster Stimme.

»Nun, auch der hat eine begrenzte Reichweite, Master Brewer. Wenn Unruhen und feige Morde sich im Land ausbreiten, dann denke ich, dass selbst der Schutz eines Königs seine Grenzen hat. Glaubt Ihr wirklich, dass diejenigen, die dafür verantwortlich sind, ungestraft davonkommen sollten? Für den Verlust unserer Gebiete in Frankreich? Für das Töten von Adligen? Wenn ja, dann sind wir allerdings ganz verschiedener Ansicht.«

Derry kniff die Augen zusammen und wunderte sich wieder darüber, dass man ihn ausgerechnet zu diesem Zeitpunkt nach Westminster gebracht hatte.

»Aber wenn mein Name nirgendwo in Euren Dokumenten erscheint, warum bin ich dann hier?«, fragte er.

Es irritierte ihn, dass Tresham leise lachte.

»Ich bin überrascht, dass Ihr diese Frage nicht früher gestellt habt, Master Brewer. Ein misstrauischer Mensch könnte es als Schuldeingeständnis werten, dass Ihr so lange damit gewartet habt.«

Tresham stand auf und sah nun seinerseits aus dem Fenster. Die große Glocke dicht am Fluss schlug zweimal und ließ alle wissen, dass es zwei Uhr nachmittags war. Tresham verschränkte die Hände auf dem Rücken, als halte er seinen Jurastudenten eine Vorlesung, und bei so viel entnervender Selbstsicherheit verließ Derry der Mut.

»Ihr seid ein interessanter Mann, Master Brewer. Ihr habt vor sechzehn Jahren als Soldat des Königs in Frankreich gekämpft, mit Auszeichnung, wie ich gehört habe. Danach wurdet Ihr Verbindungsmann und Informant für den alten Saul Bertleman. Eine riskante Arbeit, Master Brewer! Ich habe sogar Gerüchte gehört, dass Ihr Euch in den Armenvierteln mit Kampfsport beschäftigt habt, als suchtet Ihr bewusst Gewalt und Gefahr. Wusstet Ihr, dass ich Saul Bertleman viele Jahre kannte? Ich würde nicht gerade sagen, dass wir Freunde waren, aber ich bewunderte ihn für die große Zuverlässigkeit der Informationen, die er lieferte. Doch das, was ich am meisten an ihm bewunderte, war seine große Vorsicht. Euer Vorgänger war ein vorsichtiger Mann, Master Brewer. Und warum ein so vorsichtiger Mensch jemanden wie *Euch* zu seinem Nachfolger machen sollte, ist mir schleierhaft.«

Tresham schwieg, um die Wirkung seiner Worte abzuwarten. Seine Freude darüber, dass sein Zuhörer ihm nicht entfliehen konnte, war ihm deutlich anzusehen, aber Derry konnte nichts machen, er musste es ertragen.

»Vermutlich sah er in mir etwas, das Ihr nicht seht«, erwiderte Derry. »Oder vielleicht kanntet Ihr ihn doch nicht so gut, wie Ihr dachtet.«

»Ja, das ist möglich«, sagte Tresham, doch man merkte ihm an, dass er nicht davon überzeugt war. »Vom ersten Moment an, als ich anfing, mich mit diesem Wirrwarr zu beschäftigen, mit diesem unsäglichen Sumpf aus Eitelkeiten, Absprachen und Arroganz, wurde immer wieder Euer Name erwähnt. Ehrliche Menschen wagen es nur, ihn hinter vorgehaltener Hand zu flüstern, Master Brewer, als fürchteten sie, dass Ihr erfahren könntet, dass sie mit mir gesprochen haben. Wie immer die Wahrheit über Eure Beteiligung an dieser Sache ist, es schien mir vernünftig, Euch hier in Sicherheit zu wissen, solange meine Männer unterwegs sind, um einen Eurer Freunde festzunehmen.«

Derry zuckte unwillkürlich zusammen. Er öffnete den Mund, aber es kamen keine Worte heraus. Tresham konnte seine Befriedigung kaum verbergen, als er lächelnd auf die Turmuhr sah.

»Lord Suffolk müsste heute in Portsmouth eintreffen, Master Brewer, während das klägliche Häuflein, das von seiner Armee noch übrig ist, sich in Calais die Wunden leckt. Die Berichte klingen nicht gut, aber ich denke, das brauche ich *Euch* nicht zu erzählen.«

Tresham gestikulierte in Richtung der Papiere auf dem Schreibtisch und zog in gespieltem Bedauern die Mundwinkel herab.

»Euer Name wird dort vielleicht nicht erwähnt, Master Brewer, aber der von William de la Pole, Lord Suffolk, erscheint in fast jedem dieser Dokumente. Und Ihr fragt, warum Ihr hier seid? Es waren diese Flüsterstimmen, Master Brewer. Sie warnten mich, dass, wenn ich meine Netze auslege, ich erst sicherstellen müsse, dass Ihr sie nicht zerschneiden könnt. Ich denke, diese Bedingung ist jetzt erfüllt. Ihr könnt gehen, es sei denn, Ihr habt noch Fragen. Nein? Dann nennt den Wachen unten das Losungswort – ›Fischer‹.« Tresham lachte leise. »Kleiner Scherz meinerseits … Wie auch immer, wenn Ihr ihnen dieses Wort sagt, werden sie Euch passieren lassen.«

Die letzten Worte gingen ins Leere, denn Derry polterte bereits die Treppe hinab. Er hatte einen halben Tag verloren, weil Tresham ihn hier festgehalten hatte. Seine Gedanken überschlugen sich, als er über die Straße lief, an der Vorderfront des Palastes entlang und direkt hinunter zu den Fährbooten am Fluss. Der Tower von London war drei Meilen entfernt, hinter der Biegung der Themse. Dort hatte er Männer, die er auf schnellen Pferden an die Küste schicken konnte. Im Rennen lachte er nervös vor sich hin, seine Augen strahlten. William Tresham war ein gefährlicher Feind, daran gab es keinen Zweifel. Doch trotz all seiner Schlauheit war Tresham ein Fehler unterlaufen. William de la Pole war nicht auf dem Weg nach Portsmouth, das zwei Tagesritte im Südwesten von London lag. Er war auf dem Weg nach Folkestone in Kent, und das wusste niemand außer ihm, Derry.

Atemlos erreichte er den Landesteg, wo Tag und Nacht Barken für die Mitglieder des Parlaments bereitlagen. Derry drängte sich an einem alten Mann vorbei, dem der Fuhrmann gerade ins Boot helfen wollte. Er sprang in das schmale Boot, und der Fährmann fluchte, weil er es so stark zum Schwanken brachte, dass es fast umgeschlagen wäre.

»Bring mich zum Tower«, befahl er dem Fährmann, der noch immer laut schimpfte. »Einen Goldnobel für dich, wenn du ruderst, als sei der Teufel hinter dir her.«

Der Mann machte den Mund zu. Er ließ den alten Mann stehen, grüßte respektvoll und sprang ins Boot, das im nächsten Moment auf das dunkle Wasser hinausschoss.

»Verdammt, ich hasse es, in Nebel und Regen zu kämpfen«, sagte Jack Cade, während sie marschierten. »Die Hände sind rutschig, die Füße finden keinen Halt, die Bogensehne fängt an zu faulen, und den Feind kannst du auch nicht sehen, bis er vor deiner Nase steht.«

Paddy, der geduckt und frierend hinter ihm ging, gab ein zustimmendes Knurren von sich. Doch trotz Jacks Ärger über den Regen fand er, dass dieses Wetter doch auch sein Gutes hatte. Der Sheriff von Kent verfügte bestimmt nicht über viele Bogenschützen. Das waren wertvolle Kämpfer, und wer mit dem Langbogen umgehen konnte, war jetzt in Frankreich, wo man besser verdiente – oder, wenn man Pech hatte, abgeschlachtet wurde. Und die Offiziere des Königs hier in Kent verfügten allenfalls über ein Dutzend Armbrustschützen. Doch bei diesem Regen dehnten sich die Sehnen so stark, dass ihre Reichweite verringert war.

Aber Grund zu übertriebener Zuversicht bestand in der Tat nicht. Paddy neigte ohnehin dazu, immer alles in düsteren Farben zu sehen. »Glück« war für ihn irgendwie gegen die Ordnung der Natur. Und trotzdem waren sie seit Maidstone fast ohne Zwischenfall durch Kent marschiert. Der Sheriff, den sie gesucht hatten, war nicht in seinem Amtsgebäude gewesen. Cades Männer hatten in der Nähe des Gefängnisses nur ein paar seiner Vögte aufgegriffen und sich die Zeit damit vertrieben, sie aufzuhängen, ehe sie die Gefangenen freiließen und das Gefängnis niederbrannten. Seitdem waren sie völlig unbehelligt dahingezogen, nirgendwo hatten sich auch nur aus der Ferne königliche Soldaten blicken lassen. Und mit jedem friedlichen Tag war Paddy das Herz tiefer in die Hose gerutscht. Es war ja alles schön und gut, bei Tag mit Sensen und Dreschflegeln zu üben statt mit richtigen Waffen, aber er war sicher, dass die Stunde der Wahrheit schon bald für sie schlagen würde. Der König und seine Lords konnten es nicht hinnehmen, dass sie hier durchs Land zogen und mordeten, plünderten und brandschatzten. Lediglich der Gedanke, dass sie nicht allein waren, hielt Paddys Moral aufrecht. Sie hatten von London und von anderen Grafschaften gehört, wo es ebenfalls zu Aufständen gekommen war als unmittelbare Reaktion auf die Ereignisse in Frankreich. Paddy betete jeden Abend darum, dass die Soldaten des Königs woanders beschäftigt waren. Aber tief im Inneren wusste er, sie würden kommen. Es waren berauschende Wochen gewesen, hier, mit den kentischen Freibauern, aber er war sich sicher, es würde ein schlimmes Ende nehmen, und das Wetter passte zu seiner Stimmung.

Der Regen war in ein hartnäckiges Nieseln übergegangen, und es herrschte dichter Nebel, als sie ganz in der Nähe eine hohe Stimme rufen hörten. Jack hatte darauf bestanden, Späher vorauszuschicken, aber sie hatten nur gestohlene Ackergäule zum Reiten. Einer dieser Freiwilligen war ein kleiner, drahtiger Schotte namens James Tanter, und beim Anblick des kleinen Mannes, der auf diesem riesigen Pferd hockte, hatte Paddy Tränen gelacht. Doch jetzt erkannten sie ihn an seinem schweren Akzent, als er sie mit lauter Stimme warnte.

Sofort brüllte Jack den Befehl, die Waffen bereitzuhalten. Tanter mochte vielleicht ein kleiner räudiger Haggis-Fresser sein, wie Jack ihn nannte, aber er war kein Mann, der viel Geschrei um nichts machte.

Möglichst leise marschierten sie weiter. Sie starrten in den grauen Dunst und versuchten, etwas zu erkennen, das nach einem Feind aussah. Doch vergeblich. Alle Geräusche waren gedämpft, aber sie hörten nur wieder Tanter fluchen. Sein Pferd wieherte. Und dann war in großer Entfernung ein Lärmen zu vernehmen.

»Gott helfe uns, da sind sie!«, sagte Jack, und seine Stimme schwoll zum Gebrüll an. »Seht ihr sie? Dann bringt sie um! Zahlt es ihnen heim, was sie euch angetan haben. Angriff!«

Im zähen Schlamm verfielen die Männer in eine Art schwerfälligen Trab, und die hinteren sahen ihre Kameraden an der Spitze im Nebel verschwinden. Man konnte nicht weiter als dreißig Schritt sehen, aber für Jack Cade und Paddy füllte sich dieser Sichtbereich mit Soldaten, die über gute Schwerter und Rüstungen verfügten. Auch sie waren von Tanters verzweifelten Rufen aufgeschreckt worden, aber bei den Trupps des Sheriffs ging es nicht sehr geordnet zu. Einige der Soldaten blieben wie angewurzelt stehen, als Cades Männer plötzlich wie Gespenster vor ihnen im Nebel auftauchten.

Mit lautem Gebrüll stürmte Cade los, die Holzaxt hoch über seinen Kopf erhoben. Er war einer der Ersten, die die Soldaten des Sheriffs erreichten, und er versenkte seine breite Klinge im Kopf des ersten Mannes, der ihm gegenüberstand. Der Schlag grub sich tief in den Kettenpanzer, und die Klinge blieb stecken, sodass er sie durch Hin- und Herbewegen mühsam lockern musste und sich dabei mit Blut und Hirnmasse bespritzte. Rings um ihn griffen seine Männer ebenfalls an. Rob Ecclestone trug keinerlei Rüstung und hatte nur sein Rasiermesser, aber er richtete ein wahres Blutbad damit an. Eine schnelle Bewegung, quasi im Vorbeigehen, und die Männer griffen sich röchelnd an den Hals. Paddy hatte ein großes Messer mit einer sichelförmigen Klinge, die er flach vor sich hielt. Damit umfasste er die Köpfe und zog mit einem Ruck, sodass die Klinge biss. Die anderen, zum größten Teil Männer aus Kent, waren voller Wut, seit sie aus Frankreich vertrieben worden waren. Aber noch wütender waren sie auf die englischen Lords, die nichts dagegen unternommen hatten. Hier, auf diesem schlammigen Feld in der Nähe von Sevenoaks, hatten sie endlich die Gelegenheit, sich zu rächen, und gegen ihren unbarmherzigen Rachedurst verblassten sogar Jacks feurige Ansprachen, als sie sich jetzt mit ihren schweren Ackergeräten auf die Soldaten stürzten.

Jack taumelte, er spürte einen dumpfen Schmerz im Bein und fluchte laut. Er wagte nicht hinzusehen, weil er nicht riskieren wollte, dass ihm jemand den Schädel spaltete. Er war sich nicht einmal sicher, dass er verletzt worden war, und hatte auch nicht bemerkt, dass ihn etwas getroffen hatte, aber das verdammte Bein gab unter ihm nach. Er humpelte mühsam weiter und schwang seine Axt, aber trotz aller Anstrengung fiel er immer weiter zurück, während die Schlacht sich vor ihm herwälzte.

Er stieg über die Toten und machte einen vorsichtigen Bogen um die schreienden Verletzten. Bald schien er hoffnungslos weit von den anderen entfernt zu sein, allein im strömenden Regen, der das Blut von seiner Axt abwusch und ihm Arme und Brust rot färbte. In diesem Nebel dauerte es eine ganze Weile, bis er begriffen hatte, dass ihm niemand mehr entgegenkam. Der Sheriff hatte vierhundert bewaffnete Männer geschickt, eine ansehnliche Armee unter diesen Umständen. Sie hätte völlig ausgereicht, um einen Bauernaufstand niederzuschlagen – aber nicht diese fünftausend Mann, bewaffnet und rasend vor Wut. Die Soldaten hatten auch einige von Cades Freibauern niedergemetzelt, aber in Regen und Nebel hatten beide Seiten nicht sehen können, wie viele Männer ihnen gegenüberstanden, und schließlich waren keine Soldaten mehr übrig, die man hätte töten können.

An Jacks Stiefelsohlen klebte so viel Dreck, dass er das Gefühl hatte, als sei er mindestens einen Fuß größer. Er keuchte und war schweißgebadet, wodurch er noch mehr Gestank verbreitete. Und noch immer kam niemand. Langsam breitete sich ein Grinsen auf seinem Gesicht aus.

»War's das?«, rief er. »Sieht jemand noch welche von ihnen? Mein Gott, die können doch nicht schon alle erledigt sein? Rob?«

»Hier lebt niemand mehr«, rief sein Freund von irgendwo aus dem Nichts.

Jack wandte sich der Stimme zu und sah Ecclestone allein im Nebel stehen, und jetzt wichen selbst die kentischen Freibauern vor ihm zurück. Er war völlig mit dem Blut seiner

Opfer besudelt, eine rote Gestalt im wabernden Dunst. Jack erschauerte, es lief ihm kalt über den Rücken.

»Hatte der Sheriff nicht ein weißes Pferd auf seinem Schild?«, rief Paddy von irgendwo auf der linken Seite.

»Habe ich gehört, obwohl er kein Recht dazu hatte.«

»Dann ist er das hier.«

»Lebt er?«, fragte Jack voller Hoffnung.

»Wenn er noch lebte, würde er sich die Seele aus dem Leib brüllen mit dieser Wunde. Nein, er ist tot, Jack.«

»Nimm seinen Kopf. Wir stecken ihn auf eine Stange.«

»Ich schneide ihm nicht den Kopf ab, Jack!«, erwiderte Paddy. »Binde den Schild an deine verdammte Stange. Das ist doch das kentische Pferd, oder? Das ist ebenso gut.«

Jack seufzte, er musste wieder einmal daran denken, dass dieser Ire für einen Mann mit seiner Vergangenheit schon ziemlich merkwürdige Skrupel hatte.

»Der Kopf ist eine bessere Botschaft, Paddy. Wenn du es nicht tun willst, tu ich es eben selbst. Such du eine gute Stange und spitze sie an. Und den Schild nehmen wir natürlich auch mit.«

Allmählich begriff auch seine heruntergekommene Armee, dass es keinen Feind mehr zu bekämpfen gab, und hier und da ertönten Jubelrufe, die auf den nebligen Feldern gespenstisch und dünn klangen. Jack musste über Dutzende von Toten steigen, um zu Paddy zu gelangen. Er sah hinunter auf das bleiche Gesicht des Sheriffs, den er nie kennengelernt hatte, dann hob er seine Axt und ließ sie voller Befriedigung niedersausen.

»Und jetzt, Jack?«, fragte Paddy etwas ratlos und blickte auf die Leichen, die überall herumlagen und deren Blut sich unter den Stiefeln der Männer mit Regenwasser und Schlamm vermischte.

»Wir hatten es hier ganz offensichtlich mit einer richtigen Armee zu tun«, sagte Jack, »einer Armee, die schon einiges eingesteckt hat, sich aber bisher halten konnte. Hier können wir uns jetzt mit Schwertern, Rüstungen und Schilden eindecken.«

Paddy sah auf die kopflose Gestalt des Sheriffs von Kent. Bis gestern noch war der Sheriff ein Mann gewesen, der im ganzen Land gefürchtet war. Der Ire sah Jack eindringlich an, als ihm dämmerte, was Jack im Sinne hatte.

»Du denkst doch nicht etwa an London? Ich dachte, das hast du nur gesagt, um Stimmung zu machen. Aber das ist doch etwas ganz anderes, als ein paar Hundert Leute des Sheriffs zu erledigen, Jack!«

»Na ja, aber immerhin haben wir es geschafft, oder? Warum nicht auch London, Paddy? Wir sind nur dreißig oder vierzig Meilen entfernt, und wir haben eine Armee. Wir schicken ein paar Jungs voraus, die sollen die Lage sondieren und herausfinden, wie viele Soldaten sie dort auf den Barrikaden haben. Ich sage dir, eine solche Chance bekommen wir nie wieder. Wir werden die Gerichte in Schutt und Asche legen und die Richter aufknüpfen, so wie sie meinen Sohn aufgeknüpft haben. Meinen Jungen, Paddy! Denkst du wirklich, ich bin schon fertig? Wir werden ihnen eine Axt an die Kehle halten und sie zwingen, die Gesetze zu ändern, nach denen sie meinen Jungen verurteilt haben. Ich mache dich zu einem freien Mann, Paddy Moran. Ach was – zu einem verdammten Earl werde ich dich machen!«

William de la Pole ging humpelnd vom Schiff hinunter, er spürte seine blauen Flecken und sein Alter. Alles tat ihm weh, obwohl er nicht verwundet worden war. Er erinnerte sich daran, dass er einst den ganzen Tag kämpfen konnte und dann geschlafen hatte wie tot, nur um am nächsten Tag aufzustehen und weiterzukämpfen. Damals hatten ihm seine Gelenke nicht wehgetan, auch hatte er nicht bei jeder Bewegung des rechten Armes dieses messerscharfe Stechen in der Schulter gespürt. Er erinnerte sich auch, wie nach einem Sieg die ganze Anstrengung immer wie weggeblasen war. Irgendwie half es, wenn der Feind tot war oder floh, der Schmerz ließ nach, und die Wunden schienen schneller zu heilen.

Er schüttelte den Kopf, als er auf dem Kai stand und auf das Fischerstädtchen Folkestone blickte, das grau und kalt im Seewind vor ihm lag. Es war weitaus schwerer, wenn man der Unterlegene war. *Alles* war schwerer.

Die Ankunft seines Schiffes war bei den Fischern nicht unbemerkt geblieben. Sie liefen in kleinen Gruppen auf den schlammigen Straßen zusammen, und es dauerte nicht lange, bis sein Name von Mund zu Mund ging. William sah, wie zornig sie waren, und er verstand sie. In ihren Augen war er verantwortlich für die Katastrophe jenseits des Kanals. Er konnte es ihnen nicht verübeln, im Grunde teilte er ihre Meinung.

Im kalten Morgenlicht trieb Seenebel über dem Wasser. William konnte Frankreich nicht sehen, doch er hatte das Gefühl, als läge die Festung von Calais nur ein paar Schritte entfernt. Sie war alles, was noch übrig war, die letzte englische Bastion in Frankreich, außer etwas Ödland in der Gascogne, die sich kein Jahr mehr halten würde. Er war gekommen, um Schiffe für die Verwundeten zu beschaffen, aber auch, um seine traurige Pflicht zu erfüllen und dem König vom Sieg der Franzosen zu berichten. Bei dem Gedanken rieb William sich das Gesicht, er spürte die Bartstoppeln, aber auch die Kälte. Überall flogen Möwen, sie trieben im Wind und stießen herab, und der kalte Wind drang ihm durch die Kleider, als er da am Wasser stand. Er sah Fischer, die auf ihn zeigten, und er wandte sich an die kleine Gruppe von sechs Wachen, die er mitgebracht hatte und die alle genauso müde und abgekämpft waren wie er selbst.

»Drei von Euch können die Pferde aus dem Frachtraum holen. Ihr anderen, bleibt mit euren Händen am Schwert. Ich bin heute nicht in Stimmung, um mit aufgebrachten Männern zu diskutieren.«

Unterdessen hatte sich die kleine Gruppe der Einheimischen bereits vergrößert. Die Männer waren aus den Wirtshäusern und Läden herausgekommen, da sie gehört hatten, dass Lord Suffolk in der Stadt angekommen war. Es waren viele darunter, die selbst erst vor Kurzem aus Frankreich eingetroffen waren und dageblieben waren, weil sie kein Geld hatten, um weiterzureisen. Sie sahen wie Bettler aus, zu denen sie ja auch geworden waren, abgerissen und schmutzig. Sie gestikulierten mit ihren mageren Armen, und die Stimmung wurde von Minute zu Minute gereizter. Williams Wachen sahen sich ratlos an. Einer rief den anderen zu, sie sollten sich gefälligst im Frachtraum etwas beeilen, die beiden anderen umklammerten ihre Schwertgriffe und hofften inständig, sie würden jetzt, nachdem sie den Krieg in Frankreich überlebt hatten, nicht noch hier in diesem englischen Hafen umgebracht werden.

Es dauerte eine Weile, ehe man die hölzernen Koben im Frachtraum des Schiffes abgebaut hatte, dann verband man den Pferden die Augen und führte sie vom Schiff über die schmale Laufplanke auf den Kai. Williams Männer wurden ruhiger, als die Tiere gesattelt und bereit zum Aufbruch waren.

Hinter den Fischern kam ein Mann aus einem Wirtshaus gerannt, schnell drängte er sich durch die Menge und lief geradewegs auf den Kai zu. Zwei der Wachen zogen ihre Schwerter, als er auf sie zukam, aber der Mann blieb abrupt stehen und hielt seine leeren Hände hoch.

»Pax, Leute, Pax! Ich bin nicht bewaffnet. Lord Suffolk?«

»Der bin ich«, sagte William argwöhnisch.

Der Mann atmete erleichtert auf.

»Ich habe Euch schon vor zwei Tagen erwartet, Mylord.«

»Ich bin aufgehalten worden«, erwiderte William missmutig.

Sein Rückzug nach Calais war eine der schlimmsten Erfahrungen seines Lebens gewesen, denn sie waren bis zuletzt von rachedurstigen französischen Pikenieren verfolgt worden. Die Hälfte seiner Armee war abgeschlachtet worden, aber seine Bogenschützen hatte er nicht im Stich gelassen, auch nicht, als es so aussah, als würden sie es nicht mehr bis zur Festung schaffen. Einige hatten sich reiterlose Pferde geschnappt, andere hatten sich an den Steigbügeln festgehalten und waren nebenhergelaufen. Trotz seiner Niederlage erfüllte es William mit Genugtuung, dass er sie nicht zurückgelassen hatte, um von triumphierenden französischen Rittern gefoltert und umgebracht zu werden.

»Ich habe eine Nachricht, Mylord, von Derihew Brewer.«

William schloss einen Moment die Augen und rieb sich den Nasenrücken.

»Dann gib her.« Als der Mann nicht reagierte, öffnete William seine blutunterlaufenen Augen und sah ihn unwillig an. »Was ist?«

»Mylord, ich soll Euch die Nachricht mündlich übermitteln, aber ich glaube, es ist sehr persönlich.«

»Ach, sprich schon!«, entgegnete William gereizt.

»Ich soll Euch warnen, Mylord. In London wartet eine Anklage wegen Hochverrats auf Euch, Mylord. Sir William Tresham hat Leute nach Portsmouth geschickt, um Euch festzunehmen. Die Botschaft lautet: ›Es ist Zeit zu verschwinden, William Pole.‹ Es tut mir leid, Mylord, aber das ist der exakte Wortlaut.«

William wandte sich zu seinem Pferd um und kontrollierte mit mürrischem Gesicht den Bauchgurt, er gab dem Tier einen Klaps auf die Hinterhand und zog ihn sorgfältig fest. Der Bote und die Wachen standen da und warteten darauf, dass er etwas sagte, aber er setzte den Fuß in den Steigbügel und saß auf. Er blickte auf die Menschenmenge, in der bisher niemand gewagt hatte, ihm zu nahe zu kommen. Er legte die Scheide seines Schwerts ordentlich neben sein Bein und ergriff die Zügel, ehe er auf seine Wachen hinunterblickte.

»Was ist?«, wollte er wissen.

Die Wachen sahen ihn ratlos an. Der Mann, der ihm am nächsten stand, räusperte sich.

»Wir hätten gern gewusst, was Ihr nun zu tun gedenkt, Mylord Suffolk. Das ist eine ernste Sache, Mylord.«

»Ich beabsichtige, meinen Auftrag zu erfüllen!«, sagte William knapp. »Ich werde nach London zurückkehren. Und jetzt sitzt auf, ehe diese Fischer hier auf dumme Gedanken kommen.«

Der Bote stand mit offenem Mund da, aber William ignorierte ihn. William reckte das Kinn vor. Er würde sich nicht wie ein Feigling in die Flucht schlagen lassen. Er saß sehr aufrecht, als er im gemächlichen Trott gefolgt von seinen Männern an den Fischern vorbeiritt. Es flogen einige Steine, aber keiner davon traf.

Thomas Woodchurch sah den Duke von Suffolk vorbeireiten. Schon früher einmal hatte er William de la Pole gesehen und kannte sein eisengraues Haar und die stolze aufrechte Haltung. Doch der Lord war jetzt nur noch ein Schatten seiner selbst, ausgezehrt und blass. Thomas zog die Brauen zusammen, als ein Dummkopf einen Stein warf. Die Fischer in seiner Nähe, die alles beobachtet hatten, bemerkten sein ärgerliches Gesicht.

»Mach dir nichts draus, Junge«, rief einer. »Der alte Jack Cade wird es ihm schon zeigen, so wahr mir Gott helfe!«

Thomas fuhr herum und sah den Sprecher an, einen grauhaarigen alten Mann, dessen knochige Hände und Arme mit weißen Narben übersät waren.

»Jack *Cade?*«, wiederholte er ungläubig und kam einen Schritt näher.

»Der, der die Armee der Freibauern anführt. Die werden's dem vornehmen Herrn schon zeigen. Immer noch so hochnäsig wie eh und je, während brave Leute verhungern.«

»Wer ist Jack Cade?«, fragte Rowan.

Sein Vater überhörte die Frage, stattdessen packte er den Bootsmann bei der Schulter.

»Was meinst du damit, eine Armee? Jack Cade aus Kent? Ich kannte mal jemanden, der so hieß.«

Der Bootsmann zog die buschigen Augenbrauen hoch und grinste mit seinen letzten zwei Zähnen.

»Wir haben gesehen, wie ein paar angekommen und zu ihm gestoßen sind, letzten Monat oder so. Wir müssen ja fischen, Junge, aber wenn du Lust hast, ein paar Köpfe einzuschlagen, Jack Cade würde dich bestimmt nehmen.«

»Wo ist er?«, wollte Thomas wissen und packte den Mann fester, der sich seinem Griff entwinden wollte.

»Der ist wie ein Gespenst, Junge. Wenn er nicht entdeckt werden will, dann findest du ihn auch nicht. Geh nach Westen und dann nach Norden, das ist alles, was ich weiß. Er ist irgendwo dort oben in den Wäldern und bringt die Vögte und die Büttel vom Sheriff um.«

Thomas schluckte. Die Wunde an seiner Hüfte tat noch immer weh, die Heilung machte nur langsame Fortschritte, weil sie hungerten und die Nächte bei Wind und Regen an der Küste verbrachten. Er und Rowan hatten sich von Fischabfällen ernährt, die sie über Feuern aus Treibholz garten, und von dem, was sie sonst noch finden konnten. Er hatte nicht einmal genug Geld, um seiner Frau und seinen Töchtern einen Brief zu schicken – und wenn er es gehabt hätte, dann hätte er dafür etwas zu essen gekauft. Seine Augen glänzten, als hätte er wieder Fieber.

»Dieser Bote, Rowan. Der war doch mit einem Pferd gekommen, nicht wahr?«

Rowan machte den Mund auf und wollte antworten, aber sein Vater hatte bereits den Weg zum Wirtshaus eingeschlagen, von wo der Mann gekommen war. Thomas musste dem Stalljungen erst eine Ohrfeige geben, damit er ihm das Pferd holte. Er und sein Sohn waren halb verhungert, das Pferd dagegen gut mit Hafer gefüttert, es konnte sie beide mühelos tragen. Sie ritten an dem sprachlosen Boten vorbei, als der etwas später ins Wirtshaus zurückkehrte. Die Fischer lachten sich kaputt über das Gesicht des Mannes, als er sein Pferd davontraben sah, sie klatschten sich auf die Schenkel und hielten sich aneinander fest, um nicht vor Lachen umzufallen.

21

Derry erwachte in seinem Gemach im Weißen Turm und packte instinktiv die Hand, die ihn an der Schulter berührt hatte. Er war noch nicht ganz bei sich, aber er hielt seinem schockierten Diener die Klinge so dicht vors Gesicht, dass sie eine Linie auf dessen Wange hinterließ. Er hatte so blitzschnell reagiert, dass er einen Moment brauchte, um zu begreifen, dass er von niemandem bedroht wurde, worauf er das Messer mit einer gemurmelten Entschuldigung wegsteckte. Mit zitternden Händen entzündete der Diener eine Kerze und stellte den Glaszylinder darüber, damit sich das Licht besser verbreitete.

»Tut mir leid, Hallerton, ich bin zurzeit etwas … angespannt. Überall sehe ich Mörder.«

»Ich verstehe, Sir«, erwiderte Hallerton, der noch immer blass vor Schreck war. »Aber Ihr sagtet, ich solle sofort zu Euch kommen, wenn es Nachricht von Lord Suffolk gibt …«

Der ältere Mann verstummte, als Derry die Beine aus dem Bett schwang und aufstand. Er war vollständig angezogen, denn er hatte sich vor einigen Stunden einfach aufs Bett geworfen und war eingeschlafen.

»Und? Nun sag schon, Mann. Was für Neuigkeiten?«

»Er wurde festgenommen, Sir. Von Kardinal Beauforts Leuten, als er sich im Parlament melden wollte.«

Derry sah ihn an, er war noch immer nicht ganz wach.

»Um Gottes willen! Ich habe ihn doch gewarnt, Hallerton! Was zum Henker hat er sich bloß dabei gedacht, nach London zu kommen?« Er rieb sich das Gesicht und starrte vor sich hin. Er dachte er fieberhaft nach. »Weiß man, wo sie ihn hingebracht haben?«

Sein Diener schüttelte den Kopf, und Derry runzelte die Stirn.

»Bring mir eine Schüssel Wasser und den Topf.«

»Sehr wohl, Sir. Möchtet Ihr, dass ich Euch rasiere?«

»So wie deine Hände zittern? Nein, lieber nicht. Ich rasiere mich selbst, damit ich ordentlich aussehe, wenn ich vor Tresham erscheine. Schick einen Boten nach Westminster, er soll meinen Besuch ankündigen. Bestimmt ist die alte Spinne schon auf und eifrig bei der Arbeit. Es ist doch noch Morgen?«

»Ganz recht, Sir«, erwiderte Hallerton, der unter dem Bett den Nachttopf hervorzog, der schon viertelvoll mit dunklem Urin war. Derry stöhnte leise. Er war bei Sonnenaufgang zu Bett gegangen und hatte ein Gefühl, als habe er kaum geschlafen. Und doch musste er jetzt hellwach sein, sonst würden Tresham und Beaufort leicht ihren Sündenbock finden. Was hatte William sich nur dabei gedacht, sich freiwillig in ihre Hände zu begeben? Doch leider wusste Derry nur zu gut, wie stolz der Mann war. Suffolk lief nicht davon, auch nicht vor einer Anklage auf Hochverrat. Auf seine Art war William ein ebenso unschuldiges Lamm wie der König selbst, aber jetzt war er von Wölfen umgeben. Derry machte sich keine Illusionen darüber, dass die Anklage ernst gemeint war. Sie würden seinen Freund in Stücke reißen, falls Derry ihn nicht noch retten konnte.

»Stell endlich den verdammten Topf hin, Hallerton! Und vergiss Tresham. Wo ist der König heute Morgen?«

»In seinem Schlafgemach, Sir«, erwiderte der Diener, besorgt über die Verwirrtheit seines Herrn. »Er hütet das Bett, und seine Diener sagen, er leide noch immer unter Schüttelfrost. Seine Frau ist bei ihm oder zumindest in seiner Nähe.«

»Gut. Lass mich stattdessen dort melden. Ich muss die Quelle anzapfen, wenn ich einen Ausweg für William finden will. Geh schon, Mann! Ich brauche dich nicht, um mir beim Pissen zuzuschauen.«

Derry stellte den Topf aufs Bett und seufzte erleichtert, als er endlich pinkeln konnte. Hallerton ging schnell hinaus und befahl den anderen Dienern, sich um ihren Herrn zu kümmern. Er selbst stürmte die Treppe des Weißen Turmes hinab und über die Grünfläche draußen und verlangsamte seinen Schritt erst, als ein Regiment bewaffneter Soldaten vorbeimarschierte. Der Londoner Tower bestand aus einem Gewirr von Gebäuden und engen Gassen, und Hallerton schwitzte, als er endlich die Privatgemächer des Königs erreicht hatte und den Bediensteten dort die Ankunft seines Herrn ankündigte. Er stritt sich immer noch mit dem Obersten Kammerherrn herum, als Derry selbst atemlos angehetzt kam.

»Master Brewer!«, sagte der Kammerherr laut. »Ich habe versucht, Eurem Diener klarzumachen, dass seine königliche Hoheit nicht wohl sind und nicht gestört werden dürfen.«

Derry ging an beiden vorbei, er legte dem Kammerherrn einfach die Hand auf die Brust und schob ihn gegen die Wand. Zwei mürrisch aussehende Soldaten sahen ihn kommen und stellten sich ihm entschlossen in den Weg. Derry kam plötzlich der Gedanke, dass Lord York womöglich versuchte, den König in Windsor zu erreichen, und fast hätte er dabei gelacht.

»Lasst mich vorbei, Leute. Ich habe die Erlaubnis, den König zu sprechen, wann immer es mir beliebt. Ihr kennt mich und Ihr wisst es.«

Die Soldaten sahen unsicher an Derry vorbei zum Kammerherrn, der stur die Arme vor der Brust verschränkte. Es war eine ausweglose Situation, und Derry wandte sich erleichtert um, als er von oben eine Frauenstimme hörte.

»Was ist da los? Ist das Master Brewer?«, rief Margaret, indem sie ein Stück die Treppe herunterkam und die Gruppe der Männer musterte. Sie war barfuß und trug ein langes weißes Nachthemd, ihr Haar war zerzaust. Nach einem Moment des Erschreckens blickten die Männer alle auf ihre Stiefelspitzen, statt es zu wagen, die Königin in diesem Aufzug anzustarren.

»Eure Hoheit, ich kann nicht …«, fing der Kammerherr an, den Blick immer noch gesenkt.

Derry fiel ihm ins Wort. Ihre Zeit war knapp.

»Suffolk ist festgenommen worden, Mylady. Ich muss den König sprechen.«

Margaret blieb der Mund vor Überraschung offen stehen, und der Kammerherr vollendete seinen Satz nicht. Die Königin sah, wie besorgt Derry war, und fasste einen schnellen Entschluss.

»Vielen Dank, meine Herren«, sagte sie, und damit waren sie entlassen. »Kommt, Master Brewer. Ich werde meinen Mann wecken.«

Derry war zu sehr in Sorge, um diesen kleinen Sieg über den Kammerherr auskosten zu können, und folgte Margaret die Treppe hinauf. Sie gingen durch den langen Korridor, vorbei an Räumen, die unangenehm nach Arzneien und bitterer Medizin rochen. Derry schauderte es, ihm schien, als ob die Luft immer dicker wurde. Die Gemächer des Königs stanken nach Krankheit, und er wagte nicht, tief zu atmen.

»Wartet hier, Master Brewer«, sagte Margaret. »Ich sehe nach, ob er wach ist.«

Sie ging in die Privatgemächer des Königs, und Derry wartete im Korridor. Zwei Soldaten am anderen Ende beobachteten ihn misstrauisch, aber da er in Margarets Begleitung gekommen war, war er für sie unantastbar.

Ehe die Tür sich wieder öffnete, hatte Derry sich seine Argumente zurechtgelegt. Doch die Worte blieben ihm im Hals stecken, als er die bleiche Gestalt des Königs sah, der im Bett saß, die schmale Brust in einen Umhang gehüllt. Derry konnte sich noch gut an den hünenhaften Vater erinnern, und er empfand eine Welle tiefsten Mitgefühls, als er die Tür schloss und König Henry ansah.

Er kniete nieder und beugte den Kopf. Margaret stand da und wartete händeringend darauf, dass Henry den Meisterspion zur Kenntnis nahm. Als die Stille gar kein Ende nehmen wollte, ergriff sie schließlich das Wort.

»Bitte, steht auf, Master Brewer. Ihr sagtet, Lord William sei festgenommen worden. Mit welcher Begründung?«

Derry stand langsam auf. Er antwortete, ohne den Blick vom König abzuwenden. Er hoffte auf ein Zeichen für Henrys Aufmerksamkeit und dass er die Lage wirklich begriff.

»Wegen Hochverrats, Mylady. Kardinal Beauforts Leute haben ihn festgenommen, als er gestern Abend aus Kent ankam. Ich bin überzeugt, Tresham steckt hinter dieser Sache. Er hat es mir vor ein paar Tagen mehr oder weniger angekündigt. Ich habe ihm gesagt, eine solche Anklage würde zu einer Katastrophe führen.«

Er trat ein wenig näher und war jetzt nur noch eine Armlänge vom König entfernt. »Euer Gnaden – wir dürfen nicht zulassen, dass William de la Pole der Prozess gemacht wird. Tresham und Beaufort werden Lord Suffolk foltern lassen. Bei dieser Anklage gibt es keine Schonung. Sie werden darauf bestehen, dass er mit glühenden Eisen zur Aussage gezwungen wird.«

Er wartete einen Moment, aber Henrys Augen blieben ausdruckslos, so als verstünde er gar nicht. Einen Augenblick dachte Derry, er sähe etwas wie Mitleid im Gesicht des Königs, aber vielleicht hatte er es sich auch nur eingebildet.

»Euer Gnaden?«, sagte er wieder. »Ich befürchte, dies ist ein Komplott gegen die königliche Familie selbst. Wenn Lord Suffolk gezwungen wird, die Einzelheiten zum Frieden in Frankreich preiszugeben, dann wird er die Wahrheit sagen müssen, nämlich, dass es ein königlicher Beschluss war. Nach den Verlusten dort würde ein solches Geständnis dem Parlament den Rücken stärken, Euer Gnaden.« Er holte langsam Luft und zwang sich, eine peinliche Frage zu stellen. »Habt Ihr verstanden, Euer Gnaden?«

Eine Weile schien es, als würde der König nicht antworten, aber schließlich seufzte Henry und sprach mit heiserer Stimme.

»William würde mich nicht verraten, Master Brewer. Wenn die Anklage falsch ist, muss er freigelassen werden. Ist es denn wirklich wahr?«

»Es ist wahr, Euer Gnaden! Sie wollen Lord Suffolk für die Katastrophe in Frankreich verantwortlich machen und ihn hinrichten lassen, um die aufgebrachten Massen in London zu beruhigen. Ich bitte Euch! Ihr wisst, dass William nicht der Prozess gemacht werden darf.«

»Kein Prozess? Nun gut, Master Brewer. Ich weiß …«

Dem König versagte die Stimme, und er starrte dumpf vor sich hin. Derry räusperte sich, aber Henrys Gesicht blieb unbewegt und schlaff, als hätten ihn seine Lebensgeister verlassen.

»Euer Gnaden?«, sagte Derry und sah verwirrt Margaret an.

Sie schüttelte den Kopf. Tränen traten ihr in die Augen.

Doch der König schien sich wieder zu fangen, er sah Brewer an und lächelte, als sei nichts geschehen.

»Ich bin müde, Master Brewer. Ich möchte schlafen. Der Arzt hat gesagt, ich muss schlafen, damit ich wieder gesund werde.«

Derry sah Margaret an, und er erkannte ihren Schmerz, als sie ihren Mann anblickte. Es war ein erschreckend intimer Moment, und überrascht stellte er fest, dass so etwas wie Liebe zwischen ihnen schwang. Einen Augenblick lang sahen sie sich an.

»Was braucht Ihr von Eurem König, Master Brewer?«, fragte Margaret leise. »Kann er Williams Freilassung anordnen?«

»Das könnte er, aber die Zeit drängt«, sagte Derry und rieb sich die Augen. »Zweifellos wird der Befehl verzögert werden, oder sie bringen William an einen geheimen Ort, wo ich ihn nicht erreichen kann. Tresham und Beaufort haben große Macht in Westminster, schließlich werden die Wachen vom Parlament bezahlt. Bitte, Mylady, lasst mich einen Moment nachdenken. Es reicht nicht aus, einen schriftlichen Befehl zur Freilassung zu schicken …«

Er sprach höchst ungern vom König in der dritten Person, während dieser selbst anwesend war und zu ihm aufblickte wie ein vertrauensvolles Kind, aber er konnte es auch nicht vermeiden.

»Ist seine königliche Hoheit genug bei Kräften, um ausfahren zu können? Wenn der König eine Barke nach Westminster nähme, könnte er in die Zellen gehen, und niemand könnte ihn aufhalten. Wir könnten William heute noch befreien, bevor sie ihm zu sehr zugesetzt haben …«

Zu seinem Bedauern schüttelte Margaret den Kopf. Sie berührte Derrys Schulter und zog ihn zur Seite. Henry wandte ihnen den Kopf zu und lächelte, ohne zu begreifen.

»Er hat schon seit Tagen … solche Phasen von Abwesenheit. Im Moment ist er so normal, wie ich ihn lange nicht gesehen habe«, flüsterte Margaret. »Es muss eine andere Möglichkeit geben, um William aus den Klauen seiner Peiniger zu befreien. Was ist mit Lord Somerset? Ist er nicht in London? Er und William sind doch Freunde. Somerset würde nicht zulassen, dass William gefoltert wird, ganz gleich, wie die Anklage lautet.«

»Ich wünschte, es wäre so einfach. Er ist in ihrer Gewalt, Euer Gnaden! Ich kann noch immer nicht glauben, dass er so dumm war, sich ihnen auszuliefern, aber Ihr kennt ja William. Ihr kennt sein Ehrgefühl und seinen Stolz. Ich verschaffte ihm die Möglichkeit zu fliehen, aber stattdessen kam er brav hierher, im Vertrauen darauf, dass seine Ankläger Ehrenmänner sind. Doch das sind sie nicht, Mylady. Sie wollen entweder einen mächtigen Lord loswerden, der ein Diener des Königs ist, oder … den König selbst. Ich weiß noch nicht genau, was sie im Schilde führen, aber William …«

Er sprach den Satz nicht zu Ende, als ihm ein neuer Gedanke kam.

»Doch, ich glaube, es gibt eine Möglichkeit, den Prozess zu vermeiden!«, fuhr er fort. »Wartet … ja! Sie können ihn nicht foltern – wenn er sofort alles gesteht.«

Margaret zog die Augenbrauen zusammen.

»Aber spielt er damit nicht in die Hände unserer Feinde, Master Brewer? Das ist doch genau das, was Tresham und Kardinal Beaufort wollen!«

Es irritierte sie, wie Derry lächelte. Seine Augen glitzerten.

»Das würde uns fürs Erste genügen. Damit gewinne ich etwas Zeit, von der ich im Moment zu wenig habe. Ich muss herausfinden, wo sie ihn hingebracht haben. Ich muss ihn erreichen. Eure Hoheit, ich danke Euch. Ich werde Lord Somerset holen lassen. Ich weiß, er wird mir helfen, und er hat auch seine eigenen Waffenknechte. Betet nur, dass sie William mit seiner Ehre und seinem verdammten Stolz nicht schon gefoltert haben!«

Er kniete wieder am Bett seines Herrn, beugte den Kopf und richtete noch einmal das Wort an Henry.

»Euer Gnaden – zum Palast von Westminster ist es nur eine kurze Bootsfahrt von hier. Es würde William sehr helfen, wenn Ihr dort wäret. Und mir würde es auch helfen.«

Henry sah ihn an.

»Eine Bootsfahrt auf dem Fluss, Brewer? Nein, für derlei Vergnügungen ist es nicht der rechte Augenblick. Doktor Allworthy sagt, ich muss schlafen …«

Frustriert schloss Derry die Augen.

»Wie Ihr meint, Euer Gnaden. Wenn Ihr erlaubt, gehe ich jetzt.«

König Henry winkte mit der Hand, und Margaret sah, dass Derrys Gesicht blass und gestresst wirkte, als er sich tief vor ihr verbeugte und dann eilig das Schlafgemach verließ.

Im Juwelenturm, gegenüber dem Palast von Westminster, ging William im Zimmer auf und ab, und die dicken Eichenbohlen knarrten bei jedem Schritt. Bis auf einen Tisch und einen Stuhl war der Raum kalt und leer. Auch wenn es absurd war, hatte er das Gefühl, ihm geschehe ganz recht, dass er hier eingesperrt war. Es war ihm nicht gelungen, die französische Armee aufzuhalten. Obwohl seine Männer Tausende von ihnen umgebracht oder verwundet hatten, waren sie doch gezwungen gewesen, sich Schritt für Schritt nach Calais zurückzuziehen. Ehe er abgereist war, hatte er beobachtet, wie seine Leute die Tore von Calais geschlossen hatten, sie hatten das altertümliche Falltor heruntergelassen und die Festungsmauern mit Bogenschützen bemannt. William lächelte müde. Zumindest die Bogenschützen hatte er gerettet. Doch das war auch alles. Er hatte keinen Widerstand geleistet, als Treshams Männer ihn festgenommen hatten. Seine Wachen hatten nach ihren Schwertern gegriffen und ihn fragend angeschaut, aber er hatte den Kopf geschüttelt und war ruhig mitgegangen. Ein Duke stand unter dem persönlichen Schutz des Königs, und William wusste, er würde Gelegenheit bekommen, die Beschuldigungen gegen ihn zu entkräften.

Er starrte zum Fenster hinaus und sah den Königspalast und die altehrwürdige Abtei mit ihrem achteckigen Kapitelhaus. Hier traf sich das Unterhaus, manchmal auch im Gemäldesaal im Palast. William hatte Gerüchte gehört, man wolle ein Parlamentsgebäude erbauen, aber immer gab es wichtigere Dinge, als sich um einen festen Versammlungsort für die Männer aus den Grafschaften zu kümmern. Er rieb sich die Schläfen, er fühlte die Anspannung und nicht zuletzt auch die Furcht. Man hätte blind und taub sein müssen, um nichts von der Wut und der drohenden Gewalt zu spüren, die er wahrgenommen hatte, seit er in die Heimat zurückgekommen war. Er war schnell durch Kent geritten, manchmal auf denselben Straßen wie die Truppen. Wenn er abends in einem Wirtshaus eingekehrt war, hatte er immer neue Geschichten über Jack Cade und seine Armee gehört. Die Eigentümer hatte William mit feindlichen Blicken bedacht, aber ganz gleich, ob sie ihn erkannten oder nicht, niemand hatte gewagt, ihn auf seinem Weg nach London aufzuhalten.

Er trat vom Fenster zurück und marschierte wieder nervös auf und ab, die Hände auf dem Rücken verschränkt. Für jeden, der wusste, was sich in den beiden letzten Jahren zugetragen hatte, war die Anklage eine Farce. Er war überzeugt, sie würde nicht standhalten, und schon gar nicht, wenn der König darüber informiert wäre. William fragte sich, ob Derry Brewer schon von seiner Festnahme gehört hatte. Nach der Warnung, die er ihm geschickt hatte, stellte William sich amüsiert vor, wie empört Derry sein musste, dass er trotzdem nach London gekommen war, aber eigentlich hatte er keine andere Wahl gehabt. William streckte sich, drückte die Schultern durch. Er war der Befehlshaber des englischen Heeres in Frankreich und ein Duke des Königs. Und daran änderten auch die Katastrophen der vergangenen Monate nichts. Er dachte an Alice, seine Frau. Sie würde noch nichts von allem wissen. Er überlegte, ob man ihm wohl erlauben würde, ihr und John, seinem Sohn, zu schreiben. Er wollte nicht, dass sie sich Sorgen um ihn machten.

William blieb stehen, weil er unten Stimmen hörte. Er kniff den Mund fest zusammen. Wartend stand er am oberen Ende der Treppe. Unwillkürlich fuhr seine Hand an die leere Stelle, wo normalerweise sein Schwert war.

Richard von York kam mit federndem Schritt die Treppe herauf, mit ihm zwei weitere Männer. Mit der Hand am

Treppengeländer blieb er stehen, als er Suffolk oben stehen sah, als wollte er sie jeden Moment angreifen.

»Beruhigt Euch, William«, sagte York leise, als er ins Zimmer trat. »Ich hatte Euch ja schon in Frankreich gesagt – Euer Posten in Calais war ein Schierlingsbecher, den man Euch gereicht hat.« Er seufzte, als William ihn nur fragend ansah. »Nun, hattet Ihr wirklich gedacht, ich würde sang- und klanglos nach Irland verschwinden, während sich hier in meiner Abwesenheit große Dinge abspielen? Wohl kaum. Ich bin diese letzten paar Monate nicht untätig gewesen …«

York ging durchs Zimmer und sah nach draußen, wo die Sonne aufging und den Morgennebel über Westminster auflöste. Hinter ihm traten jetzt Sir William Tresham und Kardinal Beaufort in das Turmzimmer. York machte eine Handbewegung in ihre Richtung, ohne sich umzusehen.

»Ihr kennt Tresham und Beaufort natürlich. Ich schlage vor, Ihr hört Euch an, was sie zu sagen haben, William. Das ist der beste Rat, den ich Euch geben kann.«

York lächelte schwach, er genoss den Ausblick von hier oben. Er hatte schon immer eine Schwäche für Türme gehabt, als sei Gott einem dort näher als den gewöhnlichen Leuten unten auf der Straße.

William hatte Yorks Schwert bemerkt, ebenso den Dolch, den er im Gürtel hatte und der von zwei polierten Holzkugeln am Knauf festgehalten wurde. Es war eine lange, dünne Klinge. William bezweifelte, dass York naiv genug wäre, um ihn nahe genug an sich heranzulassen, aber trotzdem schätzte er die Entfernung ab. Soweit er sehen konnte, waren weder Kardinal Beaufort noch Tresham bewaffnet, aber William wusste, er war genauso ein Gefangener wie all die anderen Unglücklichen in den Zellen von Westminster oder des Towers. Bei dem Gedanken blickte er hoch.

»Warum bin ich nicht in den Tower gebracht worden? Ich bin doch des Hochverrats angeklagt? Ich frage mich, Richard, ob es wohl daran liegt, dass Euch bewusst ist, dass diese Anklage auf schwachen Füßen steht. Ich habe zu keiner Zeit allein gehandelt. Es wäre einem Mann allein *niemals* möglich gewesen, einen Waffenstillstand mit Frankreich auszuhandeln, egal, was daraus geworden ist.« Er dachte an Derry Brewer und schüttelte den Kopf. Er war all dieses Ränke- und Pläneschmieden so leid.

Niemand antwortete. Die drei Männer standen da und warteten geduldig, bis zwei vierschrötige Soldaten die Treppe heraufgepoltert waren. Sie trugen Kettenhemden mit verdreckten Wappenröcken darüber und sahen aus, als seien sie von einer anderen Tätigkeit abkommandiert worden. William sah mit Abscheu den fleckigen Sack, den sie mitgebracht hatten. Es klirrte, als sie ihn absetzten, dann nahmen sie Haltung an.

Kardinal Beaufort räusperte sich, und William wandte sich zu ihm um und versuchte, sich seine Abscheu nicht anmerken zu lassen. Diese Rolle passte zum Großonkel des Königs, mit seinem kahl geschorenen Kopf und den langen weißen Fingern, die er wie im Gebet gefaltet hielt. Doch der Mann hatte zwei Königen als Justizminister gedient und stammte selbst über John von Gaunt von Edward dem Dritten ab. Es war Beaufort gewesen, der Johanna von Orléans zum Tod durch Verbrennen verurteilt hatte, und William wusste, von diesem alten Mann war kein Mitleid zu erwarten. Er nahm an, dass von diesen dreien Beaufort derjenige war, der hinter seiner Festnahme stand. Die Gegenwart Yorks war ein klares

Zeichen dafür, wo Beauforts Loyalität lag. William konnte sich ein spöttisches Grinsen nicht ganz verkneifen, als Beaufort anfing zu sprechen, mit einer Stimme, die durch jahrzehntelanges Beten und den Genuss von Honigwein unerträglich salbungsvoll geworden war.

»Ihr seid sehr ernster Straftaten angeklagt, Lord William. Ich hätte gedacht, eine Haltung der Demut und Bußfertigkeit stünde Euch besser zu Gesicht als dieser geheuchelte Trotz. Falls Euch der Prozess gemacht werden sollte, tut es mir leid, aber ich zweifle nicht an seinem Ausgang. Es gibt zu viele Zeugen, die bereit sind, gegen Euch auszusagen.«

William runzelte die Stirn, als die drei Männer Blicke wechselten, ehe Beaufort weiter sprach. Es war klar, sie hatten alles vorher abgesprochen. Er schob den Unterkiefer vor, entschlossen, ihrem Komplott entgegenzutreten.

»Euer Name erscheint auf allen entscheidenden Urkunden, Mylord«, sagte Beaufort. »Ich spreche vom fehlgeschlagenen Waffenstillstand, vom Hochzeitsvertrag zu Tours, von dem Befehl, die Normandie gegen den französischen Übergriff zu verteidigen ... Die Menschen in England rufen nach Gerechtigkeit, Lord Suffolk. Ihr habt mit diesem Hochverrat Euer Leben verwirkt.«

Der Kardinal hatte die wachsweiche, weiße Haut, die William schon bei anderen Kirchenmännern gesehen hatte, die Folge eines langen Klosterlebens. Mit seinen harten schwarzen Augen musterte der Kardinal ihn prüfend. William starrte zurück und verbarg seine Verachtung nicht. Beaufort schüttelte traurig den Kopf.

»Was für ein schlimmes Jahr, William! Ich kenne Euch als einen frommen, guten Christen. Ich wünschte, es wäre nicht so weit gekommen. Doch muss der Form Genüge getan werden. Ich werde Euch also fragen, ob Ihr Eure Vergehen gesteht. Zweifellos werdet Ihr es nicht tun. Folglich werden wir uns zurückziehen, und man wird Euch an diesen Stuhl binden. Diese beiden Männer hier werden Euch daraufhin zu überreden versuchen, Euren Namen unter das Geständnis des Hochverrats zu setzen.«

Der Kardinal hatte all dies in seinem salbungsvollen Singsang vorgetragen, und William schluckte mühsam, sein Herz klopfte, als wollte es aus der Brust springen. Seine Zuversicht schwand. York lächelte spöttisch, sah ihn aber nicht an. Tresham zumindest schien die ganze Situation unangenehm zu sein, aber es bestand kein Zweifel an ihrem Entschluss. William musste den Leinensack ansehen, der dort am Boden lag, und ihm graute vor den ersten Werkzeugen, die daraus zum Vorschein kommen würden.

»Ich verlange, mit dem König zu sprechen«, sagte William und war froh, dass seine Stimme ruhig und furchtlos klang.

Tresham antwortete, und seine Stimme klang so trocken und sachlich, als erklärte er ein besonders schwieriges Gesetz.

»Ich fürchte, das ist bei einer Anklage auf Hochverrat nicht möglich, Mylord«, sagte er. »Ihr müsst einsehen, dass man jemandem, der sich *gegen* den König verschworen hat, kaum gestatten kann, sich an ihn zu wenden. Erst müsst Ihr befragt werden. Wenn Ihr Eure Taten bekannt … und alle Eure Mitverschwörer genannt habt, werdet Ihr das Geständnis unterschreiben. Dann wird Euch der Prozess gemacht werden, aber Ihr wisst natürlich, dass das nur noch eine Formalität ist. Der König wird bei keinem dieser Vorgänge involviert sein, Mylord, es sei denn, er wünscht, bei Eurer Hinrichtung zugegen zu sein.«

»Es sei denn …«, begann York. Er unterbrach sich und sah aus dem Fenster. »Es sei denn, der Verlust Frankreichs kann dem König selbst zur Last gelegt werden, William. Die Wahrheit darüber kennen nur wir beide. Sagt mir, wie viele Soldaten kamen auf Euren Wunsch in die Normandie, um Eure Truppen zu verstärken? Wie viele kämpften an Eurer Seite gegen den französischen König?« Er wandte sich zu William um. »Tatsache ist, dass es in den Grafschaften um London herum achttausend Soldaten gibt, William, und das nur, weil der König sich vor einem Aufstand fürchtet. Wenn diese Soldaten nach Frankreich geschickt worden wären, als Ihr um Verstärkung batet, glaubt Ihr, Ihr wärt jetzt hier? Hätten wir die Normandie verloren, wenn wir dort *zwölftausend* Mann im Feld gehabt hätten?«

William sah York finster an. Wut stieg in ihm auf, als er merkte, worauf der Mann hinauswollte.

»Henry ist mein *gesalbter* König, Mylord York«, sagte er langsam und mit Nachdruck. »Ihr werdet keine Anschuldigungen von mir hören, wenn es das ist, was Ihr wollt. Es steht mir nicht an, die Entscheidungen des Königs von England zu beurteilen, genauso wenig wie Euch, oder seinem *Onkel*, diesem Kardinal, und auch nicht Tresham mit all seinen juristischen Spitzfindigkeiten. Versteht Ihr mich?«

»Ich verstehe«, sagte York mit einem merkwürdigen Lächeln. »Ich verstehe, dass es nur zwei Möglichkeiten gibt, William. Entweder der König verliert Euch, seinen mächtigsten Unterstützer, oder … er verliert alles. Auf jeden Fall wird das Königreich, aber auch mein Anliegen, gestärkt aus der Angelegenheit hervorgehen. Seht doch der Wahrheit ins Gesicht, Suffolk! Der König ist ein Knabe, der zu krank und schwach ist, um zu regieren. Ich bin nicht der Erste, der das sagt, und glaubt mir, inzwischen herrscht diese Meinung im ganzen Land, in jedem Dorf, in jeder Stadt Englands. Die Verluste in Frankreich haben doch nur bestätigt, was jeder von uns schon immer wusste. Wir haben gewartet, William! Wir haben gewartet, aus Loyalität seinem Vater und der Krone gegenüber. Und jetzt seht, was es uns gebracht hat!«

York schwieg. Er holte tief Luft, wie um sich zu beruhigen. »Ich sage dies nur in diesem Raum, William. Nehmt die Schuld auf Euch, und Ihr werdet sterben, oder aber benennt den König als den Urheber dieser Katastrophe. Es steht bei Euch, und wie Ihr Euch entscheidet, ist mir einerlei.«

William war bei dieser Rede Yorks zusammengesunken und stützte sich auf den Tisch.

»Ich verstehe«, sagte er ausdruckslos. Trotz aller Beschwörungen Yorks hatte er keine Wahl. Er setzte sich an den Tisch, und seine Hände zitterten.

»Ich werde keinen Hochverrat gestehen, den ich nicht begangen habe. Ich werde weder meinen König noch sonst jemanden anklagen. Foltert mich, wenn Ihr müsst, es wird keinen Unterschied machen. Und möge Gott Euch vergeben, denn *ich* tue es nicht.«

York winkte den beiden Soldaten. Einer von ihnen hockte sich neben den Sack und fing an, ihn aufzurollen, sodass man die ordentlich aufgereihten Zangen, Ahlen und Sägen deutlich sehen konnte.

22

In London und Umgebung lebten mehr als fünfundfünfzig Lords, es würde mindestens zwei Tage dauern, sie alle zusammenzurufen, aber der Earl von Somerset war Williams persönlicher Freund. Und was noch wichtiger war, Derry wusste, dass Somerset im Moment nicht auf seinem Landsitz im Südwesten Englands war, sondern in der Stadt. Im Eiltempo hatte er sich zu Somersets Stadtresidenz am Fluss rudern lassen, wo er an dem breiten Landungssteg anlegte. Somersets Wachen hätten Derry fast umgebracht, bevor er sich ausweisen konnte, dann stürmte er weiter durch den Garten. Der Earl war gerade dabei, Briefe zu schreiben, als Derry ins Zimmer stürzte. Obwohl jede Minute zählte, zwang Derry sich, den Fall ausführlich zu schildern. Doch er war noch nicht halb fertig, als der kleine Earl ihm auf den Rücken schlug und nach seinen Verwaltern rief.

»Erzählt mir den Rest auf dem Weg dorthin, Brewer«, sagte Somerset, als sie zum Landungssteg eilten.

Der Earl war vierundvierzig Jahre alt, er war schlank und rank und flink wie ein Jüngling. Derry musste sich anstrengen, um mit ihm Schritt zu halten. Auf einen Wink des Earls hin machten die Diener die private Barke ihres Herrn bereit. Der Earl gab seinen Wachen einige knappe Befehle, und im nächsten Moment schon waren sie auf dem Fluss.

Sie legten am Westminster-Kai an, und Derry pfiff anerkennend, als er sah, dass Somersets Männer bereits eingetroffen waren. Es sah aus, als hätte er seine gesamte Leibgarde mobilisiert. Sechs Leute waren im Boot mitgekommen, weiteren zwölf Mann hatte Somerset aufgetragen, sich zu Fuß so schnell wie möglich nach Westminster zu begeben. Somerset war zutiefst empört, als er erfuhr, welches Schicksal seinem Freund drohte, und doch sah er Derry zweifelnd an, als sie sich dem Anleger des Palastes näherten.

»Bleibt in meiner Nähe«, sagte Derry. »Hier wird Eure Befehlsgewalt gefragt sein.«

Die Tatsache, dass er achtzehn bewaffnete Männer hinter sich hatte, war sehr beruhigend, schließlich drangen sie hier ins Allerheiligste des Parlaments ein. Derrys Herz klopfte wild, als er auf die ersten Wachen zuging, die bereits nach ihren Vorgesetzten riefen und nach Lanzen und Schwertern griffen. Selbstbewusst hob Somerset seinen Kopf. Die beiden Männer kamen zwar aus sehr unterschiedlichen Verhältnissen, aber jetzt war William de la Pole in Gefahr, und beide waren bereit, sich ihren Weg notfalls freizukämpfen.

Margaret hatte gerade wieder einen heftigen Wortwechsel mit dem königlichen Leibarzt, als sie hörte, dass Henry nach ihr rief. Sofort eilte sie zurück in die Gemächer ihres Mannes. Fassungslos sah sie, dass Henry auf der Bettkante saß, vor sich zwei Stiefel, die er offenbar anziehen wollte. Er hatte sich ein langes weißes Hemd über den mageren Oberkörper gestreift und trug eine wollene Hose.

»Margaret? Kannst du mir helfen? Ich kann sie nicht allein anziehen.«

Rasch kniete sie sich hin und schob den dicken Wollstoff an seinem Bein hoch, nahm einen der Stiefel und zog ihn über seinen Fuß.

»Fühlst du dich denn besser?«, fragte sie und sah ihn an. Er hatte dunkle Ringe unter den Augen, aber er schien so munter wie seit Langem nicht mehr.

»Ja, ein wenig. Derry war hier, Margaret. Er wollte, dass ich nach Westminster komme.«

Am liebsten hätte sie geweint, aber sie verbarg ihr betroffenes Gesicht, indem sie sich über den zweiten Stiefel beugte.

»Ich weiß, Henry. Ich war ja dabei, als er kam. Geht es dir denn wirklich gut genug, um aufzustehen?«

»Ich glaube schon. Ich kann die Barke nehmen, das wird nicht zu anstrengend werden, obwohl es auf dem Fluss kalt ist. Würdest du meinen Dienern sagen, sie sollen Decken bringen? Ich muss mich gut gegen den Wind schützen.«

Margaret hatte ihm den zweiten Stiefel angezogen und rieb ihre feuchten Augen. Ihr Mann streckte den Arm aus, und sie half ihm auf die Beine, zog ihm die Hose hoch und legte ihm den Gürtel um. Er war mager und blass, aber seine Augen waren klar. Sie hätte weinen können. Sie nahm seinen Mantel vom Haken und legte ihn um seine Schultern. Er streichelte ihre Hand.

»Ich danke dir, Margaret. Du bist sehr lieb.«

»Ich bin stolz auf dich. Ich weiß, dass es dir nicht gut geht und dass du für deinen Freund das Bett verlässt …«

Sie verstummte, überwältigt von Traurigkeit und Freude zugleich. Sie nahm den Arm ihres Mannes, und sie gingen hinaus in den Korridor, wo die überraschten Wachen Haltung annahmen.

Master Allworthy hatte ebenfalls etwas gehört und trat aus dem Nebenzimmer, in der Hand irgendein verbogenes Instrument, dem Margaret vorhin einen Fußtritt verpasst hatte. Sein wütender Gesichtsausdruck verwandelte sich in Erstaunen, als er den König erblickte. Der Arzt kniete auf dem Steinboden nieder.

»Euer Gnaden! Wie glücklich bin ich über die Besserung Eures Befindens. Hattet Ihr Stuhlgang, Euer Gnaden, wenn ich mir die Frage erlauben darf? Denn durch solch einen Vorgang wird ein verwirrter Geist oft wieder klar. Ich bin sicher, es war der grüne Sud, zusammen mit den Räucherstäbchen aus Wermut. Wollt Ihr im Garten spazieren gehen? Ich möchte, dass Ihr Euch nicht zu sehr anstrengt. Eure Gesundheit hängt an einem seidenen Faden. Wenn ich vorschlagen darf …«

Henry schien bereit, dem schwadronierenden Arzt noch stundenlang zuzuhören, aber Margaret verlor die Geduld. Sie fiel ihm ins Wort.

»König Henry geht zum Anleger, Master Allworthy. Wenn Ihr jetzt zur Seite treten würdet, statt uns hier Vorträge zu halten …«

Der Arzt versuchte, sich an die Wand zu drücken und gleichzeitig zu verbeugen. Wie gebannt starrte er den König an, den Margaret den Korridor entlangführte. Vielleicht war es ihre Miene, weshalb er nichts weiter sagte, sie wusste es nicht, und es interessierte sie auch nicht. Zusammen mit Henry ging sie die Treppe hinunter, wo der Oberste Kammerherr ihnen entgegenkam und sie begrüßte.

»Lass bereitmachen«, befahl Margaret, noch ehe er etwas sagen konnte. »Und lass Decken bringen, so viele, wie du finden kannst.«

Ausnahmsweise hatte der Kammerherr nichts zu erwidern, er verbeugte sich lediglich und machte sich eilig auf den Weg. Die Nachricht, dass der König auf war, verbreitete sich wie ein Lauffeuer im Tower. Diener eilten umher, um die Ausfahrt des Königs vorzubereiten. Henry starrte unsicher vor sich hin, als er hinaustrat und die frische Brise spürte. Margaret merkte, dass er fröstelte, und sie nahm einer jungen Magd, die zum Schiff gehen wollte, eine Decke ab und legte sie ihm um die Schultern. Er zog sie vor der Brust zusammen, er sah krank und hinfällig aus.

Margaret hielt ihn bei der Hand, als er auf das Deck des schwankenden Boots trat und auf einer der prunkvollen Bänke niedersank. Am Ufer sammelten sich bereits Menschen, die die Vorbereitungen am königlichen Anleger mit Neugier verfolgten. Margaret sah Männer, die ihre Hüte schwenkten, und der Jubel wurde immer lauter, als die Anwohner merkten, dass das Königspaar auf dem Wasser war, wo man es sehen konnte. Diener trugen noch weitere Decken herbei, um den König warm zu halten, und auch Margaret, die ebenfalls fröstelte, war dankbar für die wollenen Hüllen. Der Bootsmann legte ab, die Ruder wurden eingetaucht, und die Barke trug sie hinaus auf die schnell dahinfließende Themse.

Auf dem Fluss war es sonderbar still, man hörte lediglich das Plätschern der Ruder und die Rufe vom Ufer, wo Straßenkinder am Ufer entlangliefen und versuchten, mit dem Schiff Schritt zu halten. Als sie die Biegung des Flusses hinter sich hatten und der Palast von Westminster mit seinen Landestegen in Sicht kam, merkte Margaret, wie Henrys Griff um ihre Hand fester wurde. Bis an die Nasenspitze in Wolldecken gepackt, blickte er sie an.

»Es tut mir leid, dass ich … krank gewesen bin, Margaret. Manchmal ist mir, als sei ich gefallen, und ich falle noch immer. Ich kann es nicht beschreiben. Ich wünschte, ich könnte es. Um deinetwillen will ich versuchen, stark zu sein, aber wenn es wiederkommt … ich kann es nicht aufhalten.«

Margaret merkte, dass ihr wieder die Tränen kamen, und ärgerlich wischte sie sich über die Augen. Sie wusste, ihr Mann war ein guter Mensch. Sie hob seine verbundene Hand und drückte vorsichtig einen Kuss darauf, dann verflocht sie ihre Finger mit den seinen. Es schien ihn zu trösten.

Derry lief, so schnell er konnte, und leuchtete mit der Lampe in jeden dunklen Winkel. Er war sich sicher, dass Tresham seine Männer rufen würde, um die Durchsuchung zu stoppen, sobald er davon erfuhr. Selbst die Gegenwart des Earl von Somerset würde im Ernstfall wohl nicht ausreichen, um seine, Derrys, Verhaftung zu verhindern, wenn er sich dem Sprecher oder Kardinal Beaufort widersetzte. Und es war auch nicht sehr hilfreich, dass er Somerset bei ihrer Suche in diesem Labyrinth schon bald aus den Augen verloren hatte.

Die Ausmaße der verzweigten Gänge und Verliese unter dem Palast von Westminster waren einfach unfassbar. Die Zellen im Haupttrakt waren schnell abgesucht, aber dort hatten sie William natürlich nicht gefunden. Diese Reihe von Zellen mit ihren schweren Eisengittern nahm nur einen kleinen Teil der Untergeschosse und Kellergewölbe unter dem Palast ein, manche davon waren so tief unter dem Niveau der Themse, dass sie nach Moder rochen und die grün tropfenden Wände mit schwarzem Schimmel überzogen waren. Derry erwartete jeden Moment, entdeckt zu werden, und es wurde ihm langsam klar, dass er sich eine unmögliche Aufgabe gestellt hatte.

Wenn er hundert Mann und eine Woche Zeit gehabt hätte, hätte er jede Abteilung der Lagerräume durchsuchen können, ebenso die Öffnungen der Abflusskanäle, aus denen ein höllischer Gestank kam, sobald er an einer der Türen rüttelte. William konnte überall sein, und Derry fragte sich langsam, ob Tresham am Ende geahnt hatte, dass sie versuchen würden, den Duke hier zu finden, und ihn vielleicht ganz woanders untergebracht hatte.

Das Unterhaus besaß außerhalb des Palasts von Westminster nicht viel Macht, und außerhalb von London noch weniger. Und in einem Konflikt mit dem König selbst würden sie es kaum wagen, diesen in einem Gebäude des Königs auszutragen. Derry blieb abrupt stehen und hob seine Laterne, um in ein langes, niedriges Gewölbe zu leuchten, das sich allerdings viel weiter erstreckte, als sein Lichtschein reichte.

Tresham war ein schlauer Kerl, das wusste Derry. Wenn sie William lange genug festhielten, bis sie sein Geständnis hatten, war es schließlich egal, wo sie ihn einsperrten. Derry hegte keinen Zweifel an Williams Fähigkeiten, standhaft zu bleiben. Der Duke war stark in jeder Beziehung, vielleicht zu stark. Derry hatte schon Folterungen mit angesehen. Seine Sorge war eher, dass sein Freund dauerhaft verkrüppelt oder in den Wahnsinn getrieben werden könnte, ehe er einknickte.

Er war schon halb durch das Kellergewölbe und zog den Kopf ein, um nicht an einen Deckenbogen zu stoßen, als er abermals stehen blieb und sich an zwei von Somersets Wachen wandte.

»Kommt mit, Männer, ich möchte es woanders probieren.«

Er rannte den Weg zurück, den er gekommen war, und rechnete sich im Geist seine Aussichten aus. Wenn er erst den Hauptpalast verlassen hatte, würde man ihn nicht wieder ins Parlament lassen, dafür würde Tresham sorgen. Die alte Spinne hatte womöglich bereits Männer beauftragt, ihn festzunehmen, wenn er herauskam. Denen würde er direkt in die Arme laufen.

Derry stieg eine wackelige Treppe hinauf und rutschte ab, als eine der Stufen einbrach und polternd ins untere Stockwerk fiel. Mein Gott, das ganze Gebäude war ja so feucht, dass es schon am Verrotten war! Einer der Männer hinter ihm schrie fluchend auf, als sein Fuß ins Leere ging. Derry blieb nicht stehen, um ihm zu helfen, stattdessen rannte er durch das nächste Stockwerk, dann eine weitere halbe Treppe hoch in die Korridore vor den Zellen, die besser beleuchtet waren. Er hörte wütende Stimmen, konnte aber nicht feststellen, wer da sprach, doch sein Herz rutschte ihm in die Hose.

Tresham war der Erste, der Derry entdeckte, er hatte in seine Richtung gestarrt. Das Gesicht des Parlamentariers war zornrot, als er mit der Hand auf ihn zeigte.

»Dort ist er! Nehmt den Mann fest!«, rief Tresham.

Soldaten kamen auf ihn zu, und Derry blickte Somerset verzweifelt an. Im Stillen segnete er den Earl, der keinen Wimpernschlag lang zögerte, obwohl auch sein Ruf und sein Leben auf dem Spiel standen.

»Zurück! Keiner rührt ihn an!«, brüllte Somerset die Parlamentswachen an. »Master Brewer steht unter meinem Schutz. Wir sind im Auftrag des Königs hier, und ihr dürft ihn weder hindern noch aufhalten.«

Treshams Wachen zögerten, sie wussten nicht, wem sie zu gehorchen hatten. Derry war nicht stehen geblieben. In dem kurzen Augenblick der verdutzten Stille, der jetzt folgte, ging er gemächlich an den Wachen vorbei und trat vor Tresham.

»William, Lord Suffolk«, sagte Derry, wobei er das Gesicht des anderen genau beobachtete. »Ist er im Kapitelhaus? Muss ich etwa in der Abtei nach ihm suchen, oder wäre es ein Sakrileg, einen Mann auf geweihtem Boden zu foltern?« Er beobachtete Tresham ganz genau, der sich etwas zu entspannen schien, jedenfalls verschwanden die Falten um seine Augen. »Oder ist er im Juwelenturm? Seid Ihr vielleicht so unverfroren, ihn dort festzuhalten, wo Ihr mich festgehalten habt?«

»Ihr habt hier gar nichts zu sagen, Brewer! Was wagt Ihr es überhaupt, mir Fragen zu stellen!«, bellte Tresham aufgebracht.

Derry grinste zufrieden.

»Ich glaube, er ist tatsächlich dort, Lord Somerset. Ich laufe mal schnell über die Straße und sehe nach!«

»Wachen!«, brüllte Tresham. »Sofort festnehmen, oder, bei Gott, ich lasse euch alle aufhängen.«

Die Wachen wollten Derry ergreifen, doch Somersets Männer zogen ihre Schwerter und verstellten ihnen den Weg. Derry rannte los.

Als er die großen Hallen erreicht hatte, die noch hell vom Nachmittagslicht waren, hörte er Hornsignale von unten am Fluss. Die Herolde bliesen nur zu offiziellen Anlässen oder wenn es galt, einen Besuch des Königs anzukündigen. Derry blieb stehen, er konnte sich nicht vorstellen, dass es Henry sein könnte. Oder war Margaret etwa allein gekommen? Sie hatte zwar fast keine offiziellen Machtbefugnisse, andererseits gab es nicht viele Leute, die es gewagt hätten, sich dem Willen der Königin zu widersetzen – und damit dem König. Derry schüttelte ungläubig den Kopf. Er blieb stehen, unschlüssig, was er jetzt tun sollte. Nein. Er musste flüchten.

Er rannte hinaus in die Sonne, hastete an der Fassade des Palasts vorbei bis zur Westminster Hall. Er schlängelte sich durch die geschäftige Menschenmenge, eilte dann über die Straße, die im Schatten der Abtei lag. Er kam an Hausierern vorbei, an reichen Menschen, die hier zu Fuß oder in Kutschen den Sonnenschein genossen, weitab vom Gestank des Flusses.

Derry machte sich Sorgen, denn er war allein. Und selbst wenn er recht haben sollte und William hier wäre, würde er bestimmt bewacht sein. Seine Gedanken rasten mit seinen Füßen um die Wette, und völlig atemlos kam er schließlich am Burggraben des Juwelenturms an. Die Zugbrücke war heruntergelassen, was nicht gerade dafür sprach, dass ein Hochverräter dort gefangen gehalten wurde. Doch Tresham war schlau. Hätte er den Turm zur Festung gemacht, hätte er damit den Aufenthaltsort seines Gefangenen verraten. Derry hetzte an einer Wache vorbei, dann blieb er stehen.

Am Haupttor sah er sich zwei Männern gegenüber, zwei kräftigen Soldaten, die ihn schon beobachtet hatten, als er vom Palast aus über die Straße gerannt war. Jetzt hatten sie die Schwerter gezogen und warteten auf ihn. Derry blickte in ihre Gesichter und wusste, an ihnen käme er nicht vorbei. Er musste zurücklaufen und Somerset holen. Doch bis dahin hätte Tresham zweifellos noch mehr Soldaten herbeigerufen. Derry fluchte laut, und einer der Wachsoldaten machte eine verächtliche Kopfbewegung nach oben, was Derrys Verdacht zu bestätigen schien.

Derry holte tief Luft und legte die Hände an den Mund.

»William Pole!«, brüllte er, so laut er konnte. »Gestehe! Liefere dich der Gnade des Königs aus. Verschaff mir Zeit, du dämlicher Kerl!«

Die Wachen sahen ihn mit offenem Mund an, als Derry Atem schöpfte und seine Botschaft wiederholte. Der Juwelenturm hatte nur drei Stockwerke, und er war überzeugt, falls William dort drin war, würde er ihn hören.

Derry sank in sich zusammen, als von der anderen Straßenseite ein Trupp Soldaten erschien. Es waren keine von Somersets Leuten, und er protestierte nicht, als sie ihn festnahmen und in den Palast auf der anderen Straßenseite brachten.

William hatte seine Unterlippe durchgebissen. Sie blutete stark, und auf dem Tisch waren Blutspuren, die einer der beiden Männer ab und zu wegwischte. Sein Gesicht war völlig ausdruckslos. Tresham, Beaufort und York waren noch geblieben, bis William sicher an seinen Stuhl gefesselt war, dann ließen sie ihn mit den beiden Männern allein. York war als Letzter gegangen, mit bedauerndem Gesicht hatte er zum Abschied die Hand gehoben.

Entsetzt hatte William die beiden Soldaten beobachtet, die sich so entspannt und lässig an ihre Arbeit machten, dass er es kaum glauben konnte. Sie taten es keineswegs schweigend, auch drohten sie ihm nicht. Nein, sie plauderten fröhlich miteinander, während sie die verschiedenen Geräte hervorholten, von denen jedes dazu diente, einen Menschen zu brechen und gefügig zu machen. Er erfuhr, dass der Ältere Ted hieß und der Jüngere James. Offenbar war James eine Art Lehrling von Ted, der ihm das Handwerk beibrachte. Der Ältere hielt auch oft inne, um zu erklären, was er machte und wie es zum Erfolg führte, während William am liebsten nur geschrien hätte.

Am Anfang hatten sie ihn nur gefragt, ob er Links- oder Rechtshänder sei. William hatte wahrheitsgemäß geantwortet, und Ted hatte eine Reihe grässlicher Schraubzwingen bereitgelegt, die immer enger gestellt werden konnten, bis die Finger vollständig zerquetscht waren. Mit einer Zange schnitten sie seinen Trauring auf, den sie ihm in die Tasche steckten. An diesen Finger setzten sie die erste Schraubzwinge und drehten sie fest.

William hatte angefangen zu beten, als sein Finger der Länge nach aufplatzte. Es sah aus, als sei eine Naht aufgegangen. Er hatte gedacht, das sei schrecklich genug, bis nach zwei weiteren Umdrehungen der Knochen krachte und die beiden Metallplatten dicht aufeinandersaßen, dazwischen der zerquetschte Finger. Die beiden Männer ließen sich Zeit, die anderen Schraubzwingen anzubringen, hin und wieder drehten sie sie enger und unterhielten sich dabei über eine Hure unten bei den Anlegern und was sie für ein paar Pennys zu tun bereit war. James behauptete, er habe ihr Dinge gezeigt, die sie zuvor noch nie gemacht habe, aber Ted entgegnete, er solle lieber das Geld sparen, statt sich die Syphilis zu holen. Darüber entstand ein heftiger Streit, der sie nicht davon abhielt, William weiter zu quälen.

Seine linke Hand pochte, es war sein Herzschlag, den er da spürte. Man hatte ihn an den Tisch gesetzt, die Hände frei auf der Platte, den Strick um die Brust. Anfangs hatte er versucht, seine Hände wegzuziehen, aber sie hatten ihn festgehalten. Jetzt sah er auf das geschwollene, violette Fleisch, aus dem kleinen Finger ragte ein Knochensplitter. Er hatte in seinem Leben schon viele Hühnerknochen abgenagt, und der Anblick seiner Hand, an der diese entsetzlichen Folterwerkzeuge hingen, war irgendwie unwirklich, als gehöre dieses so übel zugerichtete Körperteil gar nicht zu ihm.

William schüttelte den Kopf, er hauchte unhörbar das Paternoster, das Ave-Maria, das Glaubensbekenntnis, er murmelte die Worte, die er als Kind gelernt hatte: »*Credo in unum Deum … Patrem omni … potentem … Factorem coeli … et terrae …*«

Er hatte in der Schlacht Wunden davongetragen, aber die hatten nicht so stark geschmerzt. Er versuchte, sie im Kopf aufzuzählen und sich daran zu erinnern, wo er sie bekommen hatte. Einmal hatte man ihm eine Platzwunde mit einem heißen Eisen verschlossen, und sonderbarerweise stieg ihm jetzt wieder der Geruch nach verbranntem Fleisch in die Nase, den er glaubte, vergessen zu haben, und es würgte ihn.

Die beiden Männer machten eine Pause, und Ted hielt die Hand hoch und gebot seinem Gefährten zu schweigen, der gerade eine Frage stellen wollte. William, der vor Schmerzen fast von Sinnen war, bildete sich plötzlich ein, eine bekannte Stimme zu hören. Er hatte schon bei Sterbenden erlebt, dass sie schreckliche Visionen hatten, und deshalb versuchte er, es zu verdrängen. In seiner Todesangst hielt er es bereits für die leisen Stimmen von Engeln, die gekommen waren, um ihn fortzutragen.

»Gestehe!«, hörte er ganz deutlich, obwohl er durch die dicken Mauern hindurch nicht ausmachen konnte, woher es kam.

William hob den Kopf, und einen irren Moment lang war er versucht, die Folterknechte zu fragen, ob sie es auch gehört hatten. Offenbar rief da jemand, so laut er konnte, und bei jeder Wiederholung gingen Wortfetzen verloren. Doch langsam verstand William und schrie vor Überraschung und Schmerz gleichzeitig auf, als Ted, der verständnislos dagestanden hatte, sich an seine Pflichten erinnerte und die Schrauben wieder fester zog. Ein weiterer Knochen brach, und das Blut spritzte über die hölzerne Tischplatte. William merkte, wie ihm die Tränen herunterliefen, doch der Gedanke, dass diese Männer ihn weinen sahen, verstärkte seinen Zorn nur noch.

Tief und fast schluchzend atmete er auf. Er hatte Derrys Stimme erkannt. Niemand sonst nannte ihn William Pole. Es brach ihm das Herz, diesen beiden Männern nachzugeben, aber damit hatte er eine Chance, und seine Entschlossenheit schmolz wie Schnee an der Sonne.

»Aufhören … *aufhören!*«, keuchte er. »Ich gestehe. Bringt mir das Pergament, ich unterschreibe.«

Der Jüngere schien überrascht, aber Ted zuckte nur die Schultern und fing an, die Schraubzwingen zu öffnen, wobei er jede einzelne sorgfältig abwischte und das Gewinde ölte, damit sie im Sack keinen Rost ansetzten. William blickte hinunter auf das dicke Stoffbündel und erschauerte beim Anblick dessen, was dort noch bereitlag. Die beiden hatten ja erst angefangen.

Ted räusperte sich, wischte das Blut vom Tisch und hob Williams zerquetschte Hand seitlich auf ein Tuch. Vorsichtig legte er einen Bogen Pergament aus Kälberhaut so hin, dass William ihn erreichen konnte. Aus seinem Sack förderte er ein Tintenfass und eine Feder zutage, die er eintauchte, weil er sah, dass Williams Hand zu stark zitterte und die Gefahr bestand, dass er das Tintenfass umstieß.

William wurde übel, als er die Anklage wegen Hochverrats las. Sein Sohn John würde davon hören. Und seine Frau würde den Rest ihres Lebens mit dem Schatten dieses schändlichen Geständnisses leben müssen. Es war ein großes Wagnis, Derry Brewer seine Ehre auf diese Art anzuvertrauen, aber er tat es und unterschrieb.

»Ich hab dir doch gesagt, dass er unterschreibt!«, sagte James triumphierend. »Du hast gesagt, ein Duke würde ein bis zwei Tage aushalten, vielleicht sogar länger!«

Ted machte ein angewidertes Gesicht, doch er reichte seinem Lehrling einen Silbergroschen.

»Ich hatte fest auf Euch gesetzt, alter Knabe«, sagte er zu William und schüttelte den Kopf.

»Bindet mich los«, erwiderte William.

Ted lachte leise.

»Noch nicht, Mylord. Wir hatten mal einen, der warf sein Geständnis ins Feuer, das wir extra für ihn angezündet hatten. Mussten noch mal ganz von vorn anfangen! Nein, alter Knabe. Ihr bleibt hier sitzen, bis James es den Leuten gebracht hat, die darauf warten. Erst dann bin ich mit Euch fertig.«

Mit ironischem Zeremoniell übergab er James das unterschriebene Pergament, der es aufrollte und in eine Röhre steckte, deren Enden er mit sauberen schwarzen Bändern zuband.

»Und trödle jetzt nicht rum, Junge!«, rief Ted hinter ihm her, als er ging. »Es ist noch hell, und ich habe Durst – und heute bezahlst du!«

Als er abgeführt wurde, hatte Derry wieder einmal Gelegenheit, über die enorme Größe des Westminster-Palastes zu staunen. Die Wachen, die ihn hineinführten, waren entschlossen, ihn gleich bis auf die andere Seite zu bringen, aber es war ein anderer Weg als der, den er vorhin genommen hatte. Sie kamen an Gerichts- und Sitzungssälen vorbei, mit hohen Deckengewölben, fast wie in einer Kathedrale, und an dem hallenden Sitzungssaal der Lords. Auf der anderen Seite des

Palastes sah Derry mit Erstaunen, dass das Tor zum Anleger offen stand, das Wasser glitzerte in der Sonne wie ein helles Band. Derry stolperte auf dem holprigen Boden, denn seine ganze Aufmerksamkeit galt den beiden Gestalten, die jetzt den Palast betraten. Einer der Soldaten fing an zu fluchen und zog ihn weiter, doch dann ging ein ehrfürchtiges Raunen durch die Menschenmenge. Viele waren aufs Knie gefallen oder verharrten in einer tiefen Verneigung, als der König und die Königin von England auf sie zukamen. Derrys Gesicht hellte sich auf, als er sich umdrehte und Tresham und Kardinal Beaufort in der Menge sah, dann entdeckte er auch Lord York an ihrer Seite. Es überraschte ihn nicht, dass der Duke noch nicht in Irland war, aber es bestätigte auch Derrys Verdacht, was das Komplott gegen William Pole betraf.

König Henry sah mager und bleich aus. Derry sah, wie er eine Wolldecke von seiner Schulter streifte und einem Diener gab, das Gewand darunter war einfach und schmucklos. Die Königin hielt seinen Arm, wie um ihn zu stützen, sie tat Derry leid, und im Stillen segnete er sie, dass sie mit ihrem Mann hierhergekommen war. Sein Gehirn arbeitete fieberhaft, als er jetzt seine Möglichkeiten aufs Neue abwog.

Derry wandte sich an den Soldaten, der ihn festhielt. Der Mann versuchte, sich in Gegenwart des Königs zu verneigen, ohne dabei den Übeltäter loszulassen, den er festgenommen hatte.

»Kardinäle gibt es auf dem Schachbrett nicht, aber der König schlägt den Bischof, wenn du mir folgen kannst. Und ich stehe im Dienst des Königs, also lass jetzt meinen Arm los.«

Der Soldat trat zurück, die Gegenwart des Königs machte ihn nervös. Er wollte angesichts so vieler mächtiger Männer möglichst nicht auffallen. Derry warf den Kopf in den Nacken und reckte sich – er war der Einzige, der nicht das Haupt beugte. Jetzt erhoben sich auch einige andere, darunter Tresham und Beaufort.

»Königliche Hoheit, es ist eine große Freude, Euch wohlauf zu sehen«, sagte Tresham.

Henry blickte in seine Richtung, und Derry sah, wie Margaret seinen Arm fester umschloss.

»Wo ist William de la Pole, Lord Suffolk?«, fragte Henry mit lauter, klarer Stimme.

Derry hätte ihn küssen können, denn jetzt wurde es unruhig in der Gruppe. Einige von ihnen waren offenbar verwirrt, aber die Gesichter von Beaufort, York und Tresham sprachen Bände.

»Euer Gnaden!«, rief Derry.

Dutzende von Leuten drehten sich um und wollten sehen, wer da sprach, und Derry nutzte die Gelegenheit, um sich durch die Menge zu drängen. Die Wachen hinter ihm standen mit leeren Händen da, wütend darüber, dass er jetzt die Aufmerksamkeit auch auf sie gelenkt hatte.

»Euer Gnaden, Lord Suffolk ist des Hochverrats angeklagt«, sagte Derry.

Tresham zischte jemandem einen Befehl zu, aber Derry sprach hastig weiter.

»Lord Suffolk unterwirft sich Eurer Gnade, Majestät. Er liefert sich dem königlichen Willen aus, in dieser Sache wie in jeder anderen.« Derry sah Henrys ausdrucksloses Gesicht und hatte wieder einmal das schreckliche Gefühl, dass der ihn gar nicht gehört hatte. Verzweifelt blickte er Margaret an und flehte stumm um Hilfe, als er weitersprach. »Wenn Ihr das Oberhaus zusammenruft, Euer Gnaden, dann könnt Ihr selbst über sein Schicksal entscheiden.«

Jetzt meldete Kardinal Beaufort sich mit volltönender Stimme zu Wort.

»Lord Suffolk wird der Prozess gemacht werden, Euer Gnaden. Dies ist eine Sache für das parlamentarische Gericht.«

Noch während er sprach, sah Derry, wie ein Laufbursche angerannt kam und sich durch die Menge drängte. In der Hand hatte er eine Röhre, die mit schwarzen Bändern zugebunden war. Er flüsterte Tresham etwas zu, dann verbeugte er sich und trat zurück. Tresham warf Derry einen triumphierenden Blick zu und hielt die Schriftrolle hoch.

»Lord Suffolk hat gestanden, Euer Gnaden. Er muss …«

»Er hat sich der Gnade des Königs ausgeliefert! Er unterwirft sich dem königlichen Willen!«, sagte Derry laut und mit fester Stimme, sodass es alle hörten.

Die Formel, die er gebrauchte, war so alt wie das Gebäude, in dem sie standen. Es war ein Aufruf an den König persönlich, über das Schicksal eines seiner Lords zu entscheiden. Es war ein verzweifelter Versuch, aber Derry durfte nicht zulassen, dass Tresham und Beaufort sich durchsetzten. Jetzt stand der König auf dem Schachbrett. Und die Königin ebenfalls, stellte er fest, als Margaret das Wort ergriff.

Margaret bebte vor Anstrengung, ihre Tränen zu unterdrücken. Noch nie im Leben hatte sie eine solche Angst gehabt wie jetzt, als sie dieser Ansammlung mächtiger Männer gegenüberstand. Sie hatte gesehen, dass die Wachheit in den Augen ihres Mannes wieder erloschen war. Die Fahrt auf dem Fluss hatte ihn erschöpft, er war an Körper und Geist schwach wie ein Kind. Er hatte dagegen angekämpft, hatte seine schwachen Arm- und Rückenmuskeln angestrengt, als er das Schiff verließ und in den Palast geschritten war. Er hatte mit letzter Kraft nach William gerufen, und jetzt spürte sie, wie er kraftlos an ihrem Arm hing, während die Männer durcheinanderschrien und jeder auf seinem Standpunkt beharrte. Sie hatte Derry aufmerksam zugehört, denn sie wusste, dass er William schützen wollte.

Es kam ihr wie eine Ewigkeit vor, als sie wartete, dass Henry etwas sagen würde. Er sagte nichts und zwinkerte nur ab und zu verwirrt. Ihre Kehle war trocken, und ihr Herz hämmerte wild, aber durch ihren Ärmel hindurch spürte sie, wie kalt seine Hand schon wieder war, und außer ihr war sonst niemand da, um zu sprechen.

»Mein Mann …«, begann sie. Es klang wie das Knarren einer Tür, deshalb unterbrach sie sich, räusperte sich und fing noch einmal an. Mindestens die Hälfte aller Anwesenden hier hatten im Laufe der Zeit schon versucht, ihren Mann zu manipulieren. Sie bat Gott um Verzeihung, aber jetzt musste sie es ebenfalls tun.

»König Henry wird sich jetzt in seine Gemächer zurückziehen«, sagte sie mit fester Stimme. »Er befiehlt, dass man William, Lord Suffolk, zu ihm bringt. Lord Suffolk hat sich dem königlichen Willen unterworfen, also liegt sein Schicksal jetzt allein in der Verantwortung des Königs.«

Sie wartete. Die Männer starrten sie an, unsicher, wie sie diese Erklärung der jungen Französin aufzufassen hatten. Keiner schien antworten zu wollen, und langsam verlor sie die Geduld.

»Kammerherr! Seine königliche Hoheit ist immer noch geschwächt von seiner Krankheit. Helft ihm!«

Die Diener des Königs waren es gewohnt, ihren Befehlen zu gehorchen, und machten sich sofort daran, Henry aus dem Saal in die königlichen Privatgemächer des Palastes zu führen. Die Spannung fiel von allen ab, und Derry tat einen langen, erleichterten Seufzer. Zufrieden zwinkerte er Tresham zu, und der Rechtsgelehrte mit dem Pferdegesicht bedachte ihn mit einem vernichtenden Blick, als Derry sich der königlichen Gruppe anschloss. Keiner wagte es, ihn zurückzuhalten. Die Anwesenheit des Königs hatte das Spiel umgedreht und alle Spielfiguren ins Wanken gebracht.

23

Derry stand an dem schmalen Fenster, das auf einen Kreuzgang des Westminster-Palastes hinausging. Draußen war es kalt und dunkel. Er konnte wenig sehen, nur sein Spiegelbild, das ihn aus dem dunklen Glas anstarrte. Er nieste, rieb sich die Nase, wahrscheinlich die ersten Anzeichen eines Schnupfens. Es hatte tatsächlich zwei volle Tage gedauert, die Lords aus London zusammenzurufen. Jetzt drängten sie sich im königlichen Privatgemach, und es war fast unangenehm warm. An den Wänden brannten dicke weiße Kerzen, deren öliger Rauch sich mit dem Mief der vielen Menschen vermischte. Insgesamt hatten sich vierundzwanzig hohe Adlige versammelt, um das Urteil des Königs über einen aus ihren Reihen zu hören. Derry hatte nur wenige Stunden geschlafen, und es war nicht ganz leicht gewesen, doch als er Williams zerquetschte Hand gesehen hatte, hatte er sich geschworen, nicht aufzugeben.

Natürlich war Lord York anwesend, er stand in einer Gruppe von sechs weiteren Adligen, die alle irgendwie mit der Familie der Nevilles verwandt waren. Richard, Earl von Salisbury, war bei ihm, in dicken schottischen Wollstoff gekleidet, der für den hohen Norden geeignet sein mochte, ihm aber in diesem überfüllten Raum den Schweiß auf die Stirn trieb. Derry bemerkte, dass er die Gruppe in dem spiegelnden Fensterglas gut beobachten konnte, und sein besonderes Interesse galt Richard von Warwick, dem Sohn dieses Mannes. Der Jüngere schien zu bemerken, dass er beobachtet wurde, und drehte sich plötzlich um, deutete auf Derry und flüsterte York etwas zu. Derry reagierte nicht und ließ sich auch nicht anmerken, dass er sein besonderes Augenmerk auf die Männer gerichtet hatte. Sie fuhren fort, sich leise zu unterhalten, und Derry fuhr fort, sie zu beobachten. Zusammen bildeten sie eine mächtige Fraktion wie der König selbst. Drei von ihnen hießen Richard, stellte er fest: York, Salisbury und Warwick. Der eine verheiratet mit einer Neville, die beiden anderen Sohn und Enkel des alten Ralph Neville. Doch die Söhne und Töchter des Neville-Clans hatten alle in die Nachkommenschaft König Edwards des Dritten eingeheiratet. Derry musste grinsen bei dem Gedanken, dass York seinen jüngsten Sohn ebenfalls wieder Richard genannt hatte, was von einer geradezu erschütternden Fantasielosigkeit zeugte.

Auf der anderen Seite – des Raumes wie politisch – stand Lord Somerset zusammen mit den Lords Scales, Grey, Oxford, Dudley und einem weiteren Dutzend Männer, die loyal hinter dem König standen, wie Derry wusste. Alle, die man hatte rechtzeitig zusammenrufen können, waren an diesem Abend zugegen, der eine oder andere noch ziemlich verdreckt und erschöpft von dem stundenlangen, eiligen Ritt, um rechtzeitig in Westminster zu sein. Es war mehr als das Schicksal eines Dukes, was hier auf dem Spiel stand. Die Macht des Königs selbst stand infrage, und außerhalb der Hauptstadt standen noch immer ganze Ortschaften in Flammen.

Derry rieb sich die Augen, er dachte an die Schriftstücke, die sich wahrscheinlich für ihn im Tower anhäuften. Er erinnerte sich an Margarets Vorsatz, sich alle wichtigen Dokumente selbst ansehen zu wollen, und er lächelte müde. Es waren schon jetzt viel zu viele, selbst für ihn, der schon den Weizen von der Spreu zu trennen wusste.

Er wandte sich um und blickte in den Saal, er wollte es hinter sich bringen. Das Leben seines Freundes war in Gefahr, aber während die edlen Lords hier zu Gericht saßen und Vergeltung übten, trieben Banditen ihr Unwesen, und das Land verfiel im Chaos. Es war zu ärgerlich, dass er Jack Cade während seiner Zeit in der Armee gekannt hatte. Wenn er die Zeit zurückdrehen und dem Mann ein Messer zwischen die Rippen stecken könnte, würde er es jetzt liebend gern tun.

»Elender Schuft«, murmelte er.

Dieser Cade war ein sentimentaler Kerl gewesen, wenn er betrunken war, aber ansonsten ein Schrecken mit der Axt und ein geborener Raufbold, der es nie zu einem höheren Dienstgrad gebracht hatte. Cades Angewohnheit, seine Sergeanten zu verprügeln, verhinderte von vornherein eine Beförderung. Es war für ihn schwer vorstellbar, dass Cade jetzt eine eigene Armee um sich gesammelt hatte, die die Dörfer um London terrorisierte und in ihrer Siegestrunkenheit immer wilder und mutiger wurde. Sie hatten dem Sheriff des Königs den Kopf abgeschlagen, und Derry wusste, dass man darauf schnell und mit Entschiedenheit reagieren musste. Angesichts dessen war es fast unverzeihlich, dass der König und seine Lords durch diese Geschichte hier abgelenkt wurden. Doch Derry schwor sich, es allen heimzuzahlen, die dafür verantwortlich waren, und langsam kamen seine ungeordneten Gedanken in etwas ruhigeres Fahrwasser. Cade, York, Beaufort, die Nevilles und der verfluchte Tresham. Er würde sie alle kriegen, weil sie es gewagt hatten, den König anzugreifen.

Es wurde still im Raum, als William, Lord Suffolk, hereingeführt wurde. Er ging aufrecht, aber seine Hände waren auf dem Rücken gefesselt. Derry hatte ihn im Juwelenturm nur einmal sehen können, und er war noch immer außer sich über die grausamen Verletzungen und Demütigungen, die sein Freund hatte ertragen müssen. Suffolk war in jeder Hinsicht unschuldig, diese Demütigung hatte er bei Gott nicht verdient. Ein großer Teil der Verantwortung lag bei Derry selbst, und er trug schwer an dieser Schuld, als er sah, wie die Lords des Neville-Clans William jetzt betrachteten. Williams linker Unterarm war unförmig geschwollen, seine Finger waren geschient und bandagiert. Derry sah, dass man den Ärmel seines Wamses aufgeschnitten hatte, damit er es überhaupt hatte anziehen können.

Der königliche Kanzler trat hinter dem Gefangenen in den Raum, ein kleiner Mann mit hoher Stirn. Der Kanzler sah sich im Raum um und spitzte genüsslich die Lippen.

Die Mitte des Raumes hatte man für William freigelassen, damit er den anderen Lords gegenüberstand. Als er seinen Platz einnahm, erhob sich ein leises Gemurmel, und alle sahen ihn an. Ruhig und würdevoll erwartete Suffolk den König, er wechselte lediglich einen kurzen Blick mit Derry, als er seine Augen durch den Raum schweifen ließ. Williams Haar war ganz offensichtlich gekämmt worden, und aus irgendeinem Grunde verursachte diese kleine Liebestat Derry einen schmerzhaften Stich. Inmitten all dieser Feindseligkeit und Verschwörung hatte wohl eine mitleidige Dienstmagd mit einem Lappen Williams blutbefleckte Kleider gereinigt und sein Haar gekämmt.

Hier in den Privatgemächern ertönte keine Fanfare und auch kein Hörnerklang, um den König anzukündigen. Derry sah einen Diener, der hereingehuscht kam wie eine Maus in einen Löwenkäfig. Er flüsterte dem Kanzler etwas zu, und ebenso schnell verschwand er wieder. Der Kanzler räusperte sich, um den König anzukündigen, und Derry schloss kurz die Augen zu einem Gebet. Er hatte in den beiden letzten Tagen den König oft gesehen, der ihm genauso verwirrt erschienen war wie an dem Morgen, als Derry William so fieberhaft gesucht hatte. Es überraschte ihn, wie tapfer Margaret bisher durchgehalten hatte. Sie wollte William helfen und hatte inzwischen alle Furcht verloren. Sie hatte Derry vertraut und im Namen ihres Mannes Befehle erteilt, so, wie er, Derry, ihr geraten hatte. Beide wollten William vor dem Block des Scharfrichters retten und waren jetzt Verbündete auf Leben und Tod. Derry tat es nur leid, dass Margaret an dieser Versammlung nicht teilnehmen konnte, doch in Gegenwart von York und den Nevilles wäre es ein Eingeständnis seiner Schwäche gewesen, wenn die Königin ihren Mann unterstützt hätte. Andererseits war die Alternative genauso schlimm, wenn nicht noch schlimmer. Derry biss sich auf die Lippen bei dem Gedanken, dass Henry etwas sagen würde. Er hatte selbst riskiert, Hochverrat zu begehen, als er dem König klargemacht hatte, dass er *auf keinen Fall* sprechen dürfe – zumindest nicht an diesem Abend. Natürlich war Henry sofort einverstanden gewesen, er hatte gelächelt und vermutlich ohnehin kein Wort verstanden. Dabei hatte es in den vergangenen Tagen auch Momente gegeben, wo die Augen des Königs klarer waren, als versuche ein Teil seiner Seele, sich aus dem Nebel zu befreien, der sie einhüllte. Derry drückte die Daumen, als der König eintrat, und ihm brach erneut der Schweiß aus.

Etwas entfernt von William stand ein hoher, gepolsterter Stuhl, sodass Henry die ganze Länge des Raumes im Blick hatte, einschließlich all der Lords, die auf seinen Ruf hin erschienen waren. Derry pochte das Herz bis zum Halse, als der König Platz nahm und aufmerksam um sich blickte. Schließlich verstummte das Gemurmel der Lords, und der Kanzler ergriff das Wort.

»Dero höchste Gnaden, König Henry, durch Abstammung, Titel und Gottes Gnade König von England und Frankreich, König von Irland, Duke von Cornwall und Duke von Lancaster.«

Henry nickte dem Mann freundlich zu, und der Kanzler schwoll sichtlich an vor Stolz, als er mit großer Geste ein Schriftstück entrollte und anfing zu lesen.

»›Mylords, Ihr seid auf Befehl des Königs hier versammelt, um die Anklage auf Hochverrat gegen William de la Pole, Duke von Suffolk, zu hören.‹«

Er hielt inne, als William sich mit einigen Schwierigkeiten auf den gefliesten Boden kniete und den Kopf beugte. Derry sah, wie York ein Grinsen unterdrückte. Er hätte viel darum gegeben, den Mann in einer einsamen Kammer ganz für sich zu haben.

Der Kanzler verlas die Anklage. Die Hälfte der Punkte bezog sich auf den gescheiterten Waffenstillstand und die Verantwortung für den Verlust der englischen Gebiete in Frankreich. Derry hatte versucht, einige der absurderen Beschuldigungen von der Liste streichen zu lassen, aber er hatte darauf wenig Einfluss. Das Schriftstück war von Tresham und Beaufort verfasst worden, und zweifellos hatte York ihnen über die Schulter geschaut und ein entscheidendes Wörtchen mitgeredet. Es war schon ein vernichtendes Sündenregister, noch ehe der Kanzler von den geheimen Treffen mit dem französischen König und seinen Lords anfing, angeblich mit dem Ziel, den englischen Thron an sich zu reißen.

William kniete noch immer, und nur an der Röte, die sich langsam auf seinem Gesicht ausbreitete, merkte man, dass er aufmerksam zuhörte. Derry biss wütend die Zähne zusammen, als der Kanzler vorlas, wie viel Gold William angeblich für seinen Verrat erhalten hatte. Jeder, der Suffolk kannte, hätte auf diese Behauptung voll Verachtung reagiert. Schon allein die Summen, die hier genannt wurden, waren völlig absurd. Doch als Derry sich im Saal umsah, bemerkte er, wie ehrbare Männer bei jedem der verlesenen Anklagepunkte schockiert den Kopf schüttelten.

»›… wird kund und zu wissen getan, dass der Angeklagte am zwanzigsten Juli, im Jahre des Herrn 1447 in der Gemeinde der Heiliggrabkirche, im Bezirk Farringdon, eine Verschwörung zu einer französischen Invasion dieses Landes unterstützt hat, mit der Absicht, den rechtmäßigen Thron von England an sich zu reißen. Es wird ferner kund und zu wissen getan …‹«

Es war keine Verhandlung, und das war für Derry der einzige Lichtblick. Er hatte stundenlang mit Rechtsanwälten des Parlaments und der Krone gesprochen: Der König hatte das Recht, über einen Lord zu entscheiden, wenn dieser sich seiner Gnade auslieferte. Doch Williams Geständnis war rechtmäßig, auch wenn jeder der hier Anwesenden wusste, wie es zustande gekommen war. Die Anklage konnte nicht vollständig zurückgenommen werden – das war ein Teil der Abmachung, auf die man sich schließlich geeinigt hatte. Bis zu einem gewissen Punkt musste Derry sogar Treshams Behauptung respektieren, dass es einen Aufstand im Lande geben würde, wenn man für den Verlust Frankreichs keinen Sündenbock fand.

Cades wilder Haufen von einer Armee stand nicht weit von London entfernt. Zweifellos warteten sie darauf, von Suffolks Schicksal zu erfahren, genau wie alle anderen im Königreich. Viele von Cades Rekruten kannten William noch aus Frankreich. Derry begriff nicht, warum niemand auch nur auf den Gedanken kam, York für den Verlust von Maine und Anjou verantwortlich zu machen, schließlich war er zu dieser Zeit der Befehlshaber gewesen. Richard von York war einfach vorgeprescht mit seinen Anschuldigungen und war auf diese Weise selbst der Kritik entgangen.

»Lord Suffolk hat in allen Punkten gestanden«, endete der Kanzler, der es offensichtlich sehr genoss, an diesem Abend im Mittelpunkt des Geschehens zu stehen. Mit der anderen Hand hielt er jetzt eine Schriftrolle mit einem schwarzen Band hoch. Derry wunderte sich, dass das Ding nach Williams Verletzungen nicht mit Blut beschmiert war.

»Ich gestehe nichts und weise alle Anklagen auf Hochverrat zurück!«, knurrte William plötzlich.

Es wurde still, jetzt waren alle Augen auf den knienden Mann gerichtet. Derry schluckte trocken. Er hatte alles mit William besprochen. Eine Rücknahme des Geständnisses hatten sie nicht vereinbart.

»Ihr … äh … Ihr *weist* die Anklagen *zurück?*« Der Kanzler war sichtlich aus dem Konzept gebracht.

Obwohl er kniete und gefesselt war, bot William einen eindrucksvollen Anblick, als er jetzt den Kopf hob und antwortete.

»Die Anklage ist absurd, sie ist das Produkt einer bösartigen Intrige. Ich weise sie auf das Entschiedenste zurück. Ich habe keinen Verrat begangen. In diese Situation haben mich Schurken gebracht, die sich gegen meinen König und mein Land verschworen haben.«

Derry wollte William zurufen, er solle um Gottes willen seinen Mund halten, ehe er sie alle mit ins Verderben riss. Er sah Yorks zufriedenes Lächeln.

»Mylord Suffolk, besteht Ihr nun auf Eurem Recht zu einer Verhandlung?«, fragte der Kanzler.

Derry sah, wie York sich erwartungsvoll vorbeugte. Am liebsten hätte er laut dazwischengerufen, doch eigentlich war er nicht einmal berechtigt, in diesem Saal zu sein. Er wagte nichts zu sagen, er schloss lediglich die Augen und wartete auf Williams Antwort.

William funkelte sie alle wütend an, dann beugte er den Kopf und seufzte. »Das tue ich nicht. Ich beuge mich in dieser Sache lediglich dem Willen und dem Ratschluss meines Königs. Ich vertraue auf Gottes Gnade und auf König Henrys Ehre.«

Der Kanzler wischte sich mit einem großen grünen Tuch den Schweiß von der hohen Stirn.

»Sehr wohl, Mylord. Dann ist es meine Pflicht, das Urteil des Königs zu verlesen.«

Viele der Lords sahen Henry überrascht an, sie ahnten, dass er nicht sprechen würde und dass das Urteil schon im Voraus festgelegt worden war. York runzelte die Stirn, und Derry hielt den Atem an vor Sorge, dass Henry unter den prüfenden Blicken einknicken und doch noch reden würde.

Der König sah ihn an, ein leises Lächeln spielte um seine Mundwinkel. Ratlos senkte er den Kopf, was der Kanzler als Signal verstand, fortzufahren. Er hielt ein drittes Pergament hoch, das er mit elegantem Schwung entrollte.

»›Vernehmt das königliche Urteil gegen William de la Pole, Duke von Suffolk, im Jahre des Herrn 1450.‹« Er machte eine Pause, holte tief Luft und wischte sich erneut die Stirn ab. »›Für geleistete Dienste werden die acht Anklagepunkte eines Kapitalverbrechens nach dem Willen und Befehl des Königs fallen gelassen.‹«

Es entstand eine große Unruhe auf Seiten der Lords, angeführt von York und Kardinal Beaufort, die mit wütenden Bemerkungen dazwischenfuhren. Der Kanzler wirkte verunsichert, fuhr jedoch trotz des Lärms fort zu lesen, seine Hände zitterten.

»›Die übrigen elf Anklagepunkte, bei denen es sich um Unterlassungen, jedoch nicht um kriminelle Vergehen handelt, gelten als bewiesen, da der Gefangene sie gestanden hat.‹«

Es folgte erneut lauter Protest von den Lords. Der Kanzler blickte sie ratlos an, er wusste nicht weiter. Er war nicht bevollmächtigt, um Ruhe zu bitten, und obwohl er den König ansah, sagte dieser nichts.

In dieser Situation ergriff Somerset das Wort. Der drahtige kleine Earl reckte die Brust hervor und hob angriffslustig den Kopf.

»Mylords, dies ist keine Gerichtsverhandlung. Und wir befinden uns nicht in einer gemeinen Schenke. Wollt Ihr den König in seinen eigenen Gemächern niederschreien? Ich bitte um sofortige Ruhe.«

Angestachelt von Yorks wütendem Geflüster fuhren einige fort, zu rufen und zu protestieren, doch die Mehrzahl fügte sich und schwieg. Der Kanzler sah Lord Somerset dankbar an, nahm abermals sein grünes Tuch und wischte sich das schweißglänzende Gesicht ab.

»›Das Urteil für diese Unterlassungen lautet auf Verbannung für die Dauer von fünf Jahren, gerechnet vom heutigen Tag an. Dieses Dokument unterschrieben und besiegelt im Jahre des Herrn 1450, Henry Rex.‹«

Der Tumult legte sich so schnell, als hätte man eine Kerze ausgeblasen. Er löste sich auf, sobald die Lords verstanden hatten, dass es die Worte und der Befehl des Königs selbst waren. Derry nutzte das Überraschungsmoment, um zu William zu gehen und mit einem schweren Schlüssel seine Handschellen zu öffnen. Sein Freund wirkte elend, aber erleichtert. Langsam stand er auf. Er rieb sich die geschwollene Hand und erinnerte die Umstehenden durch seine ganze Haltung daran, dass er noch immer über beträchtliche Kraft verfügte. Seine Schwerthand war unverletzt, und er ballte sie und ließ die Muskeln spielen, als er York, Tresham und Beaufort ansah.

Derry ergriff Williams Arm. Unvermittelt drehte sein Freund sich um und sah König Henry an, und sofort war die Atmosphäre gespannt, selbst York hob aufmerksam den Kopf. Auf Anklagen wie diese hatte es in der Vergangenheit nichts anderes als das Todesurteil gegeben. Und doch stand hier ein Mann, der Hochverrat gestanden hatte, in unmittelbarer Nähe des Königs. Zwar war William unbewaffnet, aber wieder erkannte man Williams Bärenkräfte, daneben die Gebrechlichkeit des Königs. Ehe jemand etwas tun konnte, trat William vor, ließ sich auf ein Knie nieder und beugte tief den Kopf.

»Vergebt, dass ich Euch Schmerz zugefügt habe, Eure königliche Hoheit. Wenn Gott will, werde ich zurückkommen und Euch wieder dienen.«

Henry runzelte verwirrt die Stirn. Einen Moment sah es so aus, als wollte er die Hand ausstrecken, doch dann ließ er sie fallen. Alle Lords gingen auf ein Knie, Henry stand auf und wurde vom Kanzler und seinen persönlichen Dienern hinausgeleitet. Er hatte kein einziges Wort gesprochen.

William blieb weiterhin auf den Knien, bis sich die Tür hinter dem König geschlossen hatte. Als er aufstand, hatte er Tränen in den Augen, und er wehrte sich nicht, als Derry ihm die Hand auf die Schulter legte und ihn hinausführte. In den Korridoren begegneten ihnen rennende Boten, um allen, die ein paar Münzen dafür gegeben hatten, die Neuigkeit zu überbringen. William war blass und benommen, als habe er das Urteil noch gar nicht recht begriffen.

»Ich habe Pferde bereitgestellt, um dich durch London und zur Küste zu bringen, William«, sagte Derry und sah den Freund fragend an. »In Dover wartet eine Kogge auf dich, die *Bernice*. Die bringt dich nach Burgund, wo Duc Philippe dir für die Dauer deiner Verbannung Zuflucht gewähren wird. Verstehst du, William? Du wirst ein eigenes Haus haben, und wenn alles geregelt ist, kannst du Alice nachkommen lassen. Dein Sohn kann dich auch besuchen, und ich werde dir jeden Monat schreiben, damit du auf dem Laufenden bist … Es sind doch nur fünf Jahre.«

Derry sah William an und erschrak über dessen verzweifeltes Gesicht. Er schien noch immer wie benommen, und Derry ließ seine Hand auf Williams Schulter, um ihn aufrecht zu halten.

»Es tut mir leid, William. Wenn der König alle Anklagen abgewiesen hätte, hätte es einen Aufstand gegeben, verstehst du? Es war das Beste, was ich für dich aushandeln konnte. Erst gestern hat man einen Winzer gehenkt, der mit Ausschreitungen drohte, falls man dich freiließe.«

»Ich verstehe es ja, Derry. Und ich danke dir, dass du dich für mich eingesetzt hast. Vielleicht hätte ich doch flüchten sollen, als du mich gewarnt hast. Aber ich hätte nie gedacht, dass sie so weit gehen würden.«

Derry spürte den Schmerz des Freundes wie seinen eigenen.

»Ich werde es ihnen heimzahlen, William, das schwöre ich dir. In fünf Jahren bist du wieder in England, und dann werden wir sie jagen wie die Hasen, falls ich bis dahin nicht schon längst mit ihnen fertig bin. Du wirst es sehen.«

Zusammen gingen sie durch die riesige Westminster Hall. Die umstehenden Händler und Abgeordneten starrten sie an. Die Neuigkeit hatte sich schnell herumgesprochen, und als der verurteilte Mann durch die Menge schritt, ertönte hier und da ein böses Zischen oder ein spöttisches Gejohle. William, in dessen Gesicht bisher nur Hoffnungslosigkeit gestanden hatte, hob ärgerlich den Kopf.

»Du hast recht, Derry, es sind nur fünf Jahre«, sagte er leise, dann richtete er sich hoch auf und sah die Spötter herausfordernd an.

Sie traten aus der Halle und gingen zu den beiden Männern, die bei den Pferden warteten. Derry schluckte nervös, als die Menge dichter wurde. Die Gefahr eines Angriffs wuchs mit jeder Minute.

»Geh mit Gott, mein Freund«, sagte er leise.

Mit seiner verletzten Hand fiel es William nicht leicht, aufs Pferd zu kommen, und Derry half ihm, indem er ihn stützte, dann reichte er ihm einen Gürtel, an dem ein Schwert hing. Beim Anblick der langen Klinge ließ die Angriffslust der Menge etwas nach, doch immer noch drängten sie vorwärts, zischten und riefen Beleidigungen. William blickte auf sie herunter, die blassen Lippen fest zusammengepresst. Er nickte Derry zu, dann schnalzte er und trieb das Pferd mit den Fersen an, wobei er so dicht an einem pöbelnden Kohlenarbeiter vorbeiritt, dass der Mann zurücktaumelte und von seinen Kameraden aufgefangen werden musste. Derry hatte sich von Lord Somerset zwei zuverlässige Männer als Williams Begleiter ausgebeten. Sie trieben ihre Pferde an und zogen gleichzeitig ihre Schwerter, und damit war die Gefahr gebannt.

Einen Moment stand Derry noch da und sah hinter ihnen her, doch bald spürte er, dass die rachsüchtige Menge sich jetzt nach einem neuen Opfer umsah. Mit ein paar schnellen Schritten ging er in die Halle zurück. Hier, in der Dunkelheit, blieb er stehen und lehnte sich an die kühle Wand. Er wollte nur noch schlafen.

Draußen war es dunkel, aber der Palast von Westminster erstrahlte golden, jedes Fenster leuchtete im Schein Hunderter Kerzen. Die Lords, die sich versammelt hatten, um das Urteil des Königs über William de la Pole zu hören, gingen nicht so schnell wieder auseinander. Diener eilten mit Nachrichten hin und her, die die Adligen sich zukommen ließen, während sie in den Korridoren auf und ab gingen, nach Wein riefen und über die Ereignisse dieses Abends sprachen. Nachdem der König sich zurückgezogen hatte, hatten sich schnell zwei klare Parteien herausgebildet. Ein Dutzend Earls und Barone hatte sich um Lord Somerset und Lord Scales versammelt, sie sprachen über die Ereignisse und zeigten sich bestürzt über Suffolks Schicksal.

York hatte sich mit den Lords des Neville-Clans in einen leeren Raum nicht weit von den königlichen Gemächern begeben. Tresham und Kardinal Beaufort, ins Gespräch vertieft, gingen ebenfalls mit. Diener eilten herbei, zündeten Kerzen an und sorgten für ein Feuer im Kamin, während andere Wein und etwas zu essen holten. Im Laufe des Abends erschienen in der offenen Tür immer wieder edle Lords, die ihr Glas hoben und York zuprosteten. Sie machten nicht viele Worte, signalisierten aber ihre Unterstützung.

Tresham hatte den Raum zweimal verlassen und war wiedergekommen, dann setzte er sich dicht ans Feuer und nahm dankend ein Glas Glühwein entgegen. Er fror, denn er war draußen gewesen und fröstelte auch jetzt noch, als er sich zurücklehnte. Gerade sprach der ältere Richard Neville, Earl von Salisbury. Er besaß Güter und Ländereien, die ihn oft bis an die schottische Grenze führten, sodass man ihn selten im Parlament sah. Dankbar nippte Tresham an seinem Wein und nahm zur Kenntnis, wie viele Männer hier Verbindung zu den Nevilles hatten. York hatte mit seiner Einheirat in diese Familie die Unterstützung einer der einflussreichsten Gruppen des Landes gewonnen. Es schadete ihm ganz gewiss nicht, die Nevilles hinter sich zu haben.

»Ich sage nur, es muss ein Erbe her«, sagte Salisbury. »Ihr habt alle die Königin gesehen, sie ist immer noch gertenschlank. Ich sage ja gar nicht, dass sie kein Kind kriegen wird. Aber falls sie unfruchtbar sein *sollte*, wäre das eine Katastrophe für das Land. Mit diesem Cade und seiner Armee, die jetzt sogar London bedroht, wäre es kein Fehler, vorsichtshalber schon einen Nachfolger zu benennen.«

Tresham spitzte die Ohren, lehnte sich vor und leerte seinen Becher. Er hatte gemerkt, wie die Stimmung unter Yorks Freunden innerhalb der letzten Stunden von Begeisterung in Verzweiflung umgeschlagen war. Sie hatten zwar einen Sündenbock für die Katastrophe in Frankreich gefunden, und doch hatten der König und Derry Brewer Suffolk vor dem Scharfrichter bewahrt. Brewers Name wurde von allen mit ganz besonderem Abscheu erwähnt, doch eigentlich hatte er Yorks Pläne ja nur zum Teil vereiteln können. Suffolk war auf fünf Jahre verbannt, man hatte ihn auf der Höhe seiner Macht von der Seite des Königs entfernt. Es war nur ein Teilerfolg, trotz Derrys klugem Verstand und schnellem Handeln. Doch die Sache mit dem Erben war ein ganz neues Thema, und Tresham hörte aufmerksam zu, als die Lords derer von Neville zustimmend in ihre Becher murmelten. Sie hatten ihre eigenen Loyalitäten, und als der ältere Richard Neville das Wort ergriff, sprach er für sie alle.

»Wir könnten Tresham fragen«, fuhr Salisbury fort. »Er kennt die Gesetze und die Dokumente, die man braucht, um einen Vorschlag zu machen. Was denkt Ihr, Sir William? Können wir einen anderen Nachfolger benennen, bis der König und die Königin einen leiblichen Thronerben haben? Gibt es da einen Präzedenzfall?«

Ein Diener füllte die Becher aufs Neue, wodurch Tresham Zeit gewann. Er nahm einen Schluck und dachte nach.

»Natürlich müsste das Parlament ein Gesetz verabschieden. Ich vermute aber, dass eine derartige Abstimmung … umstritten wäre.«

»Aber möglich?«, bellte Salisbury.

Tresham neigte den Kopf.

»Alles ist möglich, Mylord … wenn man genug Stimmen bekommt«, sagte er.

Die Antwort wurde mit leisem Gelächter quittiert. Es war keine Frage, wer der Nachfolger sein würde, wenn es im Parlament eine solche Abstimmung geben würde. Richard von York stammte von einem Sohn König Edwards ab, genau wie Henry selbst. Cecily Yorks Großvater war John von Gaunt, ein weiterer Sohn Edwards. Zusammen hatten die Yorks einen ebenso berechtigten Anspruch auf den Thron wie der König selbst – und sie hatten sechs Kinder. Nein, berichtigte Tresham sich im Stillen, als er daran dachte, dass kürzlich ein weiterer Sohn geboren war. Sieben Kinder, und alles Nachkommen der Söhne des Schlachtenkönigs.

»Ein solcher Antrag wäre eine Absichtserklärung, Mylords«, sagte Tresham mit leiser, aber fester Stimme. »Man könnte weder den Zweck einer solchen Erklärung verheimlichen noch die Absichten derer, die sie unterstützen. Ich erwähne das nur, damit Ihr Euch über die Konsequenzen im Klaren seid, falls die Abstimmung scheitert.«

Er war überrascht, als York bitter auflachte.

»Sir William, mein Vater wurde wegen Hochverrats gegen den Vater *dieses* Königs hingerichtet. Ich bin als Waise aufgewachsen und hing von der Großmut des alten Ralph Neville ab. Ich glaube, ich weiß Bescheid über die Konsequenzen – und das Risiko – des Ehrgeizes. Aber vielleicht sollte man keine Angst mehr haben, über Hochverrat zu sprechen, nach allem, was wir heute hier erlebt haben. Anscheinend ist es kein so ernstes Vergehen mehr wie früher.«

Sie grinsten über seinen spöttischen Ton, doch beobachteten sie sich alle gegenseitig sehr genau.

»Ich werde gewiss nicht flüstern, Sir William! Dies ist kein Komplott, keine Verschwörung. Es ist lediglich eine Diskussion. Ich bin von edlem Geblüt. Der König ist schon einige Jahre verheiratet und hat bisher keinen Nachkommen gezeugt. In unruhigen Zeiten wie diesen muss das Land wissen, dass eine starke Linie der Familie bereitsteht, wenn der König zu schwach ist, ein Kind zu zeugen. Ja, das glaube ich, Tresham. Bereitet das Gesetz und Eure Papiere vor. Ich stimme zu, dass mein Name als Thronfolger genannt wird. Nach allem, was ich heute Abend hier erlebt habe, ist es das einzig Richtige.«

Aus Salisburys zufriedenem Grinsen schloss Tresham, dass sie dieses Thema heute nicht zum ersten Mal erörtert hatten. Er hatte das Gefühl, dass alle hier im Raum nur noch darauf gewartet hatten, ihm den Vorschlag zu unterbreiten und zu sehen, wie er darauf reagierte.

»Mylord York, ich stimme Euch zu. Wir brauchen einen Thronfolger, des Königreichs wegen. Und natürlich wäre ein solches Abkommen hinfällig, falls die Königin schwanger würde.«

»Natürlich«, erwiderte York und zeigte grinsend die Zähne. »Doch wir müssen vorsorgen, Sir William. Heute Abend ist mir klar geworden, wie wichtig es ist, auf alle Eventualitäten vorbereitet zu sein.«

24

William, Lord Suffolk, stand auf den weißen Klippen oberhalb des Hafens von Dover. Somersets Leute warteten in respektvollem Abstand, sie hatten wohl Verständnis dafür, dass ein Engländer einen Moment der Einkehr brauchte, um von seiner Heimat Abschied zu nehmen.

Nach dem Dreck und Gestank in London war die Luft hier frisch und rein. Man verspürte sogar schon einen Hauch von Frühling. William war froh, dass er angehalten hatte. Er sah das Handelsschiff, das im Hafen auf ihn wartete, aber jetzt stand er einfach nur da, atmete tief und ruhig durch und blickte aufs Meer hinaus. Zu seiner Rechten sah er die wuchtigen Mauern der Festung von Dover. Er wusste, dass William der Eroberer sie erst geschleift, dann aber den Wiederaufbau bezahlt hatte – eine Mischung aus Schreckensherrschaft und Großmut, die so typisch für diesen Mann war. Und dies nur hundert Jahre, nachdem die Franzosen die ganze Stadt in Schutt und Asche gelegt hatten. Dieser Küstenstrich war voll von alten Erinnerungen, und William musste bei dem Gedanken lächeln, irgendwie war es tröstlich für ihn. Die Bewohner hier hatten weitaus Schlimmeres mitgemacht als das, was ihm jetzt widerfahren war, und trotzdem hatten sie ihre Stadt immer wieder aufgebaut. Mitten in den Trümmern hatten sie die Ärmel hochgekrempelt und ihre Häuser neu errichtet. Vielleicht würde er das auch tun.

Er war überrascht, dass ihm hier in dieser frischen Luft so leicht ums Herz wurde. Zwar hatte er die vielen Jahre der Verantwortung nicht als eine Belastung empfunden, doch jetzt, wo er sie los war, fühlte er sich zum ersten Mal, seit er sich erinnern konnte, wirklich frei. Er konnte nichts mehr verändern. König Henry hatte jetzt andere, die ihn unterstützten und beeinflussten. Solange Derry Brewer am Leben war und Pläne schmiedete, gab es Hoffnung.

William war entschlossen, aus seinem Schicksal das Beste zu machen, ein Charakterzug, den er mit den pragmatischen Menschen in der Stadt dort unten gemeinsam hatte. Das Leben war nun einmal kein Spaziergang im Paradiesgarten, und William wusste, selbst wenn es das wäre, würde er sich bestimmt sofort daranmachen, ein Haus zu bauen. Er war nie untätig gewesen, und die Frage, womit er die fünf Jahre in Burgund ausfüllen könnte, machte ihm ernsthaft zu schaffen. Er war Duc Philippe dankbar für sein Angebot. Wenigstens war Philippe kein Freund des französischen Königs. Ironischerweise hatte William in Frankreich weitaus mehr Freunde als in England, zumindest im Moment. Er hatte Papiere, die ihn dem Schutz von Duc Philippe unterstellten, und damit konnte er durch Frankreich reisen. Er würde zunächst eine Zeit lang in Paris bleiben und dann seine neue Heimat aufsuchen.

William stieß mit der Stiefelspitze in das grüne Gras und legte den Kreidefels darunter frei. Er spürte, wie ihm Tränen in die Augen schossen, und er wischte sie rasch fort, ehe die Männer etwas bemerkten.

Er tat einen tiefen Atemzug.

»Los jetzt, Männer«, sagte er und ging zu seinem Pferd zurück. »Die Flut wartet nicht auf uns.«

Er hatte eine Methode gefunden, auf sein Pferd zu kommen, ohne den verletzten Arm zu stark zu beanspruchen, jetzt saß er mit einiger Mühe auf und nahm die Zügel in seine gesunde Hand. Über Pfade und eine feste Straße ging es hinunter zum Hafen. Wieder spürte William die feindlichen Blicke, hörte, wie sein Name geflüstert wurde. Doch sein Kopf war hoch erhoben, als er dem Kapitän des Handelsschiffs vorgestellt wurde und das Entladen der Vorräte überwachte, die Derry mitgeschickt hatte. Es würde gerade ausreichen, um einen Mann seines Standes für ein paar Wochen zu versorgen. William wusste, er würde sich von seiner Frau sowohl Geld als auch Kleidung schicken lassen müssen. Burgund gehörte zu Frankreich, eine andere Welt und doch der Heimat so schmerzhaft nahe. Er entließ Somersets Männer, gab ihnen ein paar Silbermünzen und dankte ihnen für Schutz und Geleit. Wenigstens sie brachten ihm den Respekt entgegen, der einem Lord gebührte, was dem Kapitän nicht entging.

William verstand etwas von Schiffen, und diese Kogge schien ihm ziemlich vernachlässigt. Die Taue lagen nicht säuberlich aufgerollt da, und das Deck gehörte einmal wieder ordentlich geschrubbt. Er seufzte, als er an der Reling lehnte und zusah, wie die Bewohner der Stadt ihrer Arbeit nachgingen. Derry hatte wegen dieser Reise mehrere Leute bestochen und in kürzester Zeit ein wahres Wunder vollbracht. William wusste, dass er nicht nur Frau und Sohn, sondern auch viele gute Freunde zurücklassen würde. Als das Schiff ablegte, blieb er an Deck. Der erste und der zweite Maat verständigten sich vom Bug und vom Heck her durch Rufe. Die Mannschaft zog die Rah des Hauptsegels am Mast hoch, singend, um einen gemeinsamen Rhythmus zu haben. William blickte hoch, als das Segel sich blähte und das Schiff Fahrt aufnahm.

Sie entfernten sich vom Land, und er sog jede Einzelheit dieses vertrauten Anblicks in sich auf, um daraus Kraft zum Durchhalten zu schöpfen. Er würde fast sechzig Jahre alt sein, wenn er diese weißen Klippen wiedersah. Sein Vater war mit knapp achtundvierzig Jahren gestorben, in der Schlacht gefallen. Der Gedanke verstörte ihn, und er fragte sich, ob es vielleicht auch für ihn der letzte Anblick seiner Heimat war. Als sie den Hafen hinter sich gelassen hatten, wurde der Wind stärker, das große Segel knarrte, und William fröstelte. Das Wasser zischte schäumend unter dem Bug, und die Kogge rollte stark. William dachte an die Fahrt über den Kanal mit Margaret, die damals fast noch ein Kind gewesen war. Ihre Begeisterung war so ansteckend gewesen, er musste er lächeln, als er sich daran erinnerte.

Er war so versunken in seine Gedanken an diese schönen Zeiten, dass er erst gar nicht verstand, weshalb die barfüßigen Matrosen plötzlich von einem Ende des Decks zum anderen rannten. Der erste Maat brüllte neue Befehle, und das Schiff änderte seinen Kurs. Verwirrt sah William erst die Mannschaft an, dann wandte er sich um und blickte in die Richtung, in die alle starrten.

Er musste sich an der Reling festhalten, als er ein zweites Schiff sah, das mit großer Geschwindigkeit aus einer entfernten Bucht der Küste auf sie zuhielt. Es war ein Kriegsschiff, mit hohem Bug und Heck, aber niedrigem Mitteldeck, was das Ein- und Aussteigen erleichterte. William spürte, wie eine Welle von Übelkeit ihn erfasste. Voll beladene Koggen wie die *Bernice* waren für Piraten eine begehrte Beute. Auf dem Kanal zwischen Frankreich und England war das ganze Jahr über reger Schiffsverkehr, und die Piraten überfielen Handelsschiffe und Dörfer an der Küste, sie kamen von Frankreich oder sogar aus Cornwall und beraubten ihre eigenen Landsleute. Wenn sie gefasst wurden, warteten grausame Strafen auf sie, und die Käfige in den großen Häfen waren nur selten leer.

Williams Übelkeit nahm noch zu, als das andere Schiff mit prallem Segel immer näher kam. Trotz seiner schweren Aufbauten segelte es eindeutig schneller als die *Bernice*. Es schoss auf sie zu wie ein Falke, der eine Beute im Auge hat.

Frankreich war schon dicht genug, um direkt auf die Küste zuzuhalten. William wusste, dass es in Frankreich nur noch wenige sichere Häfen gab. Er packte einen rennenden Matrosen am Arm.

»Haltet auf Calais zu«, befahl William. »Sag es dem Kapitän. Das ist der einzige Hafen, wo noch englische Schiffe sind.«

Mit offenem Mund sah der Mann ihn an, dann hob er wie zur Antwort die Hand an die Stirn, riss sich los und rannte weiter.

Der Himmel verdüsterte sich. Durch die Nässe und den Nebel sah William vor sich die schwache Linie der französischen Küste und hinter sich undeutlich die weißen Klippen von Dover. Bei dem starken Wind und unter dem Gewicht des vollen Segels legte die *Bernice* sich fast auf die Seite, aber William erkannte, dass sie nicht schnell genug waren. Koggen waren breit, sie waren gebaut, um Warenladungen zu transportieren, große schwerfällige Schiffe, die das Rückgrat des Handels bildeten. Verglichen mit der *Bernice* war das Schiff, das sie verfolgte, praktisch ein Windhund, es kam näher und näher, während die Wellen höher und die See rauer wurde und Gischt über das Deck sprühte. William schmeckte das Salz auf den Lippen, als die *Bernice* durchs Wasser schnitt und der Kapitän den Befehl brüllte, auf Calais zuzuhalten.

Ein Dutzend Männer zogen an den Leinen, um die Rah zu drehen, während andere sich mit ihrem ganzen Gewicht gegen das Steuerruder legten, um das Schiff nach Backbord auf den neuen Kurs zu bringen. Die Leinen wurden gelockert, das Segel flatterte wild, und ihre Verfolger schienen plötzlich viel näher zu sein. Wenn sie einfach hätten weitersegeln können, hätte die Verfolgungsjagd länger gedauert, allerdings wären sie dann auf die französische Küste gestoßen. Doch sie *muss-ten* versuchen, nach Calais zu kommen, auch wenn sie bei der Kursänderung an Geschwindigkeit einbüßten.

Williams Herz raste, als die *Bernice* knarrend und ächzend immer langsamer wurde. Inzwischen konnte er jede Einzelheit des verfolgenden Schiffes ausmachen, es war gerade noch eine halbe Meile entfernt, und der Abstand wurde immer geringer. Er strengte die Augen an, um den Namen lesen zu können, der in großen goldenen Lettern am Bug stand. Für ein Piratenschiff war die *Tower* außergewöhnlich gut ausgerüstet.

Jetzt blähte sich auch das Segel der *Bernice* wieder im Wind, und die Männer brachen in Jubel aus, dann machten sie die Leinen fest. Die Dienstältesten an Bord besaßen einen Anteil am Schiff und seiner Ladung. Nicht nur ihr Unterhalt, auch ihr Leben hing davon ab, dass die *Bernice* jetzt entkam. Aufs Neue schnitt der Bug durch die Wellen, als sie im dunklen Wasser Fahrt aufnahm. Bis Frankreich waren es nur noch ein paar Meilen, und William wagte wieder Hoffnung zu schöpfen. Das andere Schiff war noch immer hinter ihnen her, doch in Küstennähe würden sicher englische Schiffe sein, die ihnen zur Hilfe kämen, sobald sie sahen, dass hier eine Kogge mit wertvoller Ladung verfolgt wurde.

Eine Stunde verging, dann noch eine, und der Wind nahm an Stärke zu, und bald schienen die Wolken die aufgewühlte Wasseroberfläche zu berühren. Die Wellen hatten weiße Schaumkronen, und das kalte Salzwasser spritzte als Sprühnebel über das Deck. William wusste, dass im Kanal Sturmböen wie aus dem Nichts entstehen konnten. Doch die *Bernice* war solide gebaut, und er war sich sicher, dass sie ihr großes Segel länger gesetzt lassen konnte als die *Tower*. Er fing an, um Sturm zu beten, und beobachtete den Kapitän, der am Fuße des Hauptmasts stand und nach ersten Anzeichen eines Risses Ausschau hielt. Der Wind wurde immer stürmischer, und immer dunklere Wolken jagten am Himmel dahin. Das letzte Licht verschwand, und erste Regentropfen fielen. Er erschauerte, als er sah, wie das verfolgende Schiff tief eintauchte und sich immer wieder aufbäumte, wobei weißes und grünes Meerwasser von seinem Bug strömte.

Jetzt waren die Verfolger nur noch ein paar Hundert Yards entfernt. An Deck sah William Männer in Kettenpanzern und Wappenröcken. Es waren vielleicht zwei Dutzend, mehr nicht, doch sie hatten genug Schwerter und Äxte, um mit der Mannschaft eines Handelsschiffes fertigzuwerden. Er schluckte schwer, als jetzt Bogenschützen auf dem hölzernen Aufbau hinter dem Bug erschienen. Beide Schiffe hoben und senkten sich im Wellengang, und es stürmte in Böen, doch dann sah er mit Bestürzung, wie von drei Langbogen gleichzeitig Pfeile angeschwirrt kamen, die wie Hammerschläge auf das Deck der *Bernice* prallten.

William umklammerte mit seiner guten Hand krampfhaft die Reling, und auf seiner Stirn erschienen tiefe Falten. Piraten rekrutierten ihre Mannschaften meist in den Orten an der Küste, aber noch nie hatte es einen französischen Bogenschützen gegeben, der so akkurat schießen konnte. Er war sicher, dass dies englische Bogenschützen waren, Verräter und Schurken, die lieber ein Dasein als Diebe und Mörder führten, als einer ehrlichen Arbeit nachzugehen. Der Kapitän rannte an ihm vorbei zum Heck, um ihre Verfolger besser beobachten zu können. William wollte mitgehen, aber da er nur eine gesunde Hand hatte, taumelte er und wäre fast gefallen, als er die Reling losließ. Ohne nachzudenken, griff der Kapitän nach ihm und hielt ihn fest, nur hatte er leider die zerquetschte Hand zu fassen bekommen, sodass William laut aufschrie.

Der Kapitän rief ihm durch den heulenden Sturm eine Entschuldigung zu, als ein Pfeil ihn in den Rücken traf und auf der Brust wieder hervortrat, sodass William die schwarze Eisenspitze sehen konnte, an der weiße Splitter von den Rippenknochen klebten. Die beiden Männer sahen sich fassungslos an. Der Kapitän versuchte, etwas zu sagen, doch dann verdrehte er die Augen, die plötzlich matt wurden. William versuchte, ihn zu halten, aber er war zu schwer. Der Kapitän stürzte über die Reling ins Wasser, wo er sofort versank.

Immer neue Pfeile prallten aufs Deck, und William hörte einen Matrosen vor Schmerz aufschreien, als ein weiteres Geschoss sein Ziel fand. Das große Segel über Williams Kopf fing an zu schlagen, und er sah, dass sich die Männer am Steuerruder flach auf den Boden gelegt hatten, angesichts des Angriffs hatten sie ihre Posten verlassen, um sich in Sicherheit zu bringen. Ohne steuernde Hände trieb die *Bernice* jetzt dahin und geriet vom Kurs ab. So tief geduckt wie möglich brüllte William sie an, wieder ans Ruder zurückzukehren, aber es war zu spät. Krachend stieß das Kriegsschiff gegen ihre Seite, und man hörte Holz splittern, gleichzeitig fing es an, in Strömen zu gießen.

Der Aufprall hatte William umgeworfen, und er wollte gerade aufstehen, als bewaffnete Männer an Bord sprangen und dabei selbst vor Angst aufschrien, als sie den Abstand über dem tobenden Wasser überwinden mussten. William sah, dass einer der Männer seinen Halt verlor und fiel, er wurde entweder zerquetscht oder ertrank, aber sofort war ein anderer da, der die *Bernice* enterte.

»Pax!«, sagte William, der vor Schmerz stöhnte bei dem Versuch, aufzustehen. »Ich bin Lord Suffolk! Ich kann Lösegeld zahlen.«

Der Mann, der über ihm stand, setzte seinen Fuß fest auf Williams verletzte Hand, und für einen Augenblick wurde ihm schwarz vor Augen. Er stöhnte, er war durchnässt und halb erfroren, rund um ihn prasselte der Regen aufs Deck, und er versuchte gar nicht mehr aufzustehen.

Die Männer, die das Schiff geentert hatten, waren nicht gekommen, um irgendwen zu schonen. Die unglückliche Mannschaft wurde entweder über Bord geworfen oder im ersten wilden Handgemenge umgebracht, die meisten von ihnen waren ohnehin unbewaffnet. William sah wütend zu dem Mann auf, der ihn bewachte, fast überrascht, dass er nicht auch längst getötet worden war. Er wusste, sie würden die *Bernice* plündern und wahrscheinlich versenken, und mit ihr alle Zeugen. Er hatte oft genug angespülte Leichen gesehen und wusste, wie es ablief. Und selbst die Aussicht auf ein Lösegeld war ihnen vielleicht das Risiko nicht wert. Er wartete auf den Hieb, ihm war übel von den Schmerzen in seiner zerquetschten Hand.

Der Wind heulte in den Leinen und um das merkwürdige Gebilde aus zwei Schiffen, die sich zusammen in der tosenden See wälzten.

Jack Cade blickte die Männer finster an, die zu ihm gekommen waren und es wagten, Zweifel an seinen Plänen zu äußern. Es machte die Sache auch nicht besser, dass es ausgerechnet dieselben Männer waren, die er ausgewählt hatte, die anderen zu führen. Es waren die, denen er im Wirtshaus jeweils ein Dutzend weiterer Leute unterstellt hatte, um sie auszubilden. Unter seiner Führung hatten sie gekämpft und den Sheriff von Kent besiegt. Der Kopf dieses Mannes steckte immer noch leicht schief auf der Stange, die neben Jacks Lagerfeuer in den Boden gerammt war, am Fuße den Schild mit dem weißen Pferd darauf. Zu seinen Lebzeiten war der Sheriff ein kleiner Mann gewesen, doch wie Paddy bemerkte, jetzt überragte er sie alle.

Obwohl Jack keinen Grund dafür hätte angeben können, ärgerte es ihn doch gewaltig, dass man ausgerechnet Ecclestone in die Höhle des Löwen geschickt hatte. Sein Freund führte eine kleine Gruppe an und sprach langsam und ruhig, wie man zu einem Schwachsinnigen spricht.

»Es sagt ja niemand, dass er Angst hat, Jack. Das ist es nicht. Es ist nur, weil London … nun ja, es ist eben verdammt groß, Jack. Gott allein weiß, wie viele Menschen dort leben, eingepfercht zwischen dem Fluss und den alten Mauern. Vermutlich weiß es nicht einmal der König, aber es sind viele, und sehr viele mehr, als wir haben.«

»Du meinst also, wir sind erledigt«, sagte Jack, und obwohl er den Kopf gesenkt hatte, funkelten seine Augen gefährlich. Er betrachtete das Feuer, das sie angezündet hatten, und mit der Flasche Schnaps, die man ihm an diesem Morgen geschenkt hatte, fühlte er sich innerlich und äußerlich wohlig warm. »Willst du das damit sagen, Rob Ecclestone? Es überrascht mich, das ausgerechnet von dir zu hören. Glaubst du, dass du damit für alle sprichst?«

»Ich spreche für keinen von ihnen, Jack. Im Moment spreche ich nur für mich. Aber du weißt, sie haben Tausende von Soldaten, und in der Stadt laufen noch hundertmal mehr herum. Und viele von denen sind hartgesottene Kerle, Jack. Es sind Metzger und Barbiere, die mit uns kämpfen werden, Männer, die wissen, was man mit einem Messer anstellen kann. Ich sag's ja nur. Könnte sein, dass uns das alle in Tyburn an den Galgen bringt. Wie ich höre, gibt's davon jetzt drei, und an jedem ist Platz für acht Leute. Sie können zwei Dutzend gleichzeitig aufhängen, Jack. Diese Stadt kennt kein Erbarmen.«

Jack brummte missmutig vor sich hin und legte den Kopf in den Nacken, um sich den Rest des feurigen Schnapses in die Kehle zu gießen. Eine Weile starrte er vor sich hin, dann stand er auf und baute sich vor Ecclestone und den anderen auf.

»Wenn wir jetzt aufhören«, sagte er leise, »werden sie uns trotzdem holen. Hast du denn gedacht, ihr könntet einfach nach Hause gehen? Jungs, wir haben gemordet und geplündert. Sie werden uns nicht einfach davonkommen lassen, weder jetzt noch zu einer späteren Zeit. Entweder wir entscheiden uns jetzt und gehen nach London, oder ...« Er zuckte die breiten Schultern. »Na ja, vielleicht könnten wir's mit Frankreich versuchen. Aber ich glaube, dort sind wir auch nicht sehr willkommen.«

»In Maine würde man dich ebenfalls aufknüpfen, Jack Cade. Einen Halunken aus Kent erkennt man dort sofort.«

Die Stimme war aus dem Hintergrund gekommen. Jack war von Flammen noch ganz geblendet, als er sich umdrehte und in die Dunkelheit spähte.

»Wer war das? Zeig dich gefälligst, wenn du mit mir redest.«

Er blickte angestrengt in das flackernde Licht, das Schatten auf die Männer warf, die sich ebenfalls nervös umdrehten, um zu sehen, wer da gesprochen hatte. Jack erkannte die massige Gestalt seines irischen Freundes, der einen Mann gepackt hatte, den er jetzt vor sich herschob.

»Er sagt, er kennt dich, Jack«, sagte Paddy schwer atmend.

»Woodchurch?« Jack blinzelte verblüfft und trat aus dem Feuerschein. »Tom?«

»Ich bin's. Und würdest du jetzt diesem Hornochsen hier sagen, er soll mich wieder auf die Füße stellen!«

In diesem Moment stürzte sich Rowan auf den Iren, dass alle drei das Gleichgewicht verloren und als fluchender und wild zappelnder Haufen am Boden landeten.

Jack Cade packte den jungen Mann, der noch immer um sich schlug, und zog ihn fort.

»Und wer ist das?«, fragte er.

Rowan sah ihn wütend an, doch Jack hielt ihn so fest am Kragen, dass er rot anlief und nach Luft rang.

»Mein Sohn«, sagte Thomas, der sich schnell aufsetzte, um Paddys Fußtritten zu entgehen.

Thomas kam als Erster wieder auf die Beine, dann streckte er die Hand aus, um dem Iren aufzuhelfen. Paddy brummte ihn nur wütend an. Jack hob beschwichtigend die Hände, und Rowan klopfte sich den Dreck von der Jacke.

»Sieh an, der Herr Sohn. Als ich ihn das letzte Mal gesehen habe, war er noch ein Milchbart. Und was ist aus deinem hübschen Wildfang geworden? Ein reizendes kleines Ding!«

Jack merkte, dass Paddy sich noch nicht beruhigt hatte, und legte dem Freund die Hand auf die Schulter.

»Ist schon in Ordnung, Paddy. Tom und ich kennen uns schon sehr, sehr lange. Ich höre mir jetzt an, was er zu sagen hat, und wenn es mir nicht gefällt, kannst du dich immer noch mit ihm prügeln.«

»Jederzeit gern«, brummte Paddy.

Thomas sah den gewaltigen Iren abschätzend an und lachte leise.

»Mit dem könnte ich es nicht mal aufnehmen, wenn ich in besserer Verfassung wäre, aber in Frankreich hat man mir zum Abschied ein hübsches kleines Andenken mit dem Schwert verpasst. Ja, ja, wir haben ein schlimmes Jahr hinter uns, der Junge und ich. Dann hörte ich, dass Jack Cade eine Armee hat, und ich dachte, ich schaue mal nach, ob es derselbe Mann ist, an den ich mich erinnere.«

»Dann willst du also den freien Bauern von Kent beitreten? Bogenschützen können wir gut gebrauchen.«

»Das war mein Plan, Jack. Aber deine Männer sagen mir, du hättest jetzt London und den König selbst im Visier. Wie viele Männer hast du, dreitausend?«

»Fünf«, sagte Jack sofort. »Fast sechs.«

»London kann im Notfall doppelt so viele Soldaten bereitstellen, Jack. Es ist eine grausame Stadt, das kannst du mir glauben.«

Cade musterte den Mann, der da vor ihm stand.

»Wie würdest du es denn machen, Tom? Du warst doch immer der große Stratege.«

Thomas seufzte, er war schwach geworden und spürte seine Jahre. Er und Rowan hatten eine Keule des Pferdes gebraten, das sie gestohlen hatten, und die paar Tage mit gutem

Essen damit bezahlt, dass sie die letzte Strecke gelaufen waren. Doch selbst jetzt war ihm klar, dass es noch eine Weile dauern würde, ehe er einen Köcher voll Pfeile wieder mit ausreichender Geschwindigkeit leeren konnte. Er antwortete nicht gleich, seine Augen trübten sich bei dem Gedanken an all die niedergebrannten Höfe und die Leichen der vielen Familien, die sie unterwegs gesehen hatten. Er gab König Henry und seinen Lords die Schuld an dem, was er erlebt hatte. Auch den Franzosen gab er Schuld, obwohl er sie für jeden Meter Land hatte bluten lassen. Und er gab Derry Brewer die Schuld, und er wusste, der war in London.

»Ich würde direkt aufs Herz zielen, Jack. Der König ist entweder im Tower oder im Palast von Westminster. Ich würde ein paar Männer losschicken, die sich in der Stadt auskennen, um herauszufinden, wo er sich aufhält. Meine Vermutung ist der Tower, weil sich dort die Königliche Münze befindet und das ganze Gold. Ich würde sie bei Nacht überfallen. Und ich würde mir die Taschen füllen und dem König sein schwarzes Herz rausschneiden. Ich bin fertig mit Königen und Lords, Jack. Sie haben mir zu viel genommen. Es ist Zeit, dass ich mir etwas davon zurückhole.«

Jack Cade schlug ihm lachend auf die Schulter.

»Gut, dich wiederzusehen, Tom. Das sind wärmende Worte. Setz dich zu mir und sag mir, welche Straßen du nehmen würdest. Diese Memmen hier behaupten nämlich, es sei nicht möglich.«

»Und ob es möglich ist, Jack. Ich weiß zwar nicht, ob wir mit London fertigwerden könnten, aber zumindest können wir die Lords für das bezahlen lassen, was sie uns genommen haben. Und vielleicht können wir es uns auf diesem Wege sogar wiederholen.«

Williams Magen rebellierte, und er hatte einen sauren Geschmack im Mund, als er auf dem schwankenden Deck kniete, die Hände auf dem Rücken gefesselt. Seine alte Wunde sorgte für einen Krampf im Bein, und der Muskel protestierte schmerzend, aber sobald er versuchte, seine Stellung zu verändern, versetzte einer der Piraten ihm einen Tritt oder ohrfeigte ihn so hart, dass er Blut spuckte. Er war völlig hilflos und außer sich vor Wut, er konnte nichts tun als mit ansehen, bis auch der letzte der Mannschaft ohne große Umstände umgebracht und über Bord geworfen wurde.

Er hörte, wie die Piraten die Räume unter Deck durchsuchten und vor Freude über ihre Beute laut jubelten. Seine eigenen Taschen waren bereits aufgeschnitten worden, und die Männer balgten sich um den Beutel mit Münzen, den Derry ihm mitgegeben hatte. William hatte nichts gesagt, als sie ihn johlend verspotteten, er wartete darauf, dass ihr Anführer sich zeigen würde.

William wusste, dass er sich näherte, als das wilde Gejohle der Piraten schlagartig verstummte. William hingegen reckte den Hals, um ihn zu sehen, doch in diesem Moment wurde er gepackt und über das Deck zum Bug der *Bernice* gezerrt, wo man über das Stagsegel hinweg in das kochende Wasser darunter sehen konnte. Ein Mann, der offenbar das Kommando hatte, trat vor ihn, und William sah ihn verwirrt an.

Der Kapitän der Piraten hatte ein blasses Gesicht voll Blatternarben, er sah so aus wie die Typen, die im Londoner Metzgerviertel die Schweine schlachteten. Als er lächelte, zeigte er braune Zähne mit schwarzen Rändern, als hätte er Holzkohle gekaut. Zufrieden sah er seinen Gefangenen an.

»William de la Pole? Lord Suffolk?«, sagte er mit sichtlichem Genuss.

Williams Herz schien einen Schlag auszusetzen. Plötzlich war ihm alles klar, und seine Übelkeit war nur noch ein fernes Unwohlsein. Er hatte seinen Familiennamen nicht genannt, und dies waren nicht die Sorte Männer, die ihn kennen konnten, es sei denn, sie hatten von Anfang an gezielt nach ihm gesucht.

»Ihr kennt also meinen Namen«, sagte er. »Wer hat ihn Euch genannt?«

Der Kapitän grinste und schnalzte missbilligend mit der Zunge.

»Männer, die von einem schwachen König Gerechtigkeit erwartet haben, Lord Suffolk. Männer, die Gerechtigkeit verlangt haben, die ihnen verweigert wurde.«

»Ich habe mich ergeben, um gegen Lösegeld festgehalten zu werden!«, entgegnete William verzweifelt, seine Stimme versagte fast vor Angst. Trotz seiner kaputten Hand kämpfte er gegen die Fesseln, aber Seeleute machen feste Knoten, sie gaben nicht nach. Wieder grinste der Kapitän.

»Ich akzeptiere Eure Ergebung nicht. Ihr seid ein verurteilter Verräter, William de la Pole. Es gibt Leute, die es für besser halten, dass Ihr nicht frei herumlauft. Nicht als Hochverräter.«

William war das Blut aus dem Gesicht gewichen. Sein Herz klopfte wie wild, er hatte verstanden. Einen Moment schloss er die Augen, bemüht, auf dem schwankenden Deck seine Würde zu bewahren.

Er öffnete die Augen, als eine grobe Hand in sein Haar griff und seinen Kopf nach vorn zog.

»Nein!«, schrie er. »Ich gehe in die Verbannung!«

Der Kapitän ignorierte den Protest. Er packte eine große Handvoll des grauen Haares und hob es, um den Hals darunter freizulegen. Mit grimmiger Entschlossenheit fing der Mann an, den Muskel durchzuschneiden. Williams empörter Schrei verstummte zu einem Todesröcheln, als das Blut spritzte und zusammen mit der Gischt das Deck rot färbte. Er zuckte und bebte, doch die Hand hielt ihn fest, bis sein Körper schlaff wurde und leblos aufs Deck fiel.

Der Kapitän ruinierte seine Klinge, als er den dicken Muskel und den Knochen vollends durchschlug. Dann warf er die Waffe achtlos hin, bückte sich und hielt den abgeschlagenen Kopf hoch. Die Mannschaft jubelte bei seinem Anblick, und der Kapitän steckte ihn in einen Sack aus Segeltuch. Williams Körper blieb unbeachtet auf dem Deck liegen.

Die *Bernice* wurde von dem zweiten Schiff losgebunden und führerlos dem Meer überlassen, während das Piratenschiff Kurs auf die englische Küste nahm.

TEIL DREI

Jack Cade: *Sieben Sechserbrote sollen künftig in England für einen Groschen verkauft werden; die dreireifige Kanne soll zehn Reifen halten; und ich will es für ein Hauptverbrechen erklären, Dünnbier zu trinken. Das ganze Reich sollen alle gemein haben; in Cheapside geht euch mein Klepper auf die Weide.*

William Shakespeare,
Henry VI., 2. Teil, 4. Akt, 2. Szene

Das Erste, was wir tun müssen, ist, dass wir alle Rechtsgelahrte umbringen.

Henry VI., 2. Teil, 4. Akt, 2. Szene

25

»Die Stadttore von London sind nachts geschlossen, Jack«, sagte Thomas und deutete auf den Fußboden. Die beiden Männer saßen allein im Obergeschoss eines Wirtshauses in Southwark, auf der anderen Seite des Flusses, gegenüber der Stadt. Sie hatten den Teppich zurückgeschlagen, und Thomas hatte eine ungefähre Skizze auf die uralten Fußbodenbretter gezeichnet, die den Verlauf der Themse und die römische Stadtmauer darstellen sollte, die das Innere des alten Stadtkerns umschloss.

»Was, *alle?*«, erwiderte Jack. Er war noch nie in der Hauptstadt gewesen und dachte immer noch, Woodchurch übertreibe nur. Nicht nur schien es ihm übertrieben, dass dort sechzig- oder gar achtzigtausend Bewohner leben sollten, sondern jetzt wollte er ihm sogar noch weismachen, dass es rundum große Stadttore gab?

»Klar, das ist doch der Zweck von Stadttoren, Jack. Aber egal, wenn wir zum Tower wollen, der ist auf jeden Fall innerhalb der Stadtmauer. Cripplegate und Moorgate können wir vergessen – da müssten wir ganz um die Stadt herummarschieren, und die Bewohner dort würden sofort losrennen und die Soldaten des Königs alarmieren. Und Aldgate im Osten – siehst du, hier? Das Tor hat sogar eine eigene Garnison. Dort habe ich mich herumgetrieben, als ich Joan den Hof machte. Vielleicht könnten wir auch im Westen das Fleet überqueren und an der Kathedrale hereinkommen. Aber egal, wo wir in die Stadt kommen, wir müssen über die Themse – und über die gibt es nur eine Brücke.«

Stirnrunzelnd starrte Jack auf das Gekritzel am Boden und versuchte, es zu verstehen.

»Mir gefällt der Gedanke nicht, diese Straße entlang zu marschieren, von der sie wissen, dass wie sie nehmen müssen, Tom. Du hast vorhin Fähren erwähnt. Könnten wir die nicht nehmen, vielleicht ein bisschen weiter unten, wo es ruhiger ist?«

»Wenn es sich um ein Dutzend Männer handelte, wäre das natürlich die Lösung. Aber wie viele hast du seit Blackheath zusammengetrommelt?«

Cade zuckte die Schultern. »Sie kommen von allein, Tom! Sogar Männer aus Essex und einige aus London. Vielleicht acht- oder neuntausend? Niemand hat sie gezählt.«

»Auf jeden Fall zu viele, um sie mit Fähren rüberzubringen. Es gibt längst nicht genug Boote, außerdem würde es zu lange dauern. Wir müssen reinkommen und wieder draußen sein, ehe die Sonne aufgeht. Zumindest, wenn du die Sache überleben willst. Natürlich besteht immer noch die Möglichkeit, dass der König und seine Lords unsere Petition beantworten, was meinst du?«

Die beiden Männer sahen sich an und lachten spöttisch, dann hoben sie die Becher und brachten einen stummen Toast auf ihre Feinde aus. Auf Thomas' Anregung hin hatte Jack »im Namen des Hauptmanns der großen Versammlung von Kent« eine Reihe von Anträgen an die Londoner Zunfthalle geschickt. Einige der Männer hatten natürlich sofort vorgeschlagen, man solle Jungfrauen und Gold für alle verlangen, doch schließlich war die Diskussion vernünftiger geworden, und man hatte sich auf realistische Anliegen geeinigt. Alle hatten die hohen Steuern satt, genau wie die grausamen Gesetze, die ohnehin nur diejenigen bestraften, die sich nicht freikaufen konnten. Die Petition, die sie an den Bürgermeister und die Ratsherren von London gerichtet hatten, könnte zu weitreichenden Veränderungen im Land führen – falls der König zustimmte. Doch weder Jack noch Thomas glaubten ernsthaft daran, dass der König sie auch nur zu Gesicht bekommen würde.

»Sie werden gar nicht antworten«, sagte Thomas. »Sie haben kein Interesse daran, uns gerecht zu behandeln, das ist doch klar, also müssen wir eben mit Gewalt unser Recht durchsetzen. Sieh mal, hier. Der Tower ist nahe der Themsebrücke, höchstens eine halbe Meile entfernt. Wenn wir eine andere Route in die Stadt nehmen, müssten wir durch ein Gewirr von Gassen, in dem sich selbst viele der Einheimischen nicht zurechtfinden. Du hast mich um meinen Rat gefragt, hier ist er: Wir kommen über Southwark hoch, überqueren die Brücke bei Sonnenuntergang, dann halten wir nach Osten auf den Tower zu und sind da, noch ehe die Wachen des Königs es überhaupt gemerkt haben. Zwar werden wir auf dem Weg dorthin ein paar Schädel einschlagen müssen, aber wenn wir in Bewegung bleiben, werden sie nicht genug Soldaten haben, um uns aufzuhalten. Jedenfalls solange wir uns nicht irgendwo in die Enge treiben lassen, Jack.«

»Trotzdem sind es mehr Menschen, als ich je gesehen habe«, murmelte Jack mit einem unguten Gefühl. Noch immer konnte er sich nicht vorstellen, dass derartig viele Männer, Frauen und Kinder diese engen, schmutzigen Straßen bevölkern sollten.

Thomas Woodchurch lachte.

»Es sind vielleicht viele Menschen, aber nach allem, was man so hört, haben die Londoner ihren König und seine Lords genauso satt wie wir. Sie können ja kaum einen Schritt tun oder auch nur scheißen, ohne dass sofort ein Büttel ankommt und Strafe von ihnen kassiert. Wenn du deine Männer vom Plündern abhalten kannst, Jack, werden sie uns zujubeln und mit offenen Armen empfangen.«

Der große Mann aus Kent starrte mit rot geränderten Augen auf die Karte. Cade trank abends immer ziemlich viel, und Thomas vermutete, dass er, wenn es nach ihm gegangen wäre, bis zum Jüngsten Tag in Blackheath oder an der Grenze von Kent geblieben wäre. Cade war zwar der geeignete Mann, wenn es um einen Angriff auf Vögte oder die Männer des Sheriffs ging, aber wenn er es allein mit London hätte aufnehmen müssen, wäre er verloren gewesen. Jetzt klammerte er sich an Woodchurch wie ein Ertrinkender an einen Strohhalm und fragte ihn in allem nach seiner Meinung. Thomas seinerseits hatte das Gefühl, dass nach allem, was er erlitten hatte, sich jetzt das Blatt für ihn wenden müsste. Endlich hatte er das Gefühl, zur richtigen Zeit am richtigen Ort zu sein.

»Und du meinst, wir schaffen es?«, murmelte Jack mit schwerer Zunge. »Es sind viele Männer, die alle erwarten, dass sie unter meiner Führung erfolgreich sind, Tom. Ich kann nicht riskieren, dass wir jetzt scheitern.«

»Werden wir nicht«, sagte Tom leise. »Das Land ist in Aufruhr, und mit gutem Grund. Der König ist ein kindischer Schwachkopf. Ich habe alles verloren, und du auch – und all diese Männer ebenso. Sie bleiben standhaft, wenn es nötig ist, das haben sie bereits bewiesen. Und sie werden in den Tower von London einmarschieren.«

Jack schüttelte den Kopf. »Es ist eine Festung, Tom«, sagte er, ohne aufzusehen. »Wir dürfen nicht vor verschlossenen Toren stehen, wenn die Soldaten des Königs uns eingeholt haben.«

»Wir haben Männer mit Äxten und Hämmern. Ich sage nicht, dass es einfach sein wird, aber du hast acht- oder neuntausend kampferprobte Männer – was sollte uns da lange standhalten?«

»Die meisten von ihnen sind Männer aus Kent, Tom Woodchurch«, sagte Jack mit blitzenden Augen.

»Umso besser, Jack. Umso besser.« Er lachte, als Jack ihn so fest auf die Schulter schlug, dass er fast von der Bank gestürzt wäre.

Die Sonne ging bereits auf, als die beiden Männer aus dem Wirtshaus wankten. Sie standen in der Tür und blinzelten ins Licht. Die Horde ihrer freien Bauern hatte auf fünf Meilen im Umkreis jeden Hof und jedes Dorf geplündert, und jetzt lagen viele von ihnen am Boden, bis zur Bewusstlosigkeit betrunken von gestohlenem Branntwein und Bier. Jack stieß einen der Männer mit der Fußspitze an, der stöhnte nur, wachte aber nicht auf. Er umklammerte einen großen Schinken, den er im Arm hielt wie eine Braut. Sie waren in den vergangenen Tagen viel marschiert, und Jack gönnte ihnen die Ruhepause.

»Also gut, Tom«, sagte er. »Die Männer können heute ausruhen, um wieder nüchtern zu werden. Vielleicht werde ich selbst auch etwas schlafen. Und heute Abend gehen wir über die Brücke.«

Thomas Woodchurch sah nach Norden und stellte sich vor, wie man jetzt in London die Kochfeuer anzündete, die ihren fettigen Rauch und die Gerüche verbreiteten, an die er sich aus seiner Jugend noch gut erinnerte. Seine Frau war mit den Töchtern in das Haus ihrer Familie zurückgekehrt, und er fragte sich, ob sie überhaupt ahnten, dass er und Rowan noch am Leben waren. Bei dem Gedanken an seine Frau und die Töchter runzelte er nachdenklich die Stirn.

»Du musst den Männern das Plündern und Vergewaltigen strikt verbieten, Jack. Und sie dürfen sich auch nicht besaufen, bis alles vorbei ist und wir wieder hier in Sicherheit sind. Wenn wir die Menschen gegen uns aufbringen, kommen wir nicht wieder lebendig aus der Stadt heraus.«

»Ich werd's ihnen sagen«, brummte Jack und sah ihn unwillig an.

Thomas merkte, dass er nahe daran gewesen war, dem großen Mann einen Befehl zu erteilen, deshalb sprach er schnell weiter, um die Situation zu entspannen.

»Sie hören auf dich, Jack. Du hast sie hierhergebracht, jeden Einzelnen. Sie werden tun, was du sagst.«

»Du solltest auch ein bisschen schlafen, Woodchurch«, erwiderte Jack. »Uns steht eine anstrengende Nacht bevor.«

Derry Brewer war in einer Stinklaune. Seine Stiefel hallten auf dem Holzboden wider, als er im Turm über dem Wassertor auf und ab ging und auf die schiefergraue Themse hinausblickte, die schnell dahinfloss. Margaret beobachtete ihn von ihrer Bank aus, die Hände im Schoß gefaltet.

»Ich sage ja nicht, dass sie wirklich einen Angriff wagen werden, Mylady, aber immerhin liegt da eine Armee unweit von London, und die Hälfte der Stadt hat Angst, die andere Hälfte würde sich ihnen am liebsten anschließen. Lord Scales und Lord Grey liegen mir seit Tagen in den Ohren, ich solle Soldaten ausschicken, um Cades Leute zu verjagen, als ob das alles nur ein Haufen dummer Bauern wäre, die wegrennen, sobald sie ein paar Reiter sehen.«

»Sind es denn keine Bauern, Derihew?«, fragte Margaret, wobei es ihr noch ungewohnt war, seinen Vornamen zu gebrauchen. Seit sie als Verbündete aufeinander angewiesen waren, hatte sie Derry gebeten, sie Margaret zu nennen, aber noch tat er es nicht. Sie sah auf, als er stehen blieb und sich umdrehte.

»Mylady, ich habe Männer ausgeschickt, die es bis in ihr Lager geschafft haben. Cade, dieser Dummkopf, hat offenbar noch nie etwas von Wachen oder Parolen gehört. In diesem besoffenen Haufen kann jeder kommen und gehen, wie er will, und ja, die meisten von ihnen sind Bauern, alles einfache, aber harte Kerle. Aber es gibt auch ein paar Vornehme unter ihnen, die in London Freunde haben. Sie haben überall Leute, die sie unterstützen, und ich vermute, dass York sie bestochen hat.« Er massierte sich den Nasenrücken. »Ich kannte diesen Jack Cade früher mal, als er nichts weiter war als einer von diesen Teufelskerlen, die in Reih und Glied gegen die Franzosen marschierten. Ich habe gehört, er soll sogar mal für die Franzosen gekämpft haben, als die besser zahlten als wir. Der hat genug Wut im Bauch, um London bis auf die Grundmauern abzufackeln, Mylady, wenn er die Chance dazu hat.«

Er unterbrach sich und dachte kurz darüber nach, ob es nicht das Einfachste wäre, einem seiner Späher aufzutragen, Cade den Hals durchzuschneiden. Dann hätten sie aber immer noch seine Armee am Hals.

»Aber egal, wer sie sind und warum sie sich hier versammelt haben, es ist eine riesige Horde, Mylady, und sie brüllen herum und halten Reden und heizen sich gegenseitig an.

Eine Kleinigkeit kann jederzeit das Fass zum Überlaufen bringen. Mir wäre wohler, wenn ich nicht neben allem anderen auch noch um die Sicherheit des Königs fürchten müsste. Wenn er die Stadt verließe, hätte ich viel freiere Hand.«

Margaret schlug die Augen nieder, sie wollte dem Meisterspion ihres Mannes nicht zu offen ins Gesicht sehen. Sie traute Derry Brewer nach wie vor nicht recht über den Weg, sie verstand seine genauen Beweggründe nicht. Als es um William de la Pole ging, hatte sie gewusst, dass er auf ihrer Seite war, aber jetzt war es schon mehrere Wochen her, seit Williams kopflose Leiche zusammen mit einem Dutzend weiterer Toter in Dover an Land gespült worden war. Es gab ihr einen Stich, als sie an ihren Freund dachte, und sie schloss kurz die Augen.

Ob sie Derry Brewer vertraute oder nicht, sie hatte wenig Verbündete am Hofe. Die Aufstände schienen sich auszuweiten, und die Lords, die auf der Seite des Dukes von York standen, bemühten sich nicht sonderlich darum, sie niederzuschlagen. Es passte dieser Partei offensichtlich sehr gut, dass das Land in Aufruhr war und die Leute ihre Unzufriedenheit herausschrien. Sie hatte gelernt, Richard von York zu hassen, aber ihr Hass würde ihn von seinem Kurs nicht abbringen. Vor allem mussten London und ihr Mann geschützt werden.

Als Derry sich wieder dem Fenster zuwandte, strich sie mit der Hand leise über ihren Leib und betete stumm, dass er sich mit Leben füllen möge. Henry schien sich an ihren ersten gestohlenen Liebesakt nicht zu erinnern, so krank und durch Medikamente betäubt, wie er damals gewesen war. Mutig war sie seitdem noch mindestens ein halbes Dutzend Mal bei ihm gewesen, und tatsächlich hatte ihre Blutung in diesem Monat noch nicht stattgefunden. Doch sie versuchte, sich keine zu großen Hoffnungen zu machen.

»Mylady? Fühlt Ihr Euch nicht wohl?«

Sie öffnete die Augen und errötete, sie wusste nicht, wie hübsch sie dabei aussah, dachte Derry. Sie wich seinem Blick aus.

»Ich bin nur etwas müde, Derry, weiter nichts. Ich weiß, dass mein Mann London nicht verlassen möchte. Er meint, er müsse dableiben, um die Aufständischen wegen ihres Verrats zu beschämen.«

»Egal, was sein Grund ist, Mylady, es wird ihm nicht helfen, wenn Tausende von Männern in London einfallen. Ich kann mich nicht für seine Sicherheit verbürgen, versteht Ihr? York hat seine Späher, genau wie ich sie habe – und er hat Geld, um die Leute zu bestechen. Wenn Cades Armee nach London kommt, wäre es ein Leichtes, einen Anschlag auf den König vorzutäuschen – und wie gesagt, es ist sehr schwer, ihn in einer belagerten Stadt zu beschützen.«

Er kam näher und hob einen Moment die Hand, als wollte er die ihre ergreifen. Doch er besann sich rechtzeitig und ließ sie wieder sinken.

»Bitte, königliche Hoheit – das war der Grund, warum ich mit Euch sprechen wollte. Der König hat ein Schloss in Kenilworth, keine achtzig Meilen von hier, und die Straßen dorthin sind gut. Wenn es ihm gut genug geht, dass er reisen kann, könnte er mit der Kutsche in wenigen Tagen dort sein. Ich wüsste, dass der König in Sicherheit ist, und es wäre eine Sorge weniger, solange ich mich mit Cade und seinem Gesindel herumschlagen muss.« Er zögerte kurz und sprach jetzt leiser. »Margaret, Ihr solltet mit ihm gehen. Wir haben loyale Soldaten, aber jetzt, wo Cade so nahe ist, fängt die Bevölkerung hier auch schon an zu rebellieren und zu plündern. Sie blockieren Straßen, und überall in der Stadt bilden sich Schlägertrupps. Wenn Cade kommt, dürfte das der Funke sein, der alles in Brand setzt. Es könnte schlecht für uns ausgehen, und ich habe keinen Zweifel, dass Yorks Anhänger Euch bereits ins Visier genommen haben. Schließlich hat das Parlament York bereits zum Thronfolger bestimmt – ›für den Fall eines Unglücks‹.« Derry spuckte die Worte verächtlich aus. »Wir würden dieses Unglück geradezu herausfordern. Wenn Ihr hier bleibt, haltet Ihr Euch das Messer selbst an die Kehle.«

Margaret sah ihn an und hörte ruhig zu. Wieder fragte sie sich, wie weit sie diesem Mann trauen konnte. Welchen Vorteil hätte er davon, wenn der König und die Königin London verlassen würden, neben den Begründungen, die er ihr genannt hatte? Inzwischen wusste sie, dass Derry Brewer kein einfacher Mensch war. Selten gab es nur *einen* Grund, warum er etwas tat. Und doch hatte sie seinen Schmerz und seine Wut erlebt, als er von Williams Ermordung gehört hatte. Derry war zwei Tage lang verschwunden gewesen und hatte sich in den Kneipen Londons fast bis zur Bewusstlosigkeit betrunken. Das war echt. Sie kam zu einem Entschluss.

»Gut, Derry. Ich werde meinen Mann bitten, nach Kenilworth zu gehen. Aber ich selbst werde in London bleiben.«

»Auch Ihr wäret anderswo sicherer«, war seine prompte Antwort.

Margaret blieb fest.

»Ich bin *nirgendwo* sicher, Derry, so wie es jetzt aussieht. Aber ich bin kein Kind mehr, dem man nicht die Wahrheit sagen darf. Für mich gibt es keine Sicherheit, solange ein anderer meinem Mann den Thron neidet. Und auch nicht, solange ich nicht schwanger bin! Also, zum Teufel mit all diesen Gründen! Ich werde hier bleiben und zusehen, wie die Lords und die Soldaten meines Mannes unsere Hauptstadt verteidigen. Wer weiß, vielleicht werdet Ihr mich noch brauchen, ehe alles vorbei ist.«

Cade ließ seine Schultermuskeln rollen und blickte auf das Meer von Männern, das sich viel weiter ausdehnte, als er im Schein der knisternden Fackeln sehen konnte. Er fühlte sich stark, obwohl seine Kehle trocken war und er liebend gern etwas zu trinken gehabt hätte, um sich innerlich zu wärmen. Die Abenddämmerung des Sommertages hatte sich lange hingezogen, doch jetzt war es endlich dunkel, und die Armee wartete nur auf seinen Befehl. Er blickte um sich. Mindestens die Hälfte der Männer hatte sich ihm angeschlossen, weil sie Ungerechtigkeit erlitten hatten. Er hatte Hunderte von zornigen Geschichten gehört. Männer, die in Frankreich alles verloren hatten oder deren Leben und das ihrer Familien durch ein willkürliches Gerichtsurteil ins Verderben gestürzt worden war. Sie hatten alles verloren, und sie waren gekommen, um sich Jack Cade anzuschließen.

Sein ursprünglicher Trupp von kentischen Freibauern ging jetzt fast unter in der Menge der später Dazugekommenen aus Essex und selbst aus London. Ungläubig schüttelte er den Kopf, wenn er daran dachte. Es gab Hunderte, die selbst in London gewohnt hatten, und trotzdem waren sie bereit, mit Schwert und Sense auf ihre eigene Stadt loszugehen. Er verstand sie nicht, aber schließlich waren es auch keine Männer aus Kent, also versuchte er es gar nicht erst.

Seine Leutnants waren den ganzen Tag über damit beschäftigt gewesen, ihre Namen aufzuschreiben und sie auf den

Abmarsch vorzubereiten. Während der letzten Wochen waren so viele Neue dazugekommen, dass sie nichts weiter tun konnten, als sie einem bestimmten Offizier zuzuteilen und es ihnen selbst zu überlassen, sich eine Waffe zu besorgen. Paddy schien es Vergnügen zu bereiten, und Jack war überzeugt, dass er in einer regulären Armee einen guten Offizier abgegeben hätte. Zusammen mit Ecclestone und Woodchurch hatte er versucht, eine gewisse Ordnung herzustellen, besonders unter denen, die keinerlei Ausbildung hatten. Die große Mehrheit hatte irgendein Gerät aus Metall in Händen, und damit mussten sie lediglich in eine bestimmte Richtung zielen. Jack hatte keine Ahnung, wie es ihnen im Angesicht königlicher Truppen in Kettenhemden und Brustpanzern ergehen würde, aber wenigstens würde es in den engen Gassen Londons keine Bedrohung durch Berittene geben. Seine Männer waren alle zu Fuß – das war die Sorte Armee, von der er etwas verstand, und er machte sich nicht groß Gedanken darüber, dass sie keine Pferde hatten.

Zu seiner Linken sah er Tanter, den kleinen Schotten, auf dem riesigen Ackergaul, den man ihm gegeben hatte. Er hatte die Beine angezogen, und Jack fand, er wirkte wie eine Fliege auf einem Ochsen. Tanter beobachtete zwei Misteldrosseln, die am leeren Abendhimmel hin und her flitzten. Es war schwül, und im Westen zog eine dunkle Wolkenwand auf. Cade fiel plötzlich ein, dass seine Mutter immer gesagt hatte, Drosseln seien vor einem Gewitter die letzten Vögel am Himmel. Wenn Bauern sahen, wie sie sich als einzige noch vom Wind tragen ließen, wussten sie, dass ein Sturm heraufzog. Und er selbst würde der Stadt heute Nacht ebenfalls einen Sturm bescheren, der sich auf den Gesichtern seiner zornigen Männer zusammenbraute.

Cade stand mit etwa einem Dutzend dieser großen, starken kentischen Kerle zusammen, die im Fackelschein wie Wölfe grinsten. Im Ring des Lichts konnten sie ihren Anführer sehen, dazu die Fahne von Kent, der sie folgten. Jack sah auf den Jungen, der die Stange mit dem Banner von Kent trug, auf deren Spitze der Kopf aufgespießt war. Er war einer von etwa hundert eifrigen Knaben, die sie auf ihren Märschen aufgesammelt hatten. Einige waren Söhne von Cades Männern, andere einfach nur heimatlose Straßenjungen, die mitgelaufen waren. Sie balgten sich um Essensreste und blickten mit großen Augen auf die Erwachsenen, die mit ihren Klingen und improvisierten Waffen so wild und gefährlich aussahen.

Jack sah, dass der Junge ihn beobachtete, und er zwinkerte ihm zu.

»Wie heißt du, Junge?«

»Jonas, Captain«, erwiderte der Junge, völlig überwältigt, dass Cade ihn angesprochen hatte.

»Nun, dann halt sie hoch, Jonas«, sagte Jack. »Mit beiden Händen, und ganz ruhig, Junge. Diese Stange ist eine Warnung.«

Jonas richtete sich größer auf, aber der Junge war nicht stark genug, und die Stange drohte unter dem Gewicht des Kopfes immer wieder zu kippen.

»Halte sie schön hoch, wenn wir marschieren. Die Männer müssen sie sehen, damit sie wissen, wo ich bin, ist das klar?«

»Ja, Captain«, sagte Jonas stolz.

»Bereit, Captain!«, brüllte Paddy von irgendwo auf der rechten Seite.

»Bereit, Jack!«, rief auch Woodchurch von weiter hinten.

Cade grinste, als der Ruf rings um ihn her von den Männern aufgenommen wurde, bis er aus Hunderten, dann aus Tausenden rauer Kehlen drang. Sie waren bereit.

Mit geschwellter Brust wollte Jack den Befehl zum Abmarsch geben, als er sah, wie ein Mann sich durch die Reihen drängte und auf ihn zukam. Er beschloss abzuwarten, was er wollte. Alles drehte die Köpfe, als der Mann etwas brummte und sich vorkämpfte, bis er schließlich keuchend vor Jack stehen blieb. Er war klein, hatte ein bleiches, hohlwangiges Gesicht und dünne Arme, so, wie man nur nach jahrelangem Hungern aussah. Jack winkte ihn näher heran.

»Was ist los?«, fragte er und versuchte, freundlich zu klingen, als er die große Angst im Gesicht des Mannes sah.

»Ich … es tut mir leid, Jack«, stotterte der Mann. Er sah sich um und blickte die finsteren Axtkämpfer an, dann sah er kurz auf das Banner von Kent. Zu Jacks Überraschung bekreuzigte er sich wie vor einer Reliquie.

»Kenne ich dich, Junge?«, fragte Jack verwirrt. »Was führt dich zu mir?«

Cade beugte sich vor, um die Antwort zu hören, als der Mann sich auf ihn warf und mit einem Dolch auf seinen Hals zielte. Mit einer schnellen Armbewegung schlug Jack ihn zur Seite und zog scharf die Luft ein, als die Klinge seinen Handrücken streifte. Der Dolch flog dem Mann aus der Hand, traf scheppernd auf Metall und verschwand. Jack biss die Zähne zusammen, er packte den Mann mit beiden Händen am Kopf und drehte ihn mit einer entschlossenen Bewegung um. Der Mann kreischte auf und wehrte sich, dann hörte man ein Knacken, und er erschlaffte. Jack ließ den leblosen Körper fallen.

»Du elender Drecksack, wer zum Teufel du auch bist«, sagte er zu dem Toten. Er keuchte, als er die schockierten Gesichter der Männer sah, die um ihn standen.

»Was ist? Habt ihr etwa geglaubt, wir hätten keine Feinde? London ist hinterhältig, vergesst das nicht. Egal, was sie ihm dafür versprochen hatten, ich lebe noch, und er ist tot.«

In der Nähe nahm Cade eine plötzliche Bewegung wahr, und blitzschnell drehte er sich um, überzeugt, dass er abermals angegriffen wurde. Es war Ecclestone, der angerannt kam, das Rasiermesser in der Hand. Jack trat ihm entgegen, die Schultern erhoben wie ein Stier, seine Wut verlieh ihm ungeahnte Kräfte.

»Du also auch?«, knurrte er, bereit zum Angriff.

Ecclestone sah hinunter auf den Toten, dann in Jacks Gesicht.

»*Was?* Um Gottes willen, nein, Jack. Ich bin hinter ihm hergelaufen. Er kam mir verdächtig vor, weil er versuchte, immer näher an dich heranzukommen.«

Jack sah, wie sein Freund die schmale Klinge zusammenklappte und wieder einsteckte.

»Dann bist du wohl etwas zu spät gekommen«, sagte er.

Ecclestone deutete verlegen auf Jacks Hand, von der Blut tropfte.

»Hat er dich verletzt?«

»Nicht der Rede wert.«

»Ich werde in deiner Nähe bleiben, Jack, wenn du nichts dagegen hast. Wir kennen ja die Hälfte der Männer gar nicht. Vielleicht gibt's noch mehr davon.«

Jack machte eine abwehrende Bewegung, seine gute Laune kehrte schon wieder zurück.

»Ich wette, die haben ihr Pulver bereits verschossen, aber bleib ruhig da, wenn es dich glücklich macht. Seid ihr bereit, Jungs?«

Die Männer um ihn waren noch immer blass und schockiert über das, was sie gerade gesehen hatten, aber sie murmelten zustimmend.

»Dann deckt mich beim Marschieren von hinten, wenn ihr wollt«, sagte Jack. »Auf nach London! Sie wissen, dass wir kommen, und sie haben Angst. Sollen sie auch. Halt die Stange hoch, Jonas, verdammt noch mal, ich habe es dir schon einmal gesagt! Sie sollen sehen, dass wir kommen.«

Sie jubelten ihm zu, als er losmarschierte, mit Tausenden von Männern machten sie sich im Dunkeln auf den Weg in die Hauptstadt. Die ersten großen Tropfen eines Sommerregens gingen nieder und ließen die Fackeln zischen und spucken. Die Männer schwatzten und lachten, als würden sie einen Ausflug machen, zu einem Markt oder einem Volksfest.

Cripplegate war offen geblieben, beleuchtet von Kohlebecken auf eisernen Ständern. Die Kutsche des Königs war geschlossen, damit ihm nicht kalt wurde. Henry war dick in Decken eingepackt. Rund um den König ritten sechzig Ritter als Begleitung auf seinem Weg aus der Hauptstadt nach Norden. Henry blickte hinaus auf das erleuchtete Tor, er versuchte sich umzudrehen, um zu sehen, wie es hinter ihm geschlossen wurde. Die alte römische Stadtmauer zog sich in beide Richtungen hin und umschloss die Stadt, in der seine Frau war. Seine Hände zitterten, und er schüttelte verwirrt den Kopf, er griff nach der Tür und öffnete sie ein wenig. Lord Grey bemerkte die Bewegung sofort und kam mit seinem Pferd an die königliche Kutsche.

Henry versuchte, seine Gedanken zu sammeln, was sich anfühlte, als wolle er einen Strang feiner Fäden zusammenhalten, die ihm immer wieder entglitten. Er erinnerte sich, dass er mit Margaret gesprochen und sie gebeten hatte, mit nach Kenilworth zu kommen, wo sie in Sicherheit sein würde. Aber sie war nicht da. Sie hatte gesagt, Master Brewer wolle, dass sie dableibe.

»Wo ist meine Frau, Lord Grey?«, fragte er. »Kommt sie auch bald?«

Henry war überrascht, dass der Mann nicht antwortete. Lord Grey lief rot an, als er absaß und an die Kutsche trat. Verwirrt sah Henry ihn an.

»Lord Grey? Habt Ihr mich gehört? Wo ist meine Frau, Margaret …?«

Er unterbrach sich, er hatte das Gefühl, dass er diese Frage schon mehrmals gestellt hatte. Er wusste, dass er eine Zeit lang geträumt hatte. Die Absude, die der Arzt ihm zu trinken gab, ließen unwirkliche Dinge wirklich erscheinen und Träume so lebendig, als wären sie wahr. Er konnte das eine nicht mehr vom anderen unterscheiden. Henry spürte einen sanften Druck gegen die Tür der Kutsche, als Lord Grey sie wieder schloss, der dabei in die andere Richtung sah, um nicht in die weit aufgerissenen Augen und das traurige Gesicht des Königs blicken zu müssen.

Mit leisem Klicken schnappte die Tür zu, und Henry blieb nur das kleine Viereck aus Glas, um hinauszuschauen. Als es von seinem Atem beschlug, wischte er darüber und sah, wie Grey kopfschüttelnd mit einem seiner Ritter sprach.

»Ich fürchte, dem König geht es nicht gut, Sir Rolfe, er ist nicht ganz klar im Kopf.«

Dem Ritter war es unbehaglich, als er das blasse Gesicht sah, das ihn beobachtete. Er beugte den Kopf.

»Ich verstehe, Mylord.«

»Das hoffe ich. Es wäre nicht sehr klug von Euch, jemals zu erwähnen, dass ich die Tür an meines Königs Kutsche schließen musste, Sir Rolfe. Wenn wir uns recht verstehen …?«

»Natürlich, Lord Grey. Ich habe nichts gesehen.«

»Sehr gut. Kutscher, weiter!«

Eine lange Peitsche knallte, und die Kutsche setzte sich wieder in Bewegung, holpernd und schlingernd fuhr sie auf der unebenen Straße dahin. Der Wind wurde stärker, und bald fielen die ersten großen Regentropfen auf die staubige Straße.

26

Derry hatte große Mühe, sich zu beherrschen. Es war bald Mitternacht, und er war müde und hatte alles gründlich satt.

»Mylord Warwick, wenn Ihr Eure Soldaten aus dem Norden der Stadt abzieht, dann haben wir dort niemanden mehr, um etwaige Unruhen zu unterdrücken.«

Richard Neville war groß und schlank und noch zu jung für einen Bart. Doch er war ein Earl, der Sohn und Enkel mächtiger Männer. Er sah Derry mit einer Arroganz an, die über Generationen hinweg perfektioniert worden war.

»Wer seid *Ihr*, um mir zu sagen, wo ich *meine* Leute hinschicken soll, Master Brewer? Ich sehe, dass Ihr Lord Somersets Soldaten bald hierhin, bald dorthin kommandiert, aber ausgerechnet ich soll fehlen, wenn London von einer Armee bedroht wird? Habt Ihr den Verstand verloren? Lasst mich eins ganz klarmachen: Ihr gebt hier keine Befehle, Brewer. Vergesst das nicht.«

Derry kochte innerlich, aber es würde niemandem helfen, wenn er jetzt, wo London in akuter Gefahr war, einen Krach mit Neville riskierte.

»Mylord, ich sehe es ja ein, dass Cades Horde die größte Gefahr für die Stadt ist. Doch wenn sie kommen, müssen wir auch auf den Straßen Londons für Ordnung sorgen. Es gibt hier jede Menge Anhänger. Heute Nacht wollen die Leute bei der St.-Pauls-Kathedrale auf die Straße gehen, sie wollen den

König aus dem Tower holen und anklagen. Und in Smithfield haben sich ebenfalls Hunderte versammelt, die irgend so ein verdammter Volksredner aufwiegelt. An diesen Orten sollten wir Soldaten haben, Mylord. Auf *jeder* Straße sollten Soldaten sein, von den Schlachthöfen bis zu den Märkten, von Aldgate bis Cripplegate. Ich verlange ja nur …«

»Ich glaube, ich habe Eure Frage bereits beantwortet, Brewer«, unterbrach Richard Neville ihn kühl. »Meine Leute und ich werden die Brücke und den Tower verteidigen. Das sind die Orte, die ich ausgewählt habe. Oder wollt Ihr mir weismachen, der König habe etwas anderes angeordnet? Und zwar *schriftlich*, sodass ich es selbst lesen kann? Nein? Das kann ich mir vorstellen, denn Seine Majestät hat ja die Stadt verlassen! Ihr nehmt Euch zu viel heraus, Brewer. Natürlich hättet Ihr es gern, dass ein Neville die Straßenecken bewacht, während die wirklichen Kämpfe ohne mich stattfinden. Doch Ihr habt hier gar nichts zu sagen. Ich schlage vor, Ihr verschwindet jetzt oder haltet zumindest den Mund, wenn Respektspersonen Pläne für den Ernstfall machen.«

Derry Brewers Schweigen hatte etwas Bedrohliches, und Warwick hörte auf zu reden. Es waren fünf Personen, die sich in diesem Raum der neu erbauten Zunfthalle, dem Sitz der städtischen Verwaltung, zusammengefunden hatten. Lord Somerset war dem Gespräch aufmerksam gefolgt und dachte sich seinen Teil. Er fürchtete, Derry würde gleich eine wütende Antwort geben, und räusperte sich.

»Jetzt ist nicht die Zeit, um sich zu streiten, Gentlemen«, sagte er beschwichtigend. »Lord Scales? Ihr hattet erwähnt, dass Ihr die anderen Tore bewachen wolltet?«

Scales war in den Fünfzigern, ein Veteran des französischen Krieges, der noch seit der Gerichtsverhandlung um William,

Lord Suffolk, in London war. Er griff Somersets versöhnlichen Ton auf, und um die Atmosphäre zu entschärfen, sagte er:

»Wir wissen, dass dieser Cade sehr viele Anhänger hat. Schon deshalb gebietet es die Vernunft, die Stadttore zu bewachen.«

»Es sind *sieben* Tore, Lord Scales!«, warf Derry nervös ein. »Auch wenn wir bei jedem Tor nur vierzig zusätzliche Männer postieren, dann fehlen uns fast dreihundert Mann, die auf den *Straßen* für Ordnung sorgen könnten. Mylord, ich habe in den Dörfern außerhalb der Stadt meine Leute, und die rechnen jeden Moment mit einem Angriff. Bisher hat Cade sich aus Southwark noch nicht herausgerührt. Aber wenn er kommt, dann wird er wie ein Stier auf eins der Tore anstürmen. Wenn er der Einzige wäre, dann würde ich dem jungen Earl hier recht geben, dass wir ihm an der Londoner Brücke entschieden Widerstand leisten sollten. Aber in London sind Zehntausende, die sich die Unruhen zunutze machen werden, sie werden Häuser anzünden, morden und plündern, um mit verschiedenen Leuten abzurechnen. Wahrscheinlich sind wir ohnehin zu wenige, aber Cade ist eben nur ein Teil des Ganzen. Sein Angriff könnte der Funke sein, der einen Flächenbrand auslöst.«

Derry schwieg und sah in die Runde der Männer, die London verteidigen würden, wenn Cade kam – falls er denn kam. Wenigstens konnte Derry Somerset vertrauen, obwohl der ältere Mann genauso widerborstig sein konnte wie Richard Neville, wenn man ihm irgendeine wichtige Position verweigerte. Scales war aus dem gleichen Grund in Schweigen verfallen. Baron Rivers kannte er kaum, er wusste nur, dass er auf Befehl des Königs, den Derry geschrieben und gesiegelt hatte, mit zweihundert Männern nach London gekommen war. Im Vergleich zu diesen Männern war der junge Earl von Warwick aggressiv wie ein Aufständischer, er war der Protagonist, mit dem der Neville-Clan seine Macht demonstrieren wollte. Derry sah ihn unwillig an, er wusste, dass York hinter ihm stand, obwohl er selbst nirgendwo zu sehen war. Die Neville-Sippe konnte von einem Angriff auf London nur profitieren, und Derry verzweifelte fast bei dem Gedanken, dass ausgerechnet diese Leute in dem Chaos, das dann folgen würde, ihre Gelegenheit sahen. Er brauchte mehr Soldaten!

Margaret war im Tower ziemlich sicher aufgehoben, dachte Derry. Es wäre ihm lieber gewesen, er hätte keine vierhundert Soldaten zu ihrer Bewachung abstellen müssen, aber nachdem sie sich weigerte, die Stadt zu verlassen, hatte er keine andere Wahl gehabt. Wenn London gerettet würde, Margaret aber dabei umkäme, würde das die Sache der Yorks natürlich noch mehr stärken. Dann wäre der Duke von York innerhalb eines Jahres König, so viel war sicher. Wie viel lieber hätte Derry diesmal einem einzigen Feind gegenübergestanden, wie in früheren Zeiten! Stattdessen war es, als bewegte er sich in einem Raum voller Schlangen, von denen er nicht wusste, welche ihn als Nächste angreifen würde.

Ein Ratsherr kam keuchend die Treppe herauf, ein großer, dicker Mann in Samt und Seide. Er war rot im Gesicht und schwitzte stark, obwohl er nicht sehr viele Stufen zu bewältigen hatte. Die vier Lords und Derry sahen ihn finster an, und er starrte erschrocken zurück.

»Mylords«, keuchte er. »Cades Leute sind im Anmarsch. Sie kommen, Mylords, in diesem Moment!«

Warwick fluchte leise.

»Ich gehe zur Brücke«, sagte er. »Ihr anderen müsst selbst entscheiden.«

Der Ratsherr trat einen Schritt zurück, um ihn vorbeizulassen, er schnaufte noch immer und versuchte gleichzeitig, sich zu verbeugen. Warwick verschwand eilig die Treppe hinunter. Wütend sah Derry hinter ihm her, dann wandte er sich an Lord Scales.

»Mylord, ich habe in dieser Angelegenheit die Vollmacht des Königs. Bitte, lasst einen Teil Eurer Männer das Innere der Stadt bewachen.«

Lord Scales blickte auf den kleineren Mann herab und wählte seine Worte sorgfältig.

»Nein, Master Brewer. Das werde ich nicht tun. Ich werde ebenfalls die Brücke verteidigen.«

»*Mein Gott,* Scales«, sagte Somerset. »Wir sind doch auf derselben Seite. Ich schicke Euch sechzig Mann für die Straßen, Derry. Sie werden sich bei der Zunfthalle bei Euch melden, und Ihr könnt sie hinschicken, wo sie gebraucht werden, einverstanden? Das ist alles, was ich erübrigen kann.«

»Es wird nicht reichen«, sagte Derry. »Wenn Cades Leute in die Stadt eindringen, werden wir Hunderte brauchen, um mit ihnen fertigzuwerden, egal wo sie hinrennen.«

Er hatte die Fäuste geballt, und Somerset zuckte bedauernd die Schultern.

»Dann beten wir lieber, dass sie nicht in die Stadt hineinkommen«, sagte er. Er zeigte auf die Treppe nach unten. Von draußen hörte man das Heulen des Windes und den prasselnden Regen, der gerade eingesetzt hatte. »Scheint eine feuchte Nacht zu werden. Wollen wir, meine Herren?«

Die Londoner Brücke war von Fackeln beleuchtet, große Schalen mit brennendem Öl, die auf Pfeilern standen, waren nicht nur am Ufer, sondern über die gesamte Länge verteilt. In der

Dunkelheit leuchtete die Brücke golden und war weit nach Süden hin sichtbar. Geduckt marschierte Jack Cade mit seinen Freibauern im Regen auf den hellen Punkt zu, während er ein Tuch um seine verwundete Hand wickelte, das er mithilfe seiner Zähne fest verknotete. Hinter den dunklen Wolken, die über den Himmel jagten, war der Mond fast voll, und er konnte den silbrig glänzenden Zug seiner Männer gut erkennen, wie er sich auf London zubewegte.

Vor ihnen glitzerte die Themse im Mondlicht, sie hatten die Brücke erreicht. Jack hörte, wie Woodchurch hinter ihm den Befehl gab, eine dichte Kolonne zu bilden. Zwar war die Brücke breit, aber der größte Teil der Fläche wurde von den Häusern zu beiden Seiten eingenommen. In der Mitte der Straße war nur Platz für vier, höchstens sechs Mann nebeneinander – zudem war die Brücke alles andere als menschenleer. Es wimmelte von Menschen, Tieren und Wagen. Jack kam sich vor wie ein Wolf, der in eine Schafherde einfällt, ein Gedanke, bei dem er grinsen musste. Er packte seine Axt fester und legte sie sich über die Schulter, wie ein Holzfäller, der zur Arbeit geht. Ecclestone lachte ebenfalls leise vor sich hin, doch es war kein fröhliches Lachen.

»Die Schafe dort werden nicht umgebracht!«, knurrte Jack den Männern in seiner Nähe zu. »Es wird nicht geplündert, und auch die Frauen werden nicht angerührt, verstanden? Wenn ihr einen Mann mit einer Klinge oder einem Schild seht, könnt ihr ihm den Kopf abschneiden. Aber sonst niemandem.«

Seine Leibwachen brummten zustimmend.

Vielleicht war es nur Jacks Einbildung, dass die Steine unter seinen Füßen erzitterten, als sie die Straße verließen und die ersten Schritte auf die Brücke setzten. Seine Männer gingen vor ihm, aber er hatte darauf bestanden, mit in den ersten Reihen zu marschieren, um notfalls Befehle geben zu können. Trotz Woodchurchs Bemühungen hatten sie auf der offenen Straße eine zu breite Kolonne gebildet, die jetzt den engen Flaschenhals der Brücke passieren musste. Zu Tausenden standen sie mit gesenktem Kopf im strömenden Regen, es ging nicht voran. Doch allmählich schob sich die Schlange der Männer aus Kent weiter vorwärts, sie trieben die Menschen vor sich her wie Tiere am Markttag. Zu Jacks Überraschung jubelten ihm viele zu und riefen seinen Namen, sie begrüßten ihn, als erlöste er sie von einer Belagerung. Sie schienen keinerlei Angst zu haben, was Jack Cade nicht begreifen konnte.

Er schluckte nervös, als zu beiden Seiten die ersten Häuser auftauchten, an denen sie vorbeimussten. Die Obergeschosse ragten bis auf einen schmalen Streifen in der Mitte so weit über die Straße hinaus, dass sie die Menschen fast vollständig vor Regen schützten. Er fühlte sich nicht wohl bei dem Gedanken, dass man ihn von oben so gut beobachten konnte, und er sah misstrauisch zu den offenen Fenstern hinauf.

»Haltet Ausschau nach Bogenschützen!«, rief Woodchurch von hinten.

Jack sah, wie Ecclestone sich den Regen aus dem Gesicht wischte und nach allen Seiten um sich spähte. Jack wusste, falls an den Fenstern jemand auftauchen sollte, würden seine Leute versuchen, im Schatten der Häuser zu bleiben, in der falschen Annahme, hier geschützt zu sein. Doch dann wären sie für einen Bogenschützen auf der anderen Straßenseite ein leichtes Ziel. Jack drückte die Daumen, doch jetzt hörte er vor sich das Klirren und Trampeln von Soldaten, die offenbar im Begriff waren, das andere Ende der Brücke zu blockieren. Er nahm die Axt auf die andere Schulter und zwang sich weiterzumarschieren, ruhig und ohne Zögern, immer hinter der Fahne von Kent her, die der kleine Jonas hochhielt.

Jack drehte sich um und versuchte abzuschätzen, wie viele Männer schon auf der Brücke waren. Woodchurch hatte sich den ganzen Tag über benommen wie ein altes Waschweib, er hatte immer wieder die Sorge geäußert, dass sie in dem Flaschenhals stecken bleiben würden. Im Schein der zischenden Brückenlampen sah Jack, wie er und sein Sohn zu den Fenstern hochstarrten. Dort war niemand zu sehen, es waren lediglich dunkle Öffnungen, und auch im Inneren schien es nirgendwo ein Licht zu geben. Irgendwie hatte Jack ein ungutes Gefühl dabei, obwohl er nicht hätte sagen können, warum.

Vor ihm hatte sich eine große Menschenmenge gebildet, sodass es so aussah, als müssten die marschierenden Männer stehen bleiben.

»Zeigt ihnen eure Waffen, Jungs!«, brüllte Jack. »Sorgt dafür, dass diese Hammelherde weitergeht!«

Ecclestone hielt sein Rasiermesser etwas höher. Überall wurden Äxte und Schwerter erhoben, und wer einen Schild hatte, benutzte ihn rücksichtslos, um alles, was zu langsam war, damit aus dem Weg zu schieben. Es ging weiter, und als sie die Mitte der Brücke erreicht hatten, sah Jack am anderen Flussufer glänzende Rüstungen aufblitzen und fliehende Menschen, die sich zwischen den Reihen der bereitstehenden Soldaten hindurchdrängten. Ihm fiel ein, dass diese Menschenmenge die Soldaten des Königs wahrscheinlich genauso behinderte wie ihn selbst. Sie würden keinen vernünftigen Schildwall bilden können, solange unschuldige Bürger zu fliehen versuchten.

Er hob den Kopf und brüllte seinen Schlachtruf, im Vertrauen darauf, dass seine Männer ihn befolgen würden:

»Für Kent! Vorwärts! Angriff!«

Er wäre zu gern vorwärts gestürmt, doch er konnte zunächst nur in einen leichten Trab verfallen, und seine Männer schlitterten mühsam durch den Matsch vorwärts. Er sah, wie Ecclestone einen jubelnden Londoner zur Seite stieß, um den Weg frei zu machen, damit sie endlich rennen konnten. Die Männer nahmen den Ruf auf, und das Plätschern des Regens wurde von ihrem unartikulierten Schlachtgebrüll übertönt, das zwischen den engen Mauern widerhallte, eine immer lauter anschwellende Drohung aus Hunderten von Kehlen.

Jack rutschte aus, aber wenigstens konnte er etwas sehen. Die Fackeln auf der Brücke flackerten im Wind. Er war jetzt nur noch zweihundert Yards von den Soldaten entfernt, die sie erwarteten.

Einige der Leute drückten sich gegen die Hauswände, statt zu rennen und sich vor der angreifenden Armee in Sicherheit zu bringen. Andere waren nicht schnell genug und fielen hin, wo sie rücksichtslos niedergetrampelt wurden. Immer wieder sah er jemanden fallen, als er schneller und schneller lief, in der Hoffnung, gemeinsam mit der nötigen Geschwindigkeit und ihrem Körpergewicht die Barriere durchbrechen zu können.

Jetzt sahen sie auch, dass sich über und vor ihnen Männer aus den Fenstern lehnten. Jack stieß einen Fluch aus, als er eine Armbrust erblickte. Mit diesen Waffen wurde die Brücke zu einer gnadenlosen Falle, wo das Gemetzel nur noch davon abhing, wie schnell die Soldaten nachladen konnten und wie viele es waren. Jack wagte nicht, sich umzudrehen, um zu sehen, wie weit sich der Tross nach hinten zog, aber sein Herz klopfte wild, und er verspürte das panische Bedürfnis, sich in Sicherheit zu bringen. Aber ihre einzige Hoffnung zu überleben lag im Vorwärtsdrängen: Sie mussten zwischen den Soldaten hindurch, von der Brücke herunter und in die Stadt hinein.

»Vorwärts!«, brüllte er.

Er wurde mitgerissen, als die Männer um ihn herum blindlings vorwärts stürmten. Der kleine Jonas kam nicht mehr mit, und als er taumelte, ergriff einer von Jacks Wachen die Fahnenstange und hielt sie beim Rennen wie eine Lanze vor sich.

Die ersten Bolzen trafen die rennenden Männer aus nur geringer Höhe direkt über ihnen. Jack duckte sich unter einen Schild, den der Mann neben ihm hochhielt, dennoch zuckte er zusammen. Auf der ganzen Brücke hörte man jetzt die Schmerzensschreie von getroffenen Männern, und er wusste, dass er das Hauptziel war, er war direkt hinter der Fahne. Jack sah gerade noch, wie der kleine Jonas getroffen wurde und zitternd zusammenbrach. Ein weiterer Bolzen traf den Mann, der die Fahnenstange ergriffen hatte, und auch er ging zu Boden. Das Wappen von Kent und der Kopf des Sheriffs fielen in den Schlamm, und niemand scherte sich mehr darum, als sie in kopfloser Angst versuchten zu entkommen.

Thomas hatte beim Anblick der leeren Fenster dasselbe ungute Gefühl gehabt wie Jack – völlig dunkel, wo jeder Bewohner Londons doch sehen wollte, wie Cades freie Bauern in der Stadt ankamen. Er hatte eine Falle vermutet und jedem, der eine Axt hatte, zugerufen, sie bei jeder Tür, an der sie vorbeikamen, bereitzuhalten. Kaum flogen die ersten Bolzen, waren diese Türen auch schon zerstört. Einige der Armbrustschützen hatten daran gedacht, das Erdgeschoss zu verrammeln, und es war nicht einfach gewesen, diese Türen und Barrikaden niederzureißen.

Thomas und Rowan liefen im langsamen Trott in der Mitte der Brücke. Sie hatten Langbogen, deren Holz noch grün war und die weder über die Kraft noch die Technik der Bogen verfügten, die sie in Frankreich verloren hatten. Für einen Bogenschützen bestand die Hälfte des Erfolgs darin, dass er seine Waffe genau kannte, mit all ihren Eigenheiten. Jetzt hätte Thomas ein Jahr seines Lebens für die Bogen gegeben, die Rowan und er in Frankreich zurückgelassen hatten.

Cades Bauern drängten eilig weiter, ein Heer vom Regen durchweichter Männer in panischer Angst, die wussten, dass Stehenbleiben den Tod bedeutete, dass sie das Ende der Brücke erreichen *mussten*. In dieser Enge, wo jeder die Ellbogen gebrauchte, um vorwärts zu kommen, konnte man kaum zielen. Thomas und sein Sohn konnten nichts weiter tun, als auf gut Glück schießen und sich auf ihren Instinkt und ihre Erfahrung verlassen. Anfangs waren es keine großen Entfernungen, doch dann sah Thomas, wie Jack aufbrüllte und losrannte, getrieben von den Bolzen, die herabregneten und Lücken in die Reihen seiner Männer rissen. Außer den Axtkämpfern in den ersten Reihen gab es keine weiteren, um die Türen aufzubrechen, und die Menge war inzwischen geflüchtet, sodass die letzten hundert Yards der Brücke bis zu den königlichen Soldaten jetzt frei waren. Thomas dachte fieberhaft nach. Die Brücke war ein Schlachtfeld geworden, das Jack nicht überleben würde. Er sah nach oben, als ein Armbrustschütze einen erstickten Schrei ausstieß und zurückgerissen wurde. Jemand hatte ihn im Haus erwischt.

»Mein Gott«, brummte Thomas laut. »Die Fenster vor uns, Rowan! Und sorgfältig zielen, wir haben nicht viele Pfeile.«

Er packte zwei Männer, die sich an ihm vorbeidrängen wollten, schob sie mit eiserner Faust wieder nach hinten und befahl mit lauter Stimme, man solle ihm Platz lassen. Mit großen Augen starrten sie ihn an, als sie erkannten, wer er war, und gehorsam gingen sie an ihre Plätze hinter ihm zurück, vielleicht dankbar dafür, dass sie in seinem Schutz gehen konnten, während Bolzen durch die Luft pfiffen. Sie gaben Vater und Sohn den nötigen Raum zum Zielen, während sie weiter über die Brücke drängten.

Thomas spürte einen stechenden Schmerz in der Hüfte, als sei er wieder verletzt worden. Instinktiv fühlte er mit der Hand nach Blut, aber es war nur die Narbe, die schmerzte. Er bleckte wütend die Zähne. Er hatte wieder Kraft. Genug Kraft für das hier.

Er spannte den Langbogen und schickte einen Pfeil in ein Fenster, das vor ihm lag. Die Entfernung betrug nicht mehr als fünfzig Yards, und er wusste, dass er getroffen hatte, noch ehe der Mann aus dem Fenster fiel, auf die Männer, die darunter gingen. Rowans erster Schuss ging nur wenige Zoll daneben, der Mann, auf den er gezielt hatte, konnte zurückweichen. Der junge Mann schickte gleich einen zweiten Pfeil hinterher und verfolgte ihn mit Blicken, als er die Sehne losließ. Der Pfeil traf einen Soldaten, der gerade mit der Armbrust nach unten zielte, in den Hals und nagelte ihn an den hölzernen Fensterrahmen, wo der Mann sich im Todeskampf wand.

Vater und Sohn gingen zusammen weiter durch den Regen, und sie ließen die niedrigen Fenster vor sich nicht mehr aus den Augen. Die Männer, die vorgehabt hatten, auf die hilflosen Männer hinabzuschießen, wussten nicht, dass sie selbst zum Ziel geworden waren, bis die Pfeile sie trafen. Im Weitergehen schickten die beiden Bogenschützen ihre Pfeile immer weiter voraus und sicherten für Cade den Weg in die Stadt, wo die Lords sich gewiss etwas ganz Besonderes zu seiner Begrüßung ausgedacht hatten.

Jack hörte das dumpfe Vibrieren von Bogensehnen hinter sich und zuckte zusammen. Er kannte den Ton von den Schlachtfeldern her und war entsetzt bei dem Gedanken, dass englische Bogenschützen hier auf der Brücke im Hinterhalt liegen könnten. Doch es waren die Armbrustschützen in den Fenstern, die plötzlich taumelten und herunterfielen. Der Hagel der Bolzen ließ merklich nach, und stattdessen lagen Tote und Sterbende auf der Straße. Keuchend erkannte Jack jetzt, dass er das Ende der Brücke fast erreicht hatte. Seine nassen Kleider klebten ihm am Körper. Am Ende der Brücke standen Soldaten in Kettenhemden und warteten auf den Angriff. Trotz der Kälte glänzten Cades Augen bei dem Anblick, doch er konnte sie nur verschwommen erkennen. Er dankte Gott, dass sie ihre Armbrustschützen in den Fenstern auf der Brücke postiert hatten, statt sie hier eine Linie bilden zu lassen. Seine vorderen Ränge besaßen zwar ein paar Schilde, aber auf der ganzen Welt gab es nichts Schlimmeres, als in einen Hagel aus Bolzen oder Pfeilen hineinlaufen zu müssen.

Er dachte nicht weiter nach, als er mit aller Kraft gegen zwei königliche Soldaten rannte, die Axt hoch erhoben. Auch die kentischen Bauern um ihn herum hoben in blinder Wut ihre Waffen. Sie hatten vor den Bolzen der Armbrüste wegrennen müssen, die ihre Freunde getötet hatten, und waren jetzt wie von Sinnen vor Wut und Hass. Wie ein Rudel wilder Hunde warfen sie sich auf die ersten Reihen der Soldaten und hieben und stachen auf sie ein, ohne die Verletzungen zu spüren, die sie selbst davontrugen.

Jacks erster Hieb war wohl der kräftigste, den er je in seinem Leben ausgeteilt hatte, er dachte gar nicht an seine eigene Verteidigung. Er fegte einen kleineren Mann aus dem Weg, ließ die schwere Klinge seiner Axt niedersausen oder schlug mit dem Griff zu, während er ununterbrochen brüllte, sobald jemand es wagte, sich ihm in den Weg zu stellen. Er fühlte sich nicht allein, als er mit der ersten Reihe fertig war und in die zweite einfiel. Einige seiner Leibwachen waren durch Bolzen umgekommen, aber die Überlebenden, selbst wenn sie verwundet waren, schwangen ihre Waffen in derart blinder Wut, dass sie für die, die an ihrer Seite kämpften, beinahe so gefährlich waren wie für ihre Gegner. Es ging wild und grausam zu, und sie rutschten immer wieder auf dem schlammigen Boden aus, während sie unaufhaltsam weiter vorstießen, weil sie von hinten von den Männern geschoben wurden, die auch endlich von dieser verdammten Brücke runter wollten.

Jack spähte an den Soldaten vorbei in die dunkleren Straßen. Er hatte das Gefühl, als warteten dort nur wenige Hundert Mann auf sie. Vielleicht wären es genug, um die Bauern für immer und ewig auf der Brücke gefangen zu halten, es sei denn, man könnte die Soldaten in die breiteren Straßen dahinter drängen. Jack erkannte die Situation und handelte sofort, er nahm die Axt quer vor die Brust wie einen Balken und drängte nach vorn. Mit ungeheurer Kraft stieß er zwei Männer um, die ihre Schilde gegen ihn erhoben. Als er über sie hinwegstieg, erschauerte er bei der Vorstellung, dass eine Klinge ihn von unten her treffen könnte, doch die beiden waren in viel zu großer Panik, als die freien Männer hinter Jack an ihnen vorbeitrampelten. Eben hatten hier noch ordentliche Reihen von Soldaten mit Schwert und Schild gestanden, im nächsten Moment lagen sie am Boden, und Jacks Bauern marschierten über die Gefallenen und Verwundeten hinweg, sie erledigten auch die nächsten Reihen mit großen, kraftvollen Hieben und zertrampelten alles, was noch übrig war.

Diejenigen, die noch immer auf der Brücke waren, bemerkten, wie die Blockade sich auflöste. Sie schrien bereits im Siegestaumel, als sie endlich Platz hatten und vorwärts stürmen konnten, und sie jubelten, als sie die regennassen Straßen Londons erreicht hatten. Sie ließen nichts Lebendes zurück und blieben nur stehen, um verletzten und hilflosen Soldaten des Königs mit blutigen Stiefeln den Rest zu geben, bis von den Männern nichts übrig war als eine blutige Masse auf den Steinen und dem nassen Stroh.

Hundert Yards nach der Brücke blieb Jack keuchend stehen. Seine Hand ruhte auf dem Schaft seiner Axt, deren Klinge halb im Schlamm der Straße steckte. Das Gewitter wütete jetzt direkt über der Stadt, und der Regen prasselte, dass es auf der Haut brannte. Er atmete schwer, und ihm war schwindelig, doch auf seinem Gesicht lag wilder Triumph. Die Brücke hatte sie nicht aufhalten können. Er jubelte innerlich, als er dastand und seine Männer ihm auf die Schulter schlugen und atemlos lachten. Sie hatten es geschafft, sie waren in der Stadt.

»Dort kommen Soldaten«, rief Ecclestone, der in der Nähe stand.

Jack hob den Kopf, aber im Lärm von Regen und Donner konnte er die Richtung nicht ausmachen.

»Von wo?«, rief Jack zurück.

Ecclestone deutete nach Osten in Richtung Tower, als Paddy neben Jack auftauchte. Noch immer war die Hälfte der Leute auf der Brücke oder gar noch auf der anderen Uferseite, wo sie ungeduldig darauf warteten, zu den anderen in der Stadt aufzuschließen.

»Wir müssen weiter rein, Jack«, sagte Paddy. »Wir müssen Platz machen für die anderen.«

»Ich weiß«, sagte Cade. »Lass mich einen Moment zu Atem kommen und nachdenken.«

Er hätte was gegeben für einen Schluck Branntwein. Einige seiner Leute waren ebenfalls außer Atem stehen geblieben, während andere sich gegenseitig schubsten und wegdrängten, um in seine Nähe zu kommen. Obwohl sein Gehör nicht so scharf war wie das von Ecclestone, glaubte Cade tatsächlich auch, das Klirren von Rüstungen zu hören, das langsam näher kam. Im Geiste sah er die Londoner Zunfthalle vor sich, die Woodchurch beschrieben hatte – und er fasste einen Entschluss. Er brauchte alle seine Leute hier in der Stadt, und der Tower konnte weiß Gott noch etwas warten.

»Woodchurch! Wo bist du?«

»Hier! Ich decke deinen Rücken, wie immer«, erwiderte Thomas vergnügt. Auch er war wie trunken von ihrem Erfolg.

»Dann zeig mir den Weg zur Zunfthalle. Ich habe ein Wörtchen mit dem Bürgermeister zu reden. Ich hätte da ein oder zwei Anliegen! Weiter, Freibauern! Folgt mir!«, rief Jack, dem die Sache wieder Spaß machte.

Die Männer lachten, immer noch fassungslos, dass sie den gefährlichen Weg über die Brücke geschafft hatten. Man musste seine Pläne immer den Gegebenheiten anpassen können, dachte Jack. Die Zunfthalle wäre ein guter Stützpunkt, um das weitere Vorgehen für diese Nacht zu planen.

Als sie weiterzogen, war Jack dankbar für das Mondlicht. Wenn der Mond hinter den jagenden Wolken verschwand, schienen die Häuser ihn von allen Seiten zu bedrängen. Die Stadt war dann dunkel und endlos, ein Labyrinth aus Straßen und Gassen, die in alle Richtungen führten. Er erschauerte, ihm war, als wollte ihn etwas verschlingen.

Er war erleichtert, als er an eine kleine Kreuzung kam, etwa eine Viertelmeile von der Brücke entfernt. Und es war ein Segen, dass der Mond wieder hervortrat und ihnen leuchtete. Mitten auf der Kreuzung befand sich ein Stein, ein großer Findling, der keine besondere Funktion zu haben schien. Jack stützte die Arme darauf und blickte hinter sich auf die Straße, wo seine Männer ankamen. Er hatte vor, sie irgendwo auf einem Platz zu versammeln und sie laut jubeln zu lassen über das, was sie schon erreicht hatten. Doch nirgendwo war ein geeigneter Platz, und er schüttelte den Kopf. Jede Tür war verschlossen, jedes Haus angefüllt mit flüsternden Menschen, die sie aus den oberen Fenstern beobachteten. Doch er ignorierte die verschreckten Leute, die auf sie herunterstarrten.

Rowan hatte irgendwo eine Fackel gefunden, ein Lumpenbündel, das jemand an einem Stock befestigt und in Öl getaucht hatte – vielleicht sogar von den Öllampen auf der Brücke, Jack wusste es nicht. Doch das Licht war ihm sehr willkommen, als Woodchurch und sein Sohn sie eingeholt hatten.

Thomas lachte leise, als er sah, wie Jack Cade sich auf den Stein stützte.

»Weißt du, was das ist, Jack?«, fragte er.

Seine Stimme klang merkwürdig, und Jack blickte erneut auf den Stein, auf dem seine Hände lagen. Es schien ein ganz gewöhnlicher Stein zu sein, doch er wunderte sich etwas, dass ein solcher Fels sich hier in der Stadt befand, nur um eine Kreuzung zu markieren.

»Das ist der Stein von London, Jack«, fuhr Thomas mit fast ehrfürchtiger Stimme fort. Es musste wohl Schicksal sein, dass Jack Cade über Straßen, die er gar nicht kannte, ausgerechnet auf diesen Stein gestoßen war.

»Ein Londoner Stein, ja, das sehe ich auch, Tom. Na und?«

Woodchurch lachte und klopfte auf den Stein, was Glück bringen sollte.

»Er ist älter als die Stadt, Jack. Es heißt sogar, es ist ein Teil von König Arthurs Stein, du weißt schon, der auseinanderbrach, als er das Schwert herauszog. Andere behaupten, er wurde aus Troja hergebracht, weil hier am Fluss eine Stadt gegründet werden sollte.« Er schüttelte amüsiert den Kopf. »Vielleicht ist es auch nur der Stein, von dem aus man die Entfernung zu allen anderen Orten in England misst. Wie auch immer, auf jeden Fall liegt deine Hand auf dem kalten, steinernen Herzen von London, Jack.«

»Ach so?«, sagte Jack und sah mit neuem Respekt auf den Findling. Einer plötzlichen Eingebung folgend, trat er zurück und schwang seine Axt, dass sie über den Stein hüpfte und Funken schlug. »Dann ist dies der rechte Ort, um zu verkünden, dass Jack Cade mit seinen freien Männern in London angekommen ist!« Er lachte laut. »Der Mann, der König werden wird!«

Die Männer hinter ihm machten ernste Gesichter und wurden still.

»Also, von mir aus, Jack«, murmelte Woodchurch. »Wenn wir bis morgen früh noch am Leben sind, warum nicht?«

»Natürlich sind wir das!«, sagte Jack kopfschüttelnd. »Und jetzt zeig mir den kürzesten Weg zur Zunfthalle, Tom.«

27

Richard Neville erkannte langsam, wie recht Brewer mit seiner Warnung gehabt hatte. Bei seinem überstürzten Versuch, ans andere Ende der Stadt zu gelangen, waren sie von Horden betrunkener, gewaltbereiter Männer behindert worden und sogar von Frauen, die unter johlendem Geschrei die Soldaten verhöhnten. Ganze Straßenzüge waren mit eiligst errichteten Barrikaden versperrt, sodass seine Offiziere – alles Londoner, die ihre Stadt gut kannten – immer wieder Umwege nehmen mussten.

Er verstand die Stimmung auf den Straßen nicht, er empfand nichts als Verachtung für diesen Pöbel. Cades Armee war schließlich eine Bedrohung für die Stadt, aber Warwick, der sie verteidigen wollte, wurde mit Steinen bombardiert, sobald er einem Haufen von ihnen in die Arme lief. Es war zum Verrücktwerden, aber bislang waren es noch nicht so viele, dass sie ihm den Weg völlig abschneiden konnten. Er war nahe dran, den Befehl zu geben, mit dem Schwert gegen diese Unruhestifter vorzugehen, aber im Moment führten seine Offiziere die sechshundert Soldaten erst einmal durch das Labyrinth enger Gassen nach Süden. Die Ritter und Soldaten, die er nach London mitgebracht hatte, reichten bei Weitem nicht aus, um es direkt mit Cade aufzunehmen, das wusste er. Doch seine Offiziere versicherten ihm, Cades Leute seien meilenweit über Straßen und Wege verteilt, und der junge Earl wusste, dass es das Klügste war, diese Linie zu unterbrechen, was an mindestens einem Dutzend Stellen möglich sein müsste. Danach würde er sich schnell zurückziehen und es an anderer Stelle wiederholen. Eine direkte Konfrontation war auf jeden Fall zu vermeiden.

Seine erste Gelegenheit kam, wie Warwick es sich vorgestellt hatte, als er um eine Ecke bog und am Ende der abschüssigen Straße eine Kreuzung erblickte, auf der eine große Anzahl bewaffneter Krieger rasch vorbeizog. Einige von ihnen schauten zwar nach links und bekamen wohl auch mit, dass da Soldaten in der dunklen Seitenstraße standen und sie beobachteten. Doch sie wurden von der Menge der wütenden Männer mitgerissen und konnten nicht stehen bleiben.

»Haltet euch eine Rückzugsmöglichkeit offen«, befahl Warwick. Er ärgerte sich, dass seine Stimme zitterte, und räusperte sich laut, ehe er weitersprach. »Diese Männer sind Verräter, vergesst das nie. Wir gehen dazwischen und bringen mit einem Überraschungsangriff so viele um, wie wir können, dann ziehen wir uns hierher zurück.«

Er zog sein Schwert. Das Heft war noch neu und trug das Wappen der Warwick, auf Silber emailliert. Das Regenwasser lief daran herunter, in den Dreck zu seinen Füßen. Er nahm seinen Schild auf den linken Unterarm und berührte kurz das eiserne Visier auf seiner Stirn. Unwillkürlich schüttelte er den Kopf, fast schauderte es ihn bei der Vorstellung, dass er sich jetzt in eine Horde Bewaffneter stürzen musste und dabei nur durch einen engen Schlitz sehen könnte. Er ließ das Visier oben und wandte sich an seine Männer.

»Schlagt eine Bresche in den Zug, Gentlemen. Versuchen wir mal, ob wir eine ganze Straße halten können. Auf, mir nach!«

Mit erhobenem Schwert schritt Warwick voran bis zur Kreuzung, um ihn formierten sich seine Männer zum ersten Schlagabtausch.

Thomas eilte Straßen entlang, an die er sich aus seiner Jugend erinnerte und die ihm kurze nostalgische Momente bescherten, mitten in dieser wahnsinnigen Realität, während er mit Jack Cade und seiner blutigen Meute mitten durch London zog. Er blieb immer dicht neben Rowan, und beide hatten ihre Langbogen um die Schulter geschlungen, deren Sehnen jetzt vom Regen viel zu schlaff waren. Ihre Pfeile hatten sie ohnehin alle auf der Brücke verschossen. Schwerter waren knapp, und Thomas hatte nichts weiter als eine schwere Keule aus Eichenholz, die er gefunden hatte. Rowan war mit einem Dolch bewaffnet, den er einem Soldaten abgenommen hatte, der dumm genug war, sich ihnen in den Weg zu stellen.

Die Qualität der Waffen verbesserte sich für Jacks Leute allerdings mit jedem Trupp, dem sie begegneten. Sie überwältigten die Soldaten, und wenn sie alle umgebracht hatten, plünderten sie sie aus. So ersetzten sie Dolche durch Schwerter und Faustschilde durch große Pavesen, egal, wessen Wappen darauf war. Doch noch immer reichten die Waffen nicht für alle.

Die Sturmböen hatten nachgelassen, und der Mond stand hoch und erhellte die Gassen der Stadt. Thomas hatte in der letzten Stunde einen wahren Albtraum erlebt, als Cades Leute jeden, der ihnen in den Weg kam, einfach niedermetzelten und dann über die Leichen weiterzogen. Die Soldaten, die die Stadt verteidigen sollten, waren weit zerstreut, sie tauchten in Seitenstraßen auf und waren vor Schreck wie gelähmt, sobald sie merkten, dass sie Cades Leuten in den Weg geraten waren. Für die Soldaten des Königs war das Gebiet, das sie verteidigen sollten, einfach zu groß. Selbst als sie Cades Absicht erkannten, als er auf die Zunfthalle zumarschierte, konnten sie mit den Trupps, die in den anderen Straßen unterwegs waren, an völlig sinnlosen Stellen Barrikaden errichtet oder in dem Gewirr der Gassen einfach versuchten, dem Kampflärm zu folgen, keinen Kontakt aufnehmen.

Cades Männer in den vorderen Reihen waren auf einen Trupp von etwa achtzig Soldaten in Rüstung gestoßen, die unentschlossen auf einer leeren Straße standen. Sie wurden alle umgebracht, und als zusätzliche Demütigung wurden den noch warmen Leichen die sorgfältig gefetteten Kettenhemden ausgezogen.

Der lange Zug der Männer aus Kent und Essex hatte sich in den Straßen aufgefächert. Die allgemeine Richtung war nach Norden, ins Zentrum der Stadt. Cannon Street und der Stein von London lagen bereits hinter ihnen.

Thomas versuchte sich zu orientieren, er suchte an jeder Kreuzung nach einem Hinweis, dass er noch auf dem richtigen Weg war. Er wusste, Jack verließ sich darauf, dass er sie richtig führen würde, aber schließlich war er seit zwanzig Jahren nicht mehr hier gewesen, außerdem sahen die Straßen bei Nacht immer anders aus. Panik ergriff ihn bei dem Gedanken, dass sie vielleicht einen großen Kreis beschrieben hatten und plötzlich wieder an der Themse ankämen.

An einer Straße, die breiter war als alle anderen, konnte Thomas mithilfe des Mondes seine Richtung überprüfen, und sobald er sich sicher war, trieb er die anderen weiter voran. Er ahnte, dass sie in Bewegung bleiben mussten, denn die Truppen des Königs würden sich vermutlich irgendwo in der Nähe sammeln. Thomas wollte endlich die Zunfthalle erreichen, dieses Symbol des Wohlstands und der Macht. Der König und seine Lords sollten wissen, dass es sich um eine richtige Schlacht gehandelt hatte, nicht nur um eine kleine Keilerei mit aufgebrachten Händlern, die Reden schwangen und wütend mit den Füßen stampften.

Ecclestone, der vor ihm her ging, stolperte und blieb abrupt stehen. Thomas sah vor dessen Füßen etwas Dunkles vorbeilaufen, das erschrocken aufquiekte, ehe jemand es mit dem Dolch erwischen konnte.

»Ein Schwein! Nur ein verdammtes, dreckiges Schwein«, murmelte Ecclestone und ließ sein Rasiermesser sinken.

Niemand wagte darüber zu lachen, als er fluchend in die Höhe gesprungen war. Ecclestone mit seinem kurzen, blutigen Rasiermesser war allen irgendwie unheimlich. Er war kein Mensch, auf dessen Kosten man sich lustig machte, wahrlich nicht. Thomas bemerkte, wie Ecclestone Jack immer im Blick behielt, immer war er hinter ihm. Gleichzeitig musste er an Paddy denken und sah sich nach ihm um, aber ausnahmsweise war der mächtige Ire einmal nicht zu sehen.

Als sie eine Seitenstraße überquerten, spähte Thomas hinein und hätte beim Anblick der Reihen von Soldaten, die dort in nicht mehr als zwanzig Schritt Entfernung standen, beinahe vor Schreck aufgeschrien. Er nahm blitzendes Eisen und bärtige Männer wahr, doch schon wurde er von hinten weitergedrängt.

»Achtung, von links!«, rief er den Männern hinter sich zu und versuchte einen Moment, sich gegen seine Hintermänner zu stemmen, doch es gab kein Halten. Er lief an die Spitze, um Rowan und die Gruppe um Jack einzuholen.

»Soldaten hinter uns, Jack!«, rief er.

Er sah, wie der große Mann sich umdrehte und zurückblickte, aber auch er wurde von der Flut der Männer weitergetragen. Sie konnten nicht langsamer gehen, geschweige denn stehen bleiben. Sie hörten ein Klirren, Männer brüllten, doch das war inzwischen hundert Yards hinter ihnen, und sie konnten nichts tun als weitermarschieren.

Die Straßen waren hier genauso matschig wie dort, wo sie in die Stadt eingedrungen waren, aber Thomas sah, dass einige der Häuser jetzt aus Stein waren und tiefe Abwasserrinnen an den Straßenrändern entlangliefen, sodass man strauchelte, wenn man versehentlich mit dem Fuß hineingeriet. Plötzlich erinnerte er sich, und er wusste, wo er war. Er konnte gerade noch rechtzeitig eine Warnung rufen, ehe die Männer an der Spitze auf einen großen, gepflasterten Hof stolperten.

Vor ihnen im Regen lag die Londoner Zunfthalle. Sie machte einen altehrwürdigen Eindruck, obwohl sie erst vor weniger als zwölf Jahren erbaut worden war. Thomas bemerkte, wie Jack bei ihrem Anblick widerwillig den Kopf schüttelte, für ihn war sie nichts weiter als ein Symbol für Reichtum und Macht. Sie rückten schneller vor, und Thomas sah die Soldaten des Königs an den schweren Eichentüren, die sich verzweifelt Befehle zubrüllten, als plötzlich Hunderte von Männern aus den dunklen Gassen auf sie zukamen.

Von der anderen Seite marschierten ebenfalls Soldaten herbei, doch die ordentlichen Reihen lösten sich auf, als sie Cades Armee erblickten, die sich über den Platz ergoss. Zu beiden Seiten standen Offiziere und brüllten Befehle, und die Männer stürzten mit wütendem Geheul und erhobenen Waffen aufeinander los. Der Kampflärm hallte von den umstehenden Hauswänden wider, und der Mond beleuchtete das grausame Gemetzel, das jetzt seinen Lauf nahm.

Derry war noch vier Straßen von der Zunfthalle entfernt, als er den Kampflärm von dort vernahm. Ihm brummte noch immer der Schädel von dem Schlag, den ihm ein riesenhafter fluchender Bauer in einer der Seitengassen versetzt hatte. Derry schüttelte den Kopf. Sein rechtes Auge war so angeschwollen, dass er auf der Seite kaum etwas sehen konnte. Er hatte dem Dreckskerl einen Hieb versetzt, dass er vor Schmerz aufheulte, musste ihn aber zurücklassen, als weitere von Cades Männern aufgetaucht waren.

Derry hörte zu seiner Rechten Lord Scales keuchen. Der Baron hatte seine schroffe Ablehnung ihm gegenüber schon vor einiger Zeit aufgegeben, nachdem Derry die Soldaten aus einem Hinterhalt befreit hatte. Mit nachtwandlerischer Sicherheit hatte er sie durch Gassen gelotst, die nur wenig breiter waren als die Schultern eines Mannes. Sie waren durch stinkenden Unrat gestapft, der stellenweise knietief gewesen war, waren um Ecken gerannt und hatten sich unter Leinen voll nasser Wäsche hindurchgewunden. Dann waren sie auf der anderen Seite einer Barrikade herausgekommen und hatten ein Dutzend Aufständische erschlagen, ehe denen überhaupt klar geworden war, dass sie eingekesselt waren.

Eigentlich hätte es ihnen einen größeren Vorteil verschaffen müssen, dachte Derry. Schließlich kannte er die Stadt so gut wie jeder Straßenbengel, der ständig vor Ladenbesitzern und Straßenbanden flüchten musste. Mit ihrer Kenntnis der Stadt hätten die königlichen Verteidiger Cades Bande eigentlich in den Sack stecken müssen. Das Problem war allerdings, dass die meisten der Soldaten aus den umliegenden Grafschaften oder von noch weiter her nach London gebracht worden waren. Nur wenige von ihnen kannten die Straßen, durch die sie rannten. Derry und Scales waren in dieser Nacht mehrmals Bewaffneten in die Arme gelaufen, nur um festzustellen, dass sie auf derselben Seite kämpften. Es war kalt und dreckig und chaotisch, und Derry zweifelte keinen Moment daran, dass Cade sich die unzureichende Verteidigung zunutze machen würde. Es wäre außerdem wesentlich einfacher gewesen, wenn sie alle zusammen unter einem einzelnen Befehlshaber gestanden hätten, aber da der König nicht in der Stadt war, kommandierte jeder der elf oder zwölf Lords seine Truppe selbst. Derry fluchte, seine Kehle schmerzte. Doch auch wenn König Henry anwesend gewesen wäre – Derry bezweifelte, dass die Lords der York-Fraktion sich einem anderen untergeordnet hätten. In dieser Nacht bestimmt nicht.

»Die nächste links!«, rief Scales seinen Männern zu. »Richtung Zunfthalle!«

Wortlos zählte Derry nach. Er war gerade an zwei Nebenstraßen vorbeigerannt, er war sich sicher, dass es nicht mehr waren.

»Die Zunfthalle kommt erst zwei Straßen weiter«, sagte er so heiser, dass es nur noch ein Krächzen war.

Er konnte das Gesicht des Barons nicht klar erkennen, aber die Soldaten, die nebenher liefen, wussten, dass man den Befehl eines Lords besser befolgte. Gehorsam schwenkten sie nach links ab und rannten um verlassene Karren und über Leichen hinweg, die von einem früheren Zusammenstoß in dieser Nacht hier lagen. Derry dachte, seine Lunge müsse bersten, als er über einen Haufen Toter hinwegstieg und die Knochen unter seinen Stiefeln knacken hörte.

»Gott verzeih mir«, murmelte er, als er plötzlich merkte, dass sich unter seinem Gewicht jemand stöhnend bewegt hatte.

Er sah tanzende Fackeln, eine Frau schrie. Derrys Gesicht brannte, und sein Mund war trocken, aber er hielt mit den anderen Schritt. Er war entschlossen, sich vor den jungen Soldaten nicht zu blamieren, aber er merkte langsam, wie ihn die Kräfte verließen.

»Plünderer und Vergewaltiger sind Freiwild, Jungs«, rief Derry.

Er merkte, dass Lord Scales ihn scharf anblickte, aber schließlich hatte er damit keinen offiziellen Befehl gegeben. Das zustimmende Brummen der Soldaten zeigte, wie sie darüber dachten, aber Scales brauchte einen Moment, ehe er trotz Müdigkeit und Erschöpfung antworten konnte.

»Cades Leute haben immer noch Priorität«, sagte er bestimmt. »Alles andere kann und muss bis morgen warten.«

Derry fragte sich, was Scales sich einbildete, dass seine achtzig Männer gegen Tausende ausrichten konnten, aber er schwieg, als es vor ihnen heller wurde und sie die Männer sahen, die an ihnen vorbeiliefen. Eins musste Derry Scales lassen – Angst schien er nicht zu kennen. Er verlangsamte seinen Schritt kein bisschen, als sie sich der Kreuzung näherten. Derry konnte nur noch nach Atem ringen, als die anderen mit Scales vorwärts drängten und sich klirrend auf die brüllende Menge stürzten, worauf sofort die ersten Schreie ertönten. Scales' Soldaten trugen Kettenhemden und Brustpanzer. Wie eine Speerspitze drangen sie in die Menge und metzelten jeden nieder, der ihnen im Weg stand. Cades Männer fielen zurück und brachten sich eilig in Sicherheit vor den Soldaten, die ihre Rüstung wie eine Waffe einsetzten und mit metallgeschützten Ellbogen Zähne einschlugen.

Derry war in den Strudel geraten, als wäre er in einen reißenden Fluss gesprungen. Er wehrte eine Keule ab und stieß mit seiner scharfen Klinge zu, die bestimmt schon hundert Jahre alt war. Scales' Männer schwangen ihre Schwerter und Hämmer wie Berserker und schnitten den Fackelzug mühelos in zwei Teile. Sie besetzten die Mitte der Straße und blockierten den Weg für alle, die noch hinterherkamen.

Derry blickte nach rechts und links, er sah, dass der Zug der Männer auf der einen Seite bis zur Zunfthalle reichte, auf der anderen Seite verschwand das Ende hinter einer Biegung. Die Reihe der rotgesichtigen Männer aus Kent schien einfach kein Ende zu nehmen, aber er merkte, dass Scales wohl das Herz dieser Armee getroffen hatte. Derry wusste es nicht genau, aber dieser Zug konnte sich gut und gern noch bis hinunter zur Themse hinziehen, doch durch diesen Überraschungsangriff hatten Scales' Leute erst einmal die Oberhand gewonnen und blockierten jetzt die Straße. Sie standen dicht gedrängt, starrend vor Waffen, und warteten, ob Cades Leute es wagen würden, sich hier noch einmal zu zeigen.

Derry lachte leise, als er feststellte, dass diese anscheinend keinerlei Lust dazu verspürten. Sie waren ohne lange nachzudenken den Männern an der Spitze gefolgt und waren nicht bereit, selbst die Führung zu übernehmen, zumindest noch nicht. Der Kopf des Zuges bewegte sich weiter, und die Männer am Schluss drehten sich um, brüllten und schrien Beleidigungen, doch noch immer zogen sie es vor zu marschieren, statt zurückzukommen und zu kämpfen. Scales hatte mit nur achtzig Mann dieser Bande den Wind aus den Segeln genommen, aber Derry hatte diesen Gedanken noch nicht fertig gedacht, als er sah, wie sie in eine Seitenstraße einbogen.

»Vorsicht an den Flanken!«, rief er.

Es gab nicht nur *einen* Weg zur Zunfthalle, und entweder war es Instinkt oder Ortskenntnis, jedenfalls hatten Cades Leute offenbar vor, sie von einer anderen Seite zu erreichen. Sie nahmen die Fackeln mit, sodass es auf der Straße dunkel wurde. Derry sah Scales an, aber der Lord zögerte, sein Gesicht war ratlos. Sie konnten entweder hier die Stellung halten oder die davonziehenden Männer verfolgen. Derry versuchte nachzudenken. Achtzig Soldaten konnten es nicht mit der Menge von Cades Leuten aufnehmen, obwohl in den engen Gassen wenigstens keine Gefahr bestand, von der anstürmenden Meute niedergewalzt zu werden. Derry wusste, dass die Zunfthalle schwach verteidigt war, weil die Hälfte der Lords in London angenommen hatte, Cade würde zum Tower ziehen. Bis sie die Wahrheit erfuhren, wäre die Zunfthalle abgebrannt und die Bande über alle Berge.

Er rieb sein geschwollenes Gesicht, als er sah, wie Cades Leute anfingen zu rennen und immer mehr von ihnen in den Seitenstraßen verschwanden. Er reckte den Hals und wünschte inständig, dass es heller wäre. Jetzt hörte er Schmerz- und Wutgeschrei, das näher zu kommen schien.

»Was ist denn dort hinten los?«, rief Scales ihm zu.

Derry schüttelte verwirrt den Kopf, dann runzelte er die Stirn, als eine Reihe gepanzerter Ritter und Krieger um die Ecke marschiert kamen, angeführt von einem Mann, der den Schild mit dem Wappen der Warwicks trug. Die Straße zwischen den beiden Gruppen leerte sich schlagartig, und die letzten der Männer, die zwischen ihnen festsaßen, spuckten auf die Schwerter, als sie versuchten zu entkommen und es nicht mehr schafften. In wenigen Sekunden wurden sie umgebracht, dann standen sich die beiden Gruppen schwer atmend gegenüber.

»Gut, dass Ihr da seid, Warwick«, sagte Scales erfreut zu dem jungen Anführer. »Wie viele Männer habt Ihr?«

Richard Neville erblickte Derry und zog eine Augenbraue hoch. Auch er hatte Dellen in seiner glänzenden Rüstung davongetragen, aber er war jung und kräftig, deshalb wirkte er eher angriffslustig als erschöpft. Es war unübersehbar, dass seine Antwort nur an Scales gerichtet war, Derrys finsteres Gesicht ignorierte er.

»Ich bin mit sechshundert Mann da, Lord Scales. Genug, um die Straßen von diesem Gesindel zu säubern. Habt Ihr vor, hier bis zum Sonnenaufgang stehen zu bleiben, oder können wir jetzt vorbei?«

Selbst im schwachen Mondlicht sah Derry, dass Scales rot anlief. Der Mann war stolz, und jetzt hob er den Kopf. Es war keine Rede davon gewesen, die Kräfte zu bündeln und gemeinsame Sache zu machen, und nach diesem Kommentar des viel Jüngeren wollte Scales es auch nicht mehr vorschlagen.

»Die Zunfthalle liegt vor uns«, sagte Scales kühl. »Zurück, Leute! Auch ihr dort hinten. Lasst Lord Warwick vorbei!«

Derry trat mit den anderen zur Seite und sah zu, wie die Soldaten des Earls mit stolz erhobenem Kopf vorbeimarschierten. Warwick führte seine sechshundert gepanzerten Männer an, ohne jemanden eines Blickes zu würdigen, und folgte dem Ende von Cades Zug, der um eine Straßenecke verschwand.

»Gott bewahre uns vor jungen Dummköpfen«, hörte Derry Scales leise zu sich sagen, als sie vorbeizogen, und er musste grinsen.

»Wohin jetzt, Mylord?«, fragte Derry, froh darüber, dass er wenigstens wieder ruhiger atmete.

Scales blickte ihn an, während die Männer des Earls beim Marschieren ehrfürchtig Abstand zu ihnen hielten. Scales runzelte die Stirn.

»Wenn Cade selbst zur Zunfthalle geht, wäre die Entscheidung eigentlich klar, obwohl ich diesem eitlen Schnösel aus dem Neville-Clan eigentlich nicht gern folgen möchte. Wisst Ihr mit Sicherheit, dass der Tower und die Königin sicher sind?«

Derry dachte nach.

»Nicht mit letzter Sicherheit, Mylord, obwohl auch dort Soldaten des Königs zum Schutz abgestellt sind. Ich habe Meldegänger, die mich zweifellos schon suchen. Bis ich einen davon an einem vereinbarten Treffpunkt sprechen kann, bin ich genauso ahnungslos wie dieser junge Neville, solange Cades Leute die ganze Stadt unsicher machen. Ich kann auch nicht sagen, wo sie als Nächstes zuschlagen werden.«

Scales rieb sich müde das Gesicht.

»Auch wenn es eine verlockende Vorstellung ist, dass Lord Warwick Cades Raufbolden in die Arme läuft – ich sollte ihm wohl lieber zu Hilfe kommen. Und diesen kleinen Trupp hier kann ich nicht weiter teilen. Verdammt noch mal, Brewer, es sind einfach zu viele! Sollen wir denen die ganze Nacht nachjagen?«

Derry sah sich um, als ein Trupp Männer um die Ecke bog und direkt auf sie zukam. Mit lautem Gebrüll stürzten sie sich auf Scales' Soldaten und schwangen Schwerter und Sensen.

»Wie es scheint, sind sie schon da, Mylord«, rief Derry, der sich bereit machte. »Eigentlich sehr zuvorkommend von ihnen.«

Paddy schwang den Hammer, als ob es um sein Leben ging, und er musste zugeben, genau das war der Fall. Er war überrascht gewesen, als Jack ihn am Abend zuvor in Southwark auf die Seite genommen hatte, aber die Sache schien vernünftig. Jack würde die Soldaten des Königs zwingen, sie durch die ganze Stadt zu verfolgen, denn man brauchte viel Zeit, um in den Tower einzubrechen. Und wenn man direkt dorthin lief und an das Torgebäude hämmerte, während sich gleichzeitig alle Soldaten Londons dort versammelten, wäre das der schnellste Weg, um in Tyburn am Galgen zu landen – und für die meisten anderen würde es durchgeschnittene Kehlen bedeuten.

Er hielt inne, um sich den Schweiß abzuwischen, der ihm in die Augen lief und brannte.

»Mein Gott, diese Tür ist wie ein Fels«, murmelte er.

Die Männer um ihn her schlugen mit ihren schweren Äxten in das alte Holz und bewegten die Klingen hin und her, sodass armdicke Splitter auf die Steine fielen. Sie hatten eine Stunde lang schwer gearbeitet, und sobald eine Gruppe müde wurde, lösten andere sie ab. Es war schon Paddys dritte Runde mit dem Hammer, und die Männer um ihn herum hatten gemerkt, dass sie ihm Platz lassen mussten, nachdem er versehentlich einen umgestoßen und ihm die Rippen gebrochen hatte.

Er holte gerade wieder aus, als hinter dem Torhaus eilige Schritte zu hören waren. Er wusste, dass man auf sie wartete, aber er wusste nicht, ob es nur ein paar Dutzend oder tausend Männer waren, die sich dort auf ihn vorbereiteten. Das Torhaus hatte einen Nachteil, für den er Gott dankte: Es war nicht mit der Burgmauer verbunden, sondern war ein eigenständiges Steingebäude, das vor der Mauer stand, sodass die

Männer vor Pfeilen und Bolzen geschützt waren. Er hatte bereits gehört, wie irgendwo im Inneren ein Falltor heruntergelassen wurde, aber ein paar seiner Burschen waren durch den Burggraben geschwommen und hatten die Ketten der Zugbrücke mit Eisenstangen blockiert. Sie würde unten bleiben, und wenn er das äußere Tor betrachtete, dann musste er zugeben, dass Woodchurch recht gehabt hatte: Solange man genug Männer mit Hämmern und Äxten hatte, konnte man sich so ziemlich überall Zutritt verschaffen. Paddy legte seine ganze Kraft in den nächsten Schlag und spürte, wie das Tor plötzlich nachgab. Seine stämmigen Axtkämpfer hatten ein langes, schmales Loch in einen der Balken geschlagen, die mit eisernen Klammern zusammengehalten wurden. Dahinter bewegten sich Lichter, und Paddy versuchte, nicht daran zu denken, was die Bogenschützen mit ihm machen konnten, während er das eiserne Fallgitter bearbeitete. Es würde ein hartes Stück Arbeit werden, und Paddy hatte schon ein paar Schildträger damit beauftragt, hineinzurennen und sie zu schützen, so gut sie konnten. Es würde nicht viel ausrichten, aber es könnte immerhin ein paar Leuten das Leben retten, einschließlich hoffentlich sein eigenes.

Mit lautem Krachen gab eins der großen Eisenscharniere nach. Doch das Schloss in der Mitte hielt, sodass der obere Teil der Tür nach innen hing. Mit zwei weiteren Männern, die immer im Wechsel mit ihm zuschlugen, bearbeiteten sie die eisernen Scharniere noch schneller. Er spürte, wie es in seinen Armen vibrierte und sein Griff nachließ.

»Jetzt *komm schon*, Junge«, sagte er, womit er sowohl das Tor als auch sich selbst meinte. Dann brach das eiserne Schloss so plötzlich und sauber ab, dass der Schwung seines letzten

Schlags ihn fast nach vorn auf die blockierte Zugbrücke geworfen hätte.

»Heilige Muttergottes«, sagte er ehrfürchtig, als er am Ende des Torwegs ein Gitter sah, das fast doppelt so hoch war wie er selbst. Aus dem Hof dahinter schwirrten Pfeile. Nur wenige drangen durch, aber Paddys Leute standen so dicht nebeneinander vor dem zerstörten Tor, dass zwei fielen, fluchend und vor Schmerzen schreiend.

»Schilde hierher!«, rief Paddy. »Ihr müsst jetzt im Rhythmus arbeiten – die Jungs schlagen zu, und zwischen den Schlägen, wenn sie ausholen, schützt ihr uns mit den Schilden. Mit diesem eisernen Prachtstück hier werden wir im Handumdrehen fertig.«

Brüllend stürzten sie sich auf das kalte Gitter, um den Verteidigern drinnen Angst zu machen. Es war aus schwarzen Eisenbändern, die an jeder Kreuzungsstelle mit blanken Nieten zusammengehalten waren. Paddy legte die Hand auf das Metall. Wenn man auf diese Querverbindungen mit genug Kraft einschlug, hielt er es für möglich, die Nieten zu zertrümmern.

Durch das Falltor sah Paddy die inneren Türme der Festung. Der Weiße Turm überragte sie alle, hoch und bleich stand er im Mondlicht da, umschwärmt von dunklen Gestalten. Seine Augen glänzten, er dachte an das Gemetzel, das bald folgen würde, aber auch an die Königliche Münze, die sich dort befand. Auch wenn er hundert Jahre alt würde, so nah würde er an so viel Geld nie wieder herankommen.

Margaret hatte eine Gänsehaut und zitterte, als sie nach unten in den Hof blickte. Der Regen hatte endlich aufgehört, aber er hatte den Hof in einen Morast verwandelt. Stampfend und in die kalten Hände blasend warteten die vierhundert königlichen Soldaten darauf, dass die Belagerer sich Zugang zur Festung verschaffen würden. Von der Höhe des Weißen Turmes aus sah sie die Männer – reihenweise schwarze Gestalten hinter ihren Fackeln. Sie hatte gesehen, wie sie sich vorbereitet hatten, und war beeindruckt von ihrer Ruhe. Vielleicht war das der Grund, dachte sie, warum die Engländer so viele französische Heere besiegt hatten. Sie gerieten nicht so leicht in Panik, selbst wenn die Zeichen für sie schlecht standen.

Der kommandierende Offizier war ein hochgewachsener Captain namens Brown. In seinem weißen Wappenrock über dem Kettenhemd, das Schwert an der Seite, war er eine schneidige Erscheinung und auch aus der Ferne leicht zu erkennen. Am Morgen dieses Tages hatte er sich mit einer eleganten Verbeugung vorgestellt, ein Mann, der jung war für so viel Verantwortung. Seiner Meinung nach war es unwahrscheinlich, dass Cade den Tower auch nur erreichen würde. Margaret war gerührt gewesen über den Versuch des jungen Mannes, sie zu beruhigen. Captain Brown hatte einen langen, dunklen Schnurrbart, fast so schön wie der ihres Schwagers Frédéric. Bei dem Anblick, wie Brown sich bewegte, wenn er sprach oder nachdenklich den Mund verzog, musste sie jedes Mal lächeln. Selbst als die Nachricht kam, dass Cades Truppen näher rückten, wirkte Brown zuversichtlich, zumindest, wenn er ihr Bericht erstattete. In kürzester Zeit hatte sie angefangen, sich auf die Momente zu freuen, wenn er mit geröteten Wangen zum Fuß der Treppe kam, nachdem er alle Wachen kontrolliert hatte. Den Kopf leicht zur Seite gelegt, sah er dann nach oben, ob sie da war, und lächelte, wenn sie heraustrat. Wenn dies auch nur kurze Momente waren, so hatte sie dennoch das Gefühl, als kenne sie ihn.

Margaret bemerkte, dass er besorgt war, als er beim nächsten Mal Bericht erstattete. Seine Bogenschützen auf der Mauer hatten gemeldet, dass die Meute draußen eine kleine Vorhut geschickt hatte, um das Tor des Torhauses einzuschlagen und das Fallgitter zu zerstören, während der Rest zurückblieb und darauf wartete, erst dann einzufallen, wenn sich die Gelegenheit dazu bot. Während der Mond höher stieg, hörte Margaret ab und zu einen Schrei, wenn wieder der Bolzen einer Armbrust sein Ziel gefunden hatte, aber in der Dunkelheit war es schwer, auf einzelne Männer zu zielen, und die Hammerschläge draußen nahmen kein Ende, erst gegen Holz und schließlich auf Metall.

Captain Brown hatte einer Gruppe der Armbrustschützen zugerufen, sie sollten von der Mauer herunterkommen und ihre Arbeit lieber von unten aus verrichten. Margaret fröstelte in der Nachtluft, als er die Männer zum Falltor schickte, wo sie ihre Waffen direkt an das Eisengitter halten sollten, um die Bolzen hindurchzuschießen. Eine Zeit lang hatte das Hämmern aufgehört, solange die dort draußen ihre Schilde in Position brachten. Auch die Geschwindigkeit der Hammerschläge hatte abgenommen, aber sie ertönten nach wie vor. Die überkreuzten Metallbänder gaben langsam nach. Margaret zuckte jedes Mal zusammen, wenn sie das metallene Scheppern hörte, doch sie zwang sich zu lächeln und blieb auf der Treppe stehen.

Als die Königlichen ihre Position einnahmen, um sich dem ersten Ansturm zu stellen, sah Margaret den weißen Wappenrock von Captain Brown, der gerade wieder erschien und zu seiner Königin hinaufblickte. Sie wartete, ihre Hände umklammerten fest das hölzerne Treppengeländer.

»Königliche Hoheit«, rief er hinauf. »Ich hatte auf Verstärkung gehofft, aber wenn nicht noch ein Wunder geschieht, dann befürchte ich, dass diese Leute jeden Moment hier einfallen werden.«

»Und was soll ich Eurer Meinung nach tun?«, erwiderte Margaret, froh darüber, dass auch sie sich den Anschein von Ruhe geben konnte und ihre Stimme nicht zitterte.

»Mit Eurer Erlaubnis, Mylady, möchte ich einige Männer damit beauftragen, diese Treppe zu zerstören. Wenn Ihr etwas zurücktreten wolltet, könnten wir sie im Nu einreißen. Ich habe sechs gute Männer, um die Tür zum Turm zu bewachen. Ich gebe Euch mein Wort, dass Ihr in Sicherheit seid, solange Ihr dort oben bleibt.«

Margaret biss sich auf die Lippen und blickte von dem Gesicht dieses ernsten jungen Hauptmanns zu den anderen, die nur noch auf den Ansturm warteten.

»Könntet Ihr nicht hier in den Turm zu Euren Männern kommen, Captain? Ich …« Sie errötete, sie war sich nicht sicher, wie sie ihm hier Schutz anbieten sollte, ohne ihn zu beleidigen. Zu ihrer Überraschung strahlte er sie an, anscheinend hocherfreut.

»Ihr könntet es befehlen, Mylady, aber, nun ja … aufrichtig gesprochen wäre es mir lieber, Ihr tätet es nicht. Mein Platz ist hier unten, und wer weiß, vielleicht schlagen wir sie doch noch in die Flucht.«

Ehe Margaret etwas sagen konnte, war bereits ein Dutzend Männer mit Äxten und Hämmern da, und Brown gab seine Befehle.

»Bitte tretet zurück, Hoheit«, rief er von unten.

Margaret verließ die Holztreppe und trat durch die offene Tür des Turmes, und schon fing die Treppe an zu krachen und zu splittern. Es dauerte nicht lange, bis sie vollständig abgebrochen war, und Margaret sah von oben zu, wie die Männer sie vollständig zu Feuerholz zerhackten. Sie merkte, dass sie Tränen in den Augen hatte, als Captain Brown erneut salutierte, ehe er zu seinen Männern zurückkehrte und alle darauf warteten, dass das Falltor nachgab und sie kämpfen müssten.

28

Jack Cade kam aus der Zunfthalle und wickelte das Ende eines rauen Hanfseils auf. Zusammen mit Ecclestone und den anderen hatte er gejubelt, als sie den Schatzmeister des Königs aufgeknüpft hatten und tanzen ließen, während das Gesicht des Lords sich dunkelviolett verfärbte. Lord Say gehörte zu denen, die für die königlichen Steuern verantwortlich waren, und Jack hatte keinerlei Gewissensbisse dabei gehabt. Deshalb hatte er sich auch dieses Stück Seil als Andenken mitgenommen und bedauerte nur, dass er nicht noch ein paar von den Leuten hier fand, die die Vögte und Sheriffs im Lande befehligten.

Er blickte auf und staunte, als er sah, dass immer noch Männer auf dem Platz vor der Zunfthalle eintrafen. Diejenigen, die als Erste angekommen waren, hatten offenbar inzwischen Fässer mit Bier oder Branntwein entdeckt. Berauscht vom Alkohol und vom blutigen Erfolg hatten sie die Zeit genutzt, um jedes Haus der Umgebung zu plündern. Einige sangen, andere lagen bis zur Bewusstlosigkeit betrunken auf dem Pflaster oder dösten mit verkorkten Tonflaschen im Arm vor sich hin. Andere ließen ihre Wut an den Resten des letzten Trupps aus, der sich gegen sie gestellt hatte. Die wenigen Soldaten, die überlebt hatten, wurden entwaffnet, dann bildeten die Männer einen Kreis, in dem sie die Männern hin und her stießen, boxten und traten.

Jack blickte Ecclestone ungläubig an, als er Männer, die Arme voll Diebesgut, vorbeistolpern sah. Zwei von ihnen kämpften um einen Ballen glänzenden Stoffs, und noch während er sie anstarrte, fingen sie an, sich zu prügeln und am Boden zu wälzen. Jack runzelte die Stirn, als in der Nähe eine Frau anfing zu schreien und der Schrei zu einem Krächzen erstarb, als jemand sie würgte.

Thomas Woodchurch kam hinter Cade aus dem Gebäude heraus, und sein Gesicht verfinsterte sich, als er das Chaos und die blutigen Pflastersteine sah.

»Sodom und Gomorrha, Jack«, murmelte er. »Wenn das so weitergeht, sind sie bis zum Morgengrauen alle eingeschlafen und wachen mit durchschnittener Kehle auf. Kannst du sie nicht zur Ordnung rufen? Wir sind hier sehr angreifbar – und Betrunkene können nicht kämpfen.«

Es ärgerte Cade, dass Woodchurch glaubte, immer alles besser zu wissen. Er schwieg und dachte nach. Er selbst hätte liebend gern auch etwas getrunken, sagte sich aber, dass das warten müsse. Regen und Sturm hatten sich gelegt, aber London war bis in die Grundfesten erschüttert. Sein ganzes Leben lang hatte er vor den Männern des Königs den Kopf eingezogen, hatte vor den strengen Mienen der Richter zu Boden geblickt, wenn sie ihre roten oder grünen Roben anzogen und ihre Urteile fällten. Jetzt hatte er die Gelegenheit, es ihnen heimzuzahlen, aber er wusste, diese Gelegenheit kam nur einmal und nicht wieder.

»Bis morgen haben sie längst wieder neue Leute, um uns zu drangsalieren«, brummte er. »Aber was soll's? Heute Nacht habe ich sie alle das Fürchten gelehrt. Das werden sie so schnell nicht vergessen.«

Woodchurch sah seinen kentischen Hauptmann irritiert an. Er hatte sich mehr erhofft als nur eine Nacht des Plünderns und Blutvergießens. Er hatte gehofft, mit einer genügenden Anzahl von Männern Veränderungen in der Stadt zu erreichen, vielleicht sogar den königlichen Beamten ein Stück Freiheit abzutrotzen. Inzwischen wussten sie alle, dass König Henry längst über alle Berge war, aber dennoch, solange Cade sein Ziel weiter verfolgte, bestand die Chance, dass nicht alles im trunkenen Chaos endete. Aber ein paar tote Lords, ein paar Ballen Stoff, ein paar Säcke voller Gold – das war doch keine ausreichende Entschädigung für all das, was man ihnen genommen hatte.

»Die Sonne geht bald auf«, sagte Woodchurch. »Also, weiter zum Tower, schlage ich vor. Wenn der König wirklich geflohen ist, wie man hört, kann ich London wenigstens als reicher Mann verlassen. Kommst du mit, Jack?«

Cade grinste und sah zum Mond auf.

»Ich hatte Paddy bereits im ersten Durcheinander dort hingeschickt. Inzwischen ist er entweder tot oder drin. Wenn du gehst, Tom Woodchurch, dann komme ich mit.«

Sie lachten wie zwei Straßenjungen, die auf Abenteuer aus waren, während Ecclestone bei diesem Ausbruch von Kameraderie ein etwas säuerliches Gesicht machte. Einen Moment später befahl Jack seinen Leuten, sich zum Abmarsch bereit zu machen, und seine sonore Bassstimme hallte von den Häusern der Ratsherren wider.

Derry war erschöpft. Er war ein Dutzend Jahre jünger als Lord Scales, doch er konnte über die unerschöpfliche Kraft dieses Mannes nur staunen, als sie in eine weitere Gasse einbogen. Vor sich und hinter sich hatten sie jeweils vier Soldaten, die ins Dunkel spähten und meldeten, wenn irgendwo Gefahr drohte. Die Straßenkämpfe zogen sich bereits über Stunden hin, und Derry konnte die Männer, die er in dieser Nacht getötet hatte, längst nicht mehr zählen. Es war jedes Mal ein Moment des Entsetzens und der Furcht, wenn sein Schwert einen Fremden traf und wenn er selbst getroffen wurde von ihren Klingen oder Keulen.

Er trug einen Verband ums Bein, wo ihn ein unbekannter kentischer Ackerknecht mit dem Speer verwundet hatte. Ausgerechnet mit einem Speer! Derry konnte es immer noch nicht fassen – ein Speer, der noch dazu mit bunten Bändern geschmückt war. Jetzt hielt er ein Stück davon in der Hand. Er hatte, nachdem er seinen Eigentümer ins Jenseits befördert hatte, die Spitze abgebrochen und mitgenommen. Außerdem steckte jetzt ein solider Sax in seinem Gürtel, und Derry war nicht der Einzige, der Waffen von den Toten mitnahm. Doch nachdem er jetzt so lange in Wind, Regen und Dunkelheit mit diesen Fremden gekämpft hatte, sehnte er sich nach dem Sonnenaufgang.

Von Scales' ursprünglichen achtzig Leuten waren gerade noch drei Dutzend übrig. Anfangs hatten sie nur wenige verloren, doch dann waren sie einem riesigen Haufen von Plünderern in die Arme gelaufen, etwa zweihundert Mann. Diese Kerle waren stockbesoffen gewesen, wodurch sie zum Glück etwas langsamer reagierten. Trotzdem hatte dieser Zusammenstoß fast der Hälfte von Scales' Männern das Leben gekostet, und jetzt lagen sie tot im Dreck.

Die Sache war längst außer Kontrolle geraten, das spürte Derry. Cades Leute waren im Innern der Stadt, und ihre Wut entlud sich in einem Rausch von Plündern, Vergewaltigung und Töten, solange sie dazu in der Lage waren. Derry kannte diesen Zustand vom Schlachtfeld her, es war die Folge, wenn man tötete und selbst überlebte – man geriet in einen Zustand wilder Begeisterung. Als sie in die Stadt gekommen waren, mochten sie eine Armee freier Bauern aus Kent gewesen sein, doch jetzt waren sie nur noch eine furchterregende, grausame Meute. Überall in der Stadt duckten sich die Londoner hinter ihren Türen und beteten, dass niemand versuchen möge, sie aufzubrechen.

»Jetzt wieder Richtung Osten«, befahl Scales an der Spitze. »Meine Späher berichten, dort vorn beim Cockspur seien etwa fünfzig Mann. Wir überraschen sie, wenn sie die Fässer rausrollen.«

Derry schüttelte den Kopf, um klarer denken zu können, aber inzwischen sehnte auch er sich nach einem guten Schluck. In London gab es mehr als dreihundert Wirtshäuser und Schenken, und er war bereits an einem Dutzend vorbeigekommen, die er noch aus seiner Jugend kannte, aber jetzt waren sie verdunkelt, und die Wirte hatten sich drinnen verbarrikadiert. Derry fuhr sich mit der Zunge über die trockenen Lippen. In diesem Augenblick hätte er ein Goldstück für einen Krug Bier gegeben, besonders da er seine Wasserflasche weggeworfen hatte, weil sie ein Loch hatte. Das Ding hatte ihm womöglich das Leben gerettet, aber ihr Verlust bedeutete, dass er fast am Verdursten war.

»Nach Osten«, stimmte er zu.

Cade schien sich durch die Innenstadt zurückzuziehen, und in ihrem dezimierten Zustand konnten sie nichts weiter machen, als ihm in einigem Abstand folgen und sich auf die kleineren Trupps konzentrieren, die hinter ihm her trotteten – am besten auf die Betrunkenen, wenn sie die Wahl hätten. Derry hob den Kopf. Er kannte diesen Stadtteil. Er sah sich um und rieb sein Gesicht mit beiden Händen, um die Müdigkeit zu verscheuchen. Sie waren in der Schneidergasse, wo er sich schon herumgetrieben hatte, als er kaum laufen konnte. Und ganz in der Nähe war das Zunfthaus der Schneider und Tuchscherer – ein hoch angesehener Berufsstand, weil Schneider die gepolsterten Kleidungsstücke herstellten, die man unter den Rüstungen trug.

»Wartet einen Augenblick, Lord Scales, wenn ich bitten darf«, rief Derry. »Ich will nachsehen, ob dort vielleicht jemand auf mich wartet.«

Scales hielt an, wenn auch etwas unwillig, aber Derry rannte bereits die Straße hinunter, bis zu den Knöcheln im Matsch. Ohne seine Späher fühlte er sich ziemlich verloren in der Stadt, aber da überall gekämpft wurde, hatte er bislang keinen von ihnen finden können. Er gelangte zum Zunfthaus, sah aber niemanden. Er wollte gerade leise fluchend zurückgehen, als er im Schatten des Torbogens eine Bewegung wahrnahm. Erschrocken riss er seine Speerspitze hoch, überzeugt, dass jemand ihn angreifen wollte.

»Master Brewer? Tut mir leid, Sir. Ich war mir nicht sicher, ob Ihr es seid.«

Derry ließ die Hände sinken und räusperte sich, um seine Verlegenheit zu überspielen.

»Wer ist da?«, fragte er, die freie Hand jetzt auf dem Sax in seinem Gürtel, nur für den Fall. In dieser Nacht war auf nichts und niemanden Verlass in der Stadt.

»John Burroughs, Sir«, erwiderte der Unsichtbare. Unter dem Dachvorsprung des Hauses war es stockfinster.

»Und?«, sagte Derry barsch. »Wenn du mich jetzt noch nach dem Losungswort fragst, könnte es sein, dass ich dir den Hals umdrehe. Sag mir einfach, was du weißt.«

»Schon gut, Sir, tut mir leid. Ich war beim Tower, Sir. Als ich dort wegging, hatten sie gerade das äußere Tor gestürmt.«

In der Dunkelheit riss Derry die Augen auf.

»Sonst noch was? Hast du etwas von Jim oder den Kellys gehört?«

»Seit Cades Leute hier sind, nichts mehr, Sir, bedaure.«

»Dann lauf jetzt zurück! Und sag ihnen, ich komme mit tausend Mann.«

Derry merkte, dass sein Späher etwas skeptisch die Straße hochsah, wo der klägliche Rest von Lord Scales' Truppe stand.

»Bis dahin habe ich mehr, verlass dich drauf. Die Königin ist im Tower, Burroughs. Bring jeden mit, den du finden kannst.«

Er sah hinter dem Mann her, der so schnell lief, wie es ihm in dem knöcheltiefen Unrat der Straße möglich war.

»Cade, du alter Fuchs«, seufzte Derry, als er zu Lord Scales zurückging, der bereits ungeduldig auf Nachricht wartete.

»Sie greifen den Tower an, Mylord. Mein Späher berichtet, sie seien bereits innerhalb der Festungsmauern.«

Scales blickte hoch zum Nachthimmel. Endlich graute es. Langsam konnte er die Straßen um sich herum erkennen, und seine Stimmung wurde etwas besser.

»Gott sei Dank wird es bald Tag. Und meinen Dank an Euch, Master Brewer. Wir überlassen die Gruppe beim Cockspur jemand anderem. Könnt Ihr uns von hier aus den Weg zum Tower zeigen?«

»Ein Kinderspiel, Mylord. In diesen Straßen kenne ich mich aus.«

»Dann geht voran, Brewer. Bleibt nicht stehen. Die Sicherheit der Königin hat oberste Priorität.«

Paddy blickte hoch zum Weißen Turm, aber natürlich ließ sich niemand blicken. Seine Leute hatten die Soldaten des Königs bis zum letzten Mann umgebracht, sie waren auf die äußeren Mauern gestiegen und hatten einen nach dem anderen erledigt, einzeln oder in kleinen Gruppen, ohne Gnade. Auch wenn sie gute Schwerter und Rüstungen hatten – er war mit fast zweitausend Mann hier in die Festung eingedrungen, sie hatten die Türen eingerissen und alles mitgenommen, was ihnen wertvoll erschien. Er vermutete, dass sich die besten Beutestücke wahrscheinlich hinter den dicken Mauern des Weißen Turms befanden, aber es gab einfach keine Möglichkeit, an sie heranzukommen.

Trutzig und schmucklos stand er vor ihnen, vom Mondschein beleuchtet. Der einzige Zugang befand sich im ersten Stock, aber bis sie durch das Falltor eingedrungen waren, hatten die Soldaten die Treppe bereits zu Feuerholz verarbeitet. Damit war ein Angriff auf sehr einfache Art und Weise unmöglich gemacht worden. Wenn er einen Tag Zeit hätte, dachte Paddy, könnte er etwas zusammenzimmern, aber die Soldaten, die hinter der kleinen Tür warteten, konnten sie leicht verteidigen, und außerdem hatte er eben nicht genug Zeit.

Er sah sich um und kaute auf seiner Unterlippe. Er sah die dicken Mauern, die den Innenhof umschlossen. Der Morgen dämmerte, und er wollte lieber nicht in diesem Gewirr von Türmen und Mauern eingeschlossen sein, wenn es Tag wurde. Er stand da und grübelte, als er zwei seiner Männer sah, die unter dem Gewicht einer schweren, eisenbeschlagenen Truhe schwankten.

»Was habt ihr da, Männer?«, rief er.

»Geld!«, rief einer der beiden. »Mehr Silber und Gold, als du dir vorstellen kannst!«

Paddy schüttelte den Kopf.

»Das ist doch viel zu schwer, du Dummkopf. Füll lieber deine Taschen, Mann. Mein Gott, wie weit glaubt ihr mit so einer Truhe zu kommen?«

Der Mann antwortete mit einem Fluch, und Paddy überlegte, ob er hinterhergehen und dem Kerl etwas Vernunft einbläuen sollte, doch dann beruhigte er sich. Zumindest hatten Jack und Woodchurch mit der Königlichen Münze recht gehabt. Auch ohne den Weißen Turm in der Mitte zu bezwingen, hatten sie schon so genug Gold gefunden, um hinfort wie Könige leben zu können, sofern sie es aus der Stadt herausschaffen konnten. Glänzende Goldmünzen lagen auf dem Pflaster verstreut, und Paddy hob eine auf und starrte sie an. Bis zu diesem Tag hatte er noch nie ein Goldstück in der Hand gehabt, aber jetzt platzten seine Taschen davon aus allen Nähten. Wie schwer dieses Metall war, merkte er an dem Sack, den er aus einem zusammengebundenen Umhang gemacht und sich über die Schulter geschlungen hatte.

Er überlegte, ob sie wohl Karren auftreiben könnten, um ihren neuen Reichtum über die Themsebrücke zu transportieren. Doch es wurde immer heller, und er fürchtete sich vor dem Tageslicht. Sie hatten die Soldaten des Königs im Laufe der Nacht alle umgebracht, aber vermutlich würde man es ihnen gewaltig heimzahlen, wenn erst offensichtlich wurde, wie sie in der Stadt gewütet hatten.

Einer der Männer, die Paddy oben auf der Außenmauer postiert hatte, hob den Arm und rief etwas. Paddy rannte hin, um zu hören, was er sagte, in seinen Taschen klirrte es bei jedem Schritt.

Der Mann hatte die Hände an den Mund gelegt. »Es ist Cade!«, schrie er. *»Cade!«*

Paddy atmete erleichtert durch. Das war auf jeden Fall besser als Trupps wütender Soldaten. Hier, innerhalb der Festungsmauern, konnte er die Sonne noch nicht sehen, aber das Licht des frühen Tags zeigte im Morgendunst die vielen Toten, die überall herumlagen. Eilig rannte Paddy zum zerstörten Torhaus, um seinen Freund zu begrüßen. Die Soldaten, die noch im Weißen Turm waren, riefen ihm Beleidigungen und Drohungen hinterher. Sie mochten sich hinter ihren fünfzehn Fuß dicken Mauern unangreifbar fühlen, aber ihr Trick mit der Tür dort oben bedeutete andererseits, dass sie auch nicht herunterkommen und ihn aufhalten konnten. Er winkte ihnen spöttisch zu, dann ging er durch das Tor hinaus auf die Straße.

Jack Cade war fix und fertig nach dieser Nacht, in der er nichts anderes getan hatte, als zu kämpfen und zu rennen. Seine Hände und Füße waren fühllos vor Kälte, außerdem war er blutig und vollkommen verdreckt. Er hatte in der Dunkelheit die Innenstadt zweimal durchquert, und die aufgehende Sonne zeigte, wie schlimm seine Männer aussahen. Als hätten sie einen ganzen Krieg hinter sich statt nur eine Nacht in London. Dass die Hälfte von ihnen noch immer betrunken war, machte die Sache auch nicht besser. Verschwommen blinzelten sie ihre Kameraden an, wobei sie versuchten, sich einigermaßen aufrecht zu halten und möglichst nicht zu kotzen. Wütend hatte er ihnen verboten, in die Wirtshäuser zu gehen, aber da war es bereits geschehen.

Als sie die äußeren Mauern des Towers erreichten, hatte Jack ein ziemlich mulmiges Gefühl im Bauch, aber seine Stimmung besserte sich, als er die aufgebrochenen Truhen voll neuer Gold- und Silbermünzen erblickte. Doch als seine Männer mit gierigem Geschrei losstürzten, um sich ihren Teil zu sichern, bemerkte er, dass etliche von ihnen ihre Waffen verloren oder gar fortgeworfen hatten. Die meisten von denen, die noch mit ihm zusammen waren, hatten rot geränderte Augen und waren offensichtlich am Ende ihrer Kräfte. Ein paar Hundert frische, ausgeruhte Männer wären jetzt mühelos mit ihnen fertiggeworden. An Woodchurchs Gesichtsausdruck merkte er, dass der dasselbe dachte.

»Ich denke, wir sollten uns über den Fluss wieder zurückziehen, Jack«, sagte Thomas. Er schwankte vor Müdigkeit, aber sein Sohn Rowan war genauso beschäftigt wie all die anderen, er sammelte Hände voll Gold auf und stopfte es in seine Taschen.

Jack blickte hoch zum Weißen Turm, der Hunderte Jahre alt war und auch in dieser Nacht bewiesen hatte, dass er uneinnehmbar war. Er seufzte und rieb sich das stoppelige Kinn. London wachte auf, und die Hälfte der Männer, die er mitgebracht hatte, waren entweder tot oder lagen stockbesoffen herum.

»Trotz allem, wir haben sie ordentlich tanzen lassen, was? Das war die beste Nacht meines Lebens, Tom Woodchurch. Am liebsten würde ich morgen wiederkommen und dasselbe noch mal machen.«

Woodchurch lachte trocken, er war heiser vom vielen Brüllen. Er wollte gerade etwas erwidern, da kam Paddy angelaufen und umarmte Jack so begeistert, dass er ihn dabei in die Höhe hob. Woodchurch hörte die Münzen klimpern und lachte, als er sah, wie die Taschen des Iren angeschwollen waren. Er war groß und stark, und ihr Gewicht stellte für ihn kein Problem dar.

»Du lebst, Jack, das ist gut!«, sagte Paddy. »Und hier gibt es mehr Gold, als du dir vorstellen kannst. Deinen Teil habe ich schon mitgenommen, aber ich denke, jetzt sollten wir uns aus dem Staub machen, ehe die Soldaten des Königs hier auftauchen und Rache nehmen.«

Jack seufzte, in ihm stritten Stolz und Enttäuschung. Es war eine großartige Nacht gewesen; was sie erlebt hatten, kam ihm wie ein Wunder vor, aber es hatte keinen Sinn, das Glück weiter herauszufordern.

»Also gut, Jungs. Sagt es weiter. Wir ziehen uns zur Brücke zurück.«

Die Sonne stand inzwischen am Himmel, und Jacks Leute konnten nur mit Mühe davon abgehalten werden, weiter nach Gold im Tower zu suchen. Paddy hatte ein paar Straßen weiter den Karren eines Latrinenreinigers entdeckt, von dessen Gestank einem die Augen tränten. Doch sie hatten ein kostbar besticktes Tuch darüber gebreitet und ihn hoch mit Säcken, Truhen und geplündertem Zeug beladen. Es gab keinen Ochsen, um ihn zu ziehen, also ergriffen mehrere Männer die Deichsel, und in Hochstimmung zogen sie durch die Straßen in Richtung Themse.

Hunderte strömten aus den Seitenstraßen und schlossen sich dem Zug an, sie jubelten über ihre Beute, die sie mit sich schleppten. Aber man sah auch schuldbewusste Gesichter, in manchen stand noch das blanke Entsetzen über das, was sie gesehen und getan hatten. Bei Weitem die meisten Männer jedoch trugen Krüge mit Bier und Wein, zu zweit und zu dritt zogen sie daher, singend und johlend, auch wenn viele der Kleider vom Blut getränkt waren.

Die Bewohner Londons hatten in dieser Nacht nicht geschlafen. Nachdem sie ihre Möbelstücke hinter den Türen wieder weggerückt und die Nägel aus den verrammelten Fensterläden gezogen hatten, wurde ihnen erst das ganze Ausmaß der Katastrophe klar, von den zerstörten Häusern bis hin zu den Leichenbergen, die sich überall in der Stadt fanden. Jetzt jubelte niemand mehr Jack Cades Armee zu. Ohne sich abgesprochen zu haben, kamen die Männer der Stadt mit Knüppeln und Messern aus ihren Häusern und versammelten sich, erst zu Dutzenden, dann zu Hunderten, um die Straßen in die Stadt zu blockieren. Diejenigen von Cades Männern, die den Weg zur Themse nicht rechtzeitig geschafft hatten, wurden jetzt von schweren Holzschuhen und mit Knüppeln geweckt, oder ihnen wurde gleich die Kehle durchgeschnitten. Die Menschen hatten eine furchtbare Schreckensnacht hinter sich, und jetzt gab es kein Erbarmen. Einige der besoffenen Männer Kents rafften sich noch auf und rannten wie die Hasen, doch sie wurden von wütenden Städtern aufgehalten, entwaffnet und mitleidlos erschlagen.

Die Wut der Stadt erreichte sogar die, die es zurück zur Brücke geschafft hatten. Als Jack sich umdrehte, sah er Hunderte, wenn nicht Tausende von Londonern, die ihnen nachstarrten und Drohungen brüllten. Einige forderten ihn sogar auf zurückzukommen, man würde es ihm schon zeigen – und Jack betrachtete die ungeheure Menge an Menschen. Die Bewohner Londons hatten ihre Furcht offensichtlich überwunden, noch einmal würden sie die kentischen Freibauern nicht widerstandslos in die Stadt einziehen lassen.

Mit hocherhobenem Kopf ging Jack über die Brücke. Als er etwa in der Mitte angelangt war, erblickte er die Stange mit dem Kopf, der immer noch daran befestigt war. Er war völlig verdreckt, und bei seinem Anblick überlief es Jack kalt, als er an den letzten Abend dachte, als sie im Regen und unter dem Hagel der Armbrustbolzen einmarschiert waren. Trotzdem blieb er stehen, hob die Stange auf und reichte Ecclestone seine Axt. Ganz in der Nähe lag auch die Leiche des kleinen Jonas, der das Banner getragen hatte. Traurig schüttelte Jack den Kopf. Schlagartig spürte er seine Erschöpfung.

Mit etwas Mühe richtete er die Stange wieder auf, und die Männer, die mit ihm auf der Brücke waren, jubelten, als sie die Stadt mit ihren schrecklichen Erinnerungen hinter sich ließen.

29

Richard Neville, Earl von Warwick, spürte bei jedem Schritt das Blut, das in seinen gepanzerten Stiefel lief. Er hatte die Wunde an seinem Oberschenkel für unbedeutend gehalten, aber da er weiterlaufen musste, kam die Blutung nicht zum Stillstand. Sein Beinling war völlig durchtränkt und das geölte Metall rot und schwarz verfärbt. Er hatte die Verletzung davongetragen, als seine Männer über den Platz vor der Zunfthalle gestürmt waren und die betrunkenen Plünderer dort erledigt hatten. Sie waren nur auf schwachen Widerstand gestoßen, und Warwick verwünschte sich, weil er einen Moment unaufmerksam gewesen war, sodass einer der Männer, die da auf dem Pflaster lagen, ihm eine Klinge zwischen seine Panzerplatten schieben konnte, während er über ihm stand. Cade war inzwischen natürlich längst auf und davon, und im Rathaus hatte er anscheinend »zu Gericht« gesessen. Lord Say, der Schatzmeister, war dabei ganz offensichtlich für schuldig befunden worden, denn er lag mit violettem Gesicht unter dem Deckenbalken, an dem sie ihn aufgehängt hatten.

Warwick hatte das Gefühl gehabt, die Nacht würde nie mehr enden, und als die Sonne endlich aufging, überfiel ihn eine bleierne Müdigkeit. Auch seine Männer taumelten schon vor Erschöpfung. Sie kamen einfach nicht schnell genug voran, um mit Cade Schritt halten zu können, als dieser das

Morgengrauen nutzte, um noch einmal die Stadt zu durchqueren.

In der Stadt hatte sich nach dem Regen ein dichter Nebel gebildet. Warwick konnte sich nur auf sein Gehör verlassen, um festzustellen, ob die Gassen leer waren, aber falls hier irgendwo Männer auf der Lauer liegen sollten, würde er denen direkt in die Arme laufen.

Seine Soldaten gehörten immer noch zu den stärksten Trupps des Königs. Ihre eisernen Rüstungen hatten vielen von ihnen das Leben gerettet. Trotzdem schauerte es Warwick, wenn er sich an einige schlimme Momente erinnerte, als sich diese Irrsinnigen aus Kent aus drei oder vier Richtungen gleichzeitig auf sie gestürzt hatten. Hundertachtzig seiner Männer waren getötet worden, ein weiteres Dutzend war zu schwer verwundet, um weiterzukämpfen. Er hatte den Männern mit den schwersten Verletzungen erlaubt, sich mit Gewalt Zutritt zu den Häusern zu verschaffen, wo sie sich mit dem Nötigsten versorgen sollten.

London war gelähmt vor Angst. Das spürte er genauso wie den Nebel, der in seine Rüstung kroch und sich mit dem Blut und dem Schweiß einer durchkämpften Nacht vermischte. Er hatte so viele Tote gesehen, dass es ihn fast verwunderte, wenn er durch eine Straße kam, in der keine Leichen lagen. Und viel zu viele von ihnen trugen Uniformen mit den Wappen ihrer Lords auf den Schilden oder auf den Tuniken, die an ihren blutverschmierten Kettenhemden klebten. Auf einigen hatte sich Tau niedergeschlagen, sodass sie silbern glänzten wie mit Eis überzogen.

Er zog weiter, und ihn packte die kalte Wut – auf sich selbst und auf König Henry, der nicht hiergeblieben war und sich um die Verteidigung gekümmert hatte. Mein Gott, es sah wirklich so aus, als hätte York recht. Der Vater des Königs war ein Krieger gewesen, er wäre sofort gekommen und hätte zugeschlagen. Henry V. hätte dafür gesorgt, dass Cade im Morgengrauen am Galgen hing, wenn die Rebellen überhaupt jemals in die Stadt gekommen wären. Der alte König hätte London in eine Festung verwandelt.

Bei dem Gedanken blieb Warwick stehen, mitten auf der Metzgergasse. Der Unrat hier war größtenteils rot und durchsetzt mit Schweineborsten, Knochen und verfaulten Fleischfetzen. Seine Nase hatte sich daran gewöhnt, dass er in solche Sachen trat, aber der Gestank in dieser Straße war dermaßen penetrant, dass man fast schon wieder einen klaren Kopf davon bekam.

Cades Leute strömten nach Osten und nach Süden. Zwar lag die Brücke in dieser Richtung, genauso aber der Tower mit der jungen Königin, die dort Schutz gesucht hatte. Warwick schloss einen Moment die Augen, er sehnte sich nach einem Ort, wo er ausruhen konnte. Schon allein bei dem Gedanken daran gaben seine Beine nach, sodass er sich zusammenreißen und die Knie durchdrücken musste.

In dem zunehmenden Licht sahen seine Männer sich nach ihm um, mit verschwollenen Augen, ihre Wunden mit schmutzigen Tüchern verbunden. Viele von ihnen hatten die Hände verbunden, weil Knochen in Handgelenken und Fingern gebrochen waren. Sie sahen erbärmlich aus, aber es waren immer noch seine Männer, loyal gegenüber seinem Haus und seinem Namen. Warwick richtete sich hoch auf, was ihn viel Willenskraft kostete.

»Die Königin ist im Tower, Gentlemen. Ich möchte mich vergewissern, dass sie in Sicherheit ist, ehe wir uns ausruhen. Heute wird Verstärkung eintreffen, und dann werden

Feuer und Schwert über die kommen, die das hier angezettelt haben.«

Die Soldaten ließen die Köpfe hängen, als sie verstanden, dass ihr junger Lord ihnen noch nicht erlaubte, sich auszuruhen. Doch keiner von ihnen wagte es, sich zu beklagen, und mit geröteten Augen zogen sie durch den Morgennebel weiter.

Margaret fröstelte in der Kälte, als sie aus der Tür des Weißen Turms spähte. Ihre Sicht reichte nur bis zu den äußeren Mauern. Nebel war aufgekommen. Er würde sich im Laufe des Tages auflösen, doch jetzt strich er über die Toten hinweg, die überall herumlagen, hüllte sie ein und ließ sie wie kleine weiße Hügel erscheinen.

Es war eine grauenvolle Nacht gewesen, als sie darauf gewartet hatte, dass Cades Mordbrenner sich mit Gewalt Eintritt in den Tower verschafften. Sie hatte sich nach besten Kräften bemüht, mutig zu erscheinen und Würde zu bewahren, aber die Soldaten hier im Weißen Turm waren genauso nervös gewesen wie sie, sie hatten nach unten in die Dunkelheit gestarrt und angespannt auf jedes Geräusch gehorcht.

Margaret beugte den Kopf und sprach ein Gebet für Captain Brown, der nun still dort unten lag, wo er bei ihrer Verteidigung gefallen war. Sie hatte vom Kampf nur so viel sehen können, wie das sporadische Licht des Mondes zugelassen hatte, frierend und reglos hatte sie das Rennen und Brüllen und das nicht enden wollende Klirren von Metall verfolgt, das ihr schließlich wie eine Flüsterstimme vorgekommen war.

Diese Stimme war im Laufe der Stunden verstummt, stattdessen ertönte lautes Geschwätz und das raue Gelächter von

Cades Leuten. Als die Sonne aufging, sah sie, wie seine Männer in die Münze eindrangen und sie plünderten. Sie nahmen alles mit, was sie nur tragen konnten. Sie hatte gehört, wie die Horden vor Freude johlten und jetzt genauso bedenkenlos mit Gold- und Silbermünzen umgingen wie in der Nacht zuvor mit Menschenleben, denn so manches Goldstück rollte unbeachtet über das Pflaster.

Einmal war einer von ihnen stehen geblieben und hatte zum Turm hinaufgeblickt, als könne er sie im Schatten der Türöffnung sehen. Wer immer das war, dieser Mann überragte alle anderen um Haupteslänge. Sie hatte sich gefragt, ob das Cade selbst war, aber der Name, den sie hatte ausspucken wollen, wäre von der Mauer verschluckt worden, und der hünenhafte Mann ging eiligen Schrittes davon, um seinen Anführer zu begrüßen. Die Sonne war aufgegangen, und der Turm hatte standgehalten, und wenigstens dafür musste sie dankbar sein.

Jetzt kamen auch andere an und starrten zum Weißen Turm hoch. Wenn sie Armbrustschützen gehabt hätte, jetzt wäre Gelegenheit gewesen, sie einzusetzen, aber all ihre Waffen waren in den Händen der Toten dort unten im Burghof. Es war merkwürdig, auf die Feinde hinabzublicken, die die Stadt überfallen hatten, und nichts tun zu können, obwohl sie in Reichweite waren und sich benahmen, als seien sie auf eigenem Grund und Boden.

Bis die Sonne über die Außenmauern gestiegen war und den Weißen Turm in goldenes Licht tauchte, waren sie mit ihrer Beute abgezogen, ihre Toten ließen sie für die Raben des Towers zurück. Der Morgennebel löste sich langsam auf, und Margaret lehnte an der kalten Türöffnung, einer von den Wachen streckte nervös den Arm nach ihr aus, in Sorge, dass sie hinausfallen könnte. Er besann sich noch rechtzeitig, ehe er die Königin berührte, aber sie hatte es gar nicht bemerkt, ihre Aufmerksamkeit galt den Soldaten, die mit klirrender Rüstung durch das zertrümmerte Tor kamen.

Ihr Herz tat einen Freudensprung, als sie Derry Brewer erkannte, der an der Spitze des kleinen Trupps ging. Sie sah, wie verdreckt er war, über und über bespritzt mit Unrat und Blut. Er kam zum Turm, blieb an dessen Fuß bei den Resten der Treppe stehen und blickte nach oben zur Tür.

Margaret trat unter die Tür in den Sonnenschein, und im Stillen segnete sie ihn, als sie sah, wie erleichtert er bei ihrem Anblick wirkte.

»Gott sei Dank«, rief er ihr zu. »Cades Leute verlassen gerade die Stadt, Mylady. Ich freue mich, dass es Euch gut geht.« Derry blickte sich um. »Ihr werdet momentan in London kaum einen sichereren Ort finden, aber ich kann mir vorstellen, dass Ihr den Turm gründlich satt habt. Wenn Ihr gestattet, werde ich Männer ausschicken, um Leitern zu holen, sonst lasse ich welche bauen.«

Margaret wandte sich zu den Soldaten um und befahl: »Lasst ein Seil zu ihm hinunter«, und Derry rief sie zu: »Bis es für mich einen Weg nach unten gibt, könnt Ihr zu mir heraufklettern.«

Er stellte diesen Befehl nicht infrage, stöhnte nur leise auf und fragte sich, ob er wohl noch die Kraft dazu hätte. Schließlich mussten drei Männer von oben nachhelfen, ehe er es geschafft hatte und sie ihn mühsam über die Türschwelle zogen. Keuchend lag Derry auf den Steinfliesen, er konnte nicht aufstehen, ehe die Wachen ihm auf die Beine halfen.

»Ihr seid erschöpft«, sagte Margaret und nahm seinen Arm. »Kommt! Es ist genug zu essen und zu trinken da.«

»Ach, das wäre jetzt sehr willkommen, Mylady. Ich muss zugeben, dass ich im Moment nicht in bester Verfassung bin.«

Eine halbe Stunde später saß er, in eine Decke gehüllt, in einem der Turmzimmer am Kamin, stärkte sich mit dicken Scheiben Räucherschinken und kämpfte gegen die Müdigkeit an. Von draußen hörte er Hammerschläge, wo Lord Scales offenbar den Bau einer behelfsmäßigen Treppe überwachte. Einige der Männer aus dem Turm waren bereits hinuntergeklettert, um mitzuhelfen. Derry war allein mit der jungen Königin, die ihn mit ihren großen braunen Augen musterte.

Margaret biss sich ungeduldig auf die Lippen, sie zwang sich zu warten, bis sein Hunger endlich gestillt war und er diskret rülpste. Der Teller mit Schinken war geleert. Sie wollte wissen, was in der Nacht passiert war. Doch vielleicht sollte sie ihm zunächst sagen, wie es ihr ergangen war.

»Captain Brown war ein guter, tapferer Mann«, begann sie.

Etwas überrascht hob Derry den Kopf und sah die unnatürliche Blässe auf ihrem Gesicht, dem man Angst und Erschöpfung noch immer ansah.

»Ich kannte ihn gut, Mylady. Ich bedaure sehr, dass er es nicht überlebt hat. Es war eine schlimme Nacht für uns alle.«

»Das war es. So viele gute Männer sind gefallen, weil sie mich beschützt haben, Derry. Und ich lebe noch immer. Wir haben beide überlebt – und die Sonne ist auch wieder aufgegangen.«

Ihre Stimme wurde beim Sprechen fester. Sie erlaubte sich weder Trauer noch Müdigkeit.

»Wie gut seid Ihr über die gegenwärtige Lage im Bilde, Master Brewer?«, fragte sie.

Derry setzte sich auf seinem Stuhl aufrechter hin, er begriff, dass dies eine dienstliche Frage war. Er hatte Mühe, nicht laut aufzustöhnen, weil jeder Knochen und jeder Muskel schmerzte.

»Leider nicht sehr gut, Mylady. Ich weiß, dass Cade die Stadt verlassen und die Brücke überquert hat. Ich lasse sie bewachen, und meine Leute werden mir sofort Nachricht bringen, wenn sich irgendetwas Neues ergibt. Ich vermute, er wird in Southwark bleiben, um auszuruhen und das erbeutete Geld zu zählen.« Seine Stimme wurde bitter. »Aber ich befürchte, dass er heute Abend zurückkommt. Und das ist das Problem an der Sache, Mylady. Ich weiß nicht, wie viele Männer wir verloren haben. Aber nach allem, was ich gehört und gesehen habe, sind hier in London nur noch erschreckend wenige übrig. Wir haben nicht mehr als ein paar Hundert, höchstens Tausend. Mit Eurer Erlaubnis werde ich Reiter ausschicken, um jeden Ritter und jeden Waffenknecht in Reichweite hierher zu beordern.«

»Wird das genügen?«, fragte sie und starrte ins Feuer.

Erst wollte er lügen, um sie zu beruhigen, aber es hatte keinen Zweck. Er schüttelte den Kopf.

»Die Lords im Norden haben Armeen, mit denen man jemanden wie Cade leicht erledigen könnte, aber die können wir nicht rechtzeitig erreichen. Und die, die wir erreichen können … Nein, es wird nicht genügen, wenn er heute Abend zurückkommen sollte.«

Margaret spürte, wie ihre Verzweiflung und ihre Angst zurückkehrten. Derry verlor nie die Hoffnung, das wusste sie. Ein Schlag auf die Schulter genügte, und er war wieder zuversichtlich. Dass er jetzt so gar keine Hoffnung mehr zu haben schien, beunruhigte sie zutiefst.

»Wie ist das nur möglich?«, flüsterte sie mehr zu sich selbst. Derry zuckte die Schultern.

»Wir waren zu wenige, und die Unruhen hatten sich schon so weit ausgebreitet, dass wir sie nicht mehr in den Griff bekamen. Aber es ist müßig, darüber zu spekulieren. Noch sind wir da, und wir werden heute Nacht London verteidigen. Ich denke, Ihr solltet die Stadt verlassen und Euch entweder nach Kenilworth oder in den Palast von Greenwich begeben. Ich kann noch heute Vormittag Schiffe herbeordern lassen, die Euch hinbringen. Dann weiß ich wenigstens, dass Ihr in Sicherheit seid.«

Margaret zögerte einen Moment, dann schüttelte sie den Kopf.

»Nein. So weit ist es noch nicht. Wenn ich die Stadt verlasse, ruft dieser Cade sich zum König aus, ehe der Tag um ist – oder vielleicht einen Tag später Lord York, falls der hinter dieser Sache steckt.«

Derry sah die junge Königin eindringlich an und fragte sich, ob sie die Bedrohung ihrer Familie wirklich begriff.

»Falls Lord York wirklich seine Hand im Spiel haben sollte, dann wäre er äußerst durchtrieben zu Werke gegangen, Mylady. Es würde mich nicht überraschen, wenn Agenten beteiligt wären, die in seinem Auftrag handeln, aber der Mann selbst ist noch in Irland, das weiß ich mit Bestimmtheit.«

Sie sprach leise und eindringlich, als sie jetzt antwortete. Sie beugte sich weit vor, damit niemand mithören konnte.

»Ich bin mir über die Bedrohung völlig im Klaren, Derry. Schließlich ist York der ›Erbe‹ des Königs.« Unwillkürlich fuhr sie sich mit der Hand wieder über den Leib, dann fuhr sie fort. »Er *ist* durchtrieben, Derry. Es würde mich nicht wundern, wenn er bewusst fernbliebe, um über allen Verdacht erhaben zu sein, während seine loyalen Anhänger meinen Mann stürzen.«

Derry merkte, wie ihm seine Müdigkeit zusetzte, die Wärme tat ein Übriges, um ihn einzulullen – gerade jetzt, wo er hellwach sein musste.

»Ich habe gesehen, wie sie das frisch gemünzte Gold weggeschleppt haben«, fuhr sie fort und starrte vor sich hin. »Cades Männer haben Beute gemacht, wie sie es in ihren kühnsten Träumen nicht erwarten konnten. Sie werden es jetzt zählen und sich die Hände reiben. Sie werden sich aber auch sagen, dass sie nie wieder die Gelegenheit haben werden, zu einem derartigen Reichtum zu kommen.«

»Mylady?«, sagte Derry verwirrt. Er setzte sich auf und rieb sich das Gesicht.

»Cades Männer wissen nicht, wie geschwächt wir sind, wie anfällig die Verteidigung geworden ist. Sie *dürfen* es auch nicht wissen.« Sie holte tief Luft und fasste einen Entschluss. »Ich werde ihnen die Strafe für sämtliche Verbrechen erlassen, unter der Bedingung, dass sie sich auflösen.«

»Ihr wollt *was* tun?«, fragte Derry entsetzt.

Er wollte aufstehen, doch die Königin legte ihm die Hand auf die Schulter und drückte ihn zurück in den Stuhl. Derry sah sie ungläubig an. Er hatte gerade eine unendlich lange Nacht damit verbracht, gegen Cades Leute zu kämpfen, und jetzt wollte sie diese Tiere begnadigen, wollte sie heimgehen lassen, die Taschen voll mit dem Gold des Königs? Das war Wahnsinn, und er suchte nach Worten, um es ihr beizubringen, ohne sie zu beleidigen.

»Eine Begnadigung, Derry«, wiederholte sie mit Bestimmtheit. »In vollem Umfang, schriftlich, überbracht an Jack Cade in seinem Lager in Southwark. Damit haben sie die Möglichkeit, ihre Beute zu behalten und zu verschwinden. Nennt mir einen anderen Weg. Wir könnten sie ja nicht aufhalten.«

Derry sah sie an.

»Wir könnten die Brücke zerstören«, sagte er. »Keine fünfzig Fuß von hier, in der Rüstkammer, befindet sich reichlich Schießpulver. Genügend Fässer davon, und wir könnten die Brücke wohl sprengen. Wie sollten sie dann herüberkommen?«

Die junge Königin wurde blass, als sie daran dachte, was geschehen wäre, wenn die Plünderer in den Pulverturm eingedrungen wären. Sie schickte ein stummes Dankgebet zum Himmel, doch schließlich schüttelte sie den Kopf.

»Damit würdet Ihr nur einen neuen Angriff provozieren. Wenn wir einen Tag Atempause hätten, könntet Ihr die Brücke vielleicht sprengen, aber sowie Cade sähe, dass da Fässer durch die Straßen gerollt werden, würde er unverzüglich wieder in die Stadt eindringen. Hört mir zu, Derry. Jeder von denen, die London überfallen haben, verdient es, aufgehängt zu werden, aber wie viele von ihnen sind gestern Nacht umgekommen? Hunderte? Ein paar Tausend? Die anderen sind froh, dass sie überlebt haben, sie haben Beute gemacht, und sie werden sich danach sehnen, wieder nach Hause zu kommen. Ich will ihnen die Möglichkeit geben abzuziehen. Wenn sie sich weigern, haben wir nichts verloren, aber *wenn* sie mein Angebot annehmen, wäre London damit gerettet.«

Sie schwieg und wartete auf seine Zustimmung, aber sein Gesicht blieb ausdruckslos. »Oder wollt Ihr, dass sie wiederkommen? Es würde eine weitere Nacht des schrecklichen Blutvergießens geben. Ich habe sie reden hören, Derry. Ich weiß, was sie getan haben. Monsieur, jede Faser meines Herzens sehnt sich danach, sie hängen zu sehen, und wenn es eine andere Möglichkeit geben sollte, dann nennt sie mir. Ihr habt meinen Entschluss vernommen, und ich möchte, dass Ihr mir in dieser Sache gehorcht, Master Brewer.«

Derry war immer wieder verblüfft, wie energisch die junge Königin sein konnte. Doch in diesem Augenblick hörte man draußen ein Geschrei, das seine Aufmerksamkeit ablenkte. Auch Margaret sah auf, in ihrem Gesicht stand wieder diese Angst, dass es ihm fast das Herz brach. Mühsam stand er auf.

»Lasst mich nachsehen, was es ist, Mylady. Keine Sorge, Lord Scales ist ein tüchtiger Mann.«

Derry warf die Wolldecke ab, er wollte an der Tür nicht aussehen wie ein ängstliches altes Weib in einem Umschlagtuch. Er trat in den Sonnenschein und sah Lord Scales, der mit Warwick stritt, beide Männer deuteten hinauf zum Turm. Derry versuchte, mit seinem benebelten Gehirn zu denken. Er lehnte sich möglichst lässig gegen den Türpfosten.

»Morgen, Mylord Warwick. Wie ich sehe, habt Ihr überlebt, Gott sei Dank. Besser spät als gar nicht, was?«

Warwick sah hoch, und sein Gesicht verfinsterte sich, als er Derry herabgrinsen sah.

»Ich möchte die Königin sehen, Master Brewer. Ich will mich selbst davon überzeugen, dass sie wohlauf ist.«

»Wie Ihr wünscht, Mylord. Soll ich ein Seil für Euch runterlassen, oder wollt Ihr warten, bis es eine Treppe oder eine Leiter gibt?«

»Das habe ich ihm auch schon gesagt …«, fing Lord Scales ungehalten an.

Warwick sah sie beide erbost an, aber er war jung und zuckte nur die Schultern über den Vorschlag, den ein älterer Mann als Beleidigung aufgefasst hätte.

»Ein Seil, Brewer. Und ein bisschen plötzlich, wenn ich bitten darf.«

Derry ließ das Seil hinunter, das er selbst auch benutzt hatte. Warwick war überraschend schnell oben, und Derry war froh, dass der Jüngere nicht dabei gewesen war, als die Soldaten ihn hochgezogen hatten wie einen Sack Kohle. Als Warwick an der Türschwelle war, verzog Derry sich wieder in die wärmeren Räume in Inneren des Turms und erreichte die Königin kurz vor Warwick.

»Königliche Hoheit, ich habe das Vergnügen, Richard Neville, den Earl von Warwick zu melden«, sagte Derry, womit er Warwick zwang, stehen zu bleiben und sich zu verbeugen. »In der Angelegenheit, die wir gerade besprochen haben, bin ich natürlich Euer gehorsamer Diener.« Er starrte ins Leere, als er dies sagte. »Ich werde mich sofort darum kümmern, Mylady.«

Mit einer Handbewegung entließ Margaret ihn. Die Bedeutung des Namens Neville war ihr nicht verborgen geblieben, aber schließlich waren Wachen in Rufweite, also hatte sie keine Angst, diesen jungen Mann in seinen dreckigen und zerschlissenen Kleidern zu empfangen. Derry ging, verfolgt von Warwicks misstrauischem Blick.

»Wie Ihr seht, bin ich hier sehr sicher, Lord Warwick. Könnt Ihr noch stehen, oder möchtet Ihr Euch setzen und etwas essen und trinken? Wie es aussieht, muss ich heute Morgen Pflegedienste versehen, für Euch und vielleicht noch für ganz London.«

Warwick nahm das Angebot dankbar an, erfreut darüber, dass die junge Königin in dieser schrecklichen Nacht weder ihre Geistesgegenwart noch ihre Würde eingebüßt hatte. Im Allgemeinen fühlte er sich in Gegenwart von Frauen nicht besonders wohl, er zog die raubeinigen Gespräche der Männer seines Standes vor. Doch jetzt war er viel zu erschöpft, um verlegen zu sein. Mit mühsam unterdrücktem Stöhnen setzte er sich hin und fing an mit seiner Schilderung der Ereignisse der letzten Nacht, während Diener frisch aufgeschnittenen Schinken und Bier für ihn auftrugen. Margaret hörte aufmerksam zu und stellte nur Fragen, wenn er ins Stocken geriet oder ihr etwas unklar war. Während die Sonne über dem Tower höher stieg, war er sich kaum bewusst, dass sie ihm immer sympathischer wurde.

30

Die Nachmittagssonne schien auf das Heer, das sich südlich der Themse in Southwark versammelt hatte. Wer die vergangene Nacht unverwundet überlebt hatte, empfand sie als eine Wohltat. Die Wärme löste die verkrampften Muskeln. Für die Verwundeten allerdings war die Hitze eine Qual. Cades Armee besaß keine Zelte, um sie vor der Sonne zu schützen, und so lagen sie schweißgebadet da, während das kleine Häuflein Wundärzte die schlimmsten Verletzungen versorgte. Die meisten hatten nicht viel mehr anzubieten als einen Schluck Wasser und etwas Verbandmaterial, das sie in großen Bündeln auf der Schulter trugen. Ein paar alte Frauen hatten Tiegel mit Salben und Nelkenöl oder ein Säckchen Myrtenblätter, die man zu einer grünen Paste zerreiben und gegen Schmerzen auflegen konnte. Doch ihre Vorräte waren schnell aufgebraucht, und den Männern blieb nichts weiter übrig, als im Freien zu liegen und auf die kühle Abendluft zu warten.

Jack gehörte zu denen, die Glück gehabt hatten. In seiner Kammer im Obergeschoss des Wirtshauses hatte er sein Hemd ausgezogen und sich seine Verletzungen angesehen. Er war mit Blutergüssen und Striemen übersät, aber die Schnittwunden, die er davongetragen hatte, waren nicht tief und bluteten nicht mehr. Und seinen rechten Arm konnte er auch noch bewegen, wenn auch unter Schmerzen.

Als er Schritte auf der Treppe hörte, zog er sein stinkendes Hemd rasch wieder an, er wollte nicht, dass ihn jemand nackt sah. Dann glättete er sein Haar mit Wasser aus dem Eimer und wartete, wer da kommen würde. Es war warm und stickig in der Kammer, und er merkte, wie ihm erneut der Schweiß ausbrach. Sehnsüchtig dachte er an die Pferdetränke im Hof des Wirtshauses, aber das Wasser dort wurde gebraucht, um die Krüge der Verwundeten zu füllen, und war vermutlich längst versiegt. Er hatte Männer zur Themse geschickt, um Wasserschläuche zu füllen, aber auch die würden in der Julihitze nicht für so viele ausreichen.

Als die Tür geöffnet wurde, warf Jack einen raschen Blick auf den halb leeren Bierkrug auf der Anrichte. Als Anführer genoss man gewisse Vorteile, und er hatte nicht vor, einen anderen daran teilhaben zu lassen.

Woodchurch erschien, blass und mit dunklen Ringen um die Augen. Die meisten der Männer hatten sich, nachdem sie in Southwark angekommen waren, an Ort und Stelle hingelegt, um zu schlafen. Woodchurch und sein Sohn aber waren auf den Beinen geblieben, sie hatten sich im Dorf nach Heilkundigen umgesehen und nach Kräutern gefragt, hatten Frauen zum Wasserholen geschickt und den Bewohnern Geld gegeben, damit sie Nahrungsmittel brachten. Die Männer waren nach der letzten Nacht halb verhungert, aber dem konnte immerhin abgeholfen werden. Mit dem Gold des Königs hatte Woodchurch einem Bauern ein Dutzend junger Ochsen abgekauft. Unter den Männern aus Kent und Essex waren viele Metzger, die sich sogleich voller Begeisterung an die Arbeit gemacht hatten. Sie zerlegten die geschlachteten Tiere und hoben Feuergruben aus, um sie zu braten. Sein Freund, der Bogenschütze, der jetzt vor Jack stand, roch nach Holzrauch, und Jack grinste. Die Taschen voll Gold und Aussicht auf einen saftigen Braten – weiß Gott, er hatte schon Schlimmeres erlebt!

»Was gibt's, Tom?«, fragte er. »Ich pisse Blut, und ich habe nicht die Kraft zum Reden, bis ich etwas zwischen die Zähne bekomme.«

»Das hier wirst du aber sehen wollen, Jack«, sagte Thomas. Auch er war heiser vom Brüllen und konnte nur noch krächzen. Jack sah die Schriftrolle in seiner Hand. Sauberes Pergament und ein rotes Siegel. Jack kniff die Augen zusammen, er fragte sich, ob Woodchurch wusste, dass er nicht lesen konnte.

»Was ist das?«, fragte er misstrauisch.

Das geschriebene Wort war seit jeher sein Feind gewesen. Egal, ob er ausgepeitscht wurde, eine Strafe zahlen musste oder auf dem Marktplatz in den Schandstock kam, immer steckte einer von diesen bleichen Schreibern dahinter, die mit Gänsefeder und Tinte auf ihren Pergamenten herumkritzelten. Jack sah, dass Thomas erregt war. Er atmete schwer, und Jack wusste, dass der Mann sich nicht über jede Kleinigkeit aufregte.

»Sie bieten an, uns zu begnadigen, Jack! Dies hier ist eine verdammte Begnadigung! Alle Verbrechen und Vergehen sind vergessen, vorausgesetzt, wir lösen uns auf.« Als Cade die Stirn runzelte, sprach er schnell weiter. »Es ist ein Sieg, Jack! Wir haben ihnen die Nase blutig geschlagen, und es reicht ihnen! Mein Gott, Jack, wir haben's geschafft!«

»Steht dort auch, dass sie die Richter absetzen werden?«, fragte Jack leise. »Steht da, dass sie die Gesetze gegen das Wildern aufheben oder die Steuern senken werden? Kannst du das auch in deiner Schriftrolle lesen, Tom?«

Tom schüttelte ungläubig den Kopf.

»Der Bote dort unten hat es mir vorgelesen, aber fang jetzt nicht damit an, Jack, nicht jetzt! Es ist eine *Begnadigung* – für alles, bis zum heutigen Tag. Die Männer können nach Hause gehen, sie haben Gold und sind frei – und niemand wird uns jagen und verfolgen. Und du bist der Held, der es mit London aufgenommen und gesiegt hat. Ist es nicht das, was du wolltest? Jetzt komm schon, Jack! Das ist *großartig*. Die Tinte ist noch nicht ganz trocken, Jack, und es ist von der Königin persönlich unterschrieben. Sie haben es heute Morgen abgefasst.«

Cade legte die Hände in den Nacken und drehte den Kopf, um die Muskulatur zu lockern. Er hätte sich nur zu gern mit Woodchurch gefreut, doch irgendwas in seinem Innern sträubte sich. Er schloss die Augen, um nachzudenken.

»Wir haben ihnen letzte Nacht Angst eingejagt«, sagte er schließlich. »Das ist alles, was dahintersteckt.«

»Ja, natürlich, Jack«, stimmte Thomas sofort zu. »Wir haben ihnen gezeigt, was passiert, wenn sie so mit uns umgehen. Wir haben sie Gott und Jack Cade fürchten gelehrt, und dies ist das Ergebnis.«

Cade ging zur Tür und rief nach Ecclestone und Paddy. Beide lagen im Erdgeschoss des Wirtshauses und schliefen fest. Es dauerte eine Weile, bis sie schließlich die Treppe heraufkamen. Paddy hatte einen Krug Branntwein entdeckt, den er zärtlich wie ein Kind im Arm hielt.

»Sag's ihnen, Tom.« Jack drehte sich um und setzte sich auf das niedrige Bett. »Sag ihnen, was du mir gerade gesagt hast.«

Er wartete, als Thomas es wiederholte, und beobachtete dabei die Gesichter seiner Freunde sehr genau, als sie es langsam begriffen. Natürlich ließ Ecclestone sich nichts anmerken. Dessen Gesicht veränderte sich nicht im Geringsten, auch als er Jack ansah und merkte, wie dieser ihn beobachtete. Paddy schüttelte verblüfft den Kopf.

»Ich hätte mir niemals träumen lassen, dass ich das mal erlebe«, sagte Paddy. »Dass diese verdammten Vögte und Sheriffs und die elenden Gutsherren zittern und Angst vor uns haben. Die drangsalieren uns unser Leben lang, Jack, und noch nie habe ich erlebt, dass einer aufgegeben hat, nicht ein einziges Mal.«

»Aber es sind immer noch dieselben«, sagte Jack. »Gut, wir haben ihre Soldaten umgebracht und ein paar Amtmänner aufgeknüpft. Wir haben dem Sheriff von Kent sogar den Kopf abgeschlagen. Aber sie werden sich neue Leute suchen. Wenn wir diese Begnadigung hier akzeptieren, machen sie genauso weiter wie zuvor, und nichts hat sich geändert.«

Jack war ganz offensichtlich hin- und hergerissen. Das Angebot klang verlockend, aber der Wunsch, dauerhafte Veränderung herbeizuführen, war ebenso mächtig. Jetzt saß er ratlos da, die mächtigen Pranken auf die Oberschenkel gestützt. Thomas hatte ja ähnliche Vorbehalte, aber er hatte auch die Menschenmengen gesehen, die die Londoner Straßen säumten, als sie abgezogen waren. Und obwohl keiner hier im Wirtshaus es zugegeben hätte, hatten die Freibauern aus Kent keine Lust auf einen erneuten Angriff, selbst wenn sie es geschafft hätten, noch einmal über die Brücke zu kommen, denn jetzt mussten sie mit der Wut der Londoner rechnen. Und doch, als Paddy und Ecclestone sich ansahen, wusste Thomas, dass sie Jack wieder folgen würden, wenn er abermals in die Stadt zöge.

»Wir haben unseren Teil geleistet, Jack«, fuhr Thomas fort, ehe sie etwas sagen konnten. »Niemand kann mehr verlangen. Und es wird auch nicht mehr so sein wie vorher, nach dieser letzten Nacht. Sie werden sehr vorsichtig sein, zumindest für ein paar Jahre. Sie wissen genau, dass sie ihre Gesetze nur so lange machen können, wie die Leute sie gewähren lassen. Ja, sie werden uns weiterhin regieren, Himmelherrgott, aber jetzt nur, weil wir sie *dulden*. Und das wissen sie jetzt. Gestern wussten sie es noch nicht, aber jetzt haben sie es begriffen. Und sie wissen auch, wenn sie zu übermütig werden, dann kommen wir wieder. Sie wissen, dass wir dann eines Tages wieder hier sein werden, um sie daran zu erinnern.«

Jack lächelte, ihm gefielen Woodchurchs Worte, seine Entschlossenheit. Auch er hatte die vielen Menschen gesehen, als sie an diesem Morgen über die Brücke gezogen waren. Die Vorstellung, noch einmal in die Stadt zurückzukehren, war wirklich nicht verlockend, doch Jack wäre lieber gestorben, als das vor seinen Kumpanen zuzugeben. Er wollte überredet werden, und das hatte Thomas getan. Langsam blickte er auf.

»Wie ist es mit euch, seid ihr einverstanden, Paddy? Rob?«

Die beiden nickten, und Ecclestone lächelte sogar, sodass sein blasses Gesicht ganz ungewohnte Falten bekam.

Jack stand auf, legte die Arme um die drei Männer und zog sie an sich.

»Ist der Bote noch da, Tom?«, fragte er.

»Er wartet draußen«, erwiderte Tom, der sehr erleichtert war.

»Dann sag ihnen, wir akzeptieren. Schick ihn zurück, dann sag es den Männern. Heute Abend gibt's einen Braten und

Bier für alle, und morgen geht's nach Hause. Ich denke, ich werde mir das Haus des Magistrats kaufen und in seiner eigenen Küche auf den verdammten Richter Alwyn trinken.«

»Das hast du doch niedergebrannt, Jack«, murmelte Ecclestone.

Überrascht sah Cade ihn an, jetzt erinnerte er sich.

»Ach ja, richtig. Na, dann baue ich eben ein neues. Und dann sitze ich mit meinen Freunden in der Sonne, und wir machen ein Fass auf – und trinken auf den guten alten König von England, der es bezahlt hat.«

Es war Abend. Margaret stand auf der breiten Festungsmauer, die den Tower von London umgab, und blickte hinunter auf die Stadt, die schrecklich gelitten hatte. Die untergehende Sonne färbte den Himmel rot wie Blut, aber der nächste Tag versprach freundlich und warm zu werden. Der lange Sommertag hatte den Bewohnern Zeit gegeben, aufzuräumen und die nötigsten Reparaturen vorzunehmen, und Männer wie Lord Warwick hatten Trupps beauftragt, die Toten auf Karren zu sammeln und abzutransportieren. Margaret seufzte bekümmert, als sie daran dachte, dass ausgerechnet dieser vielversprechende junge Mann zur Partei Yorks gehörte. In der adligen Verwandtschaft ihres Mannes gab es einfach zu viele, die das Blut der Nevilles in den Adern hatten, dachte sie. Diese Familie würde auch weiterhin eine Gefahr für sie darstellen, zumindest, bis ihr erstes Kind geboren war.

Sie strich mit der Hand über den Bauch, der leicht schmerzte, denn mit der Blutung war auch ihre Trauer zurückgekehrt. Also war es auch diesen Monat nichts. Aber sie durfte die Hoffnung nicht aufgeben.

Flüsternd betete sie, und die sanfte Brise trug ihre Worte davon. »Heilige Maria, Mutter Gottes, bitte lass mich schwanger werden. Ich bin kein kleines Mädchen mit dummen Träumen mehr. Lass mich fruchtbar sein, lass meinen Leib anschwellen.« Einen Moment schloss sie die Augen, sie spürte die große Stadt um sich herum. »Schenke mir ein Kind, und ich werde dir zeitlebens dankbar sein. Schenke mir einen *Sohn*, und ich werde dir zu Ehren Kirchen errichten.«

Als sie die Augen wieder öffnete, erblickte sie in der Ferne eine lange Reihe von Ochsenkarren, hoch beladen mit weiß verhüllten Leichen. Man hatte große Gruben ausgehoben, in die man die Toten legte, dann sprach ein Priester den Segen über sie, ehe Arbeiter sie mit Lehm und Erde bedeckten. Hinter den Karren folgten weinende Angehörige, aber in der Sommerhitze musste es schnell gehen, denn Pest und andere Krankheiten waren eine ständige Gefahr. Margaret erschauerte bei dem Gedanken.

Auf der anderen Seite der Themse hielt Cades Heer ein großes Festgelage ab, deren Feuer man deutlich erkennen konnte. Sie hatten zwar ihre Antwort geschickt, aber noch war nicht klar, ob sie sich auch daran halten und wirklich abziehen würden. Margaret wusste, für den Fall, dass sie es nicht tun würden, hatte Derry die Brücke in eine Festung verwandelt und über die gesamte Länge Barrikaden errichtet.

Sie musste lächeln, als sie daran dachte, wie er mit seinem pfiffigen Gesicht die Rüstkammer nach Waffen und Fässern mit Schießpulver geplündert hatte. Unter normalen Umständen hätte er nie die Erlaubnis dazu bekommen, aber jetzt, nach dieser Nacht, hielt ihn niemand auf.

Die Bewohner Londons hatten den ganzen Tag geschuftet, um sich auf einen möglichen Angriff vorzubereiten. Sie hatten ihre Klingen geschärft und rings um die Brücke sämtliche Straßen abgesperrt. Die Nachricht von der Begnadigung hatte sich noch nicht herumgesprochen, und niemand konnte vorhersagen, wie die Leute reagieren würden, wenn es bekannt wurde. Margaret bedauerte ihr Angebot nicht, und erst recht nicht jetzt, wo sie es angenommen hatten. König Henry war nicht an ihrer Seite, also war sie vorübergehend für London verantwortlich. Diese Stadt war ihr Kleinod, sie war das schlagende Herz dieses Landes, das sie adoptiert hatte. René, ihr Vater, hätte sich wohl nie träumen lassen, welche Prüfung seine jüngste Tochter hier zu bestehen hatte.

Margaret blieb auf der Mauer, bis die Sonne unterging und sie die großen Feuer in dem Lager auf der anderen Seite der Themse noch deutlicher sehen konnte. Dort war Cade mit Tausenden seiner kentischen Männer, und noch immer wusste sie nicht, ob er wiederkommen würde. Der Abend war kühl und windstill – London hielt den Atem an und wartete. Der Mond stand noch tief am klaren Himmel.

Margaret betete den Rosenkranz während ihrer Nachtwache hier draußen, sie sprach ihre Ave-Marias und Vaterunser, bis sich ein großer Frieden in ihr ausbreitete. Sie fühlte sich der Stadt seltsam entrückt, als würde sie schweben, und sie überlegte, ob dies der Zustand war, in den Henry geriet, wenn er von morgens bis abends betete, oft auch noch die ganze Nacht hindurch, bis er nicht mehr aufstehen konnte und nur noch mithilfe seiner Diener auf die Beine kam. Es half ihr, ihren Mann zu verstehen, und sie betete auch für ihn.

Die Sterne zogen ihre Kreise, und Cade kam nicht. Als der Mond über der Stadt stand, war ihr fast, als könne sie sehen, wie die Sternbilder sich bewegten. Ihr Herzschlag wurde ruhiger. Sie beugte den Kopf und dankte Gott, dass Er ihre Stadt bewahrt hatte.

Bei Sonnenaufgang stieg sie vorsichtig die Stufen von der Mauer hinab, alle Glieder taten ihr weh. Sie ging über das Pflaster, das immer noch rostrote Blutflecke aufwies, doch die Toten waren weggebracht worden. Sie hob den Kopf, als die Wachen hinter ihr antraten und ihr von der Festungsmauer bis zum Weißen Turm folgten. Zusammen mit der Königin hatten sie ebenfalls Nachtwache gehalten, in Sorge um ihre Sicherheit.

Im Weißen Turm ging sie den Korridor entlang. Ihre Ankunft löste ein lautes Krachen und Klirren aus, als die Leibwachen in ihren Rüstungen Haltung annahmen. Falls diese Männer geschlafen haben sollten, merkte man es ihnen jedenfalls nicht an, als sie jetzt aufsprangen und sich vor ihrer jungen Königin aufs Knie niederließen. Margaret rauschte an ihnen vorbei und nahm auf einem Thronsitz am anderen Ende des Raumes Platz. Sie ließ sich nicht anmerken, dass es für ihre Knie und Hüften eine Wohltat war.

»Tretet näher, Alexander Iden«, sagte sie.

Der größte der Männer stand auf und näherte sich ihr bis auf ein paar Schritte, ehe er wieder aufs Knie ging. Genau wie ihre Wachen hatte auch er die Nacht hindurch auf sie gewartet, aber er sah wesentlich frischer aus, weil hier ein Feuer im Kamin gebrannt hatte. Margaret betrachtete ihn. Er war ein kräftiger Mann, mit einem markanten Gesicht und einem säuberlich gestutzten Bart.

»Ihr wurdet mir empfohlen, Master Iden«, sagte sie. »Man sagte mir, Ihr seid ein Ehrenmann und von tadellosem Charakter.«

»Mit Gottes Hilfe, Euer Gnaden, königliche Hoheit«, sagte er. Seine tiefe Stimme hallte durch den Raum, doch er hielt den Kopf gebeugt.

»Derihew Brewer hält viel von Euren Talenten, Master Iden. Und ich bin geneigt, seinem Rat zu folgen.«

»Dafür danke ich Euch, königliche Hoheit«, sagte er, sichtlich erfreut.

Margaret dachte einen Moment nach, dann fasste sie einen Entschluss.

»Ich ernenne Euch hiermit zum Sheriff von Kent. Meine Schreiber haben die Urkunden, die Ihr noch siegeln müsst.«

Zu ihrer Überraschung errötete der Mann vor Freude, noch immer kniete er vor ihr, anscheinend unfähig, sie anzusehen.

»Vielen Dank, Hoheit. Eure … Eure Hoheit erweisen mir eine große Ehre.«

Margaret unterdrückte ein Lächeln.

»Master Brewer hat sechzig Mann versammelt, die Euch zu Eurem neuen Haus in Maidstone begleiten werden. Im Hinblick auf die Unruhen in letzter Zeit müsst Ihr geschützt werden. Die königliche Autorität darf in Kent nicht wieder missachtet werden. Versteht Ihr das?«

»Jawohl, königliche Hoheit.«

»Mit Gottes Hilfe ist der Aufstand der Männer von Kent beendet. Sie sind begnadigt und gehen mit dem Geld, das sie London gestohlen haben, in ihre Dörfer und auf ihre Höfe zurück. Ihre Untaten sind ihnen vergeben und dürfen nicht vor Gericht gebracht werden.« Sie schwieg einen Moment, und ihre Augen funkelten, als sie den gebeugten Kopf des Mannes betrachtete.

»Aber Ihr seid *von mir* ernannt worden, und nur von mir, Master Iden. Und was ich gegeben habe, kann ich genauso leicht wieder nehmen. Wenn ich Euch Befehle schicke, werdet Ihr sie sofort ausführen, Ihr seid in Kent das Gesetz und das Schwert des Königs. Versteht Ihr das?«

»Ich verstehe, Hoheit«, erwiderte Iden sofort. »Ich gelobe, Euch mit meiner Ehre und in Gehorsamkeit zu dienen.« Im Stillen segnete er Derry Brewer, dass er ihn vorgeschlagen hatte. Es war die Belohnung dafür, dass er sein bisheriges Leben im Krieg gedient hatte, und Iden konnte sein Glück immer noch nicht ganz fassen.

»Dann geht mit Gott, Sheriff Iden. Ihr werdet von mir hören.«

Iden errötete vor Freude, als er seinen neuen Titel hörte. Er stand auf und verbeugte sich tief.

»Ich bin Euer loyaler Diener, königliche Hoheit.«

Margaret lächelte.

»Das ist alles, was ich erwarte.«

Thomas Woodchurch und sein Sohn gingen schweigend durch die widerhallenden Straßen Londons und blickten sich immer wieder um, ob jemand sie vielleicht erkannte. Sie hatten ihre grünen Bänder abgelegt, und jeder von ihnen hatte lediglich ein gutes Messer behalten, um notfalls die Beutel mit Gold zu verteidigen, die sie bei sich trugen. Jack Cade war beim Verteilen der Beute mehr als großzügig gewesen und hatte jedem der Anführer einen dreifachen Anteil gegeben. Zusammen mit dem kleineren Beutel, den Rowan unter seiner Tunika versteckt hielt, besaßen sie jetzt genug, um einen kleinen Hof zu pachten, wenn sich ein geeigneter finden sollte.

Da sie nicht riskieren wollten, bei den Männern, die jetzt die Brücke verteidigten, die Zusage der Königin auf die Probe zu stellen, waren sie mit einem Fährboot über die Themse gekommen, und jetzt führte Thomas seinen Sohn durch die engen, gewundenen Gassen, bis sie das Armenviertel erreicht hatten, das Thomas aus der Zeit kannte, als sein Vater die kleine Familie aus Kent hierhergebracht hatte, um in der Stadt nach Arbeit zu suchen.

Für Rowan war es das erste Mal, dass er London bei Tageslicht sah. Er blieb dicht neben seinem Vater, als die Sonne aufging und die Menschen anfingen, geschäftig hin und her zu eilen und ihrem Tagwerk nachzugehen. Die Spuren der Kämpfe und der Zerstörung waren größtenteils schon beseitigt. Einige Straßen waren durch Begräbniszüge versperrt, aber die beiden Bogenschützen schlängelten sich daran vorbei und weiter durch das Gewirr, bis Thomas vor einer kleinen schwarzen Tür stehen blieb. Dieser Teil von London gehörte zu den ärmsten, aber die beiden Männer sahen nicht so aus, als besäßen sie etwas, das es wert war, gestohlen zu werden. Thomas holte tief Luft und hämmerte an die Tür, dann trat er zurück in den tiefen Morast und wartete.

Ein Lächeln breitete sich auf den Gesichtern beider Männer aus, als Joan Woodchurch die Tür öffnete und misstrauisch auf die beiden Gestalten blickte, die vor ihr standen.

»Ich dachte, ihr seid beide tot«, sagte sie trocken.

Thomas strahlte sie an. »Wie schön, dich wiederzusehen, mein Engel.«

Seine Frau schnaubte nur kurz, doch als er sie umarmte, schmolz auch ihre Härte dahin.

»Dann kommt mal rein«, sagte sie. »Vermutlich werdet ihr frühstücken wollen.«

Vater und Sohn traten in das kleine Haus, und bald darauf hörte man die Freudenschreie der Töchter, als sie Vater und Bruder zu Hause willkommen hießen.

31

Jack trat zurück und begutachtete die Schicht Mörtel, die er auf die Ziegel geklatscht hatte. Mit ruhiger Hand fuhr er mit der Kelle daran entlang und sah mit Befriedigung, wie seine Mauer wuchs. Als die langen Sommertage kürzer wurden, hatte er Paddy und Ecclestone überredet, ihm bei der Arbeit zu helfen. Keiner von beiden hatte es nötig, sich für Geld zu verdingen, aber es hatte ihn gefreut, dass sie immer noch zu ihm kamen. Paddy saß auf dem Dach, wo er mit mehr Begeisterung als Geschick die Schieferplatten annagelte. Jack wusste, dass der Freund einiges von seinem Gold in die Heimat nach Irland geschickt hatte, an seine Familie, die er schon seit Jahren nicht mehr gesehen hatte. Einen weiteren großen Teil hatte Paddy in den Wirtshäusern der Umgebung gelassen. Jack wusste, dass sein alter Freund sich als reicher Mensch nicht wohlfühlte. Aus irgendeinem Grund, den er selbst nicht erklären konnte, schien Paddy entschlossen zu sein, sein Geld möglichst schnell durchzubringen und dann lieber wieder in Armut zu leben. Jack schüttelte traurig den Kopf. Manche Leute hatten einfach kein Talent zum Glücklichsein, mehr konnte man dazu nicht sagen. Irgendwann würde der Tag kommen, an dem Paddy alles wieder verloren hatte und ein Bettler war, das war klar. Jack hatte nichts zu ihm gesagt, aber in diesem Haus würde immer ein Bett für ihn bereitstehen. Es wäre besser, das schon jetzt einzuplanen, statt seinen Freund in der Gosse erfrieren zu lassen.

Ecclestone rührte gerade eine neue Mischung aus Kalk, Pferdehaar, Sand und Wasser an und hatte sich gegen die scharfen Dämpfe ein Tuch ums Gesicht gebunden. Er hatte am Ort ein Talggeschäft eröffnet und arbeitete sich mithilfe zweier Mägde und eines alten Mannes in die Geheimnisse des Kerzenziehens und Seifekochens ein. Wie es schien, ging es ihm ganz gut dabei. Jack wusste, dass er sein scharfes Rasiermesser jetzt lediglich dazu gebrauchte, um die fleckige weiße Seife in Blöcke zu schneiden.

Wahrscheinlich wäre es mit der Arbeit schneller vorangegangen, wenn sie nicht so viel Zeit mit Schwatzen und Lachen vertan hätten, aber das machte Jack nichts aus. Das Fachwerk hatten drei Männer aus der Nachbarschaft für ihn gezimmert, sie hatten Zapfen geschnitzt und die Balken verfugt. Ein weiterer Mann aus dem Ort hatte die Ziegel geliefert, von denen ein jeder den Daumenabdruck des Handwerkers trug, der ihn gefertigt hatte. Jack schätzte, dass er zusammen mit den beiden Freunden die Arbeiten bis zum Winter schaffen könnte.

Das neue Haus war längst nicht so groß wie das, was er niedergebrannt hatte. Das Grundstück des Richters war nicht teuer gewesen, da ja nur noch die rauchgeschwärzte Ruine darauf gestanden hatte, aber irgendwie hätte er es nicht als richtig empfunden, hier wieder einen ähnlichen Prachtbau zu errichten. Stattdessen hatte Jack ein Haus geplant, das gerade groß genug für eine kleine Familie war, mit zwei Zimmern im Erdgeschoss und drei Schlafzimmern darüber. Er hatte mit den anderen beiden nicht darüber gesprochen, weil er fürchtete, sie könnten ihn auslachen, aber als sich sein

Londoner Abenteuer herumsprach, fingen verschiedene ledige Frauen an, sich für ihn zu interessieren. Und Jack fand, dass es für einen Mann ein schlimmeres Los gab, als jeden Tag frisch gebackenes Brot zu essen. Jack stellte sich vor, wie wieder zwei Jungen hier herumrannten und im Teich schwammen, auf seinem eigenen Grundstück, von dem niemand ihn vertreiben konnte. Es war eine schöne Vorstellung. Er hatte sogar daran gedacht, ein paar Felder zu pachten und Hopfen anzubauen. Ein paar Wirtshäuser in der Umgebung boten bereits verschiedene Biersorten als »Jack Cades Bier« an, da war es doch logisch, sie auch mit seinem Hopfen zu versorgen.

Jack Cade lachte leise, als er einen Ziegel aufnahm und Mörtel darauf klatschte. Dann wäre er ein richtiger Geschäftsmann, kostbar gekleidet und mit einem Pferd, auf dem er in die Stadt reiten könnte. Das wäre doch kein schlechtes Schicksal für einen Unruhestifter …

Er hörte die marschierenden Soldaten schon lange, bevor er sie sah. Sofort krampfte sich sein Magen zusammen, wie früher, wenn er es mit der Obrigkeiten zu tun bekam. Dabei hatte er jetzt ja nichts mehr zu befürchten. Sein ganzes Leben lang hatte er in der Angst verbracht, dass die Büttel ihn eines Tages holen würden. Es war noch ungewohnt, er musste sich stets aufs Neue bewusst machen, dass er begnadigt worden war. Aber er musste dennoch vorsichtig sein, dass er sich nichts Neues zuschulden kommen ließ. Heutzutage legte Jack respektvoll die Hand an die Mütze, wenn er den Amtmännern in der Stadt begegnete. Ihren angesäuerten Gesichtern sah er an, dass sie ganz genau wussten, wer er war, doch sie konnten nichts gegen ihn unternehmen.

Jack legte seine Maurerkelle auf die Ziegel und griff gewohnheitsmäßig nach seinem Sax, nur um sich zu vergewissern, dass er noch da war. Er war auf seinem eigenen Grund und Boden, den er rechtmäßig gekauft hatte. Egal, wer diese Männer waren, er war ein freier Mann, sagte er sich, mit einer schriftlichen Begnadigung, um es zu beweisen. Ganz in der Nähe hatte er eine Holzaxt, die in einem Baumstumpf steckte, damit sie nicht rostete. Jack schielte danach, mit einer vernünftigen Waffe in der Hand hätte er sich wesentlich wohler gefühlt. Doch das war eine Reaktion des früheren Jack Cade, nicht des neuen, ehrbaren Grundbesitzers, der ans Heiraten dachte.

Paddy erschien neben ihm, leicht außer Atem, nachdem er vom Dach geklettert war. Er hatte einen Hammer in der Hand, ein solider Eisenkopf an einem kurzen Stiel aus Eiche. Er deutete damit auf die Soldaten.

»Sieht aus wie mindestens zwei Dutzend, vielleicht sogar mehr, Jack. Willst du dich nicht aus dem Staub machen?«

»Nein«, sagte Jack. Er ging zur Axt und zog sie aus dem Holz, dann ließ er seine rechte Hand auf dem langen Stiel aus Eschenholz ruhen. »Du hast ja gehört, dass der neue Sheriff aus London angekommen ist. Zweifellos hätte er seinen Spaß daran, wenn wir jetzt wie die Hasen über die Felder rennen würden, aber wir sind freie Männer, Paddy. Und freie Männer rennen nicht weg.«

Ecclestone war zu ihnen getreten und wischte sich einen Kalkspritzer von der Wange. Jack sah, dass er sein Rasiermesser versteckt in der Hand hielt, eine alte Gewohnheit, die er im Laufe der letzten Monate auch nicht abgelegt hatte.

»Macht bloß keine Dummheiten, Jungs«, murmelte Jack Cade, als die Soldaten im Marschtritt näher kamen. In ihrer Mitte sah er das Banner des Sheriffs flattern und konnte ein Grinsen nicht unterdrücken, als er an das letzte Banner dachte.

Aufrecht und mit mürrischen Gesichtern standen die drei Freunde da, als die Reihe der Soldaten sich teilte und einen Kreis um sie bildete. Der Mann, der in ihrer Mitte vom Pferd stieg, hatte einen kurzen schwarzen Bart und war fast so groß wie Jack und Paddy.

»Seid gegrüßt«, sagte er und lächelte. »Ich heiße Alexander Iden. Ich habe die Ehre, der Sheriff dieser Grafschaft zu sein.«

»Wir kennen Euch«, sagte Jack. »Und an Euren Vorgänger erinnern wir uns auch.«

Idens Gesicht verdüsterte sich bei dieser Antwort.

»Ja. Gott sei seiner Seele gnädig. Dann seid Ihr vermutlich Jack Cade?«

»Das bin ich. Und Ihr steht auf meinem Grundstück, deshalb wäre ich Euch dankbar, wenn Ihr sagen würdet, was Ihr wollt, und dann geht. Wie Ihr seht, habe ich zu tun und möchte gern weiterarbeiten.«

»Ich denke, das werdet Ihr nicht tun«, erwiderte Iden und zog ein langes Schwert aus der Scheide an seinem Gürtel. »Ihr seid verhaftet, Jack Cade, auf Befehl des Königs. Die Anklage lautet auf unrechtmäßige Vereinigung, Hochverrat und die Ermordung königlicher Amtmänner. Also, kommt Ihr ohne Widerstand mit nach London, oder muss ich Gewalt anwenden?«

Jack merkte, wie Zorn in ihm aufstieg, weil er den Lords in London geglaubt hatte, dass sie ihr Wort halten würden. Sie hatten ihm die Begnadigung schriftlich gegeben, mit ihrem Siegel! *Schriftlich* – das war doch das Zeichen der Autorität! Er hatte es sich von einem Schreiber hier am Ort mehrfach vorlesen lassen. Bei seiner Rückkehr nach Kent hatte Jack es bei einem Geldverleiher in der Stadt deponiert und es sich seitdem zweimal angesehen, nur um die Buchstaben mit der

Hand zu berühren und sich zu vergewissern, dass es wirklich existierte. Sein Herz klopfte wie wild, und sein Gesicht war rot vor Zorn, doch noch klammerte er sich an diesen Strohhalm.

»Ich bin begnadigt worden, Iden. Eine Urkunde mit Siegel und Unterschrift der Königin befindet sich in einer Schatulle in der Stadt. Sie lautet auf meinen Namen, und das bedeutet, dass Ihr mir kein Haar krümmen dürft.«

Während er sprach, hatte Jack mit beiden Händen die Axt ergriffen.

»Ich habe meine Befehle«, sagte Iden achselzuckend. Fast amüsiert registrierte er die Wut dieses Rebellen. »Fügt Ihr Euch also?«

Jack spürte, dass seine beiden Freunde drauf und dran waren, sich auf den Mann auf dem Pferd zu stürzen.

»Ihr zwei solltet gehen«, murmelte Jack. »Hinter euch ist er nicht her. Also – geht schon!«

Paddy blickte seinen Freund an, als habe der ihm eine Ohrfeige versetzt, seine Augen waren weit aufgerissen.

»Ich habe es satt wegzurennen, Jack«, sagte er leise.

Alle drei hatten in den letzten Monaten eine Ahnung von einem anderen Leben bekommen, von einem Leben ohne die ständige Angst vor den Amtmännern des Königs, die einen dauernd beobachteten und einen zwangen, sich alles zu erbetteln. Sie hatten in London gekämpft, und das hatte sie verändert. Ecclestone und Paddy sahen sich an, dann schüttelten beide den Kopf.

»Also gut, Jungs«, sagte Jack. Er lächelte seine Freunde an und ignorierte die Soldaten, die sie anstarrten.

Der Sheriff hatte sie während des Gesprächs aufmerksam beobachtet. Als die drei Männer keine Anstalten machten, sich zu ergeben, machte er eine kurze Bewegung mit der

Handkante. Die Soldaten stürmten vor, Schild und Schwert bereit. Jack hatte es erwartet und schwang seine Axt, er drängte sich krachend an einem Schild vorbei und brach dem Ersten, der ihn berührte, die Rippen. Der Mann schrie auf, und der Schrei zerriss die Stille, die bisher in diesem Garten geherrscht hatte.

Ecclestone bewegte sich schnell, er drehte die Schultern zur Seite und schlüpfte zwischen zwei gepanzerten Männern hindurch und versuchte, den Sheriff zu erreichen. Entsetzt schrie Jack auf, als er sah, wie ein mächtiger Hieb den Freund traf, das Schwert des Sheriffs hatte ihm eine tiefe Wunde am Hals versetzt. Paddy brüllte, mit seiner linken Pranke hielt er einen Soldaten am Wams fest, während er mit dem Hammer seinen Kopf zertrümmerte. Jack schwang weiter seine Axt und schlug zu, es war ihm klar, dass es hoffnungslos war. Er atmete schwer. Er merkte, dass die Soldaten offensichtlich vermieden, ihn tödlich zu treffen, aber einer von ihnen erwischte ihn am Rücken und stach wie wild auf ihn ein. Er hörte Paddy stöhnen, als jemand ihm die Beine von der Seite wegstieß, sodass er zu Boden ging.

Jack bekam ein weiteres Messer zwischen die Rippen, das dort stecken blieb, als er zurückzuckte. Entsetzt spürte er, wie die Kräfte seinen Körper verließen. Er brach zusammen, und sie stießen und traten ihn. Seine Finger waren gebrochen, und man entwand ihm die Axt aus den Händen.

Jack war nur noch schwach bei Bewusstsein, als man ihn vor Sheriff Iden zerrte. Jack spuckte Blut, während die Schergen ihn mit eisernem Griff festhielten. Seine Freunde waren tot und lagen in ihrem Blut. Jack stieß einen Fluch aus, als er sie sah, er verfluchte alle Männer des Königs, die um ihn standen.

»Welcher von euch Dummköpfen hat ihn erdolcht?«, hörte Jack Iden streng fragen. Der Sheriff war äußerst ungehalten, und die Soldaten blickten betreten auf ihre Stiefel, keuchend und mit roten Gesichtern. »*Verdammt!* Mit dieser Wunde bringen wir ihn nie lebend nach London!«

Jack konnte ein Lächeln nicht unterdrücken, als er das hörte. Er bedauerte nur, dass Ecclestone es nicht geschafft hatte, dem neuen Sheriff die Kehle durchzuschneiden.

»Bindet diesen Verräter auf ein Pferd«, befahl Iden wütend. »Mein Gott, habe ich euch nicht gesagt, ihr sollt ihn lebend festnehmen?«

Jack schüttelte den Kopf, ihm war kalt, trotz der warmen Sonne. Einen Moment dachte er, er höre hohe Kinderstimmen, doch dann verstummten die Stimmen, und er sackte in den Armen der Männer, die ihn festhielten, in sich zusammen.

32

Der Morgen graute, und im Wildpark von Windsor regnete es, doch das ungemütliche Aprilwetter konnte der Begeisterung der Lords nicht viel anhaben, die sich auf Wunsch des Königs hier versammelt hatten. Margaret, die in ihrem Schlafgemach fröstelnd am Fenster saß, musste zugeben, dass Derry Brewer in dieser Beziehung recht gehabt hatte. Sie hatte zu wenig geschlafen und gähnte, als sie über die offene Landschaft mit den dunklen Wäldern am Horizont blickte. Als der Vater ihres Mannes noch regierte, gab es hier jedes Jahr Jagdveranstaltungen, bei denen Hunderte von Adligen mit ihren Bediensteten auf dem Besitz des Königs zu Gast waren, um ihr Jagdgeschick mit Hunden oder Falken unter Beweis zu stellen. Von den Festgelagen, die danach folgten, sprach man noch heute, und als sie Derry gefragt hatte, was erforderlich wäre, um auch die Neville-Lords nach Windsor zu bringen, brauchte er nicht lange nachzudenken. Sie vermutete zwar, dass sie auch an einer ganz gewöhnlichen Jagd teilgenommen hätten, als sie die vielen erhitzten Gesichter sah, die stolze Freude von Männern wie dem Earl von Salisbury, dessen Diener mit Hasen und Fasanen beladen waren, oder den kapitalen Rehbock, den Lord Oxford erlegt hatte. Ihr Mann hatte seit zehn Jahren keine Jagd mehr veranstaltet, und in den königlichen Wäldern wimmelte es von Wild. An den beiden ersten Abenden hatte es üppige Gelage gegeben, mit

Musikanten und Tanz, damit auch die Damen zu ihrem Recht kamen, während die Männer sich das saftige Fleisch der erlegten Tiere schmecken ließen und einander lachend und prahlend ihre Abenteuer vom Tage erzählten. Es war in jeder Hinsicht ein Erfolg gewesen – und dabei sollte das Wichtigste erst noch kommen.

Margaret war unten in den Ställen des Schlosses gewesen und hatte sich die gefangenen Keiler angesehen, die am Morgen freigelassen werden sollten. Sie waren ein Geschenk von Philippe, Duc von Burgund, vielleicht wollte er damit sein Bedauern über den Tod von William de la Pole ausdrücken. Schon allein dafür war sie ihm dankbar, doch sie würde ihn ohnehin immer als Freund betrachten, da er seinerzeit angeboten hatte, William zu beherbergen. Keiler galten als die Herrscher der Wälder, es waren die einzigen Tiere, die fähig waren, einen Jäger zu töten. Sie erschauerte bei der Erinnerung an ihre mächtigen, stinkenden Körper und die wütenden kleinen Augen. Als Kind hatte sie einst in Saumur Tanzbären gesehen, als ein Jahrmarkt ins Dorf gekommen war. Die Wildschweine im Stall waren zweimal so groß wie diese Tiere, ihre Borsten waren so dick wie das Fell eines Braunbären und ihre Rücken so breit wie ein Küchentisch. Es war einleuchtend, dass man als Geschenk für das Königshaus besonders schöne Exemplare ausgewählt hatte, aber trotzdem war sie auf derart riesige Tiere nicht vorbereitet gewesen, die grunzend gegen die Balken des Stalles stießen, sodass der Staub vom Dach rieselte. Für Margaret hatten sie so viel Ähnlichkeit mit einem normalen Hausschwein wie ein Löwe mit einer Hauskatze. Der Jagdmeister hatte mit ehrfürchtiger Stimme gesagt, jedes dieser Tiere wiege seine vier Zentner und sei mit einem Paar Hauer so lang wie der Unterarm eines Mannes ausgestattet.

Earl Warwick hatte sie Castor und Pollux genannt, nach den kriegerischen Zwillingsbrüdern der griechischen Sage. Es war allgemein bekannt, dass der junge Richard Neville sich fest vorgenommen hatte, einen dieser Köpfe mit nach Hause zu nehmen, obwohl viele andere diese geschwungenen Hauer ebenfalls sehnsüchtig betrachteten. Wildschweine waren in England durch die Jagd fast ausgestorben, und unter den Gästen hier in Windsor gab es nur wenige, die schon einmal so ein Tier erlegt hatten. Margaret musste lächeln, wenn sie daran dachte, wie die Lords sich gegenseitig gute Ratschläge gaben, ob es besser sei, sie mit Hunden einzukreisen und dann mit einem Pfeil aufs Herz zu zielen, oder ob ein Speer zwischen die Rippen die wirksamere Methode sei.

Sie strich mit der Hand über ihren Leib. Unbändige Freude durchströmte sie, Freude darüber, dass sie endlich schwanger war. Sie hatte die Demütigung hinnehmen müssen, dass York zum Thronfolger ernannt worden war, und sie hatte geschwiegen während all der Zeit, als es so aussah, als habe das Parlament recht gehabt, indem es für den schlimmsten Fall vorgesorgt hatte. Doch dann hatte sie die ersten Anzeichen gespürt und sich vor dem Spiegel hin und her gedreht, anfangs noch im Zweifel, ob sie sich nicht getäuscht hatte. Doch ihr Bauch war mit jeder Woche runder geworden, es war wie ein Wunder für sie, die Antwort auf tausend flehentliche Gebete. Selbst die Übelkeit nahm sie gelassen hin, solange nur das Kind wuchs. Alles, was sie sich jetzt noch gewünscht hatte, war, dass die Earls von England es auch selber sahen. Sie sollten sehen, wie ihr Leib sich rundete, womit Yorks Pläne sich in Luft auflösten.

»Sei ein Sohn«, flüsterte sie, wie sie es jeden Tag ein Dutzend Mal tat. Sie sehnte sich nach Töchtern, aber ein Sohn würde ihrem Mann und ihrer Familie den Thron sichern. Ein Sohn würde Richard und Cecily York ins Abseits katapultieren und alle ihre Pläne zunichtemachen. Dieser Gedanke freute sie mehr, als sie in Worte fassen konnte, und sie umklammerte ihren Becher so fest, dass die Edelsteine an seinem Rand Abdrücke in ihrer Hand hinterließen.

Richard von York war zu der Jagd in Windsor nicht eingeladen worden. Obwohl er den Titel eines Earls von March geerbt hatte, war er der einzige der zwölf englischen »Königlichen Begleiter«, der keine Einladung erhalten hatte. Seine Anhänger würden das zweifellos als einen erneuten Affront gegenüber der alten Familie auffassen, aber trotzdem hatte Margaret so entschieden. Sollten sie doch denken, was sie wollten. Sie wollte diesen Mann und seine unterkühlte Frau nicht in der Nähe ihres Mannes sehen. Margaret gab nach wie vor York die Schuld an Lord Suffolks Tod, und obwohl man es nie hatte beweisen können, war sie überzeugt davon, dass er auch hinter Cades Aufstand steckte, mit all den Schmerzen und Leiden, die dieser der Stadt gebracht hatte. Cades Kopf steckte hoch auf einer Stange an eben jener Brücke, über die er sich seinen Weg erkämpft hatte. Margaret war dort gewesen und hatte sich mit eigenen Augen überzeugt.

Einer der Diener trat vor und wollte ihren Becher wieder füllen, aber sie winkte ab. Seit Monaten protestierte ihr Magen bei fast allem, was sie zu sich nahm. Selbst mit Wasser verdünnten Wein konnte sie nur in kleinen Mengen trinken, und ihre Nahrung bestand überwiegend aus Brühe, die sie manchmal bei sich behielt, aber auch ebenso oft wieder von sich gab. Es war nicht wichtig. Wichtig war nur noch eins: dass die Lords des Neville-Clans gesehen hatten, dass sie schwanger war. Der Beweis, dass König Henrys Linie fortgesetzt wurde und nicht ausstarb. Der Augenblick, als Earl Warwick bei ihrem ersten Treffen wie angewurzelt dagestanden und sie angestarrt hatte, war einer der glücklichsten Momente ihres Lebens gewesen. Und sie wusste, jetzt würde auch York es erfahren. Ihr Mann mochte Frankreich verloren haben, aber er hatte überlebt. König Henry war weder den Rebellen noch den Aufständen oder sonst irgendwelchen Verschwörungen zum Opfer gefallen – nicht einmal dem Angriff auf London selbst. Ihr Mann war am Leben, und alle Pläne und Manöver Yorks, alle Bestechungen und Schmeicheleien seiner Anhänger – das alles war vergebens gewesen, und ihr Bauch rundete sich.

Margaret erschrak, als jetzt draußen ein Geschrei ertönte, ihr fiel ein, dass die versammelten Lords hinausgegangen waren, um dabei zu sein, wenn die quiekenden Keiler in den königlichen Forst entlassen wurden. Die Wildhüter würden die Tiere tief in den Wald jagen und im Auge behalten, während die Jäger aufsaßen und ihre Waffen und Hunde bereithielten, sie hörte bereits Sporen klirren. Man konnte sich die Szene leicht vorstellen, wie die aufgeregten Edelleute miteinander lachten und scherzten, während sie sich beim Frühstück mit kalten Bratenstücken stärkten.

Bei dem Lärm, der von unten heraufdrang, hatte Margaret nicht gehört, dass ihr Mann ins Zimmer gekommen war. Sie schrak aus ihren Gedanken auf, als sein Kammerdiener ihn ankündigte, und stand etwas schwerfällig auf. Henry war blass wie immer, aber sie fand, dass er nicht mehr ganz so hager war. Und seine linke Hand war nicht mehr verbunden, endlich war die Wunde geheilt. Eine rosa Narbe war übrig geblieben, wie eine Verbrennung, hart und runzelig auf seiner sonst so glatten Haut. An seiner rechten Hand trug er den Verband noch, ein weißer Stoffstreifen, der jeden Morgen gegen einen sauberen ausgewechselt wurde. Trotzdem, sie war froh über jede kleine Verbesserung seines Zustands.

König Henry lächelte, als er seine Frau sah. Er küsste sie auf die Stirn, dann auf den Mund, seine Lippen waren trocken und warm.

»Guten Morgen, Margaret«, sagte er. »Hast du gut geschlafen? Was für eine Nacht ich hatte! Master Allworthy hat mir einen neuen Schlaftrunk gegeben, der mir die merkwürdigsten Träume bescherte.«

»Die ich alle hören möchte, mein Gemahl«, erwiderte Margaret, »aber die Jagd wird gleich anfangen. Deine Männer haben die Keiler freigelassen, und deine Lords sammeln sich zum Aufbruch.«

»Jetzt schon? Ich bin doch grade erst aufgestanden, Margaret. Ich habe noch nichts gegessen. Ich werde mir mein Pferd bringen lassen. Wo ist mein Stallmeister?«

Margaret merkte, dass ihr Mann nervös wurde. Sie strich ihm über die Stirn, die Berührung ihrer kühlen Hand schien ihn immer zu beruhigen. So auch jetzt, und sein Blick wurde leer.

»Es geht dir nicht gut genug, um mit ihnen auszureiten, Henry. Du würdest womöglich stürzen oder dich verletzen, wenn du plötzlich einen Schwächeanfall hättest. Das verstehen sie schon, Henry. Du hast ihnen die Keiler geschenkt, und sie sind dir dankbar für dieses Vergnügen.«

»Gut … das ist gut, Margaret. Ich wollte heute eigentlich auch in der Kapelle beten, und ich wusste gar nicht, wann ich die Zeit dazu finden würde.«

Er ließ sich von ihr zu einem Stuhl an dem langen Tisch führen. Ein Diener zog den Stuhl hervor, sodass der König sich setzen konnte, dann brachte man ihm eine Schale mit dampfender Suppe. Er nahm den Löffel und sah die Suppe misstrauisch an, während Margarets Diener ihr behilflich war, neben ihm Platz zu nehmen.

Von unten tönten die lauten Stimmen der Lords zu ihnen herauf, die mit ihren Vorbereitungen beschäftigt waren. Ein Nieselregen ging nieder, und das Heulen der Hunde wurde immer aufgeregter, als die Tiere spürten, dass man sie bald loslassen würde, um die Keiler zu verfolgen. In der Nacht waren fast die Hälfte der Gäste mit ihren besten Hunden in den Ställen gewesen, um sie die Witterung von Castor und Pollux aufnehmen zu lassen. Der Lärm ließ darauf schließen, dass die Nähe der großen Wildschweine die Tiere fast zum Wahnsinn trieb.

Margaret beobachtete ihren Mann, der die Suppe löffelte. Sein Blick war völlig abwesend, als sähe er hinter dem Besteck und den Holztellern eine ferne, unbekannte Landschaft. Die Angstzustände, an denen er fast zerbrochen wäre, hatten in dem Jahr nach Cades Überfall nachgelassen. Sie hatte dafür gesorgt, dass er sah und auch begriff, dass es in London wieder sicher und friedlich zuging, zumindest fürs Erste.

Plötzlich legte Henry seinen Löffel hin und stand auf.

»Ich sollte zu ihnen hinausgehen, Margaret. Als ihr Gastgeber sollte ich ihnen viel Glück und Waidmannsheil wünschen. Sind die Keiler schon freigelassen?«

»Sind sie, Liebster. Setz dich ruhig wieder, es ist für alles gesorgt.«

Er setzte sich wieder, doch sie konnte nicht ernst bleiben, als sie sah, wie er ungeduldig mit dem Besteck spielte – wie ein Junge, dem man nicht erlauben wollte, nach draußen zu laufen. Amüsiert sah Margaret ihn an.

»Dann geh nur, lieber Gemahl, wenn du es für nötig hältst. Diener! Der König braucht einen Mantel. Sorg dafür, dass er ihn anzieht, ehe er in den Regen hinausgeht.«

Henry stand schnell auf und beugte sich hinab, um sie auf die Stirn zu küssen, ehe er fast eilend den Raum verließ. Sie lächelte und wandte sich wieder ihrer Suppe zu, ehe sie kalt wurde.

Die Versammlung der Earls und ihrer Diener vor dem Schlosstor ähnelte der Vorbereitung auf eine Schlacht, wäre da nicht viel Gelächter und gute Laune gewesen. Richard Neville, Earl von Warwick, hatte unter dem großen Torbogen Schutz vor dem Regen gesucht, wo er mit seinem Jagdgehilfen und seinem Vater verschiedene Vorgehensweisen besprach, während drei weitere Diener sich um die vier Pferde und die Meute der wilden, angeleinten Hunde kümmerten, die vor Aufregung bellten und einander anknurrten. Warwick hatte seine Falken heute Morgen nicht herausgebracht. Diese wertvollen Tiere trugen ihre Hauben und befanden sich in den Räumen des Schlosses, die er bewohnte. Heute Morgen war er an Vögeln oder sonstigem Wild nicht interessiert, es ging ihm lediglich um die beiden edlen Keiler, die irgendwo dort draußen in den Wäldern des Königs den Boden aufwühlten. Die Knappen hielten die Waffen für Vater und Sohn bereit, und die Hunde würden die Keiler schon aufspüren. Dann würden sie sich in die Tiere verbeißen und sie festhalten, bis man sie zur Strecke gebracht hatte.

Earl Salisbury sah seinen Sohn an, dessen Gesicht von der Kälte gerötet war.

»Hat es einen Zweck, dir zu sagen, dass du vorsichtig sein sollst?«, fragte er.

Sein Sohn schüttelte lachend den Kopf, während er prüfte, ob die Bauchgurte seiner Pferde fest genug angezogen waren. »Ihr habt sie gesehen, Sir. Diese Köpfe würden sich über meinem Kamin gut machen, findet Ihr nicht?«

Der Ältere lachte leise, er wusste, dass sein Sohn alles daransetzen würde, die Keiler als Erster zu erreichen. Wenn die Herolde in die Hörner stießen, würden sie alle lospreschen, über die Felder und in den Wald hinein.

»Behalte diese Tudors im Auge«, sagte sein Vater plötzlich. Er winkte einen der Jäger zur Seite und verschränkte selbst die Hände, um seinem Sohn beim Aufsteigen zu helfen. »Sie sind jung, und dieser Edmund ist erst seit so kurzer Zeit ein Earl, dass er fast noch grün hinter den Ohren ist. Er wird zweifellos alles tun, um dem König zu gefallen. Und pass auf Somerset auf. Der ist so tollkühn, dass es schon fast an Dummheit grenzt.« Gegen besseres Wissen konnte er sich ein weiteres warnendes Wort nicht verkneifen. »Und noch eins: Lass dich auf keinen Fall zwischen den Keiler und einen Günstling des Königs drängen, Junge. Besonders dann nicht, wenn dieser einen Speer in der Hand haben sollte oder grade einen Pfeil auf die Sehne legt, verstehst du?«

»Ich verstehe, Sir, aber ich werde entweder mit einem oder beiden dieser Köpfe zurückkommen. Es gibt hier kein Pferd, das es mit meinem aufnehmen kann. Ich werde vor allen anderen bei den Keilern sein. Dann sollen die anderen sehen, wo sie bleiben!«

Die älteren Earls würden es sich als eigene Beute anrechnen, auch wenn einer ihrer Diener etwas erlegte. Warwick hatte die Absicht, das Tier, wenn nur irgend möglich, selbst zu töten, mit einem der drei Speere, die er speziell zu diesem Zweck mitgebracht hatte. Sie waren größer als er selbst, und ihre Klingen waren so scharf, dass man sich damit hätte rasieren können. Sein Vater reichte sie ihm und schüttelte amüsiert den Kopf, um sich seine Sorge nicht anmerken zu lassen.

»Ich komme hinter dir her, zusammen mit Westmorland. Wer weiß, vielleicht bekomme ich Gelegenheit zu einem Schuss mit dem Bogen, wenn ihr jungen Hitzköpfe euch müde gekämpft habt.« Er grinste, und sein Sohn lachte leise.

Beide Neville-Lords drehten sich um, als plötzlich rings um sie die Gespräche verstummten und die Diener auf dem Pflaster knieten. König Henry trat heraus in den regennassen Hof, hinter ihm sein Kammerdiener, der vergeblich versuchte, ihm einen warmen Umhang umzulegen.

Henry sah sich die Versammlung der zwölf Earls samt ihren Bediensteten an, insgesamt etwa vierzig oder fünfzig Männer, mit ebenso vielen Pferden und Hunden, die einen schrecklichen Lärm machten. Ein Edelmann nach dem anderen entdeckte den König und verbeugte sich. Henry sah sie alle freundlich an, der Regen wurde stärker, und sein nasses Haar klebte ihm am Kopf. Endlich ließ er sich in den Umhang hüllen, der allerdings auch schon nass und schwer war.

»Bitte steht auf. Ich wünsche Euch Glück, Mylords. Mir tut es nur leid, dass ich heute nicht mit Euch reiten kann.«

Sehnsüchtig sah er auf die Pferde in seiner Nähe, aber Margaret hatte sich klar und deutlich ausgedrückt.

»Alles Gute für Euch, aber ich hoffe, dass mindestens einer dieser Köpfe von meinen Brüdern zurückgebracht wird.«

Alle lachten und sahen hinüber zu Edmund und Jasper Tudor, die stolz darauf waren, dass der König sie erwähnt hatte. Als sie aus Wales am Hofe eingetroffen waren, hatte Henry beide zu Earls ernennen wollen, um die Kinder aus der kurzen zweiten Ehe seiner Mutter zu ehren. Doch sie waren halb französisch und halb walisisch und hatten nicht einen Tropfen englischen Bluts in den Adern. Das Parlament hatte sie erst per Gesetz zu Engländern ernennen müssen, ehe Henry seine Halbbrüder aus der Familie der Tudors zu Erben einsetzen konnte. Ihr Anblick erinnerte ihn an seine Mutter, und ihm kamen die Tränen, die zum Glück sofort vom Regen weggewaschen wurden.

»Es tut mir so leid, dass unsere Mutter nicht mehr lebt, um Euch zu sehen, aber ich weiß, sie wird über Euch wachen.«

Die Stille zog sich hin und wurde unangenehm, denn die zwölf Earls konnten nicht losreiten, ehe sie entlassen waren. Henry starrte sie ausdruckslos an und rieb sich die Stirn, weil er Kopfschmerzen bekam. Schließlich schien er sich zu besinnen, wo er war, und blickte auf.

»Ich freue mich darauf, Euch alle heute Abend beim Festmahl wiederzusehen, wo wir auf den erfolgreichen Jäger trinken werden.«

Die Earls und alle Anwesenden brachen in einen Jubelruf aus, und der König lächelte, dann ging er zurück ins Schloss. Er zitterte, und seine Lippen waren blau vor Kälte. Der Kammerdiener, der ihm den Umhang gebracht hatte, war blass vor Ärger. Er wusste, er würde sich jetzt etwas anhören müssen, weil der König im Regen gestanden hatte.

Henry saß im Licht der Lampe und zitterte, ihm war kalt. Über seine Beine war eine Decke gebreitet, und er versuchte zu lesen, aber er rutschte im Sessel hin und her und konnte keine bequeme Stellung finden. Seit seiner Ansprache am Morgen hatte er rasende Kopfschmerzen. Beim Festmahl hatte er etwas Wein getrunken und auch eine Kleinigkeit von der großen Wildschweinkeule probiert, die auf seinem Teller lag. Warwick hatte sich nach seinem Jagderfolg schwer betrunken. Trotz seiner Kopfschmerzen musste Henry lächeln, wenn er daran dachte. Edmund Tudor hatte Castor erlegt, Warwick Pollux. Drei Hunde waren dabei draufgegangen, die Keiler hatten sie mit ihren Stoßzähnen von einem Ende bis zum anderen aufgerissen. Zwei von Warwicks Jägern waren ebenfalls verletzt worden. Um die kümmerte sich jetzt Allworthy, der ihre Wunden genäht und ihnen Schmerzmittel gegeben hatte.

Henry hatte beim Bankett beide Männer gleichermaßen geehrt, er hatte vom Kopf der Tafel sowohl auf Warwicks als auch auf Edmund Tudors Gesundheit getrunken. Margaret hatte unter dem Tisch zärtlich sein Knie gedrückt, und sein Glück war komplett gewesen. Er hatte die große Sorge gehabt, dass die Earls sich streiten würden und dass es womöglich zu einem Handgemenge kommen könnte. Schon seit über einem Jahr hatte er den Eindruck, dass sie sich nicht mehr vertrugen. Doch sie hatten gut gelaunt miteinander gegessen und getrunken, hatten mit den Musikanten gesungen und über die Gaukler gelacht, die er zu ihrer Unterhaltung bestellt hatte. Henry wusste, die Jagd war ein Erfolg gewesen. Margaret war zufrieden, und auch der alte Richard Neville hatte sich ein stolzes Lächeln abgerungen, als sein Sohn geehrt wurde.

Henry sah vom Buch auf, er starrte lieber auf die dunklen Wälder, die jenseits der Fensterscheiben lagen. Mitternacht war längst vorbei, aber er konnte nicht schlafen mit seinem brummenden Schädel und diesem Druck hinter dem rechten Auge. Ihm blieb nichts übrig, als so lange dazusitzen, bis die Sonne aufging und er seine Gemächer verlassen konnte.

Einen Augenblick dachte er daran, Margaret zu rufen, aber dann fiel ihm ein, dass sie sicher schon schlief, und Schwangere brauchten ihren Schlaf, wie man ihm erklärt hatte. Henry lächelte bei diesem Gedanken und blickte wieder auf seine Buchseite, aber sie verschwamm ihm vor den Augen.

Der König stöhnte leise. Er hörte Schritte auf dem polierten Holzboden, die näher kamen. Entsetzt sah er auf, als Master Allworthy eintrat, in der Hand seine vollgestopfte Ledertasche. Mit seinem schwarzen Mantel und den blank polierten Schuhen sah der Mann eher wie ein Priester aus denn als ein Arzt.

»Ich habe Euch nicht rufen lassen, Doktor«, sagte Henry etwas unsicher. »Ich ruhe gerade, wie Ihr seht. Es kann doch nicht schon wieder Zeit sein, die Medizin zu nehmen.«

»Aber, aber, Euer Gnaden. Euer Kammerdiener sagte mir, dass Ihr Euch vielleicht erkältet habt, als Ihr draußen im Regen wart.«

Allworthy legte seine Hand auf Henrys Stirn und schnalzte mit der Zunge.

»Zu große Hitze, wie ich's mir dachte.«

Unter missbilligendem Kopfschütteln öffnete der Arzt seine Tasche und holte seine Instrumente und Flaschen heraus, er betrachtete jeden Gegenstand sorgfältig und schob ihn hin und her, bis alles zu seiner Zufriedenheit aufgebaut war.

»Ich möchte, dass meine Frau kommt, Allworthy. Ja, ich will meine Frau sehen.«

»Natürlich, Euer Gnaden«, erwiderte der Arzt gedankenlos. »Das sollt Ihr auch, sobald ich Euch zur Ader gelassen habe. Welcher Arm soll es sein?«

Trotz seiner Verärgerung streckte Henry den rechten Arm aus. Es gehörte viel Willenskraft dazu, Allworthys Geplapper zu widerstehen, und Henry fühlte sich dazu nicht in der Lage. Er ließ den Arm schlaff herunterhängen, während Allworthy den Ärmel hochschob und leise gegen die Venen klopfte. Sorgfältig legte er Henry den Arm auf den Schoß zurück und wandte sich seinen Vorbereitungen zu. Henry starrte vor sich hin, und Allworthy hielt ihm ein kleines, glänzendes Silbertablett hin, auf dem eine Anzahl handgedrehter Pillen lag.

»So viele«, murmelte Henry. »Wofür sind die alle?«

Der Arzt unterbrach seine Arbeit kaum, er prüfte die Klinge, mit der er gleich die Vene öffnen würde.

»Nun, die sind natürlich für Eure Schmerzen, Euer Gnaden! Ihr möchtet doch, dass die aufhören, oder?«

Henry verzog ärgerlich das Gesicht. Er hasste es, wie ein Kind behandelt zu werden. Trotzdem öffnete er gehorsam den Mund und erlaubte dem Arzt, ihm die bitteren Pillen auf die Zunge zu legen, die er schluckte. Dann reichte der Arzt ihm einen Becher mit dem üblichen ekelhaften Absud. Henry konnte gerade einen Schluck davon trinken, ehe er den Becher angewidert zurückschob.

»Und noch einen Schluck«, ermunterte Allworthy ihn und hielt Henry den Becher gewaltsam an den Mund, sodass er gegen seine Zähne stieß.

Etwas von der Flüssigkeit lief über Henrys Kinn, er verschluckte sich und fing an zu husten. Sein nackter Arm fuhr hoch, und er stieß den Becher so entschlossen von sich, dass er polternd zu Boden fiel und zerbrach.

Allworthy runzelte die Stirn, einen Moment stand er völlig reglos da, bis er seine Empörung im Griff hatte.

»Ich lasse einen neuen Becher bringen, Euer Gnaden. Ihr wollt doch wieder gesund werden, nicht wahr? Natürlich wollt Ihr das.«

Er ging gröber als nötig vor, als er den Mund des Königs mit einem Tuch abwischte.

»Margaret«, sagte Henry laut und deutlich.

Irritiert blickte Allworthy auf, als sich im Hintergrund ein Diener in Bewegung setzte. Allworthy hatte gar nicht bemerkt, dass jemand dort gestanden hatte.

»Seine Gnaden dürfen nicht gestört werden!«, bellte der Arzt ihn an.

Der Diener blieb stehen, aber nur für einen Moment. Bei gegensätzlichen Befehlen war es stets die klügere Entscheidung, eher dem König als dem Arzt zu gehorchen. Wieder schnalzte der Arzt missbilligend mit der Zunge, als der Mann verschwand und den Korridor des Ostflügels hinunterrannte.

»Jetzt wird bestimmt das ganze Haus wach werden. Aber keine Sorge, ich bleibe hier und werde mit der Königin sprechen. Jetzt gebt mir Euren Arm.«

Henry sah weg, als Allworthy in seiner Ellenbeuge die Vene öffnete und drückte, damit das Blut gut floss, dessen Farbe sich der Arzt genau ansah. Langsam füllte sich die Schale, die er unter den Ellbogen des Königs hielt.

Margaret trat ein, noch ehe der Aderlass zu Ende war, sie trug ein Nachthemd und war in einen warmen Umhang gehüllt. Doktor Allworthy verbeugte sich. Er fürchtete ihre Autorität, war aber gleichzeitig von seiner eigenen überzeugt.

»Es tut mir außerordentlich leid, dass Eure königliche Hoheit zu dieser späten Stunde gestört wurde. König Henry geht es immer noch nicht gut. Seine Gnaden riefen Euren Namen, und ich fürchte, der Diener …«

Allworthy verstummte, als Margaret sich neben ihrem Mann hinkniete, als habe sie die Worte des Arztes gar nicht gehört.

Stattdessen sah sie angewidert die Schale an, die sich langsam füllte.

»Geht es dir nicht gut, Henry? Aber jetzt bin ich da.«

Henry ergriff ihre Hand, die Berührung tröstete ihn, als er gegen die große Müdigkeit ankämpfte, die er plötzlich empfand.

»Es tut mir leid, dass ich dich wecken ließ, Margaret«, sagte er leise. »Ich habe ganz ruhig hier gesessen, und dann kam Allworthy, und ich wollte dich bei mir haben. Vielleicht sollte ich jetzt schlafen.«

»Natürlich solltet Ihr das, Euer Gnaden!«, sagte Allworthy streng. »Wie könnt Ihr sonst wieder gesund werden?« Er wandte sich an Margaret. »Der Diener hätte Euch nicht wecken sollen, Mylady. Ich habe es ihm gesagt, aber er hat ja nicht auf mich gehört.«

»Ihr täuscht Euch, Master Allworthy«, sagte Margaret. »Wenn mein Mann Euch befiehlt, mich zu rufen, dann lasst Ihr alles stehen und liegen und *rennt*, habt Ihr verstanden?«

Sie hatte den aufgeblasenen Kerl noch nie gemocht. Margaret verachtete ihn dafür, dass er Henry behandelte wie einen Tölpel.

»Das weiß ich nicht«, erwiderte Henry auf eine Frage, die ihm niemand gestellt hatte.

Er öffnete die Augen, aber der Raum schien sich um ihn zu drehen, als die Gifte in seinem Körper anfingen zu wirken. Er würgte, sein Mund füllte sich mit grüner Galle, Schaum trat auf seine Lippen. Margaret schnappte entsetzt nach Luft.

»Ihr ermüdet den König, Mylady«, sagte Allworthy mit unverhohlener Befriedigung. Wieder ergriff er sein Tuch, um dem König energisch den grünen Schleim vom Mund zu wischen. »Als königlicher Leibarzt ...«

Margaret sah ihn so hasserfüllt an, dass Allworthy verstummte und rot anlief. Henry würgte weiter, während sein Magen sich umstülpte und krampfartig leerte. Eine stinkende Flüssigkeit ergoss sich über seine Tunika und die Decke. Aus seinem Arm tropfte immer noch Blut, inzwischen lief es über den Rand der Schale. Allworthy bemühte sich um den König, er tupfte und wischte eifrig.

Margaret hielt Henrys Hand, als er sich plötzlich im Stuhl aufbäumte, die Sehnen an seinem Hals angespannt wie Drahtseile. Die Schale mit dem Blut fiel klirrend zu Boden, ihr Inhalt bildete eine Lache auf dem Fußboden. Die Muskeln in Henrys Körper verkrampften sich, und er verdrehte die Augen.

»Euer Gnaden?«, fragte Allworthy ängstlich.

Henry antwortete nicht, bewusstlos hing er über der Lehne des hohen Stuhls.

»Henry? Kannst du mich hören? Was habt Ihr mit ihm *gemacht?*«, wollte Margaret wissen.

Verunsichert schüttelte Allworthy den Kopf.

»Mylady, nichts von dem, was ich ihm gegeben habe, verursacht Krämpfe«, sagte er. »Bislang habe ich sein Leiden immer eindämmen können.«

Bemüht, sich seine Panik nicht anmerken zu lassen, trat der Arzt in die Blutlache und beugte sich über den König. Er kniff Henry in die Wange, erst sanft, doch schließlich so fest, dass es rote Flecken hinterließ.

»Euer Gnaden!«, rief er.

Er bekam keine Antwort. Die Brust des Königs hob und senkte sich unter seinen Atemzügen, aber er war nicht mehr ansprechbar.

Margaret blickte vom schlaffen Gesicht ihres Mannes zu dem Arzt an seiner Seite, dessen schwarzer Mantel von Blut und Erbrochenem beschmutzt war. Sie packte den Arzt fest am Arm.

»Jetzt ist Schluss mit Euren widerwärtigen Mixturen, mit Euren Pillen und Aderlässen. Endgültig *Schluss*, Doktor! Und wenn Ihr mir nicht gehorcht, lasse ich Euch verhaften und foltern. Von jetzt an pflege *ich* meinen Mann!«

Sie drehte dem Arzt den Rücken zu und griff sich einen Streifen Leinen, mit dem sie die immer noch blutende Wunde an Henrys Arm verband. Sie zog den Knoten mit den Zähnen fest, dann ergriff sie beide Arme ihres Mannes. Sein Kopf fiel nach vorn, Speichel tropfte ihm aus dem Mund.

Allworthy sah mit atemloser Spannung, wie die junge Königin sich auf die Lippe biss und dann die Hand hob, die deutlich zitterte. Sie holte tief Luft, dann versetzte sie Henry eine Ohrfeige, dass sein Kopf zurückfuhr. Er gab keinen Laut von sich, doch seine Wange glühte rot. Margaret ließ ihn in den Stuhl zurücksinken und schluchzte vor Verzweiflung und Sorge auf. Der Arzt machte den Mund auf und wieder zu, aber auch er wusste nichts mehr zu sagen.

EPILOG

London konnte schön sein im Frühling Die Sonne ließ den trägen Fluss glitzern, und auf allen Märkten gab es frische Ware. Immer noch kamen Leute, die sehen wollten, wo Cades Axt den Stein von London geritzt hatte, aber selbst diese Narbe wurde unter den vielen Händen im Laufe der Zeit unkenntlich.

Im Palast von Westminster trafen die Lords aus dem ganzen Land ein, sie kamen zu Pferde oder mit der Kutsche, manche ließen sich auch zu Schiff die Themse hinaufrudern. Sie kamen allein oder in Gruppen und drängten sich in den Korridoren und Sitzungsräumen. Tresham, der Sprecher des Unterhauses, war vom Parlament losgeschickt worden, um den Duke von York zu begrüßen, der von Irland zurückkehrte. Aber was immer der Sprecher im Schilde geführt haben mochte, war vergessen, denn er war auf der Straße umgebracht worden, angeblich, weil man ihn für einen Straßenräuber gehalten hatte. Jetzt hatte Yorks persönlicher Kämmerer, Sir William Oldhall, dieses wichtige Amt inne, und er war es auch gewesen, der den Ort für die Rückkehr seines Herrn festgelegt und die offiziellen Einladungen ausgeschickt hatte, an dem Empfang teilzunehmen. Zweiunddreißig von fünfundfünfzig Adelshäusern waren bei dieser Versammlung in London vertreten, knapp ausreichend für die Aufgabe, die anstand.

Als es vom Glockenturm Mittag läutete, blickte Oldhall auf die versammelten Lords, die durch einen breiten Gang voneinander getrennt waren. Durch die hohen Fenster des Weißen Saales fiel das Sonnenlicht auf Samt und Seide in allen Farben. York war noch nicht da, und er konnte kaum ohne ihn anfangen. Oldhall wischte sich den Schweiß von der Stirn und sah zur Tür.

Richard von York schritt gemächlich die Korridore entlang, die zum Weißen Saal führten. Er hatte ein Dutzend Männer dabei, alle trugen die Livree seines Hauses, gekennzeichnet entweder mit der weißen Rose von York oder mit seinem persönlichen Symbol, einem Falken mit ausgestreckten Krallen. Eigentlich rechnete er nicht damit, im königlichen Palast bedroht zu sein, doch andererseits wollte er auch nicht ohne ein paar gute Schwertkämpfer an der Seite in diese Hochburg seiner Feinde kommen. Er hörte, wie es zwölf schlug, und beschleunigte seine Schritte, er wusste, dass seine Peers auf ihn warteten. Seine Diener passten sich ihm an, doch kontrollierten sie jeden Seitengang und jeden Raum, an dem sie vorbeikamen. Aber die Räume waren alle verlassen, und York ging eilig um die letzte Ecke.

Er blieb wie angewurzelt stehen, als er die Gruppe sah, die in der Nähe der Tür stand, durch die er in den Saal gehen musste. York vernahm das Gemurmel von drinnen, aber er sah nur die junge Frau, die dort stand, umringt von ihren Zofen und Dienern, und ihn hasserfüllt anfunkelte. Er zögerte nur einen Herzschlag lang, dann setzte er den rechten Fuß vor und verneigte sich tief vor der Königin von England, genau wie seine Männer.

»Königliche Hoheit«, sagte er, indem er sich aufrichtete. Er trat einen Schritt vor. »Ich hatte nicht erwartet, Euch heute hier zu sehen …«

Sein Blick wanderte nach unten, er konnte es nicht vermeiden, auf ihren stattlichen Bauch zu starren. Er presste die Lippen zusammen, zum ersten Mal sah er, dass sie schwanger war. Er merkte, dass sie ihn beobachtete.

»Hattet Ihr geglaubt, ich würde nicht kommen, Mylord?«, fragte sie mit leiser, aber fester Stimme. »Heute, wo es um so wichtige Dinge geht?«

Es kostete York Mühe, seinen Triumph nicht zu zeigen, aber er wusste, das war nicht nötig.

»Königliche Hoheit, hat sich der Zustand des Königs verändert? Kann er aufstehen? Wenn das der Fall ist, lasse ich in jeder Kirche, die auf meinem Land steht, Dankgottesdienste feiern.«

Margarets Lippen wurden schmal. Seit fünf Monaten schon dämmerte der König halb bewusstlos vor sich hin. Es kostete Margaret unendliche Mühen, ihm täglich Brühe einzuflößen, um ihn am Leben zu erhalten. Indessen wuchs ihr gemeinsames Kind in ihr heran, und langsam hatte sie das Gefühl, dieses Gewicht und die Mühsal nicht einen Tag länger aushalten zu können. Der Triumph der großen Jagdveranstaltung in Windsor schien eine Ewigkeit her, und jetzt war ihr Feind aus Irland zurück, der Feind ihres Hauses und ihrer Linie. Im ganzen Land sprach man über Yorks Rückkehr, und was das für England und den kranken König bedeutete.

Margarets Hände waren geschwollen und schmerzten, eine Nebenwirkung der Schwangerschaft. Doch sie zuckten, und Margaret wünschte, sie wäre so stark wie ein Mann, um ihrem Widersacher den Hals umdrehen zu können. Hochgewachsen und aufrecht stand er vor ihr und sah sie belustigt an. Sie wollte, dass er ihre Schwangerschaft zur Kenntnis nahm, zumindest sollte er wissen, dass es einen Erben geben würde.

Sie hatte ihm direkt in die Augen sehen wollen, wenn er seinen König verriet, aber jetzt war ihr alles verleidet, und sie wünschte sich, sie wäre gar nicht gekommen.

»König Henry geht es von Tag zu Tag besser, Lord York. Ich habe keine Zweifel, dass er die Regierungsgeschäfte bald wieder aufnehmen kann.«

»Natürlich, natürlich«, erwiderte York. »Darum beten wir ja alle. Nun, ich fühle mich geehrt, dass Ihr gekommen seid, Mylady. Doch man erwartet mich. Mit Eurer Erlaubnis werde ich jetzt hineingehen, um der Wahl beizuwohnen.«

Er verbeugte sich, ehe Margaret etwas erwidern konnte. Er rauschte an ihr vorbei in den Weißen Saal. Noch immer starrten Yorks Männer sie mit finsteren Blicken an, bis sie schließlich mit hocherhobenem Kopf ihr Gefolge anführte und ging. Sie wusste, was sie im Schilde führten, diese Lords, die von der Notwendigkeit einer starken Regierung sprachen, während ihr Mann vor sich hindämmerte und um sein Leben rang.

Als York eintrat, blies Oldhall die Backen auf. Ihm fiel eine zentnerschwere Last vom Herzen, dass sein Herr, der Duke, endlich heil und unversehrt vor ihm stand. York nahm seinen Platz auf dem ehrwürdigen Eichengestühl ein, und Oldhall stand auf und räusperte sich.

»Mylords, wenn ich um Ruhe bitten dürfte«, rief er über die Köpfe hinweg. Er stand an einem Rednerpult vor einem vergoldeten Stuhl, leicht erhöht auf einem Podest, sodass jeder ihn sehen konnte. Der Lärm verstummte.

»Mylords, ich danke Euch, dass Ihr heute hier erschienen seid. Lasset uns beten.«

Alle knieten neben ihrem Platz am Boden und neigten die Köpfe.

»O Herr, Gott der Gerechtigkeit und Wahrheit, schenke dem König und seinen Lords die Kraft Deines Geistes. Führe sie immer auf rechten Wegen, bewahre sie vor Machtgier und Gefallsucht, mach, dass sie ihre privaten Interessen hintanstellen und stets den Menschen und dem König dienen, auf dass Dein Reich komme und Dein Name geheiligt sei. Die Gnade unseres Herrn Jesus Christus, die Liebe Gottes und die Gemeinschaft des Heiligen Geistes sei mit uns allen. Amen.«

Das letzte Wort wurde von allen wiederholt, dann lehnten sie sich zurück. Sie wussten bis in jede Einzelheit, was jetzt kommen würde, trotzdem waren sie hellwach und aufmerksam. Diese Versammlung war das letzte Kapitel nach Monaten des Verhandelns und Streitens. Das Ergebnis stand längst fest, trotzdem musste die Form gewahrt werden.

»Der Zustand des Königs ist seit fünf Monaten unverändert, Mylords.« Oldhall fuhr fort, seine Stimme zitterte vor Erregung. »Er ist nicht ansprechbar und in seiner Krankheit nicht in der Lage zu regieren. Darum schlage ich vor, dass zum Wohle aller einer von uns als Protektor des Königreichs nominiert wird, als Beschützer und höchste Autorität, bis König Henry genesen ist oder die Nachfolge auf andere Weise geklärt ist.«

Oldhall schluckte nervös, als er sah, wie Lord Yorks Mund zuckte. Die Schwangerschaft der Königin war für ihn der einzige Wermutstropfen des heutigen Tages. Die Abkommen waren getroffen, die Bündnisse geschmiedet. Ihnen blieb keine andere Wahl angesichts der Tatsache, dass der König nur noch im Bett lag und vor sich hinstarrte. Oldhall räusperte sich, um fortzufahren, seine Hände zitterten so stark, dass er sich an das Rednerpult klammerte, um sie still zu halten.

»Nun denn, ich frage Euch also: Wer unter Euch ist bereit, während der Krankheit des Königs das Amt des Protektors des Königreichs zu übernehmen?«

Alle Augen wanderten zu York, der sich langsam von seinem Platz erhob.

»Höchst widerstrebend biete ich meinem König und Euch, Mylords, meine Dienste an.«

»Gibt es noch einen anderen Kandidaten?«, fragte Oldhall. Er sah angelegentlich jeden einzelnen im Saal an, obwohl er genau wusste, dass niemand aufstehen würde. Die Earls und Herzöge, die nach wie vor treue Anhänger König Henrys waren, waren gar nicht erst gekommen. Somerset fehlte, genau wie die Halbbrüder des Königs, Edmund und Jasper Tudor. Oldhall nickte zufrieden.

»Mylords, ich rufe zur Abstimmung auf. Bitte erhebt Euch und begebt Euch in die entsprechenden Räume.«

Die beiden schmalen Räume lagen zu beiden Seiten des Weißen Saales. Wie ein Mann standen die Lords auf und gingen in den Raum mit der Aufschrift »Zufrieden«, der Raum mit der Aufschrift »Unzufrieden« blieb leer. York war der Einzige, der sitzen blieb, um seine Mundwinkel spielte ein kleines Lächeln. Schreiber ließen sich die Namen nennen, doch es war eine reine Formalität. Als man wieder hereinkam, war die Stimmung gelöster, und York nahm die Glückwünsche von Warwick, Salisbury und seinen übrigen Anhängern entgegen.

Oldhall wartete, bis alle wieder saßen, dann verkündete er das Ergebnis.

»Richard Plantagenet, Duke von York, es ist der Wille der weltlichen und geistlichen Lords, dass Ihr zum Protektor des Reiches ernannt werdet. Nehmt Ihr die Ernennung an?«

»Ich nehme sie an«, erwiderte York.

Von beiden Seiten der Bänke ertönten Jubelrufe, und Oldhall setzte sich erleichtert hin und wischte sich die Stirn ab. Es war geschafft. Von nun an war York König – bis auf den Titel. Richard von York neigte den Kopf. Groß und aufrecht stand er vor den versammelten Adligen, und man sah: Er war stolz.

DIE PERSONEN

Albert: Diener der Familie de Roche, Frankreich
Master **Allworthy**: Königlicher Leibarzt von Henry VI.
Baron David **Alton**: Offizier in Frankreich
Richter **Alwyn** aus Kent
Margaret von **Anjou**: Tochter von René von Anjou, spätere Königin Margaret, verheiratet mit Henry VI.
Yolande von **Anjou**: Schwester von Margaret
Jean, Louis und Nicolas von **Anjou**: Brüder von Margaret
Marie von **Anjou**: Königin von Frankreich, Tante von Margaret von Anjou
René, Duke von **Anjou**: Vater von Margaret von Anjou

Henry **Beaufort**: Kardinal, Sohn des John von Gaunt, Großonkel von Henry VI.
Edwin **Bennett**: Krieger im Dienste von Baron Strange, Frankreich
Bernard: Alter Freund von Thomas Woodchurch
Saul **Bertleman (Bertle)**: Mentor von Derihew Brewer
Derihew (Derry) **Brewer**: Meisterspion Henrys VI.
Captain **Brown**: Offizier bei der Verteidigung des Londoner Towers gegen Jack Cade
Philippe, Duke von **Burgund**: bot William, dem Duke von Suffolk, Asyl an
John **Burroughs**: Informant von Derry Brewer

Jack **Cade**: Anführer des Bauernaufstands in Kent
Charles VII.: König von Frankreich, Onkel von Henry VI.
Lionel, Duke von **Clarence**: Sohn von Edward III.
Ben **Cornish**: Zugegen, als Jack Cades Sohn gehängt wird

John Sutton, Baron **Dudley**: Zugegen bei William de la Poles »Verhandlung«
Dunbar: Schmied aus Kent

Robert **Ecclestone**: Freund von Jack Cade
Edward III.: König von England, Ururgroßvater von Henry VI.

Flora: Gastwirtin in Kent
Comte **Frédéric**: Verlobter/Ehemann von Yolande von Anjou

Thomas, Duke von **Gloucester**: Sohn Edwards III.

Hallerton: Diener von Derry Brewer
Henry VI.: König von England, Sohn von Henry V.
Sir **Hew**: Ritter von Azincourt
Baron **Highbury**: Rachsüchtiger Lord, Maine, Frankreich
Hobbs: Sergeant der Wachen auf Schloss Windsor

Alexander **Iden**: Neu ernannter Sheriff von Kent

James: Jüngerer Folterknecht im Juwelenturm
Jonas: Cades Fahnenträger auf der Brücke von London

Edmund Grey, Earl von **Kent**: Zugegen bei William de la Poles »Verhandlung«

John von Gaunt, Duke von **Lancaster**, Sohn von Edward III.
Baron **Le Farges**: Angehöriger der französischen Armee, Maine, Frankreich

Sieur André de **Maintagnes**: Ritter der französischen Armee, Maine, Frankreich
Jean **Marisse**: Oberster Richter am Gerichtshof von Nantes
Paddy/Patrick **Moran**: Freund von Jack Cade
Ruben **Moselle**: Geschäftsmann/Bankier im Anjou

Sir William **Oldhall**: Sprecher des Unterhauses
John de Vere, Earl von **Oxford**: Zugegen bei William de la Poles »Verhandlung«

Jasper Tudor, Duke von **Pembroke**: Halbbruder von Henry VI.
Alice **Perrers**: Mätresse von Edward III.
Ronald **Pincher**: Gastwirt in Kent

Capitaine **Recine**: Soldat aus dem Schloss von Saumur, der Ruben Moselle verhaftet
Edmund Tudor, Earl von **Richmond**, Halbbruder von Henry VI.
Richard Woodville, Baron **Rivers**: Zugegen in London während Cades Überfall
Baron Jean de **Roche**: Angehöriger der französischen Armee, Maine, Frankreich

Richard Neville, Earl von **Salisbury**: Oberhaupt der Familie Neville, Enkel Johns von Gaunt

James Fiennes, Baron **Say**: Zugegen in London während Cades Überfall

Thomas de Scales, Baron **Scales**: Zugegen in London während Cades Überfall

Simone: Französische Magd im Schloss Saumur

Edmund Beaufort, Duke von **Somerset**: Freund Williams, des Dukes von Suffolk, Anhänger von Henry VI.

Baron **Strange**: Nachbar von Thomas Woodchurch in Maine, Frankreich

William de la Pole, Duke von **Suffolk**: Soldat und Gesandter, der die Hochzeit von Henry VI. und Margaret von Anjou arrangiert

Alice de la Pole, Duchess von **Suffolk**: Ehefrau von William, Duke von Suffolk, und Enkelin von Geoffrey Chaucer

James **Tanter**: Schottischer Anhänger von Jack Cade

Ted: Älterer Folterknecht im Juwelenturm

Sir William **Tresham**: Sprecher des Unterhauses

Richard Neville, Earl von **Warwick**: Sohn des Earls von Salisbury, der »Königsmacher«

Ralph Neville, Earl von **Westmorland**: Teilnehmer bei der Jagd in Windsor

Joan **Woodchurch**: Frau von Thomas Woodchurch, Mutter von Rowan sowie zweier Töchter

Rowan **Woodchurch**: Sohn von Thomas und Joan

Thomas **Woodchurch**: Schafzüchter, Bogenschütze, Anführer der Rebellen in Maine

Edmund von Langley, Duke von **York**: Sohn von Edward III.

Richard Plantagenet, Duke von **York**: Oberhaupt des Hauses York, Urenkel Edwards III.

Cecily Neville, Duchess von **York**: Frau Richards, des Dukes von York, Enkelin von John von Gaunt

HISTORISCHE ANMERKUNGEN

Edward III. ernannte während seiner langen Regierungszeit nur drei Dukes (Herzöge). Earls (so viel wie Grafen) waren Gefährten des Königs, treue Anhänger, die ganze Armeen von Rittern, Bogenschützen und bewaffneten Kriegern bereitstellten und im Gegenzug riesige Ländereien und den dritten Teil aller eingenommenen Pachtzahlungen erhielten. Der Titel »Duke« war zur Zeit Edwards III. neu, und es stand noch nicht ganz fest, wie viel Macht damit verbunden war. Zwei Söhne Edwards starben vor ihm, deshalb war der einzige Duke an seinem Sterbebett John von Gaunt, der Duke von Lancaster. Die beiden anderen Söhne trugen noch ihre früheren Titel. Edmund von Langley, der Earl von Cambridge, wurde später von seinem Neffen Richard II. zum Duke von York ernannt. Sein Bruder, Thomas von Woodstock, war beim Tode seines Vaters Earl von Buckingham. Auch ihn hat Richard II. später zum Duke gemacht. Diese fünf Söhne waren die Ursache des Konflikts zwischen den beiden Häusern, der später als Rosenkrieg in die Geschichte einging.

Zwar war der älteste Sohn Edwards III. vor dem König gestorben, aber trotzdem war der »Schwarze Prinz« immer noch der Thronfolger, und deshalb wurde sein Sohn 1377 im Alter von nur zehn Jahren König Richard II. Während der Jahre seiner Unmündigkeit war Richards Onkel John von Gaunt sein Regent. Als Gaunt 1399 starb, war König Richard zweiunddreißig Jahre und ein unbeliebter, erfolgloser Monarch. Um der Bedrohung seines Throns durch Gaunts Linie vorzubeugen, schickte Richard einen gewissen Henry von Bolingbroke ins Exil und enterbte ihn – denn er war der Sohn von John von Gaunt. Doch Henry kam mit einer Armee aus dem Exil zurück und fiel in England ein. Er entthronte Richard und machte sich selbst zu König Henry IV. Sein Sohn sollte später zum wohl berühmtesten Kriegerkönig Englands werden.

Denn es war Henry V., der die Schlacht von Azincourt in Frankreich trotz zahlenmäßig beängstigender Unterlegenheit gewann. Erfolgreich zu Hause und im Ausland, hätte Gaunts Linie der Lancaster daher eigentlich in der englischen Geschichte in Stein gemeißelt werden müssen – wenn Henry V. nur etwas länger gelebt hätte. Stattdessen wurde er krank und starb 1422 im Alter von nur fünfunddreißig Jahren. Er hinterließ einen neun Monate alten Sohn, der zu Henry VI. wurde – und wiederum musste das Land von Regenten geführt werden, bis der Junge erwachsen war. Es war ein Unglück für die Lancaster-Linie, dass Henry VI. seinem kriegserprobten, erfolgreichen Vater nicht im Geringsten ähnelte. Er war der letzte englische Monarch, den man noch mit Recht als König von Frankreich bezeichnen konnte, obwohl dieser Titel von den englischen – und dann britischen – Monarchen noch bis 1801 im Titel geführt wurde. Wie ich es hier beschrieben habe, ging während der Regierungszeit Henrys VI. der gesamte Besitz in Frankreich verloren, mit Ausnahme der Festung Calais.

Am Anfang unserer Geschichte steht ein Plan: Er sah vor, die von England besetzten französischen Provinzen Maine und Anjou gegen einen zwanzigjährigen garantierten Waffenstillstand und eine Frau für Henry VI. einzutauschen. Als ich mich näher damit beschäftigte, wurde mir klar, dass es jemanden gegeben haben musste, der sich diesen ungeheuerlichen Plan ausgedacht hatte. Obwohl der Name dieses Mannes nicht bekannt ist, muss irgendjemand die französische Aristokratie und das Haus von Anjou bis ins letzte Detail gekannt haben – und gleichzeitig dem englischen König nahe genug gestanden haben, um einen derart entscheidenden Einfluss auf die Entwicklungen nehmen zu können. Und so wurde Derry Brewer geboren. Jemanden wie ihn *musste* es einfach gegeben haben.

Der französische König, Charles VII., hätte einem englischen König keine seiner Töchter zur Frau gegeben. Er hatte erlebt, wie zwei seiner Schwestern über den Kanal geschickt worden waren, mit dem Ergebnis, dass die englischen Ansprüche auf sein eigenes Reich damit noch zunahmen. Doch die einzigen weiteren Prinzessinnen auf französischem Boden gab es im Anjou – eine Familie, die für die Engländer eigentlich nichts übrig hatte. René von Anjou wurde mit der einzigen Frage, die ihn interessierte, an den Verhandlungstisch gebracht: die Rückgabe des Besitzes seiner Vorfahren.

Ein weiteres interessantes Detail: Der französische Geschichtsschreiber Bourdigné schildert eine grauenvolle Geschichte über die Verhaftung eines älteren Juden aus der Region, die René von Anjou gehörte. Man hatte den Mann wegen Gotteslästerung angeklagt. Obwohl die jüdische Bevölkerung sich an René persönlich wandte, fand die Hinrichtung statt, und der Mann wurde bei lebendigem Leib gehäutet.

Eine Anmerkung zu Margarets französischer »Eheschließung«: Es entspricht der Wahrheit, dass Henry VI. bei der ersten Zeremonie nicht anwesend war, die man deshalb wohl besser als eine Art »Verlobung« bezeichnen muss. William de la Pole, Lord Suffolk, sprach das Ehegelöbnis an Henrys Stelle und steckte der vierzehnjährigen Margaret den Ring an den Finger. William de la Pole war bereits mit Alice Chaucer verheiratet – einer Enkelin des Schriftstellers Geoffrey Chaucer. Tatsächlich fand die Zeremonie in der Kirche Saint-Martin in Tours statt, nicht in der Kathedrale. Wir wissen nicht, warum Henry VI. nicht persönlich anwesend war, aber die Vermutung liegt nahe, dass seine Lords ihn nicht nach Frankreich reisen lassen wollten, in die Nähe des französischen Königs und französischer Soldaten. Nach der Hochzeit versprachen englische Höflinge und Lords über vier Jahre lang immer wieder, ein Treffen der beiden Könige zu arrangieren – doch der Zeitpunkt wurde ein ums andere Mal verschoben.

Bei historischen Romanen ist es immer ein Problem, dass sich die wirklichen Ereignisse über einen weitaus längeren Zeitraum hinziehen, als es dem Verfasser lieb ist. Zum Beispiel dauerte die Rückeroberung der englischen Normandie durch die Franzosen ein ganzes Jahr. Die Hochzeit von Margaret und König Henry war im April 1445. Obwohl Henry als Teil des Abkommens alle Ansprüche auf Maine und Anjou aufgegeben hatte, wurde Maine schließlich erst 1450, fünf Jahre nach einem Waffenstillstand, zurückgewonnen. Ich habe gelegentlich die Geschehnisse komprimiert oder geändert, weil fünf Jahre mühsamer Verhandlungen ohne große Neuigkeiten keinen sehr spannenden Lesestoff hergeben. Während des Waffenstillstands leitete hauptsächlich William de la Pole die Verhandlungen, er war ständig zwischen Frankreich und England unterwegs. Der Dienst des Dukes von York als königlicher Leutnant in Frankreich endete 1445. Zu seinem Nachfolger wurde 1447 Edmund Beaufort, Lord Somerset ernannt, doch der kam erst im Februar 1448 an. Für die Zeit dazwischen habe ich Suffolk diesen Job gegeben.

Ebenso fand ich es besser, die Zeit zwischen Cades Aufstand und Yorks Ernennung zum Protektor des Reiches zu verkürzen. In Wirklichkeit lagen drei ziemlich langweilige Jahre dazwischen, in denen es mit König Henrys Gesundheit bergab ging und Yorks Anhänger immer stärker und dreister wurden.

Ich fand keine Aufzeichnungen über den genauen Wortlaut des Ehegelübdes, das Henry VI. und Margaret von Anjou ablegten, deshalb habe ich mich bei den gut dokumentierten Hochzeiten anderer Adelsfamilien des fünfzehnten Jahrhunderts bedient. Wir wissen allerdings, dass Henry in goldene Stoffe gekleidet war und dass der Rubinring, den er Margaret an den Finger steckte, derselbe war, den er bei seiner Krönung getragen hatte. Das Gelübde hat den Wortlaut, wie es zu jener Zeit üblich war. Das Tuch, das der Braut und dem Bräutigam über den Kopf gelegt und mit einer Kordel zusammengebunden wurde, entspricht ebenfalls dem damaligen Brauch. Es ist auch richtig, dass es keine Bestuhlung in der Kirche gab und dass der Altar durch einen Lettner vor der Gemeinde verborgen war. Wie nahe man dem Altar kam, hing vom Rang der Personen ab. Henry und Margaret wurden tatsächlich in der Abtei von Titchfield getraut, die im sechzehnten Jahrhundert zerstört und als Landsitz wieder aufgebaut wurde. Von der alten Abtei existiert lediglich noch ein Torhaus. Von dort reiste Margaret nach Blackheath in London, wo sie die Stadt mit einer Prozession betrat, die ihren Weg über die Londoner Brücke nahm, wo sie haltmachte, weil hier zu ihren Ehren festliche Darbietungen stattfanden. Schließlich wurde sie in der Abtei von Westminster gekrönt. Es ist nicht überliefert, ob Henry bei dieser Zeremonie an ihrer Seite war.

Ich konnte es mir nicht versagen, den Namen eines Barons Strange zu erwähnen. Der Rest dieser französischen Geschichte ist erfunden – doch basiert sie auf wahren Begebenheiten. Englische Siedler in Maine lehnten sich gegen die französische Besatzung auf, und damit begann ein katastrophaler Konflikt, der mit dem Verlust der gesamten Normandie endete, bis auf Calais. Den Titel eines Baron Strange gab es tatsächlich zu jener Zeit, er ruhte dann allerdings drei Jahrhunderte lang. Neuerdings gibt es wieder einen Baron Strange, und überhaupt finde ich es merkwürdig, einen historischen Roman zu schreiben, der in England spielt und dessen Hauptprotagonisten bis zum heutigen Tag Nachkommen haben. Jedenfalls war dieser Name einfach zu gut, um ihn ungenutzt zu lassen. Bei der Verteidigung Londons war auch Lord Scales tatsächlich involviert.

Zucker gab es in England seit den Kreuzzügen im zwölften Jahrhundert. Im vierzehnten Jahrhundert wurde er aus Nahost, besonders aus dem Libanon, nach Europa importiert, doch er war, im Vergleich zu Honig, ein teurer Luxus. Blut, mit Zucker vermischt, war damals eine Leckerei für Kinder, die zwar heutzutage niemand mehr kennt, aber bis vor wenigen Generationen noch beliebt war.

Eine Bemerkung zu den Schamkapseln: Obwohl man sie allgemein erst mit dem Elisabethanischen Zeitalter in Verbindung bringt, kam dieser Bestandteil der männlichen Kleidung tatsächlich schon im vierzehnten und fünfzehnten Jahrhundert auf. Es heißt, Edward III. habe sich während des Hundertjährigen Krieges eine Schamkapsel von beträchtlichen Ausmaßen machen lassen und seinen Rittern befohlen, es ihm gleichzutun. Der Legende nach hatten die Franzosen dann eine gewaltige Angst vor diesen »gut ausgestatteten« Rittern.

Es muss auch erwähnt werden, dass der heutige Palast von Westminster völlig anders aussieht als der des fünfzehnten Jahrhunderts. Zur Zeit Henrys VI. war er noch immer eine wichtige Residenz der Könige. Das Oberhaus und das Unterhaus waren politische Instanzen, doch hauptsächlich kontrollierten sie die Abgabe von Steuern und fungierten als Berater des Königs. Das Unterhaus bestand 1450 aus 280 Mitgliedern, alles Ritter der Grafschaften (jeweils zwei aus den siebenunddreißig Grafschaften), daneben 190 städtische Mitglieder (zwei aus jeder Stadt und vier aus London). Ohne einen festen Sitz trafen sie sich meist in dem achteckigen Kapitelhaus (Chapter House) neben der Abtei von Westminster, die dem Palast von Westminster gegenüberlag. Der Gemäldesaal (Painted Chamber) im Palast wurde ebenfalls benutzt, und diesen habe ich im Roman als den Mittelpunkt des Geschehens dargestellt, zu dem er tatsächlich langsam wurde. Bei den Gebeten vor der Eröffnung einer Sitzung habe ich mir einige Freiheiten erlaubt. Das formale Gebet wurde später eingeführt, und ich habe die heutige Version aus dem Ober- und Unterhaus miteinander kombiniert. Es entspricht der Tatsache, dass im fünfzehnten Jahrhundert ein Gebet gesprochen wurde, doch der exakte Wortlaut ist nicht mehr bekannt.

Das Oberhaus war eine wesentlich kleinere Versammlung und bestand aus fünfundfünfzig weltlichen Lords: Dukes (Herzögen), Counts (Grafen), Earls und Baronen, und den geistlichen Lords: den Bischöfen. Diese trafen sich im Weißen Saal (White Chamber) des Palastes von Westminster, den Vorsitz hatte der Lordkanzler. Westminster war auch der Sitz des Gerichtshofes und deshalb damals ein belebter Ort, an dem Richter und Rechtsanwälte hin und her eilten und wo Händler ihre Geschäfte betrieben.

Kardinal Henry Beaufort war während der letzten Jahre seines Lebens de facto auch der Premierminister, obwohl es zu jener Zeit diesen Posten offiziell noch nicht gab. Das bedeutet, dass er der Ranghöchste im Unterhaus war, der sowohl die Verbindung zur Kirche in Rom als auch einen weltlichen Status hatte. Beaufort war nicht nur der zweite Sohn von John von Gaunt, er war auch Lordkanzler unter Henry IV. und Henry V., der sowohl in den Gerichtshöfen als auch im Oberhaus den Vorsitz führte. Es ist historisch belegt, dass Beaufort über das Schicksal der Johanna von Orléans entschied, und es ist ein merkwürdiger Zufall, dass er selbst ausgerechnet im Anjou geboren wurde. Eine Persönlichkeit mit dieser faszinierenden Geschichte konnte ich in meinem Roman natürlich nicht unberücksichtigt lassen, doch habe ich mir eine gewisse Freiheit erlaubt, indem ich ihn über 1447 hinaus am Leben ließ. In Wirklichkeit wäre er im Jahre 1450 bei der Anklage auf Hochverrat gegen William, Lord Suffolk, nicht mehr dabei gewesen.

Sir William Tresham war der Sprecher des Unterhauses und hatte 1450 schon bei zwölf Parlamenten gedient. Der Juwelenturm, in dem er sein Treffen mit Derry Brewer hatte, steht noch heute. Er wurde ursprünglich gebaut, um darin die Insignien König Edwards III. zu verwahren, komplett mit Burggraben, Burgmauern und Wachen. Es entspricht den historischen Tatsachen, dass William, Lord Suffolk, hier während seiner Anklage festgehalten wurde. Bis heute existiert der Wortlaut eines Briefes, den er an seinen Sohn John schrieb, und er ist ein faszinierendes Beispiel für die Ratschläge, die ein Mann gibt, der überzeugt ist, dass er hingerichtet wird.

Bei historischen Romanen ist es manchmal notwendig, Lücken zu füllen und nicht überlieferte Teile der Geschichte zu erklären. Wie konnte es sein, dass England 1461 für die Schlacht von Towton fünfzigtausend Mann zur Verfügung hatte, hingegen zwölf Jahre früher nur viertausend schicken konnte, um den Verlust der Normandie zu verhindern? Meine Vermutung geht dahin, dass die Unruhen und Aufstände in England die Obrigkeit so verunsichert hatten, dass man den Hauptteil der Armeen zu Hause beließ. Schließlich war Jack Cades Aufstand nur einer von vielen anderen, wenn auch einer der schlimmsten. Wut über den Verlust der französischen Gebiete, zusammen mit hohen Steuern und dem Bewusstsein, einen schwachen König zu haben, brachten England damals an den Rand einer Katastrophe. Und wenn man bedenkt, dass es Cade tatsächlich gelungen war, in den Tower einzudringen, taten der Hof und das Parlament wahrscheinlich gut daran, einen Teil der Soldaten zu Hause zu behalten, die in Frankreich auch nützlich gewesen wären.

Die Krankheit König Henrys VI. ist aus der Entfernung von über fünfhundert Jahren schwer eindeutig zu bestimmen. In Anbetracht seines endgültigen Zusammenbruchs ist die Annahme plausibel, dass es schon vorher Anzeichen und Symptome gegeben haben muss. In zeitgenössischen Beschreibungen wird der König als willensschwach, »einfältig« und leicht zu beeinflussen geschildert. Natürlich kann jeder Mensch willensschwach sein, aber sein langer katatonischer Zustand weist darauf hin, dass es sich um ein körperliches Leiden gehandelt haben muss. Doch ganz gleich, was der eigentliche Grund war, einen solchen Sohn hatte sein Vater, Henry V., nicht verdient. Und auch wenn der Rosenkrieg viele Ursachen hatte, eine davon war das katastrophale Versagen Henrys VI. als König.

Es stimmt, dass Henry in Westminster anwesend war, als William de la Pole wegen Hochverrats und seines Anteils an dem Verlust Frankreichs angeklagt war. Wie es damals üblich war, wurde eine lange Liste von Vergehen vorbereitet und verlesen. Lord Suffolk gab nichts davon zu. Es ist interessant, dass König Henry nicht das Urteil sprach. Es war keine offizielle Gerichtsverhandlung, obwohl fünfundvierzig Lords (praktisch sämtliche Edelleute Englands) in seinen persönlichen Gemächern in Westminster zugegen waren. Das Urteil wurde vom Kanzler des Königs verlesen, und Suffolk wurde für fünf Jahre verbannt. Eine Auffassung über die damaligen Geschehnisse ist, dass William de la Pole den perfekten Sündenbock abgab, um die Verwicklung des Königs in den gescheiterten Waffenstillstand zu vertuschen. Die Tatsache, dass er ein so mildes Urteil erhielt, lässt darauf schließen, dass Henry bis zum Schluss auf seiner Seite stand.

Doch William de la Poles Anklägern reichte das nicht. Das Parlament wollte, dass Lord Suffolk als der Verantwortliche galt. In der nächsten offiziellen Versammlung wurde der Antrag gestellt, ihn offiziell zum Verräter zu erklären, dies wurde aber knapp abgelehnt. Man ermöglichte Lord Suffolk, bei Nacht zu fliehen, wobei er dem aufgebrachten Pöbel nur knapp entkam.

Für mich gibt es nicht den geringsten Zweifel, dass das »Piratenschiff«, das Suffolk einholte, als er England verließ, von einer anderen Interessengruppe bezahlt wurde, wenn nicht gar von York, dem Hauptverdächtigen, selbst. Suffolk wurde noch an Deck enthauptet, während echte Piraten ihn sicher gegen Lösegeld festgehalten hätten, wie es damals die gängige Praxis war. Es war ein tragisches Ende für einen ehrbaren Mann, der alles für den König und sein Land gegeben hatte.

Die Rebellion, die Jack Cade anführte, war nur eine von vielen, die im Jahre 1450 ihren Anfang nahmen. Sie waren zum großen Teil ein Ergebnis des Ärgers und der Sorgen über den Verlust der französischen Gebiete, das Ergebnis waren brutale Überfälle entlang der Küste von Kent. Bei Cade kam auch noch der Unmut über Ungerechtigkeiten und Korruption hinzu, außerdem die Tatsache, dass man ihn für den Mord auf See an William de la Pole verantwortlich machte. Es ist erstaunlich, dass Cade so viele zornige Männer um sich versammeln konnte, um nach London zu marschieren und den König zu zwingen, nach Kenilworth zu fliehen. Einige Quellen geben die Zahl seiner Anhänger mit 20.000 an.

Über Cade ist wenig bekannt. Er könnte Ire oder Engländer gewesen sein, und John oder Jack Cade war mit Sicherheit nicht sein wirklicher Name. Damals nannte man jemanden »Jack«, wenn Vater und Sohn denselben Namen hatten. Als Cade mit seinem Schwert auf den Stein von London in der Cannon Street schlug, nannte er sich Mortimer und gab als seinen Namen entweder diesen oder John Amend-all (Alles-Verbesserer) an. Seine Leute stürmten tatsächlich den Tower. Sie überwanden die äußeren Verteidigungsanlagen und scheiterten lediglich am Weißen Turm. In einem halboffiziellen Gerichtsverfahren in der Zunfthalle töteten Cade und seine Leute sowohl den Schatzmeister des Königs, Lord Say, als auch seinen Schwiegersohn, William Crowmer. Es stimmt auch, dass Cade den Kopf des Sheriffs von Kent auf eine Stange steckte. Doch Cades Rebellion war mehr als nur einer von vielen Bauernaufständen. Seine wichtigste Forderung war, dass der König seine Günstlinge entlassen solle, denn »seine Lords sind verloren, seine Handelsgüter sind verloren, sein Volk ist zunichte, das Meer ist zunichte und Frankreich ist verloren«.

Henrys Schwäche war nicht durchgehend so dramatisch. Von Zeit zu Zeit spielte er eine wesentlich aktivere Rolle, als ich sie ihm zugestanden habe, und zwar auch vor, während und nach Cades Aufstand. Allerdings stimmt es, dass Königin Margaret in London blieb, und sie war es auch, die den Abzug und die Begnadigung aushandelte. Im Interesse der historischen Wahrheit sollte ich aber anmerken, dass sie sich nicht im Tower aufhielt, als Cades Leute dort eindrangen. Sie war im Palast von Greenwich, damals unter dem Namen »Palace of Pleasance« (»Palast der Annehmlichkeiten«) bekannt. Es stimmt auch, dass es ihre Idee und ihr Befehl war, Cades Leute zu begnadigen, und dass Cade die Bedingungen akzeptierte. Er entkam, als die königlichen Streitkräfte sich neu formierten, und erst einige Monate später griff ihn der neu ernannte Sheriff von Kent auf. Cade wurde in seinem letzten Kampf tödlich verwundet und starb auf dem Weg nach London. Trotzdem wurde seine Leiche erst gehängt, dann ausgeweidet und gevierteilt, ehe sein Kopf auf einem Pfahl auf der Londoner Brücke zur Schau gestellt wurde. Im darauf folgenden Jahr wurden noch viele weitere Rebellen aufgespürt und hingerichtet.

Eine Anmerkung zu den Rosen: Eins der Symbole des Hauses York ist die weiße Rose. Richard von York hatte auch den Falken und den Keiler als sein Symbol. Henry VI. und Margaret hatten beide einen Schwan im Wappen.

Die rote Rose war nur eins der vielen heraldischen Symbole des Hauses Lancaster (seit John von Gaunt, Duke von Lancaster). Die Vorstellung eines Krieges der Rosen ist eine Erfindung der Tudor-Zeit, damals hatten die Farben Rot und Weiß als Gegner noch keine Bedeutung. In dem eigentlichen Kampf ging es um die beiden männlichen Linien, die von Edward III. abstammten: mächtige Männer, die alle den Thron in Reichweite sahen. Doch letztlich war es die Schwäche König Henrys VI., die seine Gegner so stark und mutig machte und das Land in einen Bürgerkrieg stürzte.

Conn Iggulden

DANKSAGUNG

Mein Dank geht an Victoria Hobbs, Alex Clarke und Tim Waller, meine klugen Berater für jedes Stadium der Entwicklung dieses Buches. Etwaige Fehler oder Irrtümer gehen allein auf mein Konto. Mein Dank gilt auch Clive Room, der mich zu Burgen, Schlössern und Kathedralen begleitete und mir seinen unendlichen Wissensschatz über diese Geschichtsperiode zuteilwerden ließ. Er war kaum zu bremsen.